HEYNE BÜCHER

SCIENCE FICTION

Herausgegeben
von Wolfgang Jeschke

Vom BATTLETECH™-Zyklus erschienen in der Reihe
SCIENCE FICTION & FANTASY:

Die Gray Death-Trilogie:
William H. Keith jr.: Entscheidung am Thunder Rift · 06/4628
William H. Keith jr.: Der Söldnerstern · 06/4629
William H. Keith jr.: Der Preis des Ruhms · 06/4630
Ardath Mayhar: Das Schwert und der Dolch · 06/4686

Die Warrior-Trilogie:
Michael A. Stackpole: En Garde · 06/4687
Michael A. Stackpole: Riposte · 06/4688
Michael A. Stackpole: Coupé · 06/4689
Robert N. Charrette: Wölfe an der Grenze · 06/4794
Robert N. Charrette: Ein Erbe für den Drachen · 06/4829

Das Blut der Kerensky – Trilogie:
Michael A. Stackpole: Tödliches Erbe · 06/4870
Michael A. Stackpole: Blutiges Vermächtnis · 06/4871
Michael A. Stackpole: Dunkles Schicksal · 06/4872

Die Legende vom Jadephönix – Trilogie:
Robert Thurstone: Clankrieger · 06/4931
Robert Thurstone: Blutrecht · 06/4932
Robert Thurstone: Falkenwacht · 06/4933

Robert N. Charrette: Wolfsrudel · 06/5058
Michael A. Stackpole: Natürliche Auslese · 06/5078
Chris Kubasik: Das Antlitz des Krieges · 06/5097
James D. Long: Stahlgladiatoren · 06/5116
J. Andrew Keith: Die Stunde der Helden · 06/5128
Michael A. Stackpole: Kalkuliertes Risiko · 06/5148
Peter Rice: Fernes Land · 06/5168
Michael A. Stackpole: Die Kriegerkaste · 06/5195
Victor Milan: Auge um Auge · 06/5272
James D. Long: Black Thorn Blues · 06/5290
Robert Thurston: Ich bin Jadefalke · 06/5314 (in Vorb.)
Blaine Pardoe: Highlander Gambit · 06/5335 (in Vorb.)
Don Philips: Ritter ohne Furcht und Tadel · 06/5358 (in Vorb.)

Michael A. Stackpole

Die Kriegerkaste

Fünfundzwanzigster Roman im BATTLETECH™-Zyklus

Deutsche Erstausgabe

WILHELM HEYNE VERLAG
MÜNCHEN

HEYNE SCIENCE FICTION & FANTASY
Band 06/5195

Titel der Originalausgabe
BRED FOR WAR
Übersetzung aus dem Amerikanischen
von Reinhold H. Mai
Umschlagbild: FASA Corporation
Innenillustrationen: Rick Harris
Die Karte auf Seite 7 zeichnete
Mirjam Wehner

3. Auflage

Redaktion: Ulrich Fröschle

Printed in Germany 1997
Umschlaggestaltung: Atelier Ingrid Schütz, München
Technische Betreuung: M. Spinola
Satz: Schaber Satz- und Datentechnik, Wels
Druck und Bindung: Ebner Ulm

ISBN 3-453-07964-7

Für Brian Fargo,
den einzigen Menschen, den ich kenne,
mit der Fähigkeit,
die Zukunft zu erkennen,
und den Möglichkeiten, sie zu realisieren.

Der Autor möchte folgenden Personen für ihren Beitrag zu diesem Werk danken:

Patrick Stackpole für seine Sprengstoffkenntnisse, J. Ward Stackpole für seine medizinische Beratung, Kerin Stackpole (von Barrymore & Loots) für juristische Hinweise, Sam Lewis für redaktionelle und inhaltliche Ratschläge, Donna Ippolito dafür, daß sie meine Ergüsse lesbar gemacht hat, Liz Danforth dafür, daß sie mich während der Fertigstellung dieses Buches ertragen hat, John Allen-Price für die fortgesetzte Leihgabe eines Cox, Larry Acuff für seine erneute großzügige wohltätige Spende als Gegenleistung für sein Erscheinen in diesem Buch, Ron Woitley und Dave Galloway für Einsichten in das Leben von Berufssportlern und dem GEnie Computernetz, über das dieser Roman und seine Korrekturen vom Computer des Autors direkt zu FASA gelangten.

Die folgenden Bücher und Artikel haben sich bei der Vorarbeit für dieses Buch als wertvolle Hilfe erwiesen:

Ranger Handbook, United States Army Infantry School
A History of Warfare, John Keegan
The Dictionary of War Quotations, Justin Wintle (Hg.)
Simpson's Contemporary Quotations, James B. Simpson (Hg.)
The Oxford Dictionary of Quotations, Oxford University Press
›The Shadow of a Gunman from World War II‹, Robert Wernick, im *Smithsonian Magazine*

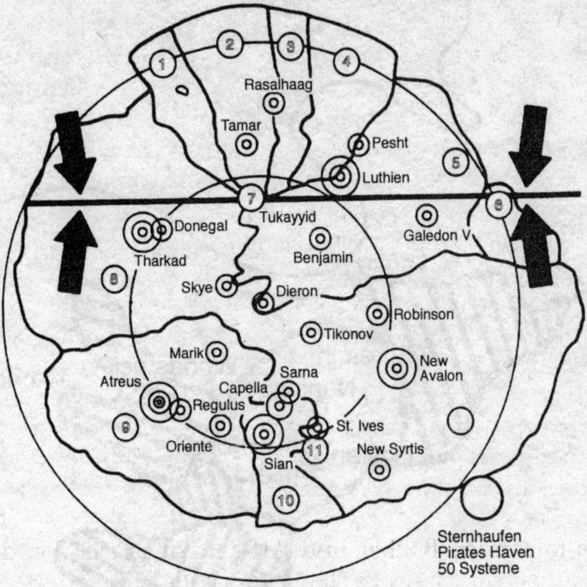

Karte der Nachfolgerstaaten

Clan-Waffenstillstandslinie

1. Jadefalken/Stahlvipern, 2. Wölfe, 3. Geisterbären,
4. Nebelparder/Novakatzen, 5. Draconis-Kombinat,
6. Außenweltallianz, 7. Freie Republik Rasalhaag,
8. Vereinigtes Commonwealth, 9. Liga Freier Welten,
10. Konföderation Capella, 11. St. Ives-Pakt

Karte erstellt durch COMSTAR,
nach Informationen des COMSTAR-EXPLORERDIENSTES
und des STERNENBUNDARCHIVS, Terra

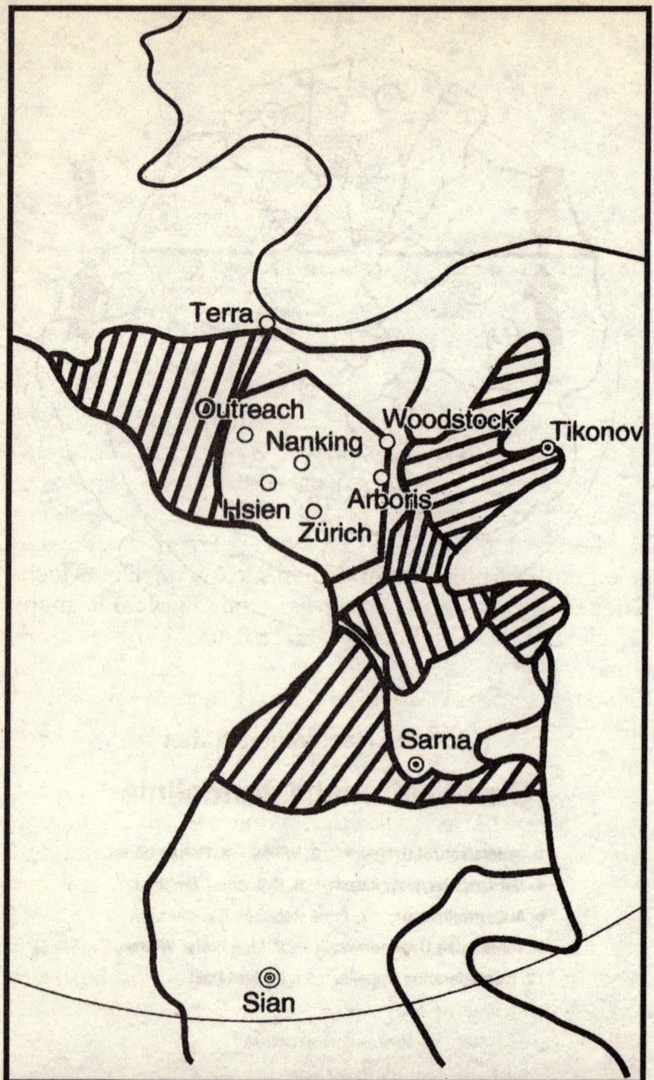

CHAOS-MARKEN

1

> Ein einzelner Toter ist eine Tragödie. Eine Million Tote sind eine Statistik.
>
> – JOSEF STALIN

Avalon City, New Avalon
Marc Crucis, Vereinigtes Commonwealth

20. Mai 3057

Galen Cox hatte in seiner MechKriegerlaufbahn schon viele Gegner getötet, aber hier, neben Agent Curaitis und Dr. Joseph Harper in der Beobachtungsgalerie der Passiven Lebenserhaltungseinheit, fühlte er sich zum erstenmal wie ein Mörder. Er wußte, ein Teil seines Unbehagens entsprang der Tatsache, daß er eigentlich nicht mehr Galen Cox war. Der MechKrieger dieses Namens war bei einer Explosion mehr als vierhundert Lichtjahre entfernt umgekommen, in einem vorgetäuschten Tod, von dem Galen als Jerrard Cranston, Sicherheitsberater des Prinzen Victor Davion vom Vereinigten Commonwealth, auferstanden war.

Wenn ich nicht unter einem Decknamen hier stünde, würde ich mich wahrscheinlich nicht wie ein Verbrecher beim Begehen einer Straftat fühlen. Er sah sich zu den anderen um. »Hat hier noch jemand das Gefühl, daß wir den Jungen umbringen?«

Curaitis, der Riese mit den eiskalten Augen, der zwischen ihm und Harper stand, zeigte nicht die leiseste Gefühlsregung. »Wir können seinen Tod nicht aufhalten, aber wir können verhindern, daß er zahllose weitere Tote nach sich zieht.«

Dr. Harper nickte. »Wir haben alles versucht. Der Junge hat weit länger durchgehalten, als irgendwer erwartet hat. Es ist an der Zeit, ihm einen würdigen Tod zu gestatten, Mr. Cranston.«

Galen blickte durch das Beobachtungsfenster auf den ausgemergelten Körper Joshua Mariks hinab. Thomas Mariks Sohn, der Erbe des Generalhauptmanns der Liga Freier Welten, war vor mehreren Jahren mit akuter Leukämie zur Behandlung nach New Avalon gekommen. Das New Avalon-Institut der Wissenschaften war als beste medizinische Forschungseinrichtung der Inneren Sphäre seine einzige Hoffnung gewesen, aber nach fünfjähriger Behandlung war sein Organismus ausgelaugt, irreparabel geschädigt und kaum noch lebensfähig. Ohne die Beatmungsmaschine neben seinem Bett und das Dialysegerät zur Reinigung seines Blutes wäre der Junge schon seit Wochen tot gewesen.

Niemand, der den vom Blutkrebs verwüsteten Kinderkörper sah, konnte ihm ernsthaft weitere Leiden zumuten wollen. Aber Joshua war so viel mehr als nur ein unglückliches Kind, dessen Leben von Maschinen über jedes vernünftige Maß hinaus verlängert wurde. Solange er lebte, konnte Thomas Marik Sun-Tzu Liaos Ambitionen einen Riegel vorschieben. Sun-Tzu war mit Mariks Tochter Isis verlobt, aber Thomas zögerte die Heirat seit Jahren hinaus. Er hatte Isis als seine Tochter anerkannt, aber sein Erbe blieb Joshua, als einziger Sproß seiner Ehe. Da Sun-Tzu die Vernichtung des Vereinigten Commonwealth anstrebte, sicherte alles, was ihn von Thomas' Thron fernhielt, den Frieden und die Sicherheit der Inneren Sphäre.

Galen legte eine Hand auf die Glasscheibe, die sie von Joshuas Zimmer trennte. »Ich wünschte nur, wir hätten mehr tun können. Ich fühle mich so hilflos, wenn ich daran denke, daß dieses Kind an einer Krankheit stirbt, die schon Opfer forderte, lange bevor unsere Vorfahren Terra verließen und sich über die Innere Sphäre ausbreiteten.«

Harper schüttelte traurig den Kopf. »Ich teile Ihre Frustration. Wir haben alles getan, was in unserer Macht stand, um Joshuas Leben zu retten, aber es hat nicht gereicht. Ich bedauere es noch weit mehr, denn in den fünf Jahren, die er hier war, ist mir dieser Junge ans Herz gewachsen. Sie fürchten, daß sein Tod zum Krieg mit der Liga Freier Welten führen wird, aber mich schmerzt, daß Joshua niemals in die Fußstapfen seines Vaters treten wird.«

»Ein Generalhauptmann, der einen Teil seiner Kindheit hier zugebracht hat und dem Vereinigten Commonwealth sein Leben verdankt, hätte uns sicher nicht geschadet.«

»Es ist mehr als nur das, Mr. Cranston. Joshua war ein kluger Junge. Charmant, aber dabei wißbegierig und intelligent. Wenn es ihm gut genug ging, konnte er sich mit den anderen Patienten wie ein normales Kind vergnügen, aber gleichzeitig verstand er es, wichtigen Besuchern gegenüber die Rolle eines Adligen zu spielen.« Harper kniff die Lippen zusammen, bis sein Mund ein dünner Strich war. »Sein Tod ist ein Verlust nicht nur für seine Familie, sondern auch für die Zukunft.«

Galen starrte durch sein Spiegelbild auf der Glasoberfläche in Joshuas Gesicht. »Da setzt unsere Aufgabe an, Doktor. Wir müssen verhindern, daß dieser Verlust katastrophale Ausmaße annimmt.«

Der Arzt nickte verstehend. »Es ist alles entsprechend den Anordnungen von Agent Curaitis arrangiert. Nachdem wir den Jungen sterben lassen, wird sein Körper eingefroren, so daß er später in die Liga Freier Welten verschifft werden kann. Das Double wurde vor sechs Monaten an Joshuas Stelle gesetzt und ist voll akzeptiert worden. Alle Mitglieder des Pflegepersonals, die mit dem echten Joshua Marik Kontakt hatten, wurden in andere Einrichtungen hier und auf anderen Welten versetzt – das ist übrigens ein weiterer Verlust. Diese Versetzungen haben unsere onkologischen Forschungsprojekte praktisch zerschlagen.«

Curaitis sah mit unverändert steifer Haltung auf den Mediziner herab. »Die Leute führen ihre Arbeit in ihren neuen Dienststellen weiter.«

»Sie verstehen nicht. Für komplexe Forschungen dieser Art gibt es im gesamten erforschten Weltraum keine zweite Einrichtung wie das New Avalon-Institut der Wissenschaften. Sie werfen die Krebsforschung um Jahrhunderte zurück.«

Galen wollte den Arzt beruhigen. »Es sind bereits Anweisungen ergangen, die Ihren Leuten vorrangigen Zugriff auf alle medizinischen Erkenntnisse und Verfahren sichern, die wir aus alten Sternenbundunterlagen zutage fördern. Und sie erhalten Prioritätsstatus für den Datenaustausch untereinander.«

Harper strich sich müde mit der Hand vom zurückweichenden Haaransatz übers Gesicht. »Hören Sie, es besteht ein gewaltiger Unterschied zwischen dieser Forschung und den anderen Fortschritten, die durch die Entdeckung von Sternenbundunterlagen möglich geworden sind. Die Bergung von Datenkernspeichern und alter Sternenbundausrüstung hat geholfen, unsere Kriegsmaschinerie wieder auf einen Stand zu bringen, den unsere Vorfahren als normal betrachteten, aber für die Krebsforschung haben sie nichts gebracht. Die Sternenbundwissenschaftler wußten auch nicht viel mehr als wir. In den drei Jahrhunderten, in denen sich die BattleMechs aus grobschlächtigen Maschinen zu furchtbaren Kampfkolossen entwickelten, lag die genetische Forschung praktisch brach. Was auf diesem Gebiet stattfand, und das war wenig genug, befaßte sich vor allem mit der Suche nach Heilmethoden für die verschiedenen neuen Krankheiten, die bei der Kolonisierung des Weltalls auftauchten. Daneben wurde daran gearbeitet, Leben zu erhalten und die Lebenserwartung zu erhöhen. Sicher, wir können viele der Krankheiten kontrollieren, die uns im Verlauf des Alterungsprozesses zu schaffen machen, aber Kinder- und im späteren Leben auftretende Erbkrankheiten sind ein vernachlässigtes Forschungsgebiet.« Harper hielt inne und hob die Arme. »Verzeihen Sie, Gentlemen. Ich weiß, meine Tiraden haben nichts mit den Gründen für Ihre Anwesenheit hier zu tun. Es ist einfach so, daß ich schon zuviel Subventionen in neue Forschungsvorhaben für vergessene Militärtechnologie habe gehen sehen. Zugegeben, ein Großteil genetischer Forschungen endet in einer Sackgasse, aber was ist mit den Clans? Wenn auch nur die Hälfte von dem, was ich über ihre Zuchtprogramme und genetische Manipulation gehört habe, der Wahrheit entspricht, dann haben sie unglaubliche Fortschritte gemacht. Und manches davon hätte uns hier helfen können.«

Curaitis gestattete sich ein leises Lächeln. »Könnten sie Joshua klonen?«

»Ich bezweifle es. Klone, die jenseits des embryonalen Stadiums erzeugt werden, scheinen nicht lebensfähig zu sein. Aber die Möglichkeit kann ich nicht ausschließen. Wenn es die Clans – mit ihrer militaristischen Ausrichtung – geschafft haben, könnten wir es auch. Aber dazu würden wir Gelder benötigen, die wir im Moment nicht haben.«

Galen kratzte sich den Bart, den er sich hatte stehen lassen, seit er Jerrard Cranston geworden war. »Ich werde mit Prinz Victor darüber reden, Dr. Harper. Sie werden Ihr Team nicht zurückbekommen – zumindest für die Jahre nicht, in denen wir die Illusion aufrechterhalten müssen, daß Joshua noch lebt –, aber vielleicht können wir Sie danach wieder zusammenführen.«

An Curaitis' Gesicht konnte Galen ablesen, daß der Geheimdienstmann diesen Gedanken als Sicherheitsrisiko ablehnte, aber das war ihm gleichgültig. »Jetzt kommt es darauf an, daß außer uns niemand in diesem Krankenhaus weiß, daß Joshua tot ist.«

»Keine Angst, Mr. Cranston, meine Leute sind Profis und Patrioten. Der Übergang ist sauber abgelaufen. Ihr Double ist oben in der Klinik voll akzeptiert. Der echte Joshua wird hier unten sterben, aber dort oben wird er weiterleben.« Harper drehte sich um und deutete auf zwei Schalter an der Wand zwischen dem Beobachtungsfenster und der Tür. »Das Lebenserhaltungssystem kann durch den roten Schalter abgeschaltet werden. Die meisten Menschen können nicht zusehen, wie ein Patient in der Passiven Lebenserhaltungseinheit stirbt, deshalb kann man durch Drücken des grünen Schalters die Vorhänge auf der anderen Seite schließen.«

Harper schien nicht in der Lage, den letzten Schritt an die Schalter zu tun, aber für Galen galt dies nicht. Er war bereit, die Verantwortung für das Abschalten von Joshuas Lebenserhaltung zu übernehmen. Trotzdem stockte seine Hand einen Augenblick – zwischen Bereitschaft und Wunsch klaffte ein tiefer Abgrund. In diesem Moment des Zögerns trat Curaitis vor und streckte die Hand nach den Schaltern aus.

»Einen Augenblick, bitte«, hielt ihn Harper mit leiser Stimme zurück. »Ich weiß, in Wirklichkeit ist Joshua schon vor Wochen gestorben, und er kann nichts mehr hören oder sehen, aber ich möchte bei ihm sein, wenn er uns verläßt.«

»Und ich möchte mich Ihnen anschließen.«

Curaitis betrachtete die beiden Männer einen Moment, und Galen schauderte unter dem eisigen Blick des hochgeschossenen Agenten. »Ich warte auf Ihr Zeichen, dann schalte ich die Maschinen ab.«

Dr. Harper trat durch die Tür, aber Galen blieb stehen und sah zurück zu Curaitis. »Ich kann mich des Gefühls nicht erwehren, daß Sie Harper und mich für zwei sentimentale Narren halten.«

»Keineswegs.«

»Aber Sie bleiben hier.«

»Meine Aufgabe, Mr. Cranston, ist es, dafür zu sorgen, daß das Universum, das Ihnen solche Gefühle gestattet, weiterexistiert. Ein Teil dieser Aufgabe besteht darin, Joshua Mariks Lebenserhaltung abzuschalten.«

Galen verzog das Gesicht. »Ist das alles?«

»Es tut mir leid, daß der Junge stirbt, aber ich bin nicht schuld an seiner Krankheit, und meine besten Wünsche könnten ihn nicht am Leben halten.« Curaitis starrte einen Augenblick in unbestimmte Weiten, dann erwiderte er Galens Blick mit elektrisierender Intensität. »Ich habe ihn nicht gekannt, und wäre er älter geworden, hätte er eine ebenso große Gefahr für das Vereinigte Commonwealth dargestellt wie sein Vater oder Großvater.«

»Und wenn er sich als ein Mann herausgestellt hätte, der die verfeindeten Nationen der Inneren Sphäre vereinigen könnte?«

»Es ist ein schmaler Grat zwischen dem, was Sie andeuten, und jemandem, der *glaubt*, die Nachfolgerstaaten einen zu können, und einen Krieg anzettelt, um es zu beweisen.« Curaitis' Blick hielt Galen stand. »Der Tod eines kleinen Knaben ist traurig, aber etwas über diese Tatsache hinaus zu projizieren ist hypothetisch, und ich befasse mich nicht mit Hypothesen. Es ist unmöglich, alle Variablen zu erfassen.«

»Glauben Sie, Victor tut das Richtige, indem er Joshua gegen einen Doppelgänger austauscht?«

»Es ist nicht meine Aufgabe, die Entscheidungen des Prinzen in Zweifel zu ziehen.«

»Besonders dann nicht, wenn Sie ihm diese Vorgehensweise selbst vorgeschlagen haben.«

»Ich habe ihn auf die Operation aufmerksam gemacht, die sein Vater initiiert hatte. Die Entscheidung, Projekt Gemini auszuführen, war die seine.«

Galen runzelte die Stirn. »Thomas Marik auf diese

Weise hinters Licht zu führen, wird eine Menge Ärger verursachen.«

»Thomas Marik ist ein Pazifist und Idealist. Seine Ritter der Inneren Sphäre sind nicht aufgrund seiner hochgestochenen Philosophie erfolgreich, sondern weil er fähige Leute rekrutiert hat. Außerdem hat Thomas andere Sorgen.«

Galen nickte. »Ich habe die Bestätigung der Meldung über den Zustand seiner Gattin gelesen.« Er kniff die Augen zusammen. »Ihre Verletzungen sind doch nicht die Folge einer unserer Operationen, oder?«

Curaitis war ungerührt. »Nein. Wir ziehen subtilere Mittel vor.«

»Wie den Tod eines Kindes?«

»Zumindest wird er hier nicht als Folge der Gewalt sterben, die so viele Mariks in ihrem eigenen Reich und sogar innerhalb der eigenen Familie geplagt hat.«

»Ein schwacher Trost für einen kleinen Jungen, der nie erwachsen werden wird«, meinte Galen und schaute hinüber zu dem sterbenden Kind. »Manchmal wünsche ich mir, das Leben wäre einfacher.«

»Einfacher als Leben und Tod wird es nicht, Cranston. Alles andere ist nur eine Frage von Menge und Statistik.«

»Ich habe nicht den Eindruck, daß der Tod irgend etwas einfacher macht.«

»Der Junge wird es verstehen.« Curaitis nickte in Richtung der Tür. »Na los, verabschieden Sie sich von ihm. Er könnte es schlechter haben, als in Ihrer Gegenwart aus dem Leben zu scheiden.«

»Sie könnten mitkommen.«

Der Geheimdienstmann schüttelte den Kopf.

»Haben Sie etwas Besseres zu tun, Curaitis?«

»Allerdings«, antwortete er leise. »Während Sie sich da drinnen mit seinem Tod auseinandersetzen, werde ich dafür sorgen, daß wir sein Erbe überleben.«

2

> In dieser Welt geschieht nichts, bis die Menschen bereit sind, einander umzubringen, wenn es nicht getan wird.
>
> – George Bernard Shaw, *Major Barbara*

Tharkad City, Tharkad
Distrikt Donegal, Vereinigtes Commonwealth

21. Mai 3057

Caitlin Kell starrte Katrina Steiner-Davion mit offenem Mund an. »Katrina, mußtest du mir das sagen? Daß Ryan Steiner hinter dem Attentäter steckte, der unsere Mütter getötet hat?«

Caitlin sank langsam in einen dunklen Ledersessel. Früher hatte sie die Einrichtung dieses Zimmers als warm und einladend empfunden, aber jetzt fühlte sie die Kälte des Leders auf ihrer Haut. »Mein Gott, und ich habe noch um ihn getrauert.«

Katrina kniete sich auf den dicken Teppich vor Caitlin und ergriff die Hände ihrer Cousine. »Cait, wenn es einen anderen Weg gegeben hätte, es dir mitzuteilen, hätte ich ihn gewählt. Ryan ist auf eine *furchtbare* Weise umgekommen, aber es war nicht schrecklicher als das, was er *meiner* Mutter und *deinen* Eltern angetan hat. Wenn ich an Morgan denke, und an den Schmerz auf seinem Gesicht, als er deine Mutter zu Grabe getragen hat …« Katrinas Stimme versagte, und ihre Unterlippe bebte.

Caitlin drückte die Hände ihrer Cousine. Sie mußte selbst die Tränen unterdrücken. Der Bombenanschlag, der das Leben ihrer beiden Mütter auslöschte, hatte auch Morgan Kells rechten Arm zerfetzt. Der Verlust

Salomes, seiner Frau, war für Caitlins Vater der schlimmste Schlag gewesen, den er je erlitten hatte, schlimmer noch als der Tod seines Bruders Jahre zuvor. Und auch Melissas Tod hatte Morgan schwer getroffen, ebenso wie das gesamte Vereinigte Commonwealth. Soweit Caitlin es beurteilen konnte, hatte nur die wilde Entschlossenheit ihres Vaters, sich am Drahtzieher des Attentats zu rächen, ihm die Kraft gegeben, sich von seinen Verletzungen zu erholen.

»Mein Vater ist stark.« Caitlin preßte die Worte durch ihre zugeschnürte Kehle, ebensosehr um sich selbst davon zu überzeugen wie als Trost für Katrina. »Und Ryan hatte wahrscheinlich Glück, daß ihn der Scharfschütze auf Solaris zuerst erwischt hat. Selbst mit nur einem Arm – mein Vater hätte ihn zerrissen.«

Katrina wischte sich die Augen. Die Tränen zogen Spuren von Wimperntusche über ihre Wangen. »Du hast recht. Auf irgendeine Weise hätte Morgan ihn erwischt.«

Caitlin fletschte die Zähne. »Wer weiß? Ryan war Pilot. Vielleicht hätte ich ihn erledigt.«

Ihre goldblonde Cousine zog die Nase hoch. »Und was hätte ich tun können? Ihm auf einem Empfang die kalte Schulter zeigen. Vielleicht ihn neben die Baronesse de Gambier setzen!«

»So grausam hätte selbst ich nicht sein können.« Caitlin schüttelte den Kopf, und ihr dunkles Haar wippte leicht. »Unterschätz dich nicht selbst, Katrina. Du bist vielleicht keine Kriegerin, aber du hättest Ryan schon gebändigt.«

Katrina runzelte die Stirn. »Wie meinst du das?«

»Ich habe vielleicht die meiste Zeit auf Arc-Royal im Training mit den Kell Hounds verbracht, aber so abgeschieden ist es da auch nicht. Ich habe mitbekommen, wie effektiv du mit Ryan fertig geworden bist, wie du zwischen ihm und Victor vermittelt hast. Du hast die beiden daran gehindert, das Vereinigte Commonwealth zu spalten. Victors Entscheidung, nach New Avalon zurückzukehren, gibt dir die Chance, die Lage hier zu beruhigen.«

»Mag sein, aber ich bin nicht annähernd die Mittlerin, die meine Mutter war.« Katrina verbarg das Gesicht in den Händen. »Ich vermisse sie so sehr, Cait.«

Caitlin rutschte auf dem Sessel nach vorne und beugte sich vor, um die Arme um Katrina zu legen. »Ich weiß, ich weiß.« *Arme Katrina. Erst kommt ihre Mutter bei einem Bombenanschlag um, und dann stirbt ihr geliebter Galen Cox auf dieselbe Weise. Jetzt, wo Victor fort und Peter verschwunden ist, muß sie sich völlig verlassen fühlen.* »Wir alle vermissen deine Mutter, Katrina, aber in dir hat sie eine würdige Nachfolgerin.«

Wieder wischte Katrina die Tränen fort. »Meine Mutter war eine Institution. Mit einem eisigen Blick oder – was mehr ihrer Natur entsprach – einem warmen Lächeln und einem festen Händedruck konnte sie die Menschen immer dazu bringen, ihr Bestes für das Vereinigte Commonwealth zu geben. Alle liebten und respektierten sie und ließen sich von ihr leiten. Sie war so wunderschön und lebendig. Sie war ein festes Fundament für das Vereinigte Commonwealth und gleichzeitig der Mörtel, der das Gebäude zusammenhielt.«

Ein Lächeln trat auf Caitlins Gesicht, als sie sich an Archon Melissa Steiner-Davion erinnerte. »Ich glaube, niemand, der ihr von Angesicht zu Angesicht gegenüberstand, hätte ihr irgend etwas abschlagen können. Deswegen mußte der Attentäter eine Bombe benutzen. Hätte er versucht, deine Mutter zu erschießen, hätte er es nicht geschafft, den Abzug durchzuziehen.«

»Vermutlich mußte sie deswegen sterben.« Katrina schluckte schwer. »Das hört sich vielleicht morbide an, aber seit ich erfahren habe, daß Ryan den Tod meiner Mutter angeordnet hat, habe ich versucht, mich in seine Gedanken zu versetzen, um zu verstehen, warum er es getan hat.«

»Das ist nicht morbide. Es ist verständlich.« Caitlin strich Katrina übers Haar. »Ich habe mich auch gefragt, was für ein Mensch eine Bombe legen konnte, von der er wußte, daß sie so viele Menschen töten würde. Deine Mutter umzubringen war schon schlimm genug. Vielleicht war er einfach nur ein dummer Bastard, der Angst hatte, der Plan würde sonst nicht funktionieren. Wahrscheinlich hat Ryan ihm gesagt, er soll es so machen.«

Katrina stand auf und schüttelte den Kopf. »Nein, Ryan war nicht dumm. Er war alles andere als dumm.«

»Deine Mutter umzubringen war dumm, Kat.«

Katrina wanderte mit langen Schritten durch den Raum. »Ryan sah meine Mutter als stabilisierenden Faktor. Mit ihr als Archon-Prinzessin wäre die Politik meines Vaters – von ihr modifiziert und menschlicher gemacht – weitergeführt worden. Wir hätten die verbleibenden Jahre des Clan-Waffenstillstands dazu benutzt, zu einer Nation zusammenzuwachsen. Wir hätten uns auf den Clan-Ansturm vorbereitet und Allianzen mit anderen Nationen geschmiedet, um sicherzustellen, daß es den Clans niemals gelingen kann, die Innere Sphäre zu erobern. Das konnte Ryan nicht ertragen. Stabilität für unsere Nation bedeutete Stagnation für ihn.«

Caitlin knurrte verächtlich. »Er hätte sich eine andere Beschäftigung suchen sollen.«

»Das konnte er nicht. Er war ehrgeizig und machthungrig, und er hatte Ziele, die auf diesen Faktoren aufbauten. So begnadet meine Mutter auch war, nicht jeder stimmte mit ihrer Politik überein. Leute wie Ryan hatten legitime Zweifel an den Zukunftsplänen meiner Mutter.«

»Stimmt schon, Katrina, aber die meisten von ihnen hatten keine Probleme damit, deiner Mutter ihre Sorgen anzutragen, so daß sie die Möglichkeit hatte, sie in ihre Pläne einzubeziehen. Ryan schickte ihr eine Bombe.«

»Ja, aber bei ihm ging es meiner Ansicht nach um eine grundlegende Ablehnung des Vereinigten Commonwealth. Du weißt so gut wie ich, daß die Clans fünfundzwanzig Prozent ihrer Eroberungen aus der lyranischen Hälfte des Vereinigten Commonwealth geschnitten haben. Für Ryan war das eine tödliche Verletzung. Er wollte die Clans zurückwerfen, aber meine Mutter wollte wiederaufbauen und sich auf den Tag vorbereiten, wenn der Krieg von neuem losbricht.« Katrina blieb stehen und lehnte sich gegen einen der anderen Sessel. »In Ryans Augen war meine Mutter auf dem besten Weg, das Lyranische Commonwealth zu zerstören.«

»Und um es zu retten, betrieb er die Sezession der Isle of Skye?«

»Die Rebellion zu schüren war eine Möglichkeit, meiner Mutter den Ernst der Lage klarzumachen. Er erinnerte sich noch, wie das Lyranische Commonwealth die Wirtschaft der Vereinigten Sonnen gerettet hat, nachdem mein Vater vor fünfundzwanzig Jahren die Kommunalitäten Sarna und Tikonov der Konföderation Capella erobert hatte. Dann sah er die Panik, mit der die Menschen während der Clan-Invasion die lyranische Hälfte des Commonwealth verließen und Zuflucht im Davion-Teil der Nation suchten. Meine Mutter unternahm nichts, um sie daran zu hindern, weil sie sich ihrer Rückkehr sicher war, sobald die Clans aufgehalten waren.«

»Und sie sind zurückgekommen, Katrina. Wir alle wissen es.«

»Ja, aber nicht schnell genug. Die Zahl der Heimkehrer war kleiner als die Zahl der Flüchtlinge. Und diejenigen, die zurückkamen, hatten häufig nur nicht die Mittel, im Davion-Sektor eine erfolgreiche Existenz aufzubauen. Es waren Regierungsgelder, die ihre Umsiedlung ermöglichten. Und was für Ryan wohl noch schlimmer war – außer ihm schätzte niemand sonst die Situation so ein wie er. Er hatte das Gefühl, meine Mutter schläfere die Nation mit ihrer Sanftheit ein. Solange sie nicht aus dem Weg geräumt war, konnte es keinen Wandel, keinen Fortschritt geben.«

Caitlins grüne Augen funkelten. »Gott sei Dank war das eine Minderheitenmeinung.«

»Die Meinung einer Minderheit, ja.« Katrina schauderte. »Aber nicht die eines einzelnen.«

»Was sagst du da?«

»Frag mich nicht, Caitlin.«

Caitlin sprang auf, als sie Katrina zittern sah. »Was ist los, Kat? Sag es mir.«

»Nein, nein, ich kann nicht. Es ist zu schrecklich.«

»Schrecklicher als eine Terroristenbombe, die unsere Mütter zerrissen hat?« Caitlin packte Katrina an den Schultern. »Sieh mich an. Was könnte schrecklicher sein als das?«

Katrinas Mund öffnete sich in einem stummen Schrei, dann sackte sie gegen Caitlins Brust. »Ich glaube nicht, daß Ryan allein gehandelt hat.«

Katrinas Schluchzen versank im Hintergrund, als Caitlin die volle Bedeutung ihrer Worte klar wurde. Seit Melissa Steiners Tod brodelte das Vereinigte Commonwealth mit Gerüchten über Verschwörungen, die hinter ihrem Tod steckten. Die meisten davon versuchten, den Mord Victor Davion in die Schuhe zu schieben, aber Caitlin kannte Victor seit Jahren. Sie hatte die Gerüchte nie ernst genommen.

Katrinas Ausbruch brachte sie alle zurück. Ja, es waren Victor und Galen Cox gewesen, die Hanse Davion nach einem Herzschlag tot gefunden hatten. Es stimmte auch, daß Victor das Begräbnis seiner Mutter auf Tharkad versäumt hatte, obwohl ihre anderen Kinder, die den weiteren Weg von New Avalon hatten auf sich nehmen müssen, rechtzeitig eingetroffen waren.

Melissas Tod hatte Victor auf den Thron gehoben, der ihn zum alleinigen Herrscher über ein Reich machte, das an die äußersten Grenzen der Inneren Sphäre reichte und Abermilliarden Menschen umfaßte.

Und die jüngsten Gerüchte über eine wachsende Entfremdung zwischen Galen und Victor hatten einen üblen Beigeschmack erhalten, nachdem Galen in einem Bombenattentat gestorben war, das stark an jenes erinnerte, bei dem Melissa umgekommen war. Man munkelte, Victor habe seinen eigenen Vater in Galens Gegenwart umgebracht und ihm als Gegenleistung für dessen Schweigen Katrinas Hand versprochen. Später habe Victor seine Zusage zurückgezogen und Galen umbringen lassen, weil Cox im Begriff gewesen sei, die Wahrheit über den Tod Hanse Davions und Melissa Steiners öffentlich zu machen.

»Katrina, wie kannst du so etwas sagen? Wie kommst du darauf?«

»Ich weiß es nicht, Caitlin. Es ist nur eine Ahnung, aber es macht Sinn. Nach Ryans Tod erklärte Victor mir, das Rätsel um die Ermordung unserer Mutter sei gelöst. Ryan habe es getan und für das Verbrechen mit dem Leben bezahlt. Dann sagte er, Ryan habe allein gehandelt, völlig allein. Er sagte, es sei vorüber. Es sei Zeit weiterzugehen. Es sei Zeit, Dinge für das Vereinigte Commonwealth zu tun, die unsere Eltern sich nicht hätten vorstellen können.«

»Aber du glaubst doch nicht, Victor habe etwas mit ihrem Tod zu tun gehabt? Das kannst du nicht glauben!«

Katrina schüttelte den Kopf. Goldene Haarsträhnen klebten an ihren tränenüberströmten Wangen. »Nein, natürlich nicht. Victor könnte nie… nein, ich würde mein Leben darauf verwetten, aber…«

»Aber?« Caitlin spürte, wie sich ihre Eingeweide verkrampften. »Aber was?«

»Aber all die Gründe, aus denen Ryan meine Mutter umgebracht hätte, die gelten auch für Victor. Und für mich. Und für Peter und Arthur und Yvonne. Jeder von uns gewinnt durch den Tod unserer Eltern.«

»Aber Victor? Er könnte weder deine Mutter noch deinen Vater umgebracht haben.«

»Natürlich glaube ich das nicht, Caitlin. Natürlich weiß ich, daß er es nicht getan hat, aber ich darf nicht vergessen, wer ich bin und wo meine Verantwortung liegt. Das ist der Grund, aus dem ich lang und hart über Victor nachdenken muß.«

Caitlin runzelte die Stirn und packte die Hand ihrer Cousine. »Wovon redest du, Katrina?«

»Nun, zum Beispiel seine Rückkehr nach New Avalon.« Katrina befreite sich aus Caitlins Griff und nahm ihre nervöse Wanderung wieder auf. Gelegentlich wurden ihre Worte von Schluchzen und Schniefen unterstrichen, aber ihre Stimme war fest. »Sicher, der Regierungssitz ist selbst in den Jahren der Clan-Invasion zwischen Tharkad und New Avalon hin und her gewandert. Und ja, die Bevölkerung der alten Vereinigten Sonnen fühlte sich betrogen, als der Thron nach dem Tod unserer Mutter auf Tharkad blieb, aber der Thron gehört hierher. Ich habe Victor angebettelt, hierzubleiben, aber er war entschlossen, zurück nach New Avalon zu gehen.«

Caitlin senkte nachdenklich den Blick. Unbewußt zupfte sie mit einer Hand am Seidenärmel ihrer Bluse. »Aber meinst du nicht, daß Victors Abreise zur Beruhigung der Lage beiträgt, jetzt, wo sich die Isle of Skye gegen ihn erhoben hat?«

»Ich hätte die Lage beruhigen können, wenn er hiergeblieben wäre. Indem er davonläuft, erweckt er bei seinen Feinden in Skye den Eindruck, daß sie ihm angst machen können. Währenddessen müssen seine Befürworter glauben, er habe sie im Stich gelassen. Nimm nur Grayson Carlyle. Er hat ihm einen Titel verliehen und einen persönlichen Treueschwur als Gegenleistung verlangt, und dann hat er nichts unternommen, um Carlyles Gray Death Legion bei den Kämpfen auf Glengarry beizustehen. Im Gegenteil, Victor ist nach New Avalon abgereist, Monate bevor die Lage geklärt war. Er hat Carlyle genauso im Stich gelassen wie einige andere.«

»Ich würde sagen, nach allem, was geschehen ist, bist du es, die sich im Stich gelassen fühlt, Kat.«

Katrina blieb stehen und lächelte ihre Cousine an. »Aber nicht von dir, Cait. Du bist gekommen, sobald du konntest.«

»Und ich bin gerne hier, trotz der Umstände.«

»Du bist meine Stärke, Caitlin. Du warst schon immer stärker als ich.«

»Erinnerst du dich, was ich vorhin gesagt habe? Unterschätze dich nicht selbst, Katrina.«

»Das habe ich vielleicht früher getan, aber jetzt nicht mehr.« Katrina atmete tief durch und strich sich das Haar aus dem Gesicht. »Ich bin eine Steiner, und ich bin verantwortlich für den Schutz meines Volkes. Die Regierung fliegt seit Beginn des Machtwechsels auf Autopilot. Jetzt, nachdem Victor mit all seinen Leuten auf New Avalon ist, werde ich benutzen, was Victor mir gelassen hat, um zu tun, was getan werden muß. Und die erste Aufgabe ist Heilung. Heilung der politischen Brüche, der Schmerzen der Skye-Rebellion.«

Caitlin lächelte. »Bewundernswerte Ziele.«

»Oh, ich werde noch mehr tun. Und der Schlüssel dafür wird in der Heilung liegen. Ich werde mich auf medizinische Forschung konzentrieren, Krankenhäuser bauen, die Schäden des Aufstands reparieren und den Haß bekämpfen, der das Commonwealth zu zerreißen droht. Wenn mir das gelingt, haben wir nichts von den Clans zu befürchten, wenn der Waffenstillstand ausläuft.«

Caitlin nickte. »Und Victor?«

Katrina zögerte, dann sah sie zu Boden. »Ich bin in erster Linie meinem Volk verantwortlich, dem Volk, das durch sein Handeln zu Schaden gekommen ist. Ich will nicht glauben, daß Victor ein Monster ist, das seine Zuflucht in kaltblütigem Mord sucht, aber wenn sich herausstellen sollte, daß dem doch so ist, werde ich mit ihm abrechnen müssen. Aber gleichgültig, was geschieht, ich werde mich daran erinnern, wo meine Hauptsorge liegt, und ich werde nie wieder zulassen, daß Victor meinem Volk schadet.«

Daosha, Zürich
Mark Sarna, Vereinigtes Commonwealth

Noble Thayer lächelte, als Ken Fox ihm auf die Schulter schlug. »Ich weiß zu schätzen, daß Sie bereit sind, mir die Wohnung so kurzfristig zu vermieten, Mr. Fox, aber ich kann Sie nicht in dem Glauben lassen, ich sei ein Veteran wie Sie.« Noble strich sich mit der Linken über den schwarzen Bürstenhaarschnitt. »Nur weil ich dieselbe Frisur habe wie Sie, bedeutet das noch nicht, daß ich in den Vereinigten Commonwealth-Streitkräften gedient habe.«

Fox legte die Stirn in Falten und die Hände auf den fülligen Bauch. »Ein Kerl Ihres Alters müßte gegen die Clans gedient haben, richtig?«

Noble setzte seine beiden Seesäcke an der Tür der möblierten Wohnung ab. »Richtig, müßte. Als ich von der Invasion hörte, lebte ich auf Garrison und machte mich auch gleich mit ein paar Freunden auf den Weg, um mich freiwillig zu melden. Wir hatten einen Unfall, und ich brach mir das Bein an zwei Stellen.« Thayer beugte sich vor und rollte ein Hosenbein hoch, um seinem Gegenüber die Operationsnarbe zu zeigen. »Auf meine Kumpels wartete das Soldatenleben und auf mich der Streckverband.«

Fox zuckte zusammen und kaute auf einem kalten Zigarrenstummel. »Ich habe es immer gehaßt, aufgeschnitten zu werden. Diese Chirurgen sind schlimmer als der Feind.« Der ältere Mann musterte Noble von oben bis unten. »Aber wenn Sie kein Veteran sind, wieso dann der Haarschnitt und die Seesäcke? Ich meine, wenn ich Sie so ansehe, dann sag ich mir: ›Das ist ein Mann von Selbstdisziplin und militärischer Haltung.‹«

Noble strahlte übers ganze Gesicht. »Das Militär hat mich abgelehnt, wegen des Beins. Ich hab mich dann freiwillig zur Zivilverteidigung gemeldet und festgestellt, daß ich ein Talent habe, jungen Leuten etwas beizubringen. Einer meiner Vorgesetzten hatte einen Bruder, der eine kleine Militärakademie auf Hyde leitete – die Stevenson-Preparatory MA. Vielleicht haben Sie von ihr gehört?«

Fox grunzte unbestimmt.

»Jedenfalls habe ich dort eine Stellung bekommen und die letzten drei Jahre Chemie und Naturwissenschaften unterrichtet.«

»Aber was wollen Sie auf Zürich? Wir haben hier keine Schulen wie die.«

Noble Thayer nickte. »Genau das hat mich angelockt.«

»Kapier ich nicht.«

»Vor etwa sechs Monaten ist mein Großvater gestorben und hat mir etwas Geld hinterlassen. Ich hatte ihm vor langer Zeit einmal erzählt, daß ich Schriftsteller werden wollte, aber ich habe es nie fertiggebracht, mich tatsächlich irgendwo hinzusetzen und mit dem Schreiben anzufangen. Diese Welt ist so weit von Hyde entfernt, daß ich keine Möglichkeit habe, in den sicheren Hafen des Lehrerberufs oder meiner Familie zurück zu flüchten. Hier heißt es schwimmen oder untergehen.«

»Eine Erbschaft ist eine verdammt gute Rettungsweste, Noble.«

»Ja, das stimmt wohl.«

»Warum ausgerechnet Zürich?«

Noble schüttelte den Kopf. »Ich will Thriller schreiben, und, na ja, vor einem Jahr sah ich einen Holovidbericht über eine Ärztin, die ein Mitglied der Zhanzheng de Guang stellte und entwaffnete, und ich bin zu dem Schluß gekommen, daß ich zum Schreiben diese Art von Atmosphäre suche – nein, *brauche*.«

Fox brach in schallendes Gelächter aus, und das Fett unter seinem karierten Hemd geriet in heftige Wallungen. »Na, hier haben Sie massenhaft Atmosphäre, Noble. Das hier war die Wohnung dieser Ärztin.«

»Nein!«

»Und ob. Teufel, Sie übernehmen den letzten Monat ihres Vertrags.« Fox nickte stolz. »Dr. Deirdre Lear und ihr Sohn David haben hier gewohnt. Sie hat weiter die Miete gezahlt, für den Fall, daß sie sich entschließt, in das Krankenhaus zurückzukehren, in dem sie gearbeitet hat. Meine Tochter hat immer auf ihren Sohn aufgepaßt. Vor zwei Monaten haben wir Nachricht von Dr. Lear bekommen, daß sie eine Weile auf St. Ives bleibt. Dann kamen ein paar ihrer Freunde aus dem Rencide Medozentrum vorbei, um ihre Sachen zusammenzupacken und in den Keller zu schaffen. Die Sachen sind eingeschlossen, Sie werden also warten müssen, bis jemand kommt, um sie abzuholen. Der andere Kellerschlüssel ist hier an Ihrem Schlüsselring. Die Freunde des Doktors warten auf ein Schiff in Richtung St. Ives – dürfte nicht länger als einen Monat dauern. Ich hoffe, daß ist kein Problem?«

»Aber nein, überhaupt nicht. Alles, was ich habe, ist in den beiden Säcken.« Noble zuckte die Schultern.

»Sie sind sehr vertrauensselig, mir einen Schlüssel zum Keller zu geben, bevor er leer ist.«

Fox zuckte die Achseln. »Ich kann Menschen einschätzen. Sie sind kein Dieb. Aber Sie *werden* mehr Zeug brauchen, um sich hier einzurichten.«

»Betten, Tische und Stühle sollten einfach genug zu beschaffen sein«, meinte Noble. »Ich habe mir gedacht, ich schaffe mir einen Computer zum Schreiben an, aber ich frage mich, wie es hier mit so etwas aussieht.«

»Kein Problem, ist nur 'n bißchen teurer. Fabian, mein Schwiegersohn, kann Ihnen was besorgen.«

»Hervorragend.« Noble griff in die Innentasche seiner Jacke und zog einen Scheck über tausend VC-Kronen heraus. »Das dürfte Miete und Kaution abdecken. Den Rest können Sie auf die nächste Miete anrechnen. Wir können das Ganze genau ausrechnen, wenn Sie den Vertrag aufsetzen.«

»Soll mir recht sein. Schön, Sie hier zu haben, Noble.« Fox verließ die Wohnung, blieb im Treppenhaus stehen und drehte sich grinsend zu seinem neuen Mieter um. »Ich wohne in dem Doppelhaus die Straße runter. Wenn Sie irgendwann Lust haben, sich anzuhören, was ich alles im Neununddreißiger Krieg gegen die Schlangen bei den 22. Avalon-Husaren erlebt habe, kommen Sie vorbei, und ich zeig Ihnen ein paar *echte* Narben.«

»Ich sorge fürs Bier.«

»Gemacht.«

Noble Thayer schloß die Tür und sah sich in der einfachen Wohnung um. Vom Wohnzimmer zweigte die Küche ab, und ein Gang auf der rechten Seite führte in zwei kleine Schlafzimmer und ein Bad. Die Wände waren über einem marineblauen Teppichboden hellblau gestrichen. Das Mobiliar war akzeptabel, aber billig und nicht allzu stabil.

Nicht, daß ihn das störte. Er war nach Zürich gekommen, um seiner Vergangenheit zu entfliehen und in die Zukunft zu blicken. Daß er in Dr. Lears Wohnung untergekommen war... das war ein Glückstreffer, den er nicht vorhergesehen hatte. Das hätte ihm niemand geglaubt.

Er lachte laut und hoffte, daß Fox ihn nicht hören konnte. »Das ist der erste Tag vom Rest deines Lebens, Noble Thayer. Hoffentlich werden die übrigen genauso glücklich.«

3

> Neutrale bestimmen nie das Geschehen. Sie gehen immer unter. Nur Blut kann die Räder der Geschichte in Bewegung setzen.
>
> – Benito Mussolini

Palast des Marik, Atreus
Marik-Commonwealth, Liga Freier Welten

23. Mai 3057

Sun-Tzu Liao sog mit tiefen Atemzügen den Frieden der vom Kerzenschein erleuchteten Bibliothek Thomas Mariks ein. Er würde seine Sache vertreten, ohne die Würde dieses Raums zu verletzen. Marik mußte einen Wutausbruch erwarten, aber er hatte mehr zu gewinnen, indem er Thomas verwirrte. *Ein Gegner, der dich nicht erkennt, kann dich auch nicht vernichten.* »Vielen Dank, daß Sie bereit sind, mich heute abend zu empfangen, Generalhauptmann.« Er hielt eine Holodisk empor. »Ich habe Ihre Nachricht empfangen und möchte sie persönlich mit Ihnen besprechen.«

Thomas Marik stand vor dem lodernden Kaminfeuer. Er drehte sich um und sah Sun-Tzu an. Der Feuerschein erhellte die linke Gesichtshälfte des Generalhauptmanns und tauchte die vernarbten Züge der rechten in Halbschatten. »Bitte, Sun-Tzu, machen Sie es sich bequem.«

Der jüngere Mann erstarrte und nahm bewußt Haltung an, bevor er eine entspanntere Haltung mit hinter dem Rücken gehaltenen Händen einnahm. Die militärische Präzision seiner Bewegungen ließ Thomas sich versteifen, wie in Vorbereitung auf eine Konfrontation. Genau das hatte Sun-Tzu beabsichtigt. Sein Gesicht verriet keinerlei Emotion, aber er ließ seine leise Stimme Mitgefühl ausdrücken. »Ich bin betrübt über die Verschlechterung des Zustands Ihrer Gattin. Sosehr ich ein Ende des Wartens und einen Termin für meine Hochzeit mit Ihrer Tochter herbeisehne, wäre es unmenschlich von mir, Ihre Trauer zu stören. Wenn ich oder meine Nation irgend etwas tun können ...«

Thomas schüttelte den Kopf, und das Licht des Kaminfeuers ließ die Narben, die sich kreuz und quer über seine rechte Gesichtshälfte zogen, weiß aufblitzen. »Sie erhält die bestmögliche Versorgung. Selbst wenn wir sie nach New Avalon fliegen würden, könnte das ihr Leben höchstens um wenige Jahre verlängern. Hier hätte sie vielleicht noch drei, aber der Schaden an ihren Lungen ist irreparabel. Angesichts ihrer Lage hat sie den Zeitpunkt ihres Ablebens selbst festgelegt.«

Sun-Tzu kniff die jadegrünen Augen zusammen. »Dann habe ich Ihre Botschaft falsch verstanden. Ich war mir nicht bewußt, daß Sie sich entschlossen hat, ihrem Leben selbst ein Ende zu machen.«

»Sophina war die Herzogin von Oceana, bevor ich sie vor neun Jahren heiratete. Möglicherweise liegt es daran, daß Oceana nie ein sonderlich reicher Planet war, jedenfalls hat seine Bevölkerung eine Tradition entwickelt, in der Sterbenskranke keinen Versuch unternehmen, ihr Leben zu verlängern. Sie vertreten die Ansicht, daß Geld und Ressourcen besser zum Wohl der Gemeinschaft eingesetzt werden können.« Thomas verstummte und verzog schmerzlich das Gesicht. »Ich würde sie festhalten, so lange es nur geht, aber ich liebe sie zu sehr, um sie gegen ihren Wunsch am Leben zu erhalten.«

Sun-Tzu registrierte Thomas' Schmerz und machte sich in Gedanken eine Notiz zur späteren Verwendung. *Wenn ich jemand so sehr lieben würde, würde ich sie zwingen, sich behandeln zu lassen. Du bist ein schwacher, passiver Narr, Thomas Marik.* Laut sagte er: »Sie erweisen sich als tapferer Mann, indem Sie ihre Entscheidung akzeptieren. Wäre ich bereits mit Isis verheiratet, weiß ich nicht, ob ich in der Lage wäre, sie so leicht loszulassen.«

Thomas' rechtes Auge funkelte aus dem Dunkel in Sun-Tzus Richtung. »Jeder Vater wünscht sich für seine Tochter eine Liebesehe, aber ich weiß, daß Liebe keine Rolle bei Ihrem Wunsch spielt, sich mit Isis zu verbinden. Sie lieben nur die Macht, die sie mit ins Ehebett bringen wird – die Chance, die Liga Freier Welten zu regieren.«

»Nein, Thomas, was Isis mir bringt, sind engere Beziehungen zwischen meiner Konföderation Capella und Ihrem Reich.«

Thomas lachte kalt. »Ach, wirklich, Sun-Tzu? Und das halten Sie für eine gute Sache?«

Sun-Tzu zögerte, konnte Thomas' plötzlichen Stimmungsumschwung nicht erklären. »Allerdings, genau wie Sie.«

»Da könnten Sie sogar recht haben.« Thomas klopfte sich mit einem Finger ans Kinn. »Vielleicht werde ich Ihrer Tante Candace den Hof machen und den St. Ives-Pakt enger an die Liga Freier Welten binden, und anschließend könnte ich Isis mit Ihrem Vetter Kai verheiraten. Wir setzen Sie ab und verschmelzen alle drei Reiche miteinander.«

In den Eingeweiden des Capellaners machten sich eisige Tentakel breit. »Wenn man den Skandalvids aus dem Vereinigten Commonwealth glauben darf, ist mein Vetter Kai mit einer Frau zusammen, die ihm bereits einen Sohn geboren haben soll. Er hat sie nach St. Ives gebracht und seiner Mutter vorgestellt. Kai wird sie heiraten, obwohl sie eine Bürgerliche aus dem Vereinigten Commonwealth ist. Dessen bin ich mir sicher. Ich erwarte in Kürze die Ankündigung.«

»Und Sie möchten einen Termin für die Hochzeit mit

meiner Tochter festsetzen, bevor Kai seine Verlobung bekanntgeben kann?«

Sun-Tzu schüttelte den Kopf. Seine nächsten Worte waren gut überlegt, und die Lautstärke seiner Antwort stieg allmählich an, während er sprach. »Wie so viele andere interpretieren Sie alle meine Handlungen als Reaktionen auf die Maßnahmen meines Vetters. Es stimmt zwar, daß meine Mutter sich entschloß, mich zu bekommen, nachdem sie erfahren hatte, daß ihre Schwester schwanger war, aber diese innerfamiliäre Rivalität erstreckt sich nicht auf meine Generation.«

Thomas hob die Hand und brachte sie dann in einer abgestuften Bewegung nach unten, die darauf ausgerichtet schien, Sun-Tzus Lautstärke zu dämpfen. »Warum protestieren Sie dann so vehement?«

»Ah, Sie wollen andeuten, ich fürchte mich vor der Zukunft. Gegen diese Anschuldigung gibt es keine Verteidigung. Allerdings könnte ich entgegnen, daß Sie es sind, der sich weigert, sich der realen Zukunft der Liga Freier Welten zu stellen.«

»Impertinent wie immer, Sun-Tzu«, erwiderte Thomas gelassen. »Aber ich bin neugierig, wie Sie das begründen wollen.«

»Sie können nicht abstreiten, daß Sie als ComStar-Adept aufgewachsen sind.«

Thomas' braune Augen funkelten wütend. »Ich bin als Marik aufgewachsen.«

»Verzeihen Sie, Mylord, aber als Janos Mariks siebtes Kind hatten Sie kaum eine Chance, sein Erbe anzutreten. Soweit ich weiß, traten Sie mit sechzehn in den Orden ein, und sie waren einunddreißig, als Ihr Vater sich entschloß, Sie zu seinem Nachfolger zu erklären. Erst mit einundvierzig Jahren begannen Sie, im Namen Ihres Vaters zu regieren. Dann hielt alle Welt Sie für ein Opfer desselben Bombenanschlags, der das Leben Ihres Vaters und Ihres ältesten Bruders gekostet hatte. Als Sie anderthalb Jahre später auf wunderbare

Weise gesund und lebend wieder auftauchten, war dies nur möglich, weil ComStar Sie an geheimem Ort gepflegt hatte. Sie werden mir verzeihen, wenn ich den Einfluß des Ordens auf Ihr Leben nicht unterschätze.«

Thomas hob den Kopf. »Und dieser *Einfluß,* von dem Sie so überzeugt sind, verleitet Sie zu der Annahme, ich hätte kein realistisches Bild von der Zukunft?«

Sun-Tzu schüttelte bedauernd den Kopf, um Zeit zu schinden, während er einen Weg durch das Minenfeld von Thomas' Frage suchte. »ComStars Sorgen, und dies gilt in der Tat auch für Ihre bevorzugten Forschungsbereiche, sind auf die Wiedererlangung von Technologien gerichtet, die nach dem Zusammenbruch des Sternenbunds vor dreihundert Jahren verlorengingen. Sie leben insbesondere dann auf, Mylord, wenn Sie mit Technikern über technische Probleme diskutieren können.« Er breitete die Arme aus. »Sie umgeben sich mit Kerzen, Büchern und anderen Antiquitäten, aber möglicherweise tun Sie dies nur, weil sie Ihnen eine Zuflucht vor den komplexen Gegebenheiten des Lebens in der Inneren Sphäre unserer Tage bieten. Sie feiern dieses Jahr Ihren sechsundsechzigsten Geburtstag, Sir, und auch wenn viele von uns hoffen können, noch mindestens drei Jahrzehnte über diesen Tag hinaus zu leben, so ist die Lebenserwartung von Nachfolgerfürsten doch nicht annähernd so groß. In vier Jahren werden Sie das Alter Hanse Davions bei dessen Ableben erreicht haben – und er starb eines natürlichen Todes. Takashi Kurita, Melissa Steiner, meine Mutter, selbst Ryan Steiner fanden alle ein vorzeitiges Ende durch die Hände eines Meuchelmörders.«

Thomas zog eine Augenbraue hoch. »Das könnte als Drohung ausgelegt werden, Sun-Tzu.«

»Es ist eine Feststellung, Mylord. Sie sind sich natürlich bewußt, daß ich keinerlei Grund hätte, Sie umzubringen, solange ich noch nicht mit Ihrer Tochter verheiratet bin.«

»Ein ausgezeichneter Grund für mich, diese Verbindung niemals zuzulassen.«

»Eine verständliche Schlußfolgerung, aber fehlerhaft. Zur Zeit bedeutet eine Allianz zwischen der Liga Freier Welten und der Konföderation Capella, daß Victor Davion ernsthaft überlegen muß, ob er sich einen Versuch leisten kann, zu Ende zu bringen, was sein Vater vor dreißig Jahren begonnen hat. Mit Ihnen als Generalhauptmann wird Victor nicht versuchen, die Konföderation Capella zu vernichten. Sollten Sie einem Attentat zum Opfer fallen, nachdem ich Isis heirate, und der Thron an sie fallen, könnte Victor die verschiedenen Fraktionen in der Liga gegeneinander ausspielen, indem er mich als einen Feind in ihrer Mitte darstellt. Sie würden Isis die Unterstützung verweigern, und mein Reich würde untergehen.«

»Es wäre also in Ihrem Interesse, mich am Leben zu halten.«

»In der Tat, und das ist mein entschiedener Wunsch. Sollten Sie sterben, bevor ich Ihre Tochter heirate, wäre die Lage für Ihre Nation noch schlimmer. Sie sind es, der die Freien Welten eint. Durch die Gründung der Ritter der Inneren Sphäre haben Sie Ihrem Volk ein hehres Ideal geliefert, dem es nacheifern kann.« *So dumm und veraltet es auch sein mag,* setzte Sun-Tzu in Gedanken hinzu, sprach es aber nicht aus. Er achtete darauf, daß das Grinsen in seinen Gedanken nicht den Weg auf sein Gesicht fand. »Ohne Sie würde diese Konföderation von Welten zerfallen, und Victor könnte sie häppchenweise schlucken.«

Der Generalhauptmann nickte jovial. »Sie malen ein düsteres Bild der Zukunft, Sun-Tzu. Es hört sich an, als ob Sie keine Möglichkeit sehen, einen Krieg gegen Victor Davion zu vermeiden.«

»Allerdings nicht.«

»Und Ihre Lösung für dieses Dilemma?«

»Ich habe eine Lösung, aber ich bezweifle, daß Sie sie jetzt hören wollen.« Sun-Tzu zog die Brauen hoch. Das gedämpfte Licht betonte die Falten auf seiner Stirn und um seine Mandelaugen. »Wie Sie wissen, habe ich Agenten und Umstürzler im gesamten Besatzungsgebiet der Mark Sarna. Sie tragen die verschiedensten Namen und operieren in den unterschiedlichsten Verkleidungen. Ich setze sie konstant ein, um nach Schwachpunkten zu suchen.«

»Schwachpunkten in der Bewegung Freies Capella Ihres Onkels Tormana?«

»Das ist der Eindruck, der entsteht, nicht wahr? In Wirklichkeit richtet sich mein Interesse jedoch auf Victor und dessen Reaktionen auf mein Vorgehen. Er sorgt sich um die Bedrohung durch die Clans und überläßt es bis auf weiteres anderen, sich um Probleme innerhalb seines Reiches zu kümmern. Er hat die Aufgabe, die Folgen der Skye-Rebellion zu handhaben, seiner Schwester übertragen. Zur Neutralisierung meiner Operationen im besetzten Gebiet hatte er meinen Onkel Tormano, aber jetzt hat Kai die Kontrolle über die Bewegung Freies Capella übernommen. Vor der Clan-Invasion versuchten Hanse Davion und Melissa, die Kommunalitäten Sarna und Tikonov in das Vereinigte Commonwealth zu integrieren. Victor hingegen behandelt sie wie Kolonien, während er sich auf den Kampf gegen die Clans vorbereitet.«

»Wenn er so mit der Vorbereitung auf den Clankrieg beschäftigt ist, warum sollte er uns angreifen?«

»Er ist ein Davion. Heimtücke und Opportunismus sind ihm angeboren.«

Thomas lachte. »Sie sehen ihn als Reinkarnation seines Vaters.«

»Und Sie als die seiner Mutter.«

»Nein, Sun-Tzu, ich sehe ihn als eine Mischung aus beiden. Er hat die kämpferischen Eigenschaften und

Führungsqualitäten seines Vaters und die Zukunftsvision seiner Mutter. Er hat noch keine dieser Gaben zu der Intensität entwickelt, wie sie seinen Eltern zu eigen war, aber er ist noch jung. Ebenso wie Sie.«

»Mag sein, Thomas, aber denken Sie an meine Worte. Ich habe die Geschichte studiert und sehe, was uns bevorsteht. Eines Tages – und ich fürchte, dieser Tag ist näher, als uns lieb sein kann – wird Victor Davion erkennen, daß er nur dann eine Hoffnung hat, die Clans zu besiegen, wenn es ihm gelingt, die Innere Sphäre zu einen. Und an diesem Tag wird er sich auf uns stürzen.«

Thomas nickte zögernd, nachdenklich. »Und Sie haben einen Plan, wie man ihn aufhalten kann?«

»Den habe ich, einen Plan, der ständig überarbeitet und verbessert wird. Wenn Sie bereit sind, das Problem Victor Davion anzugehen, werde ich Ihnen den Plan zur Verfügung stellen.« Sun-Tzu verneigte sich und ging zur Tür. Dann blieb er noch einmal stehen. »Einer Sache bin ich mir sicher, Mylord, und es ist diese: Wenn ein Krieg unvermeidlich ist, dann ist es besser, auf dem Gelände des Gegners zu kämpfen als auf dem eigenen.«

»Ein Präventivschlag?«

»Wenn es ums Überleben geht, Mylord, ist es dann nicht besser, die Kobra zu töten, *bevor* sie zubeißt?«

Sun-Tzu verneigte sich noch einmal, drehte sich um und verließ die Bibliothek. Die Tür glitt hinter ihm lautlos ins Schloß. U*nd wenn du die Weisheit darin noch nicht erkennen kannst, Thomas, werde ich einen Weg finden müssen, es noch deutlicher zu machen.*

4

Friede, Hptw. In internationalen Beziehungen, eine Periode des Betrügens zwischen zwei Perioden des Kämpfens.

– AMBROSE BIERCE, *Wörterbuch des Teufels*

Avalon City, New Avalon
Mark Crucis, Vereinigtes Commonwealth

26. Mai 3057

Victor Ian Davion, Erster Prinz des Vereinigten Commonwealth, stöhnte. »Wenn das die Art von Glück ist, die meine Regierungszeit kennzeichnet, sollte ich besser gleich abdanken. Willst du den Job, Jerrard?«

Galen Cox schüttelte den Kopf. »Nein, danke, Sir.« Er grinste, ungeachtet der Härte seines Tonfalls. »Das war in der Tat ziemliches Pech, aber ich denke, wir können es zu unseren Gunsten wenden, auch wenn ein voller Bericht von Curaitis noch aussteht.«

Der Prinz strich sich eine sandblonde Haarsträhne aus der Stirn und seufzte. »Was für eine Wettquote hätten wir auf Solaris wohl auf die Chance bekommen, daß ein exakter Doppelgänger Joshua Mariks im Davion-Friedenspark-Zoo auftaucht und von einem Skandalvid-Reporter entdeckt wird?«

»Eine enorme Quote, und noch eine viel höhere, wenn sie wüßten, daß der echte Joshua tot ist und ein Double seinen Platz eingenommen hat.« Galen hob die Schultern. »Es sieht ganz nach einem dummen Zufall aus. Als das Kind die Mütze abnahm und die langen roten Haare über seine Schultern fielen, war es ziemlich offensichtlich, daß es sich *nicht* um Joshua handelte. Es waren die übergroßen Kleider, die das Mädchen trug, und die ungeschickte Art, wie es

Make-up aufgetragen hatte, so daß seine Augen eingefallen wirkten.«

Victor kam hinter dem wuchtigen Eichenholzschreibtisch hervor, der seinem Vater fast vierzig Jahre lang gute Dienste geleistet hatte. »Danke, daß du so schnell zur Stelle warst und die Geschichte gekippt hast. *Und* die Fortsetzung.«

»Eins muß man dieser Schmuddelpresse lassen: Die Leute haben Phantasie. Statt die Geschichte ad acta zu legen, als klar wurde, daß Joshua nicht Joshua sein konnte, weil er eine *sie* war, fabrizierten sie: ›Marik-Erbe heiratet nach Geschlechtsumwandlung Victor Davion‹.« Galen kicherte. »Das wäre die Hochzeit des Jahrhunderts geworden.«

Victors wütender Blick durchbohrte ihn. »Ich sehe nicht, was daran so komisch sein soll. Wir können es uns momentan nicht leisten, Aufmerksamkeit auf Joshua zu lenken.«

»Ich weiß, Sir, und genau deshalb denke ich, daß wir die Sache zu unserem Vorteil ausnutzen können. Wir werden ein Video fabrizieren, auf dem Missy Cooper und Joshua einander begegnen. Das macht sie berühmt und zeigt aller Welt, daß es Joshua gutgeht. Ehrlich, die Leute wissen doch, daß sie den Skandalvids nichts glauben dürfen. Und wenn fragwürdige Geschichten über Joshua darin auftauchen, wird alles zweifelhaft, was sonst über ihn in Umlauf kommt.«

»Ich wünschte, das gälte auch für Geschichten über mich und die Verschwörung hinter dem Tod meiner Mutter.« Victor rieb sich die Augen. Dann ließ er sich auf das Sofa neben dem Schreibtisch fallen. »Du weißt natürlich, daß ich Galen Cox habe umbringen lassen, um den Mord an meinem Vater hier in diesem Büro zu verschleiern.«

Galen nickte und setzte sich auf einen Stuhl links neben Victor. »Ja, das habe ich auch gehört, und Sie wissen, ich denke, da ist nichts dran.«

Victor konnte nicht anders, er mußte lachen. »Danke, mein Freund. Du rückst alles zurecht. Auch wenn wir in einer Welt leben, in der Schein zu Wirklichkeit werden kann, darf ich nicht vergessen, mich auf die Wirklichkeit zu konzentrieren. In diesem Sinne, was hast du wegen des Skandalvids unternommen?«

»Mit dem Versuch, die Sache zu unterdrücken, würden wir ihr nur zusätzliches Gewicht geben, also habe ich allen Geheimdienstsekretariaten Material darüber geschickt, was geschehen ist, einschließlich Hintergrunddaten über diese Missy Cooper. Weiteres Material ist angekündigt. *Tattler* bringt die Cooper/Joshua-Geschichte nächste Woche als Tränendrücker. Unsere Leute bekommen das Material zwei Tage vorher und werden die örtlichen Medien ermuntern, eigene Doppelgängerwettbewerbe zu veranstalten.«

Victor nickte. »Sehr gut. Wie hast du den *Tattler* dazu gebracht, die Geschichte umzuschreiben?«

Galen schluckte. »Mit dem Versprechen eines exklusiven Statements von Ihnen zur Ankündigung von Kai Allard-Liaos Verlobung. Ich habe die Tatsache betont, daß Sie während des Clankriegs auf Alyina und Twycross mit beiden Kontakt hatten. Nur fünf Minuten, nicht mehr.«

»Fünf Minuten zuviel, verdammt!« Victor ballte krampfhaft die Fäuste, dann zwang er die Finger auseinander und beruhigte sich. »Nein, warte, es muß sein. Du hattest ganz recht, es zu arrangieren. Katherine wäre dem *Tattler* gegenüber so freundlich, daß es der Redaktion schwerfiele, etwas gegen sie zu bringen. Ihr Material erreicht mehr Menschen als alles, was wir offiziell herausgeben. Es kann nicht schaden, wenn ich dabei etwas menschlicher rüberkomme.«

»Ich hatte gehofft, daß Sie es so sehen.«

»Dessen bin ich mir sicher, Jerrard.« Victor sah sich in dem holzgetäfelten Büro um und bemerkte, daß der Raum kleiner und kälter wirkte, seit er das Amt des

Ersten Prinzen übernommen hatte. Während der Regierungszeit seines Vaters, in Victors Jugendjahren, war dies ein Ort der Macht gewesen, ein Ort, an dem Entscheidungen fielen, die das Leben von Milliarden Menschen beeinflußten.

Einen Doppelgänger Joshuas zu erschaffen war eine dieser Entscheidungen gewesen – Projekt Gemini, eine letzte Hinterlassenschaft Hanse Davions. Lebendig und gesund, war Joshua der Erbe Thomas Mariks und damit das größte Hindernis für Sun-Tzu Liaos heimliche Hoffnung auf die Herrschaft über die Freien Welten. Aber es war allgemein bekannt, daß Joshuas Krankheit unheilbar war. Der Knabe würde bald sterben und Sun-Tzu freie Bahn verschaffen.

Thomas hatte Sun-Tzus Heirat mit Isis über Jahre verschleppt, aber er konnte sie nicht auf ewig hinauszögern. Wenn Liao erst mit Isis vermählt war, lag die Kontrolle über seine eigene fanatische Konföderation Capella und die mächtigen Industrien der Liga vor ihm wie auf einem Silbertablett.

Es konnte keinerlei Zweifel daran geben, was Sun-Tzu mit dieser Macht tun würde, sollte Thomas Marik auf natürliche oder gewaltsame Weise sterben und Isis seinen Thron besteigen. Sun-Tzu würde keine Sekunde zögern, die im Vierten Nachfolgekrieg an das Vereinigte Commonwealth verlorenen Systeme zurückzuerobern. Hanse Davions Armeen hatten in diesem Krieg die halbe Konföderation Capella besetzt, mehr als hundert Sonnensysteme, die zur heutigen Mark Sarna geworden waren. Die Welten der Mark, die zuvor wie ein Keil zwischen dem Lyranischen Commonwealth und den Vereinigten Sonnen gelegen hatten, waren jetzt Teil des Vereinigten Commonwealth. Nichts behinderte mehr die Verbindung der beiden riesigen Sternenreiche.

Victor hatte lange und intensiv darüber nachgedacht, ob er Projekt Gemini fortsetzen sollte, nachdem seine Berater ihn darauf hingewiesen hatten. Die Idee, Joshua durch einen Doppelgänger zu ersetzen und Thomas Marik über den Tod seines Sohnes hinwegzutäuschen, stieß ihn ab. Aber schließlich war er zu dem Schluß gekommen, daß es die einzige Möglichkeit darstellte, genug Zeit für das Vereinigte Commonwealth zu erkaufen, um der potentiellen Bedrohung durch Sun-Tzu Liao begegnen zu können. Nach den Schätzungen seiner engsten Berater benötigte man bei gleichzeitiger Vorbereitung auf die nächste Etappe des Clankriegs zwei volle Jahre. Das Vereinigte Commonwealth war reich und stark, aber seine Grenzen waren lang, und die Zahl der Soldaten, die sie verteidigten, begrenzt.

Sie hatten Joshua erlaubt zu sterben, als keine Hoffnung mehr für ihn bestand, aber sein Doppelgänger würde noch mindestens zwei Jahre seinen Platz ausfüllen. Anschließend würden sie Thomas Marik die traurige Nachricht vom Tod seines Sohnes mitteilen und den Leichnam des echten Joshua Marik zur letzten Ruhe in die Liga Freier Welten überführen.

Angesichts der dringlicheren Probleme seines Reiches war Victor bereit, die Bedrohung durch Sun-Tzu mit Hilfe des Doubles abzuwehren. Zwei Jahre waren nicht lang, aber Victor brauchte die Zeit, um mit der anderen ernsten Bedrohung des Vereinigten Commonwealth fertig zu werden.

»Meine Schwester hatte mit Missy Cooper nichts zu tun?«

Galen schüttelte den Kopf. »Die vorläufigen Berichte sprechen dagegen, aber Curaitis führt noch eine Reihe letzter Überprüfungen durch, bevor er die Möglichkeit definitiv ausschließt. Außerdem ist es völlig unmöglich, daß sie etwas von Gemini weiß. Die ganze Operation fand hier auf New Avalon statt, und zwar unter allerhöchster Geheimhaltung. Nicht einmal Ihre Mutter wußte davon.«

»Was?«

»Dafür hat wohl Alex Mallory die Verantwortung getragen. Wahrscheinlich dachte Alex, sie würde das Projekt stoppen, falls er ihr davon erzählte, also ließ er es. Er hätte es erst bei Joshuas Tod zur Sprache gebracht.« Galen verzog das Gesicht. »Ich hätte wahrscheinlich anders entschieden. Möglicherweise bin ich nicht der beste Ersatz für ihn.«

»Nein, du bist der perfekte Ersatz für Alex. Abgesehen von deiner Intelligenz kennst du mich sehr genau. Und Katherine ebenfalls. Wie ich gehört habe, wolltet ihr sogar heiraten.«

»Ähem, ja, ich denke, inzwischen ist mir diese Vorstellung nicht mehr allzu angenehm.« Galen schauderte. »Wenn ich eine Frau suche, dann hätte ich doch lieber eine, die mit Ja auf die Frage antwortet: ›Sie erfahren, daß jemand Ihren Mann umbringen will. Warnen Sie ihn?‹«

»Erinnere mich daran, das auch auf *meine* Liste zu setzen. Aber worauf ich hinauswollte ist, daß du ihr nähergekommen bist als ich. Du kennst ihre Gedanken.«

»Ich *dachte,* ich würde sie kennen.«

»Ich auch, aber das war, bevor sie dich umkommen ließ und wir Hinweise fanden, die sie und Ryan mit dem Attentat auf meine Mutter in Verbindung bringen.« Victor drehte sich zu Galen um und stellte überrascht fest, daß sein Freund blaß geworden war. »Irgendwelche Neuigkeiten, was das betrifft?«

Galen schüttelte den Kopf. »Falls es uns nicht noch gelingt, die Aufzeichnungen zu entschlüsseln, die wir nach Ryans Tod aus seinem Büro geholt haben, werden wir wohl kein genaueres Bild der Vorgänge bekommen, als wir es jetzt schon haben. Der Attentäter wurde mit dem Erlös eines Landverkaufs bezahlt, bei dem wertloser Grund zu einem überhöhten Preis den Besitzer wechselte. Anschließend wurde das Gelände dem

Staat zur Umwandlung in ein Feuchtbiotop für seltene Vogelarten gespendet. Der beteiligte Konzern erhielt eine große Steuerermäßigung und der Direktor auf Betreiben Ihrer Schwester einen Titel und ein Landgut.«

Victor schlug mit der Faust auf die Armlehne der Couch. »Meine Regierung hat den Attentäter bezahlt, der meine Mutter umgebracht hat.«

»Und ich bin sicher, sollten wir Ihre Schwester beschuldigen, in das Komplott verwickelt zu sein, würde sie diesen Punkt gehörig ausschlachten.«

»Aus genau diesem Grund werden wir das schön bleibenlassen. Nein, wir müssen ihr Gelegenheit geben, sich selbst zu hängen, und genug Zeit lassen, um das Seil dafür herzustellen. Irgendwie muß sie mich attackieren.«

Galen nickte. »Stimmt, aber im Augenblick muß sie die Welten in der Isle of Skye beruhigen, und das wird sie schwer in Anspruch nehmen. Der Sieg der Gray Death Legion über die Rebellen auf Glengary hat dem Aufstand den Schwung genommen. Eine Reihe von Leuten in der Mark Skye sind damit beschäftigt, die Trümmer von Ryans Organisation einzusammeln, was Raum für zukünftige Schwierigkeiten läßt. In der Zwischenzeit haben wir den größten Teil unserer Truppen abgezogen, so daß Katherine eventuelle Brennpunkte mit ihren eigenen Leuten abdecken muß. Den letzten Berichten von Tharkad zufolge konzentriert sie sich darauf, Wiederaufbauprogramme zu sponsern. Das dürfte helfen.«

»Gut. Sie hat die Gabe meiner Mutter, die wohltätige Ader anderer anzuzapfen. Eine geschickte Strategie.« Victor runzelte die Stirn. »Hat sie irgendwelche interessanten Besucher empfangen?«

»Niemanden, der sie inkriminieren könnte. Nur die üblichen Funktionäre. Caitlin Kell leistet ihr Gesellschaft. Könnte Katherine versuchen, die Kell Hounds auf ihre Seite zu ziehen?«

Victor winkte ab. »Da brauchen wir uns keine Sorgen zu machen.«

»Aber sie haben voriges Jahr einen Vertrag mit dem Vereinigten Commonwealth ausgeschlagen. Sie haben bis heute keinen.«

»Ich weiß, wie das aussieht, Jerrard, aber ich bin deswegen nicht besorgt. Morgan Kell kennt mich. Dan Allard kennt mich. Sie würden sich nie gegen mich wenden. Tatsache ist, wie alle vernünftigen Menschen konzentrieren sie sich ganz auf die Clans, genau wie wir es tun sollten. Unglücklicherweise habe ich Sorgen, die über die Clans und den Verrat meiner Schwester hinausgehen. Berichte aus der Mark Sarna?«

»Sun-Tzu Liaos Unruhestifter in der Mark haben wie vorausgesehen ihre Aktivitäten gesteigert, seit Kai die Bewegung Freies Capella vom guten alten Onkel Tormano übernommen hat. Kai scheint entschlossen, Freies Capella als Vehikel für soziale Reformen und Fortschritt zu verwenden, während Sun-Tzus Leute es schwierig machen, die Angebote in Anspruch zu nehmen. Die Zhanzheng-de-Guang-Guerilleros haben ihre Aktivitäten auf Styk, Gan Singh, Zürich und Liao verstärkt. Auf Acamar, Fletcher und Nanking operieren ganz offen neue Zellen. Ihre Aktivitäten reichen von Wandschmierereien und Vandalismus bis zu Bankraub und Schießereien auf Zürich und Bombenanschlägen auf Styk und Fletcher.«

»Das sind alles Welten der alten Kommunalität Tikonov. In diesem Gebiet kommen Schwierigkeiten nicht überraschend. Mit der Verlagerung von Truppen aus Skye in die Mark Sarna wird Sun-Tzu gezwungen sein, sich bedeckter zu halten. Kai möchte vermeiden, die Bevölkerung bewaffnen zu müssen. Wenn wir die Truppen liefern, um Sun-Tzu ruhig zu halten, kann Kai Basisarbeit leisten, um das Gebiet zu stabilisieren. Bevor die Clans auftauchten, hat sich meine Mutter darum gekümmert, aber seitdem ist die Mark Sarna vernachlässigt worden.«

»Kais Anstrengungen und unsere Truppenbewegungen in das Gebiet *könnten* Thomas Marik veranlassen, gegen uns loszuschlagen, falls er einen Angriff befürchtet.«

»Ganz bestimmt nicht – wir haben seinen Sohn.« Der Prinz faltete die Hände. »Sun-Tzu muß Thomas zum Handeln drängen, und Thomas wehrt ihn ab. Wir müssen davon ausgehen, daß Thomas einen Drahtseilakt vollführt und alles abzuwenden versucht, was das Kräftegleichgewicht stören könnte. Haben wir noch etwas über seine Frau gehört?«

»Anscheinend war sie doch nicht an Bord des Zuges, als die Waggons mit Chemikalien am Bahnhof Semidam Feuer fingen. Sie war in Semidam selbst, in einer Schule in Windrichtung vom Bahnhofsgelände. Sophina half die Kinder in einen Schutzraum zu bringen und brach anschließend zusammen. Sie leidet seit ihrer Kindheit an allergischem Asthma, und die Verbrennungsgase müssen ihre Lungen schwer geschädigt haben. Sie hat das Bewußtsein wiedererlangt, kann aber kaum atmen. Sie ist keine gute Kandidatin für eine Transplantation, und außerdem scheint sie in einer Tradition aufgewachsen zu sein, die diese Möglichkeit ohnehin ablehnt.«

»Wie lange hat sie noch?«

»Am NAIW hat man mir gesagt, ohne Intensivbehandlung zwei Jahre. Vielleicht vier, wenn sie hierherkäme.«

Der Prinz nickte. »Arrangier ein Gespräch mit dem Marik-Botschafter. Wir werden ihr jede Hilfe anbieten.« Victor sah hoch und fing einen seltsamen Blick Galens auf. »Ja, schon gut. Ich weiß, es ist heuchlerisch, einerseits Joshuas Tod vor seinen Eltern geheimzuhalten und andererseits unsere Hilfe bei der Rettung seiner Mutter anzubieten, aber mit beiden Maßnahmen verzögern wir den potentiellen Krieg gegen Sun-Tzu und die Liga Freier Welten. Und wenn ich diesen Krieg verhindern kann, indem ich wen auch immer gegeneinander ausspiele, werde ich es tun.«

Galen lachte. »Meine Gedanken gingen in eine ganz andere Richtung. Manche Leute – Sun-Tzu, Ihre Schwester, vielleicht sogar Thomas – würden nicht zögern, sich Sophina als neue Geisel zu sichern, die Joshuas Platz einnehmen kann. Aber Sie wollen ihr tatsächlich helfen.«

»Ein Krieg würde niemandem nützen. Wenn ich den Tod von Tausenden vermeiden kann, indem ich den Tod eines einzelnen verhindere, werde ich alles tun, was in meiner Macht steht, um dieses eine Leben zu retten.«

5

Wie der Frieden für alles Gute, so ist der Krieg ein Symbol, ein Zeichen für alles Elend.

– JOHN DONNE, *Devotions*

Landungsschiff *WST Starbride,* im Anflug auf Woodstock
Mark Sarna, Vereinigtes Commonwealth

30. Mai 3057

Der Blick auf den Sichtschirm des Landungsschiffs *Starbride* ließ Larry Acuff schaudern. Woodstock, der Planet, den er vor sieben Jahren verlassen hatte, um gegen die Clans zu kämpfen, drehte sich in majestätischer Langsamkeit unter der dünnen Wolkendecke. Mit gleichgroßem Oberflächenanteil von Land und Wasser war Woodstock eine fruchtbare Welt von reicher und vielfältiger Natur. Die überschäumende Fruchtbarkeit des Planeten hatte zu einem Handelsüberschuß geführt, der das Pro-Kopf-Einkommen über das der meisten Welten im Vereinigten Commonwealth und erheblich über das jedes anderen Planeten in der Mark Sarna gesteigert hatte.

Der Tag seiner Abreise von Woodstock war trüb und regnerisch gewesen. Zusammen mit anderen Freiwilligen auf dem Weg zur Front tief im lyranischen Teil des Commonwealth, eingepfercht im Innern eines militärischen Landungsschiffes, hatte er nur ab und zu einen Blick auf seine Heimatwelt erhaschen können. Die durch tiefschwarze Wolkenbänke zuckenden Blitze waren ihm wie ein Protest des Planeten gegen die menschliche Ernte erschienen, die das Schiff abtransportiert hatte.

Larry mußte grinsen. Genau diese Art wildromantischer Vorstellungen hatte seine Jugend gekennzeichnet. Damals hatte er geglaubt, mit dem Abflug von Woodstock in ein großes Abenteuer aufzubrechen. Aber das war gewesen, bevor er der 10. Lyranischen Garde zugeteilt worden war – derselben Einheit, zu der auch der junge Prinz Victor Davion gehört hatte. In seiner Phantasie hatte er viele Stunden Schulter an Schulter mit dem Prinzen gekämpft, die Clans von bereits eroberten Welten vertrieben und sie zurück ins Nichts geworfen, aus dem sie gekommen waren.

Nach dem Sieg über die Clans wollte er als Held nach Woodstock zurückkehren. Dann hätte er sich eine Frau gesucht und sich niedergelassen, um eine Familie zu gründen, wie es sein Vater nach dem Vierten Nachfolgekrieg getan hatte. Er hätte starke Nachkommen gezeugt und, wenn ein zukünftiger Krieg einen von diesen dann in den Waffendienst für das Vereinigte Commonwealth gerufen hätte, hätte er ihn mit tapferen Worten und einer festen Umarmung verabschiedet – wie sein Vater es getan hatte, als Larry Woodstock verlassen hatte.

Larry legte die Hand auf die Scheibe des Sichtschirms. Das Glas war kalt und erinnerte ihn an die ernüchternde Wirklichkeit des Krieges. Die Kämpfe gegen die Clans auf Alyina hatten ihm alle Flausen über Kriegsromantik und alle Träume von einem normalen Leben ausgetrieben. Der Krieg war eine Maschine, ein gefühlloser Moloch aus kaltem Stahl, der Menschen verschlang, um sie als Leichen und Krüppel wieder auszuspeien; Männer, Frauen, Karikaturen beider Geschlechter, Feiglinge, Demagogen und Helden, große Heroen. Der Krieg veränderte jeden, mit dem er in Kontakt kam, und auch wenn er mit einem fertig zu sein schien, blieb er wartend im Hintergrund, um erneut auf einen einzuhämmern, bis man entweder fliehen konnte oder zerbrach.

Larry war sich ziemlich sicher, daß der Krieg ihn nicht zerbrochen hatte, aber er war nahe daran gewesen. Nachdem er auf Alyina aus seinem BattleMech geschleudert worden war, war er tagelang herumgeirrt, bis die Clans ihn gefangengenommen und in ein ComStar-Umerziehungs- und Arbeitslager geschafft hatten. Obwohl seine Verletzungen nur oberflächlich gewesen waren, verheilten sie wegen der spärlichen, teilweise sogar ganz ausbleibenden Mahlzeiten, die ComStar den Gefangenen lieferte, nur langsam. Viele der Insassen waren an Wunden gestorben, die mit anständiger medizinischer Versorgung und ausreichend Nahrung problemlos ausgeheilt wären.

Vom ersten Tag in Feuerbasis Tango Zephyr an hatte Larry sich geschworen zu überleben – und zwar zu seinen Bedingungen. Die ComStar-Wärter des Lagers waren mehr als bereit gewesen, all jenen Privilegien zuzuschachern, die willens waren, ihre quasi-mystische Doktrin zu studieren und sich dem Orden anzuschließen. Bis dahin hatte Larry ComStar als wohlwollende Hilfsorganisation gesehen, die eine Hyperpulskommunikation zwischen verschiedenen Sonnensystemen erst möglich machte. Aber in Tango Zephyr waren es ComStar-Angehörige gewesen, die über das Elend der Kriegsgefangenen wachten und so Clantruppen freistellten, um auf noch mehr Soldaten des Vereinigten Commonwealth auf dem Planeten Jagd zu machen. Und währenddessen lockten die Lagerwachen ihre halbverhungerten Gefangenen mit Umerziehung, predigten die Überlegenheit der Menschheit der Inneren Sphäre über die Clans und versprachen eine Zukunft, in der die Clans ComStar untertan sein würden.

Es war kein Bild der Zukunft, das Larry sonderlich begehrenswert erschienen war, denn nirgends in dieser Botschaft war ein Wort über die Freiheit von Menschen der Inneren Sphäre zu finden, die sich ComStar nicht beugen wollten. Er hatte sich vorgenommen, sich niemals zu unterwerfen, und sogar Fluchtpläne geschmiedet, aber der Nahrungsmangel und die zahlreichen Spitzel unter den Gefangenen machten eine erfolgreiche Flucht nahezu unmöglich. Die Strafe für einen mißglückten Versuch war ein kleiner Käfig, in dem man Wind und Wetter schutzlos ausgeliefert war.

Larry hatte drei Tage in diesem Käfig verbracht, in denen ihn ein konstanter kalter Regen durchnäßte. Er war krank geworden, schwerkrank, und seine ComStar-Wärter hatten nichts unternommen, um seine Genesung zu fördern.

Eigentlich hätte das sein Tod sein müssen, aber irgendwie hatte er überlebt. Allerdings war damals tatsächlich etwas gestorben: die Romantik und der Optimismus seiner Jugend. Dennoch, ein Absinken in das verbitterte Selbstmitleid vieler seiner Mitgefangenen wäre in Larrys Augen ein Sieg für ComStar gewesen, und so hatte er sich geschworen, eines Tages seine Freiheit wiederzuerlangen, und diese Freiheit würde er in einem Universum genießen, das sich grundlegend von dem unterschied, das seine Wärter verkündeten.

Dann waren Kai Allard-Liao und ein Clan-Elementar namens Taman Malthus gekommen und hatten Tango Zephyr befreit. Sie hatten den Überlebenden geholfen, ihre Toten zu bestatten, und ihren Abtransport von Alyina zurück ins Vereinigte Commonwealth arrangiert, zurück zu dem Leben, das sie vor der Ankunft der Clans gekannt hatten.

Aber die Invasion hatte Larry verändert, und es gab kein Zurück mehr für ihn.

»Wir setzen in einer halben Stunde auf, Mr. Acuff.« Die Stewardess in der Woodstock-SpaceTran-Uniform lächelte ihn an. »Ich hoffe, Sie hatten einen angenehmen Flug?«

»Sehr angenehm, danke«, antwortete Larry. Die *Star-*

bride hatte am Nadirsprungpunkt der Sonne auf das Sprungschiff *Lu Xing Zhe* gewartet, um die Passagiere zum vierten Planeten zu transportieren. Eigentlich war Larry auf dem Weg nach St. Ives zu Kai Allard-Liaos Hochzeit, aber er hatte sich entschlossen, auf Woodstock haltzumachen, um seine Familie zu besuchen.

»Entschuldigen Sie die Frage, aber kommen Sie zu den Kämpfen nach Woodstock?«

Er schüttelte den Kopf. »Nein, Ma'am, aus rein familiären Gründen. Ein Vetter von mir heiratet eine der Rekrutinnen, die ich noch hier auf Woodstock kannte. Ich habe gehört, daß es in Charleston eine neue Arena gibt, aber ich werde keine Kämpfe dort bestreiten.«

Sie nickte und errötete ein wenig. »Ich wollte nicht aufdringlich sein, aber eine meiner Kolleginnen und ich haben Dauerkarten für die Mechduelle dort. Die Kämpfer hier sind nicht schlecht, aber es ist nicht Solaris, Sie verstehen.«

»Haben Sie die Kämpfe auf Solaris schon einmal besucht?«

»Nein, aber ich habe eine Menge Holovids gesehen. Auch Ihren Kampf gegen Jason Block. Ich dachte, Sie würden ihn besiegen.«

»Das dachte ich auch«, er warf einen schnellen Blick auf ihr Namensschild, »Ms. Hoglind, das dachte ich auch. Aber Jason hatte da wohl andere Vorstellungen.«

»Sie können mich Meta nennen, Mr. Acuff. Ich hoffe, Sie erwischen ihn das nächste Mal.«

»Nur, wenn Sie mich Larry nennen. Ich will es hoffen. Für September ist ein Rückkampf geplant.« Larry steckte die Hand in die Jackentasche und zog eine Holokarte heraus. »Wenn Sie Gelegenheit haben, dann nach Solaris zu kommen, lassen Sie es mich wissen. Es wäre mir eine Ehre, Sie als Gast in der Zenotaph-Loge zu begrüßen. Wir werden in Boreal Reach kämpfen, in einem Schneesturm. Das dürfte ziemlich spektakulär werden.«

»Vielen Dank.« Meta Hoglind steckte die Karte ein. »Ich habe noch etwas Urlaub gut. Vielleicht komme ich vorbei.«

»Gut.«

Larry sah der jungen Frau einen Augenblick hinterher, während sie zu den nächsten Passagieren ging, dann lächelte er und drehte sich wieder zum Sichtschirm um, auf dem der Planet Woodstock immer größer wurde. Der Larry Acuff, der acht Jahre zuvor von Woodstock aufgebrochen war, wäre niemals mit jemand von der Schönheit Meta Hoglinds ins Gespräch gekommen, nicht einmal mit einer halb so schönen Frau. Das lag weniger daran, daß es ihm an Mut gefehlt hätte. Er war einfach nicht die Art Mann gewesen, die ihr Interesse erregt hätte. Larry hatte einmal davon geträumt, der Held einer epischen Romanze zu werden, aber in Wahrheit war er nie mehr als Durchschnitt gewesen. Das war nicht schlimm, aber auch nichts, worauf man stolz sein konnte.

Als der Waffenstillstand verkündet wurde, hatte er sich davor gedrückt, nach Woodstock zurück zu fliegen. Er hatte immer als Held zurückkehren wollen. Tief im Innern wußte er zwar, daß seine Aktionen genauso heldenhaft gewesen waren wie vieles, was im Verlauf des Clan-Krieges mit Orden belohnt worden war, aber seine Erfahrungen hatten nichts von dem offensichtlichen Heldentum der Militärpropaganda. Pures Überleben war zwar das Hauptziel aller Soldaten in jedem Krieg, aber in den Augen der Daheimgebliebenen war es nicht so hoch angesehen wie beliebige dumme und selbstmörderische Aktionen, die dann auch folgerichtig zum Tode führten. Die Tatsache, daß er gefangengenommen worden war, hatte nichts Ruhmreiches an sich gehabt, und er hatte sich geweigert, nach Hause zurückzukehren, wo seine Familie sich gezwungen gesehen hätte, Entschuldigungen für seine Leistung auf Alyina zu finden.

Und so hatte sich Larry nach Solaris aufgemacht, zur Spielwelt, auf der MechKrieger einander in BattleMech-Duellen gegenübertraten, die manche als Sportveranstaltungen bezeichneten und die andere als Droge für ein Publikum sahen, das süchtig nach gesäuberter Gewalt war. Für Larry war das der logische Ort gewesen, um sich beweisen zu können. Er war Reservist der Vereinigten Commonwealth-Streitkräfte gewesen, gleichzeitig aber sicher, daß die VCS ihn nicht reaktivieren würde. Auf Solaris konnte er die Fähigkeiten, die ihm auf Alyina das Überleben ermöglicht hatten, einsetzen, um seinen Ruf und sein Selbstvertrauen wiederherzustellen.

Bei der Ankunft auf Solaris entdeckte er, daß auch Kai Allard-Liao auf Solaris Zuflucht gesucht hatte. Kai hatte Larry willkommen geheißen und ihm einen Platz im Zenotaph-Stall angeboten – der unter neuem Namen fingierenden Firma Justin Xiang Allards, des Solaris-Champions von 3027. Larry hatte sich dann im Solaris-Arenasystem hochgearbeitet, und sein Ruhm verbreitete sich mit der Zeit über die gesamte Innere Sphäre.

Obwohl Larry von Natur aus ruhig und eher schüchtern war, sorgte sein neugefundener Ruhm dafür, daß Leute, auf die er nie gewagt hätte zuzugehen, plötzlich von sich aus zu ihm kamen! Ihm war natürlich klar, daß es den meisten von ihnen nur um sein Image ging: Larry Acuff, Mechgladiator, aber gleichzeitig verwechselten auch viele das Image mit dem Menschen.

Seine Rückkehr nach Woodstock zwang Larry, das Paradoxon zu lösen. Ohne Zweifel hatte er sich ganz enorm verändert, seit er als naiver junger Bursche von hier aus in den Krieg gezogen war. Gleichzeitig war er aber auch nicht so, wie die meisten Menschen ihn sahen. Er hing irgendwo zwischen diesen beiden Extremen, doch auf Woodstock würde er sicher Menschen begegnen, die das eine oder das andere Extrem erwarteten, und nicht den Menschen, der er wirklich war.

Als das aerodynamisch geformte Landungsschiff das Fahrwerk ausfuhr und sich auf die abgedunkelte Landebahn am Rand von Charleston senkte, nickte Larry bei sich. *Jetzt beginnt die letzte Schlacht des Clankriegs. Ich habe Woodstock verlassen, um den Menschen hier die Freiheit zu sichern, nach eigener Façon selig zu werden. Habe ich sie verloren, indem ich sie verteidigte?*

Meta kam Larry im Verbindungskorridor zum Raumhafenterminal entgegen. »Alles in Ordnung, Larry. Es sind keine Skandalvidreporter oder Holovidkameraleute in Sicht.«

»Danke, Meta. Und denken Sie daran, wenn Sie nach Solaris kommen, lassen Sie es mich wissen.«

»Bestimmt.«

Er schwang sich die Reisetasche über die Schulter und marschierte in Richtung Empfangshalle. Die Schwerkraft auf Solaris VII war etwas höher als auf Woodstock, wodurch er sich selbst nach wochenlangem Raumflug erstaunlich frisch fühlte. Als er um die Ecke bog, sah er vier Personen auf ihn warten und fühlte ein breites Grinsen über sein Gesicht kommen. Seine Mutter winkte ihm zu, und sein Vater salutierte lässig. Neben ihnen standen Arm in Arm Hauptmann Phoebe Derden – eine Kameradin von der 10. Lyranischen Garde – und sein Vetter George Pinkney.

Er umarmte seine Eltern, erst seine Mutter, dann seinen Vater.

»Schön, dich zu Hause zu haben, Sohn.«

»Danke, Dad. Es tut gut, wieder hier zu sein.« Larry zögerte einen Augenblick und versuchte sich darüber klarzuwerden, ob er das gesagt hatte, weil es der Wahrheit entsprach, oder um seine Eltern zu beruhigen. Er entschied, daß es eine Kombination aus beidem gewesen war. »Und es ist schön, euch so gesund zu sehen.«

»Dein Vater hat etwas Arthritis im Rücken.« Die Mutter sah Larry prüfend an. »Aber du! Du bist nur noch Haut und Knochen.«

»Anne, um Himmels willen.« Larrys Vater zupfte ärgerlich am Schirm seiner Nebula-Foods-Mütze. »Er kann sich kein überflüssiges Fett leisten. Hab ich recht, Sohn?«

»Stimmt, Dad. Die Cockpits sind so schon eng genug.« Larry drehte sich zu seinem Vetter und Freund um. »George, du bist ein echter Glückspilz, daß du es geschafft hast, Phoebe soweit zu bringen, dich zu heiraten.« Er reichte George Pinkney die Hand. Dessen Griff war stärker, als Larry in Erinnerung hatte. Die Vettern waren beide von durchschnittlicher Körpergröße und schlanker Statur. Sie ähnelten sich so sehr, daß sie vor dem Krieg häufig für Zwillinge gehalten worden waren. Inzwischen war George noch ein Stück gewachsen, und sein braunes Haar hatte sich gelichtet. Aber Larry war vor allem vom Selbstvertrauen in Georges Lächeln und der Festigkeit seines Händedrucks beeindruckt.

»Glück hab ich wirklich, Larry.« George zwinkerte Phoebe zu. »Anfang des Jahres habe ich meinen Doktor gemacht, und Phoebe will meine Frau werden. Ich bin wunschlos glücklich.«

Larry schüttelte die Hand der schlanken Blondine. »Hast dich für einen Gelehrten entschieden, was, Phoebe?«

»Für einen Wissenschaftler, Larry.« Sie beugte sich vor und drückte ihm einen Kuß auf die Wange. »Wie geht es dir?«

»Gut, wirklich gut. Du und die übrige Zehnte habt gute Arbeit geleistet, als ihr den Clans auf Teniente Hohiro Kurita weggeschnappt habt.«

»Danke. Wir haben es getan, um Soldaten wie dich

auf Alyina zu rächen.« Einen Moment blickten Phoebes graue Augen in unbestimmte Weiten, dann lachte sie. »Eigentlich hätte uns klar sein müssen, daß die Clans Leute wie dich und Kai nie besiegen konnten.«

Larrys Vater räusperte sich und klopfte auf seine Armbanduhr. »Wir sollten langsam mal Larrys Gepäck holen und uns auf den Weg machen. Wenn wir uns beeilen, brauchen wir der Raumhafenbehörde nichts für eure Nostalgieanwandlungen zu bezahlen.«

Larry schaute hinüber zu seiner Mutter. »Arthritis hin oder her, er hat sich nicht verändert, wie?«

Der ältere Acuff hob den Kopf. »Und warum sollte ich? Perfektion läßt sich nicht mehr verbessern.«

George lachte. »Was soll man darauf sagen?«

»Nichts, Dr. George.« Larrys Vater klopfte seinem Sohn auf den Hinterkopf. »Es ist gut, dich wieder zu Hause zu haben.«

»Und es ist toll, wieder hier zu sein.« Larry lachte, und diesmal gab es keinen Zweifel mehr.

6

> Es kommt nur selten vor, daß eine einzelne öffentliche Aktion Feindseligkeiten zwischen zwei Nationen verursacht; in der Regel bestehen bereits vorher Eifersucht und böser Wille, und eine Bereitschaft, sich angegriffen zu fühlen.
>
> – WASHINGTON IRVING, *Das Skizzenbuch des Geoffrey Crayon*

Tharkad City, Tharkad
Distrikt Donegal, Vereinigtes Commonwealth

10. Juni 3057

Katrina Steiner-Davion verabschiedete ihre Besucher mit einem höflichen Lächeln. »Vielen Dank, Dr. Price und Dr. Wu, daß Sie sich die Zeit genommen haben, mir dies alles zu erklären. Ihre Informationen waren unschätzbar für meine Planung der Forschungssubventionen.«

Die beiden Männer nahmen nur zögernd Abschied, aber daran war Katrina gewöhnt. Von frühester Jugend an hatte sie gelernt, ihren Charme einzusetzen, um andere zu beeinflussen, mit der gleichen Selbstverständlichkeit, mit der ein Fisch schwimmt oder ein Vogel fliegt. Ein Lächeln, ein Augenzwinkern, eine flüchtige Berührung, ein verschwörerisches Flüstern oder ein stummer Blick als Zeichen eines gemeinsamen Witzes, all dies band andere Menschen enger an sie.

Katrina sah ihren Charme als Werkzeug, aber andere schienen wie nach einer Droge danach zu verlangen. In ihrer Kindheit hatte sie von ihrer Mutter, einer absoluten Könnerin auf diesem Gebiet, gelernt, wie wirksam Charme sein konnte, wenn es darum ging, andere zu überreden. Melissa Steiner hatten diese Gabe so effektiv mit ihrem unschuldigen Idealismus kombiniert, daß ihr kaum jemand widerstehen konnte. Ihr Vetter Ryan Steiner hatte das schnell erkannt, und da er Melissa nicht hatte neutralisieren können, indem er sie heiratete, hatte er nach einer anderen Lösung für das Problem gesucht.

Katrina hatte sich entschlossen, den Fehler ihrer Mutter nicht zu wiederholen – eine Entscheidung, die bereits lange vor dem Ableben ihrer Eltern gefallen war. Melissa hatte sich angesichts der Verehrung, die ihr entgegengebracht wurde, in der Rolle der Wohltäterin sicher gefühlt. Schließlich hatte sie Hanse Davion, ihren Mann, als Waffe gegen jene, die sie nicht becircen konnte.

Unglücklicherweise aber war die Peitsche gestorben und hatte das Zuckerbrot schutzlos zurückgelassen.

Katrina hatte das vorausgesehen und sich vorgenommen, niemals in eine entsprechende Situation zu geraten. In Verbindung mit sorgfältiger Vorbereitung hatten ihre natürlichen Fähigkeiten ihr gestattet, ein Netz loyaler Agenten aufzubauen, die sie mit Informationen aller Art über ihre Gegner versorgten. Ihr Spion in Ryan Steiners Lager war David Hanau gewesen, aber seine Warnung vor Ryans Plan, Galen Cox umzubringen, war zu spät gekommen, als daß sie noch eine Chance gehabt hätte, etwas dagegen zu unternehmen.

Sie zuckte die Schultern. Wahrscheinlich wäre es ihr ohnehin nicht gelungen, Ryan umzustimmen. Er war gegen ihren Charme immun gewesen. Für ihn war sie ein ebenso wertvolles Werkzeug gewesen wie er für sie. Und bei seinen Anstrengungen, Victors Regierungsgewalt zu unterminieren, hatte Ryan bereits erkannt gehabt, daß ihm in Katrina eine gefährliche Rivalin erwachsen konnte.

Ihm war allerdings entgangen, daß sie ihre Stellung im Vereinigten Commonwealth bereits gestärkt und von den Folgen seiner verräterischen Aktionen profitiert hatte. Das galt insbesondere für die lyranische Hälfte der Nation. Indem sie den Namen Katrina angenommen hatte – den ihrer verehrten Großmutter –, hatte Katherine viele Lyraner auf ihre Seite ziehen können, die ihr möglicherweise kritisch gegenübergestanden hätten, weil sie auf New Avalon erzogen worden war. Aber mit dem Namenswechsel und der Art, wie sie Victor und Ryan gleichermaßen für ihren Streit um die Mark Skye gescholten hatte, hatte sie in den Augen des Volkes die Verantwortung für eine Nation übernommen, die von den Clans schwer angeschlagen worden und seit dem Tod Melissa Steiners praktisch ohne Stimme war.

Sie hatte das lyranische Volk bezaubert, und es glaubte ihr. Sie hatte auch Galen Cox bezaubert. Sie hatte die beiden Ärzte bezaubert, und sie würde jeden bezaubern. Eigentlich konnte ihr niemand widerstehen, und wenn es doch jemandem gelang, würde sie einen anderen Weg finden müssen, um mit ihm fertig zu werden.

So wie sie einen Weg finden mußte, mit Victor fertig zu werden.

Victor hatte auf ihren Charme nie angesprochen. Wie jeder ältere Bruder fand er das Verhalten seiner Schwester in der Regel nur störend. Obwohl er bloß zweieinhalb Jahre älter war als sie, hatte er sie bis vor kurzem als oberflächlich abgetan und ignoriert. Und selbst seit sich das geändert hatte, sah er in ihr nur eine Waffe gegen Ryan, ein Schwert, das er ins Herz der rebellierenden Isle of Skye stoßen konnte.

Wer durch das Schwert lebt, wird durch das Schwert umkommen.

Katrina fragte sich, ob Victor eigentlich klar war, was er tat. Sie hatte sich mit den beiden Doktoren über Leukämie unterhalten und ein paar interessante Tatsachen erfahren. Obwohl Blutkrebs leicht zu Schwellungen im Gehirn führen konnte und auch Blutungen und Prellungen häufiger wurden als normal, weil die Anämie die Gerinnungsfähigkeit des Blutes senkte, führte Leukämie nicht zu Schlaganfällen. Was sie den Ärzten nicht gesagt hatte, war, daß sie vor knapp einem Jahr unter strengster Geheimhaltung informiert worden war, daß Joshua Marik einen Schlaganfall erlitten habe. Der Anfall sollte sein Gedächtnis und seine Stimme in Mitleidenschaft gezogen haben, allerdings sei er bereits wieder rapide auf dem Weg zur Besserung. Dahingegen hatten Dr. Price und Dr. Wu betont, daß sich niemand so schnell von Leukämie erholte, außer durch eine plötzliche Wunderheilung.

Als die Doktoren den Raum verlassen hatten und die Tür hinter ihnen ins Schloß gefallen war, setzte Katrina sich auf die weiße Ledercouch, und ihre blauen Augen wurden zu Schlitzen, als sie an Joshua Marik dachte. Der Schlaganfall war ein hübscher Deckmantel, *falls* Victor versuchte, was sie vermutete. Natürlich konnte das nicht sein Plan sein. Wahrscheinlich stammte er noch von ihrem Vater. Victor war zu weich für das, was nötig war, um einen Doppelgänger Joshua Mariks zu erschaffen.

In Gedanken kehrte sie zurück zu einem stürmischen Oktobertag im Palast auf Tharkad. Ihre Mutter war an jenem Morgen seltsam still gewesen, und instinktiv hatte Katrina gespürt, daß Melissa jemand brauchte, der ihr zuhörte. Sie war ihr durch den Palast gefolgt, und als Melissa sich für einen Ausflug ins Freie eingemummt hatte, hatte Katrina sich ihr wortlos angeschlossen. Melissa hatte es mit einem Lächeln quittiert, und sie waren ohne Fanfaren oder Eskorte hinaus in die vereiste Stadt gefahren.

Der Fahrer hatte sie zu einem kleinen Friedhof gebracht, auf dem die 24. Lyranische Garde ihre Toten beisetzte. Dort hatte Melissa ihre Tochter an ein Grab geführt. Nachdem sie den Schnee beiseite geräumt und Blumen auf das Grab Jeana Clays gelegt hatten, war Melissa für ein stilles Gebet niedergekniet. Tränen hatten auf dem Gesicht ihrer Mutter gestanden, und Katrina hatte sie fest umklammert. Dann waren sie zurück zum Wagen gegangen und schweigend zurück in den Palast gefahren.

Am nächsten Tag hatte Melissa ihrer Tochter von Jeany Clay erzählt, die in der Zeit, bevor Melissa Steiner Hanse Davion geheiratet hatte, als ihr Double fungiert hatte. Nach der Hochzeit hatte Jeany Melissas Platz auf Tharkad eingenommen, während Melissa bei ihrem Gemahl auf New Avalon blieb. Bei Ausbruch des Vierten Nachfolgekrieges hatten die Skye-Separatisten – schon damals eine Plage – versucht, Archon Katrina Steiner und Melissa zu ermorden. Jeana hatte das Komplott entdeckt und die Attentäter getötet, aber dabei selbst das Leben verloren.

Ohne die Erinnerung an diese Geschichte und die Mahnung an ihre eigene Sterblichkeit bei der Explosion, die Galen getötet hatte, wäre ihr der Gedanke, sich ein Double zuzulegen, nie gekommen, und auch das Problem mit Joshuas Schlaganfall wäre ihr nicht aufgefallen. Und sie konnte sich nicht sicher sein, daß die Verwendung des Begriffs »Schlaganfall« nur eine Nachlässigkeit von seiten des Geheimdienstsekretariats gewesen war. Eines jedenfalls wußte Katrina genau: Wenn sie sowohl Joshua selbst als auch einen Doppelgänger für ihn gehabt hätte und Joshua im Sterben lag, hätte sie nicht gezögert, die beiden auszutauschen, um Sun-Tzu zu bremsen.

Jedermann wußte, daß der capellanische Kanzler nur auf eine Gelegenheit wartete, gegen das Vereinigte Commonwealth loszuschlagen und all die Welten zurückzuerobern, die seine Nation im Vierten Nachfolgekrieg verloren hatte. Die Konföderation Capella war für sich genommen kein Gegner für das Vereinigte Commonwealth, aber in ihrem Fanatismus konnten die Capellaner äußerst gefährlich werden, wenn es Sun-Tzu gelang, die Industriemacht der Freien Welten anzuzapfen.

Und was konnte Sun-Tzu daran hindern, wenn Joshua erst tot war? Früher oder später würde Thomas Marik seine Hochzeit mit Isis zulassen müssen – auch wenn er von da an ständig mit dem Rücken zur Wand leben müßte. Solange niemand etwas von Joshuas Tod wußte, herrschte der Status quo. Sobald der Knabe sich von der Bühne verabschiedete, war alles offen. Katrina wußte es. Thomas wußte es. Sun-Tzu wußte es. Und Victor wußte es ebenfalls.

Sie fuhr sich mit der Zunge über die Zähne, als ihr Sekretär über den Summer den nächsten Besucher ankündigte. *Ich werde mir genau ansehen, wie du das handhabst, Victor. Das könnte die Gelegenheit sein, die ich brauche, um festzustellen, wie gefährlich du tatsächlich bist.*

Tamar
Wolfsclan-Besatzungszone

Phelan Kell Ward grinste zu Natascha Kerensky hinüber, die sich lässig in einem Faltstuhl im Büro ilKhan Ulric Kerenskys räkelte. »Du bist dir wohl sehr sicher, daß deine Alpha-Galaxis meine Beta-Galaxis bei diesem Manöver besiegen wird, frapos?«

Selbstsicherheit funkelte aus den Augen der rothaarigen Khanin, als sie nickte. »Pos, Khan Phelan. Ich habe die Festungsanlagen Tamar Citys schon durchbrochen, als dieser Irre, Selvin Kelswa, die Stadt vor sechs Jahren verteidigte.« Sie lehnte sich zurück und wippte auf den hinteren Stuhlbeinen. »Die Stadt hat den Höhlenwölfen nichts entgegenzusetzen.«

Phelan strich sich ein paar schwarze Haarsträhnen aus den Augen, zwang sich zu einem Gähnen und warf dem weißhaarigen Mann hinter dem Schreibtisch einen gelangweilten Blick zu. »IlKhan, ich habe den Eindruck, Khanin Natascha wird auf ihre alten Tage überheblich.«

»Alte Tage!« Natascha kippte den Stuhl nach vorne und brachte die Stiefel mit einem lauten Knall auf den Boden. »Ich habe vielleicht schon gekämpft und Kriege gewonnen, bevor dein Vater zum Nagelring zugelassen wurde, aber ich hab nichts von meinen Fähigkeiten eingebüßt. Und wenn du mir mit dem Kreuzritterargument zu kommen versuchst, mein Alter hätte mich dazu gebracht, meinen Einfluß einzusetzen, um weniger kämpfen zu müssen, dann leg ich dich übers Knie.«

Phelan lachte, und seine grünen Augen funkelten. »Ich würde niemals behaupten, dein Alter hätte dich zur Pazifistin gemacht. Die Kreuzritter sind nicht ganz gescheit, das als Grund für deine Unterstützung des Waffenstillstands anzunehmen, den der ilKhan nach der Schlacht um Tukayyid mit ComStar geschlossen hat. Die bloße Tatsache, daß ich ihn ebenfalls unterstütze und daß Ulric ihn ausgehandelt hat, führt diese Behauptung ad absurdum. Schließlich sind wir beide jünger als du.«

Ulric nickte. »Besser die Kreuzritter verausgaben sich in einem Kampf, den sie nicht gewinnen können, Natascha, als daß sie ihre Anstrengungen auf etwas Nützlicheres richten, frapos?«

»Pos, aber es wird allmählich lästig, ständig Herausforderungen von Kreuzrittern unter den Wölfen zu beantworten.«

Der Khan der Khane grinste. »Wenn du dich persönlich verteidigst, dünnst du die Ränge der Kreuzritter bemerkenswert aus.«

»Mag sein, aber ich bekomme nur diejenigen, die sich schon einen Blutnamen verdient haben, und es gibt jede Menge junger Kreuzritter, die nur darauf warten, ihren Platz einzunehmen.« Natascha rümpfte verächtlich die Nase. »Ich würde ja zurücktreten, aber mit Dalk Carns als Lehrmeister würde ich meine Position einem Kreuzritter überlassen, und das käme einer Kapitulation gleich.« Die Bewahrer und die Kreuzritter waren die beiden wichtigsten politischen Richtungen innerhalb der Clans. Die Kreuzritter hielten es für die vorgezeichnete Bestimmung der Clans, die Innere Sphäre zu erobern, um den Sternenbund neu erstehen zu lassen. Die Bewahrer waren anderer Ansicht. Ihrer Meinung nach bestand die Mission der Clans darin, aus der Ferne über die Innere Sphäre zu wachen, um sie bei Bedarf gegen Feinde von außen zu verteidigen.

Phelan runzelte die Stirn. »Wir könnten Carns von jemand herausfordern lassen, ihn ausschalten und durch einen Bewahrer ersetzen.«

Ulric zog zweifelnd eine seiner weißen Augenbrauen hoch. »Wirklich?«

»Carns ist Lehrmeister, weil er ein besserer Politiker als MechKrieger ist. Athen Kederk oder Alita Winson aus meiner Beta-Galaxis könnten ihn besiegen.«

»Ohne Zweifel, aber das beantwortet meine Frage nicht.« Ulric beugte sich vor. »Könnten wir einen Bewahrer auf den Posten des Lehrmeisters wählen, franeg?«

Die Wahl des Zusatzes franeg überraschte Phelan. Sie zeigte deutlich, daß der ilKhan eine verneinende Antwort erwartete. »Ich bin der erste, der zugibt, daß ich kein Talent für Politik habe, aber ich wußte nicht, daß sich die Stimmung im Wolfsclan so entschieden zur Sichtweise der Kreuzritter verlagert hat.«

Natascha stützte die Ellbogen auf die Knie. »Die Veränderung kam allmählich, Phelan, und sie geht von den jüngsten Rängen der MechKrieger aus. Sie haben die großen Heldengeschichten unserer Siege bei der Invasion der Inneren Sphäre gehört. Sie haben ihre Ausbildung in dem Wissen absolviert, daß sie beim Sturm auf Terra im Feld stehen werden, und haben sich unsterblichen Ruhm ausgemalt. Weil wir Wölfe am weitesten in die Innere Sphäre vorgestoßen sind, hätte uns die Ehre des Angriffs zugestanden, und sie haben dem Tag entgegengefiebert, an dem sie Teil dieses gewaltigen Sieges sein konnten. Als Tukayyid zum Waffenstillstand führte, wurden die Träume unserer jungen Krieger durchkreuzt. Clan Wolf hat auf Tukayyid keine großen Verluste erlitten, so daß sie zudem kaum Gelegenheit haben, sich um einen Blutnamen zu bewerben. Die schweren Verluste der anderen Clans haben ganze Ränge freigebrochen, und bei den Jadefalken oder Novakatzen konnten neue Krieger in Positionen höherer Verantwortung vorrücken. Da auch die Ruhmesträume unserer jungen Wölfe noch keineswegs verblaßt sind, wollen viele von ihnen den Waffenstillstand brechen und zu Ende führen, was wir begonnen haben.«

Phelan schüttelte den Kopf. »Sie betrachten das Recht, Terra anzugreifen, als positiv für Clan Wolf?«

»Pos. Unsere Welpen sind Wolf-Chauvinisten.« Ulric kniff die blauen Augen zusammen. »Sie sind fehlgeleitet. Sie verwerfen zwar die Glaubenssätze und Ziele von Kreuzrittern wie Clan Jadefalke, aber sie sind bereit, Wölfen zu folgen, die auf der Linie der Kreuzritter marschieren.«

Natascha nickte. »Ihr wichtigster Rädelsführer ist Vlad.«

Phelan schnaubte vor Wut. Vlad aus dem Hause Ward war der MechKrieger, der ihn acht Jahre zuvor gefangengenommen und in den Wolfsclan eingeführt hatte. Vlad war ein Kreuzritter und überzeugt davon, daß es den Clans bestimmt war, die Welten der Inneren Sphäre zu erobern und in einem wiedergeborenen Sternenbund über die gesamte Menschheit zu herrschen. In einer seltsamen Ironie des Schicksals waren ausgerechnet Phelan und Vlad die beiden letzten Kontrahenten im Blutrecht um den begehrten Blutnamen

Ward gewesen. Seine Niederlage hatte Vlads Haß auf Phelan nur noch verstärkt.

Phelan, geboren in der Inneren Sphäre als Sohn Morgan Kells und seiner Frau Salome, war das, was die Clans einen Freigeborenen nannten, auf natürliche Weise gezeugt und geboren. Im System der Clanner machte ihn das minderwertig. Daß es Phelan trotzdem gelungen war, das Ergebnis von Generationen selektiver Menschenzucht mit dem Ziel, überlegene Krieger zu erzeugen, zu besiegen, trieb andere Clanner – und ganz besonders Kreuzritter – zur Weißglut, denn sein Können stellte den Glauben an ihre Überlegenheit in Frage. Einen Mann wie Vlad – grenzenlos ehrgeizig und dem Kreuzritterideal verschworen – schlug die Niederlage gegen Phelan eine Wunde, die niemals verheilen konnte.

»Vlad benutzt also den Mangel an Erfahrung und die Naivität der jungen Wölfe, um gegen die Bewahrer und den Waffenstillstand zu agitieren?«

Ulric nickte. »Die Ideen, die er predigt, sind sehr attraktiv für Krieger, die ohne einen neuerlichen Kriegsausbruch kaum eine Chance sehen, ihren Wert unter Beweis zu stellen und für einen Blutnamen nominiert zu werden. Er benutzt deine Wahl zum Khan als Argument dafür, daß ich auf der Seite der Inneren Sphäre stehe, und behauptet mit Blick auf Nataschas Alter, daß es bei den Wölfen keine Chance zur Beförderung gibt, weil wir unsere Leute nicht auswechseln, wie es die anderen Clans tun.«

Phelan hieb mit der Faust in die offene Hand. »Vlad redet ihnen ein, sie hätten keine Zukunft, und bietet ihnen dann eine Lösung, die Krieg und Zerstörung bedeutet.«

Natascha zupfte nervös an einem Faden ihres grauen Overalls. »Das Problem der Bewahrerposition war schon immer, daß sie von einem Kriegervolk Vorsicht und Zurückhaltung verlangt. Das war noch nie populär. Weil Nicolas Kerensky der Gründer der Clans war und die Wölfe immer von Kerenskys angeführt wurden, konnten wir es uns leisten, die Sichtweise der Bewahrer offen zu vertreten. Es war die Rastlosigkeit der übrigen Clans, die schließlich zur Invasion führte, und nur indem er sich an die Spitze gestellt hat, wie es einem Kerensky gebührt, konnte Ulric eine komplette Vernichtung der Inneren Sphäre verhindern.«

Phelan nickte grimmig. »Solange Ulric ilKhan bleibt, haben die Kreuzritter keine Chance.«

»Das ist wohl wahr, aber früher oder später werden sie versuchen, den Krieg wieder neu zu entfachen.«

»Wie mit der Roten Korsarin.«

Die beiden anderen Wölfe verstummten, als Phelan die Jadefalken-Renegatin erwähnte, der es beinahe gelungen war, mit einer Einheit aus Freiwilligen den Waffenstillstand von Tukayyid zu brechen. Phelan war es in Zusammenarbeit mit den Kell Hounds gelungen, das Kreuzritterkomplott für einen neuen Krieg gegen die Innere Sphäre zu durchkreuzen. Er hatte es geschafft, das Wissen um die Verschwörung zu unterdrücken – nicht einmal Ulric und Natascha kannten *alle* Einzelheiten – und den Schaden zu begrenzen. Aber der Zwischenfall machte deutlich, daß die Kreuzritter und die von diesen dominierten Clans wie die Jadefalken jede Chance ergreifen würden, den Waffenstillstand zu beenden und die Innere Sphäre zu erobern.

»Wir wollen hoffen, daß sie nie wieder soweit gehen, frapos?«

»Pos.« Natascha gab dem ilKhan recht.

Ein leises Klopfen an der Tür zum spartanisch eingerichteten Büro des ilKhans veranlaßte Ulric, den Kopf zu heben. »Herein.«

Phelan sah über die Schulter, dann stand er auf, als Dalk Carns steif in den Raum marschierte. Im Gegensatz zu den beiden Khans trug der Lehrmeister die zeremonielle graue Lederkluft des Wolfsclans und eine emaillierte Wolfskopfmaske unter dem linken Arm. In der Rechten hielt er eine mit rotem Wachs versiegelte Pergamentrolle. Zwei schwarze Bänder hingen vom Siegel herab.

Carns starrte Ulric direkt an: »Ihr seid Ulric Kerensky, ilKhan der Clans?«

»Ich bin Ulric Kerensky.«

Dalk hielt Ulric die Schriftrolle entgegen. »Dies ist eine durch interne Wolfsclan-Untersuchungen zustande gekommene Anklageschrift.«

Phelan streckte die Hand danach aus, um die Rolle an Ulric weiterzugeben, aber Dalk zog sie zurück. »Khan Phelan, mische dich nicht in die Amtsausübung eines Lehrmeisters in seiner Funktion als Hoher Rechtsdiener ein.«

Phelan hob in gespielter Kapitulation die Hände. »Verzeih mir. Ich war mir des Protokolls nicht bewußt.«

Natascha stand langsam auf und strich ihren Overall glatt. »Und ich, Lehrmeister, war mir nicht bewußt, daß eine solche Untersuchung ohne Erlaubnis eines Khans gestattet ist.«

»Wie du vielleicht weißt, Khanin Natascha, benötigt der Lehrmeister keine Zustimmung eines Khans zu einer Untersuchung, wenn der Verdacht besteht, daß einer oder beide Khane des Clans als Mittäter identifiziert werden könnten.«

»Das weiß ich. Wer hat die Untersuchung durchgeführt?«

Carns runzelte die Stirn. »Eine kompetente Einzelperson, die mit den Fakten des Falles vertraut ist.«

Phelan sah Natascha an. »Vlad?«

Sie nickte. »Wer sonst?«

»Ihr werdet es zu gegebener Zeit erfahren, meine Khane.« Carns hielt Ulric die Schriftrolle erneut entgegen. »Nehmt die Anklageschrift entgegen.«

Ulric kam langsam um den Schreibtisch. Er streckte die Hand nach dem Dokument aus, aber Natascha hielt ihn auf.

»Ja, Natascha?«

»Diese Anklageschrift ist das Ergebnis einer nicht genehmigten Lehrmeister-Untersuchung. Wenn Ihr sie nicht annehmt, kann er keine Anklage vorbringen. Der Lehrmeister hat keine Rechtshoheit über den ilKhan.«

Ulric lächelte väterlich. »Das stimmt. Die Anklage wäre für eine Weile aufgehalten, aber wenn ich die Anklageschrift nicht annehme, wird Dalk jemanden im Großen Konklave überzeugen, einen Mißtrauensantrag einzubringen. Das macht es dem Großen Konklave möglich, mich abzusetzen.«

»Wir werden einen Widerspruchstest verlangen und jeden umbringen, der gegen Euch stimmt.«

»Natascha, ich werde nicht zulassen, daß Wölfe Wölfe töten.«

»Ihm macht das nichts aus.« Sie schoß Carns einen haßerfüllten Blick zu. »Nehmt es nicht an. Zwingt ihn, die entsprechenden Schritte zu unternehmen.«

»Und damit den Eindruck zu erwecken, ich sei schuldig?«

Natascha warf frustriert die Arme hoch. »Macht doch, was Ihr wollt!«

Ulric nahm das Pergament entgegen und legte es auf dem Schreibtisch ab, ohne das Siegel zu brechen. »Du wirst mir die Begründung der Anklage zukommen lassen?«

Der Lehrmeister nickte. »Das werde ich. Ihr habt einen Monat bis zur Verhandlung.«

»Sehr schön.«

Phelan verzog das Gesicht. »Moment mal. Wie lautet die Anklage?«

»Die Anklage ist vertraulich, Khan Phelan.«

Ulric legte die Hand auf Dalks Schulter. »Du kannst es ihm sagen. Sie werden es ohnehin bald erfahren.«

Dalk grinste kalt. »Die Anklage ist höchst schwerwiegend. Wegen Verschwörung mit ComStar bei der Schlacht um Tukayyid und der Ernennung eines bekannten Agenten der Inneren Sphäre zum Khan des Wolfsclans ist ilKhan Ulric Kerensky des Hochverrats angeklagt.«

7

> Diese Jungfer lebte zu nichts anderem,
> als zu lieben und von mir geliebt zu werden.
>
> – EDGAR ALLEN POE, *Annabel Lee*

Palast des Marik, Atreus
Marik-Commonwealth, Liga Freier Welten

15. Juni 3057

Als Thomas Marik die Tür des Zimmers öffnete, in dem seine Frau lag, drangen die Klänge von Mozarts Requiem zu ihm auf den Gang. Die leise Musik überdeckte das Zischen des in die Atemmaske strömenden Sauerstoffs und gestattete Thomas beinahe, ihren Zustand zu vergessen. Als Konzession an den reinen Sauerstoff waren die Kerzen, die um Sophinas Bett aufgestellt waren, elektrische mit kleinen Glühfäden, deren regelmäßiges Flackern den Eindruck offener Flammen so gut wie möglich imitieren sollte.

Thomas ließ die Tür langsam hinter sich zugleiten und erkannte den beabsichtigten Effekt sofort. Die sanfte Musik und das gedämpfte Licht in Verbindung mit dem dünnen Schleier, der vom Baldachin des Betts herabhing, verliehen Sophina das Aussehen von vor zehn Jahren, wie in ihrer Hochzeitsnacht. Es war nicht ihre erste gemeinsame Nacht gewesen, aber sie war ihm niemals schöner erschienen als bei dieser Gelegenheit.

Thomas wußte, sie wollte, daß er sie so in Erinnerung behielt, wie sie damals gewesen war – ein Bild von Schönheit, erfüllt von Leben, Liebe und Freude. Aber die Illusion war nicht wirklich perfekt. Den elektrischen Kerzen fehlte die Wärme und das Sinnliche echter Flammen. Das Requiem war wunderschön, aber nicht zu verwechseln mit den romantischeren Klängen der Mondscheinserenade.

Und in ihrer Hochzeitsnacht hatte Sophina weder eine Sauerstoffmaske noch eine Infusionsnadel getragen.

Er war in der Hoffnung gekommen, sie zum Weiterleben überreden zu können, aber als er sah, wie erschöpft und ausgelaugt sie war, fügte er sich schweigend ihren Wünschen. Jeder Atemzug war eine Qual für sie, und trotzdem wußte er, wenn er sie darum bat, würde sie diese Folter noch Tage, Wochen oder Jahre auf sich nehmen. Das Feuer ihrer Liebe für ihn war in den Jahren ebensowenig erkaltet wie das, welches in seinem Herzen für sie loderte.

Und weil ich sie liebe, muß ich sie freigeben.

Thomas trat lächelnd an Sophinas Bett, von links, um seine Narben zu verbergen. »Hier bin ich, Geliebte, wie du es wolltest.«

Sophina öffnete langsam die Augen. »Ich wußte …« Die Sauerstoffmaske verschluckte ihre Worte, und die Atemnot schnitt den Rest ihres Gedankens ab. Die bläulich verfärbten Lippen formten zwar weiter Worte, aber das Innere der Maske war zu beschlagen, als daß er hätte ausmachen können, was sie sagen wollte.

Thomas teilte den Gazeschleier, der sie voneinander trennte, und setzte sich auf die Bettkante. Auf der anderen Seite des Bettes sah er den Plastikbeutel mit der Salzlösung, die durch den daran befestigten Schlauch zur Infusionsnadel in ihrer rechten Armbeuge tropfte. Am selben Ständer hingen, durch elektronische Schalter mit dem Schlauch verbunden, zwei weitere Polymerbeutel. Einer von ihnen war gelb, der andere mit einer grünen Flüssigkeit gefüllt. Das Kontrollgerät für die beiden Schalter lag in Sophinas zitternder Rechten.

Thomas nahm ihre Linke in die seine, und konnte nur mühsam ein erschrecktes Zusammenzucken unterdrücken, so kalt waren die Finger seiner Frau. »Du bist mein Leben. Die Mutter unseres Sohnes und die Hüterin meines Herzens. Bevor ich dich kennenlernte, hatte ich keine Hoffnung, den Frieden und die Sicherheit der Liebe zu erfahren. Wenn du nicht mehr bist…« Seine Stimme versagte.

Sophina drückte schwach seine Hand. »Nach mir wird es andere geben.«

»Niemals. Niemand kann deinen Platz einnehmen.«

»Lieber, lieber Thomas, du bist stark.« Ihr Brustkorb pumpte mühsam unter der Bettdecke, als sie um Atem rang. »Du bist ein Mann. Du wirst Frauen haben.«

»Nein. Bei einer anderen zu liegen würde verhöhnen, was wir hatten, und unser Bett entweihen.«

»Thomas, schließ nicht die Augen vor der Wirklichkeit. Ich war nicht die erste…«

»Vielleicht nicht, aber bei Gott, du wirst die letzte sein.« Thomas drückte ihre Hand fester. »Du bist die einzige, die ich je heiraten wollte, und die einzige, die ich je heiraten werde. Ich werde dir treu sein über den Tod hinaus.«

Sophina lächelte, dann wurde sie von einem Hustenanfall geschüttelt. Thomas beugte sich zu ihr hinab und drückte sie an seine Brust. Zu seiner Erleichterung beruhigte sie sich wieder. Er strich ihr über das matte Haar und versuchte nicht daran zu denken, wie verhärmt sie war.

Eine erschreckend abgezehrte Hand strich über seine glatte Wange. »Thomas, Geliebter, ich war nie mehr als eine Geliebte für dich.«

»Wie kannst du so etwas…«

Sie legte ihre Finger auf seinen Mund und brachte ihn zum Schweigen. »Du warst bereits mit deiner Nation verheiratet, bevor ich dich getroffen habe.« Sie sank zurück und sammelte ihre Kräfte, um weiterzureden. »Daß ich dich so lange für mich hatte, ist die Freude meines Lebens. Aber ich weiß, daß du mich in wundervoller Leidenschaft nur zu dir genommen hast... weil deine Gemahlin, der Staat, einen Erben brauchte, den sie dir nicht geben konnte.«

Thomas setzte zum Protest an, aber ihre Worte waren nicht völlig aus der Luft gegriffen. Seine Wahl war von Leidenschaft bestimmt gewesen, und er hatte sie nicht bereut, aber sie hatte recht, er hatte sich nur dazu entschlossen, überhaupt zu heiraten, weil die Liga Freier Welten einen legitimen Erben für das Amt des Generalhauptmanns brauchte. An Isis' zehntem Geburtstag war bereits deutlich erkennbar gewesen, daß sie zu unstet und von sich selbst zu eingenommen war, um der Nation die nötige Führung geben zu können. Dazu lag über ihr der Schatten ihrer unehelichen Geburt. Einen Erben zu zeugen, der an seinen Platz treten konnte, war plötzlich von enormer Wichtigkeit gewesen, und Sophina hatte ihm diesen Erben geschenkt.

Seine Frau sah zu ihm auf. »Ich wünschte, ich hätte meine Sache besser gemacht.«

»Still, Frau, du redest wirr.« Thomas schenkte ihr ein aufmunterndes Lächeln. »Unser Sohn hat seine Leiden und Prüfungen ertragen wie ein Mann. Er hat das Herz eines Löwen. Die Ärzte sagen, Joshua weiß mehr über seine Krankheit als sie, und er beschwert sich nicht, selbst wenn die Behandlung schmerzhaft ist.«

»Aber er wird niemals regieren, Thomas. Das weißt du.« Sophina schüttelte langsam den Kopf. »Ich stehe an der Schwelle des Todes, und ich fühle, mich trennen keine Lichtjahre mehr von meinem Sohn. Glaube mir, Thomas, es wird nicht mehr lange dauern, bis Joshua und ich wieder vereint sind. Es schmerzt dich, das zu hören, ich weiß es. Aber du mußt der Wahrheit ins Gesicht sehen.«

»Unser Sohn ist stark.«

»Aber nicht so stark, wie du sein mußt, Geliebter.« Ein Hustenanfall schüttelte sie. »Du mußt wieder heiraten.«

»Das kann ich nicht.«

»Für deine Nation.«

»Nein.«

»Für mich.«

»Was?« Thomas beugte sich vor und küßte sie auf die Stirn. »Wie kannst du das verlangen?«

»Ich bin deine Frau, aber ich bin auch deine Untertanin. Es ist deine Bestimmung, deine persönlichen Wünsche den Interessen der Nation unterzuordnen. Daß ich einmal beiden dienen konnte, ist die Krönung meines Daseins.« Die dunkle Spitze ihrer Zunge fuhr über blau angelaufene Lippen. »Ich will nicht, daß mein Tod meiner Nation Schaden zufügt.«

»Dein Tod trifft den Herrscher deiner Nation ins Herz.«

»Besser ins Herz als ins Hirn, denn sein Hirn muß sich durchsetzen.« In Sophinas Augen sammelten sich die Tränen, aber sie konnten nicht fließen, bis sie ihr Gesicht abwandte. »Du mußt wieder heiraten ... für die Nation.«

»Ich brauche keine Frau.«

»Aber deine Nation braucht sie.« Ihre Finger streichelten sein linkes Ohr, wie sie es so oft im Nachglühen ihres Liebesspiels getan hatten, wenn er sie in seinen Armen gehalten hatte, so wie jetzt. »Die Herzogin von St. Ives hat Töchter, ebenso wie der Koordinator des Draconis-Kombinats.«

Thomas versuchte, ihre Worte zu verdrängen, aber es gelang ihm nicht. Er war zu sehr daran gewöhnt, alles kühl abzuwägen, was mit dem Wohlergehen der Freien Welten zu tun hatte. Cassandra und Kuan-Yin Allard-Liao standen hinter ihrem Bruder Kai auf der Thronfolgeliste. Obwohl sie eineiige Zwillinge waren, unterschieden sie sich vom Charakter her deutlich. Cassandra war wie ihre Mutter Candace MechKriegerin geworden. Sie war lebensfroh und extrovertiert. Kuan-Yin war von einer stillen Spiritualität, die Thomas bereits aufgefallen war, als sich die Führer der Inneren Sphäre auf Outreach versammelt hatten, um Pläne zur Abwehr der Clanbedrohung zu schmieden. Eine Heirat mit einer dieser beiden würde eine Verbindung zwischen der Liga Freier Welten und dem St. Ives-Pakt schmieden, die Sun-Tzus Konföderation Capella von zwei Seiten einschloß und weit leichter kontrollierbar machte.

Omi Kurita, die Tochter Theodore Kuritas, würde niemals auf den Thron des Kombinats steigen, aber ihr Einfluß auf ihren Bruder Hohiro konnte keinen Zweifel daran lassen, daß sie bei der zukünftigen Politik ihres Reiches ein kräftiges Wort mitreden würde. Eine Heirat mit ihr konnte das alte Bündnis zwischen der Liga Freier Welten und dem Draconis-Kombinat erneuern und ein starkes Gegengewicht gegen eine mögliche Aggression von seiten des Vereinigten Commonwealth schaffen.

»Und dann«, flüsterte Sophina leise, »gibt es auch noch Katrina Steiner.«

Thomas zuckte zusammen. Katrina, die er vor Jahren noch als ebenso unverantwortlich wie Isis abgetan hatte, hatte sich in letzter Zeit durch ihre Handhabung der Skye-Krise als äußerst fähig erwiesen. Es war ausschließlich ihren Anstrengungen zu verdanken, daß ein Bürgerkrieg in der gesamten Isle of Skye abgewendet werden konnte. Offensichtlich vertraute Victor Davion ihr genug, um die lyranische Hälfte seiner Nation ihrer Regentschaft anzuvertrauen, und wer konnte sie besser kennen als ihr Bruder?

Eine Heirat mit ihr würde zwei Drittel seiner Grenzen sichern und zudem jedes Bündnis mit Sun-Tzu Liao und der Konföderation Capella unnötig machen. Ihre Mitgift würde wahrscheinlich alle Systeme umfassen, die im Vierten Nachfolgekrieg an das Vereinigte Commonwealth verlorengegangen waren. Die Möglichkeiten für die Wirtschaft und insbesondere Wissenschaft und Forschung durch eine Verbindung mit dem VC würden eine Renaissance der Freien Welten einläuten und ihre Position unter den Nationen der Inneren Sphäre erheblich stärken.

Thomas strich wieder über ihr Haar. »Und es gibt noch viele, viele andere Frauen in der Inneren Sphäre. Jetzt aber gibt es nur eine, an die ich denken will.«

»Aber was wird mit all den Menschen deiner Nation? Sie verlassen sich auf dich.«

»Meine Antwort ist ›Nein‹. Für jetzt. Während ich Trauer trage.«

»Aber du wirst darüber nachdenken?«

»Ich kann dir nichts abschlagen, Sophina.«

»Halt mich fest, Thomas.«

Als er sie an sich drückte, preßte sie den Knopf in ihrer rechten Hand. Mit einem leisen Surren öffnete sich das erste Ventil, und die Flüssigkeitsmischung der Infusion veränderte sich. Zunächst floß aus dem gelben Beutel ein Beruhigungsmittel in ihren Kreislauf, das sie sanft einschlummern ließ. Fünf Minuten später gab das zweite Ventil die smaragdgrüne Flüssigkeit aus dem zweiten Beutel frei. Es war ein Nervengift, das ihre gefolterten Lungen und ihr hämmerndes Herz zum Stillstand brachte.

Thomas preßte die leblose Gestalt seiner Frau an seine Brust, noch lange nachdem er ihre Seele entweichen fühlte. Seine Tränen benetzten ihr Gesicht ebenso wie sein eigenes, und sein Schluchzen ließ seinen Körper erbeben wie der Husten den ihren geschüttelt hatte. Schließlich richtete er sich auf und ließ sie auf die Kissen sinken. Er legte ihre Arme an die Seiten, nahm ihr die Sauerstoffmaske ab und zog die Nadel aus ihrem Arm. Dann trat er zurück und ließ den Schleier des Bettvorhangs herunter.

Thomas Marik wischte sich die Tränen aus dem Gesicht und sprach ein letztes Mal zu seiner Frau. »Ich werde die Weisheit deiner Worte nicht vergessen, aber ich werde auch nicht danach handeln. Denn noch lebt unser Sohn, und du lebst in ihm. Ich werde unserer Nation nicht die Dienste unseres Kindes und die selbstlose Weisheit vorenthalten, die ihm seine Mutter vererbt hat.«

Daosha, Zürich
Mark Sarna, Vereinigtes Commonwealth

Das Klopfen an der Tür überraschte Noble Thayer. Er erwartete keine Besucher, und Kenneth Fox, sein Vermieter, war übers Wochenende in eine Blockhütte an einem Dschungelsee gefahren. Er öffnete die Tür einen Spalt weit und sah eine hübsche, schlanke junge Frau in einem übergroßen gemusterten Baumwollhemd, alten Jeans und noch älteren Turnschuhen. »Kann ich Ihnen helfen?« fragte er.

Sie grinste und streckte die Hand aus. »Das will ich hoffen. Ich bin Cathy Hanney. Ich habe mit Dr. Lear gearbeitet, und sie hat ein paar von uns gebeten, herüber zu kommen und ihre Sachen aus dem Keller zu holen.«

»Noble Thayer. Ja, Mr. Fox hat so etwas erwähnt.«

»Deirdre hat es über ComStar mit ihm klargemacht. Ich glaube, Sie haben den Schlüssel für den Keller.«

»Stimmt. Kommen Sie rein, ich hole ihn.« Noble ließ die Tür offen, und die junge Frau kam herein. »Ihre Kollegin scheint reichlich abrupt aufgebrochen zu sein?«

»So könnte man es ausdrücken. Vor etwa einem Jahr hat Tormano Liao sie nach Solaris abgeholt, wo sie und Kai Allard-Liao sich dann entschlossen haben zu heiraten.«

Noble lachte, während er ein graues Sweatshirt mit dem Logo der Stevenson Preparatory MA überzog.

»Eine richtige Aschenputtelgeschichte, wie sich's anhört.«

»Das Seltsamste dabei ist, sie hat nie mit irgend jemand hier über ihn geredet, aber wie sich herausstellte, ist er der Vater ihres Sohns.«

»David?«

Cathy nickte, aber ihre blauen Augen verengten sich mißtrauisch. »Woher kennen Sie seinen Namen?«

Noble öffnete eine Schublade und warf Cathy einen großen Plastik-Tyrannosaurus zu. »Als ich eingezogen bin, habe ich im kleinen Schlafzimmer ein loses Fußbodenbrett gefunden. Ich dachte schon, ich wäre auf der Spur eines verborgenen Schatzes, aber alles, was ich gefunden habe, war das.«

Cathy lachte. »Ich bin sicher, für David *war* das ein Schatz.«

»Hört sich nach einem ganz normalen Jungen an.«

»Klar, abgesehen davon, daß er jetzt auf der Thronfolgeliste des St. Ives-Pakts steht.«

»Oder«, grinste Noble, »irgendwann Champion von Solaris werden wird. Hier sind die Schlüssel. Gehen wir.«

Cathy sah ihn überrascht an. »Bitte?«

»Ich helfe Ihnen.«

»Das ist sehr freundlich, aber ich will Ihnen keine Umstände machen.«

Noble schob sie auf den Gang und schloß die Tür hinter ihnen ab. »Ach was, es macht mir nichts aus. Ich kann die Bewegung gebrauchen. Außerdem bin ich jetzt fast einen Monat auf Zürich, und die einzigen Menschen, die ich bis jetzt kennengelernt habe, sind Mr. Fox, seine Tochter und deren Trottel von Ehemann. Möglicherweise kann ich mich mit Ihnen mal über etwas anderes unterhalten als alte Kriege, neue Holovids und wieviel Mips ein neuer Computer schafft.«

»Na gut, daß Sie da mal Abwechslung brauchen, verstehe ich, aber von wegen, Sie brauchen die Bewegung: Das nehme ich Ihnen nicht ab.« Cathy ging voran die Treppen hinunter bis in den Keller. Jemand hatte eine Tür zum hinteren Parkplatz geöffnet, so daß helles Sonnenlicht in den Gemeinschaftskeller strömte. Cathy winkte einem Grüppchen von drei Leuten zu, die neben einem Jeep mit Anhänger standen, und ergriff das Wort, als sie herüberkamen.

»Noble Thayer, das sind Dr. Richard Bradford und seine Frau Carol. Er ist der Direktor des Rencide-Medozentrums, und Carol leitet unsere Kindertagesstätte und besorgt die Öffentlichkeitsarbeit.«

Der kleine, dunkelhaarige Arzt schüttelte Nobles Hand mit festem Druck. »Nennen Sie mich Rick.«

Seine Frau, die etwas größer war als er, hatte ebenfalls einen festen Händedruck. »Freut mich, Sie kennenzulernen, Mr. Thayer.«

»Bitte, Noble.«

Cathy deutete auf die Frau mit den Apfelbäckchen, die das Trio komplett machte. »Und das ist Anne Thompson. Sie, Deirdre und ich haben zusammen im Rencide angefangen.«

»Ist mir ein Vergnügen.«

»Noble hat angeboten, uns zu helfen«, stellte Cathy fest und berührte ihn sanft an der Schulter.

Er zuckte lässig die Achseln. »Um so schneller geht's.«

»Wir freuen uns über jede Hilfe«, stellte Rick fest. »Wir laden alles auf den Anhänger und schiffen es nach St. Ives ein. Danach wollten wir essen gehen. Möchten Sie sich uns anschließen?«

»Ja, tun Sie das«, setzte Cathy hinzu.

»Na, warten wir erst mal ab, ob Sie mich immer noch dabeihaben wollen, wenn wir fertig sind. Sie wollen doch sicher erst mal sehen, ob ich mein Geld wert bin, oder?«

Carol klopfte ihrem Mann auf den Rücken. »Als diejenige, die ohne Sie jemand Ungenanntem den Rücken hätte massieren müssen, weil er alle schweren Hebearbeiten für sich reklamiert hätte, kann ich Ihnen jetzt schon sagen, daß Sie willkommen sind.«

»Danke.« Noble hielt die Schlüssel hoch. »Gehen wir. Je eher wir anfangen, desto schneller sind wir fertig.«

Cathy lachte ihn an. »Und um so mehr Zeit haben wir, Sie beim Essen näher kennenzulernen.«

»Ah, noch mehr Anreiz loszulegen.« Noble winkte sie alle zur Tür des Kellerraums. »Ich werde Ihrem Doktor Lear einen Dankesbrief schreiben müssen. Ich habe Sie zwar nie kennengelernt, aber ich bin ihr trotzdem dankbar für ihre Rolle bei meiner Begegnung mit den ersten interessanten Leuten hier in meiner neuen Heimat.«

8

> Soldaten im Frieden sind wie Schornsteine im Sommer.
>
> – LORD BURGHLEY, *Ratschläge an seinen Sohn*

Tamar, Wolfsclan-Besatzungszone

21. Juni 3057

Phelan lehnte sich zurück und rieb sich das Gesicht. Seine Augen fühlten sich an wie glühende Kohlen, und sein Kopf dröhnte, als ob jemand mit einem Schmiedehammer von innen gegen seine Schädeldecke schlug. »Diese Anschuldigungen sind allesamt lächerlich, aber die Anklage ist so formuliert, daß es tatsächlich wie Verrat klingt.«

Eigentlich hatte er nur mit sich selbst geredet, aber Ranna war hereingekommen und lehnte schläfrig im Durchgang zum Schlafzimmer. Sie gähnte und zupfte an ihrem über die Schulter gerutschten Nachthemd. »Phelan, du solltest damit warten, das Material durchzusehen, bis du ausgeruht bist.«

»Du hast wahrscheinlich recht, aber ich will wissen, was sie gegen Ulric inner Hand haben. Dafür bin ich noch nich' zu müde.«

Sie schüttelte den Kopf und schnalzte mit der Zunge. »Du bist so müde, daß du nicht mehr sauber artikulieren kannst, Liebling.«

»Das ist bloß der Einfluß deiner Großmutter, Ranna.«

»Mag sein, aber wir sind beide gerade erst von einem zehntägigen Manöver zurückgekehrt, in dem uns Nataschas Einheit eine wilde Jagd geliefert hat. Ich bin erschöpft, und dabei brauchte ich nur einen

Sternhaufen zu kommandieren. Du mußtest dich um die ganze Galaxis kümmern. Du mußt so gut wie tot sein.«

»Ich *wäre* tot, wenn ich zugelassen hätte, daß deine Oma die Stadt einnimmt. Es war schlimm genug, das Industriegebiet an sie zu verlieren.« Phelan verließ den Tisch und setzte sich in einen der Sessel des Wohnbereichs. Er streckte die Beine aus und seufzte. »Ich ziehe echte Gefechte dem Krieg vor, den wir im Clankonklave werden führen müssen.«

»Soweit ich es überblicken kann, würden diejenigen, die hinter dieser Anklage stehen, echte Gefechte den Scheinkämpfen vorziehen, die wir geführt haben.«

Phelan riß den Kopf hoch. »Was weißt du von der Untersuchung und der Anklage?«

»Vlad hat mich gebeten, ihm bei der Untersuchung zu helfen.«

»Was?« Phelans Kinnlade fiel herab. »Das hat er gemacht, um mich zu treffen.«

Ranna schüttelte den Kopf. Dann fuhr sie mit der Hand durch ihr kurzes weißblondes Haar. »Nein. Er haßt dich, so wie du ihn, aber er hat mich darum gebeten, weil wir aus derselben Geschko kommen.«

»Aber nur weil ihr in eurer Kindheit zum selben Haufen Babies gehört habt, unterstützt du ihn doch nicht etwa bei dieser Sache?«

»Nein, Phelan. Ich liebe dich zu sehr, um bei dieser Beschuldigung mitzumachen.«

»Aber du hast mir nichts davon gesagt, als er dich gebeten hat, ihm bei der Untersuchung zu helfen.«

»Es war eine vom Lehrmeister eingesetzte Untersuchung. Auch wenn ich wußte, daß die Anschuldigungen an den Haaren herbeigezogen sind, konnte ich dir nichts sagen.« Ranna kam herüber. Als Phelan die Beine einzog, um ihr Platz zu machen, setzte sie sich und stützte die Ellbogen auf seine Knie. »Die Punkte, um die es geht, verdienen diskutiert zu werden, auch wenn dies möglicherweise die falsche Methode ist, sie zur Sprache zu bringen.«

»Willst du damit sagen, die Hochverratsanklage ist begründet?«

Sie schüttelte den Kopf. »Nein, aber die Frage des Waffenstillstands und der Schwierigkeit, innerhalb des Clans aufzusteigen, verdient Beachtung.«

»Ich bin nicht sicher, ob ich das verstehe.«

Ranna verschränkte die Finger und stützte das Kinn auf die Hände. »Nimm nur einmal mich...«, begann sie.

»Nach zehn Tagen im Feld würde ich dich mit Freuden nehmen.«

»Du hast deine Chance gehabt, bevor du anfingst, die Gerichtspapiere durchzusehen, die der ilKhan während unserer Abwesenheit geschickt hat.«

»Touché.«

»Allerdings.« Sie grinste, dann runzelte sie die Stirn. »Es ist mir *ernst*, Phelan. Ich bin vor anderthalb Monaten neunundzwanzig geworden. Ich bin Sterncolonel, eine ausgezeichnete Position, wenn man bedenkt, daß ich keinen Blutnamen habe. Aber ohne ihn komme ich nicht weiter, und wenn ich nicht innerhalb der nächsten fünf Jahre einen gewinne, fallen meine Chancen, jemals einen zu bekommen, rapide ab – ebenso wie meine Chancen, diesen Rang zu halten.«

Phelan nickte. Unausgesprochen, aber nicht weniger klar war die Tatsache, daß Ranna ohne einen Blutnamen praktisch keine Chance hatte, ihr Generbe jemals in das Zuchtprogramm des Clans einzubringen. Phelan hatte sich entschieden, seine DNS zurückzuhalten, bis die Rannas für die Zucht verfügbar war, aber als Khan hatte er diese Möglichkeit. Haus Kerensky war bekannt als ultrakonservativ, wenn es um die Erlaubnis zur Fortpflanzung ging, und Ranna hatte bis heute noch keinen Platz auf der Liste.

Phelan strich ihr mit dem Handrücken über die

glatte Haut ihrer Wange. »Und du glaubst, durch eine Absetzung Ulrics und eine Wiederaufnahme des Krieges würdest du weiterkommen?«

»Nein, Phelan, aber darum geht es nicht. Clan Wolf hat viele Krieger, die bei der Invasion ihren Wert bewiesen haben, aber nicht in höhere Positionen vorrücken können, weil der Krieg keine freien Stellen unter den älteren Kriegern mehr schafft. Von allen Clans waren nur die Wölfe auf Tukayyid erfolgreich, aber gerade das setzt jetzt unsere jungen Krieger zurück. Sie sehen sich zwar als Teil des Wolfsclans und baden in seinem Ruhm, aber sie glauben nicht daran, daß sie jemals Gelegenheit haben werden, ihren Teil zum größeren Ruhm der Wölfe beizutragen.«

»So steht es geschrieben im Evangelium nach Vlad.«

Ranna streckte die Hand aus und rüttelte Phelan an der Schulter. »Wenn du dich so an ihm als dem Kern des Problems festbeißt, übersiehst du den größeren Zusammenhang. Wir Clanner sind ein Kriegervolk. Wir haben drei Jahrhunderte Krieger gezüchtet, mit dem deutlich formulierten Ziel, die beste Kriegsmaschinerie aller Zeiten zu erschaffen. Die Bewahrer haben so lange die Oberhand behalten, weil sie uns versprachen, eines Tages könnten wir unsere Bestimmung erfüllen, indem wir die Innere Sphäre gegen eine Bedrohung von außen verteidigen. Aber als diese Bedrohung ausblieb, setzten sich die Kreuzritter durch, und es kam zur Invasion. Wie kannst du von einem speziell für den Krieg gezüchteten Volk erwarten, daß es sich von einem Tag zum anderen mit dem Frieden abfindet? Unsere gesamte Sozialstruktur ist auf Kampf als Mittel des Aufstiegs ausgerichtet. Wir dürfen uns nicht einmal fortpflanzen, solange wir nicht bewiesen haben, daß unser Genmaterial geeignet ist, die Kampfkraft des Clans zu erhöhen. Eine solche Gesellschaftsstruktur in Verbindung mit einem Kampfverbot für drei Kriegergenerationen muß zu einem Druck von unten führen, wie wir ihn jetzt erleben.«

»Aber wir *führen* Krieg. Wir überfallen ständig andere Clans. War es denn vor der Invasion auf den Clan-Heimatwelten nicht genauso?«

»Nach der Erfahrung des echten Kriegs sind das nur Simulatorgefechte.« In Rannas blauen Augen funkelte die Erregung. »Gegen die Innere Sphäre und ComStar haben wir nichts zurückgehalten. Wir haben weder Gnade erwartet, noch haben wir sie gegeben. Wir wurden bis zum Äußersten getestet, und wir und unsere Kampfkolosse haben das Beste besiegt, was die Innere Sphäre uns entgegenzusetzen hatte.«

»Nicht immer.«

»Nein, nicht immer. Wir haben einzelne Schlachten gegen tapfere Krieger und geschickte Taktiker verloren, aber es läßt sich nicht abstreiten, daß wir heute fast ein Viertel der Inneren Sphäre kontrollieren.«

Phelan verzog das Gesicht. »Und wenn die Rote Korsarin etwas gezeigt hat, dann doch, daß es noch viel mehr sein könnte.«

»Genau auf diesen Punkt wollen Vlad und seine Leute hinaus.« Ranna gestattete sich ein vorsichtiges Lächeln. »Für sie bedeutet Krieg Eroberungen, und Eroberungen bedeuten eine Zukunft bei den Clans.«

»Und diese Anklageschrift ist ein Schuß vor den Bug, damit der ilKhan seine Haltung zum Waffenstillstand überdenkt?«

»Zumindest habe ich diesen Eindruck, aber möglicherweise spielt Vlad mir wegen unserer Beziehung etwas vor. Seine wahren Absichten könnten – wegen seiner Haltung dir gegenüber – weit gefährlicher sein.«

Phelan nickte. »Die Hochverratsanklage aufgrund meiner Ernennung zum Khan nehme ich persönlich.«

»Das kann ich verstehen.« Ranna stand auf und nahm Phelans Hand. »Und ich denke, du wirst die Anschuldigungen und die möglichen Antworten darauf besser verstehen, nachdem du richtig ausgeschlafen hast.«

Phelan ließ sich auf die Füße ziehen, dann nahm er sie in die Arme und küßte sie auf die Stupsnase. »Du hast wahrscheinlich recht, aber ich bin zu aufgedreht, um auf der Stelle einschlafen zu können.«

»Wirklich, mein Khan?« Sie drückte ihm einen Kuß auf die Lippen, dann wand sie sich aus seinen Armen. Mit ihrer rechten Hand packte sie seine Linke und führte ihn in Richtung Schlafzimmer. »Ich weiß, was dich entspannen könnte.«

»Und danach werde ich schlafen können?«

»Bestimmt«, meinte Ranna und löschte das Licht. »Früher oder später.«

Avalon City, New Avalon
Mark Crucis, Vereinigtes Commonwealth

Victor Davion betätigte den Pausenknopf des Holovidbetrachters erst, als das Interkom ein zweites Mal nachdrücklich surrte. Der Prinz betrachtete einen Augenblick das erstarrte Gesicht Omi Kuritas auf dem Bildschirm und lächelte. *Ich will hoffen, daß mich niemand wegen einer Lappalie unterbricht.* Sein Finger hing über dem Antwortknopf der Sprechanlage, während er etwas zu finden versuchte, was es wert war, Omis Botschaft abzubrechen, aber ihm fiel nichts ein. Er schaltete das Gerät ein.

»Cranston hier, Hoheit. Ich habe die Ergebnisse der Umfragen, die Sie angefordert haben.«

»Kommen Sie rein.«

Victor betrachtete weiter Omis ruhig-heiteres Gesicht und ging einen Teil der Holovidbotschaft in Gedanken noch einmal durch. Ihre friedvolle Miene hatte sich nicht geändert, als ihr Monolog sich von angenehmen Erinnerungen an ihren letzten Geburtstag und das von seinem Botschafter überbrachte Geschenk vorsichtig ernsteren Themen zugewandt hatte. Sie hatte ihm eine Botschaft seines Bruders Peter übermittelt. *Sie scheint mehr von ihm zu hören als ich.*

Anscheinend hatten sie und Peter während Omis Besuch auf Solaris im vergangenen Jahr eine solide Beziehung aufgebaut, eine Tatsache, die Victor sehr angenehm war. Es war Omi gewesen, die ihm gesagt hatte, daß sein Bruder sie von Solaris nach Zaniah begleitet hatte. Dort war er, Omi zufolge, freiwillig ins St. Marinus-Haus eingetreten, eine religiöse Zuflucht für Krieger. Das hatte das Rätsel seines Verschwindens gelöst, und da er die Nachricht von Omi erhalten hatte, war Victor überzeugt, daß er alles erfahren hatte, was er über die Situation zu wissen brauchte.

Was ihn erstaunte, war, wie gut Omi ihn kannte und verstand. Sie hatte ihm gesagt, wo sein Bruder war, und hinzugefügt, daß Peter dieses Wissen auf Victor, Kai und Omi beschränken wollte. Sie hatte weder eine Entschuldigung noch eine Erklärung hinzugefügt, um eine wütende Reaktion Victors abzublocken. Und weil er die Nachricht von ihr und in einer so offenen und ehrlichen Weise erhalten hatte, konnte er sich auch nicht darüber ärgern. Ohne Zweifel hätte er unter irgendwelchen anderen Umständen ganz anders reagiert.

Peter hatte sich ihm eindeutig widersetzt, indem er Solaris ohne seine Erlaubnis verlassen hatte. Eigentlich hätte Victor vor Wut schnauben müssen, aber die Tatsache, daß Peter mit Omis Hilfe gehandelt hatte, änderte alles. Wäre Peter in Gefahr gewesen oder hätte er seinerseits eine Gefahr für Victor dargestellt, hätte Omi ihm das mitgeteilt. Da sie nichts dergleichen getan hatte, war sie der Meinung, Peter habe verantwortungsbewußt gehandelt. Victor wußte, wo sein Bruder sich aufhielt und daß er in Sicherheit war, und Omis beiläufiger Tonfall machte klar, daß es keinen Sinn hatte, die Angelegenheit weiterzuverfolgen.

Sie kennt mich besser als ich mich selbst, diese Frau, die ich lieben gelernt habe. Obwohl sie sich erst dreimal begegnet waren und ihre Liebe nicht vollzogen hatten, konnte Victor sich nicht vorstellen, sich irgend jemandem enger verbunden zu fühlen.

Trotzdem war ihm klar, daß Theodore Kurita einer Hochzeit niemals zustimmen würde. Er hatte so schon alle Hände voll mit draconischen Adligen zu tun, die seine Reformen als ernsten Bruch geheiligter Traditionen sahen. Ein Versuch, Frieden mit dem Vereinigten Commonwealth zu schließen, indem er seine Tochter mit Victor verheiratete, könnte mit Leichtigkeit einen Bürgerkrieg auslösen. Die Traditionalisten würden sich in einen blutigen Bruderzwist auf die Reformer stürzen, und wenn der Waffenstillstand auslief, wäre das Kombinat kaum noch in der Lage, den Clans zu widerstehen.

Hätte Victor geglaubt, daß auch nur die geringste Chance bestünde, Omis Hand zu gewinnen, wäre er schon längst bei Theodore Kurita vorstellig geworden. Vielleicht war es ganz gut, daß ihre Verbindung unmöglich war, denn er hätte allerhand Schwierigkeiten dadurch bekommen. Bis vor kurzem hätte Victor die größte Bedrohung in dieser Hinsicht von der Mark Draconis erwartet. Die Bewohner dieser Grenzprovinz hätten gefürchtet, er könnte ihre Systeme als eine Art Morgengabe dem Draconis-Kombinat aushändigen. Das war ein Problem, mit dem Victor sicher fertig werden konnte, aber jetzt hatte sich eine neue Situation ergeben, die diese Schwierigkeiten verblassen ließ.

Beide Hälften des Vereinigten Commonwealth hatten lange unter den Angriffen der Draconier gelitten, und ein Ausläufer des VC ragte oberhalb des terranischen Korridors in den Kurita-Raum. Viele dieser Systeme waren erst vor dreißig Jahren, im Vierten Nachfolgekrieg, erobert worden. Aufgrund der Bedrohung durch die Clans hatte man große Truppenkontingente auf beiden Seiten von der Kombinats-Commonwealth-Front abgezogen. Die Bewohner der Grenzwelten fühlten sich dadurch schutzlos und waren entsprechend nervös.

Was noch wichtiger war, diese Welten hatten mehr mit der Isle of Skye gemein als mit irgendeinem anderen Teil des Vereinigten Commonwealth. Jetzt, wo Katherine ihren Einfluß in Skye ausweitete, kontrollierte sie auch diese Systeme. Falls sie Victors Heirat mit Omi als Bedrohung wertete oder sich entschloß, sie als solche darzustellen, um Victor seinem Volk zu entfremden, konnte sie das Vereinigte Commonwealth in zwei Hälften spalten, ohne einen Schuß abzufeuern. Wenigstens hatte er ihr durch seine Gebietsreform zu Jahresbeginn die im Vierten Nachfolgekrieg von Hanse Steiner eroberten Marik-Systeme abgenommen, indem er sie der Mark Sarna angegliedert hatte.

Trotzdem, Victor glaubte keine Sekunde, daß Katherine es darauf abgesehen hatte, das VerCom zu spalten. Indem sie sich mit Ryan Steiner verschworen hatte, ihre Mutter zu ermorden, hatte Katherine das vorletzte Hindernis zwischen ihr und dem Titel der Archon-Prinzessin des Vereinigten Commonwealth aus dem Weg geräumt. Ihre Machtbasis in der lyranischen Hälfte des Commonwealth verschaffte ihr eine starke Position, aber durch die Clan-Bedrohung blieb sie von der militärischen Stärke der Davion-Hälfte des Commonwealth abhängig.

Der Waffenstillstand würde noch zehn Jahre dauern. Bis dahin mußte Victor eindeutige Beweise dafür finden, daß Katherine ihre Mutter hatte umbringen lassen, *oder* irgendwie das Vertrauen des lyranischen Volkes zurückgewinnen. Wie schwierig letzteres auch sein mochte, es würde wahrscheinlich die leichtere Aufgabe werden; trotzdem wollte er die Hoffnung nicht aufgeben, daß seine Schwester irgendwo einen fatalen Fehler begangen hatte, als sie die Spuren ihrer Verbindung mit Ryan und dem Attentat verwischt hatte.

Galen klopfte leise an die Tür, bevor er eintrat, und Victor schaltete den Holovidbetrachter aus. Er sah auf, legte die Fernbedienung beiseite und lächelte Galen an. »Nun, Mr. Cranston, was haben Sie Schönes für mich?«

»Die Skandalvidberichte über Joshua und sein Double waren sehr erfolgreich. Missy Cooper, das Mädchen, hat einen Modellvertrag für relativ billige Kleider im Designerlook bekommen. Die Tatsache, daß sie einen Vetter hat, der ebenfalls an Leukämie leidet, hat der ganzen Geschichte einen besonderen Biß gegeben. Dadurch, daß der Vetter zur Behandlung am NAIW nach New Avalon gebracht wurde – beides auf Ihre Kosten –, hat Ihrer Beliebtheit einen willkommenen Schub gegeben. In den Umfragen bewerten die Menschen Sie inzwischen als mitfühlender als noch vor einem halben Jahr. Das ist bemerkenswert, da Sie allgemein als gefühllos gelten, seitdem Sie vor zwei Jahren die Beerdigung Ihrer Mutter versäumt haben.«

Victor nickte. »Damals dachte ich, Katherine hätte sich entschieden, die Beerdigung so schnell durchzuziehen, weil die Art, wie meine Mutter gestorben war, es schwer machte, sie aufzubahren. Jetzt frage ich mich, ob es Katherine dabei nicht viel mehr darum ging, mich in Verlegenheit zu bringen.«

»Ich weiß es nicht, aber was Ihre Schwester betrifft, würde mich keine Boshaftigkeit überraschen.«

»Nun gut, haben wir schon mit der Verteilung des Skandalvidmaterials in den lyranischen Distrikten begonnen?«

»Ja, Hoheit. In den nächsten zwei Wochen werden wir sie mit genug Material eindecken, um jedem örtlichen Medienkonglomerat die Zusammenstellung einer eigenen Präsentation zu ermöglichen. Die einzige Ausnahme ist die Isle of Skye. Dort werden wir dieselbe präzise Kompaktversion der Geschichte einsetzen, die auch in die Liga Freier Welten, die Konföderation Capella und das Draconis-Kombinat geht.«

»Gut.« Victor zog eine Holodisk aus der Schreibtischschublade. »Ich habe diese Beileidsbotschaft für Thomas Marik aufgenommen. Bitte sorge dafür, daß sie mit höchster ComStar-Priorität abgeht.«

Galen nickte. »Selbstverständlich.«

Victor dachte einen Moment nach. »Was meinst du, wie groß ist die Gefahr, daß Thomas unser kleines Täuschungsmanöver durchschaut? Jetzt wo seine Frau gestorben ist, könnte er Joshua zurück nach Atreus holen, und unser ganzer Plan würde zerbröckeln.«

»Bis jetzt haben wir keine Anfrage dieser Art erhalten, und Sophina ist schon eine Woche tot. Die Beerdigung ist in zwei Wochen, zu früh, um Joshua noch dorthin zu schaffen. Ich glaube kaum, daß wir uns darüber Sorgen zu machen brauchen.« Galen schüttelte dem Kopf. »Und wir brauchen auch keine Angst zu haben, daß die Liga hier eine Geheimdienstoperation durchzieht. Wir sind zwar ziemlich sicher, daß die SEKURA Schläfer auf New Avalon hat, aber sie haben nicht die Mittel, um Joshua aus dem NAIW zu holen und als Doppelgänger zu entlarven. Unsere Sicherheitsvorkehrungen sind wasserdicht, und zusätzlich steht ein Einsatzkommando bereit, um mögliche Gewaltmaßnahmen gegen den Jungen abzuwehren. Es war von Beginn an vor Ort, nur für den Fall, daß Sun-Tzu auf die Idee kommt, Isis wäre eine bessere Erbin für den Posten ihres Vaters.«

Victor sah ihn zweifelnd an. »Unterschätzt du die SEKURA auch nicht?«

»Vielleicht«, erwiderte Galen, »aber manche Mitglieder des Geheimdienstsekretariats halten noch viel weniger von ihr. Den Berichten der SEKURA zufolge, auf die Thomas sich verläßt, haben die Clans Atomwaffen eingesetzt, als die Nebelparder 3050 die Stadt Edo auf Turtle Bay dem Erdboden gleichgemacht haben. Mehr noch, sie scheint zu glauben, der ganze Planet sei nur noch ein lebloser Lavaklumpen. Ein Geheimdienst, der bei einer so einfachen Sache dermaßen danebenliegt, erntet von unseren Leuten nur ein müdes Lächeln.«

»Es ist schwer zu glauben, daß er dermaßen unfähig ist, aber selbst wenn es stimmt, könnten sie trotzdem einen Glückstreffer landen. Sieh zu, daß die Krankenhausangestellten einen Auffrischungskurs in allen Sicherheitsprozeduren erhalten, und laß die Leute im Sekretariat nicht zu unvorsichtig werden.«

»Ja, Sir.« Galen schüttelte den Kopf. »Ich würde sagen, ein Teil des Problems liegt darin, daß Thomas so ein Idealist ist. Er hält Spionage für unter seiner Würde. Soweit unsere Leute es feststellen können, hat sich das SEKURA-Budget kaum erhöht, erst recht nicht seit der Gründung der Ritter der Inneren Sphäre. Unsere Spionageabwehrspezialisten bitten um Versetzungen in die capellanische Abteilung, damit sie etwas zu tun bekommen.«

Victor stieß einen Seufzer aus. »Sieh zu, daß du sie ein bißchen auf Trab bringst. Wir benutzen diesen Doppelgänger, um uns etwas Zeit zu verschaffen. Wie die meisten Pläne meines Vaters hat auch der hier Hand und Fuß. Aber es ist unsere Sache, ihn maximal auszunutzen. Laß uns tun, was nötig ist, um die Zeit, für die wir bezahlt haben, auch bis auf den letzten Rest auszunutzen.«

»Betrachten Sie es als erledigt.«

»Gut.« Victor nahm die Fernbedienung wieder auf. »Danke für alles, Ga... Jerry. Eine Nation führen zu lernen ist schwierig genug. Ohne deine Hilfe wäre es wahrscheinlich unmöglich.«

»Unmögliches dauert nur ein wenig länger, Sir.«

Plötzlich wurde Victor Davions Miene ernst. »Ein wenig länger könnte schon viel zu lange sein.«

9

Auf seine Verbündeten muß man ebenso aufpassen wie auf seine Feinde.

– Leo Trotzki

Tharkad City, Tharkad
Distrikt Donegal, Vereinigtes Commonwealth

26. Juni 3057

Katrina Steiner-Davion hielt den Blick auf das entfernte Ende des riesigen Thronsaals gerichtet, an dem langsam die Tore aufschwangen. Das dahinter in Sicht kommende Paar wirkte vor dem immensen Gewölbe der Halle und den gewaltigen Steinsäulen, auf denen die Deckenkuppeln ruhten, winzig und verloren. Als die beiden näher kamen, bemerkte sie, wie zuerst der Mann und dann die Frau versuchte, auf dem schmalen roten Teppich einen Schritt Vorsprung zu gewinnen. Normalerweise hätte ihr das ein Lächeln entlockt, aber Katrina wollte die beiden Botschafter durch die Würde des Augenblicks beeindrucken.

Als sie langsamer wurden, wußte Katrina, daß die beiden begonnen hatten, die Hinweise auf ihre Stimmung und Einstellung zu analysieren, die sie so sorgfältig plaziert hatte. Sie trug ein konservativ geschnittenes schwarzes Kostüm über einer weißen Seidenbluse mit hohem Kragen. Der Rock reichte bis zur Wade, aber ihre Beine waren unter Kniestiefeln verborgen. Eine Perlenkette mit passenden Ohrringen war der einzige Schmuck, den sie angelegt hatte, und ihr Make-up war ebenfalls zurückhaltend.

Auf der Empore, der sich die Botschafter näherten, standen zwei Thronsessel. Katrina hatte auf dem vom Eingang aus rechten Platz genommen. Über ihr hing das Banner mit der Eisenfaust des alten Lyranischen Commonwealth. Da sie als Regentin über die lyranischen Distrikte des Vereinigten Commonwealth herrschte, war dies eine korrekte Wahl, aber natürlich würden ihre Besucher schnell bemerken, daß sie nun außer dem Namen ihrer Großmutter auch deren Thron besaß.

Noch bemerkenswerter mußte der Anblick der beiden Briefumschläge sein, die auf den Sitz des zweiten Throns lagen. Dies war der Thron, den ihr Bruder als Archon-Prinz des Vereinigten Commonwealth benutzte, als er auf Tharkad Hof gehalten hatte, aber für sie fungierte er als Ablage. Das mußte die Botschafter überraschen, und genau das war beabsichtigt.

Hinter den beiden Thronen ragten zwei BattleMechs auf, stählerne Wachen, neben denen sie ebenso unbedeutend wirkte wie die Botschafter in der riesigen Halle. Beide Maschinen waren vollständig schwarz lackierte *Greifen*. Damit war Katrina zu der traditionellen Leibwache der Lyranischen Archonten zurückgekehrt. Victor hatte bei seinen Auftritten BattleMechs anderer Typen und unterschiedlicher Bemalung eingesetzt, bei seiner letzten Audienz einen *Kreuzritter* im Rot und Schwarz der Kell Hounds und einen *Marodeur* in der schwarzgoldenen Bemalung der Ersten Kathil-Ulanen. Katrina hatte keinen Zweifel, daß auch diese Wahl auf Atreus nicht unbemerkt bleiben würde.

Die Botschafter hielten am Fuß der Empore an und verneigten sich vor Katrina. Sie erwiderte die Geste mit einem Kopfnicken, ohne sich zu erheben, und öffnete den Mund, wie um etwas zu sagen. Als die Botschafter sich vorbeugten, um ihr zu lauschen, schloß Katrina den Mund, sah eine Sekunde zur Seite und gab vor, im Würgegriff der Gefühle kein Wort herauszubringen.

In der Gewißheit, ihre volle Aufmerksamkeit zu haben, sah sie wieder zu ihren Besuchern hinab. »Verzeihen Sie mir. Tod und Aufruhr der letzten Zeit haben ihre Spuren hinterlassen.«

Clark Tsu-Chan, der stämmige Botschafter der Konföderation Capella, senkte seine Halbglatze in einem langsamen Nicken. Die kleinere, strohblonde Botschafterin von Atreus, Luise Waskiewicz, zupfte an ihrer schwarzen Armbinde. »Hoheit, wir in der Liga Freier Welten verstehen den tragischen Verlust Ihrer Mutter heute um so besser. Vielleicht sollten wir uns an die Worte Jerome Blakes erinnern: ›Der Tod soll keine Herrschaft haben, und die Liebe nicht vergehen.‹«

»Ihre Worte spenden mir Trost, Botschafterin Waskiewicz.« *Auch wenn sie nicht mehr als das verstümmelte Plagiat eines Dylan-Thomas-Gedichtes sind. Ich frage mich, wie viele andere Perlen antiker Weisheit auf das Konto des armen Jerome Blake angerechnet worden sind, um ihn gottgleich erscheinen zu lassen?* Katrina senkte den Blick, um es ihren Besuchern zu erschweren, ihre wahren Gefühle zu erkennen. So gut sie sich auch in der Gewalt hatte, man konnte nicht vorsichtig genug sein.

Als sie wieder aufsah, lief eine einzelne Träne ihre Wange hinab. »Der Verlust meiner Mutter hat mich tief getroffen, ebenso wie der meines Freundes Galen Cox und meines Cousins Ryan Steiner. Das Schicksal hat mir große Verantwortung übertragen. Ich fürchte, ohne die Notwendigkeit, mich um mein Volk zu kümmern, wäre ich vor Kummer wie gelähmt.«

Der capellanische Gesandte antwortete mit gedämpfter Stimme. »Trauer ist ein Heilungsprozeß, und als solcher braucht sie Zeit.«

»Und Ruhe.« Katrina hob den Kopf und schob die Schultern nach hinten. »Widmen wir uns den anstehenden Problemen. Vielleicht fragen Sie sich, warum ich eine gemeinsame Unterredung mit Ihnen beiden erbeten habe. Um jedem Mißverständnis vorzubeugen, lassen Sie mich gleich feststellen, daß es mir dabei darum ging, Mißtrauen bezüglich meiner Motive oder dem, was gesagt wurde, vorzubeugen.«

»Ihr seid höchst zuvorkommend, Hoheit.«

»Nicht mehr, als es Ihr Generalhauptmann in den Beileidsgrüßen war, Botschafterin, die er mir nach dem Tod meiner Mutter und auch nach dem Tod Galens zukommen ließ. Sie haben Glück, einen Herrscher zu besitzen, der mitfühlend und weise ist.«

»Ihr seid zu gnädig, Hoheit.«

Genau das sollst du denken. Katrina gestattete sich ein leises Lächeln. »Wie Ihre Geheimdienste ohne Zweifel bereits berichten, haben die Nachrichten von New Avalon im vergangenen Monat ein paar verwirrte Meldungen über einen Zwischenfall enthalten, bei dem Joshua Marik außerhalb der NAIW-Klinik gesichtet worden sein soll, in der er wegen Leukämie behandelt wird. Wie sich herausstellte, handelte es sich nur um eine Verwechslung – ein junges Mädchen, das Joshua bemerkenswert ähnlich sah. Ich gebe Ihnen hier und jetzt mein Ehrenwort, daß Joshua sich weiterhin sicher im NAIW aufhält, wo seine Behandlung fortgeführt wird. Ich möchte nicht, daß schlimme Gerüchte ohne irgendeinen Bezug zur Wirklichkeit den Generalhauptmann in seiner Trauer zusätzlich belasten.«

Waskiewicz war blaß geworden, als Katrina sprach, aber am Ende des kurzen Monologs war die Farbe in ihr Gesicht zurückgekehrt. »Ich werde die Botschaft weiterleiten«, stellte sie knapp fest.

»Ich möchte, daß Sie etwas mehr tun als das.« Katrina stand langsam auf und trat an den Thron der Vereinigten Sonnen, um die beiden Briefumschläge zu nehmen. »In diesen Umschlägen befinden sich Holodisks mit den Originalprogrammen über den Zwischenfall sowie die Rohaufnahmen, aus denen sie zusammengestellt wurden. Mein Bruder schickt Ihnen nur fertige Programme, so daß Sie große Kosten und Mühe hätten, an das Vorproduktionsmaterial zu kommen, das ich Ihnen hier überlasse. Ich bin mir bewußt, daß dies einen gewissen Profiteinbruch für diejenigen meiner Untertanen bedeutet, die Ihnen Informationen zukommen lassen, aber ich vertraue darauf, daß Sie ihre Dienste in Anspruch nehmen werden, um sich zu vergewissern, daß dieses Material echt ist.«

Tsu-Chan blinzelte, während er einen der Umschläge entgegennahm. »Ich glaube nicht, daß ich jemals eine so gelungene Umschreibung von Bestechung und Verrat gehört habe.«

»Und Sie werden sie auch nicht wieder hören, Botschafter, denn unsere Nationen besitzen Geheimnisse, die wir dringend vor einander geheimzuhalten suchen. Joshua allerdings gehört nicht dazu und sollte auch nicht zu einem Zankapfel zwischen unseren Nationen gemacht werden. Er ist nur ein Kind und viel zu wichtig, um zum Spielball in den Kämpfen zu werden, mit denen sich Sternenreiche die Zeit vertreiben.« Katrina stand neben ihrem Thron und stützte eine Hand auf die hohe Rückenlehne. »Joshua befindet sich zur Behandlung seiner Krebserkrankung auf New Avalon, und mir war der Eindruck, daß er eine Geisel ist, immer verhaßt.«

Die Botschafterin der Freien Welten schüttelte den Kopf. »Mein Volk hat sich nie irgendwelchen Illusionen über Joshuas Status im Vereinigten Commonwealth hingegeben.«

Das läßt sich auf zweierlei Weise auslegen. Eine höchst diplomatische Formulierung. Katrina ließ den Hauch eines Lächelns um ihre Lippen spielen. »Dann ist Ihr Volk weit großmütiger als das meine, oder zumindest großmütiger als manche Mitglieder meiner Familie.«

Diese Bemerkung traf beide Botschafter, und keinem von beiden gelang es, den Schock völlig zu verbergen.

Gut, damit ist meine Arbeit getan. »Exzellenzen, ich bitte Sie, kehren Sie zurück in Ihre Botschaften und senden Sie dieses Material unverzüglich weiter. Wenn es uns gelingt, Verdächtigungen zu entkräften, bevor sie Wurzeln schlagen können, brauchen wir keine Angst zu haben, daß in ihrem Schatten Mißtrauen sprießt.«

Charleston, Woodstock
Mark Sarna, Vereinigtes Commonwealth

Larry Acuff gab sich geschlagen. »Ich kann diese Diskussion nicht gewinnen, oder?«

Phoebe Derden verschränkte die Hände im Nacken, lehnte sich zurück und lachte. »Du kannst abstreiten, daß es dir etwas ausmacht, wie all dieser Rummel um Joshua deine Anwesenheit hier auf Woodstock aus den hiesigen Nachrichten verdrängt hat, soviel du willst, ich glaube dir kein Wort.«

Larry zog die Augenbrauen zusammen. »Warum nicht?«

Die blonde Kommandantin der Woodstock-Miliz schüttelte den Kopf. »Du bist ein Vidhund, Larry. Als wir letzte Woche mit George rüber zum Neon Club sind, hast du deine Bekanntheit ausgenutzt, um uns reinzubringen.«

»Wenn ich mich recht entsinne, warst du es, die sich nicht anstellen wollte.«

»Schuldig, aber ich habe nicht mit dem Türsteher gesprochen und dafür gesorgt, daß wir durchgewunken wurden. Aber das war gar nicht mal der Schlüsselmoment. Fakt ist, als wir in den Saal kamen, bist du im Eingang stehengeblieben, um sicherzugehen, daß niemand deinen Auftritt verpaßt.«

»Ich habe nur gewartet, bis meine Augen sich an die Dunkelheit gewöhnt hatten.«

»Na klar, der Korridor von der Straße aus war ja auch grell erleuchtet.«

Larry ließ den Kopf hängen. »Na gut, du gewinnst.

Ich brauchte mich nicht an die Dunkelheit zu gewöhnen.« Als Phoebes Lachen durch ihr Büro schallte, hob Larry die Hand und streckte den Zeigefinger aus. »Aber es ging mir auch nicht um einen Auftritt. Es war etwas anderes.«

»Und was?«

»Ich bin mir nicht sicher, ob du es verstehen würdest.«

Phoebe runzelte die Stirn. »Hör mal, mein Gesicht und Mech zieren möglicherweise nicht die T-Shirts im gesamten Vereinigten Commonwealth, aber ich habe diese Rangabzeichen nicht bekommen, weil ich begriffsstutzig war. Spuck's aus.«

Larry lehnte sich vor und stützte die Ellbogen auf die Knie. Er war sich bewußt, wie arrogant seine nächsten Sätze klingen mußten. »Ich versuchte mir klarzuwerden, ob ich sicher bin. Auf Solaris gibt es Orte, die MechKrieger – Profikämpfer wie ich – besuchen können, ohne im Blickpunkt der Öffentlichkeit zu stehen.«

Phoebe sah ihn fragend an. »Wird das eine Ansprache über das schwere Leben der Stars?«

»Für dich mag sich das lustig anhören, Phoebe, aber es ist wirklich nicht leicht. Sicher, es macht Spaß, und es bringt eine Menge Vorteile mit sich – zum Beispiel kann man mit seinen Freunden in einen Club gehen, ohne ein, zwei Stunden an der Tür warten zu müssen. Aber man hat auch jede Menge Ärger.«

»Wie die Zwillinge, die gestern abend mit deinen Ohrläppchen Tauziehen spielen wollten?«

Larry wurde rot. »Nein, wie Kerle, die finden, so gefährlich siehst du gar nicht aus, und dir eins überziehen wollen. Und Schlimmeres.« Er verzog das Gesicht. »Wenn du eine Berühmtheit bist, glaubt jeder, der jemals auf dich gewettet hat, ein Ticket für einen deiner Kämpfe oder ein Produkt gekauft hat, für das du wirbst, daß ihm ein Stück von dir gehört. Die Leute beschweren sich darüber, wieviel du verdienst und wie wenig du dafür tust. Sie finden es falsch, daß Lehrer und Krankenschwestern so wenig verdienen, obwohl sie einen viel größeren Beitrag zum Wohl der Gesellschaft leisten, als ob das an mir läge.« Er hob den Kopf und sah, daß Phoebes Blick ernster geworden war. »Weißt du, wie lange die durchschnittliche Laufbahn eines Solaris-Kämpfers dauert?«

Sie schüttelte den Kopf.

»Drei *Monate!* Nicht *Jahre,* Monate! Und das liegt nicht daran, daß Krieger bei den Mechduellen ums Leben kommen. Das Training und der Streß sind knochenbrecherisch. Es ist schlimmer als alles, was ich mit der 10. Lyranischen Garde auf dem Schlachtfeld mitgemacht habe.«

Phoebe senkte den Blick. »Schlimmer als das Lager auf Alyina?«

Larry schüttelte den Kopf. Eine Sekunde konnte er nichts sagen. »Alyina erlaubt es mir, das Ganze in der richtigen Perspektive zu sehen. Nur dadurch habe ich es so lange ausgehalten. Dadurch, und weil Kai seine Kämpfer vor einer Menge bewahrt. Meine Kämpfe werden übertragen und von Abermilliarden Menschen gesehen. Sie sehen die Profile und die Kurzmeldungen über das, was ich mache, und sie denken, Sie kennen mich. Sie kennen mich auch ein wenig, doch in Wahrheit kennen Sie nur das Gesicht, das ich der Öffentlichkeit präsentieren will.« Larry mußte lachen. »Im Neon ist mir ein Typ, der mich erkannt hat, aufs Klo nachgegangen. Dann fing er an, auf mich einzureden, während ich da stand. Er wollte, daß ich mit ihm zurück an seinen Tisch komme, ›die Idioten‹, mit denen ich rumlaufe, vergesse, und mit ihm und seinen Kumpeln rede. Er sagte, er hätte die Crucis-R-Schweberkonzession hier in Charleston und hätte ein gutes Geschäft für mich, wenn ich einen Holospot für ihn drehe.«

Phoebes Miene wurde düster. »Er hieß nicht zufällig Buddy Korren?«

»Könnte sein. Kennst du ihn?«

»Er ist im kommunalen Milizbeirat hier in Charleston. Letztens wollte er einen Spot drehen, in dem ein paar unserer Mechs Schweber seiner Konkurrenten auseinandernehmen. Als ich ihm erklärt habe, daß wir so etwas nicht machen können, hat er mich zu bestechen versucht. Ein echtes Juwel.«

»Na dann weißt du ja, mit was für Schleimern ich mich abgeben muß. Ich meine, es gibt eine Menge toller Leute, die mir nur die Hand schütteln oder ein Autogramm wollen, und das ist schon in Ordnung – besonders, wenn sie noch jung sind. Aber ich muß zugeben, ich habe jedesmal ein eisiges Gefühl in der Magengrube, wenn ich jemand sagen höre: ›He, du, Kumpel, du bist doch Larry Acuff, richtig?‹ Ich frage mich sofort, was sie von mir wollen, und seh mich nach dem nächsten Ausgang um. Aber um auf die Frage zu antworten, mit der alles angefangen hat: Es macht mir nichts aus, eine Weile aus dem Blickpunkt des Interesses zu verschwinden. Bis zu dieser Sache mit Joshua haben die Holovidgrapher in unserem Vorgarten campiert. Und ich befürchte, jetzt, wo sich der Rummel legt, werden sie zurückkommen. Meine Mutter wird verrückt, weil sie mitten durch ihre Blumenbeete latschen.«

Phoebe grinste, und Larry machte sich auf eine weitere Spitze gefaßt. »Möglicherweise kann ich dir da helfen.«

»Wie das?«

Sie deutete auf ihr Computerterminal. »In den Unterkünften für unverheiratete Offiziere ist eine Suite frei. Da kann ich dich einquartieren.«

»Danke, aber soweit ich weiß, bekommst du Schwierigkeiten, wenn du da einen Zivilisten unterbringst. Du hast dich immer streng ans Reglement gehalten, Phoebe. So sehr kann George dich nicht verändert haben.«

»Hat er nicht.« Sie tippte auf den Schirm. »Sie haben sich in den letzten drei Jahren nicht einmal zur Dienstübung gemeldet, Reservehauptmann Acuff. Das heißt, Sie haben sechs Wochen Reservedienst abzuleisten. Ich kann dich hierher zur Miliz verlegen und für die Öffentlichkeitsarbeit einteilen. Damit leistet du deine Pflichtzeit ab und hast einen Ort, an dem dich die Vid-Egel nicht packen können.«

Larry zögerte einen Augenblick, dann nickte er. »Abgemacht. Danke.«

»Gut.«

»Ich weiß zu schätzen, wie du dich um mich kümmerst. Nicht nur jetzt, auch, wie du mich bei deinen Freunden eingeführt hast. Ich war mir nicht sicher, ob ich noch hierhin passe, und es gibt immer noch ein paar Probleme, aber du warst eine große Hilfe.«

»Ich schulde dir was, Larry.«

Er runzelte die Stirn. »Du hättest meinen Vetter sowieso kennengelernt. Genaugenommen kann ich mich überhaupt nicht erinnern, euch einander vorgestellt zu haben.«

»Hast du nicht, und davon habe ich auch nicht gesprochen.« Phoebe biß sich auf die Unterlippe. »Du bist auf Alyina zurückgeblieben, und ich denke, es war mein Fehler.«

»He, Phoebe, red dir bloß so etwas nicht ein. Mein *Kriegshammer* hatte ein Bein *und* einen Arm verloren. Du und die anderen, ihr seid zurückgerufen worden, um die Landezone zu sichern, damit die Landungsschiffe aufsetzen und Prinz Victor abholen konnten. Ich wußte, was ihr tatet, und in Gedanken war ich bei euch. Du wärst zurückgekommen, wenn du gekonnt hättest.«

»Das wäre ich, aber das Lager und all das hattest du nicht verdient.«

»Niemand hatte das Lager verdient, aber es hat mich nicht umgebracht.«

»Also hat es dich stärker gemacht?«

Larry dachte eine Sekunde nach, dann nickte er. »Stärker und weiser. Es hat mir klargemacht, daß alles sehr viel simpler ist, als sich die meisten Menschen einbilden, und das hat mir sehr geholfen.«

»Wird es dadurch leichter, Typen wie Buddy zu ertragen?«

»Nein, das kann nichts leichter machen.« Er lachte Phoebe an und war froh, als sie sein Grinsen erwiderte. »Aber ich habe gelernt, daß Freunde zu haben das Wichtigste im Leben ist. Danke für die Bestätigung.«

10

> Wiederhole nicht die Taktiken, die dir einen Sieg gebracht haben, sondern laß dich in deinen Methoden von der unendlichen Vielfalt der Umstände leiten.
>
> – SUN TZU, *Die Kunst der Kriegsführung*

Palast des Marik, Atreus
Marik-Commonwealth, Liga Freier Welten

1. Juli 3057

Der Widerwillen, der in seinen Eingeweiden brodelte, machte Sun-Tzu Liao klar, daß er sich in einem Traum befand. Er erinnerte sich nur selten an seine Träume, und daß er sich eines Traums bewußt wurde, geschah noch seltener. Seine Verachtung für Träume speiste sich nahezu völlig aus der Art, wie seine Mutter in den Bildern, die während des Schlafs durch ihr Hirn tanzten, Botschaften von tiefer mystischer Bedeutung zu erkennen geglaubt hatte. Sie hatte nie einen sonderlich klaren Bezug zur Wirklichkeit gezeigt, und ihre Neigung, die Realität durch das Prisma ihrer Träume zu interpretieren, hatte dafür gesorgt, daß sie nie wirklich im selben Universum wie der Rest der Inneren Sphäre agiert hatte. Und zu seinem Leidwesen hatte seine Schwester diese Eigentümlichkeit geerbt.

Sun-Tzu wußte aus Büchern und Nachforschungen, daß Träume dazu dienten, zuvor aufgenommene Fakten in das Gedächtnismuster des Schlafenden zu integrieren. Die wenigen Träume, an die er sich erinnern konnte, schienen ausreichend Beweise dafür zu liefern, daß dies tatsächlich die einzige Tätigkeit des Gehirns im Traumzustand war. Mit diesem Wissen betrachtete

Sun-Tzu den Symbolismus seines Traums und versuchte zu entziffern, was integriert wurde und wo.

Er befand sich in einem langen Korridor – einem sehr langen Korridor, denn er reichte bis in die Unendlichkeit – aus handgehämmerten Goldplatten. Obwohl keine Lichtquelle zu sehen war, funkelten Glanzlichter ringsum. Mythologische Kreaturen, wissenschaftliche Symbole und andere Symbole aus dem Leben in der Inneren Sphäre waren in Hoch- oder Tiefreliefs aus den Platten herausgearbeitet. Sie waren faszinierend und frustrierenderweise nur aus den Augenwinkeln klar erkennbar, aber er wußte, sie waren für seine Suche nach Informationen ohne Bedeutung.

An der linken Wand hing einen Reihe von Porträts. Die meisten waren alt und dunkel. Die Farbe zeigte Risse, als handle es sich um uralte Meisterwerke aus den Tagen lange bevor die Menschheit das Geheimnis des interstellaren Raumflugs entdeckt hatte. Er erkannte sogar den Stil mancher Bilder: van Gogh, Rembrandt, Whelan, Parkinson, Matisse. Trotzdem wußte er, daß keines dieser Porträts von dem betreffenden Meister stammte, denn sie alle zeigten Personen, die erst Jahrhunderte nach deren Tod geboren worden waren.

Sun-Tzu ging langsam den Gang hinab und erkannte auf dem ersten Bild seinen Großvater, Maximilian Liao. Mit scharfem Blick und noch schärferen Zügen wirkte Maximilian vital und voll trotzigen Feuers. Das war eindeutig der Mann, den seine Mutter ihm immer beschrieben hatte, wenn auch nicht der, an den Sun-Tzu sich erinnerte. Natürlich hatte er seinen Großvater nur in seiner Kindheit gekannt, und damals hatten Hanse Davion und Justin Allard ihn bereits gebrochen.

Als er nach rechts blickte, sah Sun-Tzu einen hohen silbernen Spiegel, der an der bis dahin leeren Wand gegenüber dem Porträt aufgetaucht war. Als er hochsah, stellte er fest, daß sämtliche Gemälde gegenüber von Spiegeln hingen, was seinen Wunsch, dieses Rätsel zu ergründen, noch steigerte. In diesem Spiegel sah er nicht sich selbst, sondern einen gebückten alten Mann, dessen wirres Haar in fettigen Strähnen auf die schmutzigen Schultern einer durchgewetzten Robe hing. In den Augen des Greises brannte der Wahnsinn. Ja, dachte Sun-Tzu, *das* war der Maximilian Liao, den er gekannt hatte.

Er ging weiter und fand als nächstes van Goghs Porträt des Thomas Marik. Starke Pinselstriche und leuchtend gelbe Farbe zeichneten jede einzelne Narbe des Gesichtes nach. Thomas' Augen wirkten trübe, und seine Miene drückte Erschöpfung aus. Sun-Tzu fand das Bild eine akkurate Darstellung des Generalhauptmanns, seit Sophina sich das Leben genommen hatte.

Er wandte sich dem Spiegel zu, gespannt, welche Veränderung Thomas erfahren würde, und war überrascht von der kraftvollen Erscheinung, die ihn hier erwartete. Hier stand Thomas in silberglänzender Rüstung vor ihm, ein leuchtendes Schwert zum Himmel erhoben. Ein Halo aus Sternen umgab seinen Kopf, und die Narben auf seinem Gesicht waren kaum zu sehen. Sein Gesichtsausdruck entsprach dem fanatischer Blakes-Wort-Mitglieder, wenn sie bei Hofe Gelegenheit hatten, zu Thomas zu sprechen. Sun-Tzu erkannte Thomas, wie ihn der größte Teil der Liga-Bevölkerung sah: als einen Erneuerer, der die Ritter der Inneren Sphäre gegründet hatte, um das moderne Leben um einige vergessene hehre Ideale wieder zu bereichern.

In Sun-Tzus Gedanken formte sich bereits eine Theorie über das, was er hier erlebte, und er lief weiter, um mehr Erkenntnisse zu sammeln. Im nächsten Bild fand er sich selbst als dummen August, den Mund in einem schiefen, kretinhaften Grinsen halboffen. Sein Körper war gerade genug verdreht, um einen breiten gelben Streifen erkennen zu lassen, der an seinem Rückgrat entlanglief.

Ah ja, ich selbst, so wie ich gesehen werden möchte. Auf Outreach, als alle jungen Thronfolger versammelt gewesen waren, um zu trainieren, während ihre Eltern Strategien diskutierten, hatte Sun-Tzu bewußt gewinselt und genörgelt, seine Pflichten vernachlässigt und sich aus dem Staub gemacht, wenn er zur Rede gestellt wurde. Er hatte genau gewußt, daß alle seine Altersgenossen seine Mutter für wahnsinnig gehalten hatten, und so hatte er den verzogenen, kleinlichen Narren gespielt, den sie erwartet hatten.

Er wirbelte herum und betrachtete sein Spiegelbild. Es überraschte ihn, wie sehr es seinem Vetter Kai Allard-Liao glich. *Das ist eine Warnung.* Er hatte genug über seinen Vetter in Erfahrung gebracht, um zu vermuten, daß Kai sich keine Blöße gab und sein volles Potential nicht erkennen ließ. Zumindest war das der Schluß, den er aus der Tatsache zog, daß sein Gehirn sein eigenes Bild dicht neben jenen von Kai plaziert hatte. *Vielleicht unterschätze ich ihn.*

Sun-Tzu zwang sich, den Korridor weiter hinabzugehen. Als nächstes sah er sich dem Porträt Hanse Davions gegenüber, und ein kalter Schauder lief sein Rückgrat hinab. Hanse Davion, hier in seiner ganzen robusten Größe dargestellt, hatte den Spitznamen »der Fuchs« mehr als verdient gehabt. Zuerst hatte er Maximilian Liao dazu gebracht, die Natter Justin Allard an seinen Busen zu drücken, und dann hatte er den Sturmangriff geleitet, der die Hälfte der Konföderation Capella verschlungen und die Mark Sarna des neugegründeten Vereinigten Commonwealth geschaffen hatte.

Zu seiner Rechten zeigte der Spiegel ihm eine in Bandagen gewickelte Mumie. Sun-Tzu starrte sie verwirrt an. Dann öffnete die Gestalt ein Auge, und er erkannte das bohrende Blau der Augen Davions. Der

Körper schien schlanker und jünger als jener Hanses auf dem Bild, und während Sun-Tzu noch darüber nachsann, öffnete sich eine Tür in die Vergangenheit.

Er erinnerte sich, wie er in sehr jungen Jahren eines Nachts plötzlich aufgeweckt worden war. Zuerst hatte er seinen Großvater nicht gesehen, nur seinen Atem gerochen und seine krallenartigen Nägel durch den Stoff des Nachthemds gefühlt. Im schwachen Leuchten des Nachtlichts hatten Maximilians Augen wie die einer Katze geglüht.

»Keine Sorge, keine Sorge.« Die Stimme hatte einen drängenden Tonfall gehabt, aber die Worte waren in einem rauhen Flüsterton gesprochen gewesen. »Es ist *mein* Hanse Davion. Das ist alles eine Finte. In Wirklichkeit gehört er zu uns.«

Dann hatte sich die Tür zu Sun-Tzus Zimmer geöffnet, und Männer waren gekommen, um seinen Großvater hinaus zu zerren. Sein Vater war gekommen und hatte ihn getröstet. Er hatte Sun-Tzu erklärt, er brauche keine Angst zu haben, auch wenn sein Großvater etwas wirr im Kopf war. Er erzählte ihm davon, wie Maximilians Hanse-Davion-Doppelgänger entdeckt worden war und diese Entlarvung zum Krieg geführt hatte. »Das war nur ein böser Traum, Sohn. Denk nicht mehr daran und erwähne ihn niemals deiner Mutter gegenüber.«

Vor seinen Augen zerfiel die Mumie zu Staub. Dann wurde mehr als die Hälfte der Gestalt vom Wind davongeweht, so wie die Hälfte der Konföderation Capella verlorengegangen war. Bebend wandte Sun-Tzu sich ab und ging weiter, auch wenn ihm jeder Schritt schwerfiel, als müsse er sich durch Beton arbeiten.

Nach einer scheinbaren Ewigkeit, in der seine Glieder unkontrolliert zitterten, erreichte Sun-Tzu ein Porträt Joshua Mariks. Als er es erkannte, hatte er die Lösung seines Traums: Sein Gehirn ordnete die Bilder ein, die er beim Durchgehen des von Katrina Steiner erhaltenen Materials gesehen hatte. Sun-Tzu hatte sie intensiv studiert, in der verlorenen Hoffnung, irgendeinen Hinweis darauf zu finden, daß Joshua im Sterben lag, aber er hatte nichts dergleichen entdeckt. Auf dem Porträt wirkte der Knabe genau wie auf den Holovids – kränklich, aber für Sun-Tzus Geschmack viel zu gesund.

Er drehte sich zum Spiegel um und sah nichts. Sein ganzer Körper bebte, dann saß er kerzengerade im Bett und zog die Laken von seiner schweißnassen Brust. Er schob sich hoch, lehnte sich gegen das Kopfbrett und leckte sich den Schweiß von der Unterlippe. *Was kann das bedeuten?*

Eine halbe Sekunde glaubte er, die Stimme seiner Schwester mit einer wirren, unsinnigen Traumdeutung zu hören, aber Sun-Tzu unterdrückte diese Störung und zwang sich zu klarem Denken. *Mein Gehirn war dabei, Daten zu korrelieren, und fand kein Gegenstück zu den Bilden, die ich von Joshua gesehen habe. Das ist keine sonderliche Überraschung, da er sehr viel jünger war, als ich ihn auf Outreach gesehen habe. Kinder verändern sich gewaltig in sechs Jahren. Es gibt keine Verbindungen und deshalb auch kein Spiegelbild.*

Er nickte und lächelte. Das war die logische Antwort. Hätte seine Schwester diesen Traum gehabt, wäre sie zu ihm gekommen und hätte ihm etwas vorgeschwafelt, daß Victor Davion Joshua umgebracht und einen seiner Agenten an die Stelle des Marik-Erben gesetzt hätte. Und er wäre gezwungen gewesen, ihr zu erklären, daß Victor so etwas niemals versuchen würde – dazu war er einfach nicht verschlagen genug. Kali hätte das natürlich nicht verstanden und weiter an ihren Traum und seine geheime Botschaft geglaubt.

Als die Müdigkeit von ihm abfiel, gewannen seine Gedanken eine neue Schärfe. *Nein, Victor würde niemals einen Doppelgänger für Joshua erschaffen. Denn damit und erst recht, wenn er ihn wirklich einsetzen sollte, würde er die Lage zu unberechenbar machen.* Sun-Tzu lächelte, als ihm eine Inspiration kam. *Victor würde so etwas nie tatsächlich versuchen, aber das heißt nicht, daß ich ihn nicht beschuldigen kann, es getan zu haben. Bei seinem überzogenen Ehrgefühl wird Victor toben vor Wut.*

Mit jeder Sekunde nahm der Plan in Sun-Tzus Gedanken festere Formen an. Er entschloß sich, keine direkten Anschuldigungen auszusprechen. Victors Zorn auf sich zu ziehen konnte den Untergang seiner Nation bedeuten. Aber wenn er Thomas glauben machen konnte, Victor habe seinen Sohn ermordet und durch ein Double ersetzt, bestand die Chance, daß Marik Sun-Tzu freie Hand bei verstärkten Aktivitäten in der Mark Sarna ließ. Wenn Thomas wütend genug war, würde er Konzessionen von Victor verlangen – möglicherweise sogar die Rückgabe ehemaliger Systeme der Konföderation Capella.

Sun-Tzu warf die Bettdecke beiseite und marschierte an seinen Schreibtisch. Sein Körper wollte zurück ins Bett, aber er war viel zu beschäftigt, um an Schlaf zu denken. Er schaltete das Computerterminal ein und begann seinen Plan auszuformulieren und die Botschaften zu schreiben, die ihn in Gang setzen würden.

»Armer Victor«, kicherte er leise. »Ich habe einen Traum, und für dich wird er zum Alptraum.«

11

Oh, welch ein Sturz war dies, Landsleute;
Ich, ihr, wir alle sind gestürzt,
und blut'ger Verrat trieb Blüten über uns.

– William Shakespeare, *Julius Caesar*

Arc-Royal
Distrikt Donegal, Vereinigtes Commonwealth

4. Juli 3057

»Ich weiß selbst nicht, was ich sagen will, Chris.« Caitlin Kell strich eine schwarze Haarlocke hinter das linke Ohr. »Ich habe auf Tharkad eine Menge gehört, auch Dinge, über die ich nicht reden kann, weil sie mir im Vertrauen gesagt wurden. Aber ich habe angefangen, mir Gedanken zu machen. Ich neige dazu, Informationen zu verarbeiten, während ich versuche, sie jemand anderem zu erklären. Und ich schätze, genau das mache ich jetzt auch.«

»Na gut, sind Dan und ich nur als Zuhörer hier, oder willst du, daß wir auf deine Ideen reagieren?«

Caitlin nickte ihrem Vetter Christian Kell und dem weißhaarigen Mann, der neben ihm auf der Couch saß, zu. »Ich glaube kaum, daß ich von euch realistischerweise erwarten kann, auf jeden Kommentar zu verzichten.«

Daniel Allard, Kommandeur der Kell Hounds, seit Morgan Kell in den Ruhestand getreten war, lächelte sie an. »Besonders dann nicht, wenn du mit der Frage anfängst, ob es den Versuch gegeben hat, die Identität von Melissa Steiners Mörder zu verschleiern. Offensichtlich hast du mit der offiziellen Version deine Schwierigkeiten, sonst hättest du das nicht erwähnt.«

Chris nickte. »Nicht weiter verwunderlich. Ich habe selbst meine Schwierigkeiten mit der offiziellen Version. Niemand kann mir erzählen, daß irgendein Wahnsinniger ohne die geringste Unterstützung eine Bombe von der Art gebaut haben soll, die den Archon und deine Mutter, Caitlin, umgebracht hat. Ich habe unsere Kommandotruppen darüber reden hören, welche Ausbildung für dieses Attentat nötig war. Die Tatsache, daß wir alle denjenigen, der es getan hat, aufknüpfen möchten, mal außen vor gelassen, war das eine beachtliche Leistung. Ich gebe zu, es war etwas zu bequem, daß der Attentäter sich kurz danach selbst umgebracht hat und daß man seine Leiche nicht gefunden hat, ist nicht gerade befriedigend. Aber andererseits zeigt der Mord an Ryan Steiner, daß manche Attentäter durchaus nach ihrer Tat Selbstmord begehen.«

Caitlins grüne Augen schienen hart wie Eis. »Ist es nicht ein bemerkenswerter Zufall, daß zwei Attentate, die unerhörtes Können erfordern, mit einem Selbstmord enden?«

Chris runzelte die Stirn. »Du meinst, der Bursche, der Ryan erschoß, weil er sich für dessen unehelichen Sohn hielt, hat auch Melissa getötet? Hielt er sie für seine Mutter?«

»Nein, Blödsinn. Aber sieh's mal so: Ryan war Victors Todfeind, und er hat zu einem für Victor sehr günstigen Zeitpunkt den Löffel abgegeben. Sein Tod hat die ganze Skye-Situation entspannt.« Caitlin breitete die Arme aus. »Wer sich mit Victor anlegt, zahlt den Preis.«

»Da ziehst du aber eine Menge Schlußfolgerungen aus einem einzigen Ereignis, Caitlin«, meinte Dan Allard und schüttelte den Kopf. »Und du implizierst, daß Victor für Melissas Tod verantwortlich ist. Das glaube ich nicht.«

»Bei allem Respekt, Dan, aber sagt dir das dein *Kopf*

oder dein Gefühl?« Caitlin ging in die Küche, um sich ein Glas Wasser zu holen. »Deine Familie arbeitet eng mit den Davions zusammen.«

»Soll heißen?«

»Du hast ein gesteigertes Interesse daran, daß jemand anders als Victor der Mörder ist.«

Dan nickte. »Und die Tatsache, daß du mit den Steiners verwandt bist, bedeutet, für dich darf es Ryan nicht gewesen sein?«

Autsch! Caitlin runzelte die Stirn und nahm einen Schluck Wasser. »Wir sind mit Victor und Katrina über ihren Großvater verwandt, Ryan Steiner ist kein Blutsverwandter. Ich vertraue nur dem offiziellen Richterspruch in Melissas Mordsache nicht, und ich finde, die Geschichte von Ryans Tod stinkt mindestens genauso nach Mord und Verschleierung.«

»Na gut, Caitlin, nur damit wir einander verstehen. Ich habe Melissa Steiner kennengelernt, lange bevor dein Vater und deine Mutter sich zusammengetan haben, um dich in die Welt zu setzen, und ich habe sie als gute Freundin und wunderbare Frau geschätzt. Ich würde liebend gern dem Monster, das sie umgebracht hat, *und* demjenigen, der es angeheuert hat, eigenhändig den Hals umdrehen. Und ich stimme dir zu, daß der offizielle Bericht über ihren Tod nicht so wahnsinnig solide ist, aber ohne irgendwelche Beweise von einer Verschwörung zu reden ist ein ausgesprochen gefährliches Spiel.«

Weil nicht sein kann, was nicht sein darf, Dan? Caitlin sah über den Rand ihres Glases zu Christian Kell. »Du bist plötzlich sehr still geworden.«

Statt einer Antwort zuckte Chris nur andeutungsweise die Schultern. Durch den offenen Hemdkragen erhaschte Caitlin einen Blick auf die blaugrüne Drachentätowierung auf seiner linken Brustseite. *Manchmal vergesse ich, daß er im Kombinat aufgewachsen ist und dort ein Yakuza war, so sehr ist er zu einem Teil der*

Kell Hounds geworden. Seine Herkunft verlieh ihm eine besondere Sicht der Dinge, aber der hohe Wert, der im Kurita-Raum auf Zurückhaltung gelegt wurde, machte es schwer für ihn, sich einzubringen.

Unter Caitlins unnachgiebigem Blick rutschte er unbehaglich hin und her, aber sie ließ nicht locker. »Ich möchte wirklich hören, was du denkst, Chris.«

Er fuhr sich mit der Hand durchs dunkle Haar, dann nickte er. »Ich finde, du begehst bei deiner Analyse mehrere Fehler. Der erste ist dir möglicherweise gar nicht bewußt. Er besteht darin, Ryan Steiner in dieselbe Kategorie einzuordnen wie Melissa Steiner.«

»Das würde ich nie ...«

»Ah! Genau das hast du getan. Du betrachtest sie beide als Opfer desselben Attentäters, aber dafür hast du keine Beweise. Und selbst wenn es dieselbe Person war, heißt das keineswegs, daß hinter dem Attentäter in beiden Fällen derselbe Auftraggeber stand. Im Gegenteil, falls Ryan den Attentäter beauftragt hatte, Melissa umzubringen, könnte er Ryan getötet haben, um seine Spur zu verwischen. Oder Ryan könnte versucht haben, den Attentäter aus dem Weg räumen zu lassen, um seine Haut zu retten, und zum Dank eine Kugel eingefangen haben.« Auf der Armlehne der Couch sitzend, starrte Chris durch sie hindurch. »Außerdem möchte ich dich darauf hinweisen, daß du bei der Auswahl deiner Beweise gegen Victor sehr selektiv vorgehst.«

Caitlin zuckte zusammen. Sie wollte ihm widersprechen, aber er hatte natürlich recht. »Zum Beispiel?«

»Zum Beispiel sind derzeit drei Erklärungen für Ryans Tod in Umlauf. Die erste wird von den Behörden des Vereinigten Commonwealth propagiert und lautet, daß ein einzelner Heckenschütze Ryan wegen eines eingebildeten Unrechts erschossen habe. Die Behörden verfügen über gerichtsmedizinische Indizien für ihre Behauptung und scheinen mit ihren Schlußfolgerungen zufrieden. Die zweite Erklärung ist deine, daß der Selbstmord fabriziert war und jemand anderes, ein Phantom, den Abzug betätigt und anschließend den jungen Burschen umgebracht hat, um seine Flucht zu decken. Und die dritte lautet, daß Sven Newmark, Ryans Adjutant, ihn aus nächster Nähe mit einer Pistole erschossen hat, die er verschwinden ließ, bevor die Polizei am Tatort eintraf.«

Caitlin schüttelte den Kopf. »Die Newmark-Geschichte ist Unsinn. Das glauben nur Verschwörungsfanatiker.«

»Aber sie glauben die Geschichte, weil sie in ihren Augen Sinn macht. Wenn du dich erinnerst, soll sein Motiv Rache für die versuchte Entführung Prinz Ragnars durch Ryans Leute auf Arc-Royal und Vergeltung für den Tod deiner Mutter und die Verwundung deines Vaters bei dem Anschlag gewesen sein, dem Melissa zum Opfer fiel. Immerhin war Newmark Exil-Rasalhaager, und wir haben eine große rasalhaager Kolonie hier, weil dein Großvater und Vater ihnen die Einwanderung erleichtert haben. Andere gehen noch weiter und deuten an, Newmark hätte in deines Vaters Diensten gestanden.«

»Aber das ist hirnrissig!«

»Wieso?«

»Weil mein Vater so etwas nicht tun würde!«

Chris grinste. »Du verwirfst diese Theorie also auf Grund spezieller Kenntnisse über die betreffenden Parteien.«

»Ja.«

»Dann laß uns zum Mord an Melissa zurückkehren und die speziellen Kenntnisse über deinen Hauptverdächtigen, Victor, betrachten. Ich nehme für mich ebenfalls spezielle Kenntnisse in Anspruch.« Chris sah zu ihr auf. »Ich habe Victor ausgebildet. Er würde keinen Mordbefehl geben.«

»Du irrst dich, Chris.«

Dan rutschte vor zum Rand der Couch. »Was willst du damit sagen, Cait?«

Sie atmete tief durch, aber der Druck auf ihrer Brust ließ nicht nach. »Ich weiß, daß ich euch vertrauen kann. Katrina hat mir erzählt, daß Victor ihr gegenüber zugegeben hat, das Attentat auf Ryan befohlen zu haben.«

Chris sackte geschockt nach hinten. »Das glaube ich nicht.«

Dan nickte. »Ich schon.«

Caitlin sah den älteren der beiden Männer mit großen Augen an. »Wirklich?«

»Ja.« Dans Stimme wurde müde. »Als Hanses Sohn ist Victor durchaus in der Lage, Ryan auf so direkte Weise auszuschalten. Aber er wäre nicht so vorgegangen, nur um einen politischen Gegner aus dem Weg zu räumen. Er muß es getan haben, weil er Ryan mit dem Tod seiner Mutter oder irgendeinem anderen teuflischen Komplott in Verbindung gebracht hatte.«

Caitlin setzte ihr Glas ab. »Weißt du das, oder spekulierst du nur?«

»Ich spekuliere, aber ich weiß, daß ich recht habe.«

Chris schüttelte noch immer den Kopf. »Das wäre die einzige Erklärung, aber ich glaube es immer noch nicht. Und ich glaube nicht, daß er seine Mutter umgebracht hat.«

»Warum nicht? Sie war ein Hindernis auf seinem Weg an die Macht, genau wie Ryan. Er hat Melissa umgebracht, um an die Macht zu kommen, und Ryan, um sie zu behalten. Hinzu kommt, es waren seine Leute, die beide Todesfälle untersucht und Victor für unschuldig erklärt haben.«

Dan massierte sich die Schläfen. »Das gefällt mir nicht.«

»Mir gefällt es auch nicht«, erklärte Chris und stand auf. »Und ich glaube es nicht. Ich bezweifle nicht, daß du exakt wiedergegeben hast, was dir Katrina – oder

Katherine – erzählt hat, Cait, aber das mit dem Attentäter bleibt Hörensagen.«

Caitlin verzog das Gesicht. »Katrina würde es nicht wiederholen, wenn es nicht wahr wäre.«

»Nein? Wenn du dich recht erinnerst, steht nur Victor zwischen ihr und dem Thron des Vereinigten Commonwealth.«

»Sie will den Thron nicht. Sie hat schon genug Schwierigkeiten, die Scherben aufzulesen, die Victor hinterläßt.«

»Spezielle Kenntnisse, Cait?«

»Spezielle Kenntnisse, Chris.«

Dan stand ebenfalls auf und trat zwischen sie. »Ich würde sagen, was spezielle Kenntnisse betrifft, liegt einer von euch falsch.«

»Oder schlimmer noch«, flüsterte Chris. »Wir könnten uns beide irren.«

Caitlin krampfte sich der Magen zusammen. *Wenn das stimmt, habe ich Katrina völlig falsch eingeschätzt.* Der Gedanke zog ihr die Eingeweide erst recht zusammen. »Tut mir leid, Chris. Ich will mich nicht mit dir darüber streiten. Ich habe nur Angst, daß wir beim nächsten Vertragsangebot durch das Vereinigte Commonwealth nicht zum Schutz der Nation, sondern für politische Ränkespiele eingesetzt werden.«

»Es ist ein unangenehmes Thema, Caitlin, und ich will mich auch nicht darüber mit dir streiten.«

»Gut«, stellte Daniel Allard fest, »denn eure Meinungsverschiedenheit ist keineswegs das Beunruhigendste an dieser Sache.«

Caitlin drehte sich verwirrt zu Dan um. »Was denn?«

»Daß es da draußen Leute gibt, die in der Lage sind, Indizien und Gerüchte zu fabrizieren, die intelligente, vernünftige Menschen so fundamental an der Regierung des Vereinigten Commonwealth zweifeln lassen. Vergeßt nicht, wir kennen alle Betroffenen persönlich.«

Dans Miene wurde düster. »Wenn wir schon verwirrt sind, stellt euch vor, wie sich der Normalbürger fühlen muß. Es fehlt nicht mehr viel, und diese Sache nimmt ein böses Ende. Und ich muß sagen, die Zukunft, die sich da für mich abzeichnet, gefällt mir ganz und gar nicht.«

Tamar
Wolfsclan-Besatzungszone

Der ungeduldig zwischen Natascha und Ulric auf der linken Seite der Bühne stehende Phelan verschränkte die Arme, als Lehrmeister Dalk Carns durch den Vorhang zu ihnen herabkam. Der Lehrmeister verbeugte sich leicht vor dem ilKhan und seinen Begleitern, dann erwies er den anderen, die ihnen gegenüberstanden, denselben Respekt. Schließlich begrüßte er die jenseits der Bühnenlichter versammelten Mitglieder des Clankonklaves.

»Er benimmt sich, als erwarte er eine Theaterkritik im Morgenblatt.«

Natascha grinste über Phelans geflüsterte Bemerkung. »Ich habe mir überlegt, ob ich Programme drucken lasse, aber die Namensliste unter ›Dorftrottel‹ war zu lang.« Sie verstummte, als Dalk zum Podest in der Mitte der Bühne schritt. Während sich die Khane und ihre Ankläger für graue Wolluniformen entschieden hatten, hatte Dalk wieder die zeremonielle Ledermontur des Wolfsclans angelegt. Er legte den emaillierten Wolfskopf auf das Podest und schaute zwischen den beiden Ohren hindurch ins Publikum.

»Eidbrüder und Eidschwestern, ich bin der Lehrmeister. Ich rufe euch, jeden einzelnen von euch und euch alle, als Richter und Geschworene in der uns hier vorgetragenen Sache zu fungieren.« Dalks Stimme war tief und getragen. »Dieses Konklave soll uns alle binden, bis wir nur noch Staub sind und Erinnerungen, und weiter noch, bis ans Ende aller Tage.«

»Seyla«, hauchte Phelan in einer Art Sprechgesang zusammen mit allen anderen hier versammelten Wölfen. Er sprach den geheiligten Eid automatisch, beinahe ohne sich dessen bewußt zu werden, als sei es die natürlichste Sache der Welt. Obwohl er in der Inneren Sphäre aufgewachsen war, war er völlig in seinem neuen Volk aufgegangen, akzeptierte er ihr System von Recht und Ehre bedingungslos. Normalerweise wäre er sich des Fehlschlags dieses Versuches, den ilKhan bloßzustellen und zu diskreditieren, sicher gewesen.

Aber hier und jetzt hatte er Zweifel, weil die Situation nicht normal war. Er wußte, die Anklage gegen Ulric war grundlos, aber es bestand die Gefahr, daß sich die Geschworenen durch politische Beweggründe beeinflussen ließen. Hinzu kam, daß sich der ilKhan von der Anklage unbeeindruckt zeigte, und auch das machte Phelan Sorgen. Er hatte ihn schon durch gefährlichere politische Stromschnellen navigieren sehen, aber immer war es Ulrics wilde Entschlossenheit gewesen, die den Sieg davongetragen hatte.

Ulrics Lässigkeit könnte als Mißachtung des Gerichts ausgelegt werden, und das wäre sein Untergang.

Phelan starrte auf die andere Seite der Bühne zu den beiden Vertretern der Anklage. Die Frau war klein für eine Mechkriegerin, aber trotzdem attraktiv. Dichte honigblonde Locken umrahmten ihr Gesicht und fielen über ihre Schultern. Als sie den Kopf hob, sah Phelan ein weißes Netz aus Narben auf ihrem Hals – ein Resultat der Kämpfe auf Tukayyid. Ihre bernsteingelben Augen und scharfen, fuchsgleichen Gesichtszüge erinnerten Phelan jedesmal von neuem an ein Raubtier, und ihr Wagemut im Kampf hatte Marialle Radick den Spitznamen ›Mörderfüchsin‹ eingetragen.

Neben ihr fing Vladimir Phelans Blick auf und erwiderte ihn mit gleicher Intensität. Sein schwarzes, gelglänzendes Haar war nach hinten gekämmt, um den spitz zulaufenden Haaransatz zu betonen. Man hätte Vlad als gutaussehend beschreiben können, wäre da nicht die unregelmäßige Narbe gewesen, die sich von Augenbraue bis Kinn über die linke Gesichtshälfte zog. In seinen braunen Augen loderte der Haß, und Phelan wußte, Vlad hätte es vorgezogen, an den Verletzungen, denen er die Narbe verdankte, gestorben zu sein, statt mit dem Wissen weiterzuleben, daß Phelan, die *Freigeburt* aus der Inneren Sphäre, ihm das Leben gerettet hatte.

Phelan grinste zu Vlad hinüber und fuhr sich mit dem Daumennagel über die linke Wange. Vlads Augen verengten sich zu schmalen Schlitzen, und seine Nüstern blähten sich. Marialle sagte etwas zu ihm, wiederholte es in schärferem Ton, schließlich legte sie eine Hand auf seine Schulter, konnte ihn aber nicht beruhigen. Schließlich schaffte sie es mit einem nachdrücklichen Schlag doch noch. Vlad senkte den Blick und hantierte mit den Papieren in seiner Hand.

Der Lehrmeister sah zu Marialle hinüber und lächelte. »Dieses Konklave wurde einberufen, um die Anklage wegen Hochverrates zu verhandeln, die als Ergebnis einer Lehrmeister-Untersuchung gegen ilKhan Ulric Kerensky erhoben wurde. Marialle Radick, die hier im Clankonklave steht, hat sich bereiterklärt, stellvertretend für das Konklave die Anklagepunkte vorzubringen. Die Punkte lauten ...«

Ulric trat gebieterisch vor und brachte den Mann zum Verstummen. »Beende diese Scharade, Lehrmeister, und mach dich nicht noch lächerlicher.«

»Was?«

»Diese Anschuldigungen entbehren jeder Grundlage. In meiner Kapazität als ilKhan weise ich dich an, sie zu verwerfen.«

Marialle Radick sprang vor. »Das könnt Ihr nicht.

Das ist unzulässig.« Ihre Stimme klang heiser, aber Phelan konnte keine Nervosität in ihr erkennen. »Ich mißbillige Ihr Handeln.«

Ulric schüttelte langsam den Kopf. »Das tust du sicher, Kind, aber wir haben keine Zeit für diese Spielchen. Da wir uns nur im Waffenstillstand mit ComStar befinden und die Kampfhandlungen nicht wirklich eingestellt haben, gilt noch immer das Kriegsrecht. Unter den Bedingungen des Kriegsrechts kann der ilKhan Probleme aus dem Weg räumen, indem er alle Anklagepunkte, die er nach persönlicher Überprüfung für falsch erachtet, verwerfen läßt. Ich habe diese Klagepunkte überprüft, habe sie beide als falsch erkannt und übe nun mein Recht aus, sie abzuweisen.«

»Das könnt Ihr nicht.«

Ulric sah ihr in die Augen. »Forderst du mich zu einem Widerspruchstest heraus, Sterncaptain Radick?«

Radicks Augen wurden einen Moment weit, dann senkte sie den Blick. »Ich wollte Euch nicht zu nahe treten, ilKhan.«

Phelan grinste, als er Dalks Konsternation sah. »Ich glaube, der ilKhan hat in dieser Verfahrensfrage recht. Ich ... ich vertage das Konklave für fünfzehn Minuten, um die Regeln zu studieren.«

»Wenn du das tust, Dalk Carns, werde *ich* dich zum Widerspruchstest herausfordern.« Ulric fletschte die Zähne. »Ich habe gesprochen. Ich befinde mich nicht im Irrtum bezüglich unserer Gesetze. Ich warte.«

Der Lehrmeister nickte. »Für das Protokoll müßt Ihr die Gründe für die Ablehnung der Anklage ausführen.«

»Für das Protokoll, Lehrmeister: Ich bin dazu in keinster Weise verpflichtet, aber ich werde es dennoch tun, weil diese Anklagepunkte wertvolle und ehrbare Mitglieder unseres Clans beleidigt haben.« Die Stimme des ilKhans war kaum mehr als ein Knurren. Seine Rede war offensichtlich an die Mitglieder des Clankonlaves gerichtet. »Zunächst werde ich mich mit der Verratsanklage beschäftigen, die sich auf Phelan Wards Ernennung zum Khan stützt. Ich bin mir bewußt, daß es unter meinen Eidgeschwistern solche gibt, die glauben, es hätte kein Freigeborener Khan werden dürfen. Sie betrachten so etwas als undenkbar. Sie sind Narren.«

Ulric drehte sich um und deutete auf Phelan. »Phelan Ward ist ein Freigeborener. Daraus wurde niemals ein Geheimnis gemacht. Es war immer allgemein bekannt. Er wurde von unseren Einheiten im Kampf gefangengenommen. Er wurde zum Leibeigenen gemacht, so wie einige unter euch. Für seine Dienste am Clan Wolf wurde er nach einiger Zeit in unsere Kriegerkaste adoptiert. Dies entspricht unserer Tradition, und viele von euch haben bei ihrer Ehre geschworen, ihn als einen der unseren zu akzeptieren. Nachdem er als Krieger aufgenommen worden war, wurde durch Genklassifizierung festgestellt, daß Phelan Anspruch auf einen Blutnamen des Hauses Ward hatte. Cyrilla Ward nominierte ihn als ihren Erben. Aber das erlaubte ihm nur einen Platz im Blutrecht. Er hat sich den Blutnamen auf dieselbe Weise verdient, wie er sich seinen Rang in unserem Militär verdient hat: indem er seine Gegner im Kampf besiegte. Er ist ebenso qualifiziert, in diesem Konklave zu stehen, wie jeder von euch. Nach Tukayyid wurde Phelan von Conal Ward als Nachfolger unseres toten Khans vorgeschlagen. Er wurde durch Akklamation gewählt. Die Wahl wurde vom Großen Konklave ratifiziert, und Phelan erhielt einen Sitz in dieser hohen Versammlung.« Ulric legte die Hände auf den Rücken. »Es wurde behauptet, Khan Phelan sei ein Agent der Inneren Sphäre. Dieses Gerücht entbehrt jeder Grundlage. Er wurde aus dem Nagelring – der besten Militärakademie der Inneren Sphäre – ausgeschlossen und auf Banditenjagd geschickt. Wäre er ein angesehenes Mitglied ihrer Gesellschaft gewesen, hätte er nie eine so niedere Aufgabe erhalten.«

Phelan unterdrückte ein Grinsen. Bei den Clans galt die Jagd auf Banditen als niederste Form der Aktivität, die für einen Krieger möglich war. Einer Solahma-Einheit zugeteilt zu werden war eine Schande, von der sich kaum jemand erholte. In der Inneren Sphäre hatte die Banditenjagd einen ganz anderen Ruf. Söldner wie die Kell Hounds betrachteten sie als relativ leichte Arbeit, der keinerlei Stigma anhing. Es brachte nicht den Ruhm, den man sich in einer großen Schlacht verdienen konnte, aber es war sehr viel sicherer und hatte sogar eine gewisse Romantik, weil man auf dieser Jagd die exotischsten Welten weitab vom Kern der Inneren Sphäre kennenlernen konnte.

Ulric schlug seinen Zuhörern ein Argument nach dem anderen um die Ohren. »Phelan hat sich beim Erreichen seines Ranges an die akzeptierte Praxis gehalten. Sein *Recht* auf diesen Rang in Frage zu stellen, heißt die Grundlagen der Clanordnung in Frage stellen. Nicholas Kerensky und alle anderen, auf die sämtliche Blutnamen zurückgehen, waren alle ursprünglich Bewohner der Inneren Sphäre. Sie hatten alle im Militär der Inneren Sphäre gedient, *ergo* waren sie Agenten der Inneren Sphäre. Sie waren alle *Freigeborene.* Sie haben die Traditionen geschaffen, die es *Freigeborenen* erlauben, als Krieger adoptiert zu werden, Blutnamen zu erringen und eine Wahl auf den Posten des Khans zu gewinnen. Da sie dies alles zugelassen haben – es *beabsichtigt* haben –, kann es kein Verrat sein, ihren Wünschen zu folgen.«

Ulric wanderte mit verkniffenen Augen über die Bühne wie ein Raubtier im Käfig. »Was die Anklage angeht, ich hätte mich des Verrats schuldig gemacht, als ich vor der Schlacht um Tukayyid gegen den Präzentor Martialum von ComStar geboten habe, weise ich darauf hin, daß eine entsprechende Anklage bereits kurz nach der Schlacht im Großen Konklave vorgebracht wurde. Ich wurde vom Konklave freigesprochen. Auch dieser Anklagepunkt entbehrt einer Grundlage.« Der ilKhan wirbelte herum und starrte den Lehrmeister an. »Ich denke, Dalk Carns, daß dieses Konklave beendet werden kann.«

Phelan beobachtete Marialle und Vlad. Sie sahen aus, als hätten sie ein zweiwöchiges Artilleriebombardement über sich ergehen lassen müssen. Offensichtlich hatten sie gehofft, beim Vortrag ihrer Anklagepunkte neue Anhänger für ihren Wolf-Chauvinismus rekrutieren zu können. Ulric hatte sie überrumpelt, und das behagte ihnen ganz und gar nicht. Dalk ging es genauso, aber das lag in Phelans Augen weniger daran, daß er Vlads Position unterstützte, als an seiner Angst, die Kontrolle über das Konklave zu verlieren.

Als Dalk den Kopf hob, erkannte Phelan, daß er sich geirrt hatte. Statt Wut und Enttäuschung, wie er sie erwartet hatte, las er aus dem Gesicht des Lehrmeisters eine bösartige Siegessicherheit. Irgendwie hatte Carns, während Ulric die Anklage der Chauvinisten in der Luft zerrissen hatte, neue Munition gegen ihn gefunden.

»Ich fürchte, ilKhan, ich kann das Konklave nicht abschließen, bevor wir uns nicht über den dritten Anklagepunkt unterhalten haben.«

Nataschas Augen schienen Funken zu sprühen. »Den dritten Anklagepunkt?«

»Du hast mich gehört, Khanin Natascha. Wenn Ihr so gut wärt, ilKhan, uns zu erläutern, weshalb Ihr diese Anklage als unberechtigt verwerfen lassen könnt.«

Ulric zögerte eine Sekunde, und Dalk lächelte. *Ulric hat die Kontrolle an sich gerissen, indem er Dalk überraschte, und jetzt hat der den Spieß umgedreht. Ulric hat die beiden anderen Beschuldigungen zerplatzen lassen, da-*

durch wird von ihm erwartet, mit diesem genauso zu verfahren. Er kann ihn nicht übergehen.

Der ilKhan schüttelte zögernd den Kopf. »Die mir überreichte Anklageschrift enthielt keinen dritten Punkt.«

»Nicht?« Dalks öliges Grinsen wurde breiter. »Offensichtlich ein Unterlassungsfehler. Mein Schreiber wird sich wohl einem Widerspruchstest unterziehen müssen.«

»Und wie lautet diese Anklage, Lehrmeister?«

»Daß Ihr mutwillig Teil einer Verschwörung geworden seid, das genetische Erbe eines Clans zu vernichten.«

Natascha keuchte laut auf, und selbst Marialle und Vlad wirkten entsetzt. Phelan, der außerhalb der Clans aufgewachsen war, reagierte gedämpfter, aber er verstand die anderen. Die Clans betrieben ein komplexes genetisches Zuchtprogramm zur Erschaffung zukünftiger Kriegergenerationen. Eizellen und Sperma aller Krieger wurden von der Wissenschaftlerkaste aufbewahrt, bis ihre Spender sich entweder als würdig erwiesen oder sich durch mittelmäßige Leistung selbst aus dem Zuchtprogramm katapultierten.

Von den ursprünglichen zwanzig Clans, die dreihundert Jahre zuvor gegründet worden waren, waren zwei von anderen Clans geschluckt worden, die sie in einem langen Krieg besiegt hatten. Der dritte fehlende Clan – Clan Vielfraß, auch wenn niemand diesen Namen freiwillig aussprach – war in einem kompromißlosen Vernichtungskrieg bis zum letzten Mann ausgelöscht worden. Die Vielfraße hatten das schlimmste Verbrechen begangen, das es für die Clans gab: Sie hatten einen Nuklearsprengkopf benutzt, um den Genfundus eines anderes Clans zu vernichten.

Als das Große Konklave über sie richtete, hatte jeder die Anklage gekannt, aber die Anklageschrift war nicht geöffnet worden, weil die Clanner dieses Verbrechen zu abscheulich fanden. Eine Wiederholung dieses Aktes auch nur anzudeuten, genügte, eine Laufbahn abrupt zu beenden, und Gerüchte, daß ein Clan etwas Derartiges plante, hätten ausgereicht, einen Krieg mit anderen Clans auszulösen. Durch diesen Satz hatte Dalk Ulric beschuldigt, auf einer Ebene mit Judas, Adolf Hitler und Stefan Amaris zu stehen.

Ulric schien es die Sprache verschlagen zu haben, also marschierte Phelan zum Podium und packte Dalk. »Erkläre diese Anklage, Lehrmeister, oder ich fordere dich auf der Stelle zum Widerspruchstest heraus, und ich garantiere dir, daß die Ehre des ilKhans mit deinem Blut gereinigt wird.«

Dalk schlug seine Hand beiseite, und Phelan fühlte, wie die Falle zuschnappte. »Es ist ganz einfach, mein Khan, auf diabolische Weise einfach: Durch den Waffenstillstand werden drei Generationen unserer Krieger nichts außer Manövern und gelegentlichen Überfällen von Kriegsführung kennenlernen. Wenn der Waffenstillstand endet, wird unsere Befehlsstruktur voller ungeprüfter, unerprobter, unerfahrener Krieger sein. Sie werden unsere jungen Krieger in den Kampf führen, und dort werden sie, wie Ulric es geplant hat, sterben, und die Clans werden mit ihnen untergehen.«

12

> Ein wohlbekannter Feind ist besser als ein unwilliger Verbündeter.
>
> – NAPOLEON BONAPARTE, *Politische Aphorismen*

Daosha, Zürich
Mark Sarna, Vereinigtes Commonwealth

4. Juli 3057

Noble Thayer schob den leeren Teller zufrieden fort und lächelte Cathy Hanney an. »Ich bin froh, daß du mich überredet hast, mit dir ins *Mandrinn's Dragon* zu gehen. Ich war nie ein großer Freund der chinesischen Küche, aber das hat geschmeckt.«

Cathy streckte den Arm aus und drückte Nobles Hand. »Danke, daß du mich eingeladen hast. Ich mag es hier, aber ich kann mir nur ein, zwei Besuche im Jahr leisten. Ich hebe sie mir für besondere Gelegenheiten auf.«

»Ich hoffe, diese hier war die Bezeichnung wert.«

Ihre blauen Augen begegneten seinem ruhigen Blick. »O ja. Du bist ein ganz besonderer Mann, Noble Thayer.«

Noble schüttelte den Kopf. »Ach, komm. Es ist nur sehr leicht, dich besonders zu behandeln.«

»Das ist süß.« Cathy nippte an ihrem Tee, und als sie die leere Schale abstellte, füllte er nach. »Du kannst zuhören«, sagte sie, »eine bei Menschen mit XY-Chromosomen seltene Eigenschaft.«

»Dir zuzuhören ist leicht.«

»Oh, ich bin sicher, all das Gerede über den hiesigen Aberglauben und unsere Medizin muß faszinierend gewesen sein.«

Er strahlte sie an. »Ehrlich gesagt war es das wirklich. Und was das Zuhören angeht, ich versuche es zu kultivieren. Ich denke, ein Autor muß zuhören können.«

Cathy zuckerte ihren Tee. »Auf Wroclaw habe ich einen Schriftsteller gekannt. Außer dem Klang seiner eigenen Stimme hat er überhaupt nichts gehört. Er schrieb historische Romane über den Vierten Nachfolgekrieg und später über die Clankriege. Ich habe nur einen gelesen – er war grauenhaft.«

»Was war so schlimm daran?«

»Charaktere mit der epischen Tiefe von Klopapier und die fürchterlichsten Satzgeschwulste in den Schlachtszenen. Dabei waren die Kämpfe ziemlich langweilig – bumm, bumm, BUMM –, ich hätte eine einfache Feststellung, wer schließlich gewonnen hat, vorgezogen. Gelesen hab ich die Abschnitte eigentlich gar nicht, ich habe immer weitergeblättert.«

»Ich glaube nicht, daß irgendwer die Kampfszenen in diesen Romanen tatsächlich liest.«

»Wahrscheinlich hast du recht.« Sie nahm die Teeschale in beide Hände. »Jetzt schreibt er, glaube ich, eine Art Politthriller über Archon Melissas Tod.«

Nobles Augen wurden weit. »Wirklich? Ich auch.«

»Ich bin sicher, dein Buch wird viel besser werden.«

Er verzog das Gesicht. »Ich hätte mir eigentlich denken können, daß jede Menge Leute über dieses Thema etwas schreiben. Vielleicht sollte ich mir etwas anderes aussuchen.«

Der Kellner kam an ihren Tisch und betrachtete die halbvollen Schüsseln. »Soll ich Ihnen den Rest einpacken?«

Cathy nickte enthusiastisch. »Auf jeden Fall.« Sie schaute zu Noble. »Das Rind Kung-Pao schmeckt ganz hervorragend frisch aus dem Kühlschrank, zum Frühstück.«

»Wenn du es sagst«, lachte er.

Sie zog die hellbraunen Brauen zusammen, als sie ihn ansah. »Tut mir leid, wenn ich dich entmutigt haben sollte, nur weil ich diesen anderen Schriftsteller und sein Buch erwähnt habe.«

Er lächelte. »Nein, so schlimm war es nicht.«

»Ich bin froh, daß du mir davon erzählt hast. Es ist eine der wenigen Informationen, die ich über dich habe.«

»Ich habe nicht viel über das Buch erzählt, aber über mich weißt du eine ganze Menge.«

Sie zuckte die Schultern und wackelte etwas mit dem Kopf. »Tatsächlich? Ich weiß nur, daß du auf Hyde an einer Militärakademie unterrichtet hast, daß du hier bist, um einen Roman zu schreiben, daß du das Geld dafür geerbt hast und daß du normalerweise keine chinesische Küche magst.«

»Du weißt viel mehr als nur das bißchen, Cathy.«

»Aber nichts von Bedeutung.«

»Wie zum Beispiel?«

»Religion, Politik, Lieblingsholovidsendung.« Sie lachte ihn an. »Von den meisten anderen Männern weiß ich schon nach der dritten Verabredung zuviel. Deswegen gibt's dann keine vierte mehr.«

»Aha, meine Strategie funktioniert.«

Sie schlug nach seinem Arm. »Meine Mutter hat mich vor fremden Männern gewarnt, und wenn ich dich immer noch für einen halten muß, gehe ich vielleicht nicht mehr mit dir aus.«

»Schon gut, ich gebe mich geschlagen.« Er hob die Hände und beugte sich zu ihrer Seite der in rotem Leder gehaltenen Nische. »Religion: Agnostiker. Der Kaplan der Klinik, in die ich mit meinem Beinbruch eingeliefert wurde, war ein regelrechter Militarist. Ich hatte eine Menge Probleme damit, daß ein christlicher Priester einen Krieg befürwortete. Soweit ich das sehe, ist Gott erheblich klüger als sein Bodenpersonal, insbesondere, da er die Einstellungsgespräche nicht persönlich führt.«

»Damit kann ich leben. Lieblings-Holovidserie?«

Noble zierte sich etwas. »Ich seh mir so ziemlich alles an, aber meine Vorlieben sind gemischt. Ein paar der Dokudramas über den Clankrieg waren ganz gut.« Er zuckte die Achseln. »Mittwochs abends guck ich mir die Solariskämpfe an, aber ich bin nicht süchtig danach. Sie liefern mir ein Bild des Kampfgeschehens, das ich in meinem Buch verwerten kann.«

Cathys Miene wurde ausgesprochen ernst, als sie die nächste Frage stellte, und Noble konnte nicht sagen, ob das gespielt war oder nicht. »Und das Allerwichtigste: Wer hat deiner Meinung nach Melissa Steiner-Davion auf dem Gewissen?«

Er antwortete zögernd und versuchte, ihre Reaktion auf seine Worte abzuschätzen. »Nun, die Regierung hat erklärt, es sei ein Wahnsinniger gewesen.« Die Art, wie Cathy das Gesicht verzog, machte ihm klar, wie wenig sie von dieser Erklärung hielt. »Natürlich würde nur ein Idiot diese Lösung des Rätsels akzeptieren.« Er erinnerte sich, daß sie erwähnt hatte, früher auf Wroclaw gelebt zu haben. Das war eine Welt am Rand des Distrikts Donegal, also war ihr Prinz Victor wahrscheinlich weniger sympathisch als den meisten Menschen in der Mark Sarna. »Der naheliegendste Kandidat, der ein Interesse am Tod des Archon hätte, ist ihr Sohn, Victor.«

»Genau das denke ich auch.«

Noble nickte. »Ich hatte ihn auch als Drahtzieher vor Augen, bis ich mit den Nachforschungen für meinen Roman angefangen habe. Weil ich manches frei erfinde, gehe ich nicht wissenschaftlich exakt mit den wenigen Fakten um, die über diesen Fall bekannt sind, aber ich sehe eine andere Lösung für die Frage, wer hinter der Ermordung steckte. Und damit meine ich den Auftraggeber des Attentäters. Die Identität des tatsächlichen Mörders wird wahrscheinlich niemand jemals herausfinden.« Cathy beobachtete ihn mißtrauisch, aber in ihren Augen sah er Neugierde aufblitzen. »Victor ist meiner Meinung nach zu schlau, um seine Mutter umzubringen. Er mag mehr Macht gewollt haben, aber Ryan Steiner und die Unruhe in Skye stellten ihn vor ein Problem, mit dem seine Mutter ohne Schwierigkeiten fertig werden konnte. Solange der Archon noch am Leben war, konnte er sich hinter ihr vor dem Zorn des Lyraner verstecken. Du kommst von Wroclaw – wie schlimm kann Victor sein, wenn seine Mutter ihn trotzdem geliebt hat?«

»Was für ein Sohn ist das, der nicht zu ihrer Beerdigung kommt.«

Noble grinste. »Genau. Ich denke, da ging etwas anderes vor.«

»Das wäre?«

»Okay, überleg dir folgendes: Wenn Victor Melissa nicht hat umbringen lassen, hat es jemand anderes getan. Ich denke, dieser jemand war Ryan Steiner. Aber Ryan kann das nicht allein getan haben. Er brauchte Verbündete, um Victors Griff auf die Isle of Skye zu lösen. Diese Verbündeten mußten stark genug sein, von Victor und Katrina entzweien zu können.«

»Der einzige Verbündete, der dazu in der Lage wäre, ist ComStar.«

Noble triumphierte. »Oder Blakes Wort.«

»Aber das sitzt in der Liga Freier Welten.«

»Wer würde sich besser dafür eignen, in den Isle-of-Skye-Konflikt gezogen zu werden? Wenn Skye sich der Liga anschlösse, könnte Victor nicht angreifen, ohne einen Krieg auszulösen. Und es kommt noch besser: Thomas verheiratet seine Tochter Isis mit Ryan, und Sun-Tzu ist aus dem Spiel.«

»Aber Ryan war schon mit Morasha Kelswa verheiratet.«

»Wenn Ryan Melissa aus dem Weg räumen konnte,

hätte er, wenn nötig, auch ganz schnell Witwer werden können. Blakes Wort könnte die Nachricht abgefangen haben, die Victor wegen der Begräbniszeremonie an Katrina geschickt hat, und bumm, Ryan hat freie Bahn in eine herrliche Zukunft.«

Cathy blinzelte mehrmals, dann lachte sie. »Also, das ist die beste Romanhandlung, die mir in letzter Zeit untergekommen ist. Meinst du, so war es auch in Wirklichkeit?«

»Keine Ahnung, aber ausschließen kann ich es nicht. Der Punkt bei der Sache ist aber, daß jeder mit ein bißchen Grips sich eine Theorie ausdenken kann, die plausibel erscheint.«

»Und wer bringt Ryan um in deinem Buch?«

»Also, ich lasse beide vom selben Attentäter umbringen, aber beim zweiten Mal geschieht es, um Ryan daran zu hindern, die Isle of Skye aus dem Vereinigten Commonwealth zu lösen. In meinem Buch wurde er mit einem Täuschungsmanöver dazu gebracht, Melissa zu ermorden, und nach dem Attentat versucht Ryan, ihn aus dem Weg zu räumen, also rächt der Attentäter sich.« Er zuckte die Schultern. »Wahrscheinlich ist es nicht gut genug, um sich zu verkaufen, aber ich lasse meinen Victor parallel zu den Aktionen des Attentäters handeln, und ich schätze, es ist trotz allem eine Art Literatur.«

»Hört sich faszinierend an. Ich würde es gerne mal lesen.«

Der Kellner kam mit dem Schaumplastikkarton und der Rechnung. Noble reichte ihm einen 100-Kronen-Schein und verzichtete aufs Wechselgeld.

»Bis jetzt habe ich nur eine erste Rohfassung – nicht einmal ein ganzes Buch –, aber es würde mich freuen, wenn du sie durchliest. Ich kann dir eine Diskette geben.«

Cathy sank in die Polster. »Du läßt mich die erste Fassung lesen? Vertraust du mir so sehr?«

»Sicher. Wir sind vielleicht noch nicht lange Freunde, aber ich glaube, ich kann dir trauen.« Er senkte den Blick. »Ich hoffe, du traust mir auch.«

»Das tue ich, Noble, das tue ich.« Sie tippte auf den Karton. »Ich vertraue dir genug, um vorzuschlagen, daß wir uns auf den Weg in deine Wohnung machen und das hier wegstellen. Und morgen früh werde ich dich mit den Freuden kalten Kung-Paos zum Frühstück bekanntmachen.«

Palast des Marik, Atreus
Marik-Commonwealth, Liga Freier Welten

Thomas Marik stand auf dem Balkon und blickte hinab auf die Palastgärten, als sich hinter ihm die Türe öffnete. Er wartete ein paar Sekunden, bevor er sich zu seinem Besucher umdrehte. Die Robe, die Thomas ausgewählt hatte, war aus Samt und Seide, aber ihre einfachen Linien entsprachen denen der Kleidung des Blakes-Wort-Präzentors. Vom Balkon aus winkte Thomas den Mann zu sich, dann drehte er sich wieder dem dunklen Garten zu, um den Duft der Nachtblüter zu genießen.

Er kannte den Präzentor nicht, aber selbst der kurze Blick bei seinem Eintreten hatte genügt, das Drängen in seinen Augen zu bemerken. Thomas drehte sich nicht zu dem Mann um, selbst als er die ersten Schritte auf dem Balkon hörte. Er wartete, bis das Geräusch verstummt war, dann zählte er die Sekunden, bis der Ordensbruder sich räusperte.

Statt sich umzudrehen, deutete Thomas auf die kalt am Nachthimmel glitzernden Sterne. »Wußtest du, daß unsere Vorfahren einst glaubten, in der Position der Planeten am Himmel und selbst in den Sternen seien Botschaften für uns verborgen? Sie ließen sich von Aberglauben und Furcht leiten, als ob sie ihr

Leben nicht selbst bestimmen könnten.« Thomas drehte sich nach rechts um, so daß sein Narbenprofil vom Licht getroffen wurde, und fragte: »Glaubst du, daß wir unser Leben selbst bestimmen?«

Der Präzentor, ein junger Mann mit vollem, braunem Haar, hob den Kopf. »Ich glaube, daß Jerome Blakes Vision der Menschheit auch mir eine Funktion zuspricht, und ich habe mein Leben der Aufgabe gewidmet, diese Funktion auszufüllen.«

Sehr gut. Du hast die Frage persönlich aufgefaßt, um einem theologischen Streitgespräch auszuweichen. »Ich verstehe deinen Glauben sehr gut, und ich beglückwünsche dich zu der Bereitschaft, deinen Platz im Universum auszufüllen.« Gib ihm Recht, und er wird dein Freund werden. »Du hast eine Nachricht für mich, Präzentor?«

»Mein Name ist Präzentor Malcolm, Generalhauptmann.« Der Mann neigte in stummem Gruß das Haupt. »Ich bringe nicht so sehr eine Botschaft, Sir. Ich bin hier in einer delikaten Angelegenheit, die Euer jüngstes Kind betrifft.«

Joshua! Thomas nickte. »Sprich.«

»Wie Ihr aus Eurer Zeit bei den Ketzern vor unserem Bruch mit ComStar wißt, geben wir Nachrichten, die uns anvertraut werden, weiter, ohne sie in irgendeiner Weise zu verändern.«

Der Generalhauptmann lächelte mehrdeutig. »Ich habe in einer Hyperpulsgeneratorstation gedient. Ich weiß, wie Botschaften zwischen den Welten übermittelt werden, Präzentor Malcolm. Ich nehme an, ihr seid auf etwas Verdächtiges gestoßen?«

»Ja, Sir. Es handelt sich um eine kodierte und verkapselte Mitteilung, die an eine andere Botschaft gekoppelt war, die von Atreus abgehen sollte. Wir haben sie durch ein Größenprüfungsprogramm entdeckt, mit dem wir illegale Botschaften und Bilder isolieren.«

»Und was habt ihr entdeckt, als ihr die Botschaft

entschlüsselt habt, um der SEKURA bei der Ermittlung des Täters zu helfen?«

»Wir haben Pläne für einen Überfall auf Euren Sohn Joshua durch Agenten der capellanischen Maskirovka entdeckt.«

Was für ein Spiel treibst du, Sun-Tzu? Thomas kämpfte gegen den in ihm aufwallenden Zorn an. »Wie ernst war der Versuch?«

»Das ist das Erstaunliche daran, Generalhauptmann. Die zu aktivierenden Liao-Agenten wurden vor dreißig Jahren auf New Avalon eingeschleust, mit den ersten Sarna-Flüchtlingen. Zwei von ihnen sind in den Sechzigern, der dritte sogar noch älter.« Malcolm runzelte die Stirn. »Als wir diese Daten zunächst entdeckten, nahmen wir an, es handele sich um eine Finte des Davion-Geheimdienstes, die einen Keil zwischen Euch und den Liao treiben sollte.«

Thomas verspürte das Bedürfnis zu lächeln. Es war immer wieder schön zu hören, wie Mitglieder von Blakes Wort den Begriff *›der Liao‹* wie einen Fluch klingen ließen. »Eine intelligente Überlegung. Konntet ihr den wahren Autor der Botschaft ermitteln?«

»Allerdings, Sir.« Malcolm atmete tief durch, bevor er weitersprach. »Es scheint sich bei dem Schreiber tatsächlich um Sun-Tzu zu handeln.«

»Was?«

Malcolm hob abwehrend die Hände. »Wir haben nicht den Eindruck, daß er beabsichtigt, Euren Sohn zu verletzen. Die Männer werden angewiesen, sich Zugang zu Joshua zu verschaffen und eine Blutprobe für den landläufig als PatMat-Filter bekannten DNS-Test zu entnehmen.«

Wozu könnte Sun-Tzu eine Bestätigung wollen, daß Joshua mein Sohn ist? Ein Bluttest wird zweifelsfrei ergeben, daß ich ihn gezeugt habe, aber wenn Sun-Tzu das durch einen Test in Frage stellen könnte, wäre Isis' Position als meine Erbin gestärkt. Joshuas Abstammung anzuzweifeln würde Sun-Tzu nichts einbringen, es sei denn …

Thomas grinste anerkennend, als ihm die Absichten seines zukünftigen Schwiegersohns klar wurden. *Wenn Sun-Tzu mich glauben machen könnte, daß Victor Joshua irgendwie gegen ein anderes Kind ausgetauscht hat, um nach meinem Tod ohne Blutvergießen die Macht in der Liga zu übernehmen, könnte er meine Unterstützung für Aktionen entlang der Davion-Grenze bekommen. Sun-Tzu benutzt diese Geschichten über ein Double Joshuas wirklich geschickt. Sehr gut gemacht, und sehr gefährlich.* »Wenn ich richtig verstehe, Präzentor, gibst du mir Gelegenheit, die Abstrahlung dieser Botschaft zu vermeiden und meinem schwerkranken Sohn dadurch eine unnötige Belastung zu ersparen?«

»So ist es, Generalhauptmann. Präzentor Blane wurde über die Situation in Kenntnis gesetzt, und dies ist die von ihm vertretene Lösung.«

»Sehr schön.«

Der Präzentor wandte sich zu gehen, aber Thomas hielt ihn auf. »Wäre es möglich, daß du in einer Stunde noch einmal hierherkommst?«

»Es wäre mir ein Vergnügen, Sir.«

»Gut. Da Sun-Tzu recht hartnäckig sein kann, dürfte es besser sein, wenn ich eigene Maßnahmen ergreife, um eine Wiederholung zu vermeiden.« *Sun-Tzu wird sich wundern, wenn ich meinen eigenen PatMat-Test von Joshuas Blut vorweise, um seine verfälschten Resultate zu widerlegen.* Er grinste. »Bis in einer Stunde also, Präzentor. Der Friede Blakes sei mit dir.«

13

Es heißt, Soldaten und Anwälte können nicht in derselben Grafschaft gedeihen.

– BARNABY RICH, *Anatomie Irlands*

Tamar
Wolfsclan-Besatzungszone

4. Juli 3057

Phelan schluckte Wut und Furcht hinunter und fletschte verächtlich die Zähne. Seine Stimme war leise, aber voller Drohung. »Diese Beschuldigung ist ungeheuerlich, Carns. Sie scheint pure Spekulation über die Gedanken des ilKhans gegen ihn zu verwenden. Gibt es irgendeinen Zeugen, der den ilKhan einen solchen Plan schmieden hörte?«

Dalk ließ sich nicht einschüchtern. »Seine Pläne und seine Schuld sind offenkundig.«

»Das sagst du.« Phelan wandte sich zu den versammelten Blutnamensträgern um. »Sind wir nicht der Clan, der ComStar besiegte?«

»Du redest von der Vergangenheit.«

»Nein, Dalk, ich rede von der Gegenwart. Hat Clan Wolf nicht die bestausgebildete und erfahrenste Führung unter den Clans?«

»Aber wird es diese Führung auch in zehn Jahren noch geben?«

»Glaubst du das nicht?« Phelan zwang sich zu einem Lachen, dann deutete er auf Natascha. »Dort steht Natascha Kerensky. Sie ist über achtzig Jahre alt – weit mehr als die durchschnittliche Lebenserwartung eines Clanners, aber weit unter der in der Inneren Sphäre üblichen. Wir haben uns darauf konzentriert, mit jeder neuen Generation immer bessere Krieger zu schaffen, und dabei viele fähige Leute vorzeitig zur Ruhe gesetzt.«

Dalk schüttelte den Kopf. »Natascha Kerensky ist ein Sonderfall.«

»Was, wenn sie es nicht ist?«

Die Augen des Lehrmeisters verengten sich. »Ich kann dir nicht folgen.«

»Das ist schmerzhaft offensichtlich. Wenn sie kein Sonderfall ist, dann steht uns allen weit mehr Zeit zur Verfügung, dem Clan zu dienen und uns zu beweisen. Und trotzdem steht ein Clan-Krieger unter ungeheurem Druck, sich in kürzester Zeit zu beweisen oder zum alten Eisen geworfen zu werden. Es ist ein Druck, den ich sehr gut nachvollziehen kann, denn ich wäre jetzt wahrscheinlich tot, hätte ich bei den Wölfen keinen Rang und Blutnamen gewonnen.« Er sah hinüber zu Vlad. »Die Tiefe des Hasses, der in Kreuzritterherzen für mich lodert, ist wohlbekannt.«

Vlad nahm die Herausforderung an. »Was du vorschlägst, ist eine Verlängerung der Zeit, in der wir unseren Wert als Krieger beweisen können, aber das würde gleichzeitig eine Verlangsamung des Zuchtprogramms oder eine erhebliche Begrenzung in der Größe der Geschkos erfordern. Damit gäbe es zwar mehr Zeit, aber weniger Krieger, die sie nutzen könnten. Es wäre nichts gewonnen.«

Marialle trat neben ihn. »Und dein Plan würde die Clans von innen heraus zerstören.«

»Das tut ihr und die übrigen Kreuzritter bereits hier und jetzt.« Phelan ignorierte die wütende Ablehnung, die ihm vom Lehrmeister und den Anklägern entgegenschlug. »Vor der Invasion gehörte es zu den Glaubenssätzen eines Clansmannes, daß alles – jeder Kampf, jede Übereinkunft zum DNS-Austausch, *alles* – vom Clan, *für* den Clan und mit der Absicht getan wurde, die Ziele des Clans zu fördern. Es ging darum, die bestmöglichen Krieger zu produzieren. Selbst die besiegten und absorbierten Clans bestanden weiter. Durch ihr genetisches Erbe bereicherten sie die Clans, die sie besiegt hatten. Und aus welchem Grund versuchten wir, überlegene Krieger zu erschaffen? Wir wollten die größten Krieger werden, die man in der Inneren Sphäre je gesehen hat – nicht, um sie zu versklaven, sondern um sie zu beschützen und durch unser Beispiel zu führen. Nicholas Kerensky wollte, daß wir uns über die gemeinen Zwistigkeiten erheben, die den Sternenbund zerbrechen ließen. Die Clans wurden geschaffen, um den Ruhm der Menschheit zu mehren, nicht den Ruhm einzelner.«

Phelan stieß einen Finger in Ulrics Richtung. »Der ilKhan hat an diesem Ideal festgehalten. Ja, unser Clan ist mit den anderen gen Terra gestürmt, aber nicht, damit Ulric die Heimatwelt erobern und Erster Lord eines neuen Sternenbunds werden konnte. Er wollte das Rennen um die Macht gewinnen, um die anderen Clans davon abzuhalten, die Innere Sphäre zu vernichten. Er wollte Nicholas Kerenskys Traum bewahren. Weil die anderen Khane von ihrem Verlangen nach persönlichem Ruhm geblendet wurden, haben sie ihre wahre Mission aus den Augen verloren und sind ins Stolpern geraten. Deswegen konnte ComStar sie besiegen – diese Moralfäule hat sie unterminiert und die Saat der Niederlage in ihren Reihen gesät.« Der junge Khan drehte sich wieder zu Dalk um. »Und nun willst du mit dieser Anklage denselben Samen in unseren Reihen säen.«

»Nein, Khan Phelan, ich versuche nur, die Lebensart zu erhalten, die uns zu dem gemacht hat, was wir sind. Und ich habe mich entschieden, einen Weg zu vertreten, der uns gestattet, unseren Weg weiterzugehen, statt ihn zu zerschlagen – wie es der ilKhan offensichtlich beabsichtigt.«

»Aber du kannst nicht wissen, was in seinem Geist vorgeht.« Phelans grüne Augen loderten. »Ich frage noch einmal, gibt es einen Zeugen, der ihn belastet?«

»Und noch einmal erkläre ich, daß seine Schuld offenkundig ist. Hat er dich etwa nicht auf eine Mission gesandt, bei der du die Kell Hounds in Methoden ausgebildet hast, die für den Kampf gegen uns vorgesehen sind? Kannst du bestreiten, daß sie gegen uns antreten werden, wenn der Waffenstillstand endet?«

»Das war keine Trainingsmission, Dalk.« Phelan zögerte, als ihm die Bedeutung der Frage Dalks bewußt wurde. *Dalk versucht zu zeigen, daß Ulric Hintergedanken hat, aber er hat sie genauso.* »Aber wenn du dich über einen Mangel an Trainingsmöglichkeiten beklagst, könnten wir sicher einen Kampf gegen die Jadefalken arrangieren.«

»Und die Stärke der Clans durch Bruderkämpfe schwächen?«

»In den alten Zeiten war der Kampf untereinander die einzige Möglichkeit für Clan-Krieger, ihre Fähigkeiten zu verbessern. Ebendiese Fähigkeiten haben uns gestattet, die Innere Sphäre zu überwältigen. Und jetzt behauptest du, eine Rückkehr zu unseren altbewährten Trainingsmethoden würde uns schwächen?«

»Wir sollten gegen die Innere Sphäre losschlagen«, bellte Dalk. »Ihre Bewohner zu bekämpfen ist unsere Bestimmung. Hören wir auf, Zeit zu verschwenden!«

»Du streitest also nicht ab, daß ein Training gegen die anderen Clans unser Können steigern würde?« Phelans Lächeln war für die Zuschauer bestimmt. »Ich habe nicht das Bedürfnis, gegen die Geisterbären zu kämpfen, denn sie waren schon immer unsere Verbündeten. Die Jadefalken hingegen sind unsere traditionellen Feinde – sofern man sie nicht für ihre Kreuzritterphilosophie verehrt. Du behauptest, wir würden in zehn Jahren grüne Truppen in die Schlacht schicken, Dalk, aber ich denke, dir wären Jade-Truppen lieber!«

»Das, Khan Phelan, ist eine üble Verleumdung!«

Phelan breitete die Arme aus. »Dann fordere mich

zu einem Widerspruchstest heraus, und laß uns im Kreis der Gleichen feststellen, wessen Behauptung das größere Gewicht hat.«

»Nein!« Ulric trat zwischen beide. »Es wird keinen Kreis der Gleichen zur Klärung dieser Beleidigung oder dieser letzten Anklage geben.«

Phelan trat einen Schritt zurück und verschränkte die Arme. »Es wäre mir ein Vergnügen, ihn zu töten.«

»Und mir, ihn tot zu sehen.« Ulric wies zum Podium. »Lehrmeister, dein letzter Anklagepunkt ist die schwerste Beschuldigung, die bei den Clans möglich ist. Selbst wenn ich sie hier entkräfte, würde sie vom Großen Konklave aufgegriffen werden. Daher weise ich dich an, die Anklage direkt ans Große Konklave weiterzureichen.«

Phelan starrte Ulric an. »Was macht Ihr?«

»Ich weigere mich, das Unvermeidliche hinauszuzögern, Khan Phelan.«

Phelan war sprachlos. Ulric klang besiegt, und Dalks Grinsen bewies, daß er aus den Worten des ilKhans dieselbe Schlußfolgerung gezogen hatte. Als Phelan schließlich seine Stimme wiederfand und protestierte, schnitt Ulric ihm mit einer Handbewegung das Wort ab.

Das Konklave wurde aufgehoben, und Dalk zog zusammen mit Marialle und Vlad ab. Phelans einziger Trost war, daß die drei mindestens ebenso verwirrt wie erfreut über diesen Lauf der Dinge schienen. Natürlich hatten sie auf einen Sieg gehofft und freuten sich, daß sie ihn errungen hatten, aber Phelan wäre jede Wette eingegangen, daß keiner von ihnen wußte, was eigentlich geschehen war.

Die Lichter an der Saaldecke erloschen und ließen Phelan, Natascha und Ulric allein auf der Bühne zurück, im blutigroten Schein der Leuchttafeln über den Ausgängen. »Was habt Ihr euch dabei gedacht, Ulric?« Phelan schlug mit der flachen Hand auf das

Podium. »Hier unter den Wölfen hätten wir diese Anschuldigung niederschlagen können. Aber im Großen Konklave sind die Kreuzritter in der Mehrheit. Vier der Clans, die an der Invasion beteiligt sind, werden von Kreuzrittern dominiert. Die Clans, die nicht daran beteiligt waren, können diese Anklage als Grund für eine Wiederaufnahme der Invasion vorschieben, um diesmal mitkämpfen zu können und den Ruhm zu ernten, der ihnen bis jetzt versagt geblieben ist. Du hast aufgegeben und damit alles in Gefahr gebracht.«

Natascha starrte Ulric wütend an. »Der Welpe hat recht, Ulric. Du hast die Schlacht vermieden, aber dir damit einen schwierigen Krieg eingehandelt.«

»Das weiß ich, Natascha.« Ulric schüttelte langsam den Kopf. »Es gibt eine alte Redewendung, daß ein guter General nicht nur den Weg zum Sieg erkennt, sondern auch, wann ein Sieg unmöglich geworden ist. Heute war er für mich nicht zu erreichen. Ich habe Dalk und die Verzweiflung seiner Hintermänner unterschätzt.«

»Aber wir hatten ihn in der Falle.«

»Nein, das hatten wir nicht. Wir wissen alle, daß er diese dritte Anschuldigung eben erst erfunden hat, aber mit dieser plötzlichen Eingebung hat er uns das Genick gebrochen. Die Anklage ist so schwerwiegend, daß sie auf jeden Fall vom Großen Konklave gegen mich aufgegriffen worden wäre, selbst wenn das Clankonklave mich freigesprochen hätte. Die Kreuzritter hoffen darauf, das Ganze wie eine Bewegung unter den Wölfen gegen mich erscheinen zu lassen.«

»Und deine Reaktion hat das zugelassen.«

Ulric nickte. »Du hast recht, Phelan, aber indem ich den Kampf ins Große Konklave verlagert habe, brauche ich mich nicht gegen meinen eigenen Clan zu stellen. Jetzt wird der Angriff von außerhalb kommen, und das sollte helfen, uns zu einen. Was wir heute erreicht haben, ist die Chance für ein Zerwürfnis zwischen den Kreuzrittern und den jungen Wolf-Chauvinisten. Jetzt, wo die Kreuzritter ihren Kampf vor dem Großen Konklave austragen müssen, werden sich die Wolf-Chauvinisten benutzt und verraten vorkommen.«

Phelan runzelte die Stirn. »Schön und gut, aber die Wolf-Chauvinisten sind nur von Wert, wenn wir ...« Er verstummte, als er an Ulrics Gesicht ablas, daß der ilKhan bereits wußte, was Phelan sagen wollte.

Die Verzwicktheit der Situation schockierte auch Natascha. »Du willst sie für den Widerspruchstest auf unserer Seite wissen, nachdem das Große Konklave dich absetzt, frapos?«

»Pos, Natascha.«

Phelan sah von einem zum anderen. »Ihr redet über einen totalen Krieg zwischen den Wölfen und einem anderen Clan.«

»Oder einer Koalition aus Clans.« Ulric zeigte seine Zähne. »Aber ich erwarte, daß die Jadefalken das Recht beanspruchen, gegen uns anzutreten.«

Phelans Augen wurden zu Schlitzen. »Aber das ist schlecht!?«

Natascha nickte, dann lächelte sie auf eine Weise, die Phelan das Blut in den Adern gefrieren ließ. »Das ist es, Phelan, sogar sehr schlecht. Die Kreuzritter haben den ilKhan beschuldigt, unser Wesen zu unterminieren, um ihn zur Wiederaufnahme des Kriegs gegen die Innere Sphäre zu zwingen. Warum wollen sie das?«

Phelan schüttelte den Kopf. »Sie hassen die Innere Sphäre?«

Eine gewisse Wärme kehrte in das Lächeln des ilKhans zurück. »Ja, Phelan, das tun sie, aber sie glauben auch, daß wir notgedrungen gegeneinander kämpfen werden, wenn wir keine äußeren Feinde haben. Und das Letzte, was die Jadefalken wollen, sind Wolfsclan-Sprungschiffe in ihren Systemen. Das ist ihre größte Angst, denn sie wissen, selbst wenn sie uns besiegen, werden sie dabei so sehr geschwächt, daß sie aus einer Wiederaufnahme des Kriegs gegen die Innere Sphäre keinerlei Profit schlagen können. Andere Clans werden von den Heimatwelten kommen und ihren Platz in der Invasionsstreitmacht einnehmen – und den unseren ebenfalls. Das wäre für alle Zeiten das Ende für die Ruhmesträume der Jadefalken.«

»Aber wenn wir gegen die Jadefalken in den Krieg ziehen, könnten wir ebenfalls vernichtet werden. Ein Krieg zwischen zwei Clans könnte ein Selbstmordunternehmen werden.«

»Genau deswegen erwartet das Große Konklave von mir, daß ich den Waffenstillstand widerrufe. Die Kreuzritter glauben, ich werde einsehen, daß es klüger ist, die Invasion wieder aufzunehmen, als meinen Clan zu zerstören.« Ulric faltete die Hände wie im Gebet. »Wenn ich mich ihren Wünschen beuge, haben sie keine Veranlassung mehr, meinen Clan mit den Anschuldigungen gegen mich zu besudeln, und die Wölfe werden weiterexistieren. Sie könnten sogar die Erlaubnis erhalten, an der erneuten Invasion teilzunehmen.«

»Aber wenn wir uns auf einen Krieg einlassen und einem Kreuzritter-Clan ernsthaften Schaden zufügen, wird dieser Clan nicht mehr in der Lage sein, einen Vorteil aus der Invasion zu ziehen. Die Kreuzritter würden sich bei der Abstimmung über diese Frage spalten.« Phelan schüttelte den Kopf. »Sie glauben, Euch in der Falle zu haben, aber sie stehen auf brüchigem Eis.«

»Du hast den springenden Punkt entdeckt, Phelan – mein Plan wird funktionieren, *wenn* wir dem Clan, der gegen uns antritt, genügend Schaden zufügen können. Und um das sicherzustellen, brauchen wir Zeit.«

Phelan grinste. »Zeit, die ich uns damit erkaufen

kann, daß ich mich auf Eure Verteidigung vor dem Großen Konklave vorbereite?«

»Wenn du diese Aufgabe übernimmst, so unmöglich sie auch sein mag, können Natascha und ich ein paar böse Überraschungen für die Kreuzritter vorbereiten.«

»Gut gehandelt, Ulric, sofern meine Truppen und ich bei den Kämpfen mitmischen können.«

Der ilKhan nickte. »Gut gehandelt und akzeptiert, Khan Phelan. Du wirst eine besondere Rolle spielen.«

14

Satan zitiert die Schrift zu seinen Zwecken.
Ein böse Seel, die anführt heil'ge Zeugen
ist wie ein Schurk mit lächelndem Gesicht,
ein glänzend Apfel mit verdorb'nem Kern.
O, wie lieblich kleidet sich die Fälsche!

– WILLIAM SHAKESPEARE, *Der Kaufmann von Venedig*

Avalon City, New Avalon
Mark Crucis, Vereinigtes Commonwealth

15. Juli 3057

Die Schwester lobte Francesca Jenkins, als die junge Frau ihren gestreiften Rock glattstrich. »Du warst eine echte Medizin für die Kinder, Francie. Sie wollten dich gar nicht gehen lassen.«

Francesca lächelte. »Es macht mir Freude, ihnen vorzulesen, aber ich konnte sehen, daß sie müde wurden. Es ist wirklich traurig, wenn Kinder schon so krank sind.«

Connie Whynn tippte kurz eine Notiz in den Computer, dann sah sie auf. »Sehr traurig, ja. Eine Menge Leute werden davon depressiv. Deshalb gibt es auch kaum Freiwillige für die Arbeit in den Kinder-Krebsabteilungen.«

»Ich bin vorher nie auf den Gedanken gekommen, Freiwilligenarbeit zu machen«, meinte Francesca, »aber als ich die Sendung über Missy Cooper und ihren Vetter Raymond gesehen habe, muß wohl da drinnen bei mir etwas klick gemacht haben.«

Connie kniff die Augen zusammen und wich übertrieben skeptisch zurück. »Ah ja, du hast… du hast Raymond gesehen, und er hat dein Herz angerührt.

Bist du sicher, daß du nicht nur einer von diesen Goldgräbern bist, die nur herkommen, um Joshua Marik kennenzulernen?«

Die kleine schwarzhaarige Freiwillige lachte laut auf. »Ich steh nicht auf Verehrer, die kaum ein zweistelliges Alter erreicht haben. Außerdem«, fügte sie verschmitzt hinzu, »gibt's dagegen Gesetze.«

»Wie dem auch sei, du wirst ihn kennenlernen.« Connie setzte ihren Compblock an den Datenbus des Schreibtischterminals, lud Joshuas Krankenblatt in das Handgerät und winkte Francesca, ihr den Gang hinab zu folgen. »Du kannst doch Blut sehen, oder?«

»Solange es nicht meines ist.« Francesca wurde rot. »Ich brauch ihm doch keines abzuzapfen?«

Die Schwester winkte ab. »Das Geheimdienstsekretariat hat mich so ungefähr auf jede Art untersucht, die man sich nur vorstellen kann, nur, damit ich Joshua untersuchen darf. Ich hab ihm im letzten halben Jahr soviel Blut abgenommen, daß er mich Schwester Dracula nennt, und ich kann es ihm nicht mal übelnehmen. Er ist wirklich ein süßer kleiner Bursche.«

Francesca folgte der älteren Frau den Gang entlang, durch die Eingangshalle, an den Aufzügen vorbei und um die Ecke in den Privatzimmerbereich der Kinderabteilung. Zwei riesige Männer mit Gewehren bewachten den Gang. Bevor irgend jemand das Zimmer betreten durfte, in dem sich Joshua befinden mußte, hieß es einen Metalldetektor passieren. Einer der Posten winkte sie mit dem Gewehr zum Metalldetektor, während der andere einen Schritt beiseite trat, um freies Schußfeld zu haben, falls etwas nicht in Ordnung sein sollte.

Connie reichte dem Posten ihren Compblock und trat durch den Detektorbogen. Der Posten überprüfte den Compblock und gab ihn zurück. Francesca hielt er mit erhobener Hand auf. »Hat sie eine Freigabe?«

Connie nickte. »Fragen Sie nach. Ich habe bei Antritt der Schicht die Mitteilung erhalten, daß sie überprüft worden ist.«

Der Posten setzte sich über Funk mit seinem Vorgesetzten in Verbindung. Er las Francescas ID-Nummer laut von ihrer Ausweisplakette ab, dann nickte er. »Sie führt keinerlei medizinische Maßnahmen an ihm durch, okay?«

»Ist klar. Sie hilft mir nur beim Saubermachen.«

Der Posten winkte Francesca wortlos durch, und sie passierte den Detektor, ohne ihn auszulösen. Der Soldat überprüfte noch einmal beide Ausweisplaketten, tippte etwas in seinen eigenen Compblock und klopfte schließlich an die Tür zu Joshuas Zimmer. Mit einem Klicken wurden zwei Schlösser zurückgezogen, dann öffnete sich langsam die schwere bombensichere Tür.

Abgesehen von dem bewaffneten Posten, der die Tür geöffnet hatte, war Joshua allein. Sein Bett stand mit dem Kopfende an der linken Wand, und der kahlköpfige Junge betrachtete gebannt einen Holovidmonitor, der in der hinteren Zimmerecke von der Decke hing. Das Gerät zeigte eine alte Folge aus der Serie *Der unsterbliche Krieger*, aber Francesca konnte nicht erkennen, gegen wen der Held diesmal kämpfte. Seine Uniform war zu lehmverkrustet. *Der unsterbliche Krieger* hatte nicht mehr Tiefgang als eine Zeichentrickserie, aber Joshua war begeistert.

»Guten Abend, Joshua.«

Der Kopf des Knaben flog herum, und das strahlende Lächeln auf seinem Gesicht bröckelte. »Schwester Dracula. Die Sonne ist noch nicht einmal untergegangen.«

»Ich trage Sonnenschutzfaktor 88.«

»Nichts klappt!« erklärte der schmalbrüstige Junge und zog den linken Ärmel hoch. »Vorsichtig. Beim letzten Mal hatte ich hinterher blaue Flecken.«

»Stimmt, aber sie sind schneller verschwunden als vorher, und das ist ein sehr gutes Zeichen.« Connie schloß einen kleinen Wandschrank auf und holte mehrere Wattebäusche, eine Flasche mit Alkohol und eine Vakuum-Blutentnahmespritze heraus. Sie legte alles auf ein kleines Tablett, das sie auf Joshuas Nachttisch abstellte.

Joshua schaute um Connie herum zu Francesca. »Hallo. Ich bin Joshua Marik.«

Francesca neigte den Kopf. »Freut mich, Sie kennenzulernen, Herzog Joshua. Ich bin Francesca Jenkins, aber du kannst Francie zu mir sagen. Ich helfe Schwester Dracula.«

»Sie wird dein Zimmer aufräumen und die Laken wechseln, während ich dich wasche.« Connie sah ihren jungen Patienten zweifelnd an, während sie einen Gummiriemen um seinen linken Oberarm legte. »Vielleicht sollte ich dich zuerst waschen und dir *danach* Blut abnehmen – oder versprichst du mir, daß es diesmal keine Überschwemmung gibt?«

Joshua antwortete nicht, sondern sah nur mit riesigen, traurigen Hundeaugen zu Connie hoch.

Mit einem Zwinkern in Francescas Richtung nahm die Schwester einen Wattebausch, tränkte ihn gründlich mit Alkohol und säuberte Joshuas Armbeuge. Nachdem sie den Wattebausch in den Papierkorb geworfen hatte, nahm sie die Vakuumspritze. Ein kurzer Zug am Gummiriemen sorgte dafür, daß sie mehrere Adern zur Auswahl hatte.

Die Vakuumspritze funktionierte nach einem einfachen System. Die hohle Nadel ragte durch einen Ventilkragen nach oben heraus. Connie nahm einen luftleeren Probenbehälter und schob ihn in den Kragen. Der obere Teil der Nadel durchstieß die Abschlußmembran des Behälters. Anschließend legte Connie einen Hebel um, der das Ventil öffnete, und das Vakuum saugte Joshuas Blut in den Behälter.

Als er fast voll war, schloß Connie das Ventil wieder und stoppte den Blutfluß. Sie drehte den Probenbehälter los und stellte ihn auf dem Nachttisch ab. Die Membran am oberen Ende versiegelte sich selbsttätig und verhinderte eine Verunreinigung. Connie setzte einen zweiten Probenbehälter ein und machte weiter.

Joshua sah besorgt zu ihr hoch. »Wieviel diesmal?«

»Nur diese beiden.« Connie sah hinüber zu Francesca. »Ich bring die Proben runter ins Labor, wenn du den Rest hier übernehmen kannst.«

Francesca nickte. »In Ordnung.« Sie trat an den kleinen Tisch und nahm zwei Wattebäusche. Einen davon tränkte sie mit Alkohol, während sie den zweiten mit zwei Fingern in der Handfläche verbarg. Sie hielt den nassen Bausch mit Zeigefinger und Daumen hoch, nahm mit der Linken ein Pflaster, und nickte Connie zu, um ihr zu zeigen, daß sie bereit war.

Die Schwester zog die Vakuumspritze aus Joshuas Arm, und Francesca trat vor sie. Ihren Körper als Blickschutz benutzend, vertauschte sie die Wattebäusche und preßte den trockenen auf die Einstichstelle. Sie hielt ihn drei Sekunden dort und achtete darauf, nicht zu fest zu drücken, so daß die Blutung nicht gestillt wurde. Als Connie sich zur Tür umdrehte, nutzte Francesca die Gelegenheit, die Wattebäusche wieder auszutauschen. Mit dem linken Daumen hielt sie den alkoholgetränkten Bausch auf der Einstichstelle, während ihre Rechte in der Kitteltasche verschwand.

Zu Beginn ihrer Schicht hatte sie den Saum der Tasche aufgerissen. Jetzt schob sie die Hand durch den Riß und stopfte den blutigen Wattebausch unter den elastischen Saum ihres Nylonstrumpfes und überzeugte sich davon, daß er sicher an ihrem Oberschenkel anlag. Sie zog die rechte Hand wieder hervor, tupfte ein paarmal mit dem feuchten Wattebausch auf die Wunde und warf ihn in den Papierkorb. Sie klebte das Heftpflaster auf die Stelle und schenkte Joshua ein strahlendes Lächeln.

»So, alles erledigt«, sagte sie, und es war nur halb gelogen.

Vier Stunden später verließ Francesca Jenkins das Klinikgebäude des New Avalon-Instituts für Biologie und Medizin. Es war der zehnte Tag ihrer Mission für den Marik-Geheimdienst, und sie stand nur noch zweiundsiebzig Stunden vor deren Abschluß. Das Geheimdienstsekretariat hatte sie überprüft und dank ihrer erstklassigen Referenzen für den freiwilligen Einsatz am NAIW und den Kontakt mit Joshua Marik freigegeben. Von drei Vierteljahresperioden abgesehen, hatte die sechsundzwanzigjährige Computergrafik-Kontrolleurin ihr gesamtes Leben auf New Avalon verbracht. In dieser Zeit hatte sie insgesamt sechs Strafzettel für falsches Parken gesammelt und eine Steuerprüfung über sich ergehen lassen müssen.

Da sie auf New Avalon als Tochter eines Avaloniers und seiner Kriegsbraut von Castor geboren war, hatte Francesca ihr Leben als geringes Sicherheitsrisiko begonnen. Als sie vierzehn Jahre alt war, hatten ihre Eltern sich scheiden lassen, und ihre Mutter hatte ihren Mädchennamen, Jenkins, wieder angenommen. Auch Francescas Name war gesetzlich geändert worden. Mutter und Tochter standen einander sehr nah; Francesca, weil sie ein Einzelkind war, und ihre Mutter, weil sie fern von ihrer Heimat und Familie in der Liga Freier Welten bei ihrer Tochter Halt suchte.

Währenddessen hatte Francescas Vater geradezu besessen versucht, das Sorgerecht über seine Tochter wiederzuerlangen, und war bei zwei verschiedenen Gelegenheiten soweit gegangen, eine Entführung zu versuchen. Beide Versuche waren fehlgeschlagen, und Francescas Mutter hatte eine gerichtliche Verfügung erwirkt, die ihrem Ex jeden Kontakt zu den beiden untersagte. An ihrem sechzehnten Geburtstag war Francesca von der Schule nach Hause gekommen und hatte ihre Mutter auf dem Küchenboden in ihrem Blut liegend vorgefunden. Ihr Vater hatte zusammengesunken am Küchentisch gesessen, tot durch Kopfschuß.

Die Waise Francesca war daraufhin zur Schwester ihres Vaters gezogen. Ihre neue Familie war freundlich und behandelte sie sehr gut, aber sie hielten Francescas Mutter für die Schuldige an dieser Tragödie. Die Tatsache, daß Francesca am Nachnamen Jenkins festhielt, war auch nicht gerade hilfreich.

Im folgenden Sommer hatten die Eltern ihrer Mutter, die sie nie kennengelernt hatte, ihr ein Rückflugticket nach Castor geschickt. Francesca hatte die Chance sofort genutzt, obwohl die Reise drei Monate dauerte, von denen sie nur vier Wochen bei ihren Großeltern zubringen konnte. Auf Castor hatte sie Stefan und Adrianne Jirik kennengelernt – ihre Mutter hatte den Namen in Jenkins abgeändert, um auf New Avalon weniger Schwierigkeiten zu haben –, und war in den Jirik-Haushalt aufgenommen worden.

Die Jiriks, so hatte sie erfahren, standen in einer langen Tradition des Dienstes für die Liga. In jenen vier Wochen hatte Francesca eine Geschichte, eine Familie und eine Tradition gefunden, auf denen sie ein Selbstbild und Selbstbewußtsein aufbauen konnte. Schließlich hatte sie ihren Großeltern erklärt, sie wolle bei ihnen bleiben, aber sie hatten sie vor einer vorschnellen Entscheidung gewarnt. Sie hatten sie daran erinnert, daß New Avalon eine Welt der Gelehrten war und die Jiriks Bildung sehr hoch schätzten. Außerdem wußten sie, daß ihre Tante sie gut behandelt hatte. Ihr diese Güte mit Undankbarkeit zu vergelten, erklärten sie, wäre unehrenhaft.

Widerwillig war das Mädchen nach New Avalon zurückgekehrt.

Bei ihren beiden späteren Besuchen auf Castor hatten die Jiriks Francescas Rekrutierung als SEKURA-Agentin abgeschlossen. Sie nannten sie Frantiska, die in der Liga gebräuchlichere Form ihres Namens. Sie brachten ihr einfache, aber beinahe unlösbare Verschlüsselungsmethoden bei, lehrten sie tote Briefkästen einzurichten und zu benutzen, ja sogar die Handhabung und Wartung verschiedener Pistolentypen. Sie versicherten ihr, daß niemand vor ihr erwarten würde, jemandem Schaden zuzufügen, während sie als Maulwurf auf New Avalon arbeitete. Ihre Aufgabe würde nur darin bestehen, Informationen auf Gebieten zu sammeln, auf denen das Vereinigte Commonwealth stark und die Liga schwach war. Dabei hatten sie ziemlich eindeutig auf reine Industriespionage angespielt und ihrer Enkelin erneut versichert, daß sie niemals aufgefordert werden würde, sich in echte Gefahr zu begeben.

Vor zehn Tagen schließlich war die schicksalhafte Nachricht als Teil einer E-Mail-Botschaft in ihrem Büro eingetroffen. In ihrer Mittagspause hatte sie einen toten Briefkasten besucht, den sie für diese Zwecke eingerichtet hatte. Unter der Kniebank im vordersten Beichtstuhl der St.-Andrews-Kirche hatte ein schmaler Briefumschlag geklebt, aus dem sie eine Computerdiskette hervorholte. Sie wußte nicht, wer die Diskette dort für sie deponiert hatte, und es interessierte sie auch nicht. Gerade diese Ungewißheit war charakteristisch für einen toten Briefkasten. Es war Teil der Spielregeln, und sie war entschlossen, ihre Rolle so gut zu spielen, wie sie konnte.

Zu Hause hatte sie die Botschaft an ihrem Computer entschlüsselt. Die Aufgabe war einfach genug: Sie sollte, ohne Aufmerksamkeit zu erregen, eine Blutprobe Joshua Mariks in ihren Besitz bringen, einen Genotypentest durchführen und zurückmelden, ob das Ergebnis den auf der Diskette mitgelieferten Daten entsprach.

Francesca hatte sich augenblicklich daran gemacht, das Problem zu studieren. Zunächst hatte sie ihre Biologiekenntnisse aufgefrischt und festgestellt, daß die für einen genetischen Vergleich benötigte Menge Blut relativ gering war. Schon ein gebrauchtes Pflaster oder etwas Ähnliches würde genügen, und niemand würde sein Fehlen bemerken, ganz im Gegensatz zum Diebstahl eines Blutprobenbehälters.

Also mußte sie in Joshuas Nähe kommen. Es hatte nicht lange gedauert, bis ihr der Einfall gekommen war, als freiwillige Helferin in die Klinik zu gelangen. Sie hatte begonnen, mit ihren Freundinnen über ein Gefühl der Leere in ihrem Leben zu reden, über das Gefühl, trotz ihres beruflichen Erfolgs fehle ihr etwas. Sie hatte das Bedürfnis nach einem Kind angedeutet. Schließlich war es eine ihrer Freundinnen gewesen, die dann den Vorschlag machte, Francesca könne freiwillig in der Kinderstation eines der städtischen Krankenhäuser arbeiten. Sie hatte die NAIW-Klinik angerufen, als folge sie nur dem Rat ihrer Freundin.

Die beiden Agenten des Geheimdienstsekretariats, die sie überprüft hatten, hatten auch mit ihren Freundinnen geredet. Dabei hatten sie erfahren, daß der Vorschlag für den Freiwilligendienst von ihnen gekommen war, was ihr Cover noch glaubhafter erscheinen ließ. Innerhalb von achtundvierzig Stunden hatte Francesca die Freigabe für einen Kontakt mit Joshua erhalten, soweit ihre Pflichten das erforderlich machten.

Drei Tage später war die Blutprobe in ihrem Besitz.

Es gab zahlreiche Privatlabors, die eine vollständige Genotypenbestimmung durchführen konnten, wie sie bei Vaterschafts-/Mutterschaftsklagen gebräuchlich waren, aber ihre Dienste waren teuer und langsam. Außerdem hinterließen sie eine Spur von Papier, auf die Francesca verzichten konnte. Statt dessen ging sie in einen Schulbedarfsladen und erklärte dem Verkäufer, sie gäbe dem Kind einer Nachbarin Nachhilfe in Biologie und benötige einen genetischen Experimentierkasten für die Oberstufe. Sie bezahlte bar.

Die grundlegenden Hilfsmittel für Genmanipulationen standen seit Jahrhunderten zur Verfügung, aber dies hatte nicht zu der explosionsartigen Verbreitung genetisch veränderter Lebensformen geführt, gegen die viele Bioethiker tausend Jahre früher auf die Barrikaden gegangen waren. Es war eine Sache, eine Kette von Nukleotidbasenpaaren zu identifizieren, etwas ganz anderes dagegen, bekannte Gene auszutauschen. Und selbst das war noch Welten entfernt von der Möglichkeit, Gott zu spielen und aus nicht mehr als ein paar Rohmaterialien Leben zu erschaffen. Wie es eines der Begleithefte des Kastens ausdrückte: Die genetische Wissenschaft hatte einen Punkt erreicht, an dem es möglich geworden war, die Form von Puzzleteilen zu erkennen und sogar einzelne Teile aus einem Puzzle in einem anderen unterzubringen. Aber das war nicht dasselbe wie zwanzig Millionen Puzzleteilchen zu einem kompletten Bild zusammenzusetzen, und das noch unter Verwendung von Teilchen anderer Puzzles. Eine derartige Leistung hatte noch niemand vollbracht.

Zu Hause holte sie den Wattebausch hervor und stopfte ihn in ein Reagenzglas, in das sie anschließend etwas destilliertes Wasser goß. Nachdem sie den Wattebausch ausgedrückt hatte, verfügte sie über drei Kubikzentimeter rosaroter Flüssigkeit. Sie schüttete weitere drei cm^3 der DNS-Verstärkerlösung aus dem Experimentierkasten dazu. Entsprechend den Vorgaben des Anleitungsheftes plazierte sie das Reagenzglas in ihrem Ofen und programmierte ihn so, daß er die Lösung in den folgenden dreißig Stunden abwechselnd erhitzte und wieder abkühlen ließ.

Bei der Verstärkerflüssigkeit handelte es sich um

eine nukleotidangereicherte chemische Lösung, die benötigt wurde, um Teile der DNS-Doppelhelix wiederherzustellen. Außerdem enthielt sie spezielle chemische Bauteile, die dazu dienten, bestimmte genetische Sequenzen zu isolieren. Die für Identifikationszwecke benötigten Gene waren auf den X- und Y-Chromosomen sowie auf Paar Nummer 1 konzentriert. Die X- und Y-Sequenzen gestatteten eine Geschlechtsbestimmung, während die Paar-Nummer-1-Gene die Unterscheidung zwischen den von beiden Elternteilen jeweils gelieferten Genen ermöglichten. Am Ende der dreißig Stunden enthielt die Lösung eine Million Kopien der gewünschten Genfolgen.

Nach der Erhöhung des DNS-Gehalts der Probe verteilte Francesca je einen cm^3 der Flüssigkeit auf fünf weitere Reagenzgläser. Den letzten Kubikzentimeter im Originalreagenzglas schüttete sie in einen Plastikbeutel und legte ihn in den Gefrierschrank, für den Fall, daß sie die Tests wiederholen mußte oder ihre Vorgesetzten die Blutprobe weiterleiten wollten. Durch erneuten Einsatz der DNS-Verstärkerlösung konnte sie beliebig viele Proben herstellen.

In jedes der fünf Reagenzgläser gab sie einen Tropfen einer der fünf Teiler/Trimmer-Lösungen des Kastens. Diese Tropfen enthielten chemische Teiler, die nach bestimmten Wiederholungsfolgen der Nukleotidpaare in den Proben suchten. Da sämtliche DNS aus Kombinationen von nur vier Nukleotiden besteht – Adenin, Cytosin, Guanin und Thymin – und da Adenin sich nur mit Thymin und Cytosin nur mit Guanin verbinden kann, sind Wiederholungen recht häufig. Die Teilermoleküle waren auf ganz bestimmte Sequenzen von etwa sechzig Nukleotidpaaren Länge geeicht, die sie aus den vervielfältigten Chromosomketten herausschnitten.

Die Chemikalien brauchten für ihre Arbeit fünf Stunden, in denen Francesca das Absorptionsgel kochte und in eine flache, an eine Elektropfanne erinnernde Schale goß. Das Gel härtete beim Abkühlen zu einem durchscheinenden Film über dem schwarzen Hintergrund der Schale aus. Es erinnerte sie an das Glatteis auf den Straßen der Stadt in besonders rauhen Wintern.

Sie gab einen Tropfen einer Markierungsflüssigkeit in jedes Reagenzglas, rührte gründlich um und holte mit einer Pipette je einen Tropfen der Lösung heraus. Dann schob sie die Spitze der Pipette etwa zehn Zentimeter unterhalb der Oberkante der Schicht in das Gel und preßte den Tropfen hinaus. Das wiederholte sie jeweils mit einer frischen Pipette, bis sie fünf Tropfen im Gel plaziert hatte. Sie setzte den Deckel auf den Inkubator, schaltete ihn ein und ließ ihn zwei Stunden in Ruhe.

Während der Wartezeit spülte Francesca sämtliche Glasutensilien, die sie benutzt hatte, kochte sie und zerbrach sie, bevor sie die Scherben in eine Tüte kehrte. In ihrem Kamin verbrannte sie den Kasten und die Anleitung – mit Ausnahme der letzten zwei Seiten, auf denen das Ende des Experiments beschrieben war. Sie mischte die Asche durch und kehrte sie zusammen. Die Plastikampullen mit den chemischen Lösungen entleerte sie in den Spülstein, wusch sie aus und schmolz sie ein. Letzteres funktionierte nicht so gut, wie sie es sich gewünscht hätte, und sie mußte den Plastikbrei von den Kaminsteinen kratzen, als er weit genug abgekühlt war.

Nach zwei Stunden schaltete sich der Inkubator automatisch aus. Er hatte die Lösung im Innern des Gels nicht gekocht, sondern aufgetrennt. Strom war von links nach rechts durch das Gel geflossen und hatte in den zwei Stunden die Sequenzklumpen durch die Gelschicht gezogen. Je länger die Sequenzstücke waren, desto weiter hatten sie sich im Elektrofeld bewegt.

Die Markierungsflüssigkeit hatte die Sequenzen eingefärbt, so daß sie fluoreszent wurden. Francesca hob den Deckel vom Inkubator und setzte ihn für fünf Minuten unter eine starke Lichtquelle. Dann legte sie eine mit einem Gitter markierte durchsichtige Plastikfolie über die Schale und verdunkelte das Zimmer. Nachdem sich ihre Augen an die Dunkelheit gewöhnt hatten, erkannte sie an bestimmten Punkten des ebenfalls im Dunkeln schwach leuchtenden Gitters leuchtende Linien. Sie notierte sorgfältig die Gitterkoordinaten: X, 3, 25; Y, 12, 24; 1.1, 2, 9, 20, 31; 1.2, 4, 15, 37, 43; 1.3, 7, 16, 30, 42.

Wieder an ihren Computer zurückgekehrt, rief sie die mitgelieferten Daten auf und verglich die Werte:

Chromosom	*Joshua*	*Probenvorgabe*
X	3, 25	2, 18
Y	12, 24	15, 45
1.1	2, 9, 20, 31	3, 7, 23, 39
1.2	4, 15, 37, 43	12, 17, 31, 33
1.3	7, 16, 30, 42	2, 14, 19, 37

Francesca lachte. Sie war zwar erst sechsundzwanzig und hatte ein normales Leben auf New Avalon geführt – abgesehen von ihrer Rekrutierung als Agentin durch ihre Großeltern –, aber sie war alles andere als naiv. Während sie die Lösungen gekocht und vermischt und eingefärbt und inkubiert hatte, hatte sie sich die ganze Zeit gefragt, warum ihre Vorgesetzten in der Liga Freier Welten einen Genotypentest Joshuas in Auftrag gegeben hatten. Und als das Plastik ihren Kamin verklebt hatte, war ihr die Lösung eingefallen: Nach dem Tod Sophina Mariks mußte jemand aufgetaucht sein und behauptet haben, Joshuas wirklicher Vater zu sein. Um zu verhindern, daß die Medien die Sache zu einem Skandal aufbauschten, brauchte der Generalhauptmann eine Möglichkeit, diese gemeine

Verleumdung zu widerlegen. Also hatte er sich entschlossen, eine Blutprobe besorgen und diesen simplen Test durchführen zu lassen.

Francesca studierte das Ergebnis. Es bestand keinerlei Übereinstimmung zwischen den beiden Datensets. Die beiden Spender konnten unmöglich verwandt sein. Der Mann, der behauptete, Joshuas Vater zu sein, war ein Betrüger. Mit einem Wattebausch, einem Oberstufen-Experimentierkasten und etwas Geduld hatte sie, Frantiska Jirik, die Liga Freier Welten vor der größten Bedrohung ihrer Souveränität gerettet, der sie je gegenübergestanden hatte.

In der Gewißheit, ihrem Volk einen historischen Dienst erwiesen zu haben, verschlüsselte sie die Daten und bereitete das Codeblatt vor, das sie im toten Briefkasten hinterlegen würde. Anschließend vernichtete sie den Rest der Laborutensilien und verteilte die Abfälle auf verschiedene Müllcontainer weitab von ihrer Wohnung.

Dann kehrte sie bis auf eine sehr kurze Beichte in St. Andrews auf direktem Weg zurück zur Klinik, um ihren Freiwilligendienst fortzusetzen. Es gab ihr ein gutes Gefühl, in Joshuas Nähe zu sein, ihm helfen zu können, wenn er es brauchte. Und obwohl sie nie wieder ein Wort mit ihm wechselte, wenn sich ihre Wege kreuzten, glaubte sie daran, daß er sie instinktiv als loyale Freundin erkannt hatte.

15

> Wer den Frieden will, sollte sich auf den Krieg vorbereiten.
>
> – VEGETIUS, *De Re Militari*

Charleston, Woodstock
Mark Sarna, Vereinigtes Commonwealth

21. Juli 3057

Hoch oben im Cockpit seines *Kriegshammer*-BattleMechs fühlte Larry Acuff sich sicher und geborgen. Obwohl er auf der Pilotenliege fest angeschnallt war, mit Sensorpflastern auf der bloßen Haut und einem schweren Neurohelm auf den Schultern, fühlte er sich frei wie ein Vogel. Seine behandschuhten Hände betätigten die Steuerknüppel an den Armlehnen der Pilotenliege und zogen beide Fadenkreuze über die Computergrafik eines *Kreuzritter*. Ein goldener Lichtpunkt pulsierte im Zentrum des Fadenkreuzes und bestätigte die Zielerfassung. Larry stieß beide Daumen auf die Feuerknöpfe der in den Armen des *Kriegshammer* montierten PPKs.

Der *Kriegshammer* war ein humanoider Kampfkoloß, aber anstelle modellierter Hände besaß er PPK-Mündungen. Aus beiden zuckten weißblau leuchtende, energiegeladene Partikelströme. Die synthetischen Blitzschläge der Partikelprojektorkanonen flossen kurz vor dem Ziel zusammen und schlugen krachend in den *Kreuzritter* ein. Das holographische Bild in Larrys Cockpit zeigte, wie sich die Blitzstrahlen auf die linke Hüfte des Mechs senkten, sich den Weg durch die Panzerung zum Titanstahl-Oberschenkelknochen fraßen und das Bein amputierten.

Der Computer hatte das Zielbild über einen alten

Hochspannungsmast gezeichnet, und die beiden Partikelstrahlen schnitten durch die Stahlträger, als bestünden sie aus Spinnweben und Seidenpapier. Mit einem ohrenbetäubenden Kreischen geriet der Mast ins Wanken, dann kippte er langsam um. Die Außenmikrophone übertrugen das Getöse des Aufpralls in Larrys Helmlautsprecher. Auch das Computerbild des *Kreuzritter* kippte zur Seite, und die reale Staubwolke des Aufpralls lieferte dem Computer die Gelegenheit, das Bild zu löschen.

»Guter Schuß, Zwo.« Bei Phoebes Lob mußte Larry grinsen. »Hast du auf Solaris gelernt, die Strahlen zu verschmelzen, oder war das Glück?«

»Reines Glück – eine Chance von eins zu einer Million. Aber ich scheine heute sowieso das Glück gepachtet zu haben.«

»Vierhundertfünfundneunzig Punkte von fünfhundert möglichen … das war nicht bloß Glück.«

»Es kann nichts anderes gewesen sein, Eins. Als ich hier meine Ausbildung absolvierte, habe ich so ein Ergebnis nie erreicht.«

»Larry, das war vor sieben Jahren.« Er hörte Phoebe leise lachen. »Inzwischen hast du gegen die Clans gekämpft und bist auf Solaris in der Arena angetreten. Das ist kein Glück, du bist besser geworden, durch Übung.«

Larry dachte einen Moment darüber nach. Es stimmte schon, er hatte eine ungeheure Kampferfahrung gesammelt, seit er zum letzten Mal auf Woodstock in einem Mech gesessen hatte. Die Lernkurve für den BattleMechkampf war reichlich steil, und alles Training der Welt konnte einen Krieger nicht auf das absolute Chaos des Schlachtfelds vorbereiten. Wer damit nicht fertig wurde, bekam keine Chance, es ein zweites Mal zu versuchen. »Du hast wahrscheinlich recht, Phoebe, aber gegen etwas Glück ab und zu hätte ich auch nichts einzuwenden.«

»Ich würde jederzeit eine Tonne Panzerung gegen etwas Glück eintauschen. Machen wir Schluß?«

»Sind wir schon fertig?«

»Larry, für deine Qualifizierung hätten dreihundertfünfundsiebzig genügt. Du warst schon nach dem zehnten Ziel fertig. Die übrigen fünf waren nur für den Platzrekord.«

»Tatsächlich? Hab ich ihn gebrochen?«

»Ja, mit Gruppe dreizehn, den *Savannah Masters*. Du hast ihn weit übertroffen.«

Blake! Als er noch auf Charleston in der Ausbildung gewesen war, hatte ein Rekrut dreihundertfünfundzwanzig Punkte benötigt, um sich für den aktiven Dienst zu qualifizieren. Der Clankrieg hatte die Anforderungen etwas erhöht, so daß heute fünfzig Punkte mehr gefordert wurden. Seine Fähigkeiten hatten sich in der Zwischenzeit natürlich verbessert, aber Larry hatte keine Möglichkeit gehabt, die Verbesserung zu messen, da seine Kämpfe auf Solaris nur Duelle zwischen zwei Mechs waren. Verglichen mit seinem besten Ergebnis vor sieben Jahren hatte er sich von einem durchschnittlichen zu einem Elitekrieger entwickelt. Der Gedanke verursachte in ihm ein Hochgefühl. »Ich hätte nicht gedacht, daß ich den Rekord brechen kann. Aber das muß ich nicht veröffentlichen, nur weil ich PR-Offizier werden soll, oder?«

Phoebe lachte. »Ich dachte mir, wir setzen eine Presseerklärung auf und schicken sie an die Clans. Dann würden sie es sich zweimal überlegen, ob sie wieder gegen uns kämpfen wollen, meinst du nicht?«

»Computersimulierte Ziele abschießen hat wenig Gemeinsamkeiten mit einem Kampf gegen die Clans.«

»Ich weiß. Ich war dabei. Erinnerst du dich?«

»Sicher.« Larry runzelte die Stirn, als er den *Kriegshammer* wendete und Phoebes *Marodeur II* in Richtung Hangar folgte. »Bist du wild darauf, noch einmal gegen sie anzutreten?«

Einen Augenblick hörte Larry nichts außer dem Krachen der Statik in seinen Helmlautsprechern, bis Phoebe zögernd Antwort gab. »Ich würde wieder gegen sie antreten, aber ich kann nicht sagen, daß ich mich darauf freue.«

»Auf Solaris habe ich Elementare gesehen«, meinte Larry. Die Elementare waren die riesigen gemanipulierten Infanteristen der Clans. »Taman Malthus, der Elementar, der Kai dabei geholfen hat, uns zu befreien, kam nach Solaris, um Kais Titelkampf zu sehen. Sie können einem selbst dann noch angst machen, wenn sie auf deiner Seite stehen. Trotzdem, wenn der Waffenstillstand morgen auslaufen würde, wäre ich als erster zurück an der Front.«

»Die Hochzeit hat meine Sicht der Dinge verändert. Vorher war die Armee meine Zukunft. Jetzt, wo ich George habe, ist es *unsere* Zukunft, nicht mehr nur meine.«

»Das verkompliziert die Lage, was?«

Phoebes nervöses Lachen hallte durch seinen Neurohelm. »Was kommt zuerst, du selbst oder der Staat?«

»Im Draconis-Kombinat und in der Konföderation Capella eindeutig der Staat. Bei den Clans genauso, soweit ich es sehe. Aber überall sonst ist das wohl eine individuelle Entscheidung. Natürlich klingt das kalt und unpersönlich, so wie du es formulierst.«

»Larry, der Staat ist in aller Regel kalt und unpersönlich.«

»Ohne Zweifel, aber nur, wenn du den Staat als Institution siehst. Wir haben Prinz Victor beide kennengelernt. Er ist weder kalt noch abweisend.« Larrys *Kriegshammer* trat aus dem Hügelland des Manövergeländes auf den Stahlbetonplatz vor dem Mechhangar der Reservemiliz. »Für mich besteht der Staat aus allen Menschen und Orten, die ich kenne und liebe. Und wenn die Pflicht ruft, sie bis zum Tod zu verteidigen, bin ich bereit.«

»Du kannst leicht reden. Du bist nicht verheiratet.«

»Und du weigerst dich, mir die Visiphonnummer deiner besten Freundin zu geben. Wie kann ich sie mir da ansehen?«

»Larry, sie lebt glücklich mit einem von Georges Freunden zusammen.«

»Dann ruf ich eben an, wenn er nicht zu Hause ist.«

»Du bist unverbesserlich.«

Larry brachte seinen *Kriegshammer* in den vorbereiteten Wartungskokon. Er leitete die Stillegung ein und nahm den Gesprächsfaden wieder auf. »Ich denke, du wärst auch wieder draußen an der Front, Phoebe. Wenn es einen erst mal erwischt hat, gibt es kein Entkommen mehr.«

»Das habe ich auch mal geglaubt, Larry, aber inzwischen habe ich ein Gegengift gefunden.«

»Und das wäre?«

»Wahre Liebe. Liebe und Leben haben etwas an sich, was den Ausflügen in das Reich des Todes ihren Reiz nimmt.«

»Das heißt nicht, daß du nicht dabei wärst, Phoebe«, meinte Larry und schnallte sich los. »Jetzt, wo du George hast, hast du noch etwas, wofür es sich zu kämpfen lohnt. Es gibt keinen besseren Grund zu kämpfen, als seine Familie zu beschützen.«

»Es sind schon Kriege um weniger geführt worden.«

»Und es werden auch noch Kriege um weniger geführt werden.« Larry löste den Kinngurt des Neurohelms. »Aber wenn wir Glück haben, erleben wir es nicht mehr.«

Palast des Marik, Atreus
Marik-Commonwealth, Liga Freier Welten

Thomas Marik fühlte sich leer. Wie eine hohle Terracottafigur. Zerbrechlich. Als müsse er beim nächsten Atemzug in tausend Stücke zerspringen. Alles in ihm war aus den Ankerungen gerissen und in das schwarze Loch der Angst und Verzweiflung gestürzt, das unmittelbar unter seinem Herzen saß.

Er fühlte nicht einmal mehr den Schmerz.

Er stand allein auf dem Balkon. Es war nicht nötig, ein zweites Mal auf das Blatt Papier zu blicken, das Präzentor Malcolm ihm gebracht hatte. Die Nachricht war ebenso einfach und aussagekräftig wie knapp: *Keine Übereinstimmung.*

Mein Sohn ist tot, und Victor Davion ist sein Mörder. Als sich diese Worte in seinen Gedanken zu einem Satz formten, kämpfte sein Verstand gegen das Urteil an. Er wußte ebensogut wie jeder andere, daß Joshua schon so gut wie tot gewesen war, als die Ärzte bei ihm Leukämie festgestellt hatten. Es war reine Verzweiflung gewesen, die ihn Hanse Davions Angebot einer Behandlung im New Avalon-Institut der Wissenschaften hatte annehmen lassen. Er hatte nach einem Strohhalm gegriffen.

Sophina hatte Thomas gedrängt, ein zweites Kind zu zeugen, das Joshua als Spender für eine Knochenmarktransplantation dienen konnte, aber er hatte sich geweigert. Sein Vater, Janos Marik, hatte zehn Kinder gehabt. Zwei davon waren im Alter von zwölf beziehungsweise acht Jahren an Leukämie gestorben. Vier weitere waren in den internen Rebellionen und Bürgerkriegen ums Leben gekommen, die in der Liga Freier Welten an der Tagesordnung waren. Nur Thomas, sein Bruder Paul und seine Schwestern Theresa und Kristen waren am Leben geblieben. Die Schwierigkeiten hatten erst 3036 ein Ende gefunden, als Thomas vor einem schockierten Parlament erschienen und offenbart hatte, daß er das Bombenattentat überlebt hatte, dem anderthalb Jahre zuvor sein Vater und Bruder zum Opfer gefallen waren. Janos Mariks Familie hatte bewiesen, daß große Familien und ihre Rivalitäten zwischen den Geschwistern erhebliche Probleme mit sich brachten.

Er hatte Angst davor gehabt, Joshua einen Bruder oder eine Schwester zu schenken. Wäre das Kind dann als Spender nicht geeignet gewesen, hätte es sein Leben lang unter dem Schatten gestanden, bei der Aufgabe, für die es gezeugt worden war, versagt zu haben.

Die Alternative dazu, ein Kind, dessen Knochenmark sich für eine Transplantation geeignet hätte, wäre noch schlimmer gewesen. Wenn in diesem Kind auch nur eine Spur von Stolz oder Ehrgeiz gewesen wäre – und welches Kind, das allein durch seine Existenz das Leben seines älteren Bruders retten würde, könnte davon frei sein –, hätte es Joshua um das Thronfolgerecht beneidet. Wenn dann der Blutkrebs wieder aktiv geworden wäre, hätte das Kind sich geweigert, seinem Bruder ein weiteres Mal Knochenmark zu spenden, um ihm die Chance auf den Thron des Generalhauptmanns zu nehmen? Isis hatte so reagiert, als er sie darum bat, hatte Thomas ins Gesicht gelacht, als er sich in die absurde Lage gedrängt sah, seiner möglichen Thronfolgerin mit Bestrafung zu drohen, wenn sie dem Noch-Thronfolger nicht half.

Und jetzt ist sie meine Erbin und im Banne Sun-Tzu Liaos. Thomas wußte, er hatte noch eine andere Wahl: Paul, Theresa, Kristen oder eines ihrer Kinder, aber keiner von ihnen teilte seine Ziele. Sollte er vorgeben, einen von ihnen zu favorisieren – etwa Pauls Tochter Corinne –, konnte das Sun-Tzu Liao verunsichern, aber die Situation hatte sich zu weit entwickelt, um Thomas noch solche Spielchen zu gestatten, sosehr es ihm auch Vergnügen bereitet hätte, Sun-Tzu angst zu machen.

Victor Davion hat meinen Sohn nicht umgebracht, aber er hat ihm einen würdevollen Tod verweigert, wie Joshua ihn hier gestorben wäre. Diese Handlungsweise, dieser Aus-

tausch meines toten Sohnes gegen einen Doppelgänger, ist mehr als nur barbarisch. Es ist eine profane Verhöhnung meines Sohnes und seines Lebens. Dafür wird Victor bezahlen, teuer bezahlen.

Stückchenweise gewann ein Plan in der Leere seiner Seele Gestalt. Jedes seiner Elemente war eine hauchdünne Membran, die in Thomas' Innerem wuchs und sich mit anderen zu einem dreidimensionalen Spinnengewebe zusammenschloß. Einzeln zu zart, um dem geringsten Druck zu widerstehen, stützten die Elemente sich gegenseitig und bauten ein stabiles Gerüst, auf dem Thomas seine Vision der Zukunft errichten konnte.

Hinter ihm räusperte sich Präzentor Malcolm, der wie ein Schatten im Eingang des Büros stand. Das Geräusch irritierte Thomas so ungeheuer, daß er herumfahren und den Mann erwürgen wollte, aber damit hätte er das zarte Gewebe zerfetzt, das in seinem Innern wuchs.

»Wenn Ihr gestattet, Generalhauptmann, möchte ich meiner Trauer über den Verlust Eures Sohnes Ausdruck verleihen.«

»Danke«, antwortete Thomas leise.

»Erlaubt mir auch festzustellen, daß ich bereitstehe, Eure Befehle weiterzuleiten, die den boshaften Zwerg auf dem Thron des Vereinigten Commonwealth seiner gerechten Strafe zuführen werden.«

Thomas hob den Kopf, sah Malcolm jedoch noch immer nicht an. »Du meinst, ich sollte mich an Victor Davion rächen?«

»Es gibt eine Redewendung – ›Rache triumphiert über den Tod‹.«

Der Generalhauptmann drehte sich langsam und mit eingezogenem Kopf um. »Du bist ein Narr, Malcolm.«

»Verzeihung, Sir?«

»Weißt du, wen du da zitierst?«

»Den Seligen Blake.«

Thomas winkte verärgert ab. »Dieses Zitat stammt von Francis Bacon, und du benutzt es falsch und aus dem Zusammenhang gerissen. Es ist falsch. Du hast unrecht.«

Die braunen Pupillen des Präzentors zogen sich verschreckt zusammen, als er vor Thomas' Zorn zurückwich. »Ich – ich wollte Euch nicht beleidigen«, stotterte er.

»Nein, nein, natürlich wolltest du das nicht, aber du hast es getan. Wenn du weißt, was diese Botschaft enthält, hast du auch die Botschaften gelesen, die ich abgeschickt habe. Wie viele andere wissen, was ich abgeschickt und was ich als Antwort erhalten habe?«

Malcolm zögerte. »Das sind Dinge, die ich nicht ...«

»Preisgeben kannst? *Mir* nicht sagen kannst? Ich bin *Thomas Marik,* Präzentor. Ich bin der Mann, den Präzentor Blane als ComStars *Exil-Primus* ins Gespräch gebracht hat. Vor anderen kannst du Geheimnisse haben, Malcolm, aber ganz sicher nicht vor mir!« Thomas reckte sich zu seiner vollen, beeindruckenden Größe auf. »Es handelt sich hier nicht um Informationen, die ich zu meiner eigenen Befriedigung verlange, sondern um wichtige Informationen, die ich haben *muß*. Ich weiß nicht, wie weit diese Geschichte bereits nach draußen gedrungen ist oder wie wahrscheinlich ein Sicherheitsleck ist. Ohne dieses Wissen kann ich mich nicht darauf vorbereiten, das üble Spiel heimzuzahlen, das mit meinem Sohn getrieben wurde.«

»Aber Ihr habt gerade noch erklärt, ich sei ein Narr zu glauben, daß Ihr euch an Victor Davion rächen würdet.«

»Und das warst du auch.« Thomas breitete vor dem Nachthimmel mit seinen Milliarden Sternen und Planeten, zu denen auch die des Vereinigten Commonwealth gehörten, die Arme aus. »Es war nicht Victor, der meinem Sohn diese Erniedrigung zufügte, sondern die Davion-Arroganz, in der er aufwuchs. Sein Vater, Hanse Davion, hat meinen Sohn als Geisel gehalten, um sich meiner Hilfe bei der Produktion von Kriegsmaterial gegen die Clans zu versichern. Wie kann jemand, der von einem solchen Mann aufgezogen wurde, den Schmerz verstehen, den ein Vater beim Verlust seines Kindes fühlt? Ich gebe nicht Victor die Schuld, sondern dem Mann, der ihn gezeugt hat.«

»Aber Ihr werdet ihn bestrafen.«

Thomas nickte zögernd. »Hanse kann ich nicht mehr strafen, doch Victor muß aus dem Fehler seines Vaters lernen. Aber diese Strafe wird Vorbereitungszeit erfordern. Grenzüberfälle und Reparationsforderungen sind nicht genug. Meine vorrangige Pflicht besteht nicht darin, meine verletzte Seele durch den Tod von VerCommies zu salben – meine Pflicht ist es, unsere Landsleute vom Joch einer Nation zu befreien, die ein derart obszönes Verhalten zulassen kann. Diese Befreiung wird Zeit und Planung erfordern.« Thomas sah das Licht des Verstehens in Malcolms dunklen Augen aufflackern, aber der Präzentor konnte nicht einmal einen Bruchteil seines Vorhabens erahnen. »Du bist mein Verbindungsmann zu Blakes Wort, Präzentor Malcolm. Schick Blane eine Botschaft mit meiner Signatur – er wird die Entscheidung bestätigen. Du wirst mir die Informationen liefern, die ich verlange, sobald ich sie verlange, und zwar ohne Fragen. Du wirst sie mir vollständig liefern, und du wirst sie nicht kommentieren, es sei denn, ich fordere dich dazu auf. Diese Berichte werden alles enthalten, was du in Erfahrung gebracht hast.«

»Ihr habt doch bereits die SEKURA und den Rest Eures Sicherheitsapparates, um solche Berichte zu erstellen.«

»Ja, aber sie haben Möglichkeiten, die ihr nicht habt und umgekehrt. Eure Berichte werden sich ergänzen und gleichzeitig als Kontrolle dienen.« Thomas lächelte und fühlte ein kaum merkliches Ziehen der Narben. »Als erstes wirst du mir einen Bericht über den Feind liefern.«

»Victor?«

Thomas schüttelte den Kopf und dachte an seine eigene Familie. »Nein, Victor verstehe ich ziemlich gut. Jetzt will ich mehr über Katrina Steiner herausfinden.«

»Katrina Steiner. Ich verstehe.« Malcolm neigte den Kopf. »Wünscht Ihr sonst noch etwas?«

Thomas wollte den Mann schon entlassen, als ein weiterer Webfaden seinen Platz fand. »Ja. Sun-Tzus Nachricht an seine Agenten auf New Avalon. Hast du noch eine Kopie?«

»Ja.«

»Könntest du sie noch abschicken?«

Malcolm dachte einen Augenblick nach, dann nickte er zögernd. »Der Davion-Geheimdienst hat die Codesequenz abgefangen, die zur Herstellung der Botschaft benutzt wurde. Die Maskirovka-Agenten auf New Avalon haben den Codeschlüssel nie erhalten.«

»Du könntest ihn also noch einmal senden, anstelle des Codeschlüssels, den sie in einer gegebenen Woche eigentlich erhalten sollten?«

»Die Maskirovka wechselt den Codeschlüssel nur einmal im Monat, aber, ja, wir könnten ihn austauschen.«

»Gut. Bereite alles vor, um Codeschlüssel und Botschaft abzuschicken.« Thomas verschränkte zufrieden die Hände. »Es könnte sein, daß meine Pläne es notwendig machen, Victor Davion abzulenken, und wenn ich Sun-Tzu dazu benutzen kann, schlage ich möglicherweise zwei Fliegen mit einer Klappe.«

16

> Diplomatie ohne Waffen ist wie Musik ohne Instrumente.
>
> – Friedrich der Grosse

Tamar
Wolfsclan-Besatzungszone

8. August 3057

Khan Phelan Ward von den Wölfen stand neben Natascha Kerensky, als der ilKhan seinen Platz am hohen Podium der Großen Konklavekammer einnahm. Weder Phelan noch Natascha trugen ihre emaillierten Wolfsmasken, aber sie hatten ihre Clan-Ledermontur in Grau beziehungsweise Schwarz angelegt. Auch Ulric trug graues Leder und seinen Helm, den er nun würdevoll abnahm und neben sich legte.

»Ich, Ulric Kerensky, ilKhan im sechsten Jahr des Waffenstillstands von Tukayyid, eröffne diese Versammlung des Großen Konklave. Wie in unserem Konklave vom zwölften Juni 3052 festgestellt, unterliegen wir noch immer den Regeln des von Nicholas Kerensky aufgestellten Kriegsrechtes. Diese Angelegenheit wird in einer diesen Umständen entsprechenden Weise geregelt werden.«

»Seyla«, antworteten alle anwesenden Clanner im Chor. Der alte Eid wurde in einem Akzent ausgesprochen, der in der normalen Aussprache der Clanner nicht wiederzufinden war.

Wäre das Große Konklave zu Friedenszeiten einberufen worden, hätten sie sich im Großen Konklavesaal auf Strana Metschty versammelt, der Clan-Heimatwelt weit jenseits der Grenzen der Inneren Sphäre. Aber da das Kriegsrecht eine zügige Behandlung wichtiger Fragen verlangte, nahmen zwanzig der vierunddreißig Clan-Khane nur über Monitor teil. Die vierzehn übrigen Khane, alle der an der Invasion der Inneren Sphäre beteiligten Clans, waren persönlich anwesend.

Phelan schüttelte den Kopf. Obwohl er wußte, daß Anklage und Verhandlung eine Farce waren, war in den sechs Wochen der Vorbereitung in ihm die Hoffnung aufgekeimt, es könnte doch noch möglich sein, seine Mit-Khane durch eine logische und vernünftige Argumentation zu überzeugen. Aber als er jetzt die teils gelangweilten, teils erwartungsvollen Mienen der Versammlten betrachtete, spürte er, daß alle hier Ulric entweder bereits verurteilt hatten oder so stimmen würden, wie sie es für ihren eigenen Clan als am vorteilhaftesten erachteten. *Ich könnte heute die Verkörperung der Beredsamkeit sein, und es würde nicht den geringsten Unterschied machen.*

Ulric blickte auf die versammelten Khane. »Eidgefährten nah und fern, dieser Schwur bindet uns nun und für alle Zeiten und weiter bis ans Ende aller Dinge. Wir sind hier versammelt, um über den Wahrheitsgehalt einer schweren gegen mich erhobenen Anschuldigung zu richten. Es wird behauptet, ich plane den Völkermord an den Clans und habe zu diesem Zweck einen Waffenstillstand abgeschlossen, der es unmöglich machen wird, uns gegen die Truppen der Inneren Sphäre zu verteidigen.«

Vandervahn Chistu, der jüngere Khan der Jadefalken, erhob sich von seinem Platz. »Ich stehe heute vor meinen Eidgefährten und Mit-Khanen in diesem Großen Konklave, und ich beschuldige Ulric Kerensky des Völkermords.«

»Und so beginnt es«, stellte Ulric gelassen fest. Er gab etwas in die Computerkonsole an seinem Platz ein, dann blickte er auf. »Im Interesse der Kürze gestattet das Kriegsrecht beiden Seiten nur einen Sprecher. Wer wird als Ankläger vor das Konklave treten?«

Der andere Khan der Jadefalken stand auf. »Diese Ehre beansprucht Elias Crichell, ilKhan.«

Crichells Bereitschaft, Ulric anzugreifen, überraschte Phelan. Er hatte erwartet, Lincoln Osis, der Khan der Nebelparder, würde das Recht der Anklage beanspruchen. Die Nebelparder waren nicht minder lautstarke Verfechter der Kreuzritterposition als die Jadefalken, und ihr Khan Leo Showers war der ursprüngliche ilKhan der Invasion gewesen. Erst Leo Showers' Tod hatte die Wahl eines neuen ilKhans notwendig gemacht, und Ulrics Erfolge bei der Invasion hatten ihn zum logischen Anwärter für das Amt des neuen Khans der Khane, des Anführers aller Clans, gemacht. Hätte einer der ihren die Anklage gegen Ulric vertreten, hätten die Nebelparder eine Chance gehabt, ihr verlorenes Prestige zurückzugewinnen. Die Tatsache, daß es anders gekommen war, bedeutete entweder eine vorherige Absprache oder eine Verlagerung im Machtgefüge.

Als Phelan sich die Situation durch den Kopf gehen ließ, wurde das Bild allmählich klarer. Die Jadefalken hatten bei der Invasion mehr Systeme erobert als die Nebelparder, was ihnen einen gewissen Vorrang gab, den Anspruch der Überlegenheit. Hinzu kam, daß die Nebelparder die Schlacht um Luthien, die Zentralwelt des Draconis-Kombinats, verloren hatten, und noch dazu gegen zwei Söldnereinheiten – eine Schande, durch die sie weiter an Einfluß einbüßten. Schließlich hatte Lincoln Osis Ulric bereits vor vier Jahren des Verrats angeklagt und war nach Phelans Verteidigungsrede im Großen Konklave unterlegen.

Der junge Khan war etwas beunruhigt, daß er den Vorstoß der Jadefalken nicht vorhergesehen hatte, aber eigentlich hätte er davon nicht überrascht werden dürfen. Wie Ulric bereits festgestellt hatte, erwartete keiner der Kreuzritter, daß diese Verhandlung zu einem internen Clannerkrieg führen würde, und so machte die Leichtigkeit, mit der die Wölfe die Jadefalken über die gemeinsame Grenze ihrer Besatzungsgebiete hinweg anfallen konnten, diesen nichts aus. Wahrscheinlich hatten die Jadefalken bereits Truppen zusammengezogen, um in Richtung Terra vorzustoßen, sobald der Waffenstillstand aufgehoben wurde. Die Rolle des Anklägers in der Verhandlung gegen Ulric würde Elias Crichell zum führenden Kandidaten für den Posten des neuen ilKhans machen.

Elias Crichell legte eine Hand auf den grün emaillierten Falkenkopfhelm auf seinem Platz. Mit der anderen schlug er seinen Federumhang zurück, bevor er das Wort ergriff. Mit sechzig Jahren war er nach Clanbegriffen ein Greis, aber er war ein so erfahrener Politiker, daß er die Macht bei den Jadefalken noch immer fest im Griff hatte. »IlKhan Ulric Kerensky, meine Eidgeschwister und Mit-Khane hier und in der Ferne, die Anklage gegen Ulric Kerensky ist die schwerste, die je gegen einen ilKhan oder Clan erhoben wurde. Die bei weitem schlimmste, denn Ulric Kerensky hat sich nicht verschworen, das genetische Erbe *eines* Clans auszulöschen, sondern das *aller* unserer Clans. In seiner exzentrischen Sicht des Universums scheinen *wir* Clans zum Inbegriff alles Bösen geworden zu sein. Er hat Schwarz und Weiß vertauscht, uns hinter den Spiegel geschoben, so daß alles, was wir bisher wußten, in sein Gegenteil verkehrt ist, und jede Maßnahme, die er im Einklang mit unseren Traditionen trifft, ist darauf gerichtet, eben diese Traditionen zu zerstören.«

Crichells blaue Augen funkelten, als er sich in der Kammer umsah, dann fixierte er eine der Kameras, die seinen Monolog zu den in der Ferne mithörenden Khanen übertrug. »Der Wahrheitsgehalt dieser Anklage steht außer Zweifel, denn unsere bloße Existenz ist bereits ein Beweis. Wenn der Waffenstillstand von Tukayyid nach fünfzehn Jahren ausläuft, werden wir alles vergessen haben, was wir über die Kriegführung in der Inneren Sphäre wissen. Nicht nur wird unseren Truppen diese Erfahrung abgehen, die Armeen der Inneren Sphäre werden ihre Taktiken modifiziert haben, so daß wir ihnen nichts entgegenzusetzen haben. So stellt sich die Lage dar: Wir werden keine erfahrenen Kommandeure mehr besitzen, und diese werden ebenso unerfahrene Truppen ins Feld führen müssen. Die enorme Schwere von Ulrics Verbrechen ist offensichtlich. Fragt euch, so wie ich es getan habe, warum sollte Ulric sein eigenes Volk zum Untergang verdammen wollen? Was hat ihn verändert? Warum verrät er uns? Was waren die Warnzeichen, die wir offensichtlich übersehen haben?« Crichell strich sich das dachsgraue Nackenhaar glatt und fuhr fort. »Die Wölfe waren schon immer nur allzu gerne bereit, die von unserem Gründervater Nicholas Kerensky eingesetzten Traditionen zu revidieren. Sie haben das Recht dazu beansprucht, weil Nicholas einer der ihren war, und wir haben ihnen lange gestattet, sich hinter diesem Anspruch zu verstecken. Aber auch wenn wir früher blind waren, kann heute niemand unter uns mehr daran zweifeln, daß ihre angebliche Flexibilität nie etwas anderes als ein Deckmantel für Revisionismus und Revolution war. Von Anfang an durch diese Neigung zur Veränderung infiziert, ist Ulric unter den Einfluß dreier bösartiger Individuen gefallen. Zwei von ihnen wurden auf Posten weit über ihre Qualifikation berufen. Natascha Kerensky, *falls* es sich tatsächlich um dieselbe Frau handelt, die vor einem halben Jahrhundert die Clans verließ, ist von der Inneren Sphäre verführt worden und hat einen verderblichen Einfluß auf den Khan. Mit Phelan Ward hat Ulric für Informationen, die es ihm gestatteten, während der Invasion schneller vorzustoßen, seine Seele verkauft. Durch Phelan gelang es der Inneren Sphäre, einen der ihren – jemanden, den sie kontrollieren kann – in eine unserer Machtpositionen einzuschleusen, und der Waffenstillstand war ihre Belohnung.«

Der ältere Jadefalken-Khan machte eine Pause, so daß niemandem der Ausdruck tiefster Verachtung auf seiner Miene entging. »Ulrics dritter Mitverschwörer war die Person, bei der er sich während der Invasion Rat holte und mit der er diesen Waffenstillstand aushandelte. Präzentor Martialum Anastasius Focht wurde mit einem Sieg belohnt, der ihn in den Augen der Inneren Sphäre zu einem Krieger machte, der an Statur dem legendären Aleksandr Kerensky gleichkommt. Und als wäre diese Obszönität noch nicht schlimm genug, wird Ulric vor Focht kniefällig und ersucht um seine Erlaubnis dafür, daß Clan-Mitglieder über die Grenze zur Inneren Sphäre bewegt werden dürfen. Daß ein Clansmann so zum Bittsteller erniedrigt wurde, ist eine Blasphemie reinsten Wassers. Diese vier, Ulric Kerensky, Anastasius Focht, Phelan Ward und Natascha Kerensky, sind ein geheimes Bündnis eingegangen, dessen Ziel nichts minder als die Gründung eines neuen Sternenbundes ist. Phelan Ward ist ein Vetter Victor Steiner-Davions, der den Thron des Ersten Lords besteigen wird, sollte dieser Plan gelingen. Er wird Omi Kurita heiraten, und ihre Reiche werden sich vereinigen. Als sein Feldherr wird Kai Allard-Liao fungieren, der Schlächter von Twycross, und ihre erste Maßnahme wird die Eroberung der Konföderation Capella sein, auf deren Thron Kai Allard-Liao Anspruch erheben wird. Anschließend wird er Katrina Steiner-Davion heiraten. Als letztes Reich wird die Liga Freier Welten fallen, und Thomas Mariks Tochter wird gezwungen werden, Peter Steiner-Davion, Victor Steiner-Davions Bruder, zu heiraten.«

Phelan schüttelte den Kopf. Das war ganz und gar hirnrissig. Wahrscheinlich entsprach es der Wahrheit, daß Victor Davion und Omi Kurita ineinander verliebt waren, aber sie waren weder Liebhaber, noch hegte auch nur einer der beiden die Illusion, sie könnten eines Tages heiraten. Kai hatte Gerüchten zufolge, deren Ursprung Taman Malthus – ein Jadefalke – war, bereits eine Frau gefunden, und es handelte sich nicht um Katrina Steiner. Crichells übrige Erklärungen waren blanke Hirngespinste, aber sie klangen vage plausibel und mochten den anderen Khanen tatsächlich Angst einjagen.

»Und welche Rolle sieht Ulric für sich und die Clans in dieser neuen Ordnung, diesem neuen Sternenbund?« Crichell hob seinen dicken Zeigefinger. »Er will der neue Aleksandr Kerensky werden. Er will uns diesem Victor Steiner-Davion unterordnen. Man wird uns *benutzen,* um die Konföderation Capella zu unterwerfen. Man wird uns *benutzen,* um die Liga Freier Welten zur Ordnung zu rufen. Man wird uns *benutzen,* um Banditen zu jagen, korrupte Herrscher zu stützen und ebenjene Übel der Inneren Sphäre zu fördern, derentwegen unsere Vorfahren ihr vor so langer Zeit den Rücken kehrten. Niemand von uns würde freiwillig ein Dasein als Marionette Victor Steiner-Davions fristen, aber Ulrics Waffenstillstand wird uns keine andere Wahl lassen. Blicken wir zehn Jahre in die Zukunft, lassen die Waffenstillstandsuhr weiter vor sich hin ticken, und wir sehen, wie er uns einredet, daß wir gegen die Innere Sphäre nicht siegen können. Er wird unser Selbstvertrauen untergraben und uns Ruhm in einer Rolle versprechen, in der wir uns den Zielen der Inneren Sphäre anpassen. Er wird einer Vereinigung mit der Inneren Sphäre das Wort reden, und wohin kann das führen, wenn nicht zu unserer *Absorption!*«

Phelan stieß zischend die Luft zwischen den Zähnen aus, als Crichell von »Absorption« sprach. Von ursprünglich zwanzig Clans waren einer vernichtet und zwei *absorbiert* worden. Clan Witwenmacher war von den Wölfen absorbiert worden, und das rote Sanduhrsymbol, das Natascha als persönliches Wappen führte, zeugte vom Witwenmacher-Blut in ihren Adern. Clan Mungo war von den Nebelpardern absorbiert worden, aber von ihm war nichts geblieben, kein Symbol, kein Hinweis, nichts. Die vollständige Auslöschung eines Clans durch Absorption gehörte zu den schlimmsten Ängsten aller Clanführer, und Crichell hatte diese Angst benutzt, um einen Pflock durch Ulrics Herz zu treiben.

Crichell nickte langsam. »Wir wissen, was Ulric plant, weil wir aus seinem Handeln seine wahren Absichten herauslesen können. Die einzige Möglichkeit, unseren Untergang aufzuhalten, besteht darin, ihn seines Amtes zu entheben, den Waffenstillstand für ungültig zu erklären und den heiligen Krieg fortzuführen, an dessen Vollendung er uns gehindert hat.«

Ulric blickte zu Phelan. »Deine Antwort?«

Phelan nickte und trat vor. *In einer Million Jahre hätte ich nicht vorhersehen können, daß ich Ulric gegen einen solchen Angriff würde verteidigen müssen.* Er legte sich die Karten mit seinen Argumenten zurecht, dann schüttelte er den Kopf. *Wir haben von Anfang an gewußt, daß wir nicht gewinnen können, aber möglicherweise hat Crichell sich einen Bärendienst erwiesen. Meine Aufgabe hier besteht darin, die Stimmendifferenz zwischen unseren Lagern zu verringern, und die paranoiden Wahnvorstellungen, die er hier abgelassen hat, könnten mir die Chance dazu liefern.*

»Ich weiß nicht, wie ich Khan Elias Crichell widerlegen soll, da seiner Argumentation jede Triftigkeit abgeht. Ich bin jedoch gehalten, sie zu *kritisieren,* da dies für pure Fiktion die angemessene Vorgehensweise ist. Das hier von ihm vorgestellte Szenarium enthält eine Reihe interessanter Punkte, ihm fehlt jedoch jede reale Grundlage. Er überfällt euch mit Konzepten, die in euch *Angst* wecken sollen. Offenkundig unterschätzt er dabei Verstand und Können *jüngerer* Generationen. Hütet euch bei der Einschätzung seiner Rede! Khan Elias hat euch auf subtile Weise hinters Licht geführt. Er mahnt euch zu erkennen, daß ihr euch in einer Spiegelwelt befindet, an einem Ort, an dem Ulric all das, was er getan hat, in Wirklichkeit *nicht* getan hat. Folgt man diesem Denken, sieht man, daß der Khan, der die meisten Welten erobert hat, die *wenigsten* eingenommen hat.« Phelan machte eine Pause, um diesen Widerspruch einsinken zu lassen. »Indem er euch auffordert, eure Sicht der Dinge zu verändern, führt Elias euch in die Irre, weitab von dem, was euch zu Khanen gemacht hat. Er nimmt euch die Kontrolle und die Gewalt über euren eigenen Verstand. Er fordert euch auf, ihm euer Urteilsvermögen unterzuordnen. Er will euer Vertrauen, dieser Mann, dieser Khan, dessen Truppen auf Twycross von einem *einzelnen* Krieger der Inneren Sphäre abgeschlachtet wurden.«

Phelan klopfte mit den Knöcheln auf das Rednerpult. »Laßt euch den Verstand nicht vernebeln. Benutzt ihn. Seht euch sein Szenarium an. Er bietet nicht den geringsten Beweis für eine Verschwörung zwischen Anastasius Focht, Khanin Natascha und mir mit ilKhan Ulric an. Wie könnte er auch, da er sie frei erfunden hat. Und was er an Indizien vorbringt, verfälscht er. Er erwähnt, daß Victor Davion und ich verwandt sind, vergißt aber darauf hinzuweisen, daß wir schon seit Jahren nur Verachtung füreinander empfinden. Zu dem Zeitpunkt, als ich Khan Crichell zufolge mit Victor ein Komplott zur Gründung eines neuen Sternenbundes geschmiedet haben soll, herrschte Victors Vater, Hanse Davion, über das Vereinigte Commonwealth. Victor war so weit von den Korridoren der Macht entfernt, daß er auf ein Himmelfahrtskommando tief ins Innere der Nebelparder-Besatzungszone geschickt wurde. Und seit ich hier bei den Wölfen bin, hatten die angeblichen Verschwörer ganz offensichtlich keine Gelegenheit mehr, sich zu verschwören. Außer in Khan Elias Crichells furchtbaren Fieberträumen.«

Phelan breitete die Arme aus. »Es ist kein Geheimnis, daß die Jadefalken die Wölfe hassen. Es ist ebensowenig ein Geheimnis, daß sie Kreuzritter sind und die Tatsache hassen, daß ein Bewahrer *alle* Kreuzritter-Clans bei ihren Anstrengungen, die Innere Sphäre zu erobern, übertroffen hat. Und ganz besonders schmerzhaft ist es für die Jadefalken, daß die Wölfe diesen Triumph mit Truppen erreichten, die nach derselben Methode ausgebildet waren, nach der wir sie auch heute ausbilden. Die Jadefalken haben zu Recht wenig Zutrauen in ihre Ausbildungsmethoden. Wahrscheinlich hat Khan Elias Crichell Angst, die Innere Sphäre könnte dabei sein, Kader aus einzelnen Kriegern darin auszubilden, ganze Jadefalken-Einheiten innerhalb von Sekunden auszulöschen. Wäre *ich* ein Jadefalke, und hegte *ich* solche Ängste, würde ich mich auch in eine Spiegelwelt flüchten, in der eine Niederlage ein Sieg ist und ein Sieg als Versagen verachtet wird.« Phelan deutete auf den ilKhan. »Ihr alle wißt, daß Ulric uns zum Sieg über die Innere Sphäre geführt hat. Ihr alle wißt, daß es der Hunger nach persönlichem Ruhm war, der die Clans auf Tukayyid verraten hat, und keine fiktive Verschwörung von seiten des ilKhan. Das ist die Wahrheit, und wir alle hier wissen es. Ihr könnt mit euren Stimmen diese Wahrheit negieren und euch Khan Crichell in seinem Spiegelkabinett aus Verfolgungswahn und Wunschträumereien anschließen. Wenn ihr das tut, vernichtet ihr Ulric, und ihr vernichtet die Clans. Stimmt mit Ulric, und ihr werdet Anteil an der Wahrheit unserer ruhmreichen Zukunft haben.«

Phelan setzte sich, und Natascha lehnte sich zu ihm

hinüber. »Gute Arbeit, Phelan. Du hast den Video-Khanen Stoff zum Nachdenken gegeben.«

»Keine Chance, daß wir gewinnen?«

»Du warst gut, Phelan, aber *so* gut hätte keiner sein können.« Natascha lächelte. »Doch erwarte ich eine erhebliche Reduzierung der Stimmen gegen uns, und das könnte auf lange Sicht entscheidend sein.«

Ulric rief zur Abstimmung. Vier der Invasorenclans – Jadefalken, Nebelparder, Novakatzen und Stahlvipern – stimmten geschlossen für einen Schuldspruch. Geisterbären und Wölfe stimmten für einen Freispruch. Die übrigen Clans waren in Kreuzritter und Bewahrer gespalten, und in manchen Fällen hoben sich die Stimmen der beiden Khane gegenseitig auf. Das Endresultat betrug neunzehn Stimmen gegen und fünfzehn Stimmen für Ulric.

Nachdem die letzte Stimme abgegeben war, stand Ulric auf. »Der Antrag ist angenommen. Ich bin nicht länger ilKhan, aber ich teile euch hiermit mit, daß ich einen Widerspruchstest verlange. Das Verhältnis von Schuld- zu Freispruchstimmen beträgt eins komma zwo sechs zu eins. Ihr habt einen Monat für die Entscheidung, wer gegen mich und meine Einheiten antritt, um das Abstimmungsergebnis zu bestätigen.«

Khan Elias Crichell stand mit einem strahlenden Lächeln auf. »Ulric Kerensky, zieh deinen Widerspruch gegen das Urteil zurück. Laß uns die Invasion wiederaufnehmen, die wir vor fünf Jahren abgebrochen haben. Laß uns einen neuen ilKhan wählen – ich bin sicher, er wird deinen Wölfen gestatten, an der neuen Invasion teilzunehmen. Sicher siehst du ein, daß es keinen Grund für uns gibt, gegeneinander zu kämpfen, wenn es so vieles gibt, für das wir gemeinsam kämpfen könnten.«

Ulric wirkte überrascht. »Hast du *Angst* vor einem Kampf gegen die Wölfe, Elias Crichell?«

»Nein, natürlich nicht«, erwiderte Crichell in väterlichem Tonfall. »Ich will nur, daß du vernünftig bist.«

»Ich bin äußerst vernünftig.« Ulric lächelte nun ebenfalls, aber es war das kalte Lächeln eines Wolfs. »Es ist nur vernünftig anzunehmen, daß du gegen die anderen Clans um das Recht bieten wirst, deinen Sieg zu verteidigen, frapos?«

»Pos, wenn es sich nicht vermeiden läßt. Ich habe diese Anklage nicht aus einer Vendetta gegen dich oder deine Wölfe heraus unterstützt.«

»Ich habe auch niemals angenommen, Elias Crichell, daß dein Motiv persönlicher *Haß* war.« Ulric schüttelte den Kopf. »Ich hingegen hege einen Haß auf die Kreuzritter und sogar auf deine Jadefalken. Ich habe es ganz bewußt soweit kommen lassen, *damit* ich gegen dich und deine Jadefalken kämpfen kann. Du hast vielleicht schon vorher gewußt, daß du diese Abstimmung hier im Großen Konklave gewinnen würdest, aber *ich* habe entschieden, was du gewinnen würdest.« Das Gelächter des ehemaligen ilKhans hallte durch den Saal. »Du hast die Wölfe gewonnen und mehr Kampf, als du dir je erträumt hast.«

Palast des Marik, Atreus
Marik-Commonwealth, Liga Freier Welten

Sun-Tzu Liao kämpfte um einen neutralen Gesichtsausdruck. Inzwischen waren fünf Wochen vergangen, seit er seinen Agenten auf New Avalon befohlen hatte zuzuschlagen. Es hatte ihn nie interessiert, daß ihre Erfolgschancen minimal waren. Wenn es ihnen gelang, eine Blutprobe zu beschaffen und einen PatMat-Test durchzuführen, wollte Sun-Tzu das Ergebnis manipulieren und Thomas anschließend präsentieren, um ihn zu überzeugen, daß es zu einem Austausch gekommen war. Versagten sie und kamen bei dem Versuch ums Leben, wollte er Thomas von seinem Verdacht berichten und seinen zukünftigen Schwiegervater dazu überreden, ihn bei seinen Anstrengungen gegen Victor zu unterstützen.

Er konnte eigentlich nicht verlieren, aber das Warten hatte an ihm genagt wie eine Krankheit. Als er keine Rückmeldung erhielt, befürchtete er zunächst, seine Agenten wären entlarvt und sein Plan aufgedeckt worden. Dann hatte sich in ihm der Verdacht breitgemacht, daß seine Agenten entschieden hatten, die Aufgabe sei unmöglich, und den Auftrag einfach ignorierten. Dieser Gedanke erschien ihm erniedrigend, und er verfluchte seine Mutter dafür, kein besseres Agentennetz im Vereinigten Commonwealth unterhalten zu haben.

Und nun die Aufforderung, vor Thomas zu erscheinen. Just im Augenblick, in dem er mit dem Blakes-Wort-Präzentoren zusammen Thomas' Büro betrat, hatte der Capellaner an der Miene des Generalhauptmanns erkannt, daß seine Operation erfolgreich gewesen war. Er war erstaunt über die Kontrolle, die Victor Davion über die Medien ausüben mußte, um auch nur die kleinste Meldung von dem Überfall verhindert zu haben, aber offensichtlich wußte Thomas mehr. Und seinem beunruhigten Gesichtsausdruck nach zu schließen, war es nichts Gutes.

»Danke, daß Sie so schnell gekommen sind, Sun-Tzu.«

Sun-Tzu verneigte sich. »Es ist immer wieder ein Vergnügen, Ihre Gegenwart genießen zu dürfen, Generalhauptmann.«

»Es wäre schön, wenn dem so wäre, Kanzler Liao, aber ich fürchte, Sie übertreiben.« Thomas ließ sich in seinen Sessel fallen und stieß einen tiefen Seufzer aus. »Ich sehe Schwierigkeiten voraus und muß Sie um eine Reihe von Gefälligkeiten bitten. Ich weiß nicht, ob ich das Recht habe, Sie so in Anspruch zu nehmen, aber mir bleibt keine Wahl.«

Die Verwendung seines Titels überraschte Sun-Tzu, aber er faßte sich schnell wieder. Es war nicht zu übersehen, daß der Generalhauptmann nicht ganz bei der Sache war, eine Tatsache, die seiner Aufmerksamkeit ebensowenig entging wie eine durch das Gras huschende Feldmaus der eines Falken. »Es wäre mir eine Ehre, Ihnen dienen zu können, Generalhauptmann.«

Thomas nickte, lauschte der Antwort aber nur mit halbem Ohr. »Sie unterhalten eine Reihe subversiver Gruppen und revolutionärer Truppeneinheiten in der Mark Sarna, wenn ich mich nicht irre?«

»In der Tat. Meine Zhanzheng de Guang sind auf einer Reihe von Davion-Welten aktiv. Ich verfüge darüber hinaus über Verbindungen zu gewissen Tongs und Liao-loyalen Gruppierungen.«

»Gut«, stellte Thomas fest. »Es hat sich eine Situation ergeben, die mich zwingt, in Verhandlungen mit Victor Davion zu treten. Ich würde Ihre Agenten in der Mark Sarna gerne dazu einsetzen, in einer Weise Druck auf ihn auszuüben, die ihn zu einem Abschluß in meinem Sinne geneigter macht. Dazu möchte ich den Eindruck erwecken, daß wir über bestimmte Fragen geteilter Meinung sind. Sie werden auf Ihre Zentralwelt Sian zurückkehren.«

Sun-Tzu setzte eine zweifelnde Miene auf. »Ich weiß, Sie beabsichtigen nichts dergleichen, Generalhauptmann, aber man könnte Ihre bisherigen Vorschläge – eine vorgetäuschte Streitigkeit und gesteigerte Aktivitäten meiner Leute in der Mark Sarna – als einen Versuch auslegen, mich abzuschieben, während Sie sich mit Victor Davion verschwören, mein Reich aufzuteilen. Ich persönlich würde so etwas nie von Ihnen erwarten, aber es ließe sich so auslegen.«

Thomas öffnete den Mund, sagte aber nichts.

Schließlich schloß er ihn wieder und nahm sich sichtlich zusammen, bevor er antwortete. »Sie haben recht, man könnte diesen Eindruck bekommen. Wie könnte ich Sie davon überzeugen, daß ich nicht vorhabe, Sie dem Wolf zum Fraß vorzuwerfen?«

»Da wäre die Sache mit dem Hochzeitstermin.«

»Ach ja, Isis.« Der Generalhauptmann nickte nachdenklich. »In sechs Monaten werden wir bekanntgeben, daß die Hochzeit etwa weitere sechs Monate später stattfinden wird.«

»Das ist akzeptabel, aber Versprechen sind schnell gebrochen. Nicht, daß ich Ihnen so etwas unterstellen würde, aber falls es zu einem Staatsstreich kommen sollte ...«

»Sie haben recht. Nehmen Sie Isis mit nach Sian. Sie können sie dort als Geisel festhalten, so wie Victor meinen ...« Thomas' Stimme versagte, und er bedeckte das Gesicht mit den Händen.

Hier geht irgend etwas vor. Sollte meine Operation aufgedeckt haben, daß Victor Joshua tatsächlich *gegen einen Doppelgänger ausgetauscht hat? So dumm kann Davion doch nicht sein?* Sun-Tzu unterdrückte seine Begeisterung. »Sie wäre keine Geisel, Thomas, sondern meine geliebte zukünftige Braut.«

»Ja, ich weiß, Sie würden für ihre Sicherheit sorgen.« Thomas zog die Nase hoch, dann sah er zu Sun-Tzu auf. »Ich werde die Kosten für diese zusätzlichen Aktionen tragen, und meine Truppen werden bereitstehen, Davion-Invasoren zurückzuwerfen, sollte Victor sich entscheiden, gegen Sie vorzugehen. Außerdem werde ich Truppenbewegungen mit dem Capellanischen Heer koordinieren, um dem Davion-Geheimdienst die Arbeit zu erschweren.«

»Sehr gut. Wann reise ich ab?«

»Noch diese Woche. Präzentor Malcolm wird Ihnen helfen, Befehle an Ihre Guerilleros zu versenden, so daß ihre Aktionen anlaufen können, bevor Sie auf Sian eingetroffen sind. Ich nehme an, Sie werden Mitte September dort eintreffen, aber ich brauche einen früheren Start unserer Maßnahmen.«

»Es soll geschehen, Thomas.« Sun-Tzu lächelte stolz. »Zusammen werden wir Victor eine Lektion erteilen, die sein Vater nie gelernt hat.«

17

> … Selbsterhaltung, für Staaten noch in weit stärkerem Maße das Erste Gebot als für Menschen; denn keine Regierung ist berechtigt zu jenem letzten Opfer, das ein einzelner aus den nobelsten Beweggründen bringen mag.
>
> – ALFRED THAYER MAHAN,
> *Der Einfluß der Seemacht auf die Geschichte*

Zürich
Mark Sarna, Vereinigtes Commonwealth

18. August 3057

Die Art, wie der Ausdruck völliger Überraschung auf Cathys Gesicht in ebenso totale Erleichterung überging, bewies Noble Thayer, daß er die richtige Entscheidung getroffen hatte, als er trotz der Notsituation zum Rencide-Medozentrum gefahren war. Er stellte den Karton mit chinesischem Essen auf der Rezeption ab und umarmte sie. »Du siehst aus, als könntest du das gebrauchen, Mädchen.«

Sie warf ihre Arme um seine Schultern, achtete dabei aber darauf, mit ihrem blutigen OP-Kittel nicht an sein weißes Hemd oder die blaue Jacke zu kommen. »Als ich jemand gebeten habe, dich anzurufen und unsere Verabredung abzusagen, habe ich nicht erwartet, dich heute noch zu sehen.«

Noble löste sich weit genug, um ihr einen schnellen Kuß geben zu können. »Es ist auch schon morgen, Schätzchen.« Er zuckte die Achseln. »Ich mußte kommen. Ich wußte, daß ihr hungrig sein müßt, und da das *Mandrinn's Dragon* nicht ins Haus liefert …«

»Es war das reinste Chaos, aber vor zehn Minuten sind wir doch noch aus dem OP gekommen, und jetzt sitzen alle im Aufenthaltsraum. Komm mit.« Sie wartete, bis er den Karton aufgenommen hatte, dann führte sie ihn von der Notaufnahme an mehreren blutüberströmten Bahren vorbei zum Aufenthaltsraum. Kaffeeduft und Schweißgestank wetteiferten miteinander, und der Geruch von Blut gab dem Aroma des Raumes einen kupferartigen Unterton. Anne Thompson und Rick Bradford saßen am runden Tisch und starrten auf die Zuckerdose, als könnten sie deren Inhalt durch reine Willenskraft zum Kochen bringen.

Noble schob den Karton vorsichtig über den Tisch in ihr Sichtfeld, als habe er Angst, er könne explodieren. Beide blinzelten, dann sahen sie zu ihm auf. Es dauerte mehrere Sekunden, bis sie ihn erkannten, aber dann trat ein Lächeln auf ihre Gesichter.

Rick warf einen Blick über den Rand des Kartons. »Genau das hätte der Onkel Doktor verschrieben, wenn er noch die Kraft dazu gehabt hätte, den Visiphonhörer abzunehmen.«

Noble zuckte die Schultern. »Das war das mindeste, was ich tun konnte. Die Nachrichten sind voll mit Berichten über den Zhanzheng-de-Guang-Anschlag auf die New-Syrtis-Bank-Filiale. Ich nehme an, ihr habt die schweren Fälle bekommen, während die Leichtverletzten ins Daosha Kommunal gekommen sind.«

Anne nickte, während sie Cathy half, die Packungen mit den einzelnen Gerichten aus dem Karton zu holen und zu verteilen. »Das Daosha-Kommunalkrankenhaus ist im Grunde ein Ambulanzzentrum mit sehr beschränkter Bettenzahl. Unser Traumazentrum ist besser, und wir haben den neuen Magnetresonanz-Scanner. Die Möglichkeit, mit dem MRS die Schrapnellsplitter vor der Operation exakt zu lokalisieren, war die einzige Chance des Busfahrers.«

Bradford sank wieder auf seinen Stuhl. »Wenn Deirdre hier gewesen wäre, hätte sie ihn retten können.«

Noble ging zum Büffet und holte Teller. »Laut Holovid hat sich der Fahrer auf eine Granate geworfen, die ein Zhanzheng de Guang mitten unter die Schulkinder warf. Mit so einer Bauchwunde hatte er schon gehöriges Glück, den Transport ins Krankenhaus noch zu überleben.«

»Du hast recht, aber er *war* noch am Leben, als er hier eintraf. Er war ein Kämpfer, und ich wollte ihm wirklich eine Chance geben.« Rick schüttelte den Kopf und starrte auf den Tisch. »Andererseits war sein Innenleben dermaßen zerfetzt, daß er nie wieder hätte gehen können, und von seinem Darm war auch nicht viel zu retten. Der Nierenschaden hätte ihn für den Rest seines Lebens an eine Dialysemaschine gefesselt.«

»Ich verstehe nicht, wie jemand so etwas tun kann.« Cathy öffnete eine Portion mit einem dampfenden Zitronenhühnchen, und der Raum füllte sich mit dem scharfen, süßen Duft des Essens.

Noble reichte ihr einen Löffel. »Er sah es als seine Pflicht an, die Kinder zu beschützen.«

»Nein, ich meinte die Zhanzheng de Guang – eine Handgranate in eine Gruppe Kinder zu werfen? Sie waren gerade erst im zweiten Schuljahr.«

Anne brach ein Paar Eßstäbchen auseinander und rieb sie, um die Splitter zu entfernen. »Es sind Terroristen. So einfach ist das.«

»Sie haben die Bank ausgeraubt, um sich Betriebskapital zu verschaffen. Außerdem war es eine politische Aktion, denn ein Angriff auf eine Bank macht die Leute unsicher. Das führt zu Angst und Instabilität.« Noble löffelte etwas Huhn nach Art General Tsos auf den Teller. »Sie wollen deutlich machen, daß die Regierung nicht in der Lage ist, die Bürger zu beschützen. Sie decken auf, wie hohl der Anspruch der Regierung ist, Sicherheit zu bieten, und das hat Auswirkungen auf andere Bereiche. Sie stellen sich als logische Alternative zur Regierung dar.«

Anne sah ihn an. »Aber kaum als wünschenswerte

Alternative, wenn sie herumlaufen und siebenjährige Kinder umbringen.«

»Nun, sie sehen es anders. Die Aktion beweist nur, daß Kinder auf der Straße nicht sicher sind. Wenn die Eltern befürchten müssen, daß ihre Kinder in Gefahr sind, lassen sie die Kleinen nicht mehr zur Schule. Das führt zu Unzufriedenheit. Wenn die Eltern die Terroristen unterstützen, werden ihre Kinder nicht mehr zu Zielscheiben.« Noble hielt ein, die Stäbchen über dem Teller. »Ich habe über die Zhanzheng de Guang und ihren Anführer, Xu Ning, nachgelesen …«

Rick Bradford sah hoch. »Materialsuche für deinen nächsten Charlie-Moore-Roman?«

Nick wurde verlegen. »Ja.« Er warf Cathy einen Blick zu.

Sie zuckte die Schultern. »Es ist ein gutes Buch. Ich wollte dir nur Leser verschaffen.«

Anne wischte sich den Mund. »Ich werd es mir kaufen.«

»Ich auch.« Rick deutete mit den Stäbchen in Nobles Richtung. »Aber du wolltest uns etwas über Xu Ning erzählen.«

»Xu studierte hier auf Zürich Politikwissenschaften, als das Vereinigte Commonwealth den Planeten eroberte. Er schloß sein Studium ab und brachte es bis zum Professor, aber im Laufe der Zeit verlor er immer mehr das Vertrauen in die feudalistische Regierung des VC. Seine im übrigen brillanten Schriften wurden immer stärker Davion-feindlich. Etwa zum Zeitpunkt von Hanse Davions Tod wurde Xu mit einem Bombenanschlag auf dem Quayloon-Campus der Uni Zürich in Verbindung gebracht. Er floh hierher auf den Südkontinent und gründete mit capellanischem Geld und Sun-Tzus voller Unterstützung die Zhanzheng de Guang.«

Cathy wischte sich den Mund. »Du willst sagen, Xu Ning weiß, was er tut?«

Noble schüttelte den Kopf. »Er *glaubt* zu wissen, was

er tut. Ich habe mir einen Teil seiner Schriften angesehen, und es scheint mir, seine Lösung für die Umstrukturierung unserer Klassengesellschaft ist die völlige Abschaffung aller Rang- und Klassenunterschiede. Und damit meint er nicht nur kosmetische Veränderungen – er will eine Gesellschaft, in der alle gleich sind. Und das bedeutet, wir müssen alle noch einmal ganz von vorne anfangen und die richtige Denkweise lernen.«

»Läuft das etwa auf Umerziehungslager hinaus, wie sie ComStar auf den von den Clans besetzten Welten zu etablieren versucht hat?«

»Ich weiß es nicht, Rick, aber ich würde keine Wetten dagegen abschließen.« Noble griff ein Stück Hühnerfleisch mit den Eßstäbchen. »Ich wage nicht daran zu denken, was aus Zürich werden würde, sollte Xu Nings Revolution gelingen.«

Rick sah in Richtung Notaufnahme. »Wenn es so weitergeht, werde ich viel zu beschäftigt sein, um etwas davon zu merken.«

»Na, mit ein wenig Glück wird uns das erspart bleiben.« Noble schüttelte den Kopf. »Und wenn nicht, dann wollen wir hoffen, daß irgendwer da draußen Gleiches mit Gleichem vergilt.«

Tharkad City, Tharkad
Distrikt Donegal, Vereinigtes Commonwealth

Katrina rief Thomas Mariks Holovidbotschaft ein zweites Mal ab. Es war eine automatische Reaktion – sie stand noch unter Schock, so hatte die Information darin ihr zugesetzt. Sie konnte kaum fassen, was sie gehört hatte, und hoffte, bei der Wiederholung eine andere Botschaft aus Thomas' Worten lesen zu können.

Auf dem Monitor erschien das müde Gesicht des

Generalhauptmanns. »Ich sende Ihnen diese Nachricht mit äußerstem Respekt, Herzogin Katrina. Ihr Mitgefühl und die persönliche Beileidserklärung, als meine Frau starb, haben mich tief berührt. Sie haben mir auch deutlich gemacht, wie sehr Sie sich von Ihrem Vater und Ihrem Bruder unterscheiden, und wie ähnlich Sie Ihrer Mutter sind. Dafür bin ich zutiefst dankbar. Es fällt mir schwer, Ihnen diese Mitteilung zu machen, aber ich sehe mich dazu gezwungen, denn ohne diese Information können Sie die Lage nicht richtig einschätzen. Ich habe unanzweifelbare Beweise dafür, daß Ihr Bruder einen Doppelgänger an die Stelle meines Sohnes Joshua gesetzt hat. Da ich nicht über die Gründe für diesen Austausch informiert wurde, kann ich nur schließen, daß mein Sohn tot ist. Daraus folgt, daß die Handlungsweise Ihres Bruders die interne Sicherheit der Liga bedroht, denn der Austausch Joshuas gegen einen Betrüger würde Ihrem Bruder gestatten, eines zukünftigen Tages einen Davion-Agenten auf meinen Thron zu setzen und meine Nation seinem Willen zu unterwerfen.« Thomas legte den Kopf in den Nacken, als hoffe er, die Schwerkraft werde die Tränen in seinen Augen zurückhalten. Als er wieder in die Kamera blickte, lief eine einzelne Träne über seine narbenbedeckte Wange. »Ich werde Ihrem Bruder meine Beweise vorlegen und politische und planetare Zugeständnisse als Reparation für diese Tat verlangen. Für dieses unmenschliche Verbrechen muß er bestraft werden – ich bin sicher, daß Sie mir darin zustimmen. Die Art der Bestrafung wird von seiner Reaktion auf meine Anfrage abhängen, aber er wird seiner Strafe nicht entgehen.«

Katrina schauderte, als sie den Stahl in Thomas' Stimme vernahm. *Er trägt sich tatsächlich mit dem Gedanken, wegen Joshuas Tod gegen Victor in den Krieg zu ziehen. Er will es nicht, aber er schließt die Möglichkeit nicht mehr aus.*

»Bei der Formulierung meiner Forderungen an Ihren Bruder wurde mir bewußt, daß ich von ihm die Abtretung von Sonnensystemen verlangen könnte, an denen Sie ein Besitzinteresse haben. Da ich mich nicht im Konflikt mit Ihnen befinde und unser Verhältnis vielmehr als freundliche Neutralität charakterisieren würde, möchte ich Ihnen keine Unannehmlichkeiten bereiten. Ich bin mir bewußt, daß das Vereinigte Commonwealth eine Allianz ist, die von zwei Welten aus und von zwei sehr verschiedenen Persönlichkeiten regiert wird, aber ich erinnere mich an die Zeit vor dieser Union. Sie machen es einem leicht, sich vorzustellen, Ihre Großmutter, Katrina Steiner, stehe wieder am Ruder des Lyranischen Commonwealth. Mein Vater hatte sich davor gehütet, deren Zorn zu erregen, und ich habe kein Verlangen, Sie gegen mich aufzubringen. Daher wende ich mich mit der Frage an Sie, welche Welten der Mark Sarna Sie als Teil Ihres Reiches betrachten, so daß ich Sie bei meinen Forderungen an Ihren Bruder ausklammern kann.«

Thomas senkte den Blick auf seine verschränkten Hände, dann sah er wieder auf. Es war deutlich, daß er seine Worte sorgsam abwog. »Ich stamme aus einer Familie, in der Bruder gegen Bruder und Sohn gegen Vater kämpfte, und dies hat mich dazu geführt, besonderen Wert auf familiäre Loyalität zu legen. Sollten Sie das Gefühl haben, diese Botschaft an Ihren Bruder weiterleiten zu müssen, verstehe ich das. In mancherlei Hinsicht wäre es wahrscheinlich am besten für Sie, dies zu tun, da es Sie von jeder Schuld freisprechen würde. Ich habe nicht den Wunsch, einen Keil zwischen Sie und Ihren Bruder zu treiben, und ich werde Sie nicht gegeneinander ausspielen, aber ich betrachte Sie nicht als Einheit. Ihre Aktionen waren eindeutig positiver Natur, während die Ihres Bruders nur als grausam bezeichnet werden können. Daher möchte ich Ihnen versichern, daß ich Ihnen gegenüber keine feindseligen Gefühle für die Handlungsweise eines Bruders entgegenbringe, der sich Ihrer Kontrolle entzieht, auch wenn Sie sich gezwungen sehen sollten, ihn gegen mich zu unterstützen. Ich verabschiede mich, Katrina, und wünsche Ihnen von ganzem Herzen Gesundheit und Wohlergehen.«

Katrina schaltete den Holovidbetrachter ab und kehrte an ihren Schreibtisch zurück. Über die Computertastatur rief sie eine Hologrammkarte der Inneren Sphäre auf. Sie verengte die Darstellung auf die Grenze des Vereinigten Commonwealth mit der Liga Freier Welten und legte den Grenzverlauf vor dem Vierten Nachfolgekrieg über das Bild.

Dies verengte den Korridor beträchtlich, der die lyranischen Distrikte mit den alten Vereinigten Sonnen verband. Auch wenn die Weite des Raums und die Fähigkeit der Sprungschiffe, dreißig Lichtjahre in Nullzeit zu überbrücken, Grenzen illusorisch machte, reichte die Gesetzgebung der Sternenreiche bis in den Leerraum. Falls Thomas Victor soweit brachte, die im Jahre 3030 eroberten Systeme zurückzugeben, gewann die Liga die Kontrolle über einige der Handelsstraßen zwischen den Steiner- und Davion-Hälften des Vereinigten Commonwealth. Ein Schiffsverkehr würde auch weiterhin über das Solsystem möglich bleiben, aber dies machte einige Wege unnötig lang.

Nichts, was sich nicht beheben ließe. Sie studierte das Gebiet der Mark Sarna und schätzte den Wert jeder einzelnen Welt ab. Ein Teil der im Vierten Nachfolgekrieg von lyranischen Truppen eroberten Systeme war einen zweiten Blick mehr als wert, und Thomas' Angebot war eine Chance, diese Welten, die erst seit wenigen Monaten der Mark Sarna angehörten, zurück in die Isle of Skye zu integrieren, aber wie würde Thomas wohl darauf reagieren, wenn sie ihm sozusagen die Juwelen seines Anspruchsgebietes wegschnappte? Nein, das war es nicht wert. Und die wenigen ehemaligen

Liao-Welten, die einen industriellen oder kommerziellen Wert hatten wie Woodstock oder Nanking, lagen zu weit entfernt vom lyranischen Raum, um Anspruch auf sie zu erheben. Außerdem hätte Victor ihren Anspruch nicht anerkannt, und sie wollte eine direkte Konfrontation vermeiden.

Andere Welten von Wert lagen näher an Terra. In ihrer Funktion als Herzogin der Mark Sarna hatte Melissa häufig New Home und Keid besucht, Welten, deren Bewohner sie vergöttert hatten. Nach Melissas Tod hatten sie ihre Verehrung auf Katrina übertragen, und das war Grund genug, sie zu halten. Caph trieb regen Handel mit beiden Systemen, so daß auch diese Welt in das Paket geschnürt wurde.

Allerdings benötigte Katrina eine militärische Kontrolle dieser Welten, um sie unter ihrer Herrschaft halten zu können, wenn sie erst einmal der Kontrolle ihres Bruders entrungen waren. Zwischen Victor und ihren drei Systemen lag Northwind, Heimatwelt der gefürchteten Northwind Highlanders und seit langem heißumkämpft. Wenn sie diese unter ihre Kontrolle bringen konnte und im Anschluß daran die verschiedenen Highlandereinheiten von ihren Verpflichtungen auf anderen Planeten entband, so daß sie sich auf ihre Heimatwelt zurückziehen und um ihre eigenen Angelegenheiten kümmern konnten, während Thomas und Victor ihre Streitigkeiten lösten, war Katrina deren Loyalität sicher. Die Northwind Highlanders würden ein schmerzhafter Stachel in Victors Fleisch sein, sollte ihr Bruder versuchen, sie zu maßregeln.

Katrina erkannte, daß sie damit die ersten Schritte zur Auflösung der Allianz gehen würde, die mit der Hochzeit ihrer Eltern geschlossen worden war. Einen Augenblick lang erfüllte sie diese Vorstellung mit Angst, aber dann wurde ihr klar, daß der Bruch unaufhaltsam war. Genaugenommen hatten das Lyranische Commonwealth und die Vereinigten Sonnen außer ihren Feinden nie auch nur die geringste Gemeinsamkeit gehabt. Im Grunde hatte Katrina schon lange gewußt, daß der Bruch zwischen den beiden Hälften der Allianz unausweichlich war, und hatte sich deswegen als Schlichterin und Friedensstifterin hervorgetan. Victors Aktionen spalteten das Reich, und damit gab er ihr jedesmal von neuem die Gelegenheit, die Wunden zu heilen und an Einfluß zu gewinnen.

Dieser Schachzug würde eine weitere Variante dieses Themas werden, wenn auch eine recht riskante. Sollte es Thomas und Victor gelingen, den Streit am Verhandlungstisch beizulegen, konnte ihr Bruder sein Militär einsetzen, um sie in die Knie zu zwingen. Er hatte zwar die meisten Davion-loyalen Einheiten aus ihren lyranischen Provinzen abgezogen, aber trotzdem blieben ihm genug Truppen, um ihr das Leben schwerzumachen. Eine solche Taktik drohte, die Skye-Separatisten wieder aufzuscheuchen, und konnte sie vor das Dilemma stellen, den Aufstand niederwerfen zu müssen, wenn ihr Reich überleben sollte.

Victors Achillesferse waren die Sprungschiffe. Als ihr Vater 3028 in der Konföderation Capella eingefallen war, hatte er mehr als achtzig Prozent aller Sprungschiffe der Vereinigten Sonnen für die Invasion in Dienst gepreßt. Das hatte zum Kollaps des interstellaren Handels geführt, aber nur so war die Invasion zu bewerkstelligen gewesen. Wenn Katrina Schiffe aus dem Raumsektor ihres Bruders abzog, erschwerte sie ihm ein militärisches Vorgehen gegen sie. Und zusätzlich zu der Tatsache, daß sie Victor nicht zur Verfügung standen, würden ihr dieselben Sprungschiffe gestatten, Verteidigungseinheiten gegen ihn in Marsch zu setzen.

Katrina wußte natürlich nur zu gut, daß sie nicht nur Victors militärische Planung in Betracht zu ziehen hatte. Thomas' Botschaft hatte das überdeutlich gemacht. Falls sie sich auf Victors Seite schlug, war auch der lyranische Raum in Gefahr. Thomas konnte sich dazu entschließen, die Skye-Rebellion neu anzufachen, indem er den Separatisten mit Geld und Material unter die Arme griff, und die Mark Skye als Sperriegel zu benutzen, um eine militärische Unterstützung aus dem Davion-Raum gegen eine Invasion aus den Freien Welten zu verhindern. Verhielt sie sich Thomas gegenüber jedoch neutral und es kam zum Krieg mit Victor, würde dieser Kampf die volle Aufmerksamkeit ihres Bruders beanspruchen, so daß sie freie Hand für ihre eigenen Pläne bekam.

In letzter Instanz wollte Katrina das Beste für ihr Volk. Sie wußte, Thomas wäre äußerst überrascht gewesen, hätte er ihre wahre Meinung zu Victors Einsatz eines Doppelgängers gekannt. Natürlich entsetzte sie sein Vorgehen, aber nicht, weil es grausam war, Joshuas Tod vor dessen Vater geheimzuhalten. Viel schlimmer war in ihren Augen, welch monumentale Dummheit Victor völlig sinnlos begangen hatte. Hätte er Joshuas Tod einfach bekanntgegeben, hätte Thomas möglicherweise früher oder später auch einen Versuch unternommen, die ehemaligen Ligasysteme zurückzugewinnen, aber seine Forderungen wären viel bescheidener ausgefallen und die Konsequenzen einer Ablehnung weit weniger bedrohlich.

Diese schwere Fehleinschätzung ließ Katrina an ihrem Bruder und seiner Fähigkeit, das Vereinigte Commonwealth zu führen, zweifeln. Besonders beunruhigte sie, daß sie von Victor niemals einen Fehler dieser Art erwartet gehabt hätte. Es paßte überhaupt nicht zu ihm, aber wenn er sich derart irren konnte, war eine enge Bindung an ihn alles andere als beruhigend.

»Ich glaube fast, ich habe dich überschätzt, Bruderherz, aber damit ist es jetzt vorbei.« Katrina machte sich daran, ihre Antwort an Thomas aufzusetzen. »Beruhige Thomas, wenn du kannst, Victor, und ich werde auch weiter deine Verbündete mimen. Aber wenn du versagst, wirst du seinen Zorn allein ausbaden.«

Palast des Marik, Atreus
Marik-Commonwealth, Liga Freier Welten

Thomas sah hoch, als Präzentor Malcolm das Büro betrat. »Was gibt's?«

»Wir haben Meldung von Tharkad, daß Herzogin Katrina Steiner Eure Botschaft erhalten hat.« Der Präzentor zeigte seine leeren Handflächen. »Bisher haben wir keine Antwort bekommen, aber ebensowenig scheint sie Eure Nachricht an ihren Bruder weitergeleitet zu haben.«

»*Das* ist doch schon was.« Thomas dachte einen Augenblick nach, dann nickte er zufrieden. »Je länger sie für ihre Antwort braucht, um so besser für uns. Sun-Tzu ist noch zwei Wochen von Sian entfernt?«

»Ja. Seine Ankunft wird für den siebten September erwartet.«

»Der Codeschlüssel und die Nachricht an seine Agenten sind noch verfügbar?«

»Ja, Generalhauptmann.« Auf Malcolms Gesicht trat ein entspanntes Lächeln. »Wir haben sogar den Alternativweg für Befehle an die Agenten entdeckt. Indem wir von ihm Gebrauch machen, können wir mögliche Zweifel an der Legitimität des Auftrags verhindern.«

»Du übertriffst dich selbst, Malcolm. Schick die Botschaft nach New Avalon ab, und sieh zu, daß sie über Sian läuft. Ich hätte nichts dagegen, wenn die Agenten um den Fünfzehnten herum aktiv werden.«

»Betrachtet es als gegeben, Generalhauptmann.«

»Nein, Präzentor«, erwiderte Thomas. »Damit betrachte ich es als *begonnen*.«

18

Keine Planung überlebt Feindkontakt.

– HELMUTH VON MOLTKE

Avalon City, New Avalon
Mark Crucis, Vereinigtes Commonwealth

14. September 3057

Ohne die Ausbildung ihrer Großeltern hätte Francesca die Männer nie bemerkt. Vier Stunden zuvor hatte sie ihre Schicht in der Kinderkrebsabteilung begonnen, und sie war damit beschäftigt, die Daten der Kinder, die während der Nacht mit Medikamenten versorgt werden mußten, einzutippen. Die Besuchszeit war gerade zu Ende gegangen, und zum ersten Mal an diesem Tag hatte sie Gelegenheit, ungestört von nervösen Eltern und Verwandten ihre Arbeit zu machen.

Als sie die drei älteren Herren betrachtete, hatte sie zunächst den Eindruck, sie hätten sich verlaufen. Für die Erwachsenen-Krebsabteilung galt eine um zwei Stunden längere Besuchszeit, und es kam öfter vor, daß Besucher statt im siebten hier im sechsten Stockwerk ausstiegen. Die Kleidung der Männer und die Blumen in ihren Händen weckten ihr Hilfsbedürfnis.

Die drei lächelten Francesca an, als sie hinter dem Tresen hervorkam, und sie erwiderte ihr Lächeln reflexartig. Um nicht unhöflich zu erscheinen, senkte sie den Blick. Irgend etwas beunruhigte sie, aber sie konnte nicht sagen, was es war. Erst als ihre weißen Schuhe nicht mehr als zwölf Schritte von den Männern entfernt auf dem gefliesten Boden quietschten, wurde ihr schlagartig klar, was hier nicht stimmte.

Ihre Schuhe! Die drei Männer trugen relativ elegante,

wenn auch etwas altmodische Anzüge, aber an den Füßen trugen sie brandneue weiche Lederschuhe mit Gummisohlen. Zu etwas weniger formeller Kleidung wären die Schuhe völlig in Ordnung gewesen, aber in Verbindung mit den Anzügen fielen sie auf. Vor Francescas innerem Auge stand augenblicklich das Bild ihrer Großmutter, die ihr erklärte, wie hervorragend sich solche Schuhe für Geheimaktionen eigneten.

Francesca hielt die drei Männer noch nicht ernsthaft für Agenten, aber ihre schnellen, unsteten Blicke und die geflüsterte Unterhaltung zwischen ihnen, während sie näher kam, beschleunigten ihren Puls. Obwohl sie für eine aktive Agententätigkeit viel zu alt wirkten, schienen die drei aufmerksamer und ruhiger als die meisten Besucher, die sich sonst hierher verirrten. Abgesehen von den Schuhen war an ihrem Äußeren nichts auszusetzen. Aber sie *fühlte,* daß mit diesen Männern etwas nicht stimmte.

»Kann ich Ihnen behilflich sein, Gentlemen?« Francesca zwang sich zu freundlicher Höflichkeit. »Sie suchen sicher nach der Krebsabteilung?«

Einer von ihnen, der breitgebaute Besucher, der ihr am nächsten stand, nickte. »Ja, aber wir scheinen irgendwo falsch abgebogen zu sein. Ich glaube, ich habe diese Abteilung letztens in den Nachrichten gesehen. Wird hier nicht Joshua Marik behandelt?«

Unwillkürlich blickte Francesca den Gang hinab zu Joshuas Zimmer. Im selben Augenblick bemerkte sie, wie der bullige Mann aufmerksam ihrem Blick folgte. Ihr wurde klar, mit welcher Leichtigkeit die Männer sie dazu gebracht hatten, ihnen den Hinweis zu geben, den sie benötigten, um Joshua zu finden. Sie hatte den Jungen verraten, obwohl sie ihn beschützen wollte. Es war eine erschreckende Feststellung. Trotzdem, die Frage war völlig normal für jeden, der die Presseberichte über Joshua und Missy Cooper verfolgt hatte.

Sie mußte vorsichtig sein, durfte nicht übertrieben

reagieren. »Stimmt, das ist hier. Ich denke, Sie möchten jemanden im Stockwerk über uns besuchen. Warten Sie, ich rufe einen Aufzug.« Als sie hinter den stämmigen Besucher trat, um den Rufknopf zu betätigen, strich sie mit dem linken Handrücken über dessen Körper. Unter der linken Achselhöhle fühlte sie eine Waffe.

Die Zeit verlangsamte sich für sie. In dem Moment, in dem sie die Pistole fühlte, wußte sie, daß diese drei Männer Agenten waren – Meuchelmörder –, die gekommen waren, um Joshua umzubringen. Maskirovka-Agenten, von Sun-Tzu Liao geschickt, um Thomas' legitimen Erben aus dem Weg zu räumen. Ihr unschuldiger Blick zu Joshuas Zimmer hatte den Jungen zum Tode verurteilt, und es war an ihr, ihn zu retten. *Sie* trug die Verantwortung für Joshua.

Francesca griff von hinten über die Schultern des Mannes, packte die Aufschläge seiner Jacke und zerrte sie nach hinten. Sie zog ihm die Jacke über die Schultern, um seine Arme zu fesseln, streckte die Hand aus und holte den Mauser & Grey P-17-Nadler aus dem Schulterholster. Mit einem Beinschwung warf sie den breitschultrigen Agenten um, während sie mit dem linken Daumen den Sicherungshebel der Waffe umlegte.

»Halt! Keine Bewegung! Wache!«

Die beiden anderen Männer reagierten augenblicklich. Der vordere der beiden drehte sich um, und als er seinen Blumenstrauß in ihre Richtung schleuderte, zog Francesca den Abzug durch. Die Wolke aus Plastiknadeln zerfetzte das Blumengebinde zu Konfetti und traf den Mann an der Schulter. Der zweite Schuß traf ihn in die Brust und zerschnitt ihm Hemd und Krawatte.

Während ihr erstes Ziel sich um die eigene Achse drehend zu Boden ging, ließ sein Partner den Blumentopf in seiner Hand fallen. Er sprang nach rechts, während er nach seiner Waffe griff, und ihr erster

Schuß zupfte nur an seiner Jacke. Francesca folgte ihm mit ihrer Waffe und feuerte weiter, krampfhaft gegen den Rückstoß des Nadlers ankämpfend.

Auch ihre beiden nächsten Schüsse gingen daneben. Einer brachte den Holovidbetrachter im Aufenthaltsraum für Besucher zur Explosion, der andere verwandelte den Übersichtsplan an der Wand in einen Krater. Ihr Gegner hatte ebensowenig Glück. Sein erster Schuß prallte singend von den Lifttüren ab.

Francesca wanderte instinktiv nach rechts, während sie die Waffe nach links drehte. Das rettete ihr das Leben. Ihr Gegner korrigierte zu stark und schoß diesmal an der anderen Seite vorbei. Mit dem nächsten Schuß hätte der Liao-Agent sie erwischt, aber Francesca war schneller.

Ihr erster Treffer war ein Bauchschuß, der zweite traf ihr Ziel am Kopf. Der Hagel aus nadelscharfen Hartplastiksplittern verwandelte das Gesicht des Mannes in einen grinsenden Totenkopf. Francesca sah es mit einem Gefühl böser Vorahnung.

Die erste Kugel traf sie an der linken Hüfte und wirbelte sie herum. Als sie sich um hundertachtzig Grad gedreht hatte, sah sie den Mann, den sie zu Boden geworfen hatte. Er hatte den rechten Arm aus der Jacke befreit und hielt einen Kurzlaufrevolver. *Den muß er im Hosenbund getragen haben.* Sie drückte im selben Moment ab wie er.

Sein zweiter Schuß traf sie knapp unter dem Brustbein und schleuderte sie nach hinten. Francesca sah nicht mehr, welche Auswirkungen ihr Schuß hatte, aber als sie gegen eines der Sofas im Vorraum prallte, kamen Joshuas Wachen mit entsichertem Gewehr den Gang herab. Sie würden den letzten Mann erwischen.

Joshua war sicher. Ihre Freude darüber unterdrückte die Schmerzen lange genug, um sie friedlich ins Nichts sinken zu lassen.

Tamar
Wolfsclan-Besatzungszone

Phelan Ward nickte Khan Elias Crichell zu. »Hier entlang, Khan Elias. Das ist der Weg zum Holotank.« Phelan unternahm keinen Versuch, die Verachtung in seiner Stimme zu verbergen. Er wollte den Jadefalken-Khan ärgern. Die wütende Falte über der Nasenwurzel seines Gegenübers betrachtete er als erste gewonnene Schlacht in einem langen Krieg.

Phelan führte Crichell durch das Labyrinth der von den Alpha- und Beta-Galaxien des Wolfsclans gemeinsam genutzten Büroräume. Über den Büros lag ein ominöses Schweigen. Kaffeetassen standen dampfend auf den Schreibtischen, und der Wasserspiegel in den Spenderflaschen wogte, als hätten sich Geister an den Geräten bedient. Der ganze Komplex schien hastig evakuiert, als habe es einen Feueralarm gegeben, aber die gespenstische Stille schloß diese Erklärung aus.

Aus dem Augenwinkel konnte Phelan Crichell unruhig werden sehen. Der Jadefalken-Khan hatte die Kommandozentrale der Wölfe schon früher besucht und wußte genau, wo der Holotank stand. Und er wußte, daß sie sich nicht auf dem Weg dorthin befanden. Im Gegenteil, sie entfernten sich davon, bewegten sich auf die Rückseite des Gebäudes und die riesigen Mechhangars zu. Ohne Zweifel fragte Crichell sich, ob er in einen Hinterhalt geführt wurde, der ihn das Leben kosten würde.

Als sie schließlich die rotlackierte Brandschutztür zum Hangar erreichten, winkte Phelan Crichell durch. Die kühle Luft des klimakontrollierten Bürotrakts wich der schwülen Hitze des Hangargebäudes, aber Crichell schwitzte schon, bevor er durch die Tür trat. Phelan folgte ihm dicht auf den Fersen und stieß ihn mit dem Körper weiter, bevor er die Tür hinter sich ins Schloß zog.

»Nach dir, mein Khan.«

Crichell starrte auf die rauchfarbenen Luzitwände des Holotanks, die in einem weiten Oval auf dem Stahlbeton des Hangarbodens aufgebaut waren. Die über den Rand des Holotanks laufenden Lichter zeigten an, daß er betriebsbereit war, aber von ihrer Position aus war sein Inneres nicht zu sehen. An einem Ende bot sich eine Lücke zwischen zwei Wänden als Eingang an, aber Crichell tat keinen Schritt in diese Richtung.

Es gab keine physische Barriere, die den Jadefalken daran hinderte, die kurze Distanz zum Holotank zu überbrücken, aber Phelan wußte, daß schon ein Schritt in diese Richtung den Besucher eine ungeheure Überwindung kosten würde. Entlang des Weges, auf dem Boden ebenso wie auf den Metallstegen in verschiedenen Höhen und auf allen übrigen möglichen Plätzen im Hangar standen Mitglieder des Wolfsclans und starrten Crichell stumm und haßerfüllt an. Sie beobachteten ihn mit der Verachtung und Resignation professioneller Krieger für jemand, der sich kopfüber in einen sinnlosen Krieg stürzt. Und an vorderster Stelle neben dem Eingang zum Holotank stand herausfordernd Natascha Kerensky.

Phelan blieb hinter Crichell stehen, bis er den Schweiß über dessen Nacken perlen sah, dann nickte er. Wie ein Mann wandten sich alle Wölfe – mit Ausnahme Nataschas – von dem Jadefalken ab. Niemand sagte etwas, aber abrupt zerriß die Geräuschkulisse der Gefechtsvorbereitungen durch die Krieger die drohende Stille. Phelan trat hinter Crichell vor und winkte ihn weiter.

Nach kurzem Zögern ging der Jadefalken-Khan auf den Holotank zu. Als er bei Natascha ankam, wurde er etwas langsamer. »Eine solche Theatralik hätte die alte Natascha Kerensky nicht nötig gehabt.«

Nataschas Augen funkelten, aber sie beherrschte

sich. »Du bist nur deshalb noch am Leben, Elias, weil die alte Natascha Kerensky die Innere Sphäre unsicher machte, bevor du auch nur das Innere eines Mechs sehen durftest. Wäre ich bei den Wölfen geblieben, hätte nicht einmal ein Freigeborener zugegeben, von deinem Blut zu sein.«

Sie drehte sich um und marschierte ins Innere des Holotanks. Crichell erstarrte, eine Erwiderung auf den Lippen. Phelan winkte ihn erneut weiter und trat im Inneren des Holotanks an Nataschas Seite.

Crichell starrte zu dem Mann in der Mitte des Holotanks, dann wandte er sich an Natascha. »Was soll das? Ein Khan verhandelt nur mit seinesgleichen.«

Die Schwarze Witwe fletschte die Zähne. »Wie schön für dich, daß Ulric bereit ist, sich auf deine Stufe herabzulassen. Er spricht für mich und die Wölfe.«

Ulric ließ Crichell keine weitere Chance zu protestieren. »Ich habe mir die Daten angesehen, die du uns über die Welt geschickt hast, auf der du den Widerspruchstest auskämpfen willst. Als Verteidiger des Abstimmungsergebnisses steht dir die Wahl des Austragungsortes zu. Computer, Darstellung der Jadefalken-Daten.«

Auf Ulrics Befehl füllte sich das Innere des Holotanks. Der Computer projizierte mit Hilfe von Lasern die Besatzungszonen der Wölfe und Jadefalken in Form einer dreidimensionalen Raumkarte. Buntleuchtende Blasen schwebten um die vier Personen im Raum. Ulric hob die Hand zu einer in der Nähe seines Herzens schwebenden Welt. Seine Berührung verwandelte sie in ein Datenfenster, durch das eine Aufstellung von Truppendaten lief. »Ich bin mit Colmar als erstem Schlachtfeld einverstanden.«

»Gut.« Crichell nickte, dann stockte er. »Verzeihung, sagtest du *erstes* Schlachtfeld?«

»Allerdings.«

»Aber die Schlacht auf Colmar wird die Entscheidung bringen.«

Ulric schüttelte langsam den Kopf. »Wir wissen beide, daß dem nicht so ist. Solltet ihr auf Colmar gewinnen – auch wenn ich dir versichern kann, daß dem nicht so sein wird –, würden die Jadefalken den Waffenstillstand augenblicklich brechen und in Richtung Terra vorstoßen.«

»Wir würden nichts dergleichen tun. Diese Entscheidung ist dem ilKhan vorbehalten.«

Ulric ging in die Hocke und berührte eine jadegrüne Welt in der Nähe des Bodens. »Hier auf Quarell habt ihr ungeheure Mengen Munition gelagert – genug für den Feldzug einer Streitmacht von Galaxisgröße durch die Überreste der Freien Republik Rasalhaag. Damit wären deine Truppen sechzig Lichtjahre näher an Terra als die jedes anderen Clans. Ihr hättet zwar noch einhundertfünfzig Lichtjahre vor euch, aber nach der Zerschlagung der ComStar-Verbände in Rasalhaag wäre der Weg frei.« Der Führer der Wölfe stand wieder auf und versetzte Quarell einen Tritt, um das Datenfenster zu schließen. »Du hast die Wanderfalkengalaxis auf Quarell, frapos?«

»Du bist nicht länger ilKhan, Ulric. Ich bin nicht verpflichtet, deine Fragen über meine Truppenaufstellung zu beantworten.« Crichell zupfte sein Hemd zurecht, aber unter den Achselhöhlen des grünen Kleidungsstückes waren dunkle Schweißflecken deutlich zu erkennen. Er drehte sich um und starrte Natascha wütend an. »Wir werden euch auf Colmar besiegen, und dann wird ein neuer ilKhan gewählt.«

»Wobei du dir gute Chancen ausrechnest.«

»Mag sein.«

Ulric verschränkte die Arme. »Dann werde ich deine Wahl anfechten, und wir werden uns erneut auf dem Schlachtfeld gegenüberstehen.«

Auf Crichells Stirn standen tiefe Falten. »Habe ich euch Wölfe falsch eingeschätzt?«

»Wenn du geglaubt hast, es ginge uns um die

Macht, dann hast du das allerdings.« Ulric entblößte seine Zähne. »Ich bin zehn Jahre jünger als du, Elias Crichell, und das heißt, ich bin dir um zwei Generationen überlegen – ganz abgesehen von der Tatsache, daß die Crichell-Erblinie der Kerensky-Linie ohnehin unterlegen ist. Ich bin ein Krieger, kein Politiker. Aber du scheinst vergessen zu haben, wie ein Krieger denkt, Elias, und dadurch hast du mich allerdings falsch eingeschätzt. Du hast uns Wölfe alle falsch eingeschätzt, bis zum letzten.«

Crichell zog den Kopf ein, dann sah er auf. »Was willst du? Was muß ich dir zugestehen? Ich sehe, worauf das hier hinausläuft. Wenn wir auf Colmar gewinnen und ich zum ilKhan gewählt werde, wirst du mich erneut herausfordern, und wir müssen ein zweites Mal kämpfen. Gewinnen wir wieder, und ich gebe die Wiederaufnahme der Invasion bekannt, forderst du mich heraus. Und wieder, und wieder, auf jeder einzelnen Welt, bei jeder einzelnen Entscheidung. Was willst du von mir?«

»Was ich will?« Einen Augenblick sah Ulric in die Ferne. »Ich will ein Ende aller Versuche, die Invasion wiederaufzunehmen.«

»Unmöglich.«

»Dann respektiere den Waffenstillstand und halte ihn aufrecht.«

»Unmöglich.«

»Oh, keineswegs.« Ulric berührte vier Welten in der Jadefalken-Besatzungszone. »Wir werden euch auf Colmar, Dompaire, Sudeten und Zoetermeer angreifen. Nachdem wir euch dort geschlagen haben, werden wir kernwärts durch eure Besatzungszone vorstoßen. Um eure Positionen zu halten, werdet ihr uns flächendeckend besiegen müssen.«

»Und wir werden in eure Zone zurückschlagen.«

»Bitte sehr. Was werden euch unsere Welten nützen, nachdem wir eure Galaxien vernichtet haben?«

»Du erklärst mir hier, daß du diesen Kampf in einen Absorptionstest ummünzen willst!«

»Nein, es bleibt ein Widerspruchstest – ein Widerspruch gegen die Vernichtung der Clans auf dem Altar deiner Ruhmsucht. Wenn die Wölfe untergehen müssen, um den Rest der Clans zu retten, muß es halt so sein.«

Crichell lief rot an. »Das ist Wahnsinn, Ulric. Das ist Selbstmord.«

»Nicht mehr Selbstmord als die Wiederaufnahme der Invasion.«

»Du irrst dich.«

»Nein, Elias, du bist blind.« Ulric deutete zu Phelan und Natascha. »Das sind die beiden besten Kommandeure, die wir bei den Wölfen haben, und beide sind aus der Inneren Sphäre zu uns gestoßen. Warum sind sie die besten? Weil sie nicht nur hervorragende Krieger sind, sondern zusätzlich flexibel und vernünftig agieren. Sie planen für den Sieg und bedenken die Konsequenzen einer Niederlage. Für sie ist der Krieg mehr als nur ein Mittel, um genug Ruhm für die Zuchterlaubnis zu erlangen; es geht um das Wesen der Clans und die Möglichkeit, dieses Wesen an spätere Generationen weiterzugeben. Als Nicholas Kerensky die Clans gründete, hatte er die Vision, die größten Krieger zu erschaffen, die es in der Geschichte der Menschheit je gegeben hat. Das ist ihm gelungen, und das Wesen unserer Existenz als Clanner ist das Streben, uns und unsere Ausrüstung zu einer alles andere übertreffenden Perfektion zu vervollkommnen. Die Verbesserung unseres kriegerischen Könnens ist auf perverse Weise zu unserem Lebenszweck geworden. Nicholas Kerensky hatte uns das voraus, was Natascha und Phelan gemeinsam haben. Sie wissen, daß der Sinn des Lebens im *Leben* besteht, nicht im Kriegführen. Sie wissen um den Wert des Lebens und sind bereit, dafür zu kämpfen und zu sterben. Das ist der

Grund für ihre Überlegenheit als Krieger. Und aus diesem Grund konnte uns ComStars Armee auf Tukayyid besiegen und zu diesem Waffenstillstand zwingen. Und aus diesem Grund bin ich bereit, all unsere Truppen und all unsere Möglichkeiten gegen euch in die Schlacht zu werfen.«

»Ihr könnt nicht gewinnen.«

»Ihr auch nicht.«

Natascha trat näher. »Phelan, bitte geleite Khan Elias hinaus. Er hat schlecht gehandelt, aber das Gebot ist akzeptiert. Wir bieten alles, was Clan Wolf besitzt, um ihn aufzuhalten, und die Jadefalken müssen entsprechend bieten, wenn sie eine Hoffnung aufs Überleben haben wollen.«

19

Unsere Fehler machen mir mehr Angst als die Pläne unserer Gegner.

– PERIKLES

Avalon City, New Avalon
Mark Crucis, Vereinigtes Commonwealth

14. September 3057

Als die Aufzugtüren aufglitten, wanderte Victors Blick über die zugedeckte Gestalt auf dem Boden vor Curaitis den Flur hinab. »Was ist hier passiert?«

Curaitis kam um den Polizeiholographen herum. Er bewegte sich auf dem blutbedeckten Boden mit einer Sicherheit, die dem Prinzen Unbehagen bereitete. Der Agent winkte Victor um die Leiche auf dem Boden herum, vorbei an zwei anderen in den kleinen Aufenthaltsraum hinein. »Sie dürften gar nicht hier sein, Hoheit.«

»Ich *mußte* kommen, Curaitis. Jemand hat versucht, Joshua Marik umzubringen.« Victor nahm seine Mütze ab und machte Anstalten, die Splitter des Holovidbildschirms vom Sitz eines Sessels zu fegen. »Darf ich? War die Spurensicherung schon hier?«

»Nicht! Der Raum ist noch nicht gesichert.« Curaitis' eisblaue Augen funkelten zornig. »Sie sollten wieder gehen.«

»Ich gehe, nachdem Sie mir erzählt haben, was vorgefallen ist.« Victor starrte trotzig zu seinem Sicherheitschef hoch. »Und lassen Sie keine Einzelheit aus.«

»Wie Sie wünschen, mein Prinz.« Der Geheimdienstmann verschränkte die Hände auf dem Rücken. »Gegen neunzehn Uhr zehn betraten drei Personen den Vorraum durch Aufzug Nummer zwo. Kurz nach ihrer Ankunft näherte sich ihnen eine freiwillige Helferin der Klinik, Francesca Jenkins. Wir wissen nicht, was bei dem Wortwechsel genau gesprochen wurde, aber sie muß erkannt haben, daß es sich nicht um normale Besucher handelte. Anscheinend gelang es ihr, einem der Eindringlinge einen Mauser & Grey-Nadler abzunehmen, mit dem sie die anderen beiden erschoß. Der Mann, dessen Waffe sie benutzte, trug jedoch noch einen Revolver bei sich. Er feuerte zwei Schüsse ab, von denen sie gegen diese umgestoßene Couch geschleudert wurde. Ms. Jenkins hatte um Hilfe gerufen, als sie den ersten Mann entwaffnete. Joshuas Wachen reagierten sofort. Als sie hier eintrafen, sahen sie den Mann dort an den Aufzügen auf sie schießen. Sie töteten ihn.«

»Niemand ist bis zu Joshua vorgedrungen?«

»Er schläft und hat von dem Zwischenfall nichts bemerkt.«

Victor blickte an Curaitis vorbei auf die Couch. »Was ist mit der Frau?«

»Sie ist im Operationssaal. Eine Kugel hat auf der linken Seite einen Teil des Hüftknochens zerschlagen. Die andere hat das Herz gestreift und beide Lungenflügel durchschlagen. Hätte der Attentäter einen Nadler benutzt, wäre sie jetzt tot. So hat sie eine minimale Überlebenschance.«

Der Prinz stieß hörbar den Atem aus. »Sorgen Sie dafür, daß alle Möglichkeiten, ihr zu helfen, genutzt werden, Curaitis. Sie bekommt, was immer sie braucht. Wahrscheinlich verdankt ihr Joshua sein Leben.«

»Der Klinikstab ist sich dessen bewußt, Hoheit.« Curaitis deutete in Richtung von Joshuas Zimmer. »Die beiden Wachen, die den letzten Eindringling erschossen haben, wurden zur Befragung abgezogen, aber sie weigerten sich, das Gebäude zu verlassen, ohne ihr vorher Blut zu spenden.«

»Eine ausgezeichnete Idee. Ich werde dasselbe tun. Sie ist eine Heldin, und wir werden dafür sorgen, daß es jeder erfährt.«

In Curaitis' Stimme schwang Ärger mit. »Ihr Büro wäre ein geeigneterer Ort für ein Informationsmanagement.«

Der Tonfall des Agenten traf Victor, aber er zwang sich, ruhig zu bleiben. *Er hat recht. Während ich vor allem die Chance auf positive Presseberichte sehe, sieht er eine schwere Verletzung der Sicherheitsvorkehrungen. Wenn die Attentäter Joshua getötet hätten, wäre der Teufel los.* Er sah zu Curaitis hoch. »Konnte man die Männer identifizieren?«

»Wir haben noch nichts Handfestes. Sie hatten weder Ausweise bei sich noch Herstelleretiketten in ihren Kleidern, aber die Schuhe sind außer in Uniformläden und Geschäften für Militär- und Polizei-Veteranen kaum zu finden. Vor allem in Spezialgeschäften. Vielleicht haben wir Glück. Vorhin war Edgars hier – er hat im Regionalbüro New Avalon gearbeitet, bevor er zu den Internen Angelegenheiten wechselte. Er glaubt, sich von der Untersuchung des Mordes an Justin Allard her an den Fetten zu erinnern.« Curaitis verzog das Gesicht. »Edgars ist gut, deshalb nehme ich seine Bemerkung ernst, aber es ist zu früh, um etwas Sicheres zu sagen.«

»Wenn der Mann mit dem Mord an Justin Allard in Verbindung stand, war er ein Agent der Konföderation Capella.« Victor mußte sich an der Wand abstützen. »Ist Sun-Tzu so dumm, einen Anschlag auf Joshua zu riskieren? Etwas, womit er mich und Thomas verärgern würde? Angesichts der Lage seines Reiches zwischen unseren Grenzen wäre das alles andere als klug.«

»Das sollte man annehmen, Hoheit.«

Warum sollte Sun-Tzu so etwas tun? Was könnte er dadurch gewinnen? Im besten Falle könnte er darauf hoffen, daß die Überführung von Joshuas Leichnam in die Liga Freier Welten zur Entdeckung eines Doppelgängers führt. Aber um das zu planen, hätte Sun-Tzu vorher von der Existenz des Doubles wissen müssen, und er kann von dem Tausch nichts ahnen.

Victor fiel die Kinnlade herunter. *Vater hatte die Idee eines Doppelgängers für Joshua, weil Sun-Tzus Großvater einmal versucht hat, ihn durch ein Double zu ersetzen, und beinahe wäre es ihm geglückt, seine Marionette auf den Thron der Vereinigten Sonnen zu heben. Wenn Sun-Tzu der Gedanke an die Möglichkeit eines solchen Austauschs gekommen ist oder er auch nur plant, Beweise zu fälschen, um Thomas davon zu überzeugen, daß ich einen Doppelgänger an die Stelle seines Sohnes gesetzt habe... Thomas' Dankbarkeit würde die Beziehung der beiden zementieren.* »Curaitis, überprüfen Sie die Leichen auf Spritzen, Skalpelle oder sonstiges Material, mit dem sich Blut- oder Gewebeproben nehmen lassen.«

Der dunkelhaarige Geheimdienstler stockte einen winzigen Moment, dann nickte er. »Das ist ein Gedanke.«

Victor hätte beinahe laut aufgelacht. *Ein Gedanke!* Seit Beginn von Projekt Gemini hatte er keine Nacht mehr durchgeschlafen. Plötzlich wurde Victor klar, daß er nicht einmal den Namen des Knaben kannte, der aus Gründen, die er unmöglich verstehen konnte, soviel riskierte und ertrug. Die ganze Operation war verloren, wenn die Skandalvids Wind davon bekamen. Und nachdem Sun-Tzu Operationen gegen Joshua begonnen hatte, steigerte sich der Druck bis zu einem Punkt, an dem Victor nur mehr das Schlimmste annehmen konnte.

Das kann nicht so weitergehen. Wir brauchen Zeit, damit der Wirbel sich legt. Anschließend lassen wir Joshua sterben und überführen seinen Leichnam nach Atreus. Wenn es mich ein paar Systeme kostet, muß es eben so sein. Auf jeden Fall ist Schluß damit. Der Prinz tippte Curaitis auf die Schulter. »Ich glaube, ich weiß, was hier vorgefallen ist.«

»Hoheit?«

»Wahrscheinlich standen diese drei insgeheim in Verbindung mit einer im Aufbau befindlichen Zhanzheng-de-Guang-Zelle hier auf New Avalon. Wie ihre Kameraden auf Zürich schrecken auch diese Terroristen nicht vor Anschlägen auf Kinder zurück. Aber bevor sie losschlagen konnten, hat sich ihnen eine freiwillige Krankenhaushelferin mutig und selbstlos in den Weg gestellt, um Joshua und die übrigen Kinder in dieser Abteilung zu beschützen. Und dann haben unsere Wachen sie erschossen.«

Curaitis nickte. »Ihre Fähigkeit, einen Tatort zu lesen, ist beeindruckend, Hoheit. Wahrscheinlich sind Sie sich auch darüber im klaren, daß wir nicht sicher sein können, ob diese drei allein gehandelt haben oder in Kontakt mit Verbündeten in der näheren Umgebung standen. Vorsichtshalber sollten Sie das Gebäude augenblicklich verlassen.«

»Ein gutes Argument, Curaitis. Die Zhanzheng de Guang sind bekannt für ihre Hartnäckigkeit.« Victor setzte seine Mütze auf und ging zum Aufzug. »Ich fahre nach Hause, sobald ich Blut gespendet habe.«

20

> Kriege werden wegen Frauen oder Priestern geführt.
>
> – Tschechisches Sprichwort

Palast des Marik, Atreus
Marik-Commonwealth, Liga Freier Welten

16. September 3057

Thomas Marik, Generalhauptmann der Liga Freier Welten, ignorierte den Teleprompter und blickte direkt ins Objektiv der Holovidkamera. Er suchte den direkten Kontakt mit seinem Volk. Natürlich kannte er die Grenzen des Mediums, aber er wollte in diesem Holovid mehr als nur eine Botschaft übermitteln. Vielleicht würden die Menschen nicht verstehen, warum er tat, was er tun mußte, aber sie sollten erkennen, daß er verstand, warum ein Krieg gegen das Vereinigte Commonwealth notwendig war.

»Mitbürger, hätte mir ein anderer Weg offengestanden, hätte ich euch nie in einen Angriffskrieg geführt. Es ist etwas Edles, seine Heimatwelt gegen eine Invasion zu verteidigen, aber nackte Aggression ist ehrlos und nicht zu rechtfertigen. Unsere Aggression jedoch ist keinswegs nackt, sondern gewandet in Rechtschaffenheit. Vielleicht wäre ein besserer Name dafür präventive Verteidigung unserer Zukunft. Unsere Lebensart, unsere Traditionen wurden durch ein so widerwärtiges, so abscheuliches, so schändliches Verbrechen bedroht, daß ich jedes Wissen darum leugnen würde, hätte ich diese Wahl. Aber die Natur meiner Antwort auf dieses Verbrechen zwingt mich, es euch in allen widerlichen Einzelheiten zu offenbaren. Die relevanten Fakten werden im Laufe der nächsten vierundzwanzig Stunden veröffentlicht. Bis dahin muß eine kurze Erklärung genügen.«

Thomas legte eine bewußte Pause ein, um den Eindruck zu verstärken, daß er zögerte, seine Informationen zu offenbaren. Er entspannte seine Züge. Dann schluckte er schwer und gestattete nur der gespannten Haut an den Augenwinkeln, seinen Kummer sichtbar zu machen.

»Ich besitze Beweise, unwiderlegbare Beweise dafür, daß der im Vereinigten Commonwealth medizinisch betreute Joshua Marik nicht mein Sohn ist. Vielmehr handelt es sich um einen Agenten Victor Davions. Davions Absicht bei diesem Austausch meines Sohnes gegen ein anderes Kind ist schmerzhaft offenkundig: Er will seine Marionette auf den Platz des Generalhauptmanns und an die Spitze unserer Nation manövrieren. Die Beweise dafür wurden unter großem persönlichem Risiko von einem mutigen Agenten der SEKURA gesichert. Es handelte sich um eine Blutprobe des Betrügers, die anschließend in einem DNS-Vergleich einer Probe meines Blutes gegenübergestellt wurde. Das dabei verwendete Verfahren ist so einfach, daß mein Agent es mit einem in Schulen verwendeten Experimentierkasten selbst durchführen konnte. Es ist so einfach, daß Victor Davion es mit den Blutvorräten im New Avalon-Institut der Wissenschaften jederzeit selbst nachvollziehen könnte. Das einfache Ergebnis dieses einfachen Tests war, daß der Joshua Marik auf New Avalon nicht mein Sohn ist.« Wieder machte Thomas eine Pause, aber diesmal war sie nicht geplant. Er biß sich auf die Lippen, um den Schmerz seines Verlustes niederzukämpfen, bevor er weiterreden konnte. »Ich sehe mich zu der Schlußfolgerung gezwungen, daß mein Sohn tot ist. Angesichts seiner Krankheit kam sein Ende nicht unerwartet. Ganz und gar unerwartet jedoch war Victor Davions kaltblütiger, grausamer und berechnender Versuch, aus meinem, aus *unse-*

rem Verlust politisches Kapital zu schlagen. Obwohl er nicht einmal in der Lage ist, das Reich vernünftig zu regieren, das ihm seine grausam dahingeschlachtete Mutter hinterlassen hat, mischt er sich in die internen Angelegenheiten seiner Nachbarn ein, in der verzweifelten Hoffnung, sie in seinem am Rande des Kollapses schwankenden Reich zu vereinnahmen.«

Thomas' Gesicht wurde zu einer stahlharten Maske kontrollierten Zorns. »Im besten Falle ist Victor Davion ein Kidnapper, Erpresser und Kinderschänder. Im schlimmsten Falle ist er der teuflischste Verbrecher an der Spitze eines Staates der Inneren Sphäre, seit Stefan Amaris den Sternenbund zerstörte. Es ist mir unbegreiflich, wie ein Mensch unter der Herrschaft eines solchen Monsters zufrieden sein kann, aber das ist die Sache eines jeden einzelnen. Meine Sache ist es, dafür zu sorgen, daß niemand, der sich Freiheit vom Davion-Joch ersehnt, gezwungen ist, noch länger seine Unterdrückung zu ertragen. Daher habe ich die Rückeroberung ehemaliger Mitgliedsplaneten der Liga Freier Welten eingeleitet, die vor einem Vierteljahrhundert vom Vereinigten Commonwealth besetzt wurden. Außerdem unterstütze ich die Freiheitsbewegungen auf den ehemaligen capellanischen Welten der Mark Sarna. Mit meinen Rittern der Inneren Sphäre stehe ich bereit, allen zu Hilfe zu kommen, die selbst entscheiden wollen, wer sie regiert und wie ihre Zukunft aussehen soll.« Thomas atmete tief durch. »Ich bin mir bewußt, daß dies Krieg bedeutet, und Krieg bringt Entbehrung, Mangel und Tod. Wie schon Sophokles sagte: ›Der Krieg hat eine Vorliebe für junge Opfer.‹ Noch bevor der erste Schuß gefallen ist, hat mich dieser Krieg bereits mein jüngstes Kind gekostet. Ich bin bereits vertraut mit dem Schmerz und der Angst, die euch, meine Landsleute, im Verlaufe dieses Feldzugs bevorstehen. Ich würde nie etwas von euch verlangen, wozu ich selbst nicht bereit bin, und ich weiß, ihr werdet euch mir in meinem festen Willen anschließen, Menschen und Planeten aus der Davion-Knechtschaft zu befreien. Dies ist kein Eroberungskrieg um Welten oder Industrien. Es ist ein Krieg der Ideale und ein Aufeinanderprallen konträrer Weltanschauungen. Für Victor Davion existieren Menschen nur zu dem Zwecke, den Machthunger seiner Nation zu stillen. Für uns sind dieselben Menschen und ihr freier Wille die einzige Rechtfertigung für jegliche Macht, und ihre Zukunft ist uns anvertraut. Für diese Zukunft kämpfen wir. Für diese Zukunft *müssen* wir kämpfen.« Thomas Marik nickte seinem Volk zu. »Und im Namen dieser Zukunft *werden* wir siegen.«

21

Es ist in unseren Tagen Mode, Krieg zu führen, und aller Voraussicht nach wird diese Mode noch eine Weile anhalten.

– Friedrich der Grosse in einem Brief an Voltaire

Charleston, Woodstock
Mark Sarna, Vereinigtes Commonwealth

16. September 3057

Nachdem er seine Kleider und übrigen Sachen gepackt hatte, stellte Larry Acuff sein Gepäck an die Wohnungstür in der Unterkunft für ledige Offiziere, warf sich auf die Couch und schaltete den Holovidmonitor ein. Phoebe Derden-Pinkney wollte nach Feierabend vorbeikommen, um ihn zum Abschiedsessen mit seinen Eltern zu fahren. Übermorgen würde er wieder an Bord der *Starbride* sitzen und nach St. Ives weiterfliegen.

Mit der Fernbedienung schaltete Larry auf die MechWar-Sendung von Recital City Cable. Er würde kurz vor Weihnachten wieder auf der Spielwelt ankommen, früh genug für einen Platz in den Championatskämpfen, die im Januar in den nächsten Titelkampf münden würden. Nachdem Kai seinen Titel diesmal nicht verteidigte, war ein reger Kampf um die Spitzenposition zu erwarten. Er war sich nicht sicher, wie weit er selbst kommen würde, aber ein Platz unter den besten zwanzig, wenn nicht sogar unter den besten zehn war nicht zu hoch gegriffen. *Und wenn sich ein paar der übrigen Anwärter gegenseitig ausschalten, könnte ich es sogar bis ins Finale schaffen.*

Larry erkannte die beiden Kontrahenten auf dem

Bildschirm sofort. Liz O'Bannon machte an Bord ihres *Marodeur II* im Dschungel der Liao-Arena Jagd auf Adam Wileys *Kampftitan*. Er hatte selbst gegen Wiley gekämpft, als er noch in der Klasse 3 angetreten war, und ganz offensichtlich hatte der alte Adam Schwierigkeiten, obwohl er im Dschungel kämpfte – seiner bevorzugten Umgebung. Die farbigen Balken am Rand des zweigeteilten Bildschirms zeigten, daß beide Maschinen heißliefen, aber was noch wichtiger war: Wiley war auf der *Flucht*.

Plötzlich verschwand das Bild in statischem Rauschen, um allmählich von einem ziemlich amateurhaft aufgebauten Studio ersetzt zu werden. Larry schaltete weiter, aber auch die übrigen Kanäle zeigten dasselbe Bild. Auf den Bildschirm waren zwei Männer in dunkelgrünen paramilitärischen Kampfanzügen zu sehen, die hinter einem Klapptisch saßen. Ihre Gesichter waren hinter roten Halstüchern versteckt, und auf dem Kopf trugen sie rote Barette. Ein handbemaltes Transparent an der Wand hinter ihnen identifizierte sie als Mitglieder der ›Woodstock Eco-Liberation Force Alliance to Restore Equality‹.

»Das ist doch wohl ein schlechter Scherz.« Larry lehnte sich vor und drückte noch einige Male auf den Knopf der Fernbedienung. Das einzige, was sich auf dem Bildschirm veränderte, war die Kanalanzeige.

Er hörte ein heiser geflüstertes »Action, Start!«, dann hob der linke der beiden Männer ein in seiner Hand zitterndes Blatt Papier und begann zu lesen. »Menschen von Woodstock, wir haben die Kontrolle über die Satellitenübertragungsanlagen übernommen, um bekanntzugeben, daß eure Befreiung vom zerstörerischen, chemoterroristischen Unrechtsregime Victor Davions bevorsteht. Mit seiner verbrecherischen Mithilfe haben die interstellaren Großkonzerne, denen die Agrokombinate hier auf Woodstock gehören, unser

Wasser und unseren Boden vergiftet, unsere Heimatwelt ungestraft vergewaltigt. Sie beuten Woodstocks fruchtbare Natur aus, schlagen Profit aus unserer Hände Arbeit und verkaufen unsere Produkte an die Bewohner anderer Welten ...«

Das Visiphon schnarrte, und Larry antwortete, ohne den Blick vom Bildschirm zu nehmen. »Acuff.«

»Larry, siehst du Holovid?«

»Ja, Phoebe, ich sehe es. Was soll das?«

»Keine Ahnung, aber das Zeug kommt auch über die Radiosender.«

Er blickte zum Visiphon und sah, daß Phoebe deutlich besorgt war. »Soll das heißen, das ist ernst gemeint?«

»Leider ja.« Sie hob einen blauen Bogen Papier mit einem breiten roten Schrägstreifen in der linken oberen Ecke in die Kamera. »Das hier kam gerade über ComStar. Wir haben Alarm. Alle Urlauber werden zurückgerufen. Du darfst dich als zu den VCS reaktiviert betrachten.«

Larry starrte sie mit offenem Mund an. »Was, zum Teufel, geht hier vor?«

»Ich weiß es nicht, aber allem Anschein nach sind wir im Krieg mit der Liga Freier Welten.«

»Oh, mein Gott.« Larry warf einen schnellen Blick zurück auf den Holomonitor. »Und wer sind diese Clowns?«

»Weiß ich auch nicht, aber der Alarm ist echt.« Phoebe schüttelte den Kopf. »Wer auch immer diese Öko-Freiheitskämpfer sein mögen, gerade ist ein Liga-Sprungschiff im System aufgetaucht, und mit ihrer ersten Funkbotschaft hat es uns mitgeteilt, daß es gekommen ist, um WELFARE beim Befreiungskrieg gegen die Davion-Tyrannei zu unterstützen.«

Avalon City, New Avalon
Mark Crucis, Vereinigtes Commonwealth

Victor Davion betrachtete in andächtigem Schweigen die Hologrammkarte der Inneren Sphäre. Wie üblich hatte der Computer das Vereinigte Commonwealth als eine große Hantel aus goldenen Lichtpunkten gezeichnet, deren schmales Mittelstück um Terra lag, aber zahlreiche Welten in diesem zentralen Bereich flackerten violett oder grün, was Landungen von Truppen der Liga Freier Welten und der Konföderation Capella kennzeichnete. Andere Lichtpunkte leuchteten in deutlich gedämpftem Goldgelb. Damit signalisierte der Computer unterschiedliche Grade ziviler Unruhe, von Demonstrationen bis hin zur Rebellion.

Über der Karte hing Thomas Mariks narbengezeichnetes Gesicht in einem zweieinhalb Quadratzentimeter großen Kasten. Er bewegte den Mund, aber Victor hörte ihn nicht. Er hatte beim zweiten Abspielen der Botschaft, die in der gesamten Liga ausgestrahlt worden war, den Ton abgeschaltet. Sein Geheimdienst hatte ihm eine Kopie der Rede verschafft, bevor der Marik-Botschafter sie überreicht hatte, aber das war die einzige gute Nachricht, die er an diesem Tag gehört hatte.

»Gut gespielt, Thomas. Sehr gut gespielt.« Victor sah durch die Hologrammkarte zu Jerrard Cranston und Curaitis hinüber. »Wo werden seine Truppen zuerst landen, Jerry?«

Galen sah auf seine Computerkonsole. »Die Liga hat Truppen über Piratensprungpunkte in die Systeme von Callison, Denebola, Marcus, Talitha, Van Diemen IV und Wasat gebracht. In allen Fällen ist mit einem Eintreffen innerhalb der nächsten zwei bis vier Stunden zu rechnen. Wir erwarten jeweils mindestens drei Regimenter. In allen anderen Systemen, die sie angegriffen haben, sind sie etwas schwächer und eine

Woche bis zehn Tage von der Planetenoberfläche entfernt.«

Victor nickte. »Und die Angriffe der Capellaner?«

»Ebenfalls über Piratenpunkte. Fünf Regimenter stehen zwei Tage vor Liao; ansonsten mindestens eine Woche.«

»Fünf Regimenter, und alles, was ich auf dem Planeten zur Verteidigung aufzubieten habe, ist eine einzige unerfahrene Milizeinheit.«

Galen schüttelte den Kopf. »Liao liegt weitab von der Konföderation. Daß Thomas Sun-Tzu Truppen nach Zion hat bringen lassen, um Liao von dort aus angreifen zu können, hat uns ebenso überrascht wie der Angriff selbst.«

»Wie konnten wir das übersehen? Es muß doch Warnzeichen gegeben haben.« Einen Augenblick wünschte Victor sich eine zweidimensionale Sternenkarte aus Glas statt der holographischen Kugel aus Lichtpunkten, um sie zerschmettern zu können. Er ballte unwillkürlich die Fäuste, aber dann beherrschte er sich und zwang sich, die Hände zu öffnen. »Wir wußten doch, daß er seine Truppen an der Grenze zusammenzieht?«

Galen nickte eifrig. »Ja, natürlich, aber das Ganze lief wie ein ganz normales Marik-Manöver ab. Ligatruppen werden regelmäßig aus dem Innenraum an die Grenze verlegt, um anschließend die Grenztruppen ins Innere der Liga zu verlegen. Wir haben die normalen Verlegungsdaten erhalten, so wie immer. Soweit wir es sagen können, wußten die Truppen selbst nicht, daß sie in den Krieg ziehen, bis sie in unseren Systemen auftauchten.«

Der Prinz schob seinen Stuhl zurück und stand auf. »Ich sehe, wie es geschehen konnte, aber offensichtlich haben wir uns zu sehr auf Annahmen und zu wenig auf Fakten gestützt. Zum Beispiel haben wir angenommen, Thomas werde als Mann des Friedens und der

Vernunft selbst in dem Fall, daß er von Joshuas Tod erfährt, über die Rückgabe von Systemen verhandeln, statt sie einfach zu erobern.«

»Zugegeben, das war ziemlich bescheuert.« Galen zuckte die Achseln. »Es basierte auf dem, was wir von ihm wissen. Er war immer der Schlichter. Selbst die Gründung seiner Ritter der Inneren Sphäre schien mehr ein philosophisches Ereignis als ein militärisches.«

»Ach, ist das hier auch Philosophie?«

»Ich weiß es nicht, Hoheit. Ich bin mir nicht mehr sicher, was wir wissen.«

Beinahe hätte Victor Galen angebrüllt, aber wieder beherrschte er sich. *Er ist erst seit vier Monaten mein Sicherheitsberater. Es ist nicht sein Fehler. Es ist meiner und der des Systems.* »Konzentrieren wir uns darauf, was wir tatsächlich wissen.« Victor drehte sich um und sah zu Curaitis. »Thomas behauptet, er hat eine Blutprobe unseres Joshuas, die beweist, daß sie nicht Vater und Sohn sind. Ist das möglich?«

Curaitis nickte. »Es ist denkbar, daß jemand in den Besitz von Joshuas Blut gelangt ist. Es müßte jemand im Krankenhaus gewesen sein, wahrscheinlich jemand, der in der betreffenden Abteilung arbeitet.«

»Sie haben doch alle Personen dort überprüft?«

»Ja, wir haben alle einer normalen Sicherheitsüberprüfung unterzogen.« Curaitis runzelte die Stirn. »Möglicherweise war sich die betreffende Person gar nicht bewußt, wozu die Blutprobe dienen sollte, die sie beschafft hat. Sie könnte als Souvenir verkauft worden sein.«

»Blut?«

»Ein Pflaster, eine Spritze … Etwas, das mit Joshua in Kontakt gekommen ist, könnte bei Sammlern einen guten Preis bringen.«

Victor versuchte nicht, seine Überraschung zu verbergen. »Es gibt Leute, die so etwas sammeln?«

Galen nickte. »Die Sauerstoffmaske, mit der man damals versucht hat, Ihren Vater wiederzubeleben, hat vor kurzem für zehntausend Kronen den Besitzer gewechselt.«

»Thomas hat auch erklärt, wir könnten denselben Test mit eingelagertem Blut durchführen und würden dasselbe Ergebnis erhalten. Stimmt das?«

»Ja.«

»Tu es.«

Galen wirkte verwirrt. »Hoheit?«

Victor starrte zurück. »Tu es. Ich will exakt wissen, was Thomas wußte, als er seine Entscheidung getroffen hat.«

»Hoheit, Sie werden mir verzeihen, wenn ich darauf hinweise, daß es sich im Vergleich zu einem Angriff auf unser Gebiet um ein winziges Detail handelt.« Galen kniff die Augen zusammen. »Die DNS-Identifikation ist hier kein entscheidender Punkt.«

Victor sah von Galen zu Curaitis und wieder zurück. »Das hier ist keineswegs dieselbe Situation wie damals, als ich dachte, ich könnte den Mörder meiner Mutter persönlich überführen. Ich werde eine ähnliche Rede wie Marik halten müssen, um meinem Volk zu erklären, wieso wir uns im Krieg befinden. Ich muß verstehen, wie so etwas gemacht wird, damit ich es erklären kann, wenn es nötig wird. Ich werde offenlegen müssen, daß Joshua tot ist und wir ein Double an seine Stelle gesetzt haben. Ich werde erklären müssen, warum wir es taten. Ich muß ehrlich, überzeugend und offen sein, um zu verhindern, daß meine Nation zerbricht. Thomas hat mich als Monster porträtiert, und ich muß den Leuten zeigen, daß es ein falsches Bild war – denn es sind ihre Söhne und Töchter, die für mich und meine Ehre in den Tod gehen werden.«

Curaitis verschränkte die Arme vor der Brust.

Victor sah ihn an. »Sie haben etwas anzumerken?«

»Ich halte es für einen Fehler, Operation Gemini zuzugeben. Wenn Sie das tun, bestätigen Sie Thomas' Rechtfertigung für die Invasion. Streiten Sie alles ab. Geben Sie gar nichts zu. So hätte Ihr Vater reagiert.«

Eine Sekunde zögerte Victor. *Er hat recht. Mein Vater würde Thomas als Lügner bezeichnen, und er würde damit durchkommen. Zeige ich Schwäche, wenn ich zugebe, daß wir einen Doppelgänger für Joshua benutzt haben? Oder begegne ich einem starken Zug von Thomas' Seite mit einem noch stärkeren? Als Krieger würde ich zum Gegenangriff übergehen, aber als Politiker kenne ich mich mit den Regeln und Kniffen noch nicht so gut aus.*

Als er von der schwarzen Luzittafel des Kartentisches aufblickte, stellte er fest, daß Galen und Curaitis auf seine Antwort warteten. »Wäre ich mein Vater, würde ich Ihrem Vorschlag folgen, Curaitis, aber ich bin nicht Hanse Davion. Ein Teil meines Volkes glaubt jetzt schon, daß ich hinsichtlich des Todes meiner Mutter gelogen habe, und zu Ryan Steiners Tod habe ich es belogen. Ich denke, diesmal ist es besser, die Wahrheit zu sagen.«

Galen nickte. »Mir scheint das eine akzeptable Strategie zu sein.«

Curaitis wirkte nicht überzeugt, aber er verzichtete auf jeden weiteren Kommentar.

Victor zeigte auf ihn. »Ich will wissen, wer Thomas die Blutprobe besorgt hat. Ich will diesen Agenten, und ich will seine Organisation. Punkt. *Und* ich will alle Leute Sun-Tzus. Er hat auf über einem Dutzend Welten da draußen Rebellionen angezettelt. Ich will keine Bombenanschläge oder Unruhen auf New Avalon.«

»Die Festnahme aller capellanischen Agenten ist bereits im Gange. Die Suche nach dem SEKURA-Agenten läuft an.«

»Gut. Joshuas Double kommt *sofort* in ein Versteck, und diese Jenkins wird zusätzlich bewacht. Sie ist eine Heldin – eine Frau, die bereit war, für Joshua Marik ihr Leben zu opfern. Wenn wir ihre Rolle im Kampf gegen

Sun-Tzus Terroristen hochspielen, können wir einen Teil der Empörung von meiner Person zurück auf den Feind lenken.«

Galen wies auf die Karte. »Hoheit, auch wenn ich am lautesten von Ihnen verlangt habe, politischer zu denken, brauchen wir im Augenblick Victor den Krieger dringender.«

»Ich weiß.« Victor setzte sich wieder auf seinen Stuhl und rollte am Tisch des Besprechungszimmers entlang. Die am Ende des Vierten Nachfolgekrieges von der Liga eroberten Systeme waren verloren. Thomas hatte sie mit starken Verbänden überfallen, und das Vereinigte Commonwealth hatte zuwenig Garnisonstruppen vor Ort, um die Invasion zurückzuschlagen. Victors beste Einheiten standen an der Clanfront oder waren zu Manövern in der Achernar-Defensivzone um Tikonov.

Zu Manövern, die Sun-Tzu dazu bringen sollten, seine Aktivitäten in der Mark Sarna zurückzuschrauben. »Es ist eine Ironie des Schicksals, daß wir die Welten, die Thomas jetzt am härtesten angreift, nicht stärker geschützt haben, weil wir Joshua hatten und wußten, Marik würde uns nie angreifen, solange das der Fall war. Jetzt wird er sie einnehmen und einen deutlichen Sieg über uns erringen – wenn auch einen zeitlich begrenzten.«

»Eine Ironie, die zu schätzen man von den Truppen vor Ort schwerlich wird erwarten können, Hoheit.«

»Stimmt.« Der Prinz rieb sich das Kinn. »Die Mark-Sarna-Einheiten werden ihre jeweiligen Welten halten und vor Ort bleiben müssen, für den Fall, daß Thomas eine weitere Angriffswelle plant. Wir werden Verstärkungen von der draconischen Grenze holen müssen. Ich brauche mögliche Ankunftszeiten für alle Einheiten, die wir in diesem Gebiet haben.«

»Sie bekommen sie so schnell es geht.«

»Danke.« Victors blaue Augen verengten sich zu

Schlitzen, als er die Karte betrachtete. »Die große Frage ist: Wieviel von dem, was Thomas angreift, will er behalten? Unter dem Vorwand, Unabhängigkeitsbewegungen zu unterstützen, hat er Söldner in Bereiche jenseits der alten Ligagrenzen geschickt. Dadurch müssen wir auf unserem eigenen Gebiet kämpfen, bevor wir den Krieg in sein Reich tragen können. Will er eine Pufferzone einrichten, oder macht er sich tatsächlich Hoffnungen, die eroberten Welten zu halten?«

»Von den Planeten in der Mark Sarna, die er angegriffen hat, besitzt nur Nanking Mechfabriken.« Galen sah auf seinen Datenmonitor. »Weder Styk noch Sarna sind Ziel eines Angriffs, und Tikonov ist momentan so schwer gesichert, daß seine gesamte Invasionsstreitmacht geschluckt würde.«

»Nanking wird eines unserer Hauptziele für Entsatzoperationen. Ich werde diese Welt nicht aufgeben.« Der Prinz runzelte die Stirn. »Zürich und Hsien haben große Sprungschiff-Ladestationen, richtig?«

»Richtig, Hoheit.«

»Und indem er diese Stationen benutzt, kann er die Reichweite seiner Sprungschiffe deutlich erhöhen. Möglicherweise plant er tatsächlich eine zweite Welle.« Victor nickte anerkennend. »Gut geplant und ebensogut ausgeführt, und zum größten Teil eine Lehre aus der Invasion der Konföderation Capella durch meinen Vater vor dreißig Jahren. Beeindruckend für einen Mann, der eigentlich gar kein Krieger ist.«

Galen betrachtete die Karte mit kritischer Miene. »Thomas scheint verflucht wenig Fehler zu machen.«

»Sie sehen Fehler? Nennen Sie mir einen.«

»Warum greift er Woodstock an?«

»Auch Soldaten brauchen etwas zu essen, Jerry, seine ebenso wie unsere. Und wenn er es nicht deshalb getan hat, gilt immer noch: jede Welt, die an seine Truppen fällt, ist eine Welt mehr, die wir zurückerobern müssen. Nein, Woodstock ist kein Fehler.« Victors Miene erhellte sich. »Aber einen *großen* Fehler hat er begangen, und der wird uns den Sieg sichern.«

»Und der wäre?«

»Thomas kämpft, als hätte er es nur mit den Vereinigten Sonnen zu tun.« Victor deutete auf die lange Grenze der Freien Welten zu den lyranischen Distrikten. »Er hat sich entschieden, uns auf unserem Gebiet anzugreifen, aber wenn ich seine Truppen erst einmal in der Mark Sarna gebunden habe, werde ich ihm zeigen, daß sich dieser Spieß auch umdrehen läßt. Er wird auch seine nächste Lektion über Kriegsführung von einem Davion erhalten, aber er wird keine Chance bekommen, sie jemals anzuwenden.«

22

> Eine kleine Rebellion ab und zu ist ganz gut und in der Welt der Politik ebenso notwendig, wie Gewitter es in der physischen sind.
>
> – Thomas Jefferson, *Werke, Band VI*

Tharkad City, Tharkad
Distrikt Donegal, Lyranische Allianz

18. September 3057

Katrina Steiner kniff die Augen zusammen, als die Scheinwerfer des Medienzentrums aufflammten. Sie trat ans Rednerpult und wartete, bis sich der Lärm gelegt hatte. Zwei Skandalvid-Reporter riefen Fragen, wurden aber durch strafende Blicke ihrer Kollegen von der seriösen Presse zur Ordnung gerufen.

»Ich habe eine kurze Erklärung abzugeben und werde keine Fragen beantworten. Bis morgen früh werden Sie alle eine Datendisk mit vollständigen Informationen zu den Einzelheiten erhalten, die ich in meiner Erklärung anspreche. Zu einem späteren Zeitpunkt werde ich mich, je nach Entwicklung der Ereignisse, wieder an Sie wenden.«

Sie blickte auf den kleinen Bildschirm, der in die Oberfläche des Pults eingelassen war. Auf dem blauen Bildschirm stand in weißen Buchstaben der Text ihrer Rede. Sobald sie das Wort ergriff, würde er in derselben Geschwindigkeit mitlaufen, auch wenn Katrina diese Hilfe nicht benötigte. Sie hatte ihre Erklärung oft genug geübt, um sie auswendig zu können.

Sie schob die rechte Hand etwas höher und drückte einen Knopf, der anstelle des Textes ein Kamerabild auf den Bildschirm holte. Sie sah sich selbst am Rednerpult stehen. Hätte sie nicht bewußt ihre müde und gedrückte Miene aufrechterhalten, hätte sie gelächelt. Die Seide ihres Kleides war steinerblau, aber der Schnitt hatte nichts auch nur entfernt Militaristisches. Ihr goldblondes Haar war ausgebürstet und hing locker über ihre Schultern, als habe sie keine Zeit gefunden, sich auf einen öffentlichen Auftritt vorzubereiten. Ihr Make-up war ebenso zurückhaltend.

Gut, das Bild entspricht der Botschaft. »Liebe Mitbürger, ich muß mich heute an euch wenden, um über eine sehr ernste Situation zu reden, eine Situation, die Auswirkungen auf die Sicherheit unseres Reiches hat. Wie ihr wißt, hat die Liga Freier Welten zusammen mit der Konföderation Capella eine Offensive gegen die Mark Sarna des Vereinigten Commonwealth begonnen. Dieser Angriff scheint darauf gerichtet, Systeme zurückzugewinnen, welche die Liga vor fast dreißig Jahren verlor. Gleichzeitig zielt er auf ehemalige Welten der Konföderation Capella, die im selben Konflikt verlorengingen. Viele von euch werden sich an diesen Konflikt erinnern. Unser Volk brachte in jenem Krieg gegen Maximilian Liao große Opfer. Es wurde viel Blut vergossen, es gab schwere Verluste.« Sie stockte, um den Eindruck zu erwecken, ihre Stimme versage, dann schluckte sie und sprach weiter. »Thomas Marik hat als Grund für seine Offensive angegeben, mein Bruder, Victor Davion, habe seinen Sohn Joshua ermordet und einen Doppelgänger an dessen Stelle gesetzt. Thomas behauptet, das Ziel meines Bruders bei dieser Aktion sei es gewesen, seine Marionette ›Joshua‹ auf den Marik-Thron zu hieven und so die Kontrolle über die Liga Freier Welten an sich zu reißen. Wie ihr alle wißt, bin ich nicht müde geworden, meinen Bruder gegen Anschuldigungen zu verteidigen, er habe meine Eltern ermordet. Ebensowenig habe ich trotz aller anderslautenden Gerüchte je geglaubt, daß er Galen Cox umbringen ließ. Ich glaube ebensowenig, daß das Attentat Ryan Steiners eine von meinem Bruder befohlene Exekution war. Ich habe mich immer geweigert, Anschuldigungen dieser Art Glauben zu schenken, weil der Victor Davion, den ich kenne, niemals etwas Derartiges getan hätte.«

Katrina stützte sich mit beiden Händen an den Seiten des Rednerpults ab und ließ Kummer über ihr Gesicht fließen. Sie atmete tief durch und blickte zu den wortlosen Reportern hinab. Einen kurzen Augenblick erinnerten die Presservertreter sie an Kaninchen, die in den Scheinwerfern eines heranbrausenden Schwebers erstarrt waren.

»Die Beweise, die Thomas Marik für seine Behauptung geliefert hat, lassen mich zweifeln, ob ich Victor je wirklich gekannt habe. Wenn er dazu fähig ist, wenn er ein Kind kaltblütig töten und durch ein anderes ersetzen kann, gibt es nichts, was ihm nicht zuzutrauen wäre. Mein Bruder hat sich zu diesen Anschuldigungen nicht geäußert, weder öffentlich noch privat mir gegenüber, daher kenne ich seine Meinung hierzu nicht. Ich nehme an, es ist möglich, daß er eine Erklärung für diesen Vorfall hat und daß sie die Schwere dieser Anschuldigung zumindest etwas relativieren kann. Wie gesagt, ich weiß es nicht und warte darauf, etwas von meinem Bruder zu hören. Um eures Wohles willen aber, des Wohles meines Volkes, kann ich nicht untätig warten, bis Victor Rechenschaft über sein Handeln ablegt. Er hat euer Vertrauen mißbraucht, und ich werde euch nicht leiden lassen, während ich mich an die schwache Hoffnung klammere, daß mein Bruder sich rechtfertigen kann. Um die Sicherheit des lyranischen Volkes zu garantieren, habe ich folgende Anordnungen gegeben:

Erstens habe ich über die lyranischen Distrikte den Ausnahmezustand verhängt. Dies verleiht mir als Regentin größere Machtbefugnisse, darunter auch das Recht, die Verbindungen zwischen lyranischen Behörden und ihren Entsprechungen im Vereinigten Commonwealth zu lösen. In der Zwischenzeit werden wir als eigenständige politische Einheit unter dem Namen Lyranische Allianz fungieren. Als Lyranische aufgrund unserer langen Geschichte, die bis zurück zum Ursprung des Hauses Steiner auf Terra reicht, und als Allianz, weil dies meiner Einschätzung nach eine korrekte Beschreibung unserer Situation darstellt. Der Begriff Commonwealth hat einen unguten Beigeschmack bekommen. Ich möchte mein gesamtes Volk – von Northwind bis Poulsbo, von Loric bis Barcelona – vereint und zu einer Allianz zusammengeschlossen wissen, denn in diesen gefährlichen Zeiten müssen wir hart und gemeinsam daran arbeiten, unsere Errungenschaften zu sichern.

Zweitens fordere ich alle lyranischen Militäreinheiten in der Mark Sarna oder dem Rest des Vereinigten Commonwealth dringend auf, ins Allianzgebiet zurückzukehren. Solange lyranische Einheiten den Truppen der Freien Welten keinen Widerstand leisten, werden sie von diesen als neutral akzeptiert werden und Gelegenheit erhalten, sich zurückzuziehen.

Drittens und letztens möchte ich alle lyranischen Aussiedler einladen, in ihre Heimat zurückzukehren. In Zeiten wie diesen sollten unsere Familien zusammenstehen. Wir alle müssen zusammenstehen, denn nur durch gemeinsame Willensstärke können wir Lyraner die Schwierigkeiten meistern, die unserer Nation bevorstehen.«

Katrina ließ den Kopf ein wenig sinken und warf heimlich einen Blick auf den Monitor. Was sie sah, gefiel ihr. Sie wirkte müde und erschöpft, aber gleichzeitig vital und stark. Es war ein schmaler Grat, auf dem sie wandelte, aber sie schritt darauf entlang wie auf einem breiten Boulevard. *Und jetzt der Endspurt.*

»Mein Bruder, der Krieger, hat seine Hälfte des Vereinigten Commonwealth in den Krieg geführt. Ich werde mein Volk nicht für sein Handeln bluten lassen. Es ist meine heilige Pflicht, für euer Wohl Sorge zu tragen – dieselbe Pflicht, der sich auch meine Mutter widmete, bevor sie so grausam gemeuchelt wurde. Hiermit erhebe ich Anspruch auf ihre Nachfolge, auch wenn ich mir der damit verbundenen Gefahren bewußt bin. Es nicht zu tun, hieße, mein Erbe als Steiner und meine Verantwortung als euer Archon zu verneinen.«

Daosha, Zürich
Volksrepublik Zürich, Liga-Befreiungszone

Noble Thayer war sich über die Wurzel seines Unbehagens im klaren: er hatte sein Leben nicht mehr unter Kontrolle. Die Lage auf Zürich befand sich im radikalen Umbruch – nicht zu rasch, um sie verstehen zu können, aber doch zu plötzlich, um sich darin noch einzurichten. Keine zwei Stunden nach Thomas Mariks Rede hatten Xu Ning und seine Zhanzheng de Guang der Regierung den offenen Krieg erklärt. Wie zu erwarten gewesen war, hatte die Regierung mit der Ausrufung des Kriegsrechts reagiert.

Womit außer den Revolutionären niemand auf Zürich gerechnet hatte, war der Grad der Unterwanderung der örtlichen Miliz- und Polizeitruppen durch die Zhanzheng de Guang. Über achtzig Prozent der Einheiten hatten sich gegen die Regierung gestellt, und innerhalb von zwölf Stunden war die Revolution vorüber gewesen. Jetzt regierte Xu Ning als Vorsitzender der Volksbefreiungsfront den Planeten.

Daß die Revolution so glatt und ohne nennenswerte Gegenwehr abgelaufen war, machte Noble angst, auch wenn es ihn nicht überraschte. Noch vor einer Generation war Zürich Teil der Konföderation Capella und eine Lieblingswelt Kanzler Maximilian Liaos gewesen. Als die Welt im Vierten Nachfolgekrieg an Davion fiel, hatte die Bevölkerung den Machtwechsel kaum gespürt. Die Kämpfe hatten sich in Grenzen gehalten und kaum Schaden angerichtet, und auch die Stationierung von Steiner-Truppen in den ersten und Davion-Einheiten in späteren Jahren hatte keinen tiefen Eindruck hinterlassen, da es keine weiteren Kampfhandlungen gegeben hatte. Hanse Davion hatte Tormano Liao als Mittelsmann für die Fördermittel eingesetzt, die nach Zürich flossen, und die Bevölkerung konnte ihre Loyalität einfach von einem Liao auf einen anderen übertragen.

Und jetzt, als die Revolution zur Gründung der Volksrepublik Zürich geführt hatte, hatte sich ein erneuter Wechsel, diesmal ins Lager eines dritten Liao, vollzogen. Schon hatte Xu Ning begonnen, riesige Porträts von sich und Sun-Tzu auf öffentlichen Plätzen errichten zu lassen. Aus der Miliz war die Volksarmee geworden, und die Polizei hatte ihre weißen Uniformen gegen olivgrüne eingetauscht und nannte sich jetzt Volkskomitee für Staatssicherheit. Ein Wust von sozialen und kulturellen Programmen wurde angekündigt, deren erklärtes Ziel darin bestand, die Menschen wieder auf ihre capellanischen Wurzeln und Traditionen einzuschwören.

Als er die Haustür erreichte, nahm Noble das Einkaufsnetz in die Linke, um den Nummerncode in das Türschloß eintippen zu können. Die Nahrungsmittelpreise waren bereits drastisch gestiegen, und er hatte sich mit Reis, Zucker, Mehl, Salz und medizinischen Grundvorräten eingedeckt. Bei ernsterem Bedarf konnte er sich an Cathy wenden.

Auf dem Weg die ersten sechs Stufen hoch nahm er seine Umgebung kaum wahr. Mit dem siebten Schritt bemerkte er, daß Licht auf die Treppe fiel, und das konnte nur einen Ursprung haben: seine Wohnung. Wahrscheinlich war es nur Ken Fox, der endlich vorbeigekommen war, um die Klospülung zu reparieren. Und auch wenn er Cathy noch keinen Schlüssel gegeben hatte, wußte er, daß Fox ihr die Tür aufgeschlossen hätte, hätte sie ihn darum gebeten.

Oben angekommen blieb er stehen und starrte überrascht auf die beiden Sicherheitsbeamten in seinem Wohnzimmer. »Verzeihung, aber das ist meine Wohnung«, stellte er fest und trat durch die offene Tür. »Kann ich Ihnen helfen?« Er schloß die Tür hinter sich. »Gibt es ein Problem?«

Der Höherrangige der beiden war ein weiblicher Leutnant, eine kleine, dunkelhaarige Frau mit scharfkantigen Zügen. Sie trug ihr Haar so straff nach hinten gekämmt und zu einem Knoten hochgesteckt, daß er fast erwartete, ihr Nasenbein durch die Haut schneiden zu sehen. Sie stand auf und zupfte ihr gestärktes Uniformhemd zurecht. »Sie sind Noble Thayer, korrekt?«

Er nickte und setzte das Einkaufsnetz ab. Dann wanderte sein Blick von der Frau zu dem schweigenden Riesen zu seiner Rechten. »Ich bin Noble Thayer. Stimmt etwas nicht?«

»Gibt es einen Grund, daß etwas nicht stimmen könnte?«

»Nein, Ma'am, keineswegs.« Noble versuchte ein Lächeln, in der Hoffnung, sie gnädiger zu stimmen. »Ich will keine Schwierigkeiten.«

»Haben Sie irgend etwas getan, das Sie in Schwierigkeiten bringen könnte?«

Sein Lächeln zeigte nicht die geringste Wirkung, und er verzichtete darauf. »Nein, Ma'am. Wie kann ich Ihnen behilflich sein?«

Die Beamtin zog einen Compblock aus einer Seitentasche ihrer Uniformhose. »Diese Wohnung gehörte vor Ihnen Doktor Deirdre Lear. Kennen Sie sie?«

»Nein, Ma'am.«

»Aber Sie sind ihr Untermieter.«

Noble sah ihren braunen Augen an, daß sie ihm nicht glaubte. »Ich habe sie nie kennengelernt. Ich bin erst auf Zürich eingetroffen, nachdem sie abgereist war. Der Hauswirt, Mr. Fox, hat mich als Untermieter über ihren Vertrag einziehen lassen, um die Wohnung nicht renovieren zu müssen oder so etwas. Außerdem wollte er sich unnötigen Papierkrieg ersparen.«

Weder der Leutnant noch ihr Begleiter schienen geneigt, ihn vom Haken zu lassen. »Sie haben ihren Besitz übernommen, korrekt?«

»Nein, die Wohnung war leer, als ich einzog.« Noble deutete auf den Futon und die übrige Einrichtung. »Ich bin kein großer Inneneinrichter, aber ich gebe mir Mühe. Ich habe Quittungen.«

»Ohne Zweifel, Bürger Thayer. Sie hatten Zugang zu Dr. Lears Besitz, bevor er von Zürich abtransportiert wurde, korrekt?«

»Nein, das heißt, ja, aber nur, weil ich mitgeholfen habe, ihn zum Raumhafen zu schaffen.«

Die Augen der Offizierin verengten sich, und Noble ahnte eine Falle. »Dann gehört also alles hier Ihnen? Nichts gehört Doktor Lear?«

»Nach meinem besten Wissen ja, alles hier gehört mir.«

»Dann können Sie vielleicht das hier erklären.« Der Leutnant führte ihn in das kleine Schlafzimmer, das er als Computerzimmer benutzte. Sie ging zur Mitte des Hartholzbodens, und ihr Begleiter stellte sich neben der Tür auf. Auf der Segeltuchpritsche, die er als Ablage für seine Computerhandbücher benutzte, sah Noble zwei Bündel Kronenscheine mit 5000-Kr-Banderole, einen Gürtel mit Innentasche, aus der zwei goldene 10-Kr-Münzen gefallen waren, und einen M&G P30-Nadler mit vier Reserveblocks Kunststoffmunition. »Gehört das Ihnen?«

»Das ist ein Vermögen!« Noble starrte die Frau ungläubig an. »Wo haben Sie das gefunden?«

»Im Fußboden, unter einer losen Diele.«

»Ein Versteck?« Noble ließ sich auf die Knie fallen und tastete umher wie blind. Der Begleiter der Offizierin tippte mit der Fußspitze auf ein Bodenbrett. Noble schob die Fingernägel in den Spalt und zog es hoch. »Da brat mir einer einen Storch!«

Der Leutnant warf den Kopf in den Nacken und verschränkte die Arme vor der Brust. »Sie behaupten, davon nichts gewußt zu haben?«

Noble hob das lange Brett mit der Rechten hoch und starrte in das Loch. Er öffnete den Mund, wie um etwas zu sagen, dann stieß er die zur Faust geballte Linke zwischen die Beine des Sicherheitsbeamten neben sich. Eine Sekunde später rammte er, ohne aufzustehen, die Brettkante mit der Rückhand gegen das rechte Knie des Leutnants. Sie stürzte zu Boden.

Er schob die linke Hand unter seine Jacke und zog den schmalen Dolch hervor, den er auf dem Rücken am Gürtel getragen hatte. Die 15 cm lange geschwärzte Klinge glitt ebenso leicht aus der Scheide, wie sie wenig später knapp unter dem Brustbein in den Körper des zusammensackenden Riesen drang. Noble stieß schräg nach oben, dann drehte er das Handgelenk, um das Herz und beide Lungenflügel zu treffen.

Er drehte sich wieder zu der Frau um und schlug das Brett auf ihre rechte Hand, als er sie nach der Waffe greifen sah. Sie schrie auf, aber ein Schlag auf den Kopf mit dem Brett ließ sie nur noch wimmern. Ein weiterer Schlag zerschmetterte das andere Handgelenk. »Das Geld, die Waffen«, keuchte sie. »Sie sind ein Davion-Agent.«

»Kann sein.« Noble stand auf und nahm den Nadler von der Pritsche. »Aber wenn ich das zugeben würde, müßte ich Sie umbringen.« Er lud die Waffe. »Ach, zum Teufel, ich bringe Sie auch so um.«

Er feuerte zwei Schüsse auf sie ab und einen dritten

auf ihren Begleiter. In der Gewißheit, daß beide tot waren, entwaffnete er sie und warf die Pistolen neben das Geld auf die Pritsche. Er nahm ihnen auch die Ausweise und den Compblock ab. Nachdem er seinen Dolch an der Uniform des Riesen abgewischt hatte, schob er ihn wieder in die Gürtelscheide.

Einen Augenblick überlegte Noble, ob er versuchen sollte, die Leichen in den Kellerraum der Wohnung zu schaffen, aber die Gefahr, dabei erwischt zu werden, war weit größer als alle möglichen Vorteile durch das Verstecken der Leichen. Nadler waren leise Waffen, und außerdem hatte er die beiden am frühen Nachmittag in einem Innenraum seiner Wohnung erschossen. Wahrscheinlich hatte niemand auf der Straße die Schüsse gehört, und selbst wenn, so war die Gefahr gering, daß jemand eine Meldung davon machte. Auch wenn das Xu-Regime erst anderthalb Tage an der Macht war, hatten Daoshas Einwohner bereits gelernt, sich um ihre eigenen Angelegenheiten zu kümmern und jedes Aufsehen zu vermeiden.

Noble zog die blutbespritzten Sachen aus und wusch sind im Badezimmer die Hände. Hierher konnte er nicht mehr zurückkehren, deswegen zog er sich warm an und nahm sogar den Parka mit, den er Fox' Schwiegersohn für den Winter abgekauft hatte. Aus dem Schrank holte er einen Rucksack, in den er die Pistolen der beiden toten Beamten, seine Nadlermunition und einen dicken Pullover packte. Aus der Küche nahm er mehrere Dosen Eintopf und Chili und eine Flasche Wasser mit. In den Seitentaschen verstaute er die Optidisks seines Computers.

Er legte den Gürtel mit den Goldmünzen um und zog das Hemd darüber. Die 10000 Kronen teilte er in mehrere Päckchen auf, die er in verschiedenen Taschen und seinen Allwetterstiefeln verstaute. Nachdem er den Parka angezogen und das Einkaufsnetz aufgehoben hatte, sah Noble Thayer sich ein letztes Mal in seiner Wohnung um.

Das Blut war bis auf den Korridor geflossen. Er schüttelte den Kopf. »Tut mir leid, daß ich dir die Wohnung in einem solchen Zustand zurückgeben muß, Ken, aber dafür hast du ja die Kaution bekommen.« Er schloß die Tür hinter sich ab, verließ zum letzten Mal das Haus und tauchte in den Straßen von Daosha unter.

23

> Kampfeslust ist eine Tugend für einen Soldaten, eine Gefahr für einen Hauptmann und ein Verbrechen für einen Staatsmann.
>
> – GEORGE SANTAYANA, *Das Leben der Vernunft*

Avalon City, New Avalon
Marc Crucis, Vereinigtes Commonwealth

19. September 3057

Victor Davion, Erster Prinz des Vereinigten Commonwealth, saß hinter dem riesigen Schreibtisch, von dem aus sich auch sein Vater immer an die Nation gewandt hatte. Er hatte keinen vorbereiteten Redetext, nur Notizen, die er auf Karteikarten übertragen hatte. Diese hatte er auf seiner Schreibtischunterlage ausgebreitet und die Hände verschränkt, um einen nervös fuchtelnden Eindruck zu vermeiden.

Gegen Proteste Galens und Warnungen vor einem anti-lyranischen Stimmungsumschwung von seiten der Meinungsforscher hatte er sich entschieden, die blaugoldene Ausgehuniform der 10. Lyranischen Garde zu tragen. Die 10. war seine Einheit, und nach allem, was sie unter seinem Kommando durchgemacht hatte, war Victor sich ihrer Loyalität sicher. Er dachte nicht daran, sie zu demütigen, indem er die Uniform einer enger mit Haus Davion assoziierten Einheit trug.

Außerdem konnte er niemals den Anspruch auf die lyranischen Distrikte aufgeben, auch wenn Katrina sich vom Vereinigten Commonwealth losgesagt hatte. Er würde ihre Handlungsweise – ihren *Verrat* in den Worten anderer – dazu benutzen, seine Stellung zu festigen, aber er hatte kein Interesse daran, die Lage noch weiter zu polarisieren. Sein Volk sollte sich auf die drängendsten Probleme konzentrieren, ohne dabei irgend etwas zu tun, was die Durchsetzung seiner langfristigen Ziele erschwerte.

Die Scheinwerfer flammten auf, und der Aufnahmeleiter gab ihm ein Zeichen.

»Mitbürger«, begann Victor, und sah geradeaus in die Kamera. »Wir befinden uns im Krieg. Es sind nicht die Clans, die den Waffenstillstand gebrochen haben, sondern alte Feinde, die sich entschlossen haben, unseren Kampf gegen die Clans zu ihrem Vorteil auszubeuten. Keine dieser beiden Nationen verfügt über Kampftruppen vom Mut oder der Beharrlichkeit der Clans, aber trotzdem sind sie noch gefährlichere Gegner. Der Grund dafür liegt in der Tatsache, daß ihre Fürsten keine Krieger sind, sondern Staatsmänner. Staatsmänner verstehen nichts vom Krieg. Sie sehen ihn als legitimes Mittel der Politik. Für sie ist er ein Werkzeug, so wie ein Gesetz oder ein Vertrag. Sie machen sich nicht klar, daß jeder Krieg ein gewaltiges Blutvergießen bedeutet, in dem Menschen und Welten, Familien und Leben untergehen. Sie verstehen nur, daß der Krieg ihnen Welten liefern und Koalitionen gegen eine äußere Bedrohung festigen kann. Darin sehen unsere alten Feinde einen Wert, und darum haben sie diesen Krieg angezettelt.«

Victor unternahm keinen Versuch, die Wut und Empörung in seiner Stimme und seinem Blick zu unterdrücken, aber er gestattete sich ebensowenig, die Beherrschung zu verlieren. Er mußte seine Untertanen mit seiner Wut anstecken, ihnen aber auch zeigen, daß er die Situation im Griff hatte. Gleichzeitig durfte er sie nicht so sehr aufwühlen, daß ihre Gefühle ungehemmt losbrachen. Das hätte Faktionskämpfe im Vereinigten Commonwealth auslösen und zu weiteren Spaltungen führen können.

»Thomas Marik hat mich beschuldigt, einen anderen

Knaben an die Stelle seines toten Sohnes gesetzt zu haben. Als Beweis dieser Tatsache hat er einen Agenten eine Blutprobe Joshuas stehlen und daran einen Test durchführen lassen, der ergab, daß Thomas und Joshua nicht Vater und Sohn sein können. Wäre ich das Ungeheuer, als das Thomas mich darstellt, würde ich das Ergebnis dieses Tests bestreiten und anderweitige Beweise dafür anführen, daß Thomas sich irrt oder hinters Licht geführt wurde. Aber ich bin kein Ungeheuer, auch wenn seine Beschuldigung der Wahrheit entspricht. Ich trete heute vor Sie, um Ihnen eine Erklärung dafür zu geben, *warum* Joshua durch ein Double ersetzt wurde. Als Joshua zur Behandlung hierher ins NAIW kam, brachten ihn die von den Ärzten seines Vaters verschriebenen Medikamente langsam um. Ich erinnere mich daran, wie ich ihm auf Outreach begegnet bin, als sich alle Fürsten der Großen Häuser dort versammelt hatten, um sich zu beraten und unsere Antwort auf die Clan-Invasion zu planen. Trotz seiner Krankheit war Joshua ein fröhlicher Junge und überraschend flink. Jeder, der ihn kennenlernte, mußte ihn einfach gernhaben – und meines Wissens hat niemand ihn je bemitleidet, denn er war nicht die Art Kind, die zu einer solchen Reaktion einlud. Mein Vater, Hanse Davion, wußte, daß das NAIW Joshuas einzige Überlebenschance darstellte, und er war bereit, ihm eine Behandlung hier zu ermöglichen. Obwohl Thomas Marik an den Besprechungen über eine Abwehr der Clans auf Outreach teilnahm, zögerte er damals, etwas zur Verteidigung der Inneren Sphäre beizutragen. Obwohl der große Verteidigungsplan meines Vaters und Theodore Kuritas beinhaltete, der Liga Freier Welten die Frucht jahrelanger Forschungsarbeit zukommen zu lassen, so daß ihre Truppen in kürzester Zeit den unseren gleichwertig wurden, sperrte er sich. Und doch wußte Thomas, daß nur sein Reich, weil es von den Clans unberührt geblieben war, unseren Truppen die Ausrüstung liefern konnte, die notwendig war, um die Clans zu besiegen. Wie jeder Staatsmann sah er darin einen Vorteil, den er auszunutzen trachtete. Er verlangte Gebietskonzessionen. Er verlangte Materialkonzessionen. Er verlangte Finanzhilfen, alles noch bevor er uns gab, was wir brauchten. Das Vereinigte Commonwealth und das Draconis-Kombinat standen mit dem Rücken zur Wand. Sie brauchten dieses Material, und die Liga war der einzige Lieferant.«

Victor machte eine Pause. Er hatte auf einen dramatischen Höhepunkt hingearbeitet und wollte seinen Zuhörern Gelegenheit geben, zu verarbeiten, was sie gehört hatten. Nachdem er sicher war, daß seine Worte tief genug eingedrungen waren, sprach er mit gedämpfter Stimme weiter. »Mein Vater bot Thomas etwas an, das er ihm auf jeden Fall gegeben hätte: das Leben seines Sohnes. Hanse Davion bot an, Joshua im NAIW behandeln zu lassen, wo sich die besten Ärzte der Inneren Sphäre um seine Heilung bemühen würden. Wir alle wußten, daß Joshuas Überlebenschancen minimal waren – nicht höher als die einer regulären Einheit im Kampf gegen die Clans –, aber Thomas mußte seinem Sohn diese Chance bieten. Indem er dies tat, ermöglichte er zahllosen anderen zu leben, nach Hause zu ihren Lieben zurückzukehren, die Clans aufzuhalten, so daß wir noch ein Zuhause besitzen, in das wir zurückkehren können. Mein Vater wußte, daß Joshuas Leben am seidenen Faden hing. Er wußte, daß die Aussichten schlecht waren, und so suchte er nach einem Kind, das Joshua ähnlich sah, und bereitete es darauf vor, an dessen Stelle zu treten. Ohne Joshua im NAIW gab es keine Garantie für weitere Waffenlieferungen, die wir für den Kampf gegen die Clans dringend benötigten. Natürlich war all das vor Tukayyid und der Unterzeichnung des Waffenstillstands. Hätte ich damals von diesem Doppelgängerprogramm gewußt, oder wäre meine Mutter darüber informiert gewesen, wäre es sofort eingestellt worden. Aber ich erfuhr erst nach dem Tode meiner Mutter davon, zu einem Zeitpunkt, als Skye rebellierte und Sun-Tzu Liaos Agenten die Mark Sarna terrorisierten, um mich abzulenken. Zum selben Zeitpunkt verschlechterte sich Joshuas Zustand, und ich entschied mich, den Doppelgänger einzusetzen, um Zeit zu gewinnen. Ich wollte Skye befrieden und die liaoistischen Aktivitäten in Sarna niederschlagen, bevor ich mich mit Joshuas Tod auseinandersetzen mußte.«

Victor runzelte die Stirn. »Das war meine Absicht. Joshuas Leichnam wurde konserviert und mit größtem Respekt behandelt. Zudem bot er unseren Forschern eine weitere Gelegenheit, einen Schritt näher an die Heilung der Leukämie zu gelangen. Dank Joshua werden zahllose andere Kinder überleben.« Seine Stimme wurde kalt. »Und dank seines Vaters, des Staatsmannes, werden zahllose andere Kinder sterben. Hätte Thomas mehr an sein Reich gedacht als an sich selbst, hätte er das Andenken seines Sohnes nicht durch Angriffe auf unser Staatsgebiet besudelt. Obwohl keine materiellen Gewinne einen verlorenen Sohn ersetzen können, wäre ich bereit gewesen, über einen Ausgleich für Joshuas Tod mit ihm zu verhandeln. Obwohl unsere Leute im NAIW ihr Bestes getan haben, um das Leben seines Sohnes zu retten, und obwohl wir alle wußten, daß Joshua schon vier oder fünf Jahre früher gestorben wäre, hätte man ihn nicht hierher nach New Avalon gebracht.«

Victor senkte für einen Augenblick die Augen, dann hob er mit einem Ausdruck ernster Sorge den Kopf. »Viele von Ihnen werden sich fragen, wie Ihr Souverän den Tod des Knaben vor dessen Vater geheimhalten konnte. Ich kann Ihnen nur antworten, daß ich damit genau die Art von sinnlosem Gemetzel vermeiden wollte, die jetzt stattfinden wird, wenn Thomas' Truppen ihre Zielplaneten erreichen. Und ich würde mich unter denselben Umständen wieder genauso entscheiden, denn ich glaube noch immer, daß meine Entscheidung richtig war. Wir brauchen uns des Menschenschlags, den unsere Gesellschaft hervorbringt, nicht zu schämen. Das Vereinigte Commonwealth ist eine Nation, die Helden zeugt. Zu dieser Stunde liegt im NAIW-Klinikzentrum eine Frau, eine freiwillige Krankenhaushelferin, die eine solche Heldin ist. Sie arbeitete in der Abteilung, in der Joshua behandelt wurde. Als vor fünf Tagen eine Terroristengruppe auf der Lohnliste Sun-Tzu Liaos – Terroristen wie jene, die auf Zürich eine Handgranate in eine Gruppe Schulkinder warfen – in das Krankenhaus eindrang, um zu morden und zu verstümmeln, hat sie sich vor ihre Schützlinge gestellt. Mutig und selbstlos hat sie die Terroristen aufgehalten und wurde dabei lebensgefährlich verletzt. Ihre Angreifer starben, und sie war das einzige Opfer, weil sie zum Schutz der ihr anvertrauten Kinder handelte – einschließlich des Knaben, den sie als Joshua Marik kannte.« Victor nickte in die Kamera. »Ihr Name ist Francesca Jenkins, und ich hoffe, Sie alle werden Sie heute nacht in Ihre Gebete einschließen.«

Wieder zögerte er kurz, hob dann aber erneut den Kopf und ließ die ernste Sorge aus seiner Stimme verschwinden, so daß nur noch trostlose Strenge blieb. »Viele von Ihnen haben gehört, daß meine Schwester Katherine das Gebiet der sogenannten Lyranischen Allianz aus dem Vereinigten Commonwealth geführt hat. Sie befürchten sicher, daß dies zum Bürgerkrieg führen wird, aber dem ist nicht so. Katherine tut nur, was sie für nötig hält, um ihre Hälfte des Commonwealth zu schützen. Im Gegensatz zu Thomas und Sun-Tzu erkennt sie, daß Krieg ein Mittel der letzten Instanz sein sollte, und sie hat den Wunsch, ihr Reich aus diesem Konflikt herauszuhalten. Im Gegensatz zu Thomas und Sun-Tzu ist ihr auch klar, daß sie bereit sein muß, die Clans aufzuhalten, und wenn sie sich mit dem kleineren Übel arrangieren will, um mit dem größeren fertig werden zu können, kann ich mir ihr nicht guten Gewissens entgegenstellen. Thomas, als von ComStar in Regierungsfragen und mystischer Philosophie ausgebildeter Staatsmann, versteht nichts vom Krieg. Wäre es anders, würde er seine Landungsschiffe zurück in die Liga Freier Welten beordern. Er würde die Unterstützung illegaler Aufstände in der Mark Sarna einstellen. Er würde aufhören, Sun-Tzu mit Material für seine Invasion zu versorgen. Er würde sich zurückziehen, solange er noch kann.«

Victor atmete tief durch und schüttelte langsam den Kopf. »Ich verstehe etwas vom Krieg. Ich habe erlebt, wie mein Mech abgeschossen wurde. Ich habe tapfere Männer und Frauen um mich herum sterben sehen. Ich habe in der Schlacht und auch in den Nachwehen der Schlacht Freunde verloren. Schlimmer noch, ich habe im Feld Jahre meines Lebens verloren, fern meiner Familie, ohne jeden Kontakt, und wurde bei meiner Rückkehr unmittelbar mit dem Tod meines Vaters konfrontiert. Zu dieser Zeit steht es nicht in meiner Macht zu erklären, daß wir nicht kämpfen werden. Wie wir bereits bei den Clans erfahren haben, haben wir nicht die Wahl, vor blanker Aggression zu kapitulieren oder Kompromisse zu schließen. Wir dürfen Aggressoren nicht mit Stillschweigen belohnen. Wie ein Kind, das aus eigener Erfahrung lernen muß, wie heiß das Feuer ist, hat Thomas die Hand in die Flammen des Krieges gesteckt, und es ist unsere Pflicht, ihm die Gefahren deutlich zu machen, damit er nie wieder so leichtfertig seine wagemutige Philosophie mit dem Blut unschuldiger Menschen zu schreiben versucht.«

Victor blickte weiter geradeaus in die Holokamera. »Ich werde um alle, die wir in diesem Kampf verlieren, ebenso trauern, wie ich um meine Eltern und sogar um Joshua Marik getrauert habe. Ich werde um sie trauern, wie ich um alle trauern werde, die ihr Leben an den gefräßigen Ehrgeiz eines Mannes verlieren, der sich als unfähig erweist, über sich und seine persönlichen Sorgen hinaus an das Wohl seines Volkes zu denken. Und ich werde in der Hoffnung gegen einen solchen Mann kämpfen, daß eines Tages, eines nicht allzu fernen Tages, der Ehrgeiz seinen Durst nicht länger mit Blut löschen wird.«

24

> Die Kunst der Kriegsführung ist simpel genug. Man findet heraus, wo sich der Feind befindet. Man stellt ihn, so schnell man kann. Man schlägt gegen ihn los, so hart man kann, und bewegt sich weiter.
>
> – Ulysses S. Grant

Colmar
Jadefalken-Besatzungszone

24. September 3057

Phelan Ward stand neben Natascha Kerensky auf der Kampfbrücke des Landungsschiffes *Wolfsblut*. Im Holotank lief im Maßstab eins zu zehn eine Projektion der im Marakaatal Colmars stattfindenden Schlacht ab. Die BattleMechs des 352. Wolf-Sturmsternhaufens standen im Zentrum des rauchgeschwängerten Tales und benutzten das trockene Flußbett, das sich durch das Gelände zog, als Deckung. Der 12. Reguläre Falken-Sternhaufen hatte trotz zahlenmäßiger Überlegenheit und verfügbarem Jägerschirm für den Anmarsch über den südlichen Gebirgskamm schwer bezahlen müssen.

Trotzdem hatten sie den Wolfsclan-Einheiten ernste Verluste zugefügt. Phelan stand mit verschränkten Armen im Holotank und schüttelte den Kopf, als ein Jadefalken-*Turk* sich vor ihm mehrmals überschlug. Das Leitwerk des Luft/Raumjägers brach auseinander, und die Maschine stürzte zu Boden, wo sie beim Aufprall explodierte. »Wenn die Piloten der Silberwölfe keinen solchen Erfolg hätten, stünden die Dinge für unsere Seite sehr viel schlimmer.«

»Sterncolonel Oriega hat bekommen, was er verdient«, meinte Natascha. Ihre Stimme sang mit wütender Freude. »Ich habe ihm die Ehre angeboten, gegen meine 13. Wolfsgarde zu kämpfen, aber er hat sich für den 352. entschieden.«

Phelan lachte. »Ich hätte dieselbe Wahl getroffen. Der 352. wurde nach Tukayyid neu aufgebaut und hat eine Menge junger Wolf-Chauvinisten in seinen Rängen. Selbst Sterncolonel Serena Fetladral ist noch relativ unerfahren.«

»Ja, Phelan, du hättest dieselbe Wahl getroffen, aber nicht aus Feigheit oder Widerwillern, gegen jemand meines Alters anzutreten. Dieser Kerl hat es gewagt, die 13. Garde als Solahma-Einheit zu bezeichnen.«

»Deine Wolfsspinnen *sind* erfahrener als die meisten anderen Mitglieder von Fronteinheiten.«

Nataschas blaue Augen glitzerten spöttisch. »Saure Trauben, weil du zu jung für uns bist?«

»Auf Tukayyid war ich nicht zu jung, Khan Natascha.« Phelan hob die Arme, um eine weitere Diskussion abzublocken. »Aber du hast die Falken korrekt eingeschätzt. Indem du den 352. durch das Marakaatal gezogen hast, hast du ihn von Süden an die Falkenposition im Lichtgrund herangeführt. Das ist ihre schwächste Seite.«

Natascha nickte. »Oriega weiß so gut wie wir, daß ein Verteidiger in einer befestigten Stellung kaum umzubringen ist. Als Gegner des Schuldspruchs im Großen Konklave mußten wir *weniger* bieten, als er zur Verteidigung einsetzte, und das machte es schwierig für uns, ihn aus seiner Stellung zu werfen. Er hat mich gezwungen, ihn bei den Elementaren und Luft/Raumjägern zu unterbieten, auch wenn er mir bei den BattleMechs einen Vorsprung gelassen hat. Als ich Serena und ihre Truppen durch das Maraskaatal schickte, bot ich Oriega die Chance, über die Berge zu kommen und sie von der Flanke aufzurollen, während sie in Marschformation waren.«

Der jüngere Khan hatte Natascha von Beginn an zu

ihrer Strategie gratuliert. Die steilen Wände des Tales erschwerten den Jadefalken-Luft/Raumjägern Tiefflüge, die nicht geradewegs auf die Mechkolonne zuführten. Jägerangriffe konnten für BattleMechs das Ende bedeuten, aber der 352. hatte die verfügbare Deckung gut genutzt und sich im Gelände aufgelockert, während sie die Maschinen unter Beschuß nahmen. Sie hatten nur ein oder zwei erwischt, aber es hatte genügt. Die Piloten hatten sich für eine weniger unangenehme Umgebung entschieden und waren abgezogen, um die Wolf-Jäger zu stellen.

Die Jadefalken-Mechs waren auch ohne Deckung aus der Luft gekommen. Sie hatten eine erhöhte Position, aber der Gebirgskamm war zu weit entfernt von den Wölfen unten im Tal, um einen direkten Beschuß zuzulassen. Oriega hatte seine Truppen auf breiter Linie hangabwärts in Bewegung gesetzt, aber der steile Hang hatte die Mechs schnell gezwungen, dichter aufzurücken. Während ein Teil der Kampfkolosse durch Einsatz ihrer Sprungdüsen schnell und geordnet den Talboden erreicht hatte, war der größte Teil seines Sternhaufens auf dem Abhang versprengt worden, was es den Wölfen gestattet hatte, sie Stück für Stück auseinanderzunehmen. Und zum Pech für die Jadefalken ist es auf einem Hang, auf dem man nur mit Schwierigkeiten abwärts kommt, meist noch viel schwieriger, Höhe zu gewinnen.

Phelan zuckte, als ihm holographische Bruchstücke eines explodierenden Jadefalken-*Höhlenwolf* ins Gesicht flogen. »Damit haben die Falken nur noch anderthalb Mechsterne.«

»Die acht werden auch bald sterben. Ihre Jäger haben sie im Stich gelassen, und ihre Elementare sind geflohen. Das war zu erwarten.«

»Du hast die Hälfte deiner Jäger und Elementare verloren.« Phelan wanderte durch den Holotank, bis er wie der Koloß von Rhodos über dem ausgetrockneten

Flußbett stand, einen Fuß auf jedem Ufer. »Von hier sieht es so aus, als ob du mit etwa vier Mechsternen zurückkommst.«

»Mag sein, aber ich habe nur fünf MechKrieger verloren. Das ist ein Stern von zwölfen in meinem Sternhaufen.« Natascha nickte zuversichtlich. »Die meisten dieser Krieger waren Welpen, die noch nie ein echtes Gefecht mitgemacht hatten. So, Phelan, schärfen wir unseren Welpen die Zähne. Mechs kann ich reparieren und wieder ins Feld schicken, aber aus einem grünen Jungen einen Kriegerveteranen zu machen, ist nicht so leicht.«

Zwei Wolf-Mechs, eine gedrungene *Natter* und ein *Waldwolf,* arbeiteten zusammen und verwüsteten einen Jadefalken-*Henker*. Rote Lichtpfeile aus den Impulslasern in der linken Brustpartie des *Waldwolf* zuckten über den rechten Arm des humanoiden *Henker*. Ferrofibritpanzerung verkochte zu öligem Dampf und gab die verdrehten Myomerfasern und Titanstahlknochen frei. Die künstlichen Muskelbündel zogen sich zusammen und schwangen die vier Laser des Armes in Richtung des Angreifers.

Die beiden Partikelprojektorkanonen der *Natter* spien grellblaue Blitze. Ein Partikelstrahl brannte qualmende Panzersplitter vom Torso des *Henker,* während der andere in den entblößten Arm fuhr. Er zerschnitt die Myomerbündel, deren Enden zuckend umherpeitschten. Die konzentrierte Energie der Strahlbahn kanalisierte eine solche Hitze in die Titanstahlknochen, daß diese ihre Farbe von einem stumpfen Silberton zu einem grelleuchtenden Weiß veränderten, bevor das Metall schließlich verdampfte und der Arm sauber abgetrennt zu Boden fiel.

Natascha stieß den Finger in Richtung des *Henker,* als könne ihre Intervention im Holotank ihm irgendwie den Rest geben. »Da, Phelan, siehst du eine Lektion, die *unsere* Leute gelernt haben, im

Gegensatz zu den Jadefalken. Die Falken klammern sich noch immer an die Idee des Einzelgefechts. Das war vielleicht in den Tagen der Samurai des alten Japan in Ordnung, aber auf den Schlachtfeldern des einundreißigsten Jahrhunderts ist dafür kein Platz mehr.«

Phelan schüttelte den Kopf. »Auf den Schlachtfeldern des alten Japan war es genauso fehl am Platz. Auch wenn der Orkan, den die Japaner Göttlicher Wind nannten, den größten Teil der mongolischen Invasionsflotte kentern ließ, hat es damals ein Teil von Kublai Khans Truppen geschafft, an Land zu gehen. Und wenn sie Samurai gegenüberstanden, ritt jeweils ein einzelner Samurai vor, verkündete seine Abstammung und forderte einen der Mongolen zum Zweikampf. Als Antwort wurde er von der gesamten *Kompanie* Mongolen mit Pfeilen gespickt – das war sein Ende. Der Samurai hatte den moralischen Sieg errungen, aber er war trotzdem tot.«

Die ältere Khanin lächelte. »Sehr gut, Phelan. Die Jadefalken machten den Fehler anzunehmen, daß wir es vorziehen würden, eher gegen das Militär der Inneren Sphäre zu kämpfen als gegen unsere Mit-Clanner. Ohne Zweifel betrachten sie unseren Widerspruch als rüpelhaft und ehrlos, aber wen kümmert die Meinung von Toten?«

»Ohne Zweifel waren die Jadefalken ebenso überrascht wie ich, Natascha, als sie erfuhren, daß du und Ulric es geschafft haben, unsere gesamten Fronteinheiten in diese beiden Speerspitzen zu verlegen, ohne daß es jemand bemerkt hat.« Während er seine Zeit damit verbracht hatte, die Verteidigungsrede für den ilKhan vorzubereiten, hatten die beiden anderen Khane die Offensive gegen die Jadefalken geplant. Ihre Planung war brillant, und sie hatten ihm die besondere Rolle zugestanden, die Ulric ihm versprochen hatte, aber trotzdem fühlte Phelan sich übergangen, weil sie sich nicht mit ihm abgesprochen hatten. Als sie den Plan aufdeckten, waren die verschiedenen Galaxien des Clans bereits in Position, und die Einsatzgruppen hatten ihre Befehle erhalten. Phelan war klar, daß seine Beteiligung kaum etwas geändert hätte, aber er hätte es doch vorgezogen, an der Entscheidungsfindung beteiligt gewesen zu sein.

Komm darüber hinweg, Phelan. Du weißt, sie haben dir gesagt, was du wissen mußtest, als du es wissen mußtest. »Davon aber abgesehen, du kannst kaum erwarten, daß die übrigen Kämpfe genauso leicht werden wie dieser.«

»Nein, natürlich nicht. Ich habe eine Fronteinheit, wenn auch eine unerfahrene, gegen eine Garnisonstruppe eingesetzt. Das ist, als wäre ich mit meiner alten Schwarze-Witwen-Kompanie gegen eine bunt zusammengewürfelte Milizeinheit ins Feld gezogen. Wir haben die Falken überrascht, aber das war auch beabsichtigt. Sie werden ihre Einheiten umstellen, um mit uns abzurechnen, aber sie sind im Nachteil, weil sie alles beschützen müssen, während wir uns die Ziele aussuchen können, die wir angreifen wollen.«

»Beispiel: Dompaire. Die Falken haben keine Garnison dort.«

Natascha lachte kalt. »Aber auf Sudeten haben sie eine. Mehr Garnisonstruppen, aber immerhin zwei volle Sternhaufen. Es wird mir Spaß machen, für die Ehre, diese Welt zu erobern, gegen dich zu bieten.«

»Das ist das Problem mit euch *erfahrenen* Kriegern, Khanin Natascha – ihr habt keinen Sinn für die Wirklichkeit.« Phelan zwinkerte ihr zu, als im Holotank der letzte Jadefalken-Mech zu Boden ging. »Ich werde das Bieten gewinnen, und du wirst überhaupt keinen Spaß haben.«

Landungsschiff *Wolfsbau*, im Angriffsorbit über Zoetermeer Jadefalken-Besatzungszone

Sterncaptain Vladimir von der 11. Wolfsgarde nahm Haltung an, als sich die Kabinentür hinter ihm schloß. »Du hast nach mir verlangt, Sterncolonel?«

»Das habe ich, Vlad. Steh bequem.«

Vlads Haltung blieb unverändert, und auch seine Miene blieb hart. Obwohl die meisten Wölfe der Einsatzgruppe Delta Ulric weiter als »ilKhan« ansprachen und siezten, weigerte sich Vlad, es ihnen gleichzutun. Das Große Konklave hatte Ulric seines Amtes enthoben, und da die Wölfe bereits zwei Khane besaßen, hatte Ulric nur noch Anspruch auf seinen Kriegerrang. »Was kann ich für dich tun, Sterncolonel?«

Der ältere Mann lächelte ihn auf eine beiläufig entspannte Weise an, die Vlad wütend machte, aber falls Ulric bemerkte, daß Vlads Ohren glühten, ließ er es sich nicht anmerken. »Du kannst dich daran erinnern, Sterncaptain, daß du zuerst ein Wolf bist und erst dann ein Kreuzritter.«

»Sterncolonel, ich erinnere mich daran, daß ich zuerst ein Clansmann bin und erst dann ein Wolf.«

Ulric stand hinter seinem Schreibtisch auf, und seine blauen Augen waren schmale Schlitze. »Dein Ton ist aufmüpfig und deine Antwort verräterisch. Ich an deiner Stelle würde mich vorsehen. Wir stehen unter Kriegsrecht und an der Grenze eines Kampfgebietes. Ich könnte dich exekutieren lassen.«

»Aber du wirst es nicht tun.«

»Nein, ich werde es nicht tun.« Ulric winkte. »Du hast die Erlaubnis, frei zu sprechen. Mach deinen Vorbehalten gegen mich Luft.«

Vlad schüttelte den Kopf. »Ich habe nichts gegen dich, Sterncolonel. Du hast mir nichts getan.«

»Nicht?« Wieder lächelte Ulric, aber diesmal war

sein Gesichtsausdruck nicht neutral, sondern grausam. »Du bist dir bewußt, daß ich das Haus Ward daran gehindert habe, ein Blutrecht für Conal Wards Blutnamen abzuhalten. Natürlich hätte kaum jemand Interesse an einem so besudelten Blutnamen gehabt, aber du hungerst geradezu danach, frapos?«

Vlad knirschte mit den Zähnen. »Ich weiß, daß du darum gebeten hast, keinen Blutrechtstest um diesen Namen abzuhalten, und daß Khan Phelan als amtierendes Oberhaupt des Hauses Ward damit einverstanden war.« Er wußte, daß er nichts weiter hätte sagen sollen, aber der Haß, der in ihm aufstieg, ließ ihm keine Wahl. »Es überrascht mich nicht, daß Conal Wards Mörder bereit war, Conals Blutrecht zusätzlich zu entehren, indem er es nicht neu vergab.«

Ulric zog die linke Augenbraue hoch. »Mörder? Conal Ward starb im Kreis der Gleichen. Er wurde nicht ermordet.«

»Er war unbewaffnet, und Phelan hat ihn erschossen.«

»Er hatte Glück, daß Khan Phelan ihm eine so leichte Strafe für seine Verbrechen zugestanden hat.«

Conal war kein Verbrecher. Er hat getan, was getan werden mußte, wenn wir unserem Wesen treu bleiben wollen. »Da *Khan* Phelans Bericht über die gesamte Rote-Korsarin-Mission eine Geheimhaltungsstufe besitzt, die erst ab dem Rang eines Khans Einsicht gestattet, muß ich davon ausgehen, daß du die Wahrheit sagst.«

»Ja, das wirst du, Sterncaptain.« Ulrics blaue Augen funkelten wie PPK-Ladespulen. »Du betrachtest es als Beleidigung, daß ich persönlich den Befehl über die Delta-Galaxis übernommen habe, die Galaxis, die Conal Ward befehligte.«

»Daran habe ich nichts auszusetzen. Ich stelle nur die Versetzungen in dieser Einheit in Frage, insbesondere, da sie ohne Verlangen der MechKrieger zustande kamen, die in die Einheit oder aus ihr zu anderen Einheiten versetzt wurden.«

»Während Gesuche um eine Versetzung wie das deine abgelehnt wurden.« Ulric breitete die Arme aus. »Ich dachte, du würdest eine Galaxis voller Kreuzritter-Kameraden zu schätzen wissen. Ich dachte, die gleiche Meinung über die Zukunft der Clans würde euch ein Gemeinschaftsgefühl geben, das anderen Einheiten abgeht.«

»Das könnte es tun, Sterncolonel, und vielleicht wird es noch so kommen.« Vlad runzelte die Stirn. »Es ist mir aufgefallen, daß die jüngsten unserer Soldaten massenweise zu den Einheiten Khan Phelans und Khanin Nataschas versetzt wurden.«

»Junge Krieger haben noch viel zu lernen.«

»Und wir nicht, frapos?«

»Pos. Ihr braucht nur noch eines zu lernen.«

Vlad hob den Kopf. »Und das wäre?«

»Solons Maxime: Lerne zu gehorchen, bevor du befiehlst.«

»Ich weiß nicht, was du damit sagen willst, Sterncolonel.«

»Dann biste hier ja wohl richtig.«

»Ich möchte den Sterncolonel daran erinnern, daß es unnötig ist, mir gegenüber eine verluderte Sprache zu gebrauchen.«

Ulric lachte und klatschte in die Hände. »Du überraschst mich, Vlad. Ich hätte nicht gedacht, daß du dazu in der Lage bist. Das könnte doch noch ein interessantes Unternehmen werden.«

»Und welches Unternehmen wäre das, Sterncolonel?«

»Dich in den Tod zu schicken.«

Mich in den Tod zu schicken. Vlad blinzelte überrascht. »Aber du könntest mich jederzeit exekutieren lassen, Sterncolonel. Klage mich des Verrats an und laß mich erschießen.«

»Nein, ich denke nicht, daß ich das tun werde, Vlad.« Der weißhaarige Wolf ließ sich wieder in seinen Sessel sinken. »Willst du wissen, warum ich eine Einsatztruppe zusammengestellt habe, die fast ausschließlich aus Kreuzrittern besteht? Ihr habt mir selbst die Idee dazu gegeben. Die Rote Korsarin hat bei ihren Überfällen auf die Innere Sphäre eine Reihe von MechKriegern gefangengenommen. Einen davon zwang sie, gegen sein eigenes Volk in den Krieg zu ziehen. Sie brachte ihn dazu, gegen seine Nation zu agieren, indem sie ihm Versprechungen machte, seine Kameraden freizulassen. Indem ich Kreuzritter gegen Kreuzritter setze, werde ich euch vernichten.«

Vlad schluckte. »Jetzt bist du es, der verräterisch redet.«

»Wirklich? Kannst du mir irgendwo in den Schriften des Nicholas Kerensky oder eines der anderen großen Clanführer ein Wort über Kreuzritter oder Bewahrer zeigen? Kannst du mir zeigen, wo sie die Vorherrschaft einer dieser beiden Philosophien über die andere verlangen? Kannst du mir zeigen, wie diese Philosophien mit dem Wesen der Clans oder unserer weiteren Existenz verwoben sind?«

»Du bist ein Narr, Sterncolonel Kerensky, wenn du glaubst, durch die Vernichtung der Kreuzritter unter den Wölfen und Jadefalken den Wunsch nach der Eroberung der Inneren Sphäre auslöschen zu können. Wir hier in den besetzten Gebieten sind nur sechs Clans. Es gibt noch elf weitere, und auch unter ihnen gibt es Kreuzritter.«

Wieder breitete Ulric die Arme aus. »Hast du vergessen, wie wir Wölfe das Recht erworben haben, an der Invasion der Inneren Sphäre teilzunehmen? Wir habe um unsere Position geboten. Wir haben gegen diese anderen Clans gekämpft. Wir sind das Beste, was die Clans zu bieten haben. Die anderen werden uns möglicherweise folgen, aber sie werden nicht die unaufhaltsame Kampfmaschine darstellen, die wir waren. Manche von ihnen haben sich heute noch nicht von den Schlachten erholt, die sie beim Versuch, sich für die Invasion zu qualifizieren, verloren haben. Von denen erwartest du, daß sie die Aufgabe zu Ende bringen, franeg?«

Vlads Bild der anderen Clans, die auf den Heimatwelten zurückgeblieben waren, war ebenso von Verachtung geprägt wie Ulrics Kommentar. »Damit magst du recht haben, aber nicht, was die Bereitschaft von Kreuzrittern angeht, andere Kreuzritter zu vernichten.«

»Ich denke schon.«

»Ein weiser General kennt seine Truppen.«

»Oh, ich kenne meine Truppen, Vlad. Ich kenne sie sogar sehr gut. Denk einmal an die Jadefalken.« Ulric lehnte sich vor und schnipste mit den Fingern. »Da hast du es, deine Miene läßt keinen Zweifel daran, daß du sie verachtest. Sie mögen dir in ihrer Philosophie nahestehen, aber sie sind derart starr, daß sie sich bei einer Herausforderung als brüchig erweisen. Du magst Khan Phelan hassen, und du bist von ihm im Zweikampf und im Mechgefecht besiegt worden, aber wenigstens wurde *er* von *unserem* Clan adoptiert. Die Krieger der Inneren Sphäre, die gegen die Jadefalken gesiegt haben, hatten nicht einmal das Format Khan Phelans. Die Falken sind nicht das Beste der Clans.«

Vlad verzog das Gesicht, als könnte er damit sein Unbehagen wegen Ulrics Worten verdrängen. Ulric hatte recht. Er hatte schon immer die Ansicht vertreten, daß die Jadefalken zu sehr ihrem Totem ähnelten, einem übermäßig stolzen Vogel mit gellend kreischendem Schrei und dabei doch so verletzlich. Wenn die Wölfe ihre jungen Krieger an den Kampf gewöhnen wollten, sandten sie die Welpen gegen die Falken. Wenn sie dagegen Krieger in einem echten Kampf auf

Herz und Nieren prüfen wollten, wurden sie gegen die Nebelparder oder Geisterbären eingesetzt.

Ulric nickte. »Ich kann es in deinen Augen lesen, Vlad, so wie ich es in den Augen aller meiner Krieger gesehen habe. Die Falken mögen Kreuzritter sein, aber wir können gegen sie nur verlieren, wenn wir uns ergeben. Und mag er selbst ein Kreuzritter sein, kein Wolf wird sich je einem Falken ergeben. Eher stirbt er.«

Vlad nickte düster. »Du sprichst die Wahrheit.«

»Ich weiß. Ich bin ein Wolf, und ich bin dein Kommandeur, und du wirst mir in den Krieg gegen die Jadefalken folgen.« Ulric lehnte sich zurück. »Und selbst wenn es unser aller Tod ist, was für ein glorreicher Tod wird es werden.«

25

Die nüchterne Durchführung eines Krieges gegen eine reguläre und disziplinierte Armee ist erfolgreich nur mit einer Truppe derselben Art möglich.

– ALEXANDER HAMILTON, *The Federalist, 1787, XXV*

Sian
Kommunalität Sian, Konföderation Capella

26. September 3057

Kanzler Sun-Tzu Liao saß hinter dem Schreibtisch, an dem Justin Allard Jahrzehnte früher den Verrat an der Konföderation Capella geplant hatte, und gestattete sich ein zufriedenes Lächeln. »Vor dreißig Jahren war dies die Wiege unseres Untergangs. Jetzt hat sie unsere Rache geboren.« Beinahe hätte er laut aufgelacht. Fast wünschte er sich, die Geister dieses Raumes könnten seinen Triumph miterleben. Fast, aber nur fast, denn er wußte besser als jeder andere, würden Justin Allard und Hanse Davion noch leben, hätten sie seine Aktion vorausgesehen und vereitelt.

Victors großer Fehler war es gewesen, die Clans als seinen größten Feind anzusehen. Natürlich ergab das einen Sinn, denn immerhin hatte Victor gegen die Clans gekämpft und beinahe das Leben verloren. Dann war er von den politischen Unruhen im lyranischen Teil des Vereinigten Commonwealth zu sehr abgelenkt worden – Unruhen, die ihren Höhepunkt in der öffentlichen Absage seiner Schwester an Victor und der Gründung der Lyranischen Allianz gefunden hatten. Victor war so sehr abgelenkt gewesen, daß er nicht auf die gemeinsame Invasion durch die Freien Welten und die Konföderation vorbereitet gewesen war.

Als die Gefechtsberichte über den Schirm des antiken Terminals auf seinem Schreibtisch liefen, bewegte Sun-Tzu unbehaglich die Schultern. Es war keine Reaktion auf die Berichte. Sie waren durchgängig großartig. Seine Kommandeure hatten einzelne Davion-Bataillone mit Regimentern und einzelne VC-Regimenter mit jeweils drei vollen capellanischen Regimentern angegriffen. Dieselbe dreifache Übermacht hatten die capellanischen Truppen hassen gelernt, als Hanse Davion vor Jahrzehnten die Konföderation angegriffen hatte. Victors Konzentration auf den Schutz der Clanfront und die spätere Notwendigkeit, Truppen zur Beilegung der lyranischen Aufstände abzuziehen, hatte die Mark Sarna von Verteidigern nahezu entblößt.

Der Einsatz übermächtiger Kräfte hatte sich als weit über Sun-Tzus konservative Traumvorstellungen hinaus als erfolgreich erwiesen. Er hatte in seiner Invasionszone neun Planeten angegriffen, und alle waren erobert worden. Auf acht weiteren Welten hatte er die revolutionären Aktivitäten auf konstante Hinterhalte und Überfälle auf Davion-Garnisonstruppen ausgeweitet. Sie richteten zwar keinen ernsthaften Schaden an, ermüdeten die Davion-Soldaten aber entschieden. Nachdem seine Regimenter ihre ersten Ziele gesichert hatten, würden sie in einer zweiten Angriffswelle gegen diese Welten zuschlagen, deren Verteidiger bereits vor dem Eintreffen der Capellaner matt und ausgelaugt waren – leichte Beute.

Auch im Raum Zürich verlief alles nach Wunsch. Thomas hatte Söldner gestellt, die lokale Rebellionen unterstützten. Die einzigen dort eingesetzten Liao-Einheiten waren die Kriegerhausbataillone, die gemeinsam über dem Planeten Liao abgeworfen worden waren, um ihn von den VerCommenen Davions zu befreien. Die planetare Miliz hatte sich erhoben und den Davion-Gouverneur abgesetzt. Die Heimatwelt der Liao-Dynastie war wieder Teil der Konföderation Capella.

Trotz allem blieb Sun-Tzu unruhig. Der Erfolg der Invasion hatte ihn nicht überrascht, wohl aber die Kompetenz und Energie, die Thomas Marik bei der Organisation der Angriffe bewiesen hatte. Während Sun-Tzu von Atreus nach Sian geflogen war, hatte Thomas ihm Invasionspläne geliefert, die bis ins letzte Detail ausgearbeitet waren. Die Scharade ihres Streites war längst Geschichte. Thomas hatte Sun-Tzu auf Sian sehen wollen, um den Eindruck einer konzertierten Aktion beider Nationen zu erwecken, mit dem Ziel, vor fast drei Jahrzehnten durch Davion erobertes Gebiet zurückzugewinnen. Seit Sun-Tzu wieder auf Sian residierte, bestand zudem keine Gefahr mehr, daß seine Truppen ihn als Thomas' Marionette sahen oder umgekehrt.

Ihre Erfolge hatten sie Thomas' tatkräftiger Kriegsführung zu verdanken, aber eben diese hatte Sun-Tzu völlig überrascht. Er hatte den Generalhauptmann immer für ebenso schwächlich wie idealistisch gehalten. Selbst die Gründung der Ritter der Inneren Sphäre war ihm mehr als ein Versuch vorgekommen, der Inneren Sphäre zu beweisen, daß sich Idealismus und Krieg vereinen ließen und Krieger sich hehren moralischen Verhaltensregeln verpflichtet fühlen konnten. Es war Thomas' Versuch, das Wesen des Rittertums in der Inneren Sphäre wiederzubeleben – auch wenn Sun-Tzu Rittertum für einen ebensolchen Mythos hielt wie die hochgelobte Moral des alten Sternenbundes.

Sun-Tzus Computer fiepte zweimal und lenkte seine Aufmerksamkeit auf zwei Botschaften, die seine Konzentration erforderten. Die erste war eine Art Antwort auf seine Bekanntmachung, daß er den Planeten Outreach als unabhängige Baronie der Konföderation Capella anerkannte und auf Dauer der Söldnereinheit der Wolfs Dragoner zusprach. Ein Sprecher der Dragoner hatte Sun-Tzus Bestätigung des ursprünglich von Hanse Davion ausgesprochenen Lehens begrüßt und erklärt, die Dragoner würden sich auch weiter auf die Abwehr der Clans konzentrieren und in den momentanen Konflikt nur eingreifen, wenn sie direkt angegriffen wurden.

Der Kanzler verzog das Gesicht. Er hatte offenbar vergeblich gehofft, die Dragoner könnten eine gewisse Dankbarkeit beweisen, indem sie wenigstens ein Regiment für den Kampf gegen eine Davion-Einheit abstellten. Zugegeben, Victor war immer noch ihr Auftraggeber, aber in Sun-Tzus Augen wollten ihn die Dragoner für seine Frechheit bestrafen, indem sie sich weigerten, ihm zu helfen.

Die zweite Botschaft, ein knappes »Weiter wie geplant« von Thomas, erwies sich als noch enttäuschender als die Undankbarkeit der Dragoner. Von den Anfangserfolgen der Invasion ermutigt, hatte Sun-Tzu auf eine Beschleunigung der Angriffspläne gedrängt, aber Thomas sperrte sich. Hätte Marik zugestimmt, hätte er den Eindruck erweckt, nur ein weiterer ruhmsüchtiger Nachfolgerfürst zu sein, der darauf aus war, den Sternenbund mit sich selbst auf dem Thron des Ersten Lords neu zu etablieren. Und früher oder später hätte Sun-Tzu das für seine Zwecke ausgenutzt.

Der Capellaner sank zurück in die Polster seines Sessels. Er drehte ihn herum und betrachtete das grünfleckige Tarnmuster aus Efeu, der die Flügeltüren des Büros überwuchert hatte. *Hanse Davion und Justin Allard hätten sich vom Zögern eines Verbündeten nicht aufhalten lassen. Ich muß irgendwie beweisen, daß ich bei diesem Unternehmen mehr als der Juniorpartner bin, aber andererseits darf es kein so großer Coup sein, daß er die gesamte militärische Vergeltung auf mich zieht. Ich brauche ein Symbol, das die Mühe wert ist und zugleich eine ausreichende Belohnung beinhaltet.*

Sun-Tzu nickte, als ihm ein Gedanke kam. Vor dreißig Jahren hatte Hanse Davion erfolgreich die Northwind Highlanders – eine der besten Militäreinheiten der Konföderation Capella – auf seine Seite gezogen, indem er ihnen ihre Heimatwelt Northwind versprach. Durch den Verlust dieser Welt an Davion vor langen Jahren hatten die Highlanders ein Gefühl der Heimatlosigkeit entwickelt gehabt. Mit seiner großzügigen Geste hatte Hanse die Regimenter aus der Konföderation Capella gelockt und dem Haus Liao einiger seiner besten Krieger geraubt.

Sun-Tzu besaß ein Agentennetz auf Northwind, aber er hatte es nicht genutzt, wie er es auf den übrigen Welten, auf denen er Zellen finanzierte, mit den Zhanzheng de Guang getan hatte. Er hatte vorgehabt, seine Agenten dort einzusetzen, um Highlanders oder deren Angehörige unter Druck setzen oder umbringen zu können, falls Victor je auf die Idee kam, die Einheit gegen die Konföderation in Marsch zu setzen. Der Erfolg beim Aufbau des Agentennetzes auf Northwind hatte zur Einrichtung ähnlicher Netze auf Caph, Keid, New Home und Epsilon Indi geführt.

»Wenn ich diese Agenten aktiviere, um Staatsstreiche auszuführen, wird das Thomas ermutigen, seinen Schutz auszuweiten und den Krieg voranzutreiben.« Der Kanzler legte die Fingerspitzen aneinander. »Thomas wird erkennen, daß ich überall aktiv werden kann. Wir können diesen Krieg weiter tragen, als er sich vorgestellt hat, und Welten zurückerobern, die verlorengingen, bevor selbst *Thomas* geboren wurde. Es soll geschehen.«

Charleston, Woodstock
Grünharmonische Republik, Liga-Befreiungszone

Larry Acuff kletterte durch die Luke im Hinterkopf des *Kriegshammer* und streifte den Kapuzenmantel ab, den er während der Wartezeit getragen hatte. Dann zog er die Luke hinter sich zu und drehte das Verschlußrad, um sie zu verriegeln. Mit einem Knopfdruck startete er die Maschine des Kampfkolosses. Die Vibrationen, mit denen sich das Fusionsfeuer im Innern des Reaktors entzündete, drangen durch die schweren Stiefel und schmerzten an seinen kalten Zehen.

Er faltete den Mantel zusammen und stopfte ihn in ein Staufach hinter der gepolsterten Pilotenliege, bevor er sich auf seinen Platz zwängte. Als er seine Kühlweste mit der Buchse verband, zuckte er unter dem ersten Kälteschwall zusammen. Aber Larry wußte, wenn sie erst einmal auf das erste Regiment von Smithsons China-Banditen trafen, würde er über die Kühlwirkung noch froh sein.

Er zog den schweren Neurohelm aus der Halterung und setzte ihn auf die Schulterpolster der Kühlweste. Von der Kinnpartie des Helms hingen vier Biomedkabel herab wie ein dünner Bart. Larry führte sie durch die dafür vorgesehenen Schlaufen der Weste und verband sie mit den Sensorpflastern an Armen und Beinen. Er schnallte sich an, dann zog er den Kinngurt des Helms fest und sicherte damit die Auflage der Neurosensoren auf seiner Schädeldecke.

Ringsum im engen Mechcockpit erwachten die Computermonitore zum Leben. Einer zeigte die Reaktorleistung, ein anderer Wetterdaten, aber der Hauptschirm, auf dem Status und Bereitschaft der Waffensysteme angezeigt wurden, blieb dunkel. Mit einer Kinnbewegung schaltete Larry das Mikrofon ein. »Computer ein, Überprüfung starten.«

»Stimmusterabgleichung erfolgt. Willkommen an Bord, Hauptmann Acuff. Bitte bestätigen Sie Ihre Identität durch Kennsatz.«

Da Stimmuster gefälscht werden konnten, waren BattleMechs zweifach gesichert. Zunächst wurde die Stimme des Piloten identifiziert, anschließend wurde er aufgefordert, einen Kennsatz zu wiederholen, den er selbst in den Speicher eingegeben hatte. Natürlich ließ sich dieser Satz durch Foltern des Piloten oder ausgedehnte Überprüfung der Speicherbänke feststellen, was den Diebstahl des Mechs möglich machte, aber die tatsächliche Durchführung eines solchen Unternehmens war so kompliziert, daß der Diebstahl aktiver Fronteinheit-BattleMechs nur in Holoviddramen vorkam.

»Der Krieg findet seine Opfer überall.«

»Identität bestätigt. Waffensysteme werden aktiviert.« Auf dem Hauptschirm erschien die Silhouette des *Kriegshammer*. Die Extremreichweiten-PPKs in beiden Armen meldeten Bereitschaft. Als nächstes zeigte die Kurzstreckenlafette auf der rechten Mechschulter grün, gefolgt von den mittelschweren Lasern, dem Maschinengewehr und dem Raketenabwehrsystem im Torso.

Er öffnete einen Funkkanal. »Bataillonsführer Gamma bereit. Kompaniekommandeure, Meldung.«

Alle drei seiner Lieutenants meldeten gefechtsbereite Kompanien. Einschließlich seiner Befehlslanze verfügte Larry über vierzig Mechs. Zwar waren alle Piloten Milizionäre, die noch kaum einen echten Kampfeinsatz erlebt hatten, aber sie waren besser ausgebildet und fähiger als die meisten Miliz-Piloten. Allesamt hatten sie von ihrer Jugend an AgroMechs auf den weitflächigen Farmanlagen gesteuert, für die Woodstock berühmt war. Auch wenn sie die tiefen Dschungel im Herzen des Südkontinents weniger gut kannten als die Felder rund um Charleston, waren sie in ihnen auf jeden Fall eher zu Hause als die Söldner, die Thomas Marik auf Woodstock abgesetzt hatte, um WELFAREs Revolution zu unterstützen.

»Langsam ausrücken, Gamma. Wärmetauscher bleiben abgeschaltet, bis die Freigabe erfolgt. Dieses Rennen geht an den Igel.«

Als Kommandantin Phoebe Derden-Pinkney aus einer WELFARE-Sendung erfahren hatte, daß Smithsons China-Banditen im Anflug waren, hatte sie sich sofort daran gemacht, die Verteidigung zu organisieren. Die Banditen waren als harte Gegner bekannt, aber seit ihrer Zeit in den Diensten des Lyranischen Commonwealth hatten sie einiges durchgemacht. Vor dreißig Jahren waren sie von zwei auf ein Regiment geschrumpft, und auch wenn sie unter Thomas Marik ein neues zweites Regiment aufgebaut hatten, führte die relative Unerfahrenheit der neuen Rekruten doch zu einer gewissen Schwächung. Hinzu kam, daß die China-Banditen im Kampf gegen die Andurien-Rebellen ihr Luft/Raumkontingent vollständig eingebüßt hatten. Es war bis heute nicht ersetzt worden.

Phoebe hatte den Transport des Woodstock-Reservemilizregiments ins Innere des Kontinents Larry und ihren anderen Bataillonsführern überlassen, während sie soviel wie möglich über Colonel Ada Gubser, die Kommandeurin der Banditen, herauszufinden versuchte. Das hatte sich zum wahrscheinlichen Schlüssel für den Sieg über die Söldner erwiesen. »Soldaten werden getötet, Kommandeure werden *besiegt*«, hatte sie Larry erklärt.

Als das Vereinigte Commonwealth Zürich erobert hatte, war Ada Gubser eine MechKriegerin bei Trimaldis Sekutoren gewesen. Die 4. Leichte Deneb-Kavallerie RKG hatte Jagd auf die Sekutoren gemacht und sie schließlich in Ling's Cusp, einer Felsenfestung in einem erloschenen Vulkan, gestellt. Gubser war gefangengenommen, aber nach dem Krieg wieder freigelassen worden. Sie hatte sich Smithsons China-Banditen angeschlossen und zur Kommandeurin des Ersten Regiments hochgedient.

Ling's Cusp war die einzige reelle Verteidigungsstellung für eine ganze Einheit auf dem Südkontinent, auch wenn das Hügelland ringsum einige ausgezeichnete Feuerzonen aufwies. Die Reservemiliz war ins Innere des Kontinents aufgebrochen und verschwunden, und alle Welt nahm an, sie hätte sich in Ling's Cusp auf eine Verteidigung gegen einen zu erwartenden Angriff der China-Banditen eingerichtet.

Gestützt auf Gubsers Erinnerungen an den Cusp und seine Eigenschaften, rückten die Söldner nur langsam vor. Gubser wollte ihre Truppen so aufstellen, daß sie genug Druck auf die Reservemiliz ausübten, um deren Versorgung abzuschneiden. Das würde die Miliz zu einem Ausbruch zwingen, bei dem sie den Kampf auf einem Schlachtfeld ihrer Wahl führen konnte, statt sich auf den Versuch einlassen zu müssen, die Miliz aus dem Cusp zu drängen. Selbst die Davion-Truppen im Vierten Nachfolgekrieg hatten sich trotz ihrer neunfachen Überlegenheit schwer getan, den Cusp zu stürmen.

Gubser hatte ihre China-Banditen in einer Gefechtsordnung aufgestellt, die der Miliz einen Angriff erschweren würde. Ihre Vorhut lag etwa fünf Kilometer vor einer Hügelkette, die als tatsächliche Verteidigungslinie des Lagers dienen sollte. Damit befanden sich die vordersten Truppen etwas mehr als zehn Kilometer ostwärts der Cusp-Öffnung. Die Vorhut sollte als eine Art Stolperdraht dienen und in Richtung auf die Verteidigungslinie zurückfallen, um die Reservemiliz aufzuhalten, so daß der Rest der Banditen Gelegenheit hatte, in Stellung zu gehen und die Miliz zu zerschlagen.

Das tatsächliche Lager der Banditen befand sich weitere fünf Kilometer östlich, jenseits der Hügel, in der Nähe des Ortes King's Down. Die China-Banditen hatten alle aus der Stadt führenden Kommunikationslinien durchgeschnitten und die Straßen gesperrt. Jetzt fühlten sie sich sicher und verbrachten ihre Zeit vor allem damit, sich in King's Down zu amüsieren.

Die Söldner wußten jedoch nichts von dem privaten Fiberglas-Kommunikationsnetz der Agrokombinate, durch das diese unabhängig vom alten Kommunikationsnetz der Liaos waren. Ebensowenig ahnten sie, daß die Miliz Verbündete in der Stadt besaß, die alle Aktivitäten der Söldner über die Kombinatsleitungen weitermeldeten. Die Berichte trafen so zuverlässig ein, daß die meisten Reservisten sie viel unterhaltsamer fanden als die politisch korrekten Seifenopern, die WELFARE aus der Hauptstadt Recital City ausstrahlte.

Alle Stellungen der China-Banditen waren auf den Cusp hin orientiert. Moderne Ortungsgeräte sollten sie vor den anrückenden Mechs der Reserve warnen. Die wichtigsten dieser Geräte waren kleine Geruchssensoren oder ›Schnüffler‹. Sie ähnelten im Aufbau Rauchdetektoren, waren aber auf die Erkennung von Mechkühlmittel in der Luft ausgerichtet. Wo sich Mechs aufhalten, da wird Kühlmittel in Wärmetauscher gepumpt und verdampft. Um die Position des Feindes auszumachen, genügt es, diese Kühlmitteldämpfe zu finden.

Das Problem bei dieser Sache war, daß die Anwesenheit von Kühlmittel nicht notwendigerweise auch die Anwesenheit von BattleMechs bedeutete. Das Beta-Bataillon der Reserve befand sich zwar tatsächlich im Cusp und rechtfertigte die tiefgestaffelte Verteidigung Gubsers, aber die Bataillone Alpha und Gamma waren südostwärts des Cusp im Dschungel geblieben, etwa zehn Kilometer südwestlich von King's Down, wo der vorherrschende Nordwestwind des Septembers ihre Kühlmitteldämpfe von den Söldnern weg blies. Gleichzeitig sorgten offene Eimer mit Kühlmittel windaufwärts der Schnüffler für Anzeigen, die bei den China-Banditen den Eindruck erweckten, im Cusp ein komplettes Mechregiment eingekesselt zu haben.

Und als die Miliz diese Eimer nach Norden versetzte, überzeugte das die Banditen davon, daß die Reservemiliz einen Ausbruchsversuch unternahm und sie im Norden umgehen wollte. Die Söldner reagierten sofort, ebenso wie die Verbündeten der Miliz in King's Down, und als die Banditen sich auf den Marsch nach Norden machten, hatten sich die Bataillone Alpha und Gamma bereits in Bewegung gesetzt.

Im Nordwesten sah Larry den Widerschein von Explosionen den Nachthimmel erleuchten. Dann hörte er Phoebes Stimme in den Helmlautsprechern. »Alpha-Führer an Gamma-Führer, Beta hat Feindkontakt. Heißlaufen. Viel Glück.«

»Roger, Alpha.« Wie geplant war das Beta-Bataillon aus dem Cusp gestürmt, als die Banditen nach Norden abrückten. Jetzt würde die Vorhut entweder versuchen, Beta aufzuhalten, damit die anderen China-Banditen eine Drehbewegung ausführen und ihr von Norden aus zu Hilfe kommen konnten, oder sie würde zurückfallen und darauf hoffen, daß der Rest des Regiments es schnell genug zurück zur Verteidigungslinie schaffte, um den ursprünglichen Plan durchzuführen. Die Aufgabe des Gamma-Bataillons bestand darin, die Verteidigungslinie der China-Banditen vor diesen zu erreichen und gegen sie auszunutzen.

»Wärmetauscher einschalten, Gamma.« Larry warf einen Schalter auf der Befehlskonsole seines *Kriegshammer* um. Er bemerkte einen leisen Geruch von Kühlmittel und sah die Temperaturanzeige auf seinem Hilfsmonitor absacken. Ein zweiter Schalter rief eine holographische Rundumsichtanzeige auf, die einen 360°-Blick auf 160° vor seiner Liege komprimierte. Im Zentrum der Darstellung schwebte ein goldenes Fadenkreuz, das er mit dem rechten Steuerknüppel bewegen konnte. »Los geht's, Leute. Wir müssen die Stellungen vor den Banditen erreichen.« Er grinste, als sein *Kriegshammer* schneller wurde. »Sie sind ohne Einladung zu diesem Tanz erschienen, und jetzt wird es Zeit, ihnen die Rechnung zu präsentieren.«

26

Ich habe noch keine Truppen getroffen und noch von keinen gehört, die einem Nachtangriff von hinten widerstehen können.

– BERNARD NEWMAN, *The Cavalry Came Through*

Daosha, Zürich
Volksrepublik Zürich, Liga-Befreiungszone

26. September 3057

Rings um sie herum im Innern des überfüllten Schwebebusses sah Cathy Hanney Menschen, die genauso aussahen, wie sie sich fühlte. Die Revolutionsregierung hatte keine Zeit verloren, die gesamte Gesellschaft neu zu ordnen. Treibstoff und Nahrungsmittel waren rationiert, Strom wurde nach Bedarf zugeteilt, was für Daoshas Zivilbevölkerung bedeutete, daß um zehn Uhr abends das Licht ausging. Es waren schon Opfer von zwei Bränden im Krankenhaus eingeliefert worden, die ausgebrochen waren, weil Menschen versucht hatten, nach dem Abschalten der Stromversorgung ihre Wohnungen mit tragbaren Ölbrennern oder ähnlichen Geräten zu heizen.

Die körperlichen Entbehrungen waren zwar zu ertragen, aber sie führten zu einem Gefühl dumpfer Mattigkeit. Rick Bradford hatte erklärt, alles, was sie brauche, sei Schlaf, eine heiße Dusche und eine Tasse Espresso, aber die beiden letzteren waren auf dem ganzen Planeten nicht mehr aufzutreiben, und der Schlaf wollte einfach nicht kommen. Zum Teil lag das an der Depression, unter der sie litt, aber das Wissen um ihren Zustand half ihr nicht, ihn zu beheben.

Sie wußte, die Depression hatte eingesetzt, als Noble

Thayer sie am achtzehnten nicht angerufen hatte. Sie hatten keine besonderen Pläne gehabt, aber in der Regel waren sie per Telefon in Verbindung geblieben. Als Cathy versucht hatte, ihn anzurufen, hatte niemand abgenommen.

Am nächsten Tag hatte Ken Fox sie im Hospital aufgesucht. »Wenn Sie Noble sehen, sagen Sie ihm, er soll sich von seiner Wohnung fernhalten. Sieht aus, als hätte er jemand gehörig wütend gemacht.« Sonst hatte er nichts gesagt, nur, daß es besser für sie sei, weiter nichts darüber zu wissen. Dann war auch er verschwunden.

Noble und Fox waren nicht die einzigen, die verschwunden waren. Die Besucher im Aufenthaltsraum des Krankenhauses hatten reichlich Klatschgeschichten auszutauschen, und eine Menge ihrer Geschichten klangen erschreckend ähnlich: ein Klopfen an der Tür, Beamte vom Volkskomitee für Staatssicherheit, die nach jemandem fragten und ihn oder sie dann zu einer ›Befragung‹ mitnahmen, von der niemand zurückkehrte.

Jedesmal, wenn ihr der Gedanke kam, Noble könnte vom Sicherheitskomitee verhaftet worden sein, schnürte ihr der Gedanke den Hals ab. *Es stimmt schon, man weiß erst, wieviel einem an jemandem liegt, wenn er nicht mehr da ist.* Sie hatte nicht geahnt, wie sehr sie an ihm hing. Ihre Beziehung zu Noble war intim gewesen, aber die getrennten Wohnungen hatten ihr die Illusion der Unabhängigkeit bewahrt – eine Illusion, die durch sein Verschwinden zerschlagen worden war. Als sie jetzt zurückblickte, erkannte sie, wie sie allmählich immer enger zu ihm hingezogen worden war – und es genossen hatte.

Sie lehnte sich zurück und betrachtete die Anzeigen über den Schwebebusfenstern. Xu Nings strenges Gesicht starrte in einer schwarzweißen Rasterdarstellung auf sie herab. »Die Staatssicherheit beginnt bei DIR!« erklärte das Plakat. Die Plakate hatten ihr Angst gemacht, als sie über Nacht in den Bussen aufgetaucht waren, aber Cathy bemerkte, daß ein anonymer Künstler Xu Nings Konterfei auf dem nächsten Bild Kaninchenohren verpaßt hatte. Sie hätte gerne darüber gelacht oder zumindest gelächelt, aber der kalte Blick einer Frau im tristen Olivgrün einer Revolutionsbeamtin ließ die Freude in ihrem Herzen gefrieren.

Der Bus schlug leicht mit dem Heck aus, als der Fahrer die Leistung des vorderen Hubpropellers reduzierte und den Schweber gegen den Bürgersteig an Cathys Haltestelle schlagen ließ. Sie stand auf und stieg durch die hintere Tür aus. Als der Bus weiterfuhr, drehte sie sich hastig weg, aber der meiste Schmutz war schon beim Halt weggeblasen worden, und ihre Beine wurden nur mit etwas Sand bombardiert.

Cathy sah die Straße hinauf zu ihrem Mietshaus und seufzte leise. Sie konnte direkt heimgehen und auf eine Nachricht von Noble auf ihrem Anrufbeantworter hoffen, oder sie konnte in die andere Richtung zum Laden an der Ecke gehen und versuchen, etwas halbwegs frisches Obst aufzutreiben, das sie am nächsten Tag mit ins Krankenhaus nehmen konnte. Der Anblick eines Stadtstreichers, der im Schatten des Wohnblocks saß und aus einer Schnapsflasche trank, die in einer Papiertüte steckte, ließ sie beinahe die Richtung zum Laden wählen, aber die Flasche erinnerte sie an Leergut in ihrer Wohnung, das sie abgeben wollte. Viel würde sie dafür nicht bekommen, aber angesichts der enormen Inflation half jedes kleine Bißchen.

Sie zog den Pullover gegen die erste kühle Abendbrise enger an den Körper und setzte sich in Bewegung. Zunächst beachtete sie die glänzende schwarze Limousine nicht, die lautlos an der Ecke stoppte. Dann lächelte sie bei dem Gedanken, daß Noble in dem Wagen sitzen könnte, aber das Lächeln gefror auf ihrem Gesicht, als sich die Türen öffneten und zwei Sicherheitskomiteemitglieder ausstiegen.

Der Beamte auf der Fahrerseite, ein Mann mit Hakennase, setzte die Mütze auf und lächelte sie an. »Verzeihung, sind Sie Cathy Hanney?«

Cathy nickte. »Ja, bin ich. Kann ich Ihnen irgendwie helfen?«

»Das hoffen wir, Ma'am.« Der Tonfall des Mannes war ungezwungen und hätte Cathy beruhigen können, wäre da nicht seine Partnerin gewesen, deren Finger mit dem Griff der Pistole an ihrer Hüfte spielten und die sich langsam in Cathys Rücken bewegte. »Wir brauchen Ihre Hilfe bei einer Untersuchung.«

Cathy warf einen Blick über die Schulter auf die Beamtin, die zwischen ihr und der Treppe zum Haus stand. »Was für eine Untersuchung ist das denn?«

»Das kann ich Ihnen hier nicht sagen, Ms. Hanney. Das müssen wir im Hauptquartier besprechen.«

»Nein, ich denke nicht.« Cathy sah in die Richtung, aus der sie gekommen war. »Lassen Sie mich in Ruhe.«

»Geht leider nicht, Ma'am. Sie kommen mit. Versuchen Sie nicht wegzulaufen.« Er zuckte die Achseln. »Wir würden Sie in die Beine schießen. Sie werden uns ohnehin erzählen, was wir wissen wollen, also warum sich vorher zum Krüppel schießen lassen?«

Charleston, Woodstock
Grünharmonische Republik, Liga-Befreiungszone

Das ist etwas anderes als auf Solaris. Sein Mech stand etwa fünf Meter unter der Hügelkuppe. Larry Acuff bewegte das Fadenkreuz über die Umrisse eines *Dunkelfalken* der China-Banditen. Ein goldener Lichtpunkt pulsierte in der Mitte des Fadenkreuzes, aber er bremste sich. Zuerst warf er einen Blick auf den Sekundärschirm und wartete, bis der Computer für die meisten Mechs seiner Kompanie eine Zielerfassung meldete.

»Feuer frei!«

Gleichzeitig mit dem Befehl preßte Larry die Feuerknöpfe unter Zeige- und Mittelfinger. Eine Hitzewelle schlug durch das Cockpit, als er beide PPKs und die Laser auslöste. Wie zwei grellblaue Blitzschläge bohrte sich das PPK-Feuer durch die Nacht in die rechte Seite und Brustpartie des *Dunkelfalken*. Geschmolzene Metallkeramik rann in Sturzbächen zu Boden, als der plötzliche Verlust von eineinviertel Tonnen Panzerung die Kampfmaschine aus dem Gleichgewicht warf. Die rubinroten Lichtlanzen der Laser spießten den herumgewirbelten Mech an beiden Seiten auf und reduzierten die Panzerung über dem rechten Torso auf Eierschalendicke.

Der Pilot kämpfte sichtlich darum, den Mech aufrecht zu halten, aber der Angriff hatte ihn ebenso überrascht, wie er der Maschine zugesetzt hatte. Der *Dunkelfalke* kippte nach links, korrigierte zu stark nach rechts und stürzte auf Hände und Knie. Die in Feuerstellung über die linke Schulter des Mechs gekippte Autokanone hackte eine große Sode aus dem Mördergrund, den Smithsons China-Banditen bereitet hatten, und verhinderte, daß der Mech flach zu Boden fiel.

Entlang der gesamten Linie wurden die von Norden kommenden China-Banditen vom Gamma-Bataillon unter Beschuß genommen. In der Dunkelheit und auf diese Entfernung wirkten die Kampfkolosse wie Menschen in Metallrüstungen, als sie mit den Armen winkten, um den Piloten auf dem Hügelkamm, die sie für Mitglieder ihrer Einheit hielten, zu zeigen, daß sie keine Feinde waren. Damit machten sie sich allerdings nur zu noch leichteren Zielen, und das Gamma-Bataillon brauchte keine Ermunterung, die China-Banditen abzuschießen.

Durch die hastige Rückkehr nach Süden standen die Söldner vor einem ernsten Problem. Im Eifer, ihre Verteidigungsstellungen wieder zu erreichen, hatten die schnelleren und kleineren Banditen-Mechs die schwereren Maschinen hinter sich gelassen. Dadurch trafen die schwächsten und verwundbarsten Mechs als erste auf das Gamma-Bataillon, und dessen erste Breitseite erwies sich als entsprechend vernichtend.

Larrys Ziel stemmte sich vom Boden hoch und stolperte weiter. Larry zog das Fadenkreuz ein zweites Mal über den Mech und feuerte. Der erste PPK-Blitz peitschte mehr als die Hälfte der Panzerung vom rechten Arm des *Dunkelfalken*. Die azurblaue Energienadel der zweiten PPK stieß durch die Restpanzerung auf der rechten Seite des Mechs tief ins Innere seiner Brustpartie. Glühende Stützstreben fielen aus der klaffenden Bresche, und weitere folgten ihnen, als der linke Laser des *Kriegshammer* das Loch noch vergrößerte.

Der *Dunkelfalke*-Pilot zielte und feuerte seine Autokanone im selben Augenblick, in dem auch der mittelschwere Armlaser Larry unter Beschuß nahm. Die konzentrierte Lichtenergie des Lasers schnitt fast ein Viertel der Panzerung vom rechten Arm des *Kriegshammer*, aber Larry hatte keine Schwierigkeiten, den Gewichtsverlust auszugleichen.

Die AK-Granaten des *Dunkelfalken* trafen auf den Erdklumpen, der den Autokanonenlauf verstopfte. Schon die erste der Urangranaten besaß zwar mehr als genug kinetische Energie, um den Lauf freizusprengen, aber dabei wurde sie kaum merklich abgebremst. Kaum merklich nur, aber bei der enormen Feuergeschwindigkeit einer BattleMech-Autokanone, die mit jedem Schuß ein komplettes Magazin abfeuerte, reichte das aus. Die Granaten schlugen noch im Lauf aufeinander und explodierten. Das war das Ende des AK-Laufs. Die sich rapide ausdehnenden Gase schlugen in einer lodernden Fackel aus dem zerborstenen Kanonenrohr und wirbelten den *Dunkelfalken* wie einen Kreisel herum, bevor er auf die rechte Seite stürzte.

Diese, ohnehin schwer beschädigt, gab jetzt vollends nach. Der *Dunkelfalke* kippte langsam auf den Rücken. Sein rechter Arm blieb qualmend liegen. Das Kanzeldach des BattleMech flog davon, und der Pilot stieg auf seiner Liege in den Nachthimmel. Seine Flugbahn trug ihn in Richtung King's Down davon, aber Larry wußte, daß er weit vor dem Ort landen und die Nacht im Dschungel verbringen würde.

In der Ferne bemerkte Larry eine Bewegung am Rand der von Smithsons China-Banditen gerodeten Schußfelder. Er rief die Vergrößerung des Holoschirms auf und identifizierte die sichtbar werdenden Silhouetten. Mit einer kurzen Bewegung schaltete er auf die Funkverbindung zu Phoebe um. »Alpha-Führer, ich sehe die schweren Brocken kommen. GAZ in zwo Minuten.«

»Roger, Gamma-Führer. Alpha deckt die Flanke.«

»Roger.« Larry schaltete zurück auf die taktische Frequenz seines Bataillons. »Weiterfeuern und Stellung halten. Wir sind Omelettköche, und die Banditen sind die Eier. Diese Humpty-Dumptys haben noch einen langen Weg vor sich, und hier fängt er an.«

Daosha, Zürich
Volksrepublik Zürich, Liga-Befreiungszone

Als der Sicherheitsbeamte die Hand nach ihr ausstreckte, wich Cathy zurück. Im selben Augenblick kam der Stadtstreicher schwankend auf die Füße und stolperte weit vorgebeugt auf dessen Kollegin zu. Die Frau wollte ihm ausweichen, aber der Besoffene fiel auf sie zu und packte sie an der Schulter.

Die Beamtin stieß ihn mit der Linken weg. »Verschwinde, Penner!«

Die Flasche flog hoch und zerbrach, als sie der Sicherheitsbeamtin ins Gesicht knallte. Die zerknitterte

Tüte zerriß, und Rotwein vermischte sich mit dunklem Blut. Glassplitter hingen wirbelnd in der Luft, und der Rest der Flasche flog wie eine außer Kurs geratene Rakete durch die Luft davon, als der Mann sie losließ.

Die Augen des männlichen Beamten weiteten sich überrascht, aber er reagierte sofort und versuchte, den Mann in dem schmutzigen Wollmantel zu packen. In diesem Moment sah Cathy die Waffe. Der Finger des Stadtstreichers zog zweimal den Abzug durch und verwandelte Gesicht und Hals des Sicherheitsbeamten in klaffende Wunden.

Der Sicherheitsbeamte fiel zu Boden, die Hände auf sein zerschossenes Gesicht gepreßt, und gab nur noch ein ersticktes Gurgeln von sich. Der Stadtstreicher wirbelte augenblicklich wieder zu der Beamtin herum. Er feuerte noch zwei Schüsse ab und traf sie in Unterleib und Hüfte. Die Frau stürzte schwer auf die Stufen und rollte auf den Bürgersteig, wo sie in einer schnell größer werdenden Blutlache liegenblieb.

Beißende Magensäure stieg in Cathys Speiseröhre hoch, als der Stadtstreicher sich zu ihr umdrehte. »Bitte, tun Sie mir nichts«, bettelte sie.

Er zog die Mütze vom Kopf und grinste sie durch die Schmutzschicht auf seinem Gesicht an. »Warum sollte ich dir etwas tun? Gehen wir.«

Cathy sackte die Kinnlade nach unten. »Noble? Wie?«

»Da gibt es viel zu erklären. Aber nicht jetzt. Wir müssen los. Wenn sie hinter dir her sind, haben sie es wahrscheinlich auch auf Rick Bradford und Anne Thompson abgesehen.« Er griff in die Tasche und warf eine Joker-Spielkarte auf die Leiche der Frau.

»Woher hast du…?« Sie starrte auf die Leichen. Verwirrung und Erschöpfung drohten, sie zu überwältigen. Sie hatte geglaubt, Noble sei tot, aber das war ein Irrtum gewesen. Er war zurück und so – so gewalttätig.

Er packte ihren linken Arm. »Bewegung. Wir müssen hier weg. Für Erklärungen ist später noch Zeit.«

»Aber …«

»Kein aber, Cathy.« Er schenkte ihr ein müdes Lächeln. »Hör mal, ich habe nicht zugelassen, daß sie dich bekommen, und ich werde nicht zulassen, daß sie unsere Freunde bekommen. Bist du dabei?«

Cathy riß sich zusammen. *Er hat mir gerade das Leben gerettet! Nimm dich zusammen, Mädchen, und setz dich in Bewegung.* »Ja, ja, gehen wir. Helfen wir den anderen.«

»Gut.« Noble grinste und führte sie die Straße hinab. »Und anschließend können wir uns um den Rest der Welt kümmern.«

27

> Glaube nie, nie, niemals, irgendein Krieg würde sauber und glatt verlaufen.
>
> – WINSTON CHURCHILL, *A Roving Commission*

Avalon City, New Avalon
Mark Crucis, Vereinigtes Commonwealth

2. Oktober 3057

Victor saß an seinem Schreibtisch und sah Galen mit gefurchter Stirn an. »Aufstände auf Northwind, Caph, New Home und Keid?«

»Ja, Sir. Anscheinend besitzt Sun-Tzu Anhänger auf all diesen Planeten. Es gab auch Versuche, auf Epsilon Indi eine Revolte anzuzetteln, aber dort sind sie gescheitert. Augenscheinlich hatte Tormano Liao die dortige Organisation schon mit seinen Leuten unterwandert, und sie verweigerten den Befehl. Die Revolte wurde schnell niedergeschlagen.« Galen schüttelte den Kopf. »Ich weiß nicht, wie uns diese Guerilla-Aktivitäten bis jetzt entgehen konnten.«

»Mach dir darüber keine Gedanken. Das Baby liegt schon im Brunnen.«

Galen wirkte überrascht. »Sind Sie so sicher, daß Sie die Existenz subversiver feindlicher Agentennetze einfach übergehen können?«

»Nein, aber diese Netze wurden vor deiner Amtszeit aufgebaut. Ich bin sicher, du tust alles in deiner Macht Stehende, um andere aufzudecken.« Victor lehnte sich zurück. »Außerdem sollten wir nicht vergessen, daß Sun-Tzu Rebellion auf Welten anzettelt, auf die meine Schwester Anspruch erhoben hat. Northwind verliere ich nur ungern, aber die meisten

Highlanders sind in ihrer Lyranischen Allianz stationiert, so daß uns deren Desertion zur Zeit kaum trifft. Wir hatten Truppen auf New Home, aber soweit ich mich erinnere, war das die 13. Lyranische Garde RKG, und deren Loyalität mir gegenüber ist bestenfalls zweifelhaft. Sollen sie sich ruhig eine Weile mit Sun-Tzus Banditen rumschlagen.«

Galen setzte sich auf den braunen Ledersessel vor Victors Schreibtisch und runzelte die Stirn. »Wenn ich dazu etwas sagen darf: Sie verhalten sich ganz anders als während der Clan-Invasion. Der Victor Davion damals wäre außer sich gewesen. Er hätte wie besessen Truppen verlegt und Strategien entwickelt, um der Invasion zu begegnen. Jetzt scheinen Sie dagegen extrem gelassen. Ich verstehe das nicht.«

Der Prinz zuckte die Achseln. »Ich bin durch die Umstände behindert, und alle Wut der Welt würde mir nichts helfen. Zuallererst einmal können wir unmöglich vorhersagen, wann, wo und mit wieviel Truppen die Liga oder die Capellaner angreifen werden. Am Boden mag der Verteidiger taktisch im Vorteil sein, aber auf der strategischen Ebene liegt der Vorteil beim Angreifer. Er schlägt zu, wo wir schwach sind, und wir können ihn nicht daran hindern. Mit dieser Tatsache müssen wir leben. Genau wie mit der Tatsache, daß ich meine Position ohne es zu wissen selbst verschlechtert habe, als ich die ehemaligen Marik-Systeme der Mark Skye in die Mark Sarna eingegliedert habe. Hätte ich es nicht getan, hätte Katherine keine Möglichkeit gehabt, sich aus diesem Krieg herauszuhalten.«

Galen nickte. »Stimmt. Wir haben Truppen auf den wichtigen Industriewelten, und bis auf Nanking halten wir sie auch noch alle. Das 2. Regiment von Smithsons China-Banditen hat die Miliz bei Xuan Ji geschlagen. Die Söldner sind inzwischen dabei, die letzten Widerstandsnester auszuheben, aber unseren Berichten zufolge wurden sie bei den Kämpfen auch ziemlich mitgenommen.«

Victor breitete die Hände aus. »Also, da hätten wir eine Situation, die ich ausnützen könnte. Wir kennen die Position einer Liga-Einheit, wir wissen, sie ist angeschlagen, und wir könnten genügend Truppen vor Ort befördern, um sie zu zerquetschen, aber mir fehlen die Schiffe dazu. Katherines Weigerung, meine Sprungschiffe zurückzugeben, trifft mich von all ihren Aktionen am härtesten. Ich wäre geneigt, dafür gegen sie loszuschlagen, aber erstens will ich nicht meine eigenen Untertanen umbringen und zweitens – ich habe keine verdammten Schiffe dafür zur Verfügung!«

»Ich schätze, daß Ihre Schwester diese Tatsache ebenfalls in Betracht gezogen hat, Hoheit.«

»Ohne Zweifel. Wir könnten versuchen, Söldner zu verlegen, aber von denen haben auch nur die wenigsten die nötigen Sprung- und Landungsschiffe zur Verfügung. Group W, die Legion der Aufgehenden Sonne, Wolfs Dragoner und die Kell Hounds haben Transportmöglichkeiten, aber sie sind entweder zu weit entfernt oder haben sich für neutral erklärt, also kann ich sie nicht einsetzen. Außerdem weiß ich nicht, ob ich das in diesem Kampf überhaupt will.«

»Warum nicht?«

Victor stieß langsam den Atem aus. »Thomas war bei seinen Angriffen sehr konservativ. Er hat die sechs ehemaligen Liga-Systeme attackiert, in denen wir Truppen hatten, und obwohl er zwei davon kampflos eingenommen hat, hat er die betreffenden Einheiten nicht für weitere Angriffe eingeteilt.«

»Soweit wir wissen.«

»Stimmt – und nachdem Blakes Wort die Verbindung mit den eroberten Welten übernommen hat, ›wissen‹ wir kaum etwas. Aber für die Unterstützung von Sun-Tzus Revolten hat er Söldner eingesetzt. Möglicherweise interpretiere ich ihn falsch – und dieser ganze Krieg beweist, daß ich ihn bis jetzt falsch eingeschätzt habe –, aber ich glaube nicht, daß er reguläre Einheiten der Liga Freier Welten über die früheren Liga-Grenzen hinaus einsetzen wird. Wenn es sein muß, kann er die Verträge seiner Söldnereinheiten jederzeit an Sun-Tzu abtreten, was den Krieg zu einem Konflikt zwischen uns und den Capellanern machen würde. Er schließt einen Separatfrieden ab, hat die Konföderation Capella als Pufferstaat wieder und einen ungeheuren Sieg errungen. Thomas hat eng umgrenzte Ziele, zu deren Erreichung er diesen Krieg begonnen hat, und zwar mit Erfolg. Er wird zu Hause stärker denn je sein – was Blakes Wort die Rechtfertigung dafür liefert, ihn zum Exilprimus zu ernennen.« Victor runzelte die Stirn. »Aber das ist alles reine Spekulation und völlig wertlos. Gibt es irgendwelche guten Nachrichten?«

»Es stehen Sprungschiffe zur Verfügung, um die 3. Royal Guards-Regimentskampfgruppe nach Northwind in Marsch zu setzen. Bei dem herrschenden Chaos könnten wir die Welt zurückerobern.«

»Gut. Zieh es durch. Was noch?«

»Auf Woodstock konnte die Reservemiliz das 1. Regiment von Smithsons China-Banditen zerschlagen. Sie sind dabei, den verbliebenen Widerstand zu brechen. Woodstock dürfte in etwa einer Woche wieder uns gehören.«

»Wie schlimm hat es die Miliz erwischt?«

»Sie scheinen mit überraschend geringen Verlusten davongekommen zu sein. Von einhundertfünfundzwanzig Mechs sind nur fünfunddreißig ausgefallen, und man erwartet, sie mit Bergegut der Banditen-Mechs wieder in Gang setzen zu können. Die meisten Miliz-Piloten haben die Schlacht überlebt. Zwei ihrer Offiziere haben unter Ihnen bei der 10. Lyranischen Garde gedient, sie verfügen also über erfahrene Führungskräfte.«

Victors Miene hellte sich auf. »Wer hat das Kommando?«

»Kommandantin Phoebe Derden leitet die Einheit, und Hauptmann Larry Acuff befehligt das dritte Bataillon.«

»Ich erinnere mich an Derden. Sie hatte auf Teniente vier Abschüsse. Und Acuff – war der nicht in Kais Stall auf Solaris? Was macht er auf Woodstock?«

»Er hat seine Familie besucht. Er ist immer noch Reserveoffizier und wurde reaktiviert, als der Ärger losging.«

Der Prinz klatschte in die Hände. »Schick ihnen eine Glückwunschbotschaft mit meiner Unterschrift. Teil ihnen mit, daß wir sehr stolz auf ihren Erfolg sind.« Dann lachte er, aber es klang frustriert. »Und teil ihnen mit, daß die andere Hälfte von Smithsons China-Banditen auf Nanking auf sie wartet. Wann immer sie Gelegenheit haben überzusetzen, um da auch aufzuräumen.«

Galen grinste. »Oh, das wird ihnen gefallen. Soll ich sie nach Nanking einschiffen, wenn Schiffe in ihrem Gebiet verfügbar werden?«

»Auf jeden Fall – das haben sie sich verdient. Wir setzen sie zusammen mit den 1. Davion Guards und den 1. Kathil-Ulanen ein. Sie werden Teil der Einsatzgruppe sein, die den Planeten zurückerobert. Auf diese Weise machen wir ihnen eine Freude, ohne daß zu viele von ihnen abgeschossen werden. Wer hätte gedacht, daß eine Milizeinheit die China-Banditen besiegt?«

»Es geschehen Zeichen und Wunder.«

Victors Augen verengten sich. »Was Zeichen und Wunder angeht, kennen wir endlich die Identität des Agenten, der Joshuas Blutprobe analysiert hat?«

»Nein, wir arbeiten noch daran.«

»Wieso dauert das so lange?«

»Kompetenzgerangel. Die New-Avalon-Kriminalpolizeibehörde ist mit einer Untersuchung der Verbindungen zwischen dem Organisierten Verbrechen und der Speditionsfirma beschäftigt, die Krankenhausabfälle des NAIW abholt. Sie betrachtet lokale Verbrechen als ihre alleinige Zuständigkeit, Spionageaspekte hin, Spionageaspekte her.«

Der Prinz fühlte sein Blut kochen. Seine Nüstern blähten sich. »Sag Direktor Harrison, seine Laufbahn bei der Kripo nähere sich rapide ihrem Ende. Er wird dir antworten, daß er unkündbar ist, und du kannst von mir ausrichten, er dürfe die Regierung gerne verklagen, aber ich würde persönlich garantieren, daß der Fall erst zur Verhandlung kommt, wenn seine Enkel so alt sind wie er jetzt. Er hat die Untersuchung nach besten Kräften zu unterstützen.«

Galen lachte. »Ah, Prinz Victor ist zurück.«

»Und dann soll Harrison mit Christopher Wobbe Kontakt aufnehmen.«

»Ich bin mir nicht sicher, ob der Chef der NAKPB mit dem Paten von New Avalon sozialen Kontakt hat.«

»Wenn Harrison nicht in der Lage ist, Wobbe zu erreichen, *verdient* er, gefeuert zu werden. Er soll Wobbe ausrichten, daß dessen Sohn Thorinn von dem Country-Club-Gefängnis, in das wir ihn für seine Betrügereien gesteckt haben, in ein Gefängnis auf einem sehr kalten Mond über Perdido oder Nagel oder irgendeine andere Welt verlegt wird, die so weit entfernt ist, daß man von hier aus nicht einmal ihre Sonne sieht. Wenn Wobbes Organisation auch nur das Geringste mit dieser Angelegenheit zu tun hat, und er packt nicht auf der Stelle aus, sollte er besser bei meiner Schwester um Asyl bitten, denn New Avalon wird ein äußerst heißes Pflaster für ihn werden.«

»So gut wie erledigt«, meinte Galen. »Und ich dachte, in diesem Job gäbe es nichts zu lachen.«

Der Prinz schüttelte den Kopf. »Doch, nur zu selten.«

Während Galen sich auf seinem Compblock Notizen machte, dachte Victor über dessen Bemerkung nach, daß sein altes Feuer zurückgekehrt war. Angesichts der örtlichen Lage fiel es leicht, Feuer zu entwickeln. Die notwendigen Aktionen lagen auf der Hand. Es war völlig klar, was zu geschehen hatte, und es ärgerte ihn, daß es nicht getan wurde.

Der Krieg hingegen war keineswegs so eindeutig. Ganz abgesehen davon, daß er nicht wußte, wo Mariks Truppen als nächstes zuschlagen würden, und keine Sprungschiffe zur Verfügung standen, um Truppen an Ort und Stelle zu bringen, machte Victor noch etwas anderes zu schaffen. Er konnte es nicht genau definieren, aber es machte ihn unruhig.

Bevor er der Sache auf den Grund gehen konnte, blickte Galen auf und unterbrach ihn. »Wir haben noch eine gute Neuigkeit. Die Jenkins ist über den Berg. Sie wird noch eine Weile auf der Intensivstation bleiben müssen, aber sie hat das Bewußtsein wiedererlangt. Es sieht ganz danach aus, daß sie sich wieder erholt, auch wenn sie natürlich Therapie brauchen wird. Und eine neue Hüfte, sobald sie kräftig genug ist, aber Dr. Allard und ihr Team stehen bereit.«

Victor verdrängte seine düsteren Gedanken und lächelte. »Gut. Sie bekommt alles, was sie braucht. Wir haben die Kosten übernommen, ja?«

»Ja, Sir. Wenn sie entlassen wird, kann sie da wieder ansetzen, wo sie aufgehört hat. Es hat eine Welle der Sympathie für sie gegeben. Sogar einen Treuhandfonds, der aus Spendengeldern finanziert ist.«

»Alle Spenden sind von der Steuer absetzbar. Kein Papierkrieg.«

»Gut, Sir.«

»Noch etwas?«

»Ein Punkt noch, Hoheit.« Galen warf einen Blick auf seinen Compblock. »Ich habe hier eine Notiz, daß der draconische Botschafter Sie sprechen möchte.«

»Irgendeine Vorstellung, warum?«

Galen schüttelte den Kopf. »Nein, aber ich habe eine zusammengefaßte Analyse der draconischen Medienberichte über die Lyranische Allianz gesehen, die den Eindruck erweckt, als wäre Theodore Kurita besorgt über die Militarisierung der Welten im Lyons-Daumen. Nachdem Katrina auch Northwind beansprucht, könnte man den Eindruck haben, sie wolle Dieron angreifen.«

»Das ist gar nicht gut.« Victors Beziehung zu Omi Kurita und der Pakt zwischen Hanse Davion und deren Vater hatten zu einer Übereinkunft zwischen dem Vereinigten Commonwealth und dem Draconis-Kombinat geführt, alle Feindseligkeiten einzustellen, bis die Clans keine Bedrohung mehr für die beiden Reiche darstellten. Victor hätte es zwar nicht ungern gesehen, wenn Katherine mit den Welten der in den Kurita-Raum hineinragenden Grenzregion Schwierigkeiten bekommen hätte, aber bei einem Krieg zwischen Katherine und den Draconiern würde er gegen Theodore eingreifen müssen. »Ich kann Theodore Kurita nicht gestatten, in die Lyranische Allianz einzufallen.« Der Prinz dachte einen Moment nach, dann grinste er. »Aber ich könnte Theodore durch Omi ausrichten, daß ich keine Bedenken dagegen hätte, wenn das Kombinat mit ComStar die Stationierung von ›Friedenssicherung‹ arrangiert. Und angesichts der pazifistischen Töne, die Katherine so gerne anschlägt, dürfte meine Schwester es auch nicht tun.«

»Das könnte auf uns zurückschlagen.«

»Nicht, wenn die als Friedenssicherung eingesetzten Truppen von ihrer Grenze zu uns kommen. Das erleichtert meine Lage und macht zusätzliche Truppen für die Mark Sarna frei.« Victor rieb sich die Schläfen. Er fühlte erste Anzeichen von Kopfschmerzen. »Ich denke, das ist das Beste, was ich momentan tun kann. Was meinst du?«

»Es wird Ihre Schwester frustrieren und gleichzeitig das Kombinat beruhigen.« Galen machte sich eine erneute Compblocknotiz. »Es ist vielleicht nicht die beste Lösung, aber für den Augenblick wird es genügen.«

»Das sollte es, und wenn es eine bessere Lösung gibt, dann fällt sie mir nicht ein.« Victor zuckte die Achseln. »Wahrscheinlich ist es etwas so Simples, daß ich es konstant übersehe. Ich glaube, ich schätze Thomas endlich richtig ein, aber meine bisherigen Leistungen auf diesem Gebiet bieten wenig Grund zur Zuversicht.«

»Sie werden bald merken, was Sie übersehen haben.«

»Ich will hoffen, daß du recht hast, Galen. Ich mag gar nicht daran denken, was uns bevorsteht, wenn nicht.«

Wotan
Jadefalken-Besatzungszone

Khan Vandervahn Chistu von den Jadefalken wanderte langsam um die Datensäule, die der Computer in den Holotank projizierte. Die Schrift folgte ihm, so daß die Daten konstant lesbar blieben. Ein anderer Kommandeur hätte vielleicht vergeblich darauf gehofft, daß die Zahlen sich während der Drehung irgendwie veränderten und die Katastrophe leugneten, von der sie berichteten.

Nicht Vandervahn Chistu. Er hatte kein Interesse daran, daß sie sich veränderten. Er studierte sie. Diese Zahlen, so häßlich und vernichtend sie auch waren, enthielten den Schlüssel zu Khanin Natascha Kerensky und dieser jungen Freigeburt Phelan Ward. Wenn er den Schlüssel erst einmal gefunden, erst einmal alle Stücke des Puzzles zusammengesetzt hatte, würde er sie durchschaut haben.

Sie hatten ihm mehr als genug Hinweise geliefert, aber das machte ihn nur mißtrauisch. Auf Colmar hatte Nataschas 352. Sturmsternhaufen den 12. Regulären Falken-Sternhaufen pulverisiert, die Rüstungsdepots geöffnet und die Bevölkerung bewaffnet. Natascha hatte Colmar für ›befreit‹ erklärt und den Bewohnern des Planeten erklärt, sie werde deren Status auf Wotan mit den Falken-Khanen regeln.

Chistu lachte, als er sich erinnerte, wie wütend sie in dem Holovidbericht über die Kämpfe geklungen hatte. Elias Crichell hatte die Drohung ernstgenommen, aber Chistu hatte den alten Mann davon überzeugen können, daß Natascha die Kämpfe auf Wotan nicht überleben würde.

Der Ausgang der Kämpfe auf Sudeten überzeugte ihn, daß seine Einschätzung korrekt war. Der 8. Reguläre und der Dorbeng-Garnisonssternhaufen waren Khan Phelans 4. Wolfsgarde-Sturmsternhaufen und dem 16. Gefechtssternhaufen unterlegen, aber auch wenn die Jadefalken den Planeten und die darauf stationierten Einheiten verloren hatten, so hatten die Wölfe doch Mechverluste von schätzungsweise fünfunddreißig Prozent oder mehr erlitten.

Der Weg der Wölfe nach Wotan würde mit Mechs gepflastert sein, so daß ihnen für den letzten Ansturm nur noch eine minimale Truppenstärke zur Verfügung stehen würde.

Chistu war der Überzeugung, daß es die Wölfe nicht einmal bis Wotan schaffen würden, aber Crichells ängstliche Reaktion auf Nataschas Prahlereien hatte den entscheidenden Punkt unterstrichen, der das Altern für einen Krieger so ruinös machte. Crichell hatte angefangen, sich Gedanken über seinen Tod zu machen. Gedanken dieser Art hatten bei den Clans keinen Platz – Crichell hatte massenhaft Nachkommen, die das Überleben seines Genmaterials sicherten. Für ihn war Angst vor dem Tod eine Perversion.

Ein solcher Feigling kann nicht Khan der Jadefalken sein, wenn wir Größe erreichen wollen, und er kann nicht ilKhan werden, wenn wir die Innere Sphäre erobern wollen.

Chistu grinste, als sich die Teile des Puzzles in seinen Gedanken zusammenfügten. Nataschas Stolz würde sie in möglichst gerader Linie nach Wotan vorstoßen lassen. Ihr nächstes Ziel würde Baker 3 sein, dann Devin, Denizli und, aus Symbolgründen, Twycross – der Ort, an dem die Jadefalken ihre beschämendste Niederlage hatten einstecken müssen. Und dann Wotan.

So wie Twycross ein Symbol für sie war, war Natascha ein Symbol für ihn. Er würde sie kommen lassen und ihr mit jedem Schritt weitere Garnisonstruppen entgegenwerfen, um sie auszubluten. Er würde ihr alle Siege überlassen und ihr gestatten, sie als Banner ihrer Größe zu hissen. Und dann würde sie nach Wotan kommen – dicht gefolgt von seiner Wanderfalken-Galaxis –, und auf Wotan würde sie sterben.

Sie würde von seiner Hand sterben, und ihr Ruhm würde auf ihn übergehen. Und das würde ihn logischerweise zur ersten Wahl für den Posten des ilKhan machen, nicht Crichell. Und wenn er erst Khan der Khane war, würde die Innere Sphäre ebenso schnell und hart fallen wie diese Solahma Natascha Kerensky.

28

Wie anders würde die neue Ordnung aussehen, wenn wir statt des Politikers den Veteranen zu Rate ziehen könnten.

– HENRY MILLER, *Die Weisheit des Herzens*

Landungsschiff *Wolfsblut,* im Angriffsorbit über Baker 3
Jadefalken-Besatzungszone

5. Oktober 3057

Phelan Ward blieb in der Mitte des Hangardecks stehen und drehte sich noch einmal zu Natascha Kerensky um. »Wir können den Plan noch abändern.«

Natascha lachte leise, etwas, das sie in letzter Zeit viel öfter tat, als er es je zuvor bei ihr erlebt hatte, und schüttelte den Kopf. »Nein, Phelan, das können wir nicht. Ulric und ich haben es lang und breit ausdiskutiert. Wir müssen so vorgehen, wie wir es geplant haben.«

Der jüngere Khan stemmte die Fäuste in die Hüften. »Mich mit der Hälfte deiner Speerspitze und über einem Drittel unserer gesamten Frontstreitkräfte fortzuschicken, wird uns nicht helfen, diesen Widerspruchstest zu gewinnen.«

Natascha warf ihr kupferrotes Haar zurück. »Ich glaube kaum, daß ich deine Truppen brauchen werde, um mit dem Nega-Garnisonssternhaufen fertig zu werden.«

Phelan sah sie streng an. »Natascha, du weißt so gut wie ich, daß dich dieser kleine Zermürbungskrieg umbringen wird. Indem du mich und meine Leute ausgliederst, machst du es dir nur noch schwerer.«

»Aber Phelan, eure Anwesenheit würde den Sieg auch nicht garantieren. Wir kämpfen unter einem konstanten Handicap, also werden wir verlieren. Es ist vorbestimmt, daß wir verlieren, und wir wissen es. Wir sorgen nur dafür, daß die Falken für ihren Sieg teuer bezahlen.«

»Aber mit mir und meinen Truppen *könnten* wir gewinnen!«

Sie schüttelte den Kopf. Dann legte sie den Arm um seine Schultern. »Sohnemann, ich verstehe, was du sagen willst, und du könntest sogar recht haben.«

»Dann sollte ich dich begleiten.«

»Aber das kannst du nicht.« Einen Augenblick wurde ihre Stimme zu einem Flüstern, und sie schenkte ihm ein kurzes Lächeln. »Wenn wir die Falken besiegen, wird uns ein anderer Clan herausfordern. Und wenn wir den auch besiegen sollten, ein dritter und ein vierter, bis wir aufgerieben sind. Du bist ein verteufelt guter Krieger, Phelan. Ich war schon immer dieser Ansicht, aber du bist zu sehr davon überzeugt, daß du nicht verlieren kannst, wenn deine Wildheit sich mit einer gerechten Sache paart. Es gibt Momente, in denen das nicht zutrifft, und das hier ist einer davon.«

»Verdammt!« protestierte Phelan. »Verdammt! Verdammt! Verdammt!«

»Furchtbar, wenn zur Abwechslung mal jemand anders recht hat, was?« lachte Natascha.

»Ja, aber das ist es nicht. Ich hasse es noch viel mehr, wenn ich keine Möglichkeit habe, etwas zu verhindern, was nicht geschehen dürfte.« Seine Augen waren hart wie Smaragd. »Zusammen würden wir Chistu und Crichell den Schlaf rauben.«

»Das kannst du allein, Phelan.« Natascha schmunzelte. »Teufel, möglicherweise sollte ich sie dafür sogar am Leben lassen.«

Sie lachten beide, aber mit einem Unterton der Melancholie. Ihr Lachen hallte durch das Hangardeck und wurde von den Metallwänden mit einem fernen, fremdartigen Klang zurückgeworfen. Es schien sie zu verspotten, und Phelan schauderte.

»Jetzt heißt es wohl Abschied nehmen.«

Natascha nickte. »Phelan, ich war noch nie gut, wenn es um Abschiede ging. Und, zum Teufel, ich habe einen Ruf zu wahren, die Schwarze Witwe und so weiter, deshalb kann ich mir keine Sentimentalitäten erlauben. Und selbst wenn ich es könnte, würde ich dir nicht erzählen, daß ich, wenn ich einen Sohn hätte, mir wünschen würde, er wäre wie du. Wie du sehr wohl weißt, hatte ich einen Sohn – einige Söhne, um genau zu sein –, und in einem Kampf hätten sie wahrscheinlich den Boden mit dir gewischt.«

»Aber sicher, Natascha, so sicher wie die Kreuzritter jede Sekunde einsehen werden, daß sie falsch liegen, und die Innere Sphäre verlassen.«

»Was für ein Frechdachs. Ich frage mich, wo du das her hast!« Natascha blieb vor Phelan stehen und legte ihm die Hände auf die Schultern. »Tatsache ist, ich bin *stolz* auf dich. Ich habe bei den Clans *angefangen,* einen Blutnamen errungen und es bis zur Khanin gebracht. Das ist schwer, sehr schwer sogar. Du hast es auch geschafft, aber du hast als Freigeborener in der Inneren Sphäre angefangen.«

»Ohne deine Hilfe hätte ich es nicht geschafft.«

»Das weiß ich zu schätzen, aber du hast alles nötige schon mitgebracht.« Sie stieß mit einem Finger an seine Brust. »Du hast das Herz, den Verstand und die Seele eines Kriegers. Vergiß das nie, Phelan. Du bist ein Krieger, und das bringt eine Menge Verantwortung mit sich.«

Er nickte. »Und deshalb schickt ihr mich fort, frapos?«

»Pos. Und deswegen vertrauen wir dir die Zukunft der Wölfe an.« Natascha zwinkerte ihm zu. »Und nur, damit du es weißt, ganz persönlich bin ich froh, daß du und meine Enkelin einander habt.«

»Ranna ist etwas *ganz* Besonderes.«

»Vergiß es nicht. Sie ist eine Kerensky, und wenn du es doch tust, wird sie dir den Kopf abreißen.« Natascha trat einen Schritt zurück und fixierte Phelan. »Sie ist meine Wahl als Empfängerin meines Blutnamens.«

»Das kannst du ihr selbst sagen, wenn du bereit bist, an Altersschwäche zu sterben. Du kennst den Plan. Wir werden auf dich warten.«

Sie nickte ernst. »Ich weiß, aber ich weiß auch, daß ich diese Verabredung nicht werde einhalten können. Du mußt in die Zukunft blicken, Phelan, ich werde mich um die Probleme der Vergangenheit kümmern. Außerdem, worauf soll ich mich noch freuen, wenn ich erst einmal ein, zwei Khane getötet habe?«

»Vielleicht können wir später mal unsere Erfahrungen vergleichen, wenn ich das auch von mir sagen kann.« Phelan lächelte Natascha tapfer an. »Wenn wir das hier überleben, werden Ranna und ich heiraten. Das Universum braucht mehr Wölfe, um die Kerensky-Blutlinie aufrechtzuerhalten.«

Natascha griff in die Jackentasche und reichte ihm ein schmales Aluminiumröhrchen. »Falls ihr in die Massenproduktion gehen wollt.«

Phelan nahm es mit einem fragenden Gesichtsausdruck entgegen. »Was ist das?«

»Meine DNS. Dürfte für eine Galaxis Schwarze Witwen reichen.«

»Ohne dich als Anführerin …«

»Du und Ranna werdet das schon schaffen.« Natascha deutete zur Raumfähre. »Und jetzt los, Phelan, tu deine Pflicht. Deine Leute warten am Sprungpunkt, und ich habe eine Verabredung mit der Nega-Garnison da unten auf Baker 3.«

»Lebwohl, Khanin Natascha. Zeig ihnen, was du kannst. Schick sie zur Hölle.«

»Zur Hölle?« Natascha winkte Phelan hinterher, als er an Bord der Fähre ging, die ihn zu seiner Flotte bringen sollte. »Ich denke gar nicht daran, sie so leicht davonkommen zu lassen.«

Tharkad City, Tharkad
Distrikt Donegal, Lyranische Allianz

Katrina Steiner ballte vor Wut die Fäuste und nahm erst nach ein paar Sekunden den Schmerz wahr, als ihre Nägel sich in die Handfläche gruben. »Wie kann dieser Sun-Tzu es wagen, auf *meinen* Welten Revolten anzuzetteln!«

Sie starrte auf die Hologrammkarte der Inneren Sphäre, die über ihrem Schreibtisch hing. Alles schien normal, so wie sie es wollte, bis auf die Tatsache, daß vier Welten abwechselnd in Steinerblau und Liaogrün aufblinkten. Und die Tatsache, daß der Computer die Grünphase länger als die Blauphase anzeigte, machte deutlich, daß Sun-Tzus Kräfte die Oberhand gewannen. Die 13. Lyranische Garde hatte New Home auf ihre Einladung hin, in die Lyranische Allianz zurückzukehren, verlassen. Ohne sie stellte sich niemand Sun-Tzus Revolutionären entgegen.

Und nach der Einnahme von Northwind hatte Sun-Tzu dem Planeten einen ähnlichen Status wie Outreach zugestanden. Die Highlanders hatten ihren Planeten zurück *und* waren wieder in der Konföderation Capella. Die Einheit kehrte nach Hause zurück, und Sun-Tzu hatte ihre Heimatwelt heim ins Reich geholt. Es war ein gewagter Zug, ein Zug, den sie ihm nicht zugetraut hatte und den sie nicht hinnehmen konnte.

Ihr erster Gedanke war, Sun-Tzu irgendwie zu zermalmen, aber sie verwarf ihn als nicht durchführbar und, schlimmer noch, schädlich für ihr Image als Schlichterin und Friedensstifterin. Die Liga Freier Welten blockierte ihren Weg zur Konföderation Capella, und sie ging nicht davon aus, daß Thomas Marik ihr gestatten würde, Truppen für einen Angriff auf Sun-Tzu durch sein Reich zu senden. Direkter Druck auf Sun-Tzu war zumindest momentan nicht möglich.

Aber sie dachte gar nicht daran, Sun-Tzu die Eroberung ihrer Welten durchgehen zu lassen. Nachdem sie diese Systeme für die Lyranische Allianz beansprucht hatte, war klar, daß Victor keinen Versuch unternehmen würde, sie zu befreien. Und solange Thomas sie nicht mit seinen Truppen sicherte, war in allen Fällen eine Rückeroberung möglich. Sun-Tzu wußte das natürlich und würde Druck auf Thomas ausüben, seine Söldnereinheiten tiefer ins Gebiet des Vereinigten Commonwealth vorrücken zu lassen.

»Ich muß sicherstellen, daß Thomas nichts dergleichen tut«, stellte Katrina leise fest und drückte einen Knopf auf ihrem Schreibtisch, um ihren Sekretär hereinzurufen. »Und wenn er seinen Liao-Terrier nicht zur Räson bringen kann, muß ich ihm möglicherweise beibringen, was gemeint ist, wenn man sagt ›Blut ist dicker als Wasser‹, und warum schon stärkere Nationen als die seine vor einem geeinten Vereinigten Commonwealth gezittert haben.«

29

> Der Krieg ist eine viel zu ernste Angelegenheit, um sie den Militärs zu überlassen.
>
> – TALLEYRAND zugeschrieben

Recital City, Woodstock
Mark Sarna, Vereinigtes Commonwealth

10. Oktober 3057

Larry Acuffs Brust wurde von der engen kugelsicheren Weste unangenehm eingeschnürt. Er warf einen Blick auf die linke Seite des Helmvisiers und sah das briefmarkengroße Bild zweier WELFARE-Sprecher, die sich über Davion-Grausamkeiten ereiferten. Die Rebellen beanspruchten noch immer die Kontrolle über den Planeten, aber nach der Niederlage von Smithsons China-Banditen waren sie wieder im Untergrund verschwunden.

Er grinste, als die beiden Ökoterroristen weitere Überraschungen für die Davion-Kräfte auf Woodstock ankündigten. »Das mit der Überraschung stimmt.«

Er gab Sergeant Collins ein Zeichen. Als sie und Corrigan den Rammbock zurückzogen, schaute Larry auf die Countdownanzeige an der rechten Seite des Visiers. Exakt bei 00:00 zerschmetterte der Rammbock das Lagerhallentor, und der Kommandotrupp der Reservemiliz stürmte das WELFARE-Studio.

Die beiden Männer hinter dem Tisch sprangen auf, als vier Soldaten in schwarzer Kampfmontur Maschinenpistolen auf sie richteten. Andere schwärmten um Larry herum ins Innere der Halle aus, um Kameracrew und Regie in Schach zu halten. Spontaner Beifall klang in den Reihen der Reservisten auf, als Kerrigan das WELFARE-Transparent von der Wand riß.

»Es ist noch nicht vorbei!« brüllte einer der WELFARE-Sprecher.

Larry sah an dem Bild im Innern seines Visiers, daß die Sendung noch immer auf ganz Woodstock zu sehen war. Er reichte Collins seine Schrotflinte und nahm den Helm ab. Mit einem Lächeln trat er vor die Kamera und winkte die Terroristen beiseite. Er setzte sich lässig hinter den Tisch, setzte ruhig den Helm ab und nahm ein Mikrofon.

»Es ist vorbei, Woodstock. Dies war eine Übung der Notfallmaßnahmen zur Unterdrückung terroristischer Aktionen. Es war nur eine Übung.« Er ließ sich nichts anmerken, als unter seinen Leuten Gelächter und von den Terroristen ein gedämpftes Stöhnen erklang. »Im Ernstfall hätten wir es mit mehr zu tun gehabt als abgehalfterten Söldnern und der Schnittlauchbefreiungsarmee. Ich gebe zurück an die regulären Programmanstalten.«

Palast des Marik, Atreus
Marik-Commonwealth, Liga Freier Welten

Thomas verzog die linke Gesichtshälfte zu einem Lächeln. »Du dürftest recht haben, Präzentor Malcolm. Es wird Zeit, auf die Botschaft Herzogin Katrina Steiners zu antworten.«

»Archon Steiners«, korrigierte der Mann schüchtern.

Thomas nickte. »Danke, Präzentor. Ich möchte Katrina nicht beleidigen.«

Malcolm sah von seiner Computerkonsole auf und runzelte die Stirn. »Verzeihen Sie, Sir, aber in ihrer Botschaft hat sie – natürlich nur verschleiert – mit Feindseligkeiten gedroht, falls Sie Sun-Tzu nicht zwingen, die Welten zurückzugeben, die sie für die Lyranische Allianz beansprucht. Wenn Sie das tun, verärgern Sie Sun-Tzu. Tun Sie es nicht, könnte Katrina beträchtliche

Kräfte gegen unsere Grenze einsetzen. Sie könnte sich sogar mit ihrem Bruder versöhnen.«

Thomas schüttelte langsam den Kopf. »Präzentor, du wirst noch feststellen, daß Familienzwistigkeiten eine beträchtliche Menge an Narben hinterlassen.« Er strich mit der Hand über die verwüstete Seite seines Gesichts. »Was das angeht, habe ich meine Lektion gelernt.«

»Ja, Generalhauptmann.«

»Katrina ist keine Kriegerin, deshalb müßte sie die Kontrolle über ihre Truppen Victor überlassen, um die Operationen zu koordinieren. Täte sie das aber, hätte sie keine Waffen mehr, sobald der Krieg beendet ist. Das kann sie sich nicht leisten, also wird sie nichts dergleichen tun. Sie blufft.« Der Generalhauptmann sah den Präzentor aus halbgeschlossenen braunen Augen an. »Nachdem sie die Rolle der Friedensstifterin für sich reklamiert hat, wird es ihr schwerfallen, Truppen in die Schlacht zu beordern, besonders Haustruppen. Sie hat sie im Namen des Friedens nach Hause gerufen. Wenn sie die Soldaten jetzt wieder in den Krieg entsendet, schadet sie sich selbst. Da sie nur eine Politikerin ist, der ihr Ansehen wichtiger ist als die Wirklichkeit, kann sie das nicht tun.« In Thomas' Gedanken nahm eine Idee Gestalt an. »Der Trick besteht darin, ihre Forderung abzulehnen und gleichzeitig anzudeuten, wie sie trotzdem erreichen kann, was sie will. Katrina erweist sich häufig als intelligent und überlegt in ihrem Handeln, aber diesmal hat ihr die Neigung zur Impulsivität einen Streich gespielt. Wäre dem nicht so gewesen, hätte sie ihre Lyranische Allianz für neutral erklärt, um zwischen ihrem Bruder und mir eine Einigung zu vermitteln. Damit hätte sie ohne Kampf ihr Ziel erreicht und gleichzeitig ihr Ansehen in der Inneren Sphäre verbessert. Aber das hat sie nicht getan, und jetzt ist sie eine unbeteiligte Zuschauerin ohne Möglichkeiten, auf Sun-Tzus Bedrohung angemessen zu reagieren.« Er sah hinüber zu Malcolm. »Bitte nimm eine Botschaft auf und sende sie sofort ab.«

»Ganz wie Ihr wünscht, Generalhauptmann.«

»Gut. Sie beginnt: Verehrter Archon Katrina, auch ich bin über die unüberlegten Vorstöße Sun-Tzus gegen Welten, auf die Sie Ihren Anspruch geltend gemacht haben, verärgert. Ich habe ihm mitgeteilt, daß ich keine meiner Söldnereinheiten einsetzen werde, um diese Revolutionen zu sanktionieren. Dies tat ich, obwohl sich meine Tochter und Erbin, Isis, bei ihm auf Sian befindet. Obwohl sie dadurch eine Geisel ist, so wie es mein Sohn in den Händen Ihres Bruders war, kann ich Sun-Tzus Vorgehen gegen Sie nicht billigen. Ich bin mir bewußt, daß Sie Ihren Bürgern den Schlachtentod ersparen wollen und daher nicht wirklich den Wunsch verspüren, Ihre Truppen gegen die umstrittenen Systeme in Marsch zu setzen. Ich verstehe Ihren Zwiespalt, denn auch ich habe mit ihm ringen müssen. Aus ebendiesem Grund setze ich in den besetzten Gebieten Söldner anstelle regulärer Marik-Einheiten ein und habe Sun-Tzu deren Unterstützung verweigert ...«

Belsen, Leskovik
Wolfsclan-Befreiungszone

Obwohl er sich dagegen sträubte, an Ulric Kerensky etwas Positives anzuerkennen, mußte Vlad, wenn auch mürrisch, zugeben, daß er das Auftreten des Mannes bewunderte. Jeder Zoll an ihm war das perfekte Bild eines Militärführers. Ulric, immer noch in Kühlweste, Shorts und Stiefeln, richtete sich von einem Wasserbecken auf und trocknete sich das Gesicht. Die Tatsache, daß sein improvisiertes Waschbecken mitten in einem Gebäude stand, das Wolf-Mechs in Schutt und Asche gelegt hatten, und daß das

Wasser aus einer geborstenen Leitung an der Wand sprudelte, schien ihm nichts auszumachen.

Ulrics blaue Augen funkelten, als er Vlad sah. »Unsere Truppen haben heute eine hervorragende Leistung geliefert, frapos, Sterncaptain?« Das breite Grinsen, mit dem er die Frage stellte, steckte Vlad beinahe an. »Die 9. Einstweilige Garnison hat uns einen sehr viel besseren Kampf geliefert als die 10. auf Zoetermeer.«

Vlad stieg über einen Stoß Ziegelsteine und hörte unter den Stiefeln Glas knirschen. »Pos, Sterncolonel. Aber sie hätten kaum schlechter sein können, da du nur einen Teil der Kräfte eingesetzt hast, die dir nach dem Bieten erlaubt gewesen wären.«

Ulric nickte, dann schöpfte er mit beiden Händen Wasser aus dem Becken und warf es sich über das weiße Haar. »Meine Kräfte reichten aus, um die Welt einzunehmen, frapos?«

»Pos, aber sie waren zu gering, um unnötig hohe Verluste auf unserer Seite zu vermeiden. Ein weiser Kommandeur hätte mehr Truppen angefordert, als die Garnison sich nach Belsen zurückzog. Wir waren auf einen Stadtkampf nicht vorbereitet.«

Der Wolf-Führer zuckte die Achseln. »Wir haben gewonnen.«

»Und mehr von uns sind gefallen, als nötig gewesen wäre.« Vlad verschränkte die Arme vor der Brust. »Aber das ist ja dein erklärtes Ziel, frapos?«

»Solange ihr mehr Feinde mit in den Tod nehmt als ihr selbst Leute verliert, pos.« Ulrics Lächeln gefror zu einer Grimasse. »Aber du bist nicht wirklich über die Verluste verärgert. Du willst eine ganz andere Frage stellen, frapos?«

Die Sicherheit, mit der Ulric ihn durchschaut hatte, überraschte Vlad, und beinahe hätte er lauthals abgelehnt, nur um es seinem Gegenüber zu zeigen. Er hob den Kopf und verschränkte die Hände im Rücken.

»Du betrachtest alle Kreuzritter als deine Feinde, frapos?«

»Pos.«

»Und mich betrachtest du als den schlimmsten von ihnen, frapos?«

»Unter den Wölfen, pos.«

Vlad atmete tief durch. »Wenn du uns also alle umbringen willst und wenn ich einer der gefährlichsten für dich bin, warum hast du mich dann nicht sterben lassen, als mich der Garnisonsstern in einen Hinterhalt gelockt hatte?«

»Die Antwort ist ganz einfach, Vlad«, stellte Ulric langsam fest und legte sich das Handtuch um den Nacken. »Ich habe nicht die Absicht, mir bei dieser Invasion meinen Phelan nehmen zu lassen.«

»Was!« Vlad stockte der Atem, und er fühlte, wie ihm das Blut zu Kopf stieg. Seine lange Narbe brannte wie Feuer. »Wieso bin ich dein Phelan? Er und ich haben nichts gemein.«

»Nicht? Ihr seid beide leidenschaftlich und von eurer Überlegenheit überzeugt. Ihr könnt beide nicht verzeihen. Ihr kämpft beide mit enormer Wildheit, und wenn ihr nicht gerade blindlings in eine Gefahr stolpert, könnt ihr beträchtliche Intelligenz entwickeln. Bei der letzten Invasion war Phelan unverzichtbar, weil er den Feind kannte. Diesmal bist du derjenige, der den Feind am besten kennt. Du bist mein Phelan im Kampf gegen die Kreuzritter.«

Vlad schüttelte vehement den Kopf. Er wußte genau, daß er nichts mit Phelan gemein hatte. Die Erniedrigung, von Phelan besiegt worden zu sein, schmerzte ihn noch immer wie der Hieb einer Neuropeitsche, aber er weigerte sich, Phelan in irgendeiner noch so eingeschränkten Form als überlegen anzuerkennen. Und doch erkannte er darin die erste winzige Übereinstimmung mit dem, was Ulric gesagt hatte. *Keiner von uns würde jemals auch nur den geringsten Kompromiß eingehen, soweit es den anderen betrifft.*

Aber sein Geist sperrte sich noch immer gegen den Gedanken. *Wir sind anders, weil Phelan ein Bewahrer ist, und darin irrt er sich. Ich werde die Dinge niemals auf seine Weise sehen, und ich weiß, er wird eher sterben, als zuzugeben, daß ich recht habe. Das trennt uns für immer.*

Ulric sprach weiter, als habe er Vlads wütendes Schweigen nicht bemerkt. »Als du in den Hinterhalt geraten bist, hast du nur deine Lage gemeldet. Du hast nicht um Hilfe gebeten, sondern die Krieger hinter dir nur vor dem gewarnt, was geschehen war. Phelan hätte genauso reagiert. Ich würde ihn nicht als Folge seines Handelns sterben lassen, genau wie ich mich entschieden habe, dich zu retten.«

»Es war ein Fehler, mich von dem Todesurteil auszunehmen, das du über unsere Einsatzgruppe gefällt hast.«

»Ich habe dich nicht ausgenommen, Vlad. Ich habe deine Exekution nur noch etwas hinausgezögert.«

»Vielleicht sollte ich dir dafür danken, aber du wirst mich nicht auf deine Seite ziehen.«

»Das weiß ich, Sterncaptain, und du brauchst nicht zu glauben, daß ich dich dazu gerettet habe.« Ulric schüttelte den Kopf. »Ich werde dich in den Tod führen, aber noch nicht so schnell. Noch haben wir beide eine Menge Welten vor uns, und wir haben noch viele Gegner zu töten, bevor unsere Mission beendet ist.«

Recital City, Woodstock
Mark Sarna, Vereinigtes Commonwealth

In der hintersten Ecke des Ballsaals des Grand Woodstock Hotels konnte Larry ein Grinsen nicht unterdrücken, als der Holovidprojektor sein Gesicht auf die breite Leinwand an der Stirnwand des Saales warf. Er sah sich selbst, so wie ihn Milliarden Menschen am Morgen des Tages gesehen hatten, wie er seinen Helm absetzte und die Befreiung Woodstocks verkündete. Der Jubel der anderen Reservisten übertönte seine Worte, aber er konnte sich noch genau an jede Silbe erinnern. Er sank ein wenig in sich zusammen, weil das Ganze so abgedroschen gewesen war.

Soviel zu spontaner Brillanz.

Er nahm einen Schluck von seinem Bier – Woodstock Private Reserve Lager – und schüttelte den Kopf. »Kommt das jetzt wirklich jede Stunde, Phoebe?«

»Was ist los, gefällt es dir nicht, berühmt zu sein? Ich dachte, daran wärst du seit Solaris gewöhnt.« Sie lachte über sein offensichtliches Unbehagen. »Das ist hier eine Sensation, und du bist auch eine. Jetzt brauchst du nirgends mehr anzustehen.«

Larry gab sich gespielt verärgert. »Wenigstens würde ich auf Solaris Geld dafür bekommen, wenn mein Gesicht so häufig im Holovid zu sehen wäre, denn dann würde ich irgend etwas verkaufen.«

»Pech, daß dein VCS-Kontrakt keine Werbeklausel enthält«, spottete Phoebe. »Nimm's leicht. Deine heroische Proklamation hat uns allen die Unterbringung hier im Hotel verschafft, und morgen gibt es eine Parade. Du magst dich ja vielleicht bei der Heldenbehandlung langweilen, aber warum gönnst du dem Rest der Traktorjungs und Mähdreschermädels nicht ihren Ausflug ins Rampenlicht?«

Larry setzte zu einer witzigen Antwort an, als das plötzliche Auftauchen eines gelbgekleideten ComStar-Kuriers an ihrem Tisch ihn alles andere vergessen ließ.

»Kommandantin Phoebe Derden?«

»Ja.«

»Ich habe eine Nachricht für Sie von New Avalon.« Er hielt ihr ein gefaltetes Stück gelben Papiers entgegen.

Phoebe nahm den Bogen und las. Zuerst breitete sich ein strahlendes Lächeln auf ihrem Gesicht aus, dann aber erstarb es ebenso schnell, und die Farbe schien aus ihrem Gesicht zu weichen. Sie las die Botschaft ein zweites Mal, dann schob sie den Zettel Larry zu.

Er drehte ihn um, so daß er den Text lesen konnte, auch wenn ihre Reaktion ihn zögern ließ. Trotzdem, der Anfang der Botschaft brachte auch auf sein Gesicht ein Lächeln.

»An: Kommandantin Phoebe Derden, Woodstock-Reservemiliz.« Es folgten Instruktionen für die Weiterleitung von Charleston nach Recital City.

»Liebe Kommandantin Derden. Ich möchte Ihnen für Ihren Sieg über Smithsons China-Banditen meinen herzlichen Dank und meine tiefempfundenen Glückwünsche aussprechen. Ich weiß aus unserer Zeit auf Teniente, daß die Invasoren kaum eine Chance hatten, aber die Effizienz Ihres Sieges hat selbst meine kühnsten Erwartungen übertroffen und war der einzige Lichtblick im Konflikt des vergangenen Monats.

Der Mut und das Können Ihrer Einheit sind mir nicht verborgen geblieben. Und ich kann Ihnen mitteilen, daß sich die andere Hälfte der China-Banditen auf Nanking befindet und auf ihre Vernichtung durch Sie geradezu wartet. Ich freue mich auf eine Begegnung mit Ihnen, bei der Sie mir Ihre Reservisten vorstellen und mir Ihre Abenteuer aus erster Hand erzählen können.

Das Wissen, daß wir so zuverlässige Kommandeure und Truppen in unseren Streitkräften haben, läßt mich für die Zukunft des Vereinigten Commonwealth hoffen.

Mit aufrichtigem Dank, Ihr Freund, [gezeichnet] Prinz Victor Davion.«

Larry sah mit einem breiten Grinsen hoch. »Phoebe,

das ist großartig. Das solltest du den Truppen vorlesen. Sie werden begeistert sein.«

»Ich kann so etwas nicht.« Mit deutlichem Unbehagen reichte sie die Nachricht an den ComStar-Kurier zurück. »Vielleicht wären Sie so nett, es meinen Leuten vorzulesen?«

»Es wird mir ein Vergnügen sein, Kommandantin Derden.«

Als der Kurier sich auf den Weg zur Bühne machte, lehnte sich Larry vor. »Was ist los, Phoebe? Das war doch eine tolle Botschaft.«

»Sicher, aber was ist mit der zweiten Hälfte?«

Larry runzelte die Stirn. »Entgeht mir hier was?«

»Victor erwartet, daß wir Nanking befreien.« Sie lehnte sich zurück. »Ich weiß, daß wir das könnten, aber wie sollen wir dahin kommen? Die Reserve hat weder Landungs- noch Sprungschiffe.«

Larry stützte sich auf die Ellbogen. »Es wäre mir neu, wenn irgendeiner Milizeinheit Landungs- oder Sprungschiffe zugeteilt wären.«

Phoebe zuckte die Achseln. »Victor hat schon immer viel von Eigeninitiative gehalten. Offensichtlich erwartet er von uns, einen Weg zu finden, wie wir nach Nanking kommen. Es gibt Landungsschiffe hier auf Woodstock, und es kommen auch Sprungschiffe durch das System, um Getreidelieferungen abzuholen, aber unser Budget reicht nicht aus, sie zu chartern.«

Traurig verzog Larry das Gesicht. »Ich habe eine Firmenkarte des Zenotaphstalls, aber ich bezweifle, daß selbst Kais Kreditlimit ausreicht, eine Invasionsflotte anzumieten.«

Phoebe schaute hinüber zu den jubelnden Truppen, die schon laut geworden waren, bevor der ComStar-Kurier die Nachricht ganz verlesen hatte. »Wir können Victor nicht im Stich lassen, aber was soll ich machen? Wir können kaum einen Wohltätigkeitsbasar veranstalten, um das Geld aufzutreiben, oder?«

»Ein Wohltätigkeitsbasar bringt nicht viel ein, auch wenn wir wahrscheinlich jede Menge Lebensmittel dafür gespendet bekämen.« Larry stockte, dann grinste er Phoebe an. »Nein, verdammt, das ist es!«

»Ein Wohltätigkeitsbasar?«

»Nicht ganz.« Er zwinkerte ihr zu und leerte sein Bierglas. »Vertrau mir, Phoebe, wir fliegen nach Nanking. Ich habe einen Plan, und er wird funktionieren.«

30

Im Krieg sind Gewalt und Betrug die beiden Kardinaltugenden.

– THOMAS HOBBES, *Leviathan*

Tharkad City, Tharkad
Distrikt Donegal, Lyranische Allianz

13. Oktober 3057

Katrina Steiner gestattete sich ein leises Lächeln, als sie Thomas' Antwort auf ihre Botschaft ein zweites Mal las. *Gut gespielt, Thomas.* Sie ließ sich nur ungern ausmanövrieren, aber sie konnte nur bewundern, wie er es geschafft hatte. Indem er darauf anspielte, daß Sun-Tzu Isis hatte, bemühte er sich um Sympathie, während er gleichzeitig Sun-Tzu schlechtmachte. Indem er seine Angst andeutete, seiner Tochter könnte dasselbe wie Joshua zustoßen, flehte er sie an, das Mädchen nicht in Gefahr zu bringen, indem sie ihn unter Druck setzte. Gleichzeitig machte er ihr klar, daß er leicht gegen sie losschlagen konnte, sollte Isis etwas zustoßen und er einen Weg sehen, sie dafür verantwortlich zu machen.

Thomas Anspielung auf Söldner hatte zunächst wie eine Drohung geklungen, da er sich immer noch entscheiden *konnte,* sie zu Sun-Tzus Unterstützung einzusetzen. Aber beim zweiten Lesen interpretierte sie seine Worte anders. *Schlägt er mir vor, Söldner statt Haustruppen einzusetzen?* Das Thema war indirekt genug angeschnitten, um den Eindruck eines unbeholfenen Beeinflussungsversuchs zu erwecken, aber Katrina wußte, daß Thomas solche Fehler nicht beging. Es mußte Absicht dahinterstecken, und das hieß, er bot ihr eine Lösung an, mit der er leben konnte.

Sie lächelte. *Große Geister denken in gleichen Bahnen.* Sie selbst hatte bereits entschieden, wenn eine Intervention nötig wurde, Söldner einzusetzen. Sie hatte Thomas Mariks Methodik bei ihrem Einsatz in der Mark Sarna studiert und wußte zu schätzen, wie es ihm gelungen war, seine Nation aus den Kämpfen herauszuhalten. Er vergoß nicht das Blut seiner Landsleute für die Interessen eines fremden Reiches, sondern überließ dieses Risiko Mietsoldaten. Söldner waren eine elegante Lösung des Problems.

Für Katrina kam nur eine Söldnereinheit in Frage. Die Kell Hounds besaßen keinen Vertrag – eine Tatsache, über die ihr Bruder wiederholt lamentiert hatte –, und sie waren überzeugte Steiner-Loyalisten. Nicht nur verdankten sie ihre Existenz den Vermächtnissen ihrer Großeltern mütterlicherseits, über ihre Mutter waren die Kells auch mit Katrina verwandt.

Wenn sie sich an die Söldner wandte, würden sie ihr helfen.

Ihr Lächeln wurde breiter, als sie sich an ihre Gespräche mit Caitlin Kell erinnerte. Bei Caitlins letztem Besuch hatte sie das Fundament für die Verdächtigung Victors gelegt, die Schuld am Tod ihrer beiden Mütter zu tragen. Über Caitlin konnte Katrina die Kell Hounds noch enger an sich binden. Sollte Victor sich zu einer militärischen Konfrontation mit der Lyranischen Allianz entschließen, wollte sie die Kell Hounds auf ihrer Seite wissen.

Dann kam ihr ein anderer Gedanke, und sie biß sich auf die Unterlippe. Den Befehl über die Kell Hounds führte Daniel Allard, und sein Vater und Bruder waren überzeugte Davion-Anhänger. Möglicherweise war ihm ihre Bitte gar nicht willkommen.

Sie zuckte die Schultern. »Ich werde einfach über ihn hinweggehen müssen.«

Sie ging hinüber zu ihrem Schreibtisch und betätigte den Schalter, mit dem sie die kleine Holovidkamera ausfuhr. Nachdem das Gerät sich automatisch auf sie eingestellt hatte, drückte sie einen Knopf und startete die Aufnahmefunktion. *Ehrlich besorgt dürfte das beste sein.*

»Mein lieber Morgan, ich brauche deine Hilfe …«

Daosha, Zürich
Volksrepublik Zürich, Liga-Befreiungszone

In den Menschenmassen, die sich auf dem Fengzi-Lusu-De-Platz drängten, waren sie nur anonyme Gesichter. Noble Thayer stampfte mit den Füßen, um den Kreislauf in Gang zu setzen. Cathy sah ihn mit rosigen Wangen und leuchtenden Augen an. Er lächelte ihr zu und deutete mit einer Kopfbewegung zum entfernten Ende des von Ziegelsteinmauern umfaßten Platzes. »Wir sollten aufmerksam zuhören.«

»Selbstverständlich.«

Am anderen Ende des riesigen Platzes, hinter den Mechs der Schwarzen Kobras, eines Regiments der Söldnereinheit Kraterkobras, und in ihren olivgrünen Uniformen angetretenen Infanteriekompanien der Volksbefreiungsarmee, stand Xu Ning an einem Rednerpult und sprach zur Menge. Vor ihm knieten zweihundert der führenden Politiker, Polizeibeamten, Kleriker, Akademiker, Journalisten und Künstler Zürichs in zwanzig Zehnerreihen und brüteten schweigend vor sich hin. Sie alle, Frauen wie Männer, waren bis zur Taille nackt und an Händen und Füßen gefesselt. Und alle trugen ein Pappschild um den Hals, auf dem in roten Großbuchstaben ihr jeweiliges Verbrechen vermeldet wurde.

Die Menge war zu weit entfernt, um dieses Schauspiel deutlich zu erkennen, und aus diesem Grund war an der Südmauer des Platzes hinter dem Podium ein dreißig Meter hoher und vierzig Meter breiter

Holovidflachbildschirm montiert worden, der die Szene zu heroischen Dimensionen aufblies. Xu Ning erschien groß genug für einen Ringkampf mit einem BattleMech, und Colonel Richard Burr wirkte so steif und mechanisch wie die Kampfkolosse seiner Kraterkobras. Und wie ein Zauberspiegel, der Gefühle sichtbar machte, zeigte der Bildschirm die Angst und Erniedrigung der zweihundert Prominenten.

Xu Ning, dessen tiefe Baßstimme in deutlichem Widerspruch zu seinem nervös hageren Körper stand, wies anklagend auf die Gefangenen. »Dies sind die Agenten der Konterrevolution. Sie wollen die Unterdrückung der Massen durch die Fremdweltler-Gutsbesitzer sichern, die uns ununterbrochen vergewaltigen. Hanse Davion hat diese Welt vor achtundzwanzig Jahren erobert und behauptet, uns von den Fesseln befreien zu wollen, mit denen die Liaos uns geknechtet hatten. Das war eine Lüge, und sein Sohn hat ein unschuldiges Kind ermordet, um die Untaten seines Vaters fortführen zu können.« Er drehte sich halb um und deutete mit der rechten Hand auf den Schirm. »Seht sie euch an. Seht die Feinde des Volkes. Sie haben gegen die Liaos gepredigt. Sie glauben, etwas Besseres zu sein als wir, das Volk. Sie stellen sich der Revolution entgegen, weil sie fürchten, in ihrer ganzen Verkommenheit entdeckt zu werden. Sie kämpfen gegen das Unvermeidliche an, versuchen die einzige sichere Grundlage des Seins zu verneinen, den Banden zu entfliehen, die uns alle eins machen. Sie wollen kein Teil unserer großen Gemeinschaft sein. Im Namen Sun-Tzu Liaos bin ich der Erfüller von Wünschen. So wie ich euch den Wunsch erfülle, wahrhaft eins mit euren Brüdern und Schwestern zu sein, so erfülle ich ihnen den Wunsch, aus der menschlichen Gemeinschaft entlassen zu werden, die uns verbindet. Befreier, tut eure Pflicht.«

Die Reihen der Infanteristen hinter den Gefangenen

teilten sich. Aus jeder Kompanie rannten zwei Soldaten mit hoch über den Kopf gehaltenen Automatikgewehren nach vorne. Sie trugen olivgrüne gesteppte Uniformen und waren nur durch Kragen und Manschetten in Scharlachrot von ihren Kameraden zu unterscheiden. Insgesamt zwanzig ›Befreier‹ kamen nach vorne und nahmen jeweils vor einer Reihe Staatsfeinde Aufstellung.

»Laden!« rief Xu Ning.

Die Soldaten luden ihre Gewehre durch.

Viele der Gefangenen brachen in Tränen oder Fluchen aus.

Cathy drehte sich zu Noble um. »Tu etwas.«

»Zielen.«

Die Soldaten hoben die Gewehre an die Schulter.

Einige der Gefangenen versuchten aufzustehen, aber nach spätestens zwei humpelnden Schritten fielen sie um.

»Wir können sie nicht retten«, flüsterte Noble heiser, aber der Wind peitschte den Klang seiner Stimme davon. »Die Welt muß das hier sehen. Sie sind verloren, aber vielleicht kann ihr Opfer andere retten.«

»Feuer!«

Mündungsfeuer und davonfliegende Patronenhülsen aus glitzerndem Messing erfüllten die Luft vor dem Podium. Die Gewehrschüsse wurden zu einem rollenden Donnern, das von den Mauern widerhallte und die Schreie der Sterbenden übertönte. Weiße Pappe und rote Buchstaben versanken in einem Ozean von Blut. Die Erschossenen flogen herum, krümmten sich im Todeskampf, prallten gegeneinander und fielen schließlich schlaff und reglos in mehreren Haufen übereinander.

Cathy schrie auf und klammerte sich an Noble. Ihre Stimme war nur ein Teil des Aufschreis der Empörung und Furcht, der aus der Menge aufstieg, ein Widerstand, der von erneutem Gewehrfeuer schnell gebrochen wurde. Noble legte den linken Arm um Cathys Schultern, um sie an sich zu drücken und zu trösten, aber er wandte sich nicht von dem Gemetzel und dessen spektakulärer Darstellung auf dem elektronischen Wandschirm ab.

Er schob die Hand in die rechte Jackentasche und drückte den quadratischen Knopf einer Fernsteuerung, die er dort versteckt hatte.

Das Bild auf dem Wandschirm wurde von einem gleichmäßig strahlend blauen Feld verdrängt. Dann wurde in dessen Mitte ein weißes Rechteck immer größer. Als es den oberen und unteren Bildschirmrand erreicht hatte, rundeten seine Ecken sich ab, und in der Mitte dieser Karte erschien die Strichzeichnung eines tanzenden Harlekins. Über ihm stand in chinesischen Schriftzeichen ebenso wie unter seinen Füßen in lateinischen Buchstaben: »Herr, was für Narren diese Sterblichen sind!«

Durch den Donner der verhallenden Gewehrschüsse wurde ein böses, grausames Lachen hörbar und erscholl über den Platz. Es wurde immer lauter, bis alle Anwesenden ungläubig auf das Bild des tanzenden Jokers starrten. Auf der Bühne deutete Xu Ning aufgeregt auf den Holovidschirm, und seine Beamten rannten aufgescheucht hin und her, ohne das Geringste ausrichten zu können.

Jetzt drückte Noble den runden Knopf.

Das Lachen erstarb, doch nach einem Augenblick des Schweigens erklang die Stimme erneut: »Wer Wind sät, wird Sturm ernten!« Der Harlekin verzog langsam den Mund zu einem Grinsen, und ein einzelner leuchtendroter Blutstropfen lief langsam aus seinem Mundwinkel.

Zwei Sekunden später brachen vier kleine Explosionen entlang der Oberkante des Wandschirms die Stille. Der Schirm bebte, das Bild verschwamm, dann kippte der riesige Monitor langsam nach vorne. Als er mit wachsender Geschwindigkeit herabstürzte, stieg aus der Menge ein triumphierendes Jubeln auf.

Einer der Kraterkobra-Mechs, ein leichter *Kommando,* hob die Arme, um den Schirm aufzufangen, aber der Pilot hatte sich verrechnet. Statt des Rahmens schlug der Bildschirm auf die Metallhände des Kampfkolosses und explodierte in einem Gewitter aus Funken und Glas. Der Mech bohrte sich mit erhobenen Armen durch den Monitor und trat auf dessen Rückseite wieder aus. Blitze zuckten über die gesamte Oberfläche der Kampfmaschine. Einen Moment schien er in Siegerpose, dann wankte der humanoide Mech und kippte nach vorne.

Der vom zerborstenen Monitor aufsteigende Qualm war dichter als der Dampf von den ausblutenden Leichen.

Noble drehte Cathy weg und führte sie durch die fliehenden Zuschauer davon. »Wir müssen gehen.«

Sie warf einen letzten Blick zurück. »All die Leute ... Ich wünschte, wir hätten etwas für sie tun können ...«

»Das haben wir«, flüsterte er. »Sie werden jetzt leichter ruhen. Aber unsere Gegner werden keine Ruhe finden, und das ist Trost genug.«

31

Eine Armee ist im Feld von wenig Nutzen, solange zu Hause Unvernunft regiert.

– CICERO, *De Officiis*

Old Connaught, Arc-Royal
Distrikt Donegal, Lyranische Allianz

20. Oktober 3057

Da ihr Vater hinter ihr an seinem Schreibtisch saß, konnte Caitlin Kell weder sein Gesicht noch seine Reaktion auf Katrinas Holovidbotschaft sehen. Sie hätte nur zu gerne mitbekommen, wie er den Hilferuf ihrer Cousine aufnahm, wie er auf die Worte reagierte, die sie selbst im Innersten aufwühlten. Die Angst und Traurigkeit in Katrinas Stimme schnürten ihr die Kehle zu. Links und rechts von ihr betrachteten Chris Kell und Dan Allard den Schirm ohne jede Spur von Gefühl, eine Reaktion, die Caitlin völlig unbegreiflich war.

Katrina lächelte tapfer vom Monitorschirm. »Ich habe mich bemüht, die Lyranische Allianz aus diesem Krieg herauszuhalten, aber Sun-Tzu hat mir den Krieg ins Haus getragen. Der Generalhauptmann der Liga Freier Welten hat mir mitgeteilt, daß er die Entsendung von Steiner-Haustruppen gegen Sun-Tzu in das Chaos der Mark Sarna als Kriegserklärung betrachten würde. Das läßt mir kaum eine andere Wahl, als mich mit der Bitte an dich zu wenden, mit den Kell Hounds Arc-Royal zu verlassen und die Aufstände auf New Home, Keid und Caph niederzuschlagen.«

Der Archon senkte für einen Moment die Augen, und als sie das Gesicht wieder hob, sah Caitlin, daß die Hoffnung darin Angst Platz gemacht hatte. »Ohne Zweifel fragst du dich, warum ich mich in dieser Sache nicht an meinen Bruder um Hilfe wende, da Sun-Tzus Vorgehen gegen mich nur eine Ausweitung seines Krieges gegen Victor darstellt. Ich habe es nicht getan, weil ich fürchte, Victor nicht mehr vertrauen zu können. Ich habe nie an die Gerüchte geglaubt, er habe unsere Eltern umbringen lassen, aber nach dem, was er Joshua Marik angetan hat, und nach seiner Sanktion der draconischen Aktionen im Lyons-Daumen, ist mein Vertrauen in Victor angeschlagen. Inzwischen muß ich die Möglichkeit in Betracht ziehen, daß er tatsächlich etwas mit dem Tod meiner Mutter zu tun hatte.« Katrina stockte, zog die Nase hoch und wischte sich eine Träne aus dem Gesicht. »Verzeih mir diesen Anflug von Schwäche, aber ich fühle mich so alleingelassen. Sun-Tzus Angriff hat mich so angeschlagen, daß ich mir meiner Entscheidungen nicht mehr sicher bin. Ich weiß, daß ich etwas gegen ihn unternehmen muß, und ich weiß, meine Eltern haben dir bedingungslos vertraut, deshalb flehe ich dich an, komm der Lyranischen Allianz zu Hilfe.«

Die Nachricht war zu Ende, und Katrinas Bild gefror. »Was meint ihr?« fragte Morgan.

Caitlin drehte sich zu ihrem Vater um. Sein langes weißes Haar hing auf die Schultern, und sein weißer Bart zeigte nur unmerkliche Spuren eines etwas dunkleren Graus, die von den Mundwinkeln herabliefen. Seine braunen Augen leuchteten mit einer Intensität, die Caitlin seit seiner Pensionierung nicht mehr gesehen hatte.

Ein weiterer Umstand überraschte sie: Der rechte Jackenärmel war nicht an die Schulter geheftet. Das Bombenattentat auf Archon Melissa Steiner hatte Caitlins Mutter, Salome Kell, getötet und ihren Vater den Arm gekostet. Prinz Victor Davion hatte ihm im NAIW eine Prothese bauen lassen, aber die legte ihr Vater nur selten an.

Caitlin schloß halb die Augen. »Macht es wirklich etwas aus, was wir finden, Vater? Die Nachricht war an dich gerichtet.«

»Stimmt, aber Dan leitet die Einheit, und du und Chris, ihr seid seine Berater. Dan?«

Oberstleutnant Daniel Allard runzelte die Stirn. »Wir haben die Hounds noch nie gegen Aufständische eingesetzt. Ich möchte keinen Präzedenzfall schaffen.«

Caitlin widersprach. »Aber Oberstleutnant, die Revolten sind von Sun-Tzu Liao angestiftet. Es wäre eine Militäraktion. Du hast die Holovidberichte von Zürich und den anderen aufständischen Welten gesehen. Jemand muß diesen Menschen zu Hilfe kommen.«

Chris Kell nickte. »Caitlin hat recht. Normalerweise ist der Krieg ein reiner Konflikt zwischen Militäreinheiten, von dem die breite Bevölkerung nicht betroffen wird. Wenn ich die Einheitsgeschichte richtig im Kopf habe, haben die Hounds bereits einmal eine Einheit vernichtet, die im Vierten Nachfolgekrieg gegen die Zivilbevölkerung von Lyons gekämpft hatte.«

»Das war eine völlig andere Situation, Chris. Die Einheit damals war das 3. Dieron-Regiment, und das war mit dem speziellen Auftrag auf Lyons eingefallen, eine bestimmte Siedlung dort auszuradieren. Sie haben die Einwohner niedergemetzelt.« Dan Allards blaue Augen blickten stahlhart. »Bis auf zwei Erwachsene und etwa dreißig Kinder ist die gesamte Bevölkerung von Neue Freiheit ermordet worden. Diesmal würden wir nicht gegen eine Militäreinheit kämpfen, sondern gegen eine zivile Revolutionsbewegung.«

Morgan klopfte mit einem schwarzen Metallfinger auf den Schreibtisch. »Davon ganz abgesehen sind wir eine Mecheinheit. Wir haben ein gutes und für Reaktionseinsätze ausgebildetes Infanteriekontingent, aber nicht die Art von Truppe, die zur Niederschlagung einer Revolution nötig wäre.«

Caitlin verzog das Gesicht. »Aber die Liga setzt Söldner ein, um Sun-Tzus Revolutionen zu unterstützen.«

»Nicht auf diesen drei Welten.« Chris beugte sich vor und stützte die Ellbogen auf die Knie. »Ich habe alle Berichte aus der Mark Sarna verfolgt, und es ist ungeheuer. Katrina nennt es ein Chaos, aber meiner Meinung nach ist das noch zu optimistisch. Die zweite Angriffswelle der Liga und der Capellaner hat begonnen. Etwa ein Viertel der Mark haben sie ganz allein eingenommen, und der Rest bricht auseinander. Tikonov und die Systeme darum herum bleiben bei Victor, aber alle übrigen Systeme erklären sich unabhängig oder bilden Allianzen miteinander und mit anderen Systemen in ihrer Umgebung.«

Dan lachte. »Wir haben schon ein halbes Dutzend Angebote von diesen Regierungen, in ihre Dienste zu treten. Es gibt so viele Bruchstücke da unten, daß ich angefangen habe, alle Angebote in einem Ordner ›Puzzle-Mark‹ zu sammeln.«

Morgan lehnte sich in seinem Sessel zurück, hielt den Blick aber auf Caitlin gerichtet. »Dann sind wir uns also einig, daß wir Katrinas Angebot ablehnen?«

Sie wußte, daß ihr Vater diese Frage ihr allein stellte, aber sie zögerte, ihm ihre Antwort entgegenzuschleudern. *Gas wegnehmen, Caitlin. Auf vernünftige Argumente wird er hören.* »Nein, ich bin anderer Meinung. Wir sollten Katrina nicht im Stich lassen.«

»Warum nicht?«

Caitlin sah sich zu Dan und Chris um. Auf ihren Gesichtern las sie keine Zustimmung, aber auch keine Ablehnung. Das machte ihr Mut. »Ich finde, wir sollten Katrina nicht im Stich lassen, weil ich glaube, sie hat recht: Ich glaube, Victor hat Melissa umgebracht und damit auch meine Mutter. Indem wir Katrina nicht helfen, helfen wir Victor, und das zu tun, weigere ich mich.«

Morgan kniff die Augen zusammen. »Du traust Victor also nicht?«

»Nein.«

»Und dieses Mißtrauen basiert darauf, was Katrina dir gesagt hat?«

»Ja, Vater, darauf und auf dem Eindruck, den ich selbst von ihm habe. Er ist abweisend und steif. Jedesmal, wenn ich ihm begegne, habe ich das Gefühl, geprüft und abgeschätzt zu werden, für irgendeinen üblen Zweck durchgecheckt und eingeordnet zu werden.« Sie schauderte. »Ich kann mit ihm nicht warm werden.«

Ihr Vater nickte zögernd. »Dein Glaube, daß Victor deine Mutter umgebracht haben könnte, stammt also von Katrina und deinen eigenen Gefühlen ihm gegenüber.«

Ein anderer hätte es sarkastisch klingen lassen, aber der Tonfall ihres Vaters drückte ehrliches Interesse aus. Er ließ sie wissen, daß er Wert auf ihre Gefühle legte. Ihr war klar, daß er ihnen nicht soviel Gewicht beimaß wie harten Beweisen für Victors Schuld, aber er war fair genug, sie nicht rundheraus von der Hand zu weisen. »Ja, Vater, er basiert auf ihren Worten und meinen Gefühlen.«

»Gut. Wenn du gestattest, werde ich dir erklären, warum ich *nicht* glaube, daß Victor etwas mit dem Tod deiner Mutter zu tun hatte.« Morgan strich sich mit seiner gesunden Hand über den Bart. »Die abweisende und steife Art, die dir bei Victor aufgefallen ist, habe ich vor langer Zeit auch bei seinem Vater festgestellt. Beide Männer waren geborene Strategen, und das bringt sie dazu, Menschen abzuschätzen und einzuordnen. Victor ist in dieser Hinsicht noch etwas schärfer als sein Vater, weil er als Thronfolger von Jugend an zwischen echten Freunden und denen unterscheiden mußte, die seine Gesellschaft nur aus persönlichem Vorteil suchen. Der Schlüssel hier ist die Tatsache, daß Victor ein Krieger ist, genau wie sein Vater. Du erinnerst dich wahrscheinlich nicht mehr daran, aber vor Hanse Davion regierte dessen älterer Bruder Ian die Vereinigten Sonnen. Dan und ich, wir waren dabei, auf Mallory's World, als Ian fiel. Bis dahin hatte Hanse keinen Gedanken an die Möglichkeit verschwendet, eines Tages über seine Nation herrschen zu müssen. Er hatte immer angenommen, das Leben eines Soldaten führen zu können.«

Caitlin schüttelte den Kopf. »Aber Victor wurde von Geburt an auf den Thron vorbereitet.«

»Nein, Cait, wurde er nicht. Hanse Davion und Melissa sind übereingekommen, ihn so aufzuziehen, wie Hanse und Katrina Steiner – die echte Katrina, Melissas Mutter – aufgewachsen waren. Victor war für den Thron *bestimmt*, aber *vorbereitet* wurde er auf das Leben eines Kriegers. Denk daran, daß Melissa nach Hanses Tod das Vereinigte Commonwealth regiert hat, während Victor bei seiner Einheit blieb. Hätte er den Thron gewollt, hätte er seinen Anspruch anmelden können, und Melissa wäre zu seinen Gunsten abgetreten.«

Caitlin sank in die Polster. »Willst du damit sagen, Victor hätte den Thron schon besteigen können, drei Jahre bevor der Tod seiner Mutter es ihm ermöglichte?«

Morgan nickte langsam. »Archon Melissa hat deiner Mutter und mir erklärt, daß sie mit Victor geredet hat, weil sie den Wunsch hatte, abzudanken, aber er hat sie gebeten, bis 3062 im Amt zu bleiben. Er wollte mindestens so alt sein wie sein Vater, als er Oberhaupt des Hauses Davion und der Vereinigten Sonnen wurde, bevor er auf den Thron des Vereinigten Commonwealth stieg. Und er hat ihr gesagt, er wäre bereit, auch noch länger zu warten.«

»Warum hast du das niemand gesagt?«

Ihr Vater ballte die linke Hand zur Faust, und seine mechanische Rechte äffte die Geste schwerfällig nach. »Niemand würde mir glauben. Die einzigen Menschen, die meine Aussage bestätigen konnten, waren Melissa und Salome, und sie sind beide tot. Es gab einmal eine Zeit, wo man meinem Wort allein schon geglaubt hätte, aber inzwischen verstricken die Verschwörungsjünger selbst mich in ihre Hirngespinste und führen als ›Beweis‹ die Tatsache an, daß ich mich in dem Augenblick geduckt habe, als die Bombe explodierte. Sie benutzen sogar meinen verlorenen Arm als Beweis für meine Mittäterschaft. Sie behaupten, Victor hätte mir einen neuen Arm als Bezahlung in irgendeinem teuflischen Pakt gekauft, den ich mit ihm eingegangen sein soll.« Morgans Blick wurde bohrend. »Caitlin, du kennst Victor und Katrina ebenso lange wie ich. Wer von den beiden ist der bessere Politiker?«

Caitlins Mund wurde trocken. »Katrina.«

»Und wer von den beiden hat es geschafft, seinen Herrschaftsbereich weit über das hinaus auszudehnen, was bei einem normalen Lauf der Dinge wahrscheinlich gewesen wäre?«

Sie nickte langsam. »Katrina.«

»Und indem sie sich für neutral erklärte, hat Katrina es der Liga Freier Welten ermöglicht, ihren Bruder anzugreifen.«

Caitlin riß den Kopf hoch. »Du willst sagen, Katrina hat Melissa umbringen lassen?«

Morgan nickte ernst. »Jawohl.«

»Warum sind wir dann nicht unterwegs nach Tharkad, um sie zu stürzen?«

Ihr Vater zögerte. Er öffnete gewaltsam die Fäuste und preßte die Hände flach auf die Schreibtischplatte. »Dafür gibt es zwei simple Gründe. Der erste Grund besteht darin, daß ich zwar glaube, daß Katrina meine Frau und deine Mutter ermorden ließ, um ihre politische Laufbahn zu fördern, es aber nicht unwiderlegbar beweisen kann. Hätte ich die Beweise dafür, würde ich auf der Stelle Gerechtigkeit fordern. Da ich diese Möglichkeit jedoch nicht habe, ziehe ich es vor, sie über Sun-Tzus Herausforderung schwitzen zu lassen.«

Die Wut und der Schmerz im Gesicht ihres Vaters schnitten wie Rasierklingen durch Caitlins Bild von Katrina. Hinter der Fassade ihres lächelnden Gesichts sah Caitlin jetzt ein gefräßiges Monster mit riesigem Maul und unersättlichem Appetit.

Sie sah ihren Vater an, und die beiden trafen eine wortlose Übereinkunft, irgendwie einen Beweis für Katrinas Verbrechen zu finden und sie dafür bezahlen zu lassen. Selbst wenn ihr Vater vorher starb, Caitlin würde die Sache zu Ende bringen, und sie war sicher, er wußte es.

Caitlin fühlte einen Kloß in der Kehle. »Und der zweite Grund, warum wir Katrina nicht umbringen?«

Morgan hob ein gelbes Blatt Papier in die Höhe. »Das hier kam gleichzeitig mit der Holodisk. Eine Clan-Einheit ist in die Allianz eingedrungen. Es liegt bei uns, sie aufzuhalten.«

Wotan
Jadefalken-Besatzungszone

»O doch, Elias Crichell, ich werde sie erwischen.« Vandervahn Chistu schaffte es, sich die Verachtung, die er für sein Gegenüber empfand, nicht anmerken zu lassen. »Natascha Kerensky ist nicht durch Dummheit so *alt* geworden.«

Die Betonung des Wortes *alt* ließ Elias Crichells Kopf herumfliegen. »Ich habe sie nie für dumm gehalten. Auf Baker 3 ist sie durch den Nega-Garnisonssternhaufen gebrochen, als sei er überhaupt nicht vorhanden. Sie hat sogar sein Hauptquartier zerstört. Hättest du den 305. Sturmsternhaufen auf Baker 3 gelassen, könnte sie uns jetzt nicht auf Devin angreifen. Du weißt so gut wie ich, daß der Choyer-Garnisonssternhaufen keine Chance gegen sie hat.«

Chistu verschränkte die Hände im Rücken und ging langsam im Holotank auf und ab. »Ich habe keinerlei Zweifel an Ihrer Einschätzung, Elias Crichell.«

»Hast du nicht vor, etwas deswegen zu unternehmen, Vandervahn Chistu?«

»Ich könnte ein Echtzeit-Holovid aufrufen, damit Sie den Kampf verfolgen können.«

Crichell stieß einen anklagenden Finger in seine Richtung. »Das habe ich damit nicht gemeint. Du hast erklärt, sie würde es niemals bis hierher schaffen, aber du hast nichts unternommen, um sie aufzuhalten. Und jetzt sieht es so aus, als ob sich Ulric Kerenskys Truppen ebenfalls bis hierher durchschlagen. Du solltest Truppen in Bewegung setzen, um sie aufzuhalten, und statt dessen hast du deine Wanderfalkengalaxis in den lyranischen Raum geschickt. Bist du ein getarnter Wolf, frapos?«

Chistu zuckte sichtlich zusammen. »Nein, ich bin kein Wolf.« Er blieb in der Mitte des Tanks stehen. »Computer, eine Karte der Jadefalken-Besatzungszone. Einschließlich Stahlviper-Welten.«

Innerhalb von Sekundenbruchteilen erschien ein Muster aus farbigen Lichtkugeln im Zentrum des Holotanks. Die Welten im Besitz der Jadefalken leuchteten grün, die von den Stahlvipern verwalteten Planeten glitzerten silbern, und die von den Wölfen angegriffenen Welten loderten rot. Chistu deutete auf die bunten Lichter, als erklärten sie alles. »Ich habe die Situation voll unter Kontrolle.«

Crichell verschränkte die Arme. Er wirkte nicht beeindruckt.

»Natascha Kerenskys Einsatzgruppe hat Colmar angegriffen. Der 352. Sturmsternhaufen erlitt schätzungsweise fünfundzwanzig Prozent Verluste. Auf Baker 3 benutzte sie den 341. Sturmsternhaufen mit ähnlich hohen Verlusten. Durch die ungünstigen Wetterverhältnisse auf Devin, wo sie den 3. Gefechtssternhaufen einsetzt, rechnen wir mit vierzig Prozent Verlusten oder mehr. Ihr nächstes Ziel wird Apolakkia oder Denizli sein, und dort habe ich ausreichende Kräfte, um sie entscheidend zu schwächen oder sogar zu vernichten.« *Genaugenommen gerade genug, um sie zu ärgern, aber sie wird bluten müssen. Und auf Devlin hat sie sich überraschend gut geschlagen, also könnten meine Verlustzahlen sich als übertrieben erweisen.* Chistu sah zu Crichell. »Noch Fragen, Elias Crichell?«

»Ich stelle fest, daß du einige deiner besten Sternhaufen hierher nach Wotan gebracht hast, statt sie einzusetzen, um sie zu vernichten.«

»Ich habe sie hierher verlegt, um Sie zu beruhigen. Ich erwarte nicht, daß es Natascha Kerensky bis nach Wotan schafft«, log Chistu. *Sie wird herkommen, und hier werde ich sie vernichten.*

»Was ist mit Ulric Kerensky?«

»Seine Einheit erlitt auf Evciler schwere Verluste. Meine Truppen bereiten sich auf Butler vor, ihn zu empfangen.«

Crichell akzeptierte diese Aussage kommentarlos, aber Chistu las in seinem Blick, daß er von der Planung seines Junior-Khans nicht viel hielt. »Warum hast du die Wanderfalkengalaxis in den lyranischen Raum geschickt?«

»Aus demselben Grund, aus dem ich die Omikrongalaxis von den Garnisonsaufgaben im Peripherieraum abgezogen und ebenfalls in den lyranischen Raum gesandt habe.«

»Was?«

»Ich habe zwei Galaxien im lyranischen Raum.« Chistu berührte die Lichtkugel, die das Bakersystem repräsentierte, und an ihre Stelle trat eine Darstellung des Gesamtsystems von der zehnfachen Größe. Er berührte die Sonne des Systems, und der Computer öffnete ein Fenster, in dem Holovidbilder von einer großen Flotte abliefen, die am Zenitsprungpunkt im Hyperraum verschwand. »Das war Khan Phelan Wards Hälfte von Natascha Kerenskys Speerspitze.«

Er berührte eine der silbernen Sonnen, und ein ähnlicher Film lief ab, indem eine Flotte ins System sprang und kurz darauf wieder verschwand. »Die Stahlvipern haben mir mitgeteilt, daß die Wölfe auf keiner ihrer Welten erschienen sind. Vermutlich sind sie in den lyranischen Raum gesprungen. Offensichtlich handelt es sich um den Versuch einer Zangenbewegung.«

»Wo sind sie jetzt?«

»Das weiß ich nicht genau. Es sind nur zwei lyranische Systeme in Sprungweite von Graus: Morges und Babaeski. Die Wanderfalken sind nach Babaeski unterwegs, da diese Welt näher an Wotan liegt. Die Omikrongalaxis wird Morges überprüfen. Sollten sie die Wölfe dort nicht finden, werden beide Galaxien sich in Richtung Peripherie vorarbeiten. Dank der Arbeit, die Nakane Hazen als Rote Korsarin geleistet hat, verfügen wir über ausgezeichnete Daten von diesen Systemen.«

Crichells Augen weiteten sich. »Erwähne sie niemals. Niemals.«

»Keine Angst, Elias Crichell, Ihr Geheimnis ist bei mir in sicheren Händen. So sicher wie wir hier auf Wotan sind.« Chistu fuhr mit der Hand durch die Wolke aus holographischen Sternen. »Der zukünftige ilKhan hat nichts zu befürchten.«

32

> Man kann gezwungen sein, Krieg zu führen, aber das zwingt einen nicht, Giftpfeile zu verwenden.
>
> – Baltasar Gracian y Morales, *Die Kunst der Weltklugheit*

Avalon City, New Avalon
Mark Crucis, Vereinigtes Commonwealth

1. November 3057

Victor Davion stützte die Hände auf die Knie und schnappte nach Luft. Schweiß rann ihm über das Gesicht, und sein Brustkorb hob und senkte sich wie ein Blasebalg. Sein Hals war trocken, aber dieses Gefühl kannte er bereits. Es kam von der trockenen Luft der Turnhalle. Daß er sein körperliches Training in der Halle durchzog, war eines seiner wenigen Zugeständnisse an Curaitis' Sicherheitsbedürfnis. Die sechs Meter über den drei Basketballplätzen der Halle an Stahlkabeln hängende Bahn war kurz, aber aus Holz konstruiert und mit einer Gummioberfläche versehen, die angeblich die Belastung für die Knie verringerte.

Und Curaitis hat wahrscheinlich noch ein, zwei Schichten ballistisches Tuch darüber verlegen lassen, nur für den Fall, daß ein Attentäter versucht, mich vom Hallenboden aus zu erschießen. Victor stand auf und ging die einhundertsechzig Meter lange Bahn entlang zur Südostecke der Halle. Galen hatte den Lauf drei Runden vorher am Wandvisiphon abgebrochen, weil sich sein Signalgeber gemeldet hatte.

Ein kalter Zugwind drang durch den dünnen Stoff der Turnkleidung und bescherte Victor eine Gänsehaut. Galen legte gerade den Hörer auf die Gabel und drehte sich zum Prinzen um. In seinem Gesicht kämpften Wut und Verwirrung miteinander.

»Möchten Sie, daß Ihr Puls hoch bleibt, oder soll ich mit den schlechten Nachrichten warten, bis wir wieder im Büro sind?« fragte er.

Victor lachte und nahm sein Handtuch von der Ablage. »So schlimm kann es nicht sein, Jerry, schon gar nicht nach der Nachricht, die wir heute morgen erhalten haben. Morgan Kell hat Katherines Bitte um Hilfe gegen Sun-Tzu abgelehnt. Auch wenn wir bei der Organisation des Gegenangriffs schnellere Fortschritte machen könnten, bin ich im großen und ganzen zufrieden. Kann deine Nachricht das verderben?«

»Ja. Der Anruf kam von Curaitis. Sie haben den Agenten, der Joshuas DNS überprüft hat.«

Victors Gesicht leuchtete auf. »Wie heißt er?«

Galen senkte den Blick. »Sie. Es war eine Agentin.«

Katherine? Victor trocknete sich das Gesicht ab. »Okay, wie heißt sie?«

»Francesca Jenkins.«

Schockiert ließ Victor sich auf die Bahn fallen. »Aber sie war ...«

»Ja, diejenige, die Sun-Tzus Leute aufgehalten hat.«

»Aber ...« Victor runzelte die Stirn. Alle Leute in Joshuas Umgebung waren ausgetauscht worden, als der Doppelgänger seinen Platz eingenommen hatte. Wenn Thomas einen Agenten in Joshuas Nähe haben wollte, warum zu diesem Zeitpunkt? Warum nicht von Anfang an? Es ergab keinen Sinn, es sei denn, Marik hätte irgendwie gewußt, daß Sun-Tzu das Krankenhaus würde angreifen lassen. Der Prinz sah zu Galen hoch. »Was hat Curaitis gesagt?«

»Er sagte, sie hätten *jeden*, der Kontakt mit unserem Joshua hatte, zweimal überprüft, und alle waren sauber. Bei den Hintergrundnachforschungen ist dann ihm oder jemand in seinem Team aufgefallen, daß Francesa als einzige Person nicht noch einmal überprüft worden war. Ein Spurensicherungsteam hat ihre Wohnung genau untersucht.« Galen lächelte. »Wären Sie nicht so großzügig gewesen und hätten dafür gesorgt, daß ihre Miete weiterbezahlt wurde, hätten sie wahrscheinlich nichts mehr zu untersuchen gehabt, aber so fanden sie in ihrem Gefrierschrank eine kleine Plastiktüte mit einer DNS-Probe, die der unseres Joshua-Doubles entspricht. Laut Curaitis zeigen chemische Rückstände in der Flüssigkeit, daß sie mit einem Experimentierkasten den Test durchgeführt hat.«

Victor schüttelte den Kopf. »Wie ist das möglich? Sie – ich erinnere mich, ihren Lebenslauf gelesen zu haben – sie ist eine Avalonierin. Ihr Vater war MechKrieger.«

»Der ihre Mutter ermordet und anschließend Selbstmord begangen hat.«

»Zugegeben, das ist eine widerliche Art, seine Eltern zu verlieren, aber sie war in Behandlung. Sie ist darüber hinweggekommen. Wie ist sie zu einer SEKURA-Agentin geworden?«

Galen lehnte sich an das Metallgeländer der Laufbahn. »Laut Aussage der Tante, die das Kind damals zu sich nahm, hat sie als Mädchen drei Sommer auf Castor bei ihren ›Großeltern‹ zugebracht. Ihre Mutter *stammte* von Castor, und ihr Mädchenname war Jirik, aber ihre echten Eltern starben, bevor ihr Vater mit ihr Castor verließ. Curaitis nimmt an, daß der Liga-Geheimdienst, nach dem Tod ihrer Mutter von der hiesigen Botschaft alarmiert, eine Operation durchführte, bei der Francesca als Agentin rekrutiert wurde. Sie wurde ausgebildet und hier als Maulwurf eingesetzt. Sie haben ihre Einsamkeit benutzt und ihr ein stolzes Freie-Welten-Erbe als Gegengewicht zu dem furchtbaren Erbe angeboten, für das ihr Vater stand.«

»Und dieser Hurensohn Thomas hat die Stirn, *mich* als Monster zu bezeichnen!«

Galen räusperte sich, bevor Victor sich weiter ereifern konnte. »Hoheit, die Methoden der SEKURA sind nicht besser oder schlimmer als die aller Geheimdienste.«

Victor mußte ihm widerwillig recht geben. »Ich weiß, ich weiß. Ich verstehe die Theorie, aber wenn man reale Fälle betrachtet, ist die Praxis trotzdem abstoßend. Wie geht es ihr übrigens?«

»Sie hat weiter Glück. So wie es aussieht, wird sie keine längerfristigen Schäden zurückbehalten. Der Hüftersatz funktioniert ausgezeichnet. Nach einem Jahr Therapie wird sie völlig wiederhergestellt sein.«

Victor zog die Brauen nach unten. »Diese Information über ihre falschen Großeltern *ließe* sich doch dazu verwenden, sie umzudrehen, oder?«

Sein Geheimdienstberater dachte einen Augenblick nach. »Ich würde sagen, ja.«

Victor sah zu Boden. »Versuch, meine Gedanken nachzuvollziehen: Francesca Jenkins ist ein Problem. Ich habe sie hoch gepriesen und zu einer Heldin des ganzen Vereinigten Commonwealth gemacht. Wenn jetzt herauskommt, daß sie eine Liga-Agentin ist, stehen ich und mein ganzes Geheimdienstsekretariat als Volltrottel da. Wenn sie hingegen *stirbt* und niemand je wieder etwas von ihr hört, verschwindet auch das Problem.«

»Sie denken doch nicht daran, sie umbringen zu lassen.«

»Nein, keineswegs. Auch wenn ihre Tat uns geschadet hat, ihr Vorgehen gegen die Liao-Agenten war unglaublich tapfer, und ich werde ihren Mut nicht mit dem Tod belohnen. Ich will allerdings auch nicht, daß sie vor Gericht kommt. Sie hat ganz offenbar einen starken Charakter. Indem wir ihr klarmachen, wie man sie benutzt hat, können wir sie zu einer erstklassigen Waffe gegen unsere Feinde umschmieden. Sie wird Gelegenheit haben, ihre Schuld abzutragen, wir wahren unser Gesicht, und wenn wir sie an einer Embolie oder etwas Ähnlichem sterben lassen, wird niemand nach ihr suchen, der ihr Geheimnis aufdecken könnte.«

Galen nickte. »Ich kenne andere Fälle, in denen ein vorgetäuschter Tod bei der Auslöschung von Verbindungen mit der Vergangenheit wahre Wunder gewirkt hat.«

»Vielen Dank für dein Expertenurteil«, kommentierte Victor trocken. »Frag Curaitis nach seiner Meinung. Wenn er zustimmt, laß ihr Aussehen verändern – aber so, daß sie hübsch bleibt –, und dann laß sie ausbilden.«

»Sie meinen, wir könnten sie gegen die Liga einsetzen?«

Victor zuckte die Achseln. »Gegen die Liga, Sun-Tzu oder vielleicht sogar gegen meine Schwester. Versteh mich richtig, Jerry, ich will keinen Attentäter – ich will nie wieder einen benutzen. Ich will eine Agentin, die clever genug ist, meine Feinde in eine Falle zu locken.« Er stand auf und legte das Handtuch um die Schultern. »Ich denke, Francesca Jenkins wäre dazu in der Lage.«

33

> Ein Heer von Rehen unter der Führung eines Löwen ist gefährlicher als ein Heer von Löwen unter der Führung eines Rehs.
>
> – CHABRAIS zugeschrieben

Denizli, Wolfsclan-Befreiungszone

7. November 3057

Natascha unterdrückte einen lauten Fluch über die Steifheit und Schmerzen in Rücken und Beinen. Sie ließ sich langsam auf den Faltstuhl hinab und beugte sich vor, um die Rückenschmerzen zu lindern. Der stechende Schmerz in Unterleib und beiden Beinen ließ sie krampfartig einatmen. *Beinahe* hätte sie aufgeschrien, aber ihre eiserner Wille verwandelte ihre Wut in ein Schmerzmittel.

Sie sah zu den jüngeren Männern und Frauen auf, die in ihr Zelt strömten. »Ihr habt Berichte für mich, frapos?«

Der aufgeschossene Schwarze nickte, und die langen Zöpfe seiner Frisur wippten hin und her. »Der 341. Sturmsternhaufen hat seine Ziele erreicht und dabei fünfundzwanzig Prozent Verluste erlitten. Damit steht mein Sternhaufen bei ungefähr achtundvierzig Prozent des Mechmaterials für den Feldzug. Wir haben fünf Prozent Piloten verloren. Auf Operationsebene arbeiten die Silberblizzards mit zweiundfünfzig Prozent, und mit einer Woche für Bergungs- und Reparaturarbeiten kann ich sie auf fünfundfünfzig Prozent bringen.«

»Gut, Ramon.« Natascha sah weiter zu Serena Fetladral. »Wie sieht es beim 352. aus?«

»Wir Silberwölfe haben fünfundfünfzig Prozent unser Mechs und zwölf Prozent unserer Piloten verloren. Mit einer Woche Reparaturzeit kann ich uns wieder auf halbe Einsatzstärke bringen.«

»Gut. Darren?«

Darren Fetladral, der Sterncolonel des 3. Gefechtssternhaufens, hatte außer den blauen Augen und der Müdigkeit seiner Haltung nichts mit seiner Namensvetterin gemeinsam. »Ich kann meine Silberteufel in einer Woche ebenfalls auf fünfzig Prozent bringen. Ich habe mehr Piloten verloren, aber ich habe gute Techs, die meine Verwundeten und die beschädigten Mechs schnell wieder flicken.«

Der letzte der Gruppe, Sterncommander Marco Hall, schüttelte zögernd den Kopf. »Khanin Natascha, Eure Wolfsspinnen haben vierzig Prozent der Mechs, Eure Maschine eingeschlossen, und zehn Prozent der Piloten verloren.«

»Bin ich da auch mit eingeschlossen, Marco?«

Der Clansmann verneinte. »Selbst tot, eingeäschert, in eine Granate gepackt und abgeschossen würde ich Euch einen Abschuß zutrauen. Ihr seid in dieser Rechnung nicht enthalten.«

Nataschas Miene verdüsterte sich. »Und der 5. und 9. Krallen-Sternhaufen der Falken – die sind vernichtet?«

Ramon Sender verschränkte die Arme. »Sie sind zerstört, alle, ausgelöscht.«

»Ausgezeichnet. Ihr habt eine Woche Zeit für Reparaturen, und eine weitere Woche Flugzeit. Wir gehen am Zwanzigsten auf Twycross nieder. Ruht euch aus. Ihr habt es verdient. Wegtreten.«

Niemand bewegte sich. *Sie haben sich mit dieser Unterredung sehr viel länger Zeit gelassen als ich es an ihrer Stelle getan hätte. Sie sind gute Soldaten.* Trotz der Schmerzen in ihrem Rücken hob Natascha den Kopf. »Ihr dürft frei sprechen, aber nicht alle zugleich.«

Ramon Sender, der dienstälteste Offizier unter ihnen, ergriff zuerst das Wort. »Ich bin über den Text der Nachricht informiert, die Ihr nach Twycross geschickt habt. Ihr habt die Stahlvipern aufgefordert, ihre vier Sternhaufen von diesem Felsklumpen abzuziehen, wenn sie nicht bis auf den letzten Rest vernichtet werden wollen. Ihr habt Daten unserer Sternhaufen beigefügt, die nach den Kämpfen hier erstellt scheinen, aber in Wirklichkeit unserer Stärke *vor* Beginn des Feldzugs entsprechen. Die Bronzelanciers sind zwar bisher noch nicht zum Einsatz gekommen, aber selbst wenn wir sie in die Rechnung einbeziehen, sind wir der Stahlviper-Garnison zahlenmäßig unterlegen. Und wie Ihr wißt, handelt es sich bei dieser Garnison um Fronteinheiten in befestigten Stellungen.«

Serena sah Ramon an, dann wandte sie sich an Natascha. »Ein Angriff auf Twycross könnte uns das Genick brechen, und wir wissen, Ihr wollt nach Wotan.«

»Fragt ihr mich, ob ich den Verstand verloren habe, oder wollt ihr wissen, ob ich vorhabe, auf Twycross gegen die Stahlvipern anzutreten?«

Die Haut um Darren Fetladrals Augen spannte sich. »Wir wollen wissen, wie wir unsere Gefechtsziele erreichen sollen.«

Natascha lächelte, und ihre Rückenschmerzen ließen etwas nach. »Andere Truppen – Jadefalken oder die meisten Einheiten der Inneren Sphäre – hätten inzwischen gemeutert. Ihr nicht. Ihr seid die besten Krieger, die je ein Kommandeur in die Schlacht führen durfte. Aber ich will eure Fragen beantworten. Ich hoffe, daß mein Prahlen mit unserer Stärke die Stahlvipern zu der Entscheidung kommen läßt, sich aus diesem Kampf herauszuhalten. Wenn sie uns Twycross für eine weitere Begegnung mit den Jadefalken zur Verfügung stellen, werde ich mich bereiterklären, den Planeten nicht zu befreien. Ich gehe davon aus, daß dieses Geschäft vorgeschlagen und besiegelt ist, bis wir auf

Twycross eintreffen. Gleichzeitig gehe ich davon aus, daß meine Prahlereien nach Wotan übermittelt werden und Chistu eimerweise Glassplitter schwitzt. Für Crichell wird das mit Sicherheit gelten.« Sie sah zu Serena hoch. »Mein Ziel ist es, Wotan zu erreichen, aber meine *Absicht* ist, so viele Jadefalken-Einheiten zu vernichten wie nur möglich. Indem wir ihre Garnisonen zerschlagen und ihre Welten befreien, zwingen wir sie, Truppen und Ausrüstung umzuleiten, um ihren Einfluß über die Welten, auf denen wir gekämpft haben, wieder neu zu etablieren. Außerdem begrenzen wir, indem wir ihre Garnisonen ausschalten, die Anzahl der Truppen, die sie hinter Phelan herschicken können.«

»Oder«, fügte Marco Hall hinzu, »für eine Neuauflage der Invasion der Inneren Sphäre benutzen können.«

Natascha nickte müde. »Wenn man den führenden Mech einer Formation ausschaltet, haben die anderen niemand mehr, dem sie folgen können. Chistu beginnt sich Sorgen zu machen – er hat den 5. Krallen-Sternhaufen als Unterstützung für den 9. hergeschickt. Er hat keine Ahnung von unserer Truppenstärke, und das macht ihn wahnsinnig. Selbst mit geringeren Geboten als er Garnisonen hat, fressen wir seine Truppen auf.«

Darren nickte. »Und da Twycross eine Stahlviper-Welt ist, fällt die Schlacht dort nicht unter die Bedingungen des Widerspruchstests. Chistu wird Truppen aussenden, um uns aufzuhalten, und dabei von einer zahlenmäßigen Überlegenheit ausgehen, aber die wird er diesmal nicht bekommen. Wir werden seine Einheiten überraschen und in der Luft zerfetzen.«

»Das will ich hoffen.« Natascha faltete die Hände und senkte die Arme zwischen ihre Oberschenkel. Der rauhe Stoff der Kühlweste wurde gegen ihre Oberarme gedrückt, und sie war überrascht, wie diese einfache Wahrnehmung irgendwie den Schmerz verdrängen konnte. Sie sah nach unten und bemerkte ein eingetrocknetes Blutrinnsal auf ihrer Weste, aber sie konnte nicht sagen, ob es sich dabei um ihr eigenes Blut handelte oder um das von einem der Elementare, die sie getötet hatte, nachdem sie mit dem Schleudersitz aus ihrem Mech ausgestiegen war.

Die Schwarze Witwe stand langsam auf. »Unser einziger Vorteil der Inneren Sphäre gegenüber liegt in der Tatsache, daß wir die Schlacht nicht zu überleben brauchen, damit unser Erbgut weitergegeben wird. Wir können fallen und trotzdem Teil der Zukunft werden. Für einen ClanKrieger reicht das. Aber die Jadefalken und die Kreuzritter wollen mehr – Macht und Eroberung. Sie übernehmen sich, und ich habe vor, ihnen ihre habgierigen Finger am Handgelenk abzuhacken.« Sie deutete zum Himmel. »Unsere Zukunft liegt dort draußen, bei Phelan. Unser Schicksal wartet auf Twycross und Wotan. Unser Schicksal ist es, den Jadefalken ihre Zukunft zu verwehren, so daß unsere Zukunft eine Chance hat, zu sprießen und Frucht zu tragen.« Natascha grinste, dann schüttelte sie den Kopf. »Ich werde alt – normalerweise überlasse ich solche Reden anderen.«

Marco zwinkerte ihr zu. »Unser Job ist es, Falken zu töten.«

»Ja.« Die Schwarze Witwe kniff ein Auge zu und mimte eine Abzugbewegung mit dem Zeigefinger der rechten Hand. »Aber ich war schon immer der Meinung, daß Taten lauter sprechen als Worte.«

Tharkad City, Tharkad
Distrikt Donegal, Lyranische Allianz

Katrina Steiner starrte den ComStar-Demipräzentor wütend an und nahm die Wirkung ihrer eisigen Miene auf den kleinwüchsigen Mann befriedigt zur Kenntnis.

Er zitterte und neigte den halbkahlen Kopf. Gut. »Haben Sie eine Antwort der Prima für mich?« fragte sie.

Demipräzentor Correy hob die Arme wie ein Bittsteller vor dem Altar einer rachsüchtigen Göttin. »Angesichts der Vielzahl der Ereignisse in den jüngsten Tagen ist die Prima ungemein beschäftigt.«

»Sie ist zu *beschäftigt*, um auf *meine* Botschaft zu reagieren?«

Der Mann fiel in sich zusammen. »Bitte, Archon Katrina, Ihr müßt verstehen, daß die Verzögerung in der Beantwortung Ihrer Anfrage nicht als Respektlosigkeit gemeint ist.«

»Und wie erklärt sie dann ihre Zustimmung für die Verwendung draconischer Einheiten als ComStar-Friedenstruppen, denen sie anschließend erlaubt, den Lyons-Daumen praktisch zu *besetzen?* Meine Bürger werden zu Untertanen eines unserer Erbfeinde gemacht. Das werde ich nie und nimmer dulden.«

»Selbstverständlich, Archon, ich weiß. Sie haben der Prima Ihre Besorgnis wiederholt auf höchst wortgewaltige Weise mitgeteilt, und man hat mir versichert, daß Ihre Botschaften auf höchster Ebene – *auf der Ebene des Ersten Bereichs* – mit besonderer Aufmerksamkeit behandelt werden. Es ist nur so, daß auch Prinz Victor einen Anspruch auf den Lyons-Daumen hat und die draconischen Maßnahmen keinerlei Protest von seiner Seite ausgelöst haben, so ...«

Katrina winkte herrisch ab. »Mein Bruder hat mit dem Lyons-Daumen *nichts* zu tun. Sie erlauben diese Verletzung der lyranischen Grenzen, weil ein Mann, der den Tod eines Kindes für seine politischen Zwecke auszunutzen versucht hat, keinen Protest erhebt. Ich hätte gedacht, ComStar, Verteidiger der Inneren Sphäre und Architekt des Waffenstillstands mit den Clans, hätte moralische Maßstäbe, die darüber hinausgehen, Habgier und Verrat abzusegnen, weil ein Mörder sich nicht beschwert hat, daß ein Teil *meines* Reiches amputiert wird!«

»Ein sehr gutes Argument, Archon Katrina. Ich werde es augenblicklich an meine Vorgesetzten weiterleiten.«

Sie blähte wütend die Nüstern, dann betrachtete sie Correy ein paar Sekunden durch halbgeschlossene Lider. »Wenn Sie nicht gekommen sind, um mir die Entschuldigung der Prima zu überbringen, was wollen Sie dann hier?« Sie ließ die Andeutung eines Lächelns um ihre Mundwinkel spielen. »Sie finden doch wohl keinen Gefallen daran, von mir abgekanzelt zu werden?«

»O nein, Archon, sicher nicht.«

»Also?«

Der sich unter ihrem Blick noch immer unbehaglich windende Demipräzentor holte ein zusammengefaltetes Blatt Papier aus seiner roten Jacke. »Ich wurde gebeten, für jemand den Vermittler zu spielen, der eine Audienz bei Ihnen wünscht.« Er hielt ihr das Papier entgegen, und sie stellte mit einiger Genugtuung fest, daß es zitterte. »Ohne diplomatischen Status sah er keine andere Möglichkeit, mit Ihnen in Kontakt zu treten.«

Katrina nahm das Papier und öffnete es. Sie las den Namen und stieß es zurück in Correys Richtung. »Wieso sollte ich *ihn* sehen wollen?« fragte sie ungeduldig.

Correy nahm das Blatt wieder entgegen. »Er sagte, er würde einen Repräsentanten mit einem Beweis seiner Wertschätzung schicken. Er bittet um Ihre gnädige Zurückstellung einer Entscheidung, bis Sie sein Geschenk begutachten konnten.«

Ein Geschenk? Was könnte mir dieser Mann schon schenken? Sie hatte ihn wohl schon einmal getroffen und erinnerte sich vage, daß er vor kurzem einen schweren Rückschlag erlitten hatte. Aber er hatte auch einmal den Ruf besessen, äußerst findig zu sein. Sie nickte knapp. »Sagen Sie ihm, ich werde seinen Repräsentanten empfangen. Wenn mir sein Geschenk zusagt, werde ich mit ihm reden.«

»Das ist höchst zufriedenstellend, Archon. Mehr als er sich erhofft hat.«

»Gut.« Sie richtete den Blick auf die Tür. »Vielleicht sollten Sie Ihrer Chefin vorschlagen, daß sie eine ähnliche Methode, meine Wertschätzung zurückzuerlangen, ernsthaft in Betracht zieht. Die Rückgabe des Lyons-Daumens wäre ein angemessenes Geschenk, aber es sollte zügig überreicht werden. Falls ich es zu Weihnachten nicht unter dem Gabentisch finden sollte, kann sich die Prima Hoffnungen auf ein gutes neues Jahr abschminken.«

34

> Ein konventionelles Heer verliert, wenn es nicht gewinnt, Guerilleros gewinnen, wenn sie nicht verlieren.
>
> – Henry Kissinger, Diplomat

Daosha, Zürich
Volksrepublik Zürich, Liga-Befreiungszone

15. November 3057

Noble Thayer konnte die Begeisterung seiner Leute spüren. Es war schon seltsam, wie vier gewöhnliche Bürger – Rick und Carol Bradford, Anne Thompson und Cathy Hanney – sich im warmen Widerschein des Erfolgs sonnten, nachdem sie ein Büro des Sicherheitskomitees in die Luft gesprengt hatten. Nur Ken Fox zeigte die Art unbeteiligte Haltung, die den Eindruck erweckte, daß Bombenanschläge für ihn alltäglicher Teil seiner Arbeit waren.

Rick sah sich mißtrauisch in der kahlen Kellerwohnung um, bevor er das Weinglas zu einem gedämpften Trinkspruch erhob. »Auf den Tanzenden Joker und seine Pointen.«

Die anderen stimmten ein, mit Ausnahme Nobles. Er strich sich über das blondierte Haar und grinste. »Diesmal ist es wirklich gut gelaufen. Daß Werner Chou noch einmal zurückgekommen war, um nach Dienstschluß etwas vorzuarbeiten, war ein zusätzlicher Bonus.«

Carol schüttelte den Kopf. »Ich hatte gehofft, daß wir Opfer vermeiden könnten, indem wir den Zünder auf drei Uhr morgens stellten.«

Noble nickte, obwohl er mitbekam, wie Ken Fox mit

den Augen rollte. »Wir waren uns die ganze Zeit einig, wann immer es möglich ist, nur gegen Sachen und nicht gegen Menschen vorzugehen, aber inzwischen muß euch allen klar sein, daß jede Operation das Risiko von Opfern mit sich bringt – auf deren und auf unserer Seite. Ihr habt das akzeptiert – zumindest habt ihr das gesagt, als wir damit angefangen haben. Ich muß wissen, ob das auch weiter gilt.«

Ken Fox hob den Kopf. »Warum?«

Noble stand auf. Sein Oberkörper verschwand im Schatten, als er sich über den Lichtkegel der tief über dem Tisch hängenden Lampe erhob. »Ich muß es wissen, weil wir einen Punkt erreicht haben, an dem unsere Aktivitäten eskalieren sollten.«

Rick rieb sich das unrasierte Kinn. »Ich dachte, alles läuft prima.«

»Das tut es auch. Auf jeden von uns ist eine Belohnung von über zwanzigtausend Credits ausgesetzt. In ganz Daosha tauchen Wandparolen auf, die uns unterstützen, und es gibt eine Anzahl von Nachahmern, die sogar so weit gehen, Spielkarten als Markenzeichen zu hinterlassen.«

Cathy stimmte ihm zu. »Aber der einzige, der davon etwas taugt, ist der Karo-Bube. Die anderen scheinen irgendwelche Kinder zu sein.«

»Stimmt. Ich glaube, ich kann den Buben auftreiben. Vielleicht sollten wir ihn für uns rekrutieren.« Noble verschränkte die Arme. »Die Sache ist die: Soweit es die Öffentlichkeit betrifft, war unsere erste Aktion die Sprengung des Wandbildschirms auf dem Fengzi-Lusu-De-Platz. Trotz aller Anstrengungen kann das Einheits-Polit-Direktorium die Nachrichten von unseren Aktionen nicht unterdrücken. Man redet über uns.«

Anne lachte. »Ich habe letztens einen Witz gehört: Ein Sicherheitsbeamter wird von seiner Frau gefragt, wie es in der Sache Tanzender Joker steht. Seine Antwort? Ein perfektes Debakel!«

Nobles Stimme übertönte das allgemeine Lachen. »Stimmt. Wir machen das EPD lächerlich, aber wenn wir wirklich Erfolg haben wollen, reicht das nicht. Sehen wir den Dingen ins Auge; solange es sie gibt und sie über mehr Möglichkeiten verfügen als wir, werden sie gewinnen, und wir werden verlieren. Unsere einzige Erfolgschance ist eine Gegenrevolution. Und um das zu erreichen, müssen wir die Bevölkerung von Zürich davon überzeugen, daß die Möglichkeiten des EPD, gegen uns vorzugehen, begrenzt sind. Das wird sich nicht ohne Opfer erreichen lassen, deswegen brauche ich eine Bestätigung eurer Loyalität unserer Bewegung gegenüber.«

Carol rückte nach hinten. »Seit wann sind wir eine Bewegung?«

»Es war schon immer eine Bewegung, Carol«, stellte Rick fest und legte die Hand auf ihre Schulter. »Ein Kampf gegen die Regierung.«

»Ja, aber Noble hat vorher nie davon gesprochen, den Planeten zu übernehmen.« Carol sah zu Noble hoch. »Das soll keine Beleidigung sein, aber eine Laufbahn als Naturkundedozent an einer Militärakademie ist kaum eine Qualifikation für den Posten eines planetaren Herrschers.«

Noble wehrte ab. »Ich will Xu Ning die Macht abnehmen, ich will sie nicht selbst an mich reißen. Hör mal, du kennst doch sicher das alte Sprichwort: ›Damit das Böse triumphiert, reicht es aus, wenn die Guten die Hände in den Schoß legen‹?«

Carol nickte.

»Nun, es gibt eine Ableitung davon: Damit das Gute triumphiert, müssen die Guten die Bösen zwingen, ihre Hände in den Schoß zu legen. Wir sind auf dem Weg dahin, aber wir müssen härter zuschlagen. Ein Büro des Sicherheitskomitees in die Luft zu jagen hilft, aber mit genug Leuten kann die Regierung alles wiederaufbauen, was wir zerstören.«

»Mit Ausnahme von Werner Chou.«

»Ein gerechtfertigter Einwand, Anne, aber wer von uns trauert tatsächlich um Chou? Er stand bei Xu Ning, als die zweihundert Märtyrer abgeknallt wurden. Er hätte es verhindern können, aber er hat nichts getan. Seine Leute haben die Märtyrer zusammengetrieben, und wir alle wissen, daß es Volkskomitee-Beamte in EPD-Kaderuniformen waren, die abgedrückt haben, und keine Volksarmisten.«

»Nicht, daß die sich geweigert hätten.« Ken Fox rieb sich das Gesicht, auf dem noch immer der gelbe Schatten eines Blutergusses zu erkennen war. »Mir klingeln immer noch die Ohren von dem Schlag mit dem Gewehrkolben, den ich einstecken mußte, als ich versucht habe, sie daran zu hindern, die Jugendlichen abzuführen.«

Noble nickte mitfühlend. »Das Sicherheitskomitee, der Kader und die Schwarzen Kobras sind die drei Säulen, auf denen Xu Nings Regierung ruht. Das Komitee haben wir angeschlagen, aber damit erkaufen wir uns nur Zeit. Wenn wir uns an die beiden anderen Stützen seiner Macht heranmachen, wird das Menschenleben kosten. Wer damit nichts zu tun haben will oder kann, der soll gehen. Ich will niemanden zwingen, gegen seine Gefühle oder Überzeugung zu arbeiten. Ich halte es nicht für ein moralisches Dilemma, die Krieger eines Diktators zu töten, aber ich respektiere anderslautende Meinungen.«

Er wartete, dann sah er alle der Reihe nach an. Alle nickten – Fox mit dem deutlichsten Enthusiasmus, Carol Bradford mit dem deutlichsten Zögern. Noble wußte, daß er auf Carol zählen konnte, aber er entschied sich, ihr Aufgaben zu übertragen, bei denen sie sich auf ihre Verwaltungserfahrung stützen konnte, aber ansonsten im Hintergrund blieb.

»Gut.« Er lehnte sich nach vorne über den Tisch. »In neun Tagen greifen wir das Zhongdade-Arsenal an.«

»Was? Das ist nicht drin. Das ist Selbstmord.« Ken Fox schüttelte den Kopf. »Ich weiß, da liegen Unmengen von Waffen, aber wir werden es nie schaffen, irgend etwas da raus zu schaffen. Es ist ein unmögliches Ziel.«

»Es gibt keine unmöglichen Ziele.« Noble sprach leise, aber seine Stimme war erregt. »Es stimmt, das Arsenal ist etwa so schwer anzugreifen wie ein Sprungschiff. Beide besitzen eine unglaubliche Feuerkraft, mit der sie sich verteidigen können.«

Fox verzog das Gesicht. »Warum greifen wir es dann an?«

Noble grinste. »Und wenn wir die eingelagerten Waffen gar nicht wollen? Was ist, wenn es uns reicht, daß der EPD-Kader sie auch nicht bekommt?«

Rick Bradfords Augen leuchteten. »Wir sprengen das Arsenal?«

»Bei der Menge der dort lagernden Waffen und Munition würde eine Explosion die ganze Straße zerstören. Aber der EPD-Kader hat das gesamte Gebiet für seine Truppen requiriert. Es dürfte also keine zivilen Opfer geben.« Er sah sich um und wartete auf Fragen. Als keine kamen, sprach er weiter. »Ich weiß schon, wie wir die Bombe mit minimalem Risiko dorthin schaffen können.«

Auf Ken Fox' Stirn erschienen tiefe Falten. »Es wird nicht leicht sein, genug Sprengstoff für das Arsenal zu beschaffen.«

Noble beruhigte ihn. »Keine Bange. Sucht mir nur ein Gartenzentrum und eine Tankstelle, von der ich Benzin bekomme. Dann stelle ich euch soviel Sprengstoff her, wie wir nur wollen.« Als Fox zu einer weiteren Bemerkung ansetzte, hob Noble die Hand. »Ein zweiter Punkt ist, daß wir anfangen müssen, nach dem Zellensystem zu arbeiten. Das bedeutet zweierlei. Erstens werde ich jedem von euch Aufträge geben, über die ihr mit keinem anderen reden dürft. Mit *niemand* –

ganz besonders nicht mit den anderen in dieser Gruppe. Auf diese Weise können wir verhindern, daß der gesamte Plan auffliegt, wenn einer von uns geschnappt wird. Zweitens müssen wir anfangen, neue Mitglieder anzuwerben. Für unsere neuen Vorhaben brauchen wir weit mehr Mitarbeiter, als wir zur Zeit haben. Ich werde versuchen, Leute wie den Karo-Buben zu ziehen. Ihr seht euch nach Leuten um, denen ihr vertrauen könnt. Leute, die ihr schon eine ganze Weile kennt. Aber nehmt selbst keinen Kontakt auf. Beobachtet sie eine gewisse Zeit, und wenn ihr einen aussichtsreichen Kandidaten gefunden habt, helfe ich euch, ihn zu überzeugen. Verstanden?«

Alle nickten.

»Gut. Ein letzter Punkt: Wenn einer von uns gefangen wird, tauchen die anderen unter. Wir können uns nicht blindlings in eine Rettungsaktion stürzen. Wir ziehen uns zurück und planen die Befreiung. Haben das alle verstanden? Taktischer Rückzug und spätere Rettung.«

Cathy sah zu ihm hoch. »Xu Ning hat niemals versucht, Leute zu befreien, die von der Regierung gefangen wurden.«

»Weil er ein Tier ist.« Noble schlug mit der Faust auf den Tisch. »Und aus genau diesem Grund werde ich keinen von euch länger als unvermeidbar in seinen Klauen lassen.«

Direktorenpalast, Daosha, Zürich
Volksrepublik Zürich, Liga-Befreiungszone

Xu Ning tupfte sich mit der gestärkten Leinenserviette die Mundwinkel ab und trank den letzten Rest des Montchartre Bourgogne Blanc '43. *Gouverneur Campbell war ein echter Weinkenner. Wenn ich den '39er probiere, muß ich ihm etwas in die Urne gießen.* Er stellte den Kristallkelch ab und sah zu seinem Gast hinüber. »Ja, Colonel? Sie hatten festgestellt, daß es kein Wunder sei, wenn mein Sicherheitskomitee diese Aufrührer nicht aufspüren könne.«

Burr, offensichtlich ein Patrizier, der versuchte, sich auf die Ebene seines Gastgebers herabzulassen, schob den halbleeren Teller in Richtung Tafelmitte und legte die Serviette auf dem freigewordenen Platz ab. »Ich wollte damit nur zum Ausdruck bringen, daß Sie als Führer eines erfolgreichen Guerillafeldzugs sich der Schwierigkeiten bewußt sein dürften, die damit verbunden sind, die Mitglieder einer irregulären und verdeckt operierenden Feindtruppe aufzuspüren. Auch wenn ich angesichts der Indizien der Ansicht bin, daß die Operation von einem Davion-Agenten geleitet wird, setzt er ganz offensichtlich Ihre eigenen Methoden gegen Sie ein.«

Xu lächelte höflich und versuchte, sich der Herablassung seines Gegenübers anzupassen. »Der arme Werner und ich hatten uns bereits überlegt, daß dieser Tanzende Joker ein Agent sein könnte, der hierher entsandt wurde, um unsere Organisation zu infiltrieren und uns gefangenzunehmen – möglicherweise sogar ohne Wissen der örtlichen Polizeibehörden.«

»Die Polizeibehörden, denen es nicht gelang, Sie zu fangen, Mr. Direktor, werden auch den Tanzenden Joker nicht stellen. Ich weiß, Sie haben Ihre Leute in die Polizei integriert und die gesamte Organisation Ihrem Sicherheitskomitee unterstellt, aber Inkompetenz läßt sich nicht unterdrücken.«

Xu hob eine schmalfingrige Hand und winkte seinem Diener. »Du kannst abräumen. Kaffee, Colonel? Und ein Dessert?«

»Bitte.«

»Carl, bring das Dessert und den Domaine Fiedade Beaumes-de-Venise 3050. Und einen Aschenbecher für die Zigarre des Colonels.«

Der Diener trug die Teller ab, und der Colonel bot Xu Ning eine Zigarre an, die dieser dankend ablehnte. »Ich habe es mir nie angewöhnt. Auf der Flucht ist Tabak schwer zu beschaffen, und im Dschungel trägt der Geruch des Rauchs, wie Sie sicher wissen, äußerst weit. Wir haben gelernt, die Patrouillen an ihrem Geruch zu lokalisieren.«

Burr lachte kehlig. »Ein weiterer Beweis für die Idiotie der Polizei.«

»Sie sind also der Ansicht, daß ich weniger durch mein Können, der Polizei auszuweichen, überlebt habe, als durch deren Unfähigkeit?«

»Bitte, Mr. Direktor, legen Sie meine Bemerkungen nicht als Kritik an Ihren Leistungen aus. Die waren ohne Zweifel höchst bemerkenswert, aber eine gut durchorganisierte Truppe hätte Sie gefunden.«

»Ihre Schwarzen Kobras zum Beispiel?«

»Wir haben schon entsprechende Befriedungsaktionen durchgeführt, allerdings nicht in Stadtgebieten.«

»Den Tanzenden Joker zu finden würde Ihre Möglichkeiten demnach übersteigen?«

Burr lehnte sich mit einem Lächeln zurück und ließ sich von Xus Diener das Dessert servieren. »Den Tanzenden Joker aufzuspüren läge durchaus im Rahmen meiner Möglichkeiten, aber es liegt weit außerhalb meiner Missionsvorgaben. Die Schwarzen Kobras sind hier, um den Planeten zu sichern und ihn sowie uns selbst zu verteidigen. Ich fürchte, der Tanzende Joker ist keine Gefahr für uns.«

Xu Ning probierte den Wein und nickte Carl zu, der daraufhin einschenkte. »Aber der Tanzende Joker könnte eine Gefahr für Sie werden.«

»Nur, wenn er seine Organisation vergrößert.« Burr machte eine Pause, während er eine der Kerzen in seine Richtung neigte und seine Zigarre daran entzündete. »Natürlich würde er Ihnen, sollte er das tun, damit eine Blöße in seiner Deckung bieten, die es

Ihnen ermöglichen könnte, seiner habhaft zu werden.«

Xu Ning ignorierte die Wachsflecken auf der Mahagonitafel. »Sie glauben, er wird Leute von fragwürdiger Loyalität anwerben?«

»Seine natürlichen Verbündeten sind die Unterwelt und die Händlerklasse. Beide haben durch Ihre Wirtschaftskontrollen Verluste erlitten. Zu Ihrem Glück sind die Mitglieder beider Gruppen käuflich.«

»Ich brauche also einen Rebellen*söldner*?«

Burr senkte Zigarre und Stimme gleichermaßen. »Mr. Direktor, *Söldner* sind Profis, die für die Ausführung exakt festgelegter Dienstleistungen bezahlt werden. Was Sie brauchen, ist ein habgieriger Amateur, der für ein paar tausend C-Noten seine Seele verkauft.«

»Ich sehe den Unterschied, Colonel, und ich werde Ihren Rat befolgen.« Xu Ning ließ etwas vom Dessertwein über seine Zunge rinnen. »Morgen werde ich mir einen Informanten kaufen, und dann werden wir sehen, ob ich diesen Dorn nicht ein für allemal aus meinem Fleisch entfernen und Zürich nach meinen Wünschen umgestalten kann.«

35

Im Krieg herrscht das Unbekannte.

– FERDINAND FOCH, *Prinzipien des Krieges*

Sprungschiff *Werwolf*, über Morges
Tamardomäne, Lyranische Allianz

20. November 3057

Phelan Ward rückte den Kopfhörer zurecht und hob das Mikro dichter vor den Mund. »Bitte wiederholen Sie, Morges-Systemkontrolle.«

Ein müder kleiner Mann starrte Phelan vom Monitor in der Funkzentrale der *Werwolf* entgegen. »Hier ist Morges-Systemkontrolle, Tamardomäne. Der Transpondercode Ihres Schiffes ist in der Lyranischen Allianz nicht registriert. Bitte identifizieren Sie sich und geben Sie den Grund für Ihre Anwesenheit an.«

Phelan blinzelte. *Tamardomäne? Lyranische Allianz? Was zur Hölle geht hier vor? Was ist aus Mark Tamar, Vereinigtes Commonwealth, geworden? Sind wir irgendwie in einem Paralleluniversum gelandet?* Seit sie sich vor anderthalb Monaten von Nataschas Einsatzgruppe getrennt hatten, war die *Werwolf* durch das von den Stahlvipern kontrollierte Antaressystem in ein unbewohntes Sonnensystem in der Jadefalken-Besatzungszone gesprungen, wo die Sprungschiffe seiner Flotte ihre Solarsegel ausgebreitet hatten. Sie hatten ihre Kearny-Fuchida-Antriebsspiralen und die Lithium-Fusionsbatterien neu aufgeladen, so daß sie zu zwei weiteren Sprüngen in der Lage waren.

Obwohl der Plan den Flug direkt nach Morges vorsah, hatte sich Phelan mit dem Gedanken getragen, ihn zu verwerfen und direkt gegen Wotan loszuschlagen. Während die Schiffe Antrieb und Batterien aufluden, hatte er Gefechtspläne entwickelt, Simulationen durchgespielt und seine Strategien verfeinert, bis er sicher war, Chistu und dessen Sternhaufen besiegen zu können. Zwölfmal war er knapp davor gewesen, den Kurs seiner Flotte zu ändern.

Nur der ihm von Natascha anvertraute Kanister hatte ihn davon abgehalten. Von den neun Sprungschiffen seiner Flotte transportierten nur drei Kampftruppen. Der Rest beherbergte Hilfspersonal aus allen übrigen Kasten des Wolfsclans. Seine Einheit war ein Querschnitt des Wolfsclans, ein Setzling, aus dem die Wölfe neu erstehen konnten.

Die damit verbundene Verantwortung rang mit seinem Verlangen, die Jadefalken zu zerdrücken. Er wollte los und sich Natascha und Ulric in dem Kampf anschließen, der über das Schicksal der Clans entscheiden würde. Beide kannten sie diese Neigung bei ihm, dieses Rebellentum, das ihn zu einem wilden Sturmangriff auf Wotan hinreißen konnte.

Und sie kannten mich gut genug, um zu wissen, daß ich die Verantwortung, die sie mir aufgedrückt haben, nicht abstreifen kann. Er grinste. *Ich hoffe nur, daß sie alle beide die Gelegenheit haben werden, mir zu sagen, wie unnötig das alles war.*

Sein Schweigen ließ den Mann in der Systemkontrolle nachdrücklicher werden. »Sie *müssen* sich identifizieren und Ihre Absichten erklären. Tun Sie das nicht, werden Sie als feindselig eingestuft, und wir werden entsprechend reagieren.«

Phelan schüttelte langsam den Kopf. »Ich denke, Sie sollten voreilige Aktionen besser unterlassen.«

»Erzählen Sie das den Luft/Raumjägern, die in Ihre Richtung starten, um Sie abzuschießen.«

Phelan atmete tief durch. Als seine Flotte das unbewohnte System verlassen hatte und ins Morges-System gesprungen war, war sie an einem Piratenpunkt hinter einem Gasriesen aus dem Hyperraum aufgetaucht, der sie vor einer Ortung durch die Systemkontrolle geschützt hatte. Von dort aus hatten sie regen Flugverkehr rund um den Planeten bemerkt. Die einzige Gruppe Schiffe, die sie sicher hatten identifizieren können, war eine Jadefalken-Einsatzgruppe gewesen, aber die war wieder abgesprungen, nachdem die Schiffe ihre K-F-Triebwerke aufgeladen hatten. Kurz nach ihrem Abflug waren weitere Schiffe aufgetaucht und hatten Kurs auf die Welt genommen.

Er hatte gehofft, diese Truppen wären, nachdem die Falken fort waren, ebenfalls wieder abgezogen, aber nichts dergleichen war geschehen, was ihn in eine Zwickmühle brachte. Er hatte sich aus zwei Gründen für Morges als Ziel entschieden. Zum einen war der Südpolarkontinent des Planeten unbewohnt, und da dort zur Zeit Winter herrschte, wurde er bei Temperaturen, die einen Menschen innerhalb von zehn Schritten erfrieren ließen, von endlosen Schneestürmen gepeitscht. Wenn er gegen Falken antreten mußte, und er war sich sicher, daß es dazu kommen würde, wollte er es dort tun – um die Verluste unter der Zivilbevölkerung möglichst gering zu halten und bei den Falken keinen Zweifel darüber aufkommen zu lassen, wie ernst es seinen Leuten war.

Der zweite Grund war praktischerer Natur gewesen. Obwohl Morges an der Grenze zur Jadefalken-Besatzungszone lag, war der Planet nur leicht verteidigt. Er besaß weder strategische Industrie noch sonstige besondere Reichtümer. Da er zum Besitz der Herzogin von Skye gehörte, waren zwei Bataillone der 4. Skye Rangers zu seinem Schutz abgestellt. Ein Bataillon der 20. Arkturusgarde RKG brachte die Garnison auf Regimentsstärke, aber die Garde war unerfahren, und die Rangers waren Ryan Steiners Männer. Nach seinem Tod würde ihre Entschlossenheit, eine Welt so fern ihrer Heimat zu verteidigen, sicher nachgelassen haben.

Oder auch nicht. Phelan starrte den Mann in der Systemkontrolle an. »Wenn Sie wollen, bekommen Sie heute Gelegenheit, ein Held zu werden. Sparen Sie sich Ihre Jäger. Behalten Sie sie am Boden.« Er drehte sich um und nickte dem Navigator zu. »Schalte um.«

Auf seinen Befehl schalteten alle sechs an das Sprungschiff der *McKenna*-Klasse angedockten Landungsschiffe ihre IFF-Transponder ein. Gleichzeitig schaltete der Navigator den Transponder der *Werwolf* vom Signal eines kommerziellen Frachtraumers auf den eines Kriegsschiffes um.

Phelan sah den geschockten Fluglotsen an. »Und bevor Sie fragen, ja, hier draußen sind noch mehr von uns. Ich bin Khan Phelan Ward vom Wolfsclan. Ich benötige Ihren Südpolarkontinent. Ich werde auf jeden Fall von ihm Gebrauch machen, aber bevor Sie irgendwelche Rangers oder Gardisten für einen Haufen Eisschollen in den Tod schicken, schlage ich vor, daß Sie sich mit Prinz Victor Davion in Verbindung setzen. Er wird mir die Erlaubnis erteilen, dort aufzusetzen.«

Bei Victors Namen ruckte der Kopf des Fluglotsen hoch, und ein abfälliges Lächeln trat in sein Gesicht. »Bürger der Lyranischen Allianz nehmen keine Befehle von Victor Davion entgegen. Wir haben schon früher gegen euch Clanner gekämpft.« Die Haut um die Augen des Mannes spannte sich. »Sie wollen für Ihre Truppen bieten, richtig?«

Phelan nickte zögernd. »Sie verstehen unsere Gebräuche.«

»Und ich bin nicht der einzige. Ich verbinde Sie mit der planetaren Verteidigung.«

Der Schirm wurde dunkel. Phelan wandte sich vom Monitor ab und drehte sich zu Ranna um. »Teile allen Sternhaufenkommandeuren mit, daß wir uns den Weg erkämpfen müssen. Sie sollen Gebote für den Kampf gegen zwei Sternhaufen der Verteidiger vorbereiten.«

»Hier Planetare Verteidigung. Anfliegende Clan-Einheit, identifizieren Sie sich.«

Phelan zuckte zusammen, als er die Stimme erkannte. Er drehte sich zum Monitor um und grinste. »Hier ist der verlorene Sohn. Darf ich nach Hause kommen?«

Morgan Kell nickte. »Wenn ihr eine Zuflucht sucht, seid ihr willkommen.«

»Das tun wir, aber die, die uns folgen, werden kämpfen wollen.«

»Ich weiß. Sie haben schon vor einer Weile nach euch Ausschau gehalten, hat man mir erzählt.« Morgan neigte fragend den Kopf. »Interne Streitigkeiten?«

»Lyranische *Allianz*?« Phelan schüttelte den Kopf. »Manche Dinge möchte ich lieber nicht über Funk besprechen.«

»Ich verstehe.« Phelans Vater lachte. »Wir reden weiter, wenn du gelandet bist.«

Sian
Kommunalität Sian, Konföderation Capella

Sun-Tzu Liao stieß die Hand in die über seinem Schreibtisch hängende Hologrammkarte und drückte Keid wie eine lästige Mücke. Seine Finger drangen durch die Lichtkugel, die auf seinem Fingernagel weiterleuchtete, aber sein Zorn verflog, als der Druck seiner Finger schmerzhaft zunahm. Er schüttelte die Hand aus und verzog wütend das Gesicht.

Die Revolution auf Keid hatte ausgezeichnete Fortschritte gemacht. Weit bessere als erwartet, denn er hatte keinerlei terroristische Taktiken eingesetzt, um Unruhe in der Bevölkerung zu erzeugen oder ihr Vertrauen in die Regierung zu untergraben. Roland Carpenter, sein Agent auf dem Planeten, hatte eine Kombination aus religiösem Eifer und moralischer Entrüstung über Victors Mord an Joshua Marik ausgenutzt, um die Stimmung gegen die planetare Regierung anzuheizen. Gezielte Indiskretionen über eine Affäre des planetaren Herzogs mit zwei minderjährigen Mädchen, die Verbindungen zu einem bekannten draconischen Agenten pflegten, hatten zum Sturz der Regierung und zur Ausrufung Carpenters als Herrscher geführt, der Keid gegen Korruption von innen und Angriffe von außen verteidigen konnte.

Das Ganze hatte sich so gut angelassen, daß Thomas Bitten, die Welt durch Söldner abzusichern, verworfen hatte. Sun-Tzu hätte gerne nachdrücklicher darauf bestanden, aber die Invasion verlief so günstig für ihn, daß er damit einen undankbaren und mißtrauischen Eindruck gemacht hätte. Die Tatsache, daß Thomas Sun-Tzu vorgeschlagen hatte, die Bezahlung der Söldner zu übernehmen, deren Einsatz er zum Schutz seiner Besitztümer verlangte, hatte ihm klargemacht, wie schnell Thomas ihn aufzugeben bereit war. Das hatte Sun-Tzu zusätzlich davon überzeugt, nicht allzu forsch aufzutreten.

Immerhin waren sie auf der Siegerstraße, und Victor Davion hatte fast nichts zur Verteidigung seiner Welten unternommen. Sun-Tzu war davon überzeugt gewesen, die eroberten Welten behalten zu können.

Und dann war Roland Carpenter spurlos verschwunden. Durch eine loyalistische Steiner-Gegenrevolte war die Tochter des Herzogs auf den Thron gekommen, von dem ihr Vater gestürzt worden war. Sie hatte Katrina Steiner die Treue geschworen und eine Amnestie für alle gewährt, die sich gegen ihren Vater erhoben hatten. Sun-Tzus Agenten dahingegen waren gnadenlos gejagt worden, und mehr als die Hälfte seiner Zellen wurden vernichtet. Innerhalb einer brutalen Woche hatte er nicht nur Keid verloren, sondern auch die Möglichkeit, den Planeten zurückzugewinnen.

Sun-Tzu preßte die Handflächen aufeinander und setzte sich wieder. »Ich habe Thomas Marik gestattet, meine zurückeroberten Systeme zu einer Pufferzone zwischen seinem Reich und dem Vereinigten Commonwealth zu machen. Es ist in Thomas' Interesse, wenn ich meine Eroberungen konsolidiere, aber darüber hinaus kann ich nicht mit seiner Unterstützung rechnen. Was ich will und was er für ausreichend hält, sind zwei ganz und gar verschiedene Dinge, aber zumindest ist das, was ich jetzt besitze, besser als das, was ich vorher hatte. Ich muß innerhalb dieser Grenzen operieren, um meine Ziele zu fördern, ohne mein Bündnis mit Thomas zu gefährden.«

Innerhalb der Liga-Befreiungszone gab es nur auf Nanking eine aktive Davion-Präsenz. Die von Smithsons China-Banditen eintreffenden Nachrichten besagten, daß sie sich gegen die von Woodstock eingeschiffte Miliztruppe zwar halten konnten, aber Verstärkungen brauchten, um die Miliz zu zerschlagen. Sun-Tzu wollte Nanking, da der Planet über wichtige Industriekapazitäten verfügte, aber die Wiedereinverleibung der ungeschützten Systeme der Befreiungszone in die Konföderation hatte Vorrang. Das Patt konnte aufrechterhalten werden, bis Victor Verstärkungen schickte und der Invasion mit eigenen Truppen begegnete.

»Von diesem Platz aus hat Justin Xiang Allard den Verlust dieser Systeme geplant. Von diesem Platz aus werde ich für ihre Rückkehr in die Konföderation Capella sorgen.« Er klopfte auf die Armlehnen des Drehsessels. »Wenn ich das erst geschafft habe, werden wir sehen, was dieser Sessel noch an Zauberkraft zu bieten hat.«

Große Schneise, Twycross
Stahlvipern-Besatzungszone

Selbst unter dem Kanzeldach ihres *Höhlenwolf*, vom Sand- und Kiessturm isoliert, der um sie herum tobte, schauderte Natascha Kerensky, als sie die Große Schneise sah. »Das ist der Ort.«

Marco Halls Stimme drang krachend durch die Störungen in ihren Neurohelmlautsprechern. »Ja, hier ist die Falkengarde vernichtet worden.«

»Das auch.« Die scharlachroten, zerklüfteten Felswände ragten gute zweihundert Meter über dem Boden des Gebirgspasses auf. Die Schlucht war vor Jahren viel tiefer und enger gewesen, aber jetzt war ihr Boden von einer Schicht Felsgestein bedeckt, das in der letzten großen Schlacht hier von den Wänden der Schneise gestürzt war. Kai Allard-Liao hatte den verminten Paß gesprengt und einen kompletten Fronttruppen-Mechsternhaufen der anrückenden Jadefalken ausgelöscht. Damit hatte er Prinz Victor und die Kell Hounds vor der Vernichtung bewahrt.

Natascha hatte sich noch in der Inneren Sphäre aufgehalten, als die Nachricht von diesem spektakulären Sieg bekanntgeworden war. Obwohl sie fast fünfzig Jahre fern der Clans bei Wolfs Dragonern zugebracht und die Allianzen und Feindschaften ihres früheren Lebens nahezu vollständig verdrängt gehabt hatte, hatte sie die Nachricht von der beschämenden Niederlage der Jadefalken amüsiert. Bevor sie in die Innere Sphäre gekommen war, hatte sie einen ihrer größten Siege auf Kosten der Jadefalken errungen gehabt, und deren Niederlage gegen einen einzelnen MechKrieger der Inneren Sphäre war ihr irgendwie passend erschienen.

Halls *Höllenbote* kam an ihrer rechten Seite durch die vom Wind aufgepeitschten rotbraunen Sandschleier in Sicht. »Die Schneise könnte immer noch dazu dienen,

Truppen in unseren Rücken zu bringen. Vorausgesetzt, Ihr wollt die Falken *noch immer* auf der Vorhangebene stellen.«

»Das will ich allerdings. Jede Falkeneinheit, die sich uns hier entgegenstellt, wird sich daran erinnern, wie sie beim letztenmal hier gekämpft haben und wie sie in Schimpf und Schande davongejagt wurden. Die Angst, sich wieder zu blamieren, wird ihnen schwer zu schaffen machen. Uns wird sie helfen, diesen Kampf zu gewinnen und nach Wotan vorzudringen.«

Vor Halls Antwort krachte erneut die Statik in der Leitung. »Meint Ihr wirklich, sie werden hierherkommen?«

»Sie können es gar nicht vermeiden.« Natascha schüttelte den Kopf, als ein roter Sandschleier über den Sichtschirm wehte. »Sie werden kommen, und wenn wir Glück haben, wird Chistu sie anführen. Die Geschichte wiederholt sich, und hier auf Twycross werden die Jadefalken erneut den bitteren Geschmack der Niederlage kosten.«

36

> Ich weiß nicht, was für eine Wirkung diese Männer auf den Feind haben werden, aber, bei Gott, mir machen sie angst.
>
> – Der DUKE OF WELLINGTON, irisch-britischer Militärführer und Staatsmann

Wotan
Jadefalken-Besatzungszone

27. November 3057

Khan Vandervahn Chistu stand in seinem Holotank und blickte von einem Datenfenster zum nächsten. Rechts sah er Khanin Natascha Kerenskys unglaubliche Aufstellung ihrer Gefechtsstärke – sie war ihm von den Stahlvipern übermittelt worden. Aber er hatte auch die Verlustberichte gesehen. Seine Agenten hatten ihm Terabytes an Informationen über die Schäden durchgegeben, die Natascha auf diesem Feldzug hatte hinnehmen müssen. Die Behauptung, sie verfüge noch immer über fünf komplette Sternhaufen, war unglaublich – im wahrsten Sinne des Wortes.

Links schwebte Khan Phelan Wards erklärte Kampfstärke in der polaren Eiswüste von Morges. Seine Alphagalaxis verfügte über fünf Front-Sternhaufen. Von der Garnisonsgalaxis, die in seiner Einsatzgruppe mitflog, gab es keine Meldung, aber Khan Phelan hatte seine Truppen um zwei Regimenter einer Söldnereinheit – der Kell Hounds – verstärkt. Damit befehligte er effektiv neun Sternhaufen – die größte Streitmacht, die in diesem Feldzug von den Wölfen bis jetzt eingesetzt worden war.

Der Jadefalken-Khan schüttelte den Kopf. »Für wie dumm haltet ihr mich eigentlich?« Er war zu klug, um an den Berichten seiner Leute über Nataschas wahre Stärke zu zweifeln. Auch wenn ihre Streitmacht schwer angeschlagen war, paßte es zu ihr, ihre Stärke in einem vergeblichen Versuch, ihn zu beeindrucken oder sogar zu ängstigen, zu übertreiben. Er wußte auch, daß sie von ihm eine vorschnelle Reaktion erwartete, mit der er sie für die Frechheit dieses Einschüchterungsversuchs zu bestrafen suchte.

Natascha erwartet, daß ich das Denken einstelle, aber ich gehöre nicht zu der Sorte Jadefalken, die sie in ihrer längst vergangenen Jugend kannte. Wäre er ein solcher veralteter Denker gewesen, hätte er Fronteinheiten nach Twycross geworfen und die Truppen abgezogen, die er auf Wotan versammelt hatte, um sie auf Twycross zu vernichten. Sie wäre ihm ausgewichen, hätte ihre Truppen starten lassen, bevor seine Einheiten am Boden waren, und wäre nach Wotan gesprungen.

Wäre ich so alt wie sie, hätte ich ihr Täuschungsmanöver nicht durchschauen können. Chistu wußte, daß der Einsatz einer Söldnereinheit für eine Clan-Galaxis in Phelans Streitmacht ein Problem war, denn dadurch blieb der Aufenthaltsort einer kompletten Galaxis unerwähnt. Der Khan hätte annehmen können, daß sie für irgendeinen speziellen Zweck in Reserve gehalten wurde, aber in diesem Fall hätte Phelan sie bei der Aufstellung seiner Truppen auf Morges aufgeführt. Phelan erwähnte sie nicht, aber das war auch nicht nötig.

Ihr Aufenthaltsort war offenkundig.

»Du willst zuviel auf einmal, Natascha Kerensky. Du hast deine Stärke übertrieben, damit ich alle meine Elitetruppen nach Twycross schicke, um dich zu vernichten. Währenddessen könntest du mich hier auf Wotan angreifen.« Chistu lächelte. »Und wenn dir das nicht gelingen sollte, erwartest du, daß ich deine Stärke unterschätze und so wenige Einheiten gegen dich aufbiete, daß du sie aufreiben kannst. Du hast offensichtlich Phelans fehlende Galaxis als Verstärkung mitgenommen. Wenn ich den Köder nicht schlucke, der dich stärker erscheinen läßt, als du bist, soll ich dich mit zuwenig Truppen angreifen. Aber ich werde keines von beiden tun.« Chistu hob die Stimme. »Computer, Order an Gierfalkengalaxis, sich auf Wotan zu melden.« Damit stieg die Anzahl der Front-Sternhaufen auf Wotan auf vier, was Nataschas angegebener Truppenstärke entsprach. »Phelan Wards Position auf Morges ist an Wanderfalken- und Omikron-Galaxien zu übermitteln, zusammen mit folgendem Befehl: die Wölfe auf Morges und die sie unterstützenden Söldner sind zu vernichten – es werden keine Gefangenen gemacht. Folgende Einheiten nach Twycross in Marsch setzen: 5. Krallen-Sternhaufen, 6. Einstweiliger Garnisonssternhaufen, 18. Regulärer Falken-Sternhaufen und ...«

Chistus Stimme verklang, als er überlegte, welche Einheit er als letzte nach Twycross schicken sollte. Die ersten drei waren Reserveeinheiten desselben Kalibers, wie sie Natascha auf ihrem Feldzug schon vorher pulverisiert hatte. Sie würden ausreichen, ihr schweren Schaden beizubringen, besonders unter den Nahkampfbedingungen, die durch die unaufhörlichen Sandstürme von Twycross nicht zu vermeiden waren. Er hätte keine Bedenken gehabt, eine vierte Garnisonseinheit einzusetzen, aber Crichell hätte sich über diese Wahl zu sehr gewundert, nachdem auf Wotan erstklassige Fronteinheiten zur Verfügung standen. Er brauchte eine Einheit, die Natascha schaden konnte. Eine Einheit, die auf dem Papier eine gute Wahl schien und auch in der Praxis Sinne machte.

Er grinste kalt. »... und die Falkengarde. Ihre Mission: die Vernichtung der Expeditionstruppen der Schwarzen Witwe. Das wird ihr letzter Akt der Wiedergutmachung. Haben sie Erfolg, verdankt die Pryde-Fraktion mir ihren Erfolg. Und wenn sie versagt ... dann ist ein weiterer potentieller Rivale im Kampf um die Macht aus dem Spiel.«

Der Einsatz der Falkengarde paßte perfekt in seine Planung. Die Garde war eine ebensolche Schande wie Natascha Kerensky, und indem er sie zurück nach Twycross schickte, an den Ort ihrer schlimmsten Niederlage, unterminierte er ihre Kampfkraft. Sie würde Natascha weichklopfen, und er würde ihr hier auf Wotan den Garaus machen.

Und dann würde man ihn zum ilKhan wählen, und er würde die Clans in die ihnen vorbestimmte Zukunft führen.

Daosha, Zürich
Volksrepublik Zürich, Liga-Befreiungszone

Noble Thayer drehte die Fernbedienung um und vergewisserte sich, daß sie auf 49 Mhz sendete, bevor er sie in Betrieb nahm. Die rote Leuchtdiode im Cockpit des Modellflugzeugs leuchtete auf.

»Rick, mach das Tor auf. Cathy, wirf den Motor an.«

Die beiden taten, wie geheißen, und das schrille Singen des Elektromotors hallte durch die Garage. Der Propeller verschwamm zu einem kreisrunden Schleier, während das blaue Spielzeugflugzeug ins Freie rollte. Es wurde allmählich schneller, und als es auf der Straße ankam, hob es ab. Noble drückte den Programmknopf der Fernsteuerung. Das Flugzeug, das auf Tragflächen und Leitwerk das Bild des Tanzenden Jokers trug, stieg an den Straßenlaternen vorbei steil hoch und verschwand durch Daoshas dunkle Betonschluchten in der Nacht.

Cathy drehte sich um und lachte Noble an, die

Hände erhoben, so daß er sah, wie sie beide Daumen drückte. »T Minus zwei Minuten.«

Rick Bradford schauderte. »Ein gespenstischer Gedanke, ein Spielzeug als Waffe.«

Noble grinste. »Der Tanzende Joker nutzt jede Möglichkeit für eine Pointe. Man könnte das als Perversion der Unschuld sehen, aber wir kämpfen gegen Leute, die ihre Feinde bei planetenweiter Direktübertragung niedermetzeln. Der Tanzende Joker findet: Diese Heuchelei verdient bestraft zu werden.« Noble sah, wie Cathys Miene ernst wurde. Sie mochte es nicht, wenn er vom Tanzenden Joker in der dritten Person sprach, aber für Noble war der Joker sein eigenes internes Zellensystem, und gelegentlich ließ er das durchschimmern.

»Wir sollten langsam einsteigen.« Noble legte die Fernsteuerung auf ein rostiges Ölfaß und öffnete die Heckklappe der Schweberambulanz. Er reichte Cathy die Hand und zwinkerte ihr zu. »Wir wollen doch nicht, daß du dir deine hübsche weiße Uniform an der Schürze schmutzig machst.«

»Sie sind zu freundlich, Sir.«

»Wie gnädig von Ihnen, es zur Kenntnis zu nehmen.« Noble schloß die weiße Tür hinter ihr, ging zur Fahrerkabine und kletterte auf den Fahrersitz. Er tippte den Zündcode des Wagens ein. Alle drei Hubpropeller, einer vorne und zwei hinten, nahmen gleichzeitig den Betrieb auf.

Rick Bradford setzte sich neben ihn und klopfte auf das Armaturenbrett des Schwebers. »Dieses Baby hat das Rencide-Medozentrum eine Stange Geld gekostet und uns gute Dienste geleistet.« Er schüttelte den Kopf. »Wenn wir uns eine neue hätten leisten können, wäre diese hier längst verkauft. Aber jetzt ist es ganz gut, daß wir sie noch haben.«

Noble streifte sich eine Mütze über und klopfte Rick aufs Knie. »Keine Sorge, Doc. Heute nacht wird Xu

Ning bedauern, daß er das Krankenhaus geschlossen und eure Kollegen vom Städtischen ermordet hat. Schalt das Funkgerät ein.«

Rick legte den Schalter um und stellte die Notruffrequenz ein. »Dreißig Sekunden.«

»Hub.« Noble schob alle drei Gashebel vor. Laut Diagramm auf dem Armaturenbrett hätte der Schweber bei dreißig Prozent Hubleistung abheben müssen, aber er war so schwer beladen, daß er sich erst bei fünfundfünfzig Prozent vom Betonboden löste. »Wir werden nur langsam vorankommen.«

Rick zuckte die Schultern. »Sie war schon immer saumäßig schwerfällig. Wir haben sie, glaube ich, noch nie so voll gehabt – aber beinahe.«

Hinter der Fahrerkabine war die Ambulanz mit einer Tonne selbstfabrizierten Plastiksprengstoffs vollgepackt – in jedem Stauraum, jeder Schublade, selbst zwischen den Rumpfwänden steckte Sprengstoff. Nobles Einschätzung nach war er etwa halb so wirkungsvoll wie militärisches Plastit. Wenn er detonierte, würde er ein großes Loch reißen, und wenn alles nach Plan verlief, eine noch größere Explosion auslösen.

Ricks Uhr fiepte. »Rums.«

Noble lachte. »Der Tanzende Joker schlägt wieder zu.«

Der Plan, den sich Noble ausgedacht hatte, war weder sonderlich originell noch übermäßig komplex. Anne Thompson hatte keine Schwierigkeiten gehabt, ein per Funk ferngesteuertes Modellflugzeug zu kaufen. Das einzig Ungewöhnliche daran war, daß es sich um eines der teureren Modelle mit einem ›Autopiloten‹ handelte, in den man einen zweiminütigen Flugkurs einprogrammieren konnte. Das gestattete es dem Benutzer, eine komplexe Serie von Flugmanövern einzugeben, die das Flugzeug nach dem entsprechenden Signal der Fernbedienung automatisch ausführte.

Für diese Mission hatten sie das Flugzeug etwas

umgebaut. Auf Tragflächen und Leitwerk war der Tanzende Joker aufgemalt worden. Die Antenne, die es einer anderen Fernsteuerung ermöglicht hätte, die Kontrolle zu übernehmen und das Programm abzubrechen, war abgekniffen worden, so daß die Maschine Signale einer Fernsteuerung nur noch über eine Entfernung von maximal zwanzig Metern empfangen konnte.

Einmal gestartet, war sie auf einen Kurs festgelegt, der von ihrer Lagerhalle zur Tür des Arsenals führte.

Außerdem hatte Noble das Flugzeug mit einer Sprengladung ausgestattet. Sie bestand aus einhundertfünfundzwanzig Gramm seines Plastiksprengstoffs, in den Kaliber-20-Schrotmunition gemischt war. Die Vorderseite der Bombe war mit Kristallen als Zünder bedeckt, die er durch das Mischen von Pikrinsäure und Bleioxyd erzeugt hatte. Beim Aufprall auf das Gebäude würde die Massenträgheit die Bombe gegen den Motor prallen lassen und die Explosion auslösen.

Das Funkgerät quakte: »Alle verfügbaren Einheiten. Es wurde eine Explosion am Zhongdade-Arsenal gemeldet. Code Drei, sofort zum Tatort.«

Noble stieß die Gashebel vor und setzte die Schwebeambulanz in Bewegung. Rick griff an die Decke und schaltete Rotlicht und Sirene ein.

Der Umbau der Ambulanz zur rollenden Bombe hatte weniger Schwierigkeiten gemacht, als die anderen erwartet hatten. Das einzige Problem bei der Herstellung des Sprengstoffs war die enorme Menge gewesen, die sie brauchten. Zu ihrem Glück hatte der große Bedarf an Umerziehungsklassen dazu geführt, daß die Schulen der Stadt rund um die Uhr geöffnet waren. Dadurch konnten sie sich frei auf den Schulgeländen bewegen, ohne Aufmerksamkeit zu erregen. Durch Einbrüche in ungenutzte Chemielabors hatten sie sich ausreichende Mengen der schwieriger zu beschaffenden chemischen Vorräte besorgt, die sie benötigten.

Ein paar Lagerarbeiter zu bestechen, damit sie eine knappe Tonne Vaseline auf einen Laster luden, war auch einfach genug gewesen. Die Art der Ladung hatte zwar zunächst für ein paar mißtrauisch in die Höhe gezogene Augenbrauen gesorgt, aber Ken Fox' Mitteilung, daß er bei einer Veranstaltung der Volkspartei die Besucher verköstigen mußte, hatte zu allgemeinem Gelächter geführt. Noble hatte Wache gehalten, während Ken mit dem Laster aus der Lagerhalle fuhr, um sich zu vergewissern, daß niemand den Wagen verfolgte. Erst auf sein Zeichen hin war Ken mit der Ladung zu ihrer ›Bombenfabrik‹ gefahren.

Kens Tochter Rose und ihr Mann, Fabian Wilson, hatten beim Mischen des Plastiksprengstoffs geholfen. Noble hatte für Fabian keine rechte Sympathie entwickeln können, schon zu Beginn ihrer Bekanntschaft nicht, als er nur einen Computer von ihm gekauft hatte, aber Ken bestand darauf, daß seine Tochter ein Gewinn für die Organisation darstellte, und Fabian war die unvermeidliche Zugabe. Noble traute ihm nicht, aber solange ihn ständig jemand im Auge behielt, war der Schaden, den Fabian anrichten konnte, minimal. Außerdem hatten Rose und Fabian gemischt, ohne eine Ahnung vom Ziel oder Zeitpunkt des Anschlags zu haben.

Ihr größtes Problem hatte darin bestanden, einen Weg zu finden, wie sie die Bombe zur Explosion bringen konnten. Im Grunde waren es sogar zwei Probleme gewesen: die Auswahl des Zünders und die Methode seiner Auslösung. Der Plastiksprengstoff erforderte eine kleine Zündexplosion. Normalerweise hätte man dazu Sprengkapseln benutzt, wie sie auf Daoshas Schwarzmarkt erhältlich waren, aber bei selbstgemachtem Sprengstoff hatte Noble auf einer zuverlässigeren Zündmethode bestanden.

Die rettende Idee war von Ken Fox gekommen. Einer seiner Bekannten, der in Daosha auf dem Bau arbeitete, war früher Sprengstoffexperte in Fox' AVS-Einheit gewesen. Ken hatte den Mann als paranoid beschrieben – was für Noble Grund genug war, Ken als Optimisten einzustufen – und das als Erklärung dafür angeführt, daß dieser Kollege zu Hause eine große Auswahl an Zündern und Sprengkapseln hortete.

Von diesem Mann hatten sie ein Kilo Plastit aus Militärbeständen, eine Handvoll Sprengkapseln und drei Meter Zündschnur ergattert. Letzteres hatte Noble besonders gefreut, da es den Erfolg ihres Unternehmens praktisch garantierte. Mit der Zündschnur, einer in Fiberplast eingerollten Plastitleitung von einem Zentimeter Dicke, konnten sie das Militär-Plastit zünden, das seinerseits den Eigenbausprengstoff detonieren lassen würde.

Damit hatten sie allerdings noch immer nicht das Problem gelöst gehabt, wie sie die Sprengkapseln am Ende der Zündschnur zünden sollten. Ein Zeitzünder kam nicht in Frage, weil die Mission schnell ablaufen mußte und sie nicht riskieren konnten, daß der Sprengstoff gefunden und entschärft wurde. Und schlimmer noch, falls sie nach dem Einstellen des Zünders Schwierigkeiten beim Verlassen der Gegend um das Arsenal gehabt hätten, wären sie Gefahr gelaufen, selbst Opfer der Explosion zu werden.

Eine Funkzündung wäre mit anderen Schwierigkeiten verbunden gewesen. Da funkgezündete Bomben nicht gerade Seltenheitswert besaßen, waren das Arsenal und andere wichtige Gebäude Daoshas mit Schutzsendern ausgestattet, die auf den häufigsten Frequenzen Impulse abstrahlten und dafür sorgten, daß die Bomben bereits in sicherer Entfernung von ihrem Ziel detonierten. Noble hatte sogar Sicherheitskomiteewagen durch Daosha fahren sehen, die konstant solche

Impulse abstrahlten, in der Hoffnung, Bomben auszulösen, während der Tanzende Joker, der Karo-Bube oder andere regierungsfeindliche Gruppierungen noch an ihnen arbeiteten.

Die Verwendung eines tragbaren Telefons als Empfänger hätte funktioniert und die Probleme technisch weniger fortgeschrittener Zünder nicht aufgeworfen, aber unglücklicherweise hatte Xu Ning alle Zellularnetze stillegen lassen, da Gespräche über diese Telefonnetze nicht zurückverfolgt werden konnten. Bis zur Stillegung dieser Netze war es regierungsfeindlichen Gruppen möglich gewesen, über tragbare Telefone Pläne zu schmieden.

Eine der ältesten und verläßlichsten Methoden, Sprengkapseln zu zünden, war eine direkte Drahtverbindung. Dazu brauchte man nicht mehr als eine Trommel mit doppeltem Draht und eine einfache Batterie. Einfach und sehr effektiv, aber nicht sicher genug für Nobles Zwecke. Das Problem bei einem einfachen elektrischen System wie diesem bestand in der Möglichkeit, daß eine statische Aufladung den Stromkreis schließen konnte, bevor er die Gefahrenzone verlassen hatte – dann hätte er allerdings keine Gelegenheit mehr gehabt, seine Entscheidung zu bereuen.

Zum Glück war ihm schließlich doch noch eine andere Möglichkeit eingefallen, die Sprengung auszulösen. Mit dem Kauf von zwei Telefonen und etwas Kabel hatten sie auch die letzte Schwierigkeit gemeistert.

Die Ambulanz zog nach rechts und wurde an den Zuschauermassen, die entlang der Straße standen, vorbeigewunken. Noble fuhr bis an einen Platz unmittelbar vor dem Arsenal, wo er die Schweberambulanz auf den Bürgersteig bugsierte und die Hubpropeller abstellte. Das Luftkissenfahrzeug senkte sich in einer Staubwolke zu Boden, und Rick schaltete die Sirene aus.

Noble öffnete die Tür und lehnte sich zu einem der Militärpolizisten hinaus, die vor dem Gebäude Wache standen. »Wie viele Verwundete?«

»Keine, soweit ich weiß.« Der MP deutete auf den Eingang des Arsenals. Ein großer schwarzer Brandfleck markierte die Aufschlagstelle des Flugzeugs. »Scheint, als habe der Tanzende Joker geglaubt, er könne uns mit einer Handvoll Dynamit in die Luft jagen. Hätte schlimmer werden können, wenn die Tür offen gestanden hätte, hat sie aber nicht.«

»Was für ein Bastard! Wirklich keiner verletzt? Auch keine nervösen Beschwerden, Herzstiche oder dergleichen?«

»Der Direktor könnte Herzklopfen haben, aber der ist nicht hier.« Der MP grinste, und Noble tat es ihm nach. »Sieht aus, als wärt ihr umsonst gekommen.«

»Wenn du es sagst.« Noble zuckte die Achseln. »Wir packen hinten wieder ein und schreiben schnell einen Bericht, bevor wir wieder abfahren. Vielleicht fragst du noch mal nach, nur für den Fall, daß wir doch gebraucht werden. Wo wir schon mal da sind.«

»Klar. Ich bin in fünf Minuten wieder da.«

»Klasse.«

Noble schloß die Fahrzeugtür und kletterte zwischen den beiden Schalensitzen hindurch nach hinten. Hinter sich zog er einen kleinen weißen Vorhang mit roten Kreuzen zu. Cathy hatte an den Fenstern in der Hecktür bereits dasselbe gemacht. Noble nickte Rick zu. »Los.«

Rick Bradford stemmte eine Platte im Boden des Schwebers hoch und ließ sich auf den Bürgersteig fallen. Dort benutzte er sein Stemmeisen, um einen Kanaldeckel aufzuhebeln und beiseite zu rollen. Er griff in den Schacht, holte eine Spule Telefonkabel heraus und reichte sie Noble hoch.

Cathy duckte sich unter Nobles rechtem Arm durch und kletterte zu Nick hinunter. Noble holte zwei Taschenlampen aus einem Schrank und warf sie ihr nach. »Bewegung.«

Während die beiden in die Dunkelheit hinabstiegen, bereitete er die Bombe vor. Aus einer Schublade zog er zwei dreißig Zentimeter lange Zündschnurschlaufen, an deren Ende die Sprengkapseln befestigt waren. Die freien Enden der Zündschnüre waren zusammen mit den Sprengkapseln mit Klebeband gesichert, und die Drähte der Sprengkapseln waren in einen kleinen schwarzen Plastikwürfel mit dem Logo der Telefongesellschaft geschraubt. Das waren seine Sicherungen.

Aus einer anderen Schublade holte er die beiden Plastitblöcke, die er aus dem Kilogramm des militärischen Plastiksprengstoffs geformt hatte, das er und Fox gekauft hatten. Die Blöcke wiesen die Form von Ziegelsteinen mit einer längs über die Oberseite verlaufenden vier Zentimeter breiten Rille auf. Beide waren mit Zündschnur umwickelt. Noble führte das Kopfende der Schlaufen unter der Umwickelung hindurch in die Rille ein und führte die Sprengkapsel in einem Knoten durch die Schlaufe, so daß die Sicherungen fest an das Plastit gebunden waren.

An der Rückwand des Schranks, aus dem er die Taschenlampen geholt hatte, war eine ziegelsteingroße Aussparung im Plastiksprengstoff. Noble schob einen Plastitblock hinein und wiederholte die Übung an einem entsprechenden Loch in einem zweiten Schrank. Nachdem er sich davon überzeugt hatte, daß beide sicher an Ort und Stelle waren, lachte er in sich hinein.

Nicht gerade die richtige Beschäftigung für einen zurückhaltenden Chemielehrer. Aber der Tanzende Joker ist ja auch kein zurückhaltender Chemielehrer.

Er nahm das Telefonkabel, das Rick ihm hochgereicht hatte, und trennte das zweiadrige Kabel auf. Hätte es sich um ein Metallkabel gehandelt, hätte er die Drähte in den schwarzen Würfeln festschrauben müssen, aber dies war ein Glasfaserkabel. Er drückte nur jeweils einen Knopf an der Seite des Würfels, schob eines der beiden Glasfaserbündel in das entstandene Loch und ließ den Knopf wieder los. Die Glasfaserbündel wurden durch den Federdruck festgehalten, und die Bombe war scharf.

Jetzt ließ sich auch Noble durch das Loch im Boden der Ambulanz hinab und tastete mit der Fußspitze nach der obersten Leitersprosse des Kanalschachts. Als er sie gefunden hatte, kletterte er hastig in die stinkende Dunkelheit der Kanalisation. Etwa acht Meter unter der Straßenoberfläche erwarteten ihn seine beiden Begleiter in einem großen Abwassertunnel. Ohne ein Wort führte Rick sie in Richtung der Kreuzung, auf der sie zum Arsenal abgebogen waren, und sofort weiter in einen nach Norden führenden Quertunnel.

Alle zehn Meter blitzte im Licht der Taschenlampe das reflektierende Klebeband auf, mit dem sie die fünfhundert Meter Telefonkabel an der Tunnelwand befestigt hatten. Der Tunnel stieg langsam hangwärts an, aber Rick bog in einen anderen Gang ein, der am Fuß der Hügel entlangführte. Vor ihnen quietschten aufgescheuchte Ratten, deren Augen wie Doppelsterne in der Dunkelheit leuchteten.

Schließlich erreichten sie ein großes Quadrat aus reflektierendem Klebeband an der Tunnelwand. Rick hielt an und wischte sich den Schweiß von der Stirn. »Brauchst du die Taschenlampe?«

»Nein, danke. Ich habe ein Licht.« Noble griff in die Tasche und zog einen Laserzeigestab hervor. »Ich habe mal in einer meiner Klassen ein Glasfaserexperiment vorgeführt. Mit dem Zeigestab übertrug ich Morsesignale zu einem Telefon. Ich hätte nie gedacht, daß ich *dafür* noch mal einen praktischen Nutzen finde.«

Er richtete den Laser auf die Wand und ließ einen

roten Punkt über die feuchte Steinfläche tanzen. Dann schaute er den Tunnel hinab und richtete den Stab auf eines der lauernden Augenpaare. Der Punkt leuchtete genau zwischen den beiden Augen auf.

»Guter Schuß«, lachte Rick.

»Der hier wird noch besser. Vertrau mir.« Noble hob das Ende des Glasfaserkabels auf. Er drückte den Laser auf eine der beiden Leitungen und lächelte. »Haltet euch fest. Denkt an die Sekundärerschütterungen.«

Als er den Knopf drückte, flammte der Laserstrahl auf und schoß durch das Kabel. Etwas unter Lichtgeschwindigkeit, aber nur so minimal langsamer, daß es keinen Unterschied machte, rasten die Photonen durch das Kabel, an allen Ecken und Kurven entlang und hinauf in den Krankenwagen.

Im Innern des Fahrzeugs trafen sie auf eine einfache lichtempfindliche Zelle im Innern des schwarzen Würfels. Die einströmenden Photonen regten die Atome an und lösten einen elektrischen Strom aus, der durch die Zelle und in die Drähte floß, die mit den Sprengkapseln verbunden waren. Diese detonierten mit einem Knall, der gerade laut genug war, um von dem MP neben der Ambulanz leise wahrgenommen zu werden.

Die Sprengkapseln lösten die Zündschnur aus, die ihrerseits die Zündschnurschlaufen, durch die sie gezogen war, und das Plastit aus Militärbeständen auslöste. Als das Plastit detonierte, brachte es das Ergebnis der Anstrengungen von Rose und Fabian zur Explosion. Keine Sekunde, nachdem Noble auf den Knopf seines Zeigestabs gedrückt hatte, flog die ganze Tonne Sprengstoff in die Luft.

Der Militärpolizist war tot, bevor sein Gehirn noch irgendeine Gefahr registrieren konnte. Die unglaubliche Energieentwicklung der Bombe hatte ihn buchstäblich pulverisiert. Die Druckwelle breitete sich kugelförmig aus dem Inneren des Ambulanzwagens aus und traf den ersten wirklichen Widerstand, als sie den Boden erreichte. Der Bürgersteig wölbte sich und brach auf. Der Asphaltbelag der Straße schlug Wellen, als sei er flüssig geworden. Die Vibrationen ließen ihn in Splitter unterschiedlichster Größe zerbersten, die vom Zentrum der Explosion fort nach allen Seiten weggeschleudert wurden.

Als der Druck auf das Arsenal traf, geschahen mehrere Dinge. Die Druckwelle schlug mit ungleichmäßiger Gewalt gegen die Mauern des Gebäudes. Das Erdgeschoß war, da es sich am nächsten zum Epizentrum der Explosion befand, der größten Schockwirkung ausgesetzt. Die Wirkung auf den ersten und zweiten Stock war schon geringer und nahm noch weiter ab, je weiter sich die Druckwelle am Gebäudeblock entlang auf die an der entfernten Seite des Eingangs gelegene Hälfte des Bauwerks zubewegte. Doch trotz der verringerten Gewalt war die Druckwelle auch dort noch stark genug, um ungeheure Schäden anzurichten.

Die Fenster implodierten und schleuderten rasiermesserscharfe Glassplitter wie einen Schrapnellregen durch die dahinterliegenden Büroräume. Teilweise geschützt durch die schweren Schreibtische, hinter denen sie saßen, entgingen zahlreiche Personen in diesen Zimmern dem sofortigen Tod und verbrachten blind und kreischend die letzten Momente ihres Lebens in einer Ewigkeit des Schmerzes.

Die Mauern aus grobbehauenen Felsblöcken mit Fensterbänken und Fassungen aus poliertem Granit wurden vom ansteigenden Druck nach innen gepreßt. Mörtel gab nach, und Wände stürzten ein. Die Explosion zerriß die Mauern und schleuderte die losen Steinblöcke durch die dünneren Innenwände. Die Fußböden peitschten wie Fahnen im Sturm. Krachend und kreischend zerbarsten Bodenbretter zu Splittern und schossen mit genug Wucht davon, um Steinwände zu durchschlagen.

Dasselbe galt für die Büroeinrichtung. Die Explosion verwandelte Plastik- und Holzmöbel in winzige Bruchstücke. Sie verbog Stühle und Metallschreibtische zu unkenntlichen Klumpen und zerdrückte Kühlschränke wie Getränkedosen in der Hand eines BattleMechs.

Die Menschen im Innern der Büros hatten angesichts solcher Gewalten keine Chance.

Draußen drang die Explosion beinahe zehn Meter tief in den Boden ein und vernichtete den Tunnel, den Nobel und sein Team zur Flucht benutzt hatten. Der Krater, dessen gesamter vormaliger Inhalt, Erde, Asphalt, Rohre und Kabel, gleichermaßen hoch in die Luft geschleudert wurde, dehnte sich aus, bis er einen Durchmesser von etwa fünfzig Metern erreicht hatte. Damit untergrub er das gesamte Arsenal und die Gebäude auf der anderen Seite der relativ schmalen Straße. Diese Häuser waren nicht annähernd so stabil gebaut wie das Arsenal. Sie stürzten zusammen wie Kartenhäuser, und große Trümmerstücke flogen durch den aus dem Krater aufsteigenden Staub.

Seltsamerweise hatte es bis zu diesem Zeitpunkt noch kaum ein Feuer gegeben. Aber als die Wohnhäuser rund um das Arsenal einstürzten, platzten auch die Gashauptleitungen, und riesige Feuerbälle loderten auf. Ein Teil der umherfliegenden Trümmer fing Feuer, und dort, wo sie niedergingen, breiteten sich die Flammen weiter aus. Die Zerstörung der Wasserleitungen durch die Explosion hatte den Wasserdruck im Bereich des Arsenals abfallen lassen, und die Feuerwehr sollte mit enormen Schwierigkeiten zu kämpfen haben, bis die Schwarzen Kobras in ihren Mechs anrücken konnten, um die Situation zu bereinigen.

Bei der Berechnung der für die Vernichtung des Arsenals notwendigen Sprengstoffmenge war Noble äußerst gewissenhaft vorgegangen. Er hatte sich mit obskuren Formeln über Faktoren wie die Art des verwendeten Baumaterials, dessen Druckwiderstand und die Kompressionsfaktoren des Sprengstoffs herumgeschlagen. Erst als er sich sicher gewesen war, daß seine Berechnungen korrekt waren, hatte er einen letzten Faktor in die Gleichung eingebracht, der das gewünschte Resultat garantierte.

Er hatte die nach seinen Berechnungen benötigte Menge Sprengstoff verdoppelt.

Dadurch reichte die Druckwelle, als sie die Munitionskammern im Keller des Arsenals erreichte, ohne weiteres aus, das militärische Plastit zur Detonation zu bringen. Dies sorgte für eine zweite Explosion im Herzen des Arsenals – eine Explosion von der vierfachen Stärke der Autobombe –, und die Ruinen des Gebäudes wurden regelrecht gen Himmel geschleudert.

Dreihundert Meter entfernt in einem tief in einem Hügel gelegenen Sturmkanal hatten weder Nobel noch Rick oder Cathy eine Chance, sich festzuhalten. Schon die Wucht der ersten Explosion schlug mit solcher Gewalt durch den Tunnel, daß sie umgeworfen und auf den gewölbten Boden der Kanalisation geschleudert wurden. Ricks Taschenlampe wurde beim Aufprall zerschmettert, und sein Teil des Ganges versank in Dunkelheit. Cathys Lampe brannte weiter, aber sie schrie auf, als sie stürzte.

Dann folgte die zweite Druckwelle. Noble legte die Arme über den Kopf und zog ihn an die Brust, als er fühlte, wie sich der Boden zu bewegen begann. Plötzlich wurde er in die Luft geschleudert. Er sah Sterne, als sein Kopf und seine Hände gegen die Decke geschmettert wurden, und er hörte etwas brechen. Er hoffte, daß es kein Teil seines Körpers gewesen war, aber der schmerzhafte Aufprall auf den Tunnelboden hinderte ihn daran, eine Verletzung zu lokalisieren. Unsicher, wo oben oder unten war, wurde er mehrmals umhergeschleudert, bevor er still liegenblieb, als der Boden sich beruhigte.

Er versuchte, durchzuatmen, aber die Luft war so staubgeschwängert, daß er nur noch husten konnte. Er rollte sich auf den Bauch und zog das T-Shirt über Mund und Nase, um seine Atemluft zu filtern. Er konnte den Staub noch immer schmecken, aber zumindest konnte er atmen, ohne husten zu müssen. »Rick? Cathy?«

»Ich bin hier, Noble. Grün und blau, aber lebendig. Cathy?«

»Hier, au! Verdammt, mein Knöchel!«

Noble drehte sich in die Richtung, aus der die Stimmen kamen. Er sah Ricks Silhouette durch die Dunkelheit wandern und erkannte, daß die Druckwelle hinter Rick einen Kanaldeckel weggesprengt hatte, so daß ein flackernder Lichtschein durch die Öffnung fallen konnte.

Er arbeitete sich vor, fand Cathy und hob sie auf. »Geh zum Schacht, Rick. Ich reiche dir Cathy hoch.«

Der Arzt tat, was ihm gesagt wurde, und wenig später waren sie alle drei wieder an der Oberfläche in der kühlen Nachtluft. Ein Stück weiter hügelabwärts schaltete ein Schweber die Scheinwerfer an und aus, und Noble erwiderte das Signal mit dem Laserzeigestab. Der Schweber erhob sich auf sein Luftkissen und kam auf sie zu.

Am Fuß des Hügels sah Noble den qualmenden Krater, der als einziges Überbleibsel vom Verbleib des Arsenals zeugte. Ringsum waren mehrere Straßenblocks weit alle Häuser eingestürzt. Zerborstene Gasleitungen endeten in kleinen gelben Flammen. Vier Gebäude hatten Feuer gefangen. Blinkende Lichter und heulende Sirenen erfüllten die Nacht.

Noble nahm seine Mütze ab und zog eine der Spielkarten mit dem Bild des Tanzenden Joker aus der Tasche. Er steckte die Karte in das Schweißband der Mütze und warf sie in die Kanalisation.

Rick grinste ihn an, als Anne Thompson den Wagen

stoppte. »Meinst du wirklich, sie werden das brauchen, um zu erkennen, wem sie das zu verdanken haben?«

»Wahrscheinlich nicht, aber wenn wir die Verantwortung nicht übernehmen, wird es ein anderer tun.« Noble stieg neben Cathy in den Wagen und zog die Tür hinter sich zu. »Xu Ning hat ein Problem, und ich möchte sichergehen, daß er ihm den richtigen Namen gibt.«

37

Der Soldat vor allen anderen Menschen betet um Frieden, denn er ist es, dem der Krieg die tiefsten Wunden und Narben schlägt.

– DOUGLAS MACARTHUR

Australarktika
Morges, Lyranische Allianz

5. Dezember 3057

Khan Phelan Wolf begrüßte das im Innern seines Holotanks materialisierende Hologramm der älteren Frau mit einem Nicken. »Willkommen, Galaxiscommander Mattlov. Ich fühle mich geehrt, daß Khan Chistu mir die Achtung erweist, dich auf mich anzusetzen.«

Die Augen seines Gegenübers funkelten boshaft. »Erspar mir das Geschwafel, Freigeburt. Ich greife diese Welt an. Womit verteidigst du sie?«

»Ich sehe, du verlierst keine Zeit.« Phelan war sich nicht sicher, warum sie so drängte, aber möglicherweise hatte es etwas damit zu tun, daß sie für diese Mission von der Spitze der erneuten Offensive der Jadefalken gegen die Innere Sphäre abgezogen worden war. »Bevor ich mein Gebot ausbringe, gestatte mir die Bemerkung, daß ich die Fiktion, Chistu habe Sternhaufen aus deiner Galaxis abgezogen, nie ernst genommen habe. Es freut mich zu sehen, daß die Wanderfalkengalaxis wieder vereint ist.«

Der Computer ließ Mattlovs Wangen rot werden. »Weder bedarf ich deines Kommentars über meine Lage, noch verspüre ich einen Wunsch danach. Ich bin gekommen, um dich zu vernichten. Womit stellst du dich mir?«

Phelan breitete die Arme aus. »Ich habe die Alpha-Galaxis des Wolfclans, verstärkt durch den 16. Gefechtssternhaufen. Außerdem besitze ich zwei Regimenter der Kell Hounds. Meine Schlachtschiffe werde ich bei dieser Begegnung nicht einsetzen. Wir verteidigen Australarktika und haben das Gelände von Unbeteiligten gesäubert.«

Mattlov blickte zur Seite, aus dem Bild, dann drehte sie sich wieder zu Phelan um. »Was ist mit der Omega-Galaxis? Wir wurden unterrichtet, daß sie dich bei deinem Rückzug aus dem Clanraum begleitet hat.«

Der Wolfskhan zuckte die Achseln. »Sie sind nicht Teil meines Gebots, also ist ihre Position ohne Bedeutung. Begnügen wir uns damit, daß sie weit entfernt sind und keine Möglichkeit haben, in unseren Kampf einzugreifen. Du kannst davon ausgehen, daß die Verteidigung von neun Sternhaufen der Frontklasse durchgeführt wird.«

»Du überschätzt deine Söldner.«

»Und die Nebelparder haben sie auf Luthien unterschätzt. Biete gegen sie, was *du* für angemessen hältst. Mit der Omikron-Galaxis im Schlepptau hast du fünf Frontklasse-Sternhaufen, eine Solahma-Einheit und fünf Garnisonssternhaufen. Ich bin gerne bereit zu warten, während du Verstärkungen anforderst.«

Mattlov zuckte zusammen und nahm Haltung an. »Noch keine Freigeburt hat es je gewagt, so mit mir zu reden.«

»Vergiß nicht, Galaxiscommander, ich bin ein *Khan!* Du hast mein Gebot gehört. Du kannst so viele oder so wenige deiner Truppen gegen mich in die Schlacht schicken, wie dir beliebt. Diejenigen, die ich nicht töte, werde ich zu Leibeigenen machen – auch dich, wenn es sich so ergibt.« Phelan verschränkte die Arme. »Bist du bereit, ein Gebot abzugeben?«

»Ja!« Ihre Stimme war wutentbrannt. »Keine Kriegsschiffe. Das wird ein Kampf Krieger gegen Krieger. Ich werde alle meine Sternhaufen einsetzen, selbst die Solahma. Wir werden morgen landen und in einer Woche kämpfen. Mattlov Ende.«

Ihr Bild verblaßte, und Phelan richtete den Blick auf die übrigen Personen im Innern des Holotanks. Sie hatten in Galaxiscommander Mattlovs Rücken gestanden. »Mit den Garnisonssternhaufen und der Solahma hat sie ein leichtes numerisches Übergewicht, aber kräftemäßig dürften wir in etwa gleich stehen.«

Morgan Kell nickte mit ernstem Gesicht. »Warum hast du sie wütend gemacht?«

Phelan grinste. *Er hält es nicht für geschickt, aber statt mich deswegen zu kritisieren, fragt er nach meinen Gründen. Darin liegt der Unterschied zwischen einem* Menschenführer *und einem* Kommandeur. »Die Jadefalken sind so ziemlich der reaktionärste und verknöchertste aller Clans. Angelines Bereitschaft, eine Solahma-Einheit einzusetzen – eine Einheit aus abgehalfterten MechKriegern, die in aller Regel nur für Drecksarbeiten wie die Jagd auf Banditen verwendet werden – beweist ihre Verachtung für unsere Truppen. Durch meine Herablassung habe ich sie daran erinnert, welcher Abgrund zwischen uns klafft. Sie wird von ihren Truppen den Beweis dafür verlangen, daß ihre Methoden um vieles besser als unsere sind. Bis Theodore Kurita das draconische Militär reformierte, waren ähnliche Denkmuster für das Kombinat ein beträchtliches taktisches Handicap.«

Daniel Allard kratzte sich den Nacken. »Bei unseren Vorbereitungen und Verteidigungsstellungen müßte sie völlig verrückt sein, uns mit nur gleichstarken Kräften anzugreifen.«

»Stimmt, aber aus ihrer Sicht ist das anders. Wenn sie sich auf einen Abschnitt unserer Stellungen konzentriert, kann sie eine übermächtige Streitmacht zum Tragen bringen. Ihre Aufgabe ist es, uns zu vernichten, während wir nur zu überleben brauchen.« Phelan zuckte die Schultern. »Da eine Niederlage für sie undenkbar ist, wird sie den Sieg immer greifbar nahe wähnen. Wenn sie ihm lange genug nachjagt und wir den längeren Atem haben, wird sie sich schließlich übernehmen, und dann sind wir am Zug.«

»Das ist ein Plan mit einer Menge Spekulation, mein Sohn, frapos?«

»Pos.« Phelan legte den Arm um seinen Vater. »Aber wenn selbst ein alter Hound wie du noch ein paar Wolfstricks lernen kann, wird es keinem Vogelhirn je gelingen, uns zu schlagen.«

38

Wie sind doch die Helden gefallen im Streit!

– II Samuel 1. XXV

Vorhangebene
Twycross, Stahlvipern-Besatzungszone

7. Dezember 3057

Mit einer Leichtigkeit, als wäre der Metallkoloß, den sie steuerte, ihr eigener Körper, wendete Natascha Kerensky den *Höhlenwolf* nach rechts und zog das Fadenkreuz über einen Jadefalken-*Rotfuchs*. Sie preßte die Feuerknöpfe der beiden PPKs im rechten Arm ihres Mechs, und beide spien einen blaufunkelnden Energiestrahl aus, der sich tief in den rechten Arm, respektive die rechte Seite des *Rotfuchs* bohrte.

Marco Halls *Höllenbote* drehte sich ebenfalls zu dem angeschlagenen Jadefalken-Mech um. Drei Laser im linken Torso seines Mechs feuerten Salven rubinroter Lichtimpulse in die Bresche, die Natascha in der Torsopanzerung des gedrungenen *Rotfuchs* aufgerissen hatte. Unter dem Laserfeuer verwandelte sich die interne Struktur des Mechs in einen Sturzbach aus flüssigem Metall, und der Kampfkoloß geriet ins Wanken. Bei seinem nächsten Schritt bohrte sich das rechte Bein des Mechs nach oben in den Torso, und der rechte Arm fiel zu Boden. Der *Rotfuchs* kippte vornüber in den roten Sand von Twycross, dann flog das Kanzeldach davon, als der Pilot den Schleudersitz auslöste und sich aus den Trümmern seiner Maschine befreite.

»Wo sind sie, Marco?« Die Luft war so sandgeschwängert, daß Nataschas Mech-Sensoren kaum dreißig Meter weit sehen konnten. Die Umstände hatten für einen hektischen und wilden Nahkampf gesorgt. Der *Rotfuchs* hatte weniger einen Angriff als einen Rückzug zu den eigenen Linien versucht. Wäre alles nach Plan verlaufen, *hätten* die Schlachtreihen der Jadefalken sich ebenso nahe befinden müssen wie dieser einzelne *Rotfuchs*, aber irgend etwas stimmte nicht.

»Sie kommen nicht, Khanin Natascha. Sie lassen sich nicht locken.«

Natascha schlug mit der Faust auf die Armlehne ihrer Pilotenliege. Die Schwarze Witwe hatte an dieser Falle für die Jadefalken schwer gearbeitet. Sterncolonel Ravill Pryde, der Kommandeur der Falkengarde, hatte hart und gekonnt gegen sie geboten. Sie lächelte. *In seiner Begeisterung für diesen Kampf lag beinahe etwas Wölfisches.*

Sie hatte diesen Enthusiasmus der Tatsache zugeschrieben, daß er noch nicht bei der Falkengarde gewesen war, als diese bei ihrem letzten Gefecht an der Großen Schneise praktisch ausgelöscht worden war. Nur sehr wenige Überlebende jener früheren Schlacht um Twycross waren noch bei der Garde, und die Garde schien mehr als wild darauf, gegen ihre Wölfe zu kämpfen. Die übrigen Einheiten – alles Garnisonssternhaufen – hatten ihre Truppe verächtlicher behandelt. Für diese Beleidigung würden sie bezahlen müssen, bevor Natascha die Garde vernichtete.

Um Ravill Pryde zu frustrieren, hatte Natascha ihre 13. Wolfsgarde in der hintersten Position einer Rautenformation aufgestellt. Die Silberblizzards des 341. hatten den ersten Ansturm aufgefangen, waren aber wie befohlen schnell zurückgewichen, dicht gefolgt vom 6. Einstweiligen Garnisonssternhaufen der Jadefalken. Das hatte es den Silberteufeln des 3. Gefechtssternhaufens und den Silberwölfen des 352. gestattet, die Falken zwischen sich in die Zange zu nehmen. Große Teile des 6. Einstweiligen hatten auf der Vorhangebene ihr Ende gefunden.

Die beiden anderen Garnisonseinheiten, der 5. Krallen und der 18. Reguläre Falkensternhaufen, waren vorsichtiger angerückt, aber sobald sie im Gefecht mit den flankierenden Einheiten der Wolfsformation standen, war der 341. Sturmsternhaufen wieder vorgerückt und hatte sie zerschlagen. Unter dem Druck der Falkengarde hatten die Silberblizzards die Formation aufgegeben und waren durch die Reihen der Wolfsspinnen in die Schneise ausgewichen. Auch die Silberteufel und Silberwölfe hatten sich in die Schneise zurückgezogen, während die 13. Garde langsam zurückgewichen war, bis sie den Paß blockierte.

Nataschas letzte Einheit, die Bronzelanciers des 11. Gefechtssternhaufens – die einzige Einheit, die in diesem Feldzug noch nicht zum Einsatz gekommen war –, stand an beiden Seiten der Schneise auf den Berghängen, bereit, den Paß mit ihrem Geschützfeuer einzudecken. Natascha wartete darauf, daß die Garde sie in diese Falle verfolgte, aber Marco zufolge kam sie nicht.

»Laß die Überlebenden an Bord der Landungsschiffe gehen, Marco. Sie sollen sofort starten.«

»Halten wir uns an den ursprünglichen Plan, oder sollen sie hinter den Falken abgeworfen werden?«

Natascha überlegte kurz, dann entschied sie sich dagegen. »Wir haben sie angeschlagen, aber nicht so schwer, wie ich es wollte.« Ravills Gesicht mit seinem selbstsicheren Grinsen trat vor ihr inneres Auge. »Wir haben es nicht geschafft, den Körper auszubluten, also müssen wir ihm den Kopf abschlagen.«

»Könntet Ihr euch bitte so ausdrücken, daß es einen Sinn ergibt, Natascha?«

Sie lachte. »Sie kommen nicht, Marco. Sie wissen, daß es eine Falle ist. Hol die 11. von den Hängen in die Landungsschiffe. Sie sollen sich auf den Weg nach Wotan machen. Die Überlebenden der Kämpfe dort und die Verwundeten schließen sich Phelan an.«

Sie hörte die Besorgnis in Marcos Stimme. »Warum

erzählt Ihr mir das alles, Khanin Natascha? Diese Befehle könnt Ihr doch auch selbst geben.«

»Nein, Marco. Ich bleibe hier.«

»Was?«

»Du hast jetzt den Befehl über die 13. Wolfsgarde. Zieh sie ebenfalls zurück. Gebt mir auf Wotan Grund, stolz auf euch zu sein.«

»Habt Ihr einen Hitzeschlag, Natascha? Das ist Irrsinn!«

»Nein, ist es nicht. Ihre Furcht, die Furcht der Kreuzritter, war, daß ihre kampferprobten Kommandeure *zu alt* für den Einsatz sein würden, bis die Invasion wiederaufgenommen wird. Sie haben unrecht, aber ich werde diese Angst benutzen.« Als der Plan in ihren Gedanken Gestalt annahm, fühlte Natascha eine Gewißheit, die sie nicht mehr gefühlt hatte, seit Joshua Wolf, ihr Geliebter, vor vierzig Jahren im Marik-Bürgerkrieg ermordet worden war. »Ich werde die Falken-Offiziere einen nach dem anderen hier zum Zweikampf herausfordern. Sie werden hier in der Schneise sterben, und das wird den Jadefalken nicht nur ihre Kampfmoral nehmen, sondern auch alle einigermaßen kompetenten Offiziere.« Natascha winkte Marco Halls *Höllenbote* hinauf in die Schneise. »Setz dich in Bewegung, Marco. Vernichtet Wotan, und dann kommt wieder und holt mich ab.«

Sie hatte einen schnellen Seitenhieb Marcos erwartet, aber seine Antwort war unangenehm gedrückt. »Sie könnten Euch töten.«

»Die? Kaum anzunehmen. Sie bilden sich ein, Jugend und frische Gene wären alles. Ich werde ihnen beweisen, daß Alter und Erfahrung weit besser sind.« Natascha zwang sich, sicherer zu klingen, als sie war. Die Schmerzen in Rücken und Beinen machten ihr klar, daß sie sich keineswegs in Topform befand. »Außerdem, wenn ich schon sterben muß, dann besser hier im Kampf als in irgendeinem Kindergarten, während ich Geschkowelpen die Rotznasen putze.«

Marcos Mech marschierte davon, aber seine Stimme antwortete ihr. »Wenn Ihr hier den Tod findet, Natascha, komme ich nicht wieder. Ich werde mich hüten, irgendwo aufzutauchen, wo Ihr herumspuken könntet.«

Natascha lachte schallend. »Keine Angst, mein Freund. Hier gibt es zahllose Jadefalken-Geister, denen ich angst machen kann. Jetzt geh, Sterncolonel, und zeig Khan Chistu keine Gnade.«

Als sein Mech im blutroten Sand verschwand, fühlte Natascha sich allein. Aber diesmal war es anders als sonst. Sie hatte schon früher allein großen Gefahren getrotzt, und immer hatte sie das Gefühl einer Leere in ihrem Innern gehabt. Sie hatte nie gewußt, woher es kam, aber jetzt war es verschwunden.

Ihr fehlte nichts.

Sie war die Schwarze Witwe.

Natascha schaltete das Funkgerät auf die taktische Frequenz der Jadefalken. Sie hörte das Knarren und Quietschen ihrer verzerrten Signale, kümmerte sich aber nicht darum. Ihre unverzerrte Stimme würde Zuhörer finden.

»Hier spricht Khanin Natascha Kerensky von den Wölfen. Ich habe meine Truppen fortgeschickt. Ich warte in der Großen Schneise von Twycross und werde mich jedem Jadefalken stellen, der sich überschätzt und Mut vor Klugheit stellt, um gegen ihn zu kämpfen und ihn zu töten. Kommt. Eure Zeit ist abgelaufen.«

39

> Ein Guerillakrieg ist ein weit intellektuelleres Unternehmen als ein Sturmangriff mit aufgepflanzten Bajonetten.
>
> – T. E. LAWRENCE,
> *Die Wissenschaft der Guerillakriegsführung*

Daosha, Zürich
Volksrepublik Zürich, Liga-Befreiungszone

9. Dezember 3057

Noble Thayer stand auf und schüttelte Fabian Wilsons Hand, als der Mann zu ihm und Cathy in die Nische der *Cathay Cafeteria* trat. »Danke, daß du gekommen bist.« Ken Fox nickte Noble hinter Fabians Rücken zu, bevor er sich am Eingang des Restaurants niederließ. Niemand war Fabian gefolgt, und sie konnten sich unterhalten, ohne mit einer Unterbrechung durch das Volkskomitee für Staatssicherheit rechnen zu müssen.

»Als ich deine Nachricht erhielt, war mir sofort klar, daß es wichtig sein mußte.«

»Das könnte man sagen.« Noble nahm Cathys Hand und drückte sie beruhigend, dann senkte er die Stimme. »Ich habe die letzten zehn Tage damit zugebracht, eine Mission zu planen und ein paar neue Leute dafür anzuwerben. Da du nicht an der Waffe ausgebildet bist, habe ich einen Unterstützungsjob für dich. Er mag zunächst unwichtig erscheinen, und du wirst dabei mit Cathy zusammenarbeiten, aber er ist lebenswichtig.«

Fabian lauschte aufmerksam und nickte. »Ich bin dabei.«

»Willst du nicht erst einmal hören, worum es geht?«

Der Mann hob den Kopf. Er sah sich um, dann

beugte er sich vor. »Hör mal, du kennst mich. Ich habe dir einen Computer verkauft und so weiter. Mein Leben steckte in einer Sackgasse. Es ist nicht so, daß mir das entgangen wäre. Ich wartete ständig auf den großen Durchbruch nächste Woche – oder übernächste. Ich lebte in der Zukunft. Aber das hier ist *real*, verstehst du? Mann, es ist wie das erstemal mit einer Frau zu schlafen. Es ist so wirklich. Und es hilft den Menschen. Ich meine, ich bin ein Verkäufer. Ich wollte immer nur das Beste für meine Kunden, aber von irgendwas muß ich schließlich leben, und eine Kommission gibt's nur, wenn man auch was verkauft. Es ist mir egal, ob ich Rabattcoupons ausschneide oder was sonst, ich bin dabei.«

Noble grinste, ebenso wie Cathy. »Diese Mission wird gewaltig, mein Freund. Und alle werden wissen, daß wir es waren.«

»Als ob sie das beim Arsenal nicht gewußt hätten.«

»Das ist ein alter Hut. Das hier wird groß, wirklich groß.« Noble sah sich um, dann lehnte er sich zurück und trank etwas Tee. »In ihrem Bestreben, jeden Klassenunterschied auszurotten, hat die Regierung einige der Leute umgebracht, die das von ihr benutzte Computersystem entwickelt haben. Alle Computer dieses Systems besitzen eine Notstromversorgung in Form von Batterien, die zwölf Stunden Strom liefern, aber nur, wenn sie regelmäßig ent- und wieder neu aufgeladen werden. Ich habe in Erfahrung bringen können, daß dieser Wartungskreislauf vernachlässigt worden ist. Durch die Arsenalexplosion sind die städtischen Reservegeneratoren noch immer nicht zurück am Netz. Das macht die Batterien zur einzigen Reservestromquelle. Wenn die Computer länger als fünf Stunden abgeschaltet bleiben, muß der gesamte Speicherinhalt über magnetoptische Sicherheitskopien neu eingeladen werden. Ich habe in diese Sicherheitskopien einen Virus eingeschleust, der alle Daten löscht, die das Sicherheitskomitee für die Suche nach seinen Opfern benutzt. Um den Einsatz der Sicherheitskopien zu erzwingen, wird der Tanzende Joker am Zwanzigsten das Jihudai-Chumai-Kraftwerk stillegen.«

Fabian starrte Noble mit offenem Mund an, und Cathy war nicht weniger überrascht. Ihre Hand zitterte, und er zwinkerte ihr zu. »Das wird unsere bisher größte Operation.«

Fabian schüttelte ungläubig den Kopf. »Das Kraftwerk hat seine eigene kleine Garnison.«

»Das dürfte kein Problem sein, aber ich kann euch nicht mehr verraten. Das Zellensystem verbietet es, zu unser aller Schutz. Cathy kann dir bestätigen, daß sie bis zu diesem Moment auch nichts davon gewußt hat – falls ich nicht im Schlaf spreche.«

Cathy packte Nobles Linke und schüttelte den Kopf. »Na schön, Mr. TanJo, was jetzt?«

»Es gibt zwei Straßen, die zum Kraftwerk führen. Ihr seid unser Ausguck am Northstar Drive. Wenn ihr irgend etwas seht, sagt uns über Funk Bescheid, damit wir im Kraftwerk reagieren können. Die Reaktionszeit der Schwarzen Kobras im Garnisonsstützpunkt Kai Shi Ling beträgt zehn Minuten, aber nur, wenn sie ihre Mechs bereits hochgefahren haben. Selbst wenn der Alarm augenblicklich ausgelöst wird, haben wir mehr als genug Zeit, um zu tun, was getan werden muß.«

Fabian runzelte die Stirn. »Die andere Straße wird von euch beobachtet, richtig?«

»Alles, was ihr wissen müßt, wißt ihr.«

»Klar, klar, tut mir leid.« Fabian schüttelte den Kopf. »Ich habe eine Frage an dich, aber wahrscheinlich wirst du mir die auch mit dem Zellensystem abblocken.«

Noble zuckte die Achseln. »Wie lautet sie?«

Fabians Stimme wurde zu einem Flüstern. »Du bist doch nicht wirklich bloß ein Lehrer? All das, was du hier abgezogen hast, das paßt nicht zu einem Lehrer.

Du bist in Wahrheit ein Davion-Agent, der hergeschickt wurde, um den Laden hier aufzumischen, hab ich recht?«

»Sie sind sehr intelligent, Mr. Wilson, und Sie haben viel gesehen, aber den letzten Menschen, der mir diese Frage gestellt hat, mußte ich umbringen.«

Fabian hob die Arme. »Genug gesprochen.«

»In der Tat, genug gesprochen.« Noble lächelte und stieß Cathy unter dem Tisch mit dem Knie an. »Wollen wir etwas bestellen?«

40

> Zwischen einer verlorenen und einer gewonnenen Schlacht liegt ein Abgrund von solcher Größe, daß ganze Weltreiche darin Platz finden.
>
> – NAPOLEON BONAPARTE

Wotan
Jadefalken-Besatzungszone

10. Dezember 3057

Khan Vandervahn Chistu konnte seine Wut kaum bezäumen. Als Khan Elias Crichell ihm auf die Schulter schlug, wäre er fast instinktiv herumgewirbelt und hätte dem älteren Mann die Faust ins Gesicht geschlagen. Er konnte den Aufprall förmlich fühlen, spüren, wie Crichells Nasenbein zerbrach und sein Auge verquoll. Und der Schock auf Crichells Gesicht wäre seiner ungebremsten Heiterkeit bei weitem vorzuziehen gewesen.

»Das war brillant, Vandervahn Chistu, brillant. Wie du die Fronteinheiten hier festgehalten hast, als hättest du Angst vor ihr, und sie dann auf Twycross überwältigt hast.« Crichell klatschte Beifall. »Jetzt ist Natascha Kerensky tot, und wir können unsere Pläne ausführen.«

»Ja, mein Khan.«

Crichell reagierte auf Chistus knappe Antwort. »Stimmt etwas nicht? Ist es möglich, daß der Bericht eine Falschmeldung war? Kann es sein, daß Natascha Kerensky noch lebt?«

Chistu schüttelte den Kopf. »Nein, mein Khan, es besteht keine Chance, daß sie überlebt hat. Sie starb im direkten Zweikampf mit einem Mitglied der Falkengarde. Ihr Cockpit wurde zerstört. Es gibt keinen Zweifel. Die Schwarze Witwe ist tot.«

»Großartig. Alles verläuft genau wie geplant.«

Wie geplant? Chistu war froh, daß Crichell ihm den Rücken zugekehrt hatte und seinen Gesichtsausdruck nicht bemerkte. Eine alte Mechpilotin hatte Natascha Kerensky im Zweikampf getötet. Er hatte die Aufnahmen ihrer Bordkamera immer wieder ablaufen lassen. Die Schwarze Witwe war eindeutig, endgültig tot. Er hätte jauchzen sollen, daß eine der drei Bedrohungen für die Jadefalken ein so unrühmliches Ende gefunden hatte, aber er konnte an ihrem Ableben keine Freude gewinnen.

Er hatte sie töten wollen. *Er* hatte die Schwarze Witwe in die Knie zwingen wollen. *Er* hätte sie dazu gebracht, um ihr Leben zu betteln. *Er* hätte ihren Willen gebrochen und sie zu seiner Leibeigenen gemacht. Er hätte sie erniedrigt und verspottet, und nachdem er sie bezwungen hätte, wäre *er*, Vandervahn Chistu, zum nächsten ilKhan gewählt worden. Und dann wäre ihm die Ehre zugefallen, Terra zu erobern und den Sternenbund wiederaufzurichten.

Aber eine alte Kriegerin auf Twycross hatte ihm seinen Sieg geraubt. Chistu nahm sich vor, herauszufinden, wer diese Kriegerin war und ob man für die Zukunft noch eine nützliche Verwendung für sie finden konnte. Sie verdiente eine Art Belohnung, und für den generellen Ausgang der Kämpfe auf Twycross konnte sie keine erwarten. Abgesehen von Nataschas Tod waren die Kämpfe kaum bemerkenswert gewesen. Die Jadefalken hatten gewonnen – Natascha Kerenskys Truppen hatten die Flucht ergriffen –, aber es war ein Pyrrhussieg. Der 6. Einstweilige war schwer angeschlagen, und der 5. Krallen hatte ein Viertel seiner Mechs verloren.

Crichell rieb sich das Kinn, als er sich wieder zu Chistu umdrehte. »Hast du für Ulric Kerensky und seine Horde auf Butler einen ähnlichen Empfang geplant?«

»Ulric Kerensky?« Chistu runzelte die Stirn und verdrängte seine Wut. »Ja, auf Butler. Ich habe die 7. und 8. Einstweilige Garnisons- sowie die 7. und 8. Krallen-sternhaufen dort. Ulric Kerenskys Flotte hat an einem Piratenpunkt auf der Ekliptik materialisiert. Die Wölfe arbeiten sich ins System vor und haben bereits angefragt, mit welchen Truppen wir den Planeten verteidigen.«

Crichell zog fragend eine buschig-graue Augenbraue hoch. »Du hast nur Garnisonseinheiten gegen Ulric Kerensky eingesetzt? Hättest du nicht eine Fronteinheit mitschicken sollen, so wie du die Falkengarde nach Twycross entsandt hast, um Natascha Kerensky zu erledigen? Du hast vier Stück hier auf Wotan, jede einzelne von ihnen wäre mehr als geeignet.«

Chistu spannte einen Augenblick die Kinnmuskeln an, dann schüttelte er langsam den Kopf. »Stimmt, aber ich hatte gehofft, sie nicht einsetzen zu müssen. Sie haben die Schadensberichte gesehen. Dieser Krieg hat uns enorm geschwächt. Wir werden Zeit zum Wiederaufbau brauchen, aber wenn wir einen Teil unserer Fronteinheiten intakt halten, können wir um so eher wieder zuschlagen. Ich plane, Ulric Kerensky mit den Garnisonseinheiten gegenüberzutreten. Da unsere Einheiten verteidigen, sind sie den Wölfen gegenüber im Vorteil und sollten sie entscheidend schwächen können, selbst wenn es ihnen nicht gelingt, sie zu vernichten. Für den Fall, daß Ulric Kerensky den Kampf gewinnt, werde ich unsere Fronteinheiten hier aufstellen, und dann wird er seinen Sieg gegen sie verteidigen müssen.« Chistu runzelte die Stirn, als seine Erklärung offensichtlich auf taube Ohren fiel. »Stimmt etwas nicht, Elias Crichell?«

Der ältere Khan nickte langsam. »Du sagst, wir werden aufbauen müssen, bevor wir die Invasion wiederaufnehmen können?«

Vandervahn Chistu nickte einmal, mit Nachdruck, und genoß Crichells bleiches Gesicht. »Fünf Jahre, schätze ich. Vielleicht sieben.«

»Fünf Jahre, vielleicht sieben?«

»Ja, Elias Crichell, kaum der Rede wert.« *Es sei denn, man ist ein MechKrieger, dessen Fähigkeiten längst verblaßt sind, so wie du.*

»Ist das wirklich notwendig?«

»Wenn Sie wollen, daß die Jadefalken Terra einnehmen, ja.« Chistu hob den Kopf. »Es sei denn…«

»Ja?«

»Ich könnte die Fronteinheiten hier zu einer neuen Galaxis zusammenstellen. Ich würde auch die Wanderfalkengalaxis dazuholen – natürlich erst, nachdem sie die Wölfe auf Morges vernichtet hat. Wir könnten auf Quarell in Stellung gehen und dann nach Terra durchstoßen, sobald Sie als ilKhan den Waffenstillstand widerrufen haben.«

Als Crichells Miene sich aufhellte, achtete Chistu darauf, ebenfalls zu lächeln. *Nur werde ich natürlich nichts dergleichen tun. Im Gegenteil, wenn ich im Großen Konklave berichte, daß du einen solch hinterhältigen Vorstoß gegen Terra geplant hast, wirst du enorme Schwierigkeiten bekommen. Ich werde erklären, ich hätte diesen Plan als unfair zurückgewiesen, als du mir den Ruhm des Eroberers angeboten hast, und sie werden mich an deiner Stelle zum ilKhan wählen. Nach meiner Wahl werde ich das Schicksal unseres Clans und durch ihn die Zukunft der Menschheit kontrollieren.*

»Ja, Vandervahn Chistu, das ist ein ausgezeichneter Plan. Rechne auf Butler mit Ulric Kerensky ab, und dann stoße mit unseren besten Truppen nach Terra vor. Wir haben diesen Krieg gegen die Wölfe nicht geführt, nur um von ihrer Bewahrer-Strategie besiegt zu werden. Damit hätte Ulric Kerensky den Sieg davongetragen, und das werde ich nicht zulassen.«

»Wie Sie es wünschen, mein Khan.« Chistu verneigte sich tief. *Und wenn sich meine Wünsche ebenfalls erfüllen, wirst du geradeso verlieren wie Ulric Kerensky.*

41

> Eine einzige Schlacht kann manchmal alles entscheiden; und manchmal entscheidet eine unbedeutende Kleinigkeit eine Schlacht.
>
> – Napoleon Bonaparte,
> *Brief an Barry E. O'Meara, 9. November 1816*

Sprungschiff *Höhlenwolf*, im Anflug auf Butler
Jadefalken-Besatzungszone

10. Dezember 3057

Seine Augen brannten vor Müdigkeit, und seine Nackenmuskulatur schmerzte von den Stunden, die er am Computerterminal gesessen hatte, als Vlad in den Holotank trat und zu Ulric hinüberblickte. In seinem Innern kämpften widersprüchliche Gefühle. Obwohl er diesen Mann hassen wollte und es auch sicherlich tat, wurde Vlad klar, daß er ihn gleichzeitig respektierte. Und er fühlte Dankbarkeit, daß Ulric ihm die Planung des Angriffs auf Butler anvertraut hatte.

»Ich bin fertig, Sterncolonel. Ich bin bereit, dir meine Pläne vorzulegen. Unsere Truppen sind auf zweieinhalb funktionstüchtige Sternhaufen zusammengeschmolzen, aber ich habe die besten Garnisonspiloten aus der Tau-Galaxis abgezogen, um unsere Fronteinheiten zu verstärken. Es bleiben uns zwei komplette Garnisonssternhaufen, die 5. Regulären Wölfe und die 1. Kavallerie, als mögliche Verstärkungen.« Vlad gestattete sich ein kurzes Lächeln. »Selbst wenn sich die Falken einigeln, können wir sie besiegen.«

Ulric nickte langsam, als messe er Vlads Worten großes Gewicht bei, aber Vlad hatte den Eindruck, daß Ulric ihm kaum zuhörte. »Wie schätzt du den Zustand ein, in dem sich unsere Truppen nach dieser Schlacht befinden werden? Gib mir eine konservative Schätzung – die höchsten Verlustzahlen und die niedrigste Reparaturrate.«

Der Ernst in Ulrics Stimme überraschte Vlad; seine Müdigkeit war vergessen. »Wenn wir gezwungen sind, unsere Reserven einzusetzen, kommen wir vermutlich mit anderthalb Frontklasse-Sternhaufen und vielleicht einem Trinärstern an Garnisonsklasse-Truppen aus dem Gefecht. Die Verteidiger sind uns zahlenmäßig überlegen, und auch wenn sie sich zur Verteidigung mehrerer Standorte entschlossen haben, was uns die Möglichkeit gibt, die Garnisonen einzeln zu überwältigen, werden sie sich sicher schnell zusammenschließen und uns verfolgen.«

»Das denke ich auch.« Ulric fixierte Vlad mit kalten blauen Augen. »Was für ein Wolf bist du, Vlad?«

»Ich verstehe die Frage nicht, Ulric.«

Ulric lächelte langsam. »Wie loyal stehst du zu deinem Clan, Vlad?«

»Habe ich dir je einen Anlaß gegeben, an meiner Loyalität zu zweifeln?« Vlad runzelte die Stirn, und die Haut spannte sich um die Narbe auf der linken Gesichtshälfte. »Du hast in den fünf Tagen, bis wir Butler erreichen, reichlich Zeit, meine Planung zu überprüfen. Wenn du glaubst, ich hätte die Wölfe verraten, kannst du mit mir abrechnen, bevor wir angreifen. Sollte ich eines Verrates schuldig sein, wäre keine Strafe zu hart.«

»Ah, eine ausgezeichnete Abwehr mit gleichzeitigem Gegenangriff, Vlad. Du erinnerst mich daran, daß ich selbst des Verrats angeklagt worden bin – durch deine Untersuchung.«

»Das war nicht meine Absicht, Ulric.«

»Nein, das war es wohl nicht – jedenfalls nicht ausschließlich.« Der weißhaarige Clanner wanderte durch den Holotank und umkreiste Vlad wie ein hungriger

Hai. »Die Kämpfe, die uns bevorstehen, werden hart werden. Du wirst an meiner Seite kämpfen. Wenn mein Mech ausfällt, was wirst du tun?«

»Ich werde dich verteidigen oder tun, was notwendig ist, um dich zu beschützen.«

»Warum?«

Mit dieser Frage brachte Ulric die Fassade zum Zusammenbruch, die Vlad im Lauf der Monate errichtet hatte, um sich vor seinen bohrenden Fragen zu schützen. *Warum sollte ich ihn retten? Ich verachte ihn. Ich will seinen Tod.* Plötzlich erkannte er die Antwort, und er wußte, daß er sie Ulric gegenüber niemals aussprechen konnte. *Ich will seine Niederlage, aber er wird sich niemals geschlagen gegeben. Die Falken haben es nicht gesehen – kein Kreuzritter hat es gesehen. Ulric ist ein Wolf, und zu stark, als daß sie ihn je bezwingen könnten.*

»Ich werde dich verteidigen, weil du ein Wolf bist und ich ein Wolf bin. Ich brauche keinen anderen Grund.«

Ulric blieb vor Vlad stehen und sah ihm in die Augen. »Wenn ich falle, kennst du deine Pflicht, frapos?«

»Zu siegen.«

»Den Clan zu erhalten. Wenn der Sieg dies möglich macht, wirst du siegen. Wenn nicht, wirst du tun, was immer notwendig ist, um so viele Clanmitglieder wie möglich zu Khan Phelan zu bringen.«

Vlad versteifte sich. »Sie zu Khan Phelan bringen?«

Ulric zuckte die Achseln. »Das, oder dich den Jadefalken ergeben und einer ihrer Leibeigenen werden.«

»Unter diesen beiden Alternativen gibt es kein kleineres Übel, Ulric.«

Der alte Mann brach in lautes Gelächter aus. »Du hättest möglicherweise doch einen guten Khan abgegeben. Vielleicht findest du eine bessere Lösung, wenn die Zeit gekommen ist.«

Wer weiß, Ulric, vielleicht finde ich sie tatsächlich. Vlad atmete langsam aus. »Phelan kämpft auf Morges. Du willst, daß ich unsere Überlebenden zu ihm bringe, falls er überlebt?«

»Wenn er überlebt. Wenn er tot ist, wenn Natascha tot ist, fällt die Verantwortung für Clan Wolf dir zu.«

Vlad blieb der Mund offen stehen. »Mir?« Er schüttelte den Kopf. »Warum solltest du die Zukunft der Wölfe mir anvertrauen? Ich bin ein Kreuzritter.«

Ulric breitete die Hände aus. »Bei den Clans wählen wir die Genkombinationen, aus denen die besten Krieger entstehen. Das ist gesteuerte Evolution, aber es existiert auch außerhalb der physischen Ebene eine Evolution. Die menschliche Rasse hat auch eine philosophische Evolution hinter sich, und ebenso die Clans. Wir waren einmal Bewahrer, aber jetzt sind die Kreuzritter stark geworden. Vielleicht ist die Philosophie der Kreuzritter die überlegene. Vielleicht wird sie das Wesen der Clans erneuern. So wie du mir verpflichtet bist, weil du ein Wolf bist, so bin ich dem Clan verpflichtet. Wenn ich mich geirrt habe, wenn ich bei diesem Widerspruchstest getötet werde, will ich dennoch, daß mein Clan seine dominierende Position behält. Selbst *wenn* die Jadefalken den Waffenstillstand widerrufen, erwarte ich, daß die Wölfe Terra einnehmen. Ich bin vielleicht nicht mehr der Anführer der Clans, aber ich werde nicht zulassen, daß mein Clan seine Führungsstellung verliert.«

Vlad fühlte, wie Stolz seine Brust anschwellen ließ, aber er ließ sich nicht von Phantasien seines Aufstiegs mitreißen. Solche Vorstellungen waren nur möglich, wenn vorher beide Wolf-Khane starben, und sosehr er sie auch haßte, die Jadefalken waren nicht fähig, auch nur einen von ihnen zu töten. »Ulric, wenn du auf Butler fällst, werden wir hier den Sieg erkämpfen und weiter nach Wotan fliegen.«

Ulric lächelte wieder, aber Vlad wußte, es war keine Freude über seinen Kommentar, sondern beruhte auf etwas anderem. Wie immer hatte Ulric etwas für sich behalten, und wie immer war Vlad in seine Falle getappt. »Das wird nicht nötig sein, Vlad.«

»Ich verstehe nicht.« Vlads Verwirrung wurde noch von den drei Glockenschlägen gesteigert, die durch das Schiff tönten. *Das Warnsignal vor einem Sprung, aber wir sind schon über Butler.*

Ulric nickte. »Ich weiß. Ich muß mich bei dir entschuldigen – ich wünschte, ich hätte mich auch bei Phelan entschuldigt. Du hast ebenso hart an der Planung des Angriffs auf Butler gearbeitet wie er an meiner Verteidigung vor dem Großen Konklave. Es tut mir leid, daß ich deine Zeit verschwendet habe.«

»Meine Zeit verschwendet?«

Vlads Wut erglühte mit der Hitze eines Fusionsreaktors, als das Schiff sprang. Die Haut schien in einem Balg von seinem Körper abgelöst, der sich immer weiter dehnte, um die Wut, die in seinem Innern loderte, fassen zu können. Gerade, als er den Punkt erreichte, an dem er glaubte, platzen zu müssen, tauchte die *Höhlenwolf* dreißig Lichtjahre von Butler entfernt wieder in den Normalraum ein.

Vlads Haut schnalzte zurück auf seinen Körper, dann sprang das Schiff erneut. Jetzt schien seine Haut ihn plötzlich einzuschnüren, wie ein eng um seinen Körper gewickeltes nasses Tuch. Schmerz flammte in der Narbe in seinem Gesicht auf und breitete weißglühende Tentakel durch seinen gesamten Körper aus, während seine Haut immer enger wurde. Er konnte nicht mehr atmen, und seine Lungen brannten vor Durst nach Sauerstoff. Er versuchte den Rücken zu krümmen, um Luft in seine Lungen zu zwingen, aber es gelang ihm nur, das Gleichgewicht zu verlieren.

In dieser Ewigkeit, die ein Hyperraumsprung aus dem Bruchteil einer Sekunde machte, begann Vlad zu fallen.

Er schlug auf dem Boden auf, kaum daß die *Höhlen-*

wolf wieder in den realen Weltraum zurückgekehrt war. Die Wahrheit in Ulrics Bemerkung traf ihn wie ein Faustschlag. Seine Gedanken fuhren Karussell. »Wir haben den Planeten nicht so langsam angeflogen, um mir Zeit für meine Berechnungen zu lassen, sondern um den Kearny-Fuchida-Antrieb aufzuladen. Da sie erwartet haben, daß wir auf Butler zum Kampf antreten, haben die Falken nur auf Welten, die einen Sprung entfernt sind, Verteidiger in Stellung, nicht in zwei Sprüngen Umkreis.«

»Ja, vermutlich sind die Falken ebenso überrascht wie du.« Ulric reichte ihm die Hand, um ihm aufzuhelfen. »Na, komm, Vlad. Zeit, unsere Mechs zu besteigen. In sechs Stunden sind wir auf dem Schlachtfeld.«

»Wo sind wir?«

Ulric grinste. »Mußt du das noch fragen? Es war deine Lagebeurteilung. Wotan mit zwei Sternhaufen anzugreifen wäre Selbstmord gewesen. Aber mit dem, was uns jetzt zur Verfügung steht, und den Truppen Nataschas, die Twycross überlebt haben, können wir die Jadefalken hier in ihrem Horst vernichten.« Er zog Vlad auf die Füße. »Willkommen auf Wotan – der Welt, auf der sich unser Schicksal entscheiden wird. Das deine und das meine, Vlad, und das Schicksal jedes einzelnen Mannes und jeder Frau in den Clans.«

42

> Es gibt zwei Tore ins Reich des Schlafes, eines von ihnen ist in Horn gefaßt, und durch dieses haben echte Geister leichten Durchgang; das zweite ist aus glänzend weißem Elfenbein gefertigt, aber trügerisch sind die Visionen, die durch dieses Tor aus der Unterwelt den Weg ins Licht finden.
>
> – VIRGIL, *Aeneis*

Avalon City, New Avalon
Mark Crucis, Vereinigtes Commonwealth

10. Dezember 3057

Die hektischen Rufe weckten Francesca Jenkins, aber in der nebligen Dunkelheit konnte sie nicht erkennen, wem die Stimmen gehörten. Es war kalt. Sie lag auf dem Boden, und langsam erkannte sie, daß der eisige Nebel, der über sie strich, ihre Nacktheit nicht vor den Rufern verbergen konnte. Der seltsame Ort, an dem sie sich befand, schien nur von unten beleuchtet zu sein und besaß keine Wände oder Decke, die sie sehen konnte.

Neues Rufen zog ihre Aufmerksamkeit auf den Boden. Seine kühle, glatte Oberfläche saugte die Wärme aus ihrem Körper, wo er mit ihr in Berührung kam. Es schien Glas zu sein, aber sie war sich nicht sicher. Dieser Nebel, die Kälte, ihre Nacktheit, die Rufe, alles war so verwirrend. Sie hatte nie etwas Ähnliches mitgemacht. Irgend etwas stimmte nicht. Sie bekam Angst.

Sie blickte durch den Boden und sah einen Raum, den sie allmählich als Operationssaal erkannte. Ärzte und Schwestern drängten sich hektisch um einen Körper auf einem Edelstahltisch. »Sie rutscht uns weg. Epinephrin, tempo! Defibrillator vorbereiten.«

»Blutdruck sinkt.«

»Frischblut, schnell. Herzpumpe einschalten, jetzt!«

Jemand trat zur Seite, als ein MedTech sich dem Kopf der Patientin näherte, und Francesca sah auf sich selbst hinab, wie sie auf dem OP-Tisch lag. Als die Sauerstoffmaske auf ihr Gesicht gedrückt wurde, fühlte Francesca den Hauch eines Druckgefühls über Mund und Nase. Sie starrte in voller Konzentration hinab, und plötzlich wurde ihr klar, daß die Ärzte und MedTechs dort unten sie operierten.

Sie zog die Beine unter den Körper, kniend, und stützte sich mit den Händen ab, während sie das Geschehen unter sich beobachtete. *Ich bin hier und sehe zu, aber ich bin auch da unten. Wie kann das sein?*

Vor und über ihr flammte ein helles Licht auf und fing sie in seinem Kegel. Francesca schreckte zurück, dann tauchte vor der Lichtquelle eine Silhouette auf. »Hab keine Angst, Francie. Niemand kann dir mehr weh tun.«

»Mutti?« Irgend etwas in ihrem Innern sagte ihr, daß es unmöglich ihre Mutter sein konnte, die mit ihr sprach, aber die Stimme und die Figur stimmten. *Aber meine Mutter ist tot.* Dann brachen das Licht und der Nebel und der Blick hinab auf ihren Körper über sie herein, und tief in ihrem Geiste hallte die Erkenntnis wieder: »Ich bin auch tot.«

Ihre Mutter nickte langsam und bedauernd, wie sie es immer getan hatte, wenn Francesca etwas falsch gemacht hatte. »Ja, es könnte sein, daß deine Zeit gekommen ist.«

»Mutter?«

»Francie.«

Sie bekam eine Gänsehaut. »Ist das der Himmel?«

»Du bist auf dem Weg. Irgendwann wirst du dort ankommen.« In dem vom OP empordringenden Licht sah Francesca ihre Mutter lächeln. »Wir werden wieder zusammensein, und ich kann den Tag kaum erwarten.«

»Kann ich nicht jetzt schon zu dir kommen?«

»Ich wünschte, du könntest es, Francie, aber erst mußt du für deine Sünden büßen.«

»Sünden? Was für Sünden? Ich habe nur getan, was du gewollt hättest, Mutter. Ich habe Joshua Marik gerettet.« Sie betastete das Narbengewebe über ihrer Hüfte und unter ihrem Brustbein. »Ich bin fast gestorben.« Sie senkte den Blick und sah die Ärzte an ihr arbeiten. »Ich bin gestorben.«

»Deine Sünden sind nicht dein alleiniger Fehler, Francie. Du bist getäuscht worden.«

Francesca hob den Kopf. »Nein, ich habe sie zum Narren gehalten. Die VerCommies haben nie geahnt, daß ich eine Jirik war. Deine Eltern haben mir alles erzählt, Mutti, alles, was du mir auch erzählt hättest, wenn du länger gelebt hättest.«

Eisige Furcht breitete sich in ihrer Magengrube aus, als ihre Mutter den Kopf schüttelte. »Liebe, liebe Francie, ich habe Castor mit deinem Vater verlassen, weil ich ihn liebte, aber auch, weil mich nichts mehr in der Liga Freier Welten gehalten hat. Mein Großvater Jirik wurde im Bürgerkrieg, bevor ich geboren wurde, erschossen, weil die SEKURA ihn für einen Kollaborateur Anton Mariks hielt. Und als das Vereinigte Commonwealth Castor eroberte, hat die SEKURA auch meine Eltern getötet. Sie hätten auch mich umgebracht, aber ich war in jener Nacht bei deinem Vater.«

»Aber sie haben gesagt …«

»Still, Kind. Sie haben gesagt, was du hören wolltest. Warum glaubst du, habe ich meinen Namen nach der Scheidung in Jenkins und nicht in Jirik geändert?«

»Um dich vor den Davions zu schützen.«

»Nein, Francie, nein. Ich habe es getan, damit du als Bürgerin des Vereinigten Commonwealth aufwachsen konntest. Ich wollte dich nicht an meine Vergangenheit fesseln. Wir haben uns hier ein gutes Leben aufgebaut. Das ist deine Heimat, aber du hast dein Volk verraten. Weil du das getan hast, können wir nicht zueinander finden, bis du gebüßt hast.«

Emotionen und Gedanken und das Summen und Klopfen der Wiederbelebungsversuche unter ihr rasten durch Francescas Hirn. Sie wollte wieder bei ihrer Mutter sein, aber der Schmerz in deren Stimme peinigte sie. Aus dieser Pein erwuchs eine Wut, die sich zuerst gegen die beiden Betrüger richtete, die sich als ihre Großeltern ausgegeben hatten, und die sich zu einem lodernden Haß gegen jeden entwickelte, der auch nur entfernt Davion-feindlich war. »Wie kann ich büßen, Mutti?«

Die Frau im Nebel lächelte sie an. »Nutze, was du gelernt hast und noch lernen wirst. Sie haben dich zu einer Waffe geformt – jetzt kannst du dich gegen die wenden, die dir das angetan haben. Die Menschen, die du als deine Feinde gesehen hast, werden dir helfen, deine Ehre wiederherzustellen, und das Herz deiner Mutter wird vor Freude hüpfen.«

Der Nebel wurde dichter, und das Licht hinter ihrer Mutter wurde schwächer. »Sei stark, Francie. Diejenigen, die deine Wohltäter zu zerstören suchen, müssen bezahlen.«

Francesca versuchte aufzustehen und die Hände nach der verschwimmenden Gestalt ihrer Mutter auszustrecken, aber die Nebel wogten, und sie konnte ihr Gleichgewicht nicht finden. Dann gaben ihre Ellbogen nach, und sie fiel zu Boden. Sie sah nach unten, wo sich ein Arzt noch einmal mit den runden Elektroden des Defibrillators ihrem Körper näherte.

»Achtung.«

Sie hörte den Schlag und spürte ein Kitzeln durch ihren Körper laufen. *Ich werde ins Leben zurückkehren und meine Schuld abtragen.*

»Puls kehrt zurück.«

Francesca Jenkins lächelte und ließ sich von der Dunkelheit umfangen.

Galen sah zu Curaitis und an ihm vorbei zu dem kleinen Mann neben ihm. »Meinen Glückwunsch, Dr. Simons. Das dürfte Ihnen gelungen sein.«

Simons zuckte die Schultern und rückte die Brille zurecht. »Danke, Mr. Cranston. Es war nur eine Variation der Methoden, mit der die Assassinen des terranischen Altertums sich die Loyalität ihrer Mitglieder sicherten. Sie setzten Drogen ein, um ihnen das Bewußtsein zu rauben und sie an einen prächtigen Ort zu schaffen, wo ihnen erklärt wurde, sie befänden sich im Himmel. Drei Tage lang wurde ihnen jeder Wunsch erfüllt. Dann wurden sie wieder betäubt und zurück in die Wirklichkeit gebracht. Die ›mystische‹ Erfahrung bekräftigte ihren Glauben an die Lehren ihrer Sekte. Bei Francesca konnte dasselbe mittels geläufiger Symbole unseres kulturellen Inventars erreicht werden. In der Kombination mit besseren psychoaktiven Drogen und der großartigen Videoeinspielung über den Fußboden waren die Indizien, die wir ihr lieferten, und die Schlußfolgerungen, die wir ihr vorgaben, unausweichlich und über jeden Zweifel erhaben.«

Curaitis nickte in Richtung des Raums. »Die OP-Sequenz kam aus der Holovid-Miniserie über die Jenkins.«

»Ich dachte mir doch, daß das bekannt aussah«, meinte Galen. »Und die Schauspielerin, die ihre Mutter dargestellt hat, das war doch Gina Winters? Soweit ich mich erinnere, hat sie in derselben Serie Francescas Mutter gespielt. Wie haben wir sie dafür bekommen?«

Curaitis lächelte. Galen konnte sich nicht entsinnen, das schon einmal erlebt zu haben. »Ms. Winters wollte eine Chance, bei einem gesellschaftlichen Ereignis am

Arm des Prinzen zu erscheinen. Sie glaubt, die Publicity wird ihrer Karriere helfen.«

»Und *Sie* haben sich bereit erklärt, sie so nahe an den Prinzen heranzulassen?«

»Der Prinz war bereit, ihr diesen Gefallen zu tun.«

Galen kniff die Augen zusammen. »Aber besteht nicht eine reelle Gefahr, daß sie das hier ausplaudert?«

Curaitis' Grinsen wurde breiter. »Auf unsere Bitte hin hat sie ein Steuerprüfer über die Unzulässigkeit informiert, ihre beträchtlichen Ausgaben für Eisfeuer und andere illegale synthetische Pharmazeutika als medizinische Ausgaben abzusetzen. Die negative Publicity wäre das Ende ihrer Laufbahn.«

Galen nickte und blickte durch das Fenster auf die Bühne hinab, die sie für ihre Show aufgebaut hatten. Francesca lag auf dem Glasboden und schlief. Sie wirkte klein und unschuldig wie ein Kind.

»Schlaf gut, Francesca«, murmelte er. »Wenn du erst aufwachst, wirst du keinen Frieden mehr bekommen.«

43

Die Geschichte wird mir vergeben.

– Fidel Castro

Landungschiff *Lobo Negro*, beim Landeanflug
Wotan, Jadefalken-Besatzungszone

10. Dezember 3057

Eine Warnsirene ertönte, und Vlad hob den Kopf. Auf dem Sichtschirm seines *Waldwolf* sah er das Licht von Weiß nach Rot wechseln. Der Mechhangar wurde so dunkel wie der Weltraum, durch den das Schiff fiel. Papier und anderer Abfall wurde durch die Halle gewirbelt, als die Besatzung die Luken öffnete und der Luftdruck ausgeglichen wurde.

Er warf einen Blick auf den Sekundärschirm und schaltete das Funkgerät ein. »Sterncolonel, die Abwurfluken sind bei einem Kilometer Höhe geöffnet. Wir werden in zwei Minuten aufsetzen.«

Er hörte Ulrics Stimme in den Helmlautsprechern. »Planmäßig, das ist gut. Hast du die Botschaft abgeschickt?«

»Positiv.«

»Und du hast sie nicht angehört?«

»Nein, Sterncolonel.« Vlad war versucht gewesen, die Nachricht abzuhören, die Ulric ihm für die Übermittlung durch ComStar anvertraut hatte, aber hätte er das getan, hätte er in ihrem Spiel einen Punkt verloren. *Ich habe gesehen, daß du sie am 13. September aufgenommen hast, vor deiner Verhandlung. Warum du sie jetzt abgeschickt hast, weiß ich nicht. Und ich will es auch gar nicht wissen.*

»Gut. Du wirst deinen Stern um mich herum formieren. Die anderen haben ihre Befehle, aber wir haben eine besondere Aufgabe.«

»Sterncolonel?«

»Wir werden Khan Chistu jagen. Er ist hier auf Wotan. Wir werden ihn suchen und töten.«

Vlad runzelte die Stirn. »Er hat dich herausgefordert?«

»Mich hat es auch überrascht.« In Ulrics Stimme lag Resignation über die Dummheit des Jadefalken-Khans. »Die Unbeweglichkeit der Falken wird ihr Untergang sein.«

»Es scheint allerdings ganz so«, gab Vlad ihm recht. »Noch etwas, Sterncolonel.«

»Ja?«

»Du erinnerst dich, daß mir die Alternativen nicht zusagten, die du mir bezüglich meiner Pflichten für den Fall deines Todes und meines Überlebens hier auf Wotan gegeben hast?«

»Ich entsinne mich.«

»Ich denke, ich habe eine dritte Möglichkeit gefunden, die mir sehr viel besser gefällt.«

Ulrics Stimme wurde vorsichtig. »Und die wäre?«

»Wenn der neue ilKhan den Waffenstillstand aufhebt, werde ich mit den Überlebenden vorpreschen und Terra einnehmen, bevor die Falken eine Chance haben, es zu tun.«

Die Pause vor Ulrics Antwort überraschte Vlad. »Ich hatte gehofft, Vladimir aus dem Hause Ward, daß dir diese Alternative nicht in den Sinn kommt. Es wäre wohl besser für alle, wenn du heute mit mir stirbst.«

Die Landesirenen heulten auf, bevor Vlad etwas entgegnen konnte. Sein Mech wankte, als das Landungsschiff unsanft aufsetzte, und der Rauch brennenden Unterholzes trieb durch die offenen Hangarluken. Auf seiner Befehlskonsole leuchtete ein grünes Lämpchen auf, und er setzte seinen *Waldwolf* hinter einer *Nova* in Bewegung. Die Enge des Mechhangars gestattete keine

Eile, aber die Mechs traten der Reihe nach durch die Luken und hinaus in die dunkle planetare Nacht.

Ringsumher war die Nacht lebendig. Landungsschiffe erhoben sich auf den sanften Hügeln am Südrand von Boreal Stadt wie riesige metallene Pilze. Sie spien ihre Ladung aus und stiegen auf silberhellen Feuerbahnen wieder in den Himmel, zogen sich zu Rendezvouspunkten zurück, wo sie für den Fall einer Katastrophe auf Überlebende warten würden.

Luft/Raumjäger huschten über den Nachthimmel nach Norden zur Stadt. Von verschiedenen Punkten in Boreal zuckten rubinrote Lichtpfeile in den Himmel, Laserkanonen, die versuchten, die Wolf-Jäger abzuschießen. Als Antwort feuerten die Wolf-Piloten Raketensalven ab. Explosionen erhellten die Nacht, und die abgedunkelte Stadt begann im Widerschein des Feuers und der Sekundärexplosionen zu leuchten.

Vlad hatte mitgeholfen, den Feldzug zu planen. Er wußte, daß hier in Boreal vier Frontklasse-Sternhaufen der Jadefalken auf die Wölfe warteten. Aber selbst zusammen mit den Überlebenden von Twycross hatten sie nicht genug Truppen, um die Verluste auszugleichen, die Ulrics Streitmacht auf dem langen Weg nach Wotan hatte hinnehmen müssen. Eine dermaßen befestigte Feindstellung mit weniger als einer erdrückenden Übermacht anzugreifen war Selbstmord, und doch hatte Vlad das Gefühl, daß hier und jetzt, in dieser Nacht, solche eisernen Regeln der Kriegsführung keine Gültigkeit mehr besaßen.

Vlads Stern hatte sich in Ringformation um Ulric gruppiert, und er selbst führte den Vorstoß in die Stadt an. Er war voller Selbstsicherheit. Er wußte nicht, ob er überleben oder sterben würde, aber er verspürte keine Furcht. *Hat Natascha dasselbe gefühlt, als sie sich entschlossen hat, auf Twycross zu bleiben?* Zum erstenmal, seit Vlad von ihrem Tod gehört hatte, verstand er, warum sie so gehandelt hatte.

Vlad wußte, daß er nicht unsterblich war, aber er war Teil von etwas Unsterblichem. Das Ergebnis der Kämpfe hier auf Wotan würde das Schicksal der Clans für das nächste Jahrzehnt bestimmen und vielleicht den Verlauf der nächsten zwanzig, der nächsten zweihundert, der nächsten zweitausend Jahre mitformen. Was Aleksandr Kerensky vor drei Jahrhunderten begonnen hatte, würde irgendwie hier ein Ende finden, in Boreal Stadt, in einer Schlacht, die Geschichte machen würde.

Seine Haut prickelte in einer Art animalischer Vorahnung, einer Hypersensibilität, die ihn die Arme des *Waldwolf* im selben Augenblick heben ließ, als er die seltsame Gestalt im Schatten eines Wellblechschuppens bemerkte. Noch bevor der Bordcomputer die Silhouette identifiziert hatte, senkte Vlad bereits das goldene Fadenkreuz über sie und preßte auf den Auslöser unter seinem linken Zeigefinger.

Einer der drei Impulslaser im linken Torso seines Mechs zog eine Spur glühender Einschußlöcher über die Schulterpartie der halbversteckten *Sturmkrähe*. Der Jadefalken-Pilot zog seinen Mech hinter die Lagerhalle zurück. Ohne einen weiteren Gedanken legte Vlad das Fadenkreuz auf die Fassade der Halle und betätigte beide Daumenknöpfe. Eine infernalische Hitzewelle brandete durch die Pilotenkanzel, als die beiden Partikelprojektorkanonen des *Waldwolf* künstliche Blitze spien.

Die Blechwände des Gebäudes besaßen etwa die halbe Stärke einer Ferrofibrit-Panzerplatte, aber nur ein Tausendstel ihrer Widerstandsfähigkeit gegen Energiewaffen. Die beiden Partikelstrahlen bohrten sich durch das Gebäude, setzten die darin lagernden Kisten in Brand und stießen tief in den Torso der *Sturmkrähe* vor. Der Mech, dessen linker Arm nutzlos von den zertrümmerten Überresten des Torsos hing, wankte unsicher hinter der Lagerhalle hervor und krachte zu Boden.

Zu jedem anderen Zeitpunkt hätte Vlad den beschädigten Mech, der immer noch fähig war, sich wieder aufzurichten und den Kampf weiterzuführen, erneut unter Beschuß genommen. In einer anderen Schlacht hätte er das Recht auf den Abschuß der Sturmkrähe beansprucht, um ihren Untergang seiner langen Liste besiegter Gegner hinzufügen zu können. Er wäre Teil seiner Legende geworden, doch jetzt schienen solche persönlichen Aspekte unbedeutend.

Er marschierte weiter. Ein schneller Blick auf den Stadtplan, den Ulric überspielt hatte, zeigte ihm, daß der Ort, an dem Chistu auf Ulric warten sollte, markiert war. Vlad hegte keinen Zweifel, daß sie den Jadefalken-Khan genau dort finden würden, aber intuitiv wußte er, daß der Weg dorthin mit Gefahren übersät war. Das machte ihm Sorgen, denn er wollte Ulric nicht in einen Hinterhalt führen.

Einen Augenblick erschien es ihm absurd, daß er, ein Kreuzritter, einen Bewahrer an den Ort brachte, wo er einen Kreuzritter-Khan töten konnte. Im selben Augenblick wurde Vlad sich darüber klar, wie sicher er war, daß Ulric Chistu vernichten würde, aber der Gedanke beunruhigte ihn nicht im geringsten. Er hatte eine Ebene erreicht, die über dem Kampf zwischen Kreuzrittern und Bewahrern lag. Dies war ein Kampf Wolf gegen Jadefalke, und genau wie Ulric es vorhergesagt hatte, war Vlad die Identität als Wolf wichtiger als seine Neigung zu den Kreuzrittern.

Ich bin ein Wolf und werde es immer bleiben. Ich könnte nie auf eine Ebene mit den Falken sinken.

Auf dem Weg durch die Betonschluchten Boreals sah Vlad andere Mechs. Manche wurden von Wölfen gesteuert, die meisten jedoch gehörten den Jadefalken. Er tauschte Schüsse mit ihnen aus, und seine PPK-Blitze und Laserstrahlen erhellten ganze Straßenzüge. Bei einem Schußwechsel hinterließen sein *Waldwolf* und ein *Bluthund* Spuren aus geschmolzener Panzerung auf den Fahrbahnen parallel verlaufender Alleen. Der Kampf endete, als der *Bluthund* an einer Kreuzung ein Bein neben den ausgebrannten Überresten eines Impulslasers des *Waldwolf* zurückließ.

Vlad führte die Gruppe einen niedrigen Hügel nahe dem Stadtzentrum hinauf. Auf seiner Kuppe fand er einen kreisrunden Park, in dessen Mitte sich einmal eine Statue auf einer hohen Eisensäule erhoben hatte. Die Gebäude, die den kleinen Park säumten, waren in altterranisch-hellenischem Stil gehalten, komplett mit Säulen und Friesen. Hätte die Eisensäule noch gestanden und die Bebauung unter dem Bombardement der Eroberung keinen Schaden genommen, hätte der Ort durchaus noch den olympisch-paradiesischen Eindruck erwecken können, den seine Schöpfer beabsichtigt hatten.

Am entfernten Ende des Runds stand ein einzelner *Henker* in Jadefalken-Farben auf dem Vorplatz eines Gebäudes, das wohl einmal Sitz des Justizministeriums gewesen war. Der humanoide Mech schien die Standardkonfiguration für einen OmniMech dieses Modells zu besitzen. Das Raketenabwehrsystem und der leichte Extremreichweitenlaser waren relativ nutzlos, aber der Mech verfügte über einen vernünftigen Panzerungsschutz, so daß er einige Treffer einstecken konnte. Die Schnellfeuerautokanone im linken Arm richtete erheblichen Schaden an, ebenso wie die PPK im rechten. Nicht, daß das irgend etwas ausmachte – nichts würde Ulric daran hindern, Chistu zu töten.

Nachdem er ins Rund getreten war, schwenkte Vlad nach links und stellte sich vor das Gebäude, in dem bis zum Erscheinen der Clans das Finanzministerium Wotans residiert hatte. Die übrigen Mitglieder seines Sterns verteilten sich auf die rechte Seite des Platzes, und Ulric trat nach vorne.

Von seiner Position aus sah Vlad, daß MechKrieger Jenni und Karl dichter beieinander standen, als ihm in einer Gefechtszone lieb war, aber der Park schien das Auge des Hurrikans zu sein. Es war gefährlich hier, aber nur für Chistu und Ulric, nicht für ihn und seine Leute. *Trotzdem, sie sollten es besser wissen.*

Ulrics Stimme dröhnte aus den Helmlautsprechern. »Gruß an dich, Vahn.«

»Gleichfalls, Ulric. Als ich dieses Duell vorschlug, habe ich nicht erwartet, daß du Sekundanten mitbringst.«

»Wenn du möchtest, kannst du sie als Sekundanten sehen. Für mich sind es Zeugen.«

Der Jadefalken-Khan lachte. »Die Aufzeichnungen meiner Bordkamera werden deinen Tod ausreichend bezeugen.«

»Vielleicht, aber derartige Aufzeichnungen gehen leicht verloren, wenn ein Mech zerstört wird.« Ulrics humanoider *Gargoyle* breitete die Arme aus. »Legst du Wert auf eine Art formeller Kampferklärung, oder können wir anfangen?«

»Wir haben bereits angefangen, Ulric.«

Diese Bemerkung erschien Vlad hoffnungslos bizarr, bis er den Lauf des leichten Lasers unter dem Kopf des *Henker* wie eine Stimmgabel vibrieren sah. Er streckte die Hand aus und schaltete die Hologrammanzeige von Lichtverstärkung auf Ultraviolett. Jetzt sah er einen violetten Lichtstrahl, der den Kreis abtastete und sämtliche Wolf-Mechs im Rund mit Ausnahme seines eigenen und dem des MechKriegers Andrew ihm genau gegenüber berührte.

Der leichte Laser ist zur Zielerfassung konfiguriert. Er übermittelt Telemetriedaten an Artilleriesterne. »Ulric, das ist eine Falle!«

Vlad erfuhr nie, ob Ulric Kerensky ihn gehört hatte oder nicht. Eine Langstreckenraketensalve nach der anderen stieg über dem Justizministerium auf und stürzte auf die Wölfe herab. Die Explosionen folgten Schlag auf Schlag. Sie erfüllten das Rund mit einem

Novaglanz, der die Nacht verdrängte und seine grellen Schatten in den Stein brannte. Das Feuer tobte und kochte, sog den Sauerstoff der Umgebung ab und wurde immer heißer. Eine gewaltige Stichflamme schoß zum Himmel wie ein feuriger Dämon, der geradewegs aus der Hölle entstiegen war.

Das letzte, was Vlad von Ulric sah, war ein Geisterbild des *Gargoyle,* der mit ausgestreckten Armen auf den *Henker* zutaumelte. Eine grelle Feuerwand schlug über dem Mech zusammen und begrub ihn unter sich wie eine lodernde Decke. Als sie sich wieder teilte, glaubte Vlad, die schwarzverbrannte Silhouette noch einen Schritt vorwärts torkeln zu sehen, dann zerfiel sie zu Asche, zerfetzt von den titanischen Gewalten, die der Raketenangriff der Jadefalken beschworen hatte.

Unter Vlads Mech bebte der Boden, und er mußte darum kämpfen, den *Waldwolf* aufrecht zu halten. Die Maschine kippte nach rechts, und Vlad fühlte, wie sie wegkippte. Fluchend riß er den Körper herum und nach vorne, zwang den Mech in die Hocke. Indem er den Schwerpunkt des Mechs senkte, gewann er die Kontrolle über ihn zurück, aber gleichzeitig hatte er ihn so drehen müssen, daß sich der *Henker* nicht mehr im Schußfeld seiner Waffen befand.

Auf dem Sichtschirm sah er den Jadefalken-Mech die Autokanone auf Andrews wuchtige *Nemesis* richten, die ebenfalls auf die Knie gesunken war. Der *Henker* nahm sorgfältig Maß, dann spie der schlanke Lauf, der seinen linken Unterarm ausmachte, Feuer. Der Granatenstrom donnerte in das Cockpit der *Nemesis* und warf den Mech wie einen Enthaupteten zu Boden.

Vlad riß den *Waldwolf* hoch und wirbelte ihn herum zu Chistus *Henker*. »Du verräterisches Stück Dreck. Du bist so tief gesunken, wenn du nach oben schaust, siehst du nur noch Freigeburtsohlen!«

»Ulric hat sie umgebracht, nicht ich. Ich wollte keine

Zeugen.« Der *Henker* schwenkte den Arm in Richtung des *Waldwolf.* »Ich hatte gehofft, dich als Anführer der restlichen Wölfe benutzen zu können, Vlad vom Haus Ward, aber Ulric hat dafür gesorgt, daß ich das nicht mehr kann.«

»*Ich* werde dafür sorgen, daß du das nicht mehr kannst!« Vlad zielte auf den *Henker* und preßte sämtliche Feuerknöpfe. Die Hitzeentwicklung drohte ihn bei lebendigem Leib zu kochen, aber das war ohne Bedeutung. Er war ein Wolf, und er würde seinen Khan rächen und die Ehre seines Clans wiederherstellen, selbst wenn es ihn das Leben kostete. *Von meiner Hand wirst du sterben!*

Eine der beiden PPKs verfehlte ihr Ziel und zertrümmerte die Fassade des Justizministeriums hinter Chistu. Der zweite Partikelstrahl brannte zusammen mit den beiden verbliebenen Impulslasern tiefe Furchen in die Torsopanzerung des *Henker.* Die Blitz-Kurzstreckenraketen des *Waldwolf* schlugen in Arme und Beine des *Henker* ein, sprengten aber nur Panzerung ab.

Die Autokanone des *Henker* verschoß eine doppelte Salve, die den *Waldwolf* mitten in den Torso trafen. Die Urangranaten pulverisierten die Stahlfaserpanzerung und fraßen sich in die interne Struktur, die den OmniMech zusammenhielt. Funken stoben aus den Cockpitkonsolen. Qualm füllte die brutheiße Kanzel und drohte Vlad zu ersticken.

Schlimmer noch als der von den Granaten angerichtete Schaden war die pure Wucht ihres Aufschlags. Sie hob den *Waldwolf* vom Boden und schleuderte ihn davon. Vlad wollte den Mech im Gleichgewicht halten, aber die riesige Maschine taumelte nach hinten. Sie drehte sich halb zur Seite, um sich am Finanzministerium abzustützen, aber die Raketensalven hatten das Gebäude schwer beschädigt. Vlads *Waldwolf* brach durch die Wand und krachte rücklings auf den

Marmorfußboden. Ringsum stürzten die Säulen zusammen wie Kegel.

Ich muß aufstehen! Chistu muß sterben! Vlad schüttelte den Kopf, aber in der Hitze und dem Qualm, mit gellenden Sirenen auf allen Seiten, konnte er sich nicht konzentrieren. *Ich muß aufstehen! Ich muß.*

Er kämpfte noch verbissener, dann sah er durch das Kanzeldach nach oben. Eine ganze Sekunde lang sah er den Nachthimmel und die Sterne. Dann wurden sie von einer schwarzen Leere verschluckt. Sekundenbruchteile schienen Stunden, als Vlad die Wände und das Dach des Gebäudes nach innen kippen und immer schneller herabstürzen sah. Als sie den Mech trafen, schüttelte der Aufprall die Maschine härter durch, als es das Raketenbombardement oder Chistus Autokanonenfeuer geschafft hatte.

Irgendwann während dieser Erschütterungen griff die Leere nach Vladimir aus dem Hause Ward, und so verbissen er auch gegen sie ankämpfte, sie war zu stark für ihn.

44

> Die Perser jedoch litten unter jener gefährlichsten Neigung in einem Kriege: sie hatten den Wunsch zu töten, ohne dabei selbst sterben zu müssen.
>
> – Herodot

Frostleidpaß, Australarktika
Morges
Tamardomäne, Lyranische Allianz

13. Dezember 3057

In der Pilotenkanzel seines *Wolfhund* fühlte sich Khan Phelan Ward nicht minder trostlos, als es die eisige Weite war, die ihn umgab. Die Gefühle durchströmten ihn ebenso ungestüm wie die eisigen Windböen des Frostleidpasses, die wogende Wolken aus Eis und Schnee dicht über dem Boden dahin peitschten. Ringsum sah er alte gefrorene Berge, die vom Wind zu bizarren Formen ausgebildet waren, Formen, die zu den verqueren Erinnerungen und Gefühlen in seinem Inneren paßten.

Es gibt nur einen Unterschied zwischen da draußen und hier drinnen: Draußen ist alles weiß, während in mir nichts als Dunkelheit herrscht.

Vor zwei Tagen hatte er die Nachricht von Nataschas Tod auf Twycross erhalten. In dem Augenblick, als er die kurze ComStar-Meldung gelesen hatte, war ihm klargeworden, daß sie bei ihrem Abschied beide gewußt hatten, daß sie den Kampf nicht überleben würde. Aber er hatte nicht den Eindruck, daß Natascha eine Todessehnsucht gehegt oder sich entschlossen hatte, eine für eine Kriegerin passende Form des Selbstmords zu begehen. Irgendwie spürte er, daß die

Schwarze Witwe nach mehr als acht Jahrzehnten Kriegerleben erkannt hatte, daß ihre Legende sich nicht mehr steigern ließ. Sie war zu gut darin geworden, ihre Gegner zu töten, und hatte andere Krieger so weit hinter sich gelassen, daß es nichts mehr für sie zu erreichen gab.

Und für die legendäre Schwarze Witwe war Ruhestand undenkbar gewesen. Trotz der Leere, die er in seinem Herzen fühlte, mußte Phelan grinsen. Natascha hatte sich immer gegen die Clan-Tradition ereifert, Krieger im Alter vom fünfundvierzig Jahren auszumustern und nur noch zur Aufzucht einer neuen Kriegergeneration zu verwenden.

Allein in seinem Cockpit dachte Phelan über all das nach und schaffte es, Nataschas Tod irgendwie zu akzeptieren. Dann erreichte ihn eine andere Botschaft. Sie kam im Morgengrauen, von Angeline Mattlov – die Nachricht, daß Ulric Kerensky auf Wotan gefallen war. Sie bemerkte, daß einige Wölfe überlebt hatten und ins All geflohen waren, versicherte ihm aber, sie würden Morges nicht rechtzeitig erreichen, um in ihren Kampf eingreifen zu können.

Diese Information, dessen war sich Phelan sicher, sollte ihn und seine Leute demoralisieren, aber Mattlov konnte nicht ahnen, daß sie die exakt entgegengesetzte Wirkung hatte. Phelan hatte keinen Zweifel an Ulrics Tod oder an der Niederlage der Wölfe in der Schlacht um Wotan. Wäre es anders gewesen, würde Angeline hier und heute keinen Kampf mit den Wölfen und den Hounds mehr planen.

Vom ersten Moment an, in dem Phelan Ulric Kerensky kennengelernt hatte, war er Herr einer jeden Lage gewesen, in der er sich befand. Er ahnte jede Entwicklung voraus und hatte eine Strategie parat, um den Sieg zu erringen. Nach Phelans Erfahrung hatte er sich dabei niemals verrechnet.

Und jetzt war Ulric tot.

Statt Phelans Vertrauen in Ulric zu erschüttern, bestärkte das Wissen um dessen Tod ihn nur in seiner Hochachtung. Phelan entschied sich zu glauben – und diesen Glauben gab er an seine Leute weiter –, daß Ulric so vorbehaltlos an ihre Fähigkeit geglaubt hatte, die Jadefalken vernichten und Clan Wolf erhalten zu können, daß er bewußt eine Rolle in seiner Planung übernommen hatte, von der er wußte, sie würde ihm den Tod bringen.

Der zweite Punkt in Mattlovs Nachricht war für Phelan eine extrem gute Nachricht. Die Wölfe mochten Wotan nicht erobert haben, aber sie waren stark genug gewesen, den Jadefalken bei den Gefechten schweren Schaden zuzufügen. Wäre es anders gewesen, hätte Mattlov neben seinen auch die Ankunft eigener Verstärkungen angekündigt. Die Tatsache, daß die Wölfe sich so geordnet von Wotan hatten zurückziehen können, daß die Galaxiscommanderin sie als mögliche Verstärkungen ansah, sprach Bände. Daraus schloß Phelan, daß mindestens ein Sternhaufen entkommen sein mußte.

Wenn sie ihren Feldzug abschließen wollte, bevor die überlebenden Wölfe auf Morges eintrafen, mußte Mattlov eine schnelle Entscheidungsschlacht erzwingen, in der sie die Wölfe zerschlagen konnte. Dieser Gedanke erfreute Phelan, denn dazu mußten die Jadefalken schnell und kompromißlos angreifen. Da seine Truppe bereits in die vorbereiteten Verteidigungsstellungen ausgewichen war und über adäquate Luftunterstützung verfügte, würde das schwere Verluste für die Falken bedeuten.

Angeline Mattlov war sich dessen ebenso bewußt wie er, und wie erwartet, hatte sie ihre Truppen im Tiefland nahe der Bucht der Zerschlagenen Hoffnungen versammelt. Es war eine taktisch minderwertige Position, aber das Beste, was ihr in Gefechtsdistanz zu den Wölfen zur Verfügung stand. Die meteorologische Forschungsstation an der Bucht war zu klein, um alle Falken darin unterzubringen, aber sie war auf jedem Fall eine angenehmere Unterkunft als ein Landungsschiff.

Phelans Leute hatten Stellungen im Hochland bezogen, wo sie Schlüsselgelände verteidigen und Mattlov den Zugang zu den Schneefeldern hinter dem äußersten Bergkettenring des vereisten Polarkontinents Australarktika verwehren konnten. Phelan hatte angenommen, daß Mattlov zunächst gegen die Kell Hounds aktiv werden würde, und so hatte er sie am Frostleidpaß aufgestellt, der am leichtesten zu verteidigenden Stellung. Um sie zu erreichen, mußte Mattlov hundert Kilometer durch trügerisches Gelände marschieren und dann unter den Geschützen der Hounds einen Steilhang erklettern.

»Wolf Eins, hier Hound Führer.«

»Ich höre, Dan. Was gibt's?«

»Eine Jadefalken-Lanze, äh, ein Stern leichter OmniMechs am Eingang zum Paß.«

»Verstanden. Feuer frei bei optimaler Entfernung.«

»Verstanden, Wolf Eins. Wir melden uns wieder, wenn der Tanz beginnt.«

Phelan rief eine Vektorgrafik des Passes auf. Die Verteidigungslinien waren in einem verlängerten Sechseck aufgebaut. Die langen Linien an der Ober- und Unterseite des Sechsecks verliefen quer zum Paß, generell an der Innenseite jeder kleinen Vertiefung im Boden, so daß die Mechs Deckung vor direktem Beschuß durch Clan-Raketen und Strahlwaffen hatten. Die spitzwinkligen Seitenlinien des Sechsecks waren kürzer als die Querlinien und zogen sich schräg zurück vom Paß fort die Hangseiten hinauf. Beim Rückzug zu den Seiten hatten die Mechs Deckung durch die Berge und eine Route, die sie zur nächsten Verteidigungslinie führte.

Die Seitenlinien verliefen durch natürliche Engstellen, an denen die zurückweichenden Mechs zwar gebremst wurden, die sich jedoch für möglicherweise nachstoßende Clan-Maschinen als noch weit hinderlicher erweisen mußten. Wenn feindliche Mechs versuchten, diese engen Seitenpässe zu passieren, konnten Phelans Leute sie mit vernichtender Feuerkonzentrierung empfangen. Was noch wichtiger war, sämtliche Verteidiger hatten die Koordinaten dieser Stellen in ihren Gefechtscomputern gespeichert. Solange die Pässe sich in Reichweite ihrer Raketenlafetten befanden, konnte Phelan die Mechs anweisen, sie zu bombardieren, auch wenn die Piloten sie nicht direkt einsehen konnten.

Die Verteidigung war ganz darauf abgestellt, eine Stellungslinie so lange wie möglich zu halten, um dann zurückzufallen. Die ersten und zweiten Gefechtslinien waren bereits mit Mechs bestückt. Sobald die erste Frontreihe zurückfiel, wich sie überschlagend auf die dritte Linie aus, um aus dieser heraus die zweite Reihe auf dieselbe Weise zu unterstützen, wie sie vorher von dieser unterstützt wurde. Selbst wenn es den Jadefalken gelang, eine Linie zu nehmen, würde sie der Vorstoß zur nächsten Linie ebensoviel Anstrengung kosten wie vorher, und so weiter und so fort.

Angeline Mattlov mochte sich entschieden haben, die Kell Hounds als erste anzugreifen, weil sie die Hounds als die schwächsten Gegner ansah, aber Phelan erwartete, daß sie sich zurückzog, bevor sie die zweite Linie eingenommen hatte. Sie sah die Kell Hounds als Söldner – was sie auch waren –, aber für sie war das unvereinbar mit dem Können von Elitesoldaten. Es würde ihr auch kaum klar sein, daß die Hounds ebenfalls über OmniMechs verfügten, die sie von den Schlachtfeldern Luthiens geborgen und der Roten Korsarin abgejagt hatten, als diese vor zweieinhalb Jahren ihre Heimatbasis auf Arc-Royal angegriffen hatte.

»Wolf Eins, es geht los. Holovidübertragung über Tak Sieben.«

»Viel Glück, Dan.«

Phelan schaltete die Holovideinspeisung auf seinen Sichtschirm. Fünf leichte OmniMechs schoben sich durch den Schnee im unteren Teil der Paßregion. Das Eis auf den Felswänden war zu blauen Katarakten gefroren. Kleine Schneestüber tanzen durch die Clan-Formation. Ein *Feuervogel* und ein *Grauluchs* führten den Stern an, gefolgt von einer kantigen *Natter*. Zwei *Rotfüchse* bildeten die Nachhut.

Phelan studierte die Mechs auf seinem Schirm. Die *Rotfüchse* und die *Natter* waren als ArtillerieMechs konfiguriert. Beim *Feuervogel* und *Grauluchs* waren keine Raketenlafetten auszumachen. Wahrscheinlich waren sie als Aufklärer ausgerüstet. Sie waren schnell genug, um eine Zielerfassung schwierig zu machen – besonders der *Feuervogel,* der in der freien Inneren Sphäre nicht umsonst *Sprinter* hieß –, und die drei übrigen Mechs hatten genug Feuerkraft, um die meisten Mechs der Inneren Sphäre schwer zu beschädigen. Mattlov wußte, daß die Waffen der freien Inneren Sphäre erheblich kürzere effektive Reichweiten besaßen als Clangeschütze, und sie plante dies auszunützen, indem sie mit diesem Stern Phelans Verteidiger auskundschaftete und bedrängte.

»Jäger, Feuer frei«, kam Dan Allards Stimme über den Neurohelm.

Das 1. Regiment der Kell Hounds, bekannt als Die Wilde Jagd, eröffnete massiert das Feuer auf die Jadefalken. *Jeder* Falken-Mech wurde von zwei Kompanien unter Beschuß genommen. Die fast ausschließlich auf Energiewaffen konfigurierten Söldner-Mechs füllten den Paß mit roten, grünen und blauen Energiebahnen. Die Lichtshow war so intensiv, daß Kell gezwungen war, die Augen abzuwenden. Dabei warf er unwillkürlich einen Blick durch das Kanzeldach des *Wolfshund*

und sah dreißig Kilometer entfernt ein Lichtgewitter über die tiefhängenden Wolken über dem Frostleidpaß spielen.

»Freigeburt, was ist das?« hörte Phelan jemand auf der Wolf-TakFrequenz ausstoßen.

»Erstes Blut für uns, und es geht an die Hounds.«

So schnell der *Feuervogel* war, so schnell brach er unter dem Beschuß durch zwölf Mechs zusammen, die jeder im Durchschnitt vier Waffen auf ihn abfeuerten. Impulslaser brannten sich durch die Panzerung seiner Beine und anschließend durch die Beine selbst und amputierten sie in Höhe der Knie. Der lichtblaue Energiespeer einer PPK hatte den Torso des Mechs durchbohrt und in zwei Hälften zerschmolzen. Das Kanzeldach des *Feuervogel* explodierte, als der Pilot den Schleudersitz auslöste, aber der Mech war so schwer beschädigt, daß der Sitz sich geradewegs in den Schnee bohrte und der Mech mit seinem ganzen Gewicht auf ihn stürzte.

Als Phelan seine Aufmerksamkeit dem Schicksal der übrigen Mechs widmete, sah er nur noch die implodierende goldene Plasmakugel einer unregulierten Fusionsreaktion und das schwarzverkohlte Skelett des *Grauluchs,* das sich in das Gletschereis geschmolzen hatte.

Phelan speiste die Bilder auf die Monitore aller Mechs seiner Clansternhaufen der 4. Wolfsgarde und 279. Gefechtseinheit. »Die Hounds haben das ebenso sauber und schnell durchgezogen, wie wir es gemacht hätten. Wenn das nächstemal einer von euch daran denkt, den Begriff ›Freigeburt‹ als Fluch zu benutzen, denkt daran, daß jeder einzelne von ihnen frei geboren ist. In dem alten Zweikampf zwischen Natur und Kultur, würde ich sagen, führt die Natur 5:0.«

45

Es gibt kein Beispiel eines Landes, das von längerer Kriegsführung profitiert hat.

– SUN TZU, *Die Kunst der Kriegsführung*

Palast des Marik, Atreus
Marik-Commonwealth, Liga Freier Welten

15. Dezember 3057

Thomas Marik studierte den roten Datenstrom, der über seinen Schreibtisch lief. »Ah, sehr schön. Der Widerstand auf Castor ist niedergeschlagen.«

Präzentor Malcolm nickte. »Der Anführer der Guerilleros war ein gewisser Karel Jirik. Laut SEKURA-Berichten weist seine Familie eine lange Geschichte verräterischer Aktivitäten gegen das Haus Marik auf. Sein Großvater starb im Anschluß an den Bürgerkrieg, und einer seiner Brüder wurde getötet, als die SEKURA Castor vor einem Vierteljahrhundert evakuierte. Er soll dem Vereinigten Commonwealth geholfen haben, SEKURA-Agenten zu verhaften. Karl war damals noch ein Kind, aber er scheint seinen Bruder als Märtyrer verehrt zu haben.«

»Wahrscheinlich steckte es ihm im Blut.« Thomas rieb sich sanft das Gesicht und fühlte das rauhe Narbengewebe unter der Hand. »Ich habe aus erster Hand miterlebt, welche Leidenschaften innerfamiliäre Liebe und Haßgefühle wecken können.«

»Ja, Generalhauptmann.«

Thomas nickte höflich. »Damit endet der Streit um die Systeme, die wir im Vierten Nachfolgekrieg an das Vereinigte Commonwealth verloren.«

»In der Tat, Sir. Auf einzelnen Welten, auf denen

Ihre Söldner Sun-Tzus Truppen einen Brückenkopf gesichert haben – hauptsächlich Nanking –, wird noch in begrenztem Rahmen gekämpft. Der Rest der Mark Sarna zerfällt in unabhängige Welten oder Vereinigungen mehrerer Systeme. Sarna und Styk haben eigene Verteidigungsbündnisse mit benachbarten Systemen geschlossen und Botschafter hierher und nach New Avalon auf den Weg geschickt.«

»Sie ignorieren Sun-Tzu?«

»Sie sind sich bewußt, Generalhauptmann, wo die Macht tatsächlich sitzt.«

»Ich verstehe.« Thomas schürzte einen Augenblick die Lippen, dann drückte er einen Knopf und schaltete die Datenprojektion ab. »Nun, Macht ist dazu da, genutzt zu werden, ist es nicht so?«

»Wie Sie natürlich wissen, Sir, ist dies, was der Selige Jerome Blake lehrt.« Präzentor Malcolm sah auf seinen Compblock. »Wenn Sie Programm 56-12-14 Pol/Mil aufrufen, erhalten Sie eine Aufstellung der Einheiten in der Mark Sarna und eine Auswahl möglicher Ziele für die nächste Angriffswelle.«

»Das wird nicht nötig sein.«

»Sie haben die Ziele bereits ausgewählt. Ich hätte es wissen sollen.«

Nein, Malcolm, du hast keine Ahnung. »Nein, im Gegenteil. Ich werde Victor einen Waffenstillstand anbieten.«

Malcolm war entsetzt. »Das kann nicht Ihr Ernst sein, Sir!«

»Nicht? Malcolm, du vergißt, daß ich diesen Krieg des Unrechts wegen begonnen habe, das meinem Sohn und mir durch Victor Davion zugefügt wurde. Mein Zorn war gerecht und mein Handeln zu rechtfertigen. Meine Truppen haben die Systeme zurückerobert, die uns das Vereinigte Commonwealth genommen hat, und wir haben es getan, ohne unsere Wirtschaft ernsthaft zu schädigen. Bis jetzt war der Krieg nicht sonderlich kostspielig. Die Söldner haben den meisten Schaden einstecken müssen.«

»Aber die ganze Mark Sarna liegt offen vor Ihnen.«

»Und würde ich sie nehmen, würde ich mich einem Gegenangriff aussetzen. Du weißt so gut wie ich, daß Victor Davion wegen eines momentanen Mangels an Sprungschiffen nicht zurückgeschlagen hat. Wie es jetzt steht, wird er, sobald dieses Problem behoben ist, gegen Welten vorgehen, die nicht von mir, sondern von Sun-Tzu eingenommen wurden. Hinzu kommt, wenn ich tiefer in die Mark Sarna vorstoße, verärgere ich Sun-Tzu. Auch wenn seine Nation nur klein ist, kann er in seiner Hartnäckigkeit und Paranoia höchst unangenehm werden. Sollte es Victor gelingen, ihn auf seine Seite zu ziehen, oder sollte er Kai Allard-Liao in einer Art capellanischem Bürgerkrieg unterstützen, in dessen Verlauf Sun-Tzu gestürzt würde, bekäme er alles zurück, was er verloren hat, *und* dann würde er den weichen Unterleib meiner Nation bedrohen.«

Malcolm zögerte. Er suchte offensichtlich nach einem Argument, mit dem er Thomas umstimmen konnte. »Aber was ist mit Sun-Tzu? Wird er nicht auch verärgert sein, wenn Sie seine Anstrengungen nicht länger unterstützen?«

»Das kann durchaus sein. Aber ich werde ihn besänftigen. Ich werde Nanking durch weitere Söldnertruppen entsetzen und ihm seine *Steppenwolf*-Fabrik liefern. Wenn das nicht reicht, werde ich ihm anbieten, mir die Verträge meiner Söldner abzukaufen. Wenn er danach *seinen* Krieg gegen Victor vorantreibt, wasche ich meine Hände in Unschuld.«

Präzentor Malcolm legte den Compblock ab. »Ich verstehe Sie immer noch nicht. Sie wissen doch, was Blakes Wort über Ungläubige lehrt, und darüber, wie sie überredet werden müssen, unsere Lehren anzunehmen. Das ist ihre Chance, Milliarden Menschen in die Gemeinschaft zu holen und zu erleuchten.«

Thomas erkannte die Andeutung von Verrat in Malcolms Beschwörungen. »Hör mir gut zu, Präzentor Malcolm, denn was ich dir jetzt sage, ist *entscheidend* für die Verwirklichung der Vision Jerome Blakes, einer Vision, die ComStar verraten und besudelt hat.«

»Ketzer und Häretiker allesamt.«

»In der Tat. Sie haben ComStar säkularisiert und der spirituellen Führungsrolle beraubt, die der Orden einmal bekleidete. ComStar ist auf einem schlimmen Irrweg. Er sieht allein die Technologie als das Mittel, mit dem die Menschheit ihre Bestimmung erfüllen kann. Vielleicht ist diese Verwirrung verständlich, denn seine Mitglieder glauben, allein ihre Technologie habe die Dampfwalze der Clans auf Tukayyid gestoppt. Sie vergessen, wie wichtig der Geist der Verteidiger Tukayyids für den Ausgang des Kampfes war.«

»Sie vergessen ihn nicht, Generalhauptmann, aber sie unterschätzen ihn. Wie schon der selige Blake sagte: ›Der Ausgang einer Schlacht hängt nicht von Zahlen ab, sondern von der Einigkeit in den Herzen derer, die kämpfen.‹«

»Ja, Malcolm, Jerome Blake hatte eine Schwäche für Zitate Kusunoki Masashiges.« Thomas schüttelte den Kopf. »Wir dürfen niemals zulassen, daß unsere überzeugte Loyalität dem Geiste gegenüber uns den Blick für die Realität trübt. Jerome Blake war ein guter Mann, ein weiser Mann, aber er war nicht der *einzige* gute oder weise Mann der Geschichte. Seine Größe erwächst aus seiner Fähigkeit, die Vergangenheit zu verstehen und ihre Lektionen in die Zukunft zu übertragen. Die Zukunft, die er voraussah, war ein Dunkles Zeitalter der Menschheit, aus der ComStar sie zurück ins Licht führt. Diese Situation ist eine direkte Analogie zur Wiedergeburt des terranischen Europa nach dem Zusammenbruch, der dem Fall des römischen Imperiums folgte. ComStar spielt die Rolle des Wegbereiters, was damals die christliche Kirche ausfüllte.«

»Aber ComStar hat diese Rolle zurückgewiesen, Sir.«

»Ja, und ihr überschätzt die Rolle von Blakes Wort. Ihr habt vergessen oder weigert euch zuzugeben, daß auf Terra die arabische, afrikanische, chinesische und Maya-Kultur blühte und gedieh, während Europa in Finsternis lag. Tatsache ist, ein riesiger Berg von den Griechen entdeckter wissenschaftlicher Kenntnisse wäre in jenem Dunklen Zeitalter verlorengegangen. Es kam nur deshalb nicht dazu, weil die Araber dieses Wissen bewahrten, das später mit der Reconquista der Iberischen Halbinsel von den Christen wiederentdeckt wurde. In anderen Worten, Malcolm, der Sturz ins Elend und Chaos, den ihr für notwendig haltet, ist nur eine Illusion. Worauf es ankommt, ist, den Menschen ein Vorbild und eine Möglichkeit anzubieten, wie sie auf den rechten Weg zurückfinden können. Es ist kein Zweikampf zwischen dem Weltlichen und dem Geistlichen, zwischen Technologie und Spiritualität. Im Gegenteil, es ist notwendig, den Menschen zu zeigen, daß beides miteinander vereinbar ist.«

Malcolm sah zu ihm hoch. »Ihre Ritter der Inneren Sphäre sind ein Schritt in diese Richtung?«

»Ja, Malcolm, ja, das sind sie. Die Ritter vereinen überlegene Technologie und Fähigkeiten mit reinem Geist und der Entschlossenheit, das Universum zu einem besseren Ort zu machen. Indem wir den Antrieb und das Können von Blakes Wort mit einer Technologie verbinden, wie sie große Staaten wie das Vereinigte Commonwealth besitzen, können wir eine große Gesellschaft aufbauen, ein interstellares Ideal schaffen, dem die Menschen aus freiem Willen zuströmen.« Thomas lächelte. »Ich werde Victor den Frieden anbieten, sofern er den Leichnam meines Sohnes zurückgibt und uns Forschungsergebnisse zukommen läßt, die es uns gestatten, mehr als nur unsere Waffenfabriken zu modernisieren. Ich werde sogar weiter Kriegsmaterial für ihn produzieren, wenn er mir zusagt, seine Anstrengungen wieder gegen die Clans zu richten. Ich werde ihn nicht daran hindern, seine Mark Sarna zu stabilisieren – abzüglich der Systeme, die ich in die Liga zurückgeführt habe, versteht sich –, wenn er im Gegenzug den Anspruch auf meine Welten fallenläßt.«

»Sie werden eine öffentliche Erklärung zu diesen Punkten von ihm verlangen, nehme ich an?«

»Nein, Malcolm, das werde ich nicht. Ich werde ihm gestatten, sein Gesicht zu wahren und sogar öffentlich meine Wiederinbesitznahme der alten Liga-Welten anzufechten, wenn er will. Eine Bedrohung von außen wirkt einigend nach innen, und man sollte seinem Gegner nie die Möglichkeit nehmen, sich vor seiner Öffentlichkeit in einer Weise darzustellen, die über seine privaten Ziele hinwegtäuscht. Eine solche Doppelzüngigkeit erweist sich später häufig als nützlich.«

Malcolm lächelte. »Wie beim bedauernswerten Tod Ihres Sohnes.«

»Exakt.« Thomas dachte einen Augenblick an Joshua, an das Lachen des Jungen, seine Intelligenz und seine Fröhlichkeit in den Tagen, bevor die Krankheit zuschlug. »Wäre er am Leben geblieben, hätte Joshua Großes vollbringen können. Jetzt ist es an uns, Großes in seinem Namen zu tun.«

46

> Nichts ist für eine kämpfende Truppe hilfreicher als Informationen. Zudem sollten diese gänzlich korrekt und von fähigem Personal sorgfältig zusammengetragen sein.
>
> – ERNESTO CHE GUEVARA, *Memorandum*

Daosha, Zürich
Volksrepublik Zürich, Liga-Befreiungszone

18. Dezember 3057

Xu Ning zog die Brille auf die Nasenspitze herab und lächelte, als Colonel Burr sein Büro betrat. Nur von einer einzelnen Schreibtischlampe beleuchtet, wirkte der Raum wie einc düstere Höhle. Xu nahm die Brille ab und legte sie auf die Disketten, die er durchgesehen hatte. Dann stand er auf und reichte dem Söldnerführer die Hand. »Danke für Ihr promptes Erscheinen, Colonel.«

»Es ist mir ein Vergnügen, Ihnen zu Diensten sein zu können, Doktor.«

Xu Ning bemerkte, daß der melancholische Unterton, den er während des vergangenen Monats in Burrs Stimme bemerkt hatte, fast gänzlich verschwunden war. »Sie haben gute Nachrichten erhalten, Colonel? Betreffs Ihres Diebstahlproblems?«

»Wir haben das Problem der verschwundenen Munition gelöst, allerdings. Wir haben einen Lagerarbeiter in Kaishiling gestellt, der Zündschnur und Plastit entwendet hat. Er wurde exekutiert.«

Xu Ning verzog das Gesicht. »Ich wünschte, Sie hätten das nicht getan. Er hätte möglicherweise Informationen liefern können.«

Burrs Miene wurde verschlossen. »Nur eine schnelle und konsequente Rechtsprechung ist effektiv.«

»Das ist mir durchaus bekannt, Colonel.« Xu wußte nur zu gut, was Burr von den Verhörmethoden seines Sicherheitskomitees im Umgang mit vermutlichen Terroristen hielt, aber die Kombination aus Drogen und Folter erschien ihm äußerst schnell und sicher. »Wissen Sie schon, wieviel Sprengstoff abhanden gekommen ist?«

»Etwa fünf Kilo. Nur eine geringe Menge.« Burr zuckte steif die Schultern. »Aber Sie haben mich hergebeten. Sie möchten mir etwas mitteilen?«

»Mitteilen? Nein, ich möchte Sie um etwas bitten.« Xu erwartete von Burr ein Stirnrunzeln und Ausflüchte, aber der Mann zeigte diesmal nicht sein übliches Verhalten. *Das ist kein gutes Zeichen.* »Vor einem Monat haben Sie Schritte erwähnt, die ich unternehmen sollte, um der Bedrohung durch den Tanzenden Joker ein Ende zu machen. Wahrscheinlich haben Sie es nicht erwartet, aber ich bin Ihrem Rat gefolgt. Ich habe einen Agenten in der Organisation des Tanzenden Jokers.«

Burr wirkte überrascht. »Tatsächlich?«

Xu sah ihm an, daß er mehr wissen wollte, sich aber aus Sicherheitsgründen zurückhielt. »Der Mann wurde durch Verwandte in die Organisation eingeführt und gilt dort als absolut vertrauenswürdig. Tatsächlich hat das Sicherheitskomitee ihn bereits wegen Schwarzhandels aufgegriffen, noch bevor er sich dem Tanzenden Joker anschloß. Er verkauft uns schon länger Informationen, um mit dem Geld eine Geliebte hier in Daosha zu unterhalten. Seinen Informationen zufolge will der Tanzende Joker übermorgen nacht das Jihuaide-Chumai-Kraftwerk angreifen. Ich habe Sie heute abend zu mir gebeten, um Sie zu fragen, ob Sie bereit sind, an der Gegenaktion teilzunehmen.«

Auf Burrs Gesicht breitete sich langsam ein zurückhaltendes Lächeln aus. »Übermorgen nacht? Ja, wir nehmen gerne teil. Betrachten Sie es als unser Abschiedsgeschenk an Sie, Doktor.«

Xu Nings Augen wurden zu Schlitzen. »›Abschiedsgeschenk‹? Sie verlassen uns?«

Burr nickte. Plötzlich verstand Xu seinen plötzlichen Stimmungsumschwung. »Generalhauptmann Marik ist zu dem Schluß gekommen, daß es Zeitverschwendung ist, uns hier auf Zürich die Zeit vertrödeln zu lassen. Am Einundzwanzigsten fliegen wir nach Nanking ab, um die Überreste von Smithsons China-Banditen zu retten.«

Xu Ning ließ sich schwer in den Sessel fallen. »Sie lassen uns schutzlos zurück?«

Burr schüttelte den Kopf. »Nein, ich werde Ihr Problem – den Tanzenden Joker – vernichten, und dann werde ich dasselbe mit dem Problem der Banditen machen. Eine Söldnereinheit braucht Action, Direktor, und jetzt werden die Schwarzen Kobras endlich welche sehen.«

47

Im Krieg macht man nur einmal einen Fehler.

– Römisches Sprichwort

Stanleyfeld, Australarktika
Morges
Tamardomäne, Lyranische Allianz

20. Dezember 3057

Trotz des heulenden Schneesturms hatte Phelan es im Cockpit seiner *Nova* warm. Er warf einen Blick auf den Sekundärschirm. »Der Karte nach sind sie genau hier. Waffenkontrolle positiv.« Er aktivierte alle Geschütze seines OmniMechs. »Denkt daran, Geisterwölfe, in dieser Kälte könnt ihr euch mehr Hitze erlauben als normal. Ihr braucht euch nicht zurückzuhalten.«

Der 4. Wolfsgarde-Sturmsternhaufen bewegte sich in Richtung der Jadefalken-Stellungen vor. Weit westlich von ihrer Position, in den Kämpfen am Carsonspalt, wurden die 279. und 16. Gefechtssternhaufen in einer konzertierten Offensive des 4. Falken-Velitensternhaufens, der 89. und 4. Einsatzsternhaufen und des Wanderfalken-Horststernhaufens langsam zurückgedrängt. Auch die Falkenbasis Zerschlagene Hoffnung war von Garnisonstruppen gesichert. Im Osten des Kontinents hielten der 94. Einsatzsternhaufen und die 17. Regulären Falken den 4. Wolf-Einsatzsternhaufen und den 328. Gefechtssternhaufen auf dem Erzengelgletscher fest.

Trotz ihrer Erfolge erwies sich die Schlacht am Carsonspalt für die Jadefalken als sehr kostspielig. Die Verteidigungsstellungen der Wölfe erschwerten Abschüsse ungemein. Die überwältigende Feuerkraft der

Falken gestattete ihnen zwar, Boden zu gewinnen, aber nur unter immensem Munitionsverbrauch. Um ihre Offensive fortsetzen zu können, benötigten die Falken Nachschub von Zerschlagene Hoffnung, und die 4. Wolfsgarde hatte vor, das zu verhindern.

Als er sich durch den Schneesturm vorarbeitete, machte Phelan sich klar, daß er Glück gehabt hatte. Der Sturm, der seine Einheit verbarg, war aus dem Osten über sie hereingebrochen und hatte sich wie eine Decke über Australarktika gelegt. Alle Einheiten, auch der Nachschubkonvoi, der von Zerschlagene Hoffnung aufgebrochen war, saßen fest. Bevor der Sturm so schlimm wurde, daß keine Satellitenüberwachung mehr möglich war, hatte ein alter planetologischer Beobachtungssatellit den Pol überflogen und alle Mechkonzentrationen im südlichen Polgebiet mit ihrer exakten Position aufgezeichnet. Auf der übermittelten Karte war eine größere Metallmasse an einem Ort aufgetaucht, wo sie nicht hätte sein dürfen, und Phelan hatte sofort gewußt, daß er hier auf eine Falkentruppe mitten in der Eiswüste des Stanleyfelds gestoßen war.

Die 4. Garde – nach ihrer weißen Tarnbemalung in Geisterwölfe umgetauft – hatte ihre OmniMechs rekonfiguriert oder gegen andere Maschinen der Wölfe eingetauscht. Sie hatte sich in eine leichtere Einheit als normal verwandelt, deren Hauptvorteil ihre Schnelligkeit war. Ihre Bewaffnung war auf Geschützsysteme umgestellt worden, die sich für Gefechte über kurze Distanz und ohne sichere Zielerfassung eigneten. Dieser Kampf würde hart und grausam werden.

Und wenn wir viel Glück haben, kurz.

Phelans Problem war, daß er die Stärke der gegen ihn aufmarschierten Kräfte nicht akkurat einschätzen konnte. Mit ziemlicher Sicherheit würde es sich um Garnisonstruppen handeln, aber das machte sie keineswegs harmlos. Phelan hatte nicht vor, denselben Fehler wie Angeline Mattlov zu begehen, als sie die

Kell Hounds unterschätzt hatte, nur weil sie Söldner waren.

Als er die Ortung auf magnetische Anomalie umschaltete, begann die Hologrammanzeige, Ziele in der schneebedeckten Weite zu melden. Phelan senkte das goldene Fadenkreuz über eine humanoide Silhouette, die der Feuerleitcomputer als *Magicker* identifiziert hatte. Die Arme seiner *Nova* kamen hoch. Als ein goldener Lichtpunkt im Zentrum des Fadenkreuzes aufblinkte, preßte er mit dem Daumen den Feuerknopf nieder.

Eine Hitzewelle schlug durch die Kanzel, und ein Glockenton meldete, daß der Feuerleitcomputer mit allen drei Impulslasern die linke Torsoflanke des *Magicker* erfaßt hatte. Drei Salven rubinroter Lichtpfeile brannten sich durch den Sturm und schlugen in den Jadefalkenkoloß ein. In nur zwei Sekunden verwandelten sie über eine Tonne Ferrofibritpanzerung in heißen Metalldampf, der augenblicklich zu einem dichten grauen Nebel kondensierte. Als die Schwaden von dem *Magicker* wegtrieben, wankte der Mech zwar, blieb jedoch aufrecht.

Der Jadefalke riß die Waffen seiner Maschine hoch und richtete sie auf die *Nova*. Phelan reagierte, indem er die Impulslaser im linken Arm seines Mechs abfeuerte. Der schwere Laser des *Magicker* spie eine giftgrüne Energielanze an Phelans linker Seite vorbei, und einer der mittelschweren Laser schoß zu hoch, aber die dritte Strahlbahn brannte eine Spur durch die Panzerung über die rechte Flanke der *Nova*. Ein warnender Summton erklang in Phelans Cockpit, und das Panzerungsdiagramm auf dem Hilfsmonitor zeigte den Schaden an. Der Schuß war nicht tief genug eingedrungen, um echte Probleme zu bereiten.

Ein erneuter Glockenton begleitete Phelans Feuererwiderung, und alle drei Impulslaser gossen ihr Feuer in die auf der rechten Seite des Feindmech klaffende

Bresche. Qualmwolken stiegen aus den Mündungen der beiden dort montierten Laser. Glühende Stützstreben fielen aus dem Loch und versanken dampfend im Schnee. Der *Magicker* neigte sich nach vorne links, dann fiel er nach hinten, als der Pilot zu heftig korrigierte und das Gleichgewicht verlor. Die riesige Maschine stürzte zu Boden und wurde augenblicklich vom Schnee zugedeckt.

Ringsum sah Phelan die Mechphantome der 4. Wolfsgarde in das provisorische Lager der Jadefalken vorrücken. Zu seiner Rechten bohrte Rannas wuchtiger *Kriegsfalke* zwei grüne Laserlanzen in die rechte Seite eines *Dunstadler* und kochte die komplette Panzerung auf diesem Teil des Torsos ab. Der elegante, schlanke *Dunstadler* erwiderte das Feuer, aber er hatte nur zwei Impulslaser zur Verfügung. Einer der Schüsse zog eine Schmelzspur über die linke Brustpartie des *Kriegsfalke*, der andere brannte Panzerung vom linken Bein des OmniMechs.

Eine plötzliche Windbö wirbelte eine weiße Wand zwischen Phelan und Ranna auf, und als sie wieder zusammenfiel, fand Phelan sich in direkter Konfrontation mit einem *Gargoyle*. Der achtzig Tonnen schwere OmniMech schien die pure Verkörperung von Kraft und Gewalt. Er brachte dreißig Tonnen mehr auf die Waage als die *Nova* und konnte eine Menge Schaden wegstecken.

Phelan warf seinen Mech scharf nach rechts und trat die Gaspedale durch, um auf Geschwindigkeit zu kommen. Der *Gargoyle* hob den rechten Arm und feuerte beide Partikelprojektorkanonen im wuchtigen Unterarm ab. Zwei blauglühende synthetische Blitze schlugen links am Ziel vorbei, aber die mittelschweren und schweren Impulslaser im selben Arm trafen perfekt.

Die roten Energieimpulse nagten an der Panzerung über dem rechten Oberschenkel der *Nova*. Die grünen

Laserbolzen der schwereren Waffe kochten die Panzerung vom linken Torso des Mechs und senkten deren Schutz um über fünfundsechzig Prozent. *Noch ein solcher Treffer, und es wird schmerzhaft.* Phelan wollte lieber nicht daran denken, was es heißen würde, in einem solchen Sturm den Schleudersitz auslösen zu müssen, ganz abgesehen davon, daß er dann aus dem Kampf war.

Die *Nova* stieß beide Arme nach vorne und verfolgte den *Gargoyle* mit ihnen, als dieser sich langsam hinter seinem Gegner herdrehte. Das Fadenkreuz sank unter die Silhouette des Falkenmechs, und ein goldener Leuchtpunkt erschien, als es über dem rechten Knie des Kampfkolosses lag. Phelan bereitete sich auf die Hitzeentwicklung vor und stieß beide Daumen auf die Auslöser.

Der Glockenton, der seinen Schuß begleitete, war verzerrt. Nur ein Teil der eingesetzten Waffen hatte das Ziel erfaßt. Ein Impulslaser spie seine Rubinnadeln an den Beinen des *Gargoyle* vorbei, aber die anderen hämmerten auf das rechte Bein ein. Die abgeschälte Panzerung brannte eine Schmelzspur in den Schnee hinter dem Mech. Die Laser schnitten durch die dicken Myomerfasern ober- und unterhalb des Knies, die wie fette Würmer herabbaumelten.

Der Pilot des *Gargoyle* schaffte es, den Mech aufrecht zu halten, und feuerte erneut auf Phelans *Nova*. Die PPKs verfehlten ihn wieder, aber Phelan war klar, daß das mehr mit seinem Glück und der für diese Waffen zu geringen Distanz zwischen ihren Maschinen zu tun hatte, als mit einer Unfähigkeit des Jadefalkenpiloten. Der mittelschwere Impulslaser im linken Arm des Mechs brannte eine Spur glühender Krater quer über den Torso der *Nova*, während das übrige Laserfeuer weit vorbei ging.

Selbst bei diesen Temperaturen muß er inzwischen heißlaufen. Phelans Anzeige meldete eine leicht über dem Optimum liegende Betriebstemperatur, aber es blieb ihm nichts anderes übrig – er mußte riskieren, daß der Bordcomputer den Kampfkoloß wegen übergroßer Hitzeentwicklung stillegte. Wieder senkte er das Fadenkreuz über den Rumpf des *Gargoyle,* aber es gelang ihm nicht, noch einmal das Bein anzuvisieren. Sobald der Punkt aufblinkte, feuerte er sämtliche Geschütze und wartete vergeblich auf den Signalton.

Seine Laser überschütteten die linke Flanke des *Gargoyle* mit Feuer, verdampften Panzerung an Arm, Bein und Torso. Einer der Laser bohrte sich sogar in die Panzerung auf dem ausgestreckten rechten Arm des Mechs, aber keiner der Schüsse konnte den Ferrofibritpanzer durchschlagen, der die lebenswichtigen Bauteile des *Gargoyle* schützte.

Doch auch ohne internen Schaden anzurichten, zeigte der Angriff Wirkung. Die Laser verwandelten mehr als zwei Tonnen Panzerung in Dampfschwaden und verlagerten damit den Schwerpunkt des gegnerischen Mechs. Die Maschine drehte sich immer noch nach links, um Phelans *Nova* zu folgen, und der Pilot verlor die Kontrolle über seinen Koloß. Er wollte ihn stabilisieren, indem er den Mech zurück nach rechts lehnte, aber damit belastete er das freigelegte Skelett des rechten Beines über Gebühr. Das Bein gab nach. Der rußgeschwärzte Oberschenkelknochen rutschte nach vorne aus dem Kniegelenk. Der Mech wankte eine Sekunde, dann schlug er nach rechts über in den Schnee.

Phelan nutzte den Schwung und die Geschwindigkeit, die er aufgebaut hatte, um mit seiner *Nova* ins Zentrum des Nachschubkonvois vorzudringen. Ohne abzubremsen zielte er auf die schwerbeladenen Lastschweber und deckte sie mit Laserfeuer ein. Manche der Ladungen explodierten, als die Laserimpulse sie trafen. Kurz- und Langstreckenraketen flogen wild in alle Richtungen davon. Autokanonenmunition detonierte, und Hunderte Granaten schlugen in die Fahrzeuge ein, wo sie in einer grausigen Kettenreaktion weitere Explosionen auslösten.

Ein Jadefalken-*Uhu* sprang von der anderen Seite des Lagers heran, und der schwere Impulslaser in seinem Torso spie giftgrüne Energiepfeile nach Phelans *Nova*. Sie peitschten in das linke Bein des Mechs und überzogen die Panzerung mit Schmelzkratern. Der mittelschwere Impulslaser im rechten Arm des *Uhu* traf dasselbe Ziel und ließ die Beinpanzerung der *Nova* dampfend und verwüstet zurück.

Phelan nahm den *Uhu* ins Visier, als der Mech zur Landung ansetzte. Unmittelbar bevor der Jadefalke den Boden erreichte, blinkte der Lichtpunkt in der Mitte des Fadenkreuzes auf. Als Phelan beide Auslöser betätigte, ertönte der Signalton laut und klar. Alle sechs Impulslaser brannten sich eine Bahn durch die tonnenförmige rechte Brustpartie des fliegenden Mechs und zerfraßen die interne Struktur. Dann zerschmolzen sie in ungesättigter Zerstörungswut von innen heraus die Panzerung der Torsomitte und mit ihr die zentralen Stützstreben des *Uhu*-Rumpfes.

Als die breiten Füße des Mechs den Boden berührten, sackte der Torso zwischen die Beine ab. Als die Schulterpartie auf die Hüften traf, flog die obere Hälfte des Torsos wieder nach oben und riß sich von den verbliebenen Strukturstreben auf der linken Seite los. Der rechte Arm wirbelte davon, während der obere Mechtorso sich langsam in der Luft drehte und dann in den Schnee stürzte.

Links neben Phelan tauchte ein Jadefalken-*Incubus* auf, aber bevor er die Beschädigungen ausnutzen konnte, die der *Uhu* und der *Gargoyle* angerichtet hatten, intervenierte Rannas *Kriegsfalke*. Seine beiden schweren Impulslaser schnitten die linken Gliedmaßen des *Incubus* auf. Die beiden PPKs im linken Arm des *Kriegsfalken* sprengten den letzten Rest Panzerung vom linken Bein des leichten BattleMechs, dann zerschmolzen sie die freigelegten Titanstahlknochen. Die grellblauen Strahlbahnen fraßen sich in die linke Flanke des Mechs, wo sie Panzerung und Interne Struktur vernichteten. Der linke Arm des *Incubus* fiel zu Boden, und der qualmende Rest der Maschine folgte eine Sekunde später.

»Danke, Ranna.«

»War mir ein Vergnügen, selbst wenn das alles Solahma sind.«

Die Verachtung in ihrer Stimme übertrug sich auf Phelan. Solahma-Einheiten waren gerade mal zur Jagd auf Banditen gut, zu nichts sonst. Angeline Mattlov hatte einen schweren Fehler begangen, als sie den Nachschub ihrem Schutz anvertraut hatte. Die 4. Wolfsgarde hatte sie schneller erledigt als jede Fronteinheit der Inneren Sphäre. Und was noch wichtiger war, die Verluste der Geisterwölfe bei dieser Aktion ließen sich in Panzerplatten zählen.

Rannas *Kriegsfalke* stieß einen umgeworfenen Lastschweber mit dem Arm an und zog die Abdeckung von der Ladung. »Phelan, Mattlov hat sich Energiewaffen für ihre OmniMechs bringen lassen.«

»Ja!« Phelan grinste breit, als die Schlachtreihe der 4. Wolfsgarde bei der Verfolgung der flüchtenden Jadefalken vorbeipreschte. »Sie hat ihren Fehler bemerkt. Aber sie wird keine von den Energiewaffen kriegen, die ihr das Fell retten könnten.«

»Mein Khan, Eure Sprache verkommt in bedauerlicher Weise.«

»Danke für die Ermahnung, Sterncaptain. Es wird nicht wieder vorkommen.«

»Und *das* soll ich glauben, franeg?«

Phelan lachte. »Falls sich von diesem Zeug noch etwas verwenden läßt, nehmen wir es mit. Wenn nicht, zerstören wir alles.«

»Wie Ihr befehlt, mein Khan.« Er hörte Ranna seufzen. »Diesen Fehler wird Angeline Mattlov nie wieder begehen.«

»Vergiß nicht, Ranna, es liegt an uns, dafür zu sorgen, daß sie nie wieder die *Gelegenheit* hat, diesen Fehler zu begehen. Das würden Natascha und Ulric von uns wollen – und glaube mir, wir werden dafür sorgen. Ich lasse mich lieber von einer Million Jadefalken verfolgen, als mir einen der beiden als Spuk aufhalsen.«

48

Der militärische Wert der Arbeit eines Partisanen wird nicht in der Menge der zerstörten Sachwerte gemessen oder der Anzahl getöteter oder gefangener Männer, sondern in der Anzahl derer, die er beschäftigt hält.

– JOHN SINGLETON MOSBY, *Kriegserinnerungen*

Daosha, Zürich
Volksrepublik Zürich, Liga-Befreiungszone

20. Dezember 3057

Cathy Hanney zitterte in der Kälte, aber das Wetter war nicht der einzige Grund dafür. Die Position, die sie und Fabian Wilson auf dem Hang oberhalb der nördlichen Anfahrt zum Jihuaide-Chumai-Kraftwerk besetzt hatten, *war* windig, und die Frühwinterböen waren beißend kalt. Aber trotzdem hätten sie ihr nichts ausgemacht, wenn die übrigen Bedingungen angenehmer gewesen wären.

Sie war alles andere als begeistert, Fabian Wilson bei dessen erster Mission am Hals zu haben. Seit dem Gespräch im Restaurant hatte sie gespürt, daß die Sache schiefgehen würde. Sie hatte auch versucht, Noble von ihrer Besorgnis zu erzählen, aber sobald die Rede auf die Mission kam, verschwand Noble, und der Tanzende Joker trat an seine Stelle. Wo Noble Mitgefühl gezeigt hätte, war der Tanzende Joker unbeirrbar geblieben und hatte sie daran erinnert, daß ihre späteren Missionen leichter und sicherer sein würden, wenn sie Fabian erfolgreich ausbildete.

Die einzige Methode, Fabian soweit zu bringen, daß eine

Mission sicher wird, ist ihm die Zunge herauszuschneiden. Aus jahrelanger Arbeit mit Menschen in traumatischen Situationen wußte Cathy, daß Fabians Geplapper von seiner Nervosität herrührte, aber es machte ihr zu schaffen. Und es lenkte sie ab. Das war das Letzte, was sie jetzt gebrauchen konnte.

Wilson, der unter einer verwachsenen Pinie hockte, schüttelte den Kopf. »Weißt du, Cath, ich muß schon sagen, ich hätte nie gedacht, daß Noble der Typ für einen Geheimagenten ist, weißt du? Ich meine, als der alte Foxie ihn angeschleppt habt, damit ich ihm einen Computer verkaufe, habe ich so zu mir gesagt, habe ich: ›Das ist ein richtiger Lehrertyp. Ruhig, zurückhaltend, still. Ich wette, er will Abenteuerromane schreiben, um das Leben zu erträumen, das er nie gehabt hat.‹ Ich habe mich geirrt, aber ich bin Manns genug, es zuzugeben.«

»Das ist wirklich nobel von dir, Fabian.« Cathy versuchte, ihre Antwort beißend klingen zu lassen, aber Fabian schien ihren Sarkasmus nicht zu bemerken. »Wir sollten die Ohren aufhalten.«

»Was denn, als ob mein Flüstern anrückende Mechs übertönen könnte. Hör mal, Cath, ich habe in meiner Lagerhallenzeit einen Mech gesteuert. Die Dinger sind wandernde Erdbeben. Glaub mir, wenn die Kobras hier langschlängeln, werden wir es mitbekommen.«

Cathy sah auf die Uhr, dann schaltete sie das Funkgerät ein. »Polaris klar.« Sie wußte, es würde keine Antwort kommen. Die Infiltrationsteams würden unter Funkstille operieren, sobald die Aktion anlief – *was jetzt jeden Augenblick der Fall sein muß.* Cathy hätte den rechten Arm dafür geopfert, um nur ein Wort von Noble zu hören, aber ihr war klar, daß er inzwischen voll und ganz Tanzender Joker war, und selbst unter der Folter hätte er nicht mit ihr geredet.

»Also, Cath, sag mal, wann hast du herausgefunden, daß Noble ein Davion-Agent ist?«

Cathy ging ebenfalls in die Hocke. »Also jetzt hör mal, Fabian. Ich weiß das nicht mit Sicherheit. Das ist Punkt eins. Punkt zwei: Die Sicherheit der Operation verbietet, daß ich mit dir über ihn rede. Das weißt du ganz genau. Je mehr du weißt, desto gefährlicher bist du für ihn. Genau wie ich nicht weiß, wo du und deine Frau und Fox untergebracht sind, darfst du nichts über Noble wissen, um ihn nicht in Gefahr zu bringen.«

»He, he, beruhig dich. Ich mach doch nur Konversation.«

»Du solltest besser den Mund halten und lauschen.«

»Sorry. Hör mal, ich kann verstehen, daß du ihn beschützen willst. Ich meine, du fühlst dasselbe für ihn, was ich für meine Frau fühle, richtig?«

Ich habe den starken Verdacht, daß ich weit mehr für ihn empfinde, als du je für deine Frau fühlen könntest. »Richtig.« In dem Waldstück rechts hinter ihnen knackte ein Zweig. »Psst. Was war das?«

»Ich hab nichts gehört.«

Was für eine Überraschung. Cathy schob die Hand in den Parka und packte die Maschinenpistole, die in einem Holster unter der linken Achselhöhle hing. Aber bevor sie die Waffe ziehen konnte, hörte sie Fabian seine Pistole spannen. Dann fühlte sie den Druck der Mündung auf ihrem Hinterkopf.

»Denk nicht einmal daran. Deine Wollmütze hält keine Kugel auf.«

»Was soll das? Bist du übergeschnappt?«

»Nein«, stellte seine Stimme in ihrem Rücken fest. »Ich spiele nur auf der Gewinnerseite. Ihr könnt kommen, sie ist keine Gefahr mehr.«

Mit dem Daumen entsicherte sie die MP. Bevor Fabian sich darüber klarwerden konnte, was das leise Klicken unter ihrem Parka bedeutete, hatte sie bereits den Abzug durchgezogen. Brennendes Nylon und qualmende Gänsedaunen flogen durch die Nachtluft, als der Feuerstoß den Parka zerriß und Fabian in Brust und Bauch traf. Der Rückstoß riß den Lauf der Waffe hoch, und das Mündungsfeuer verbrannte ihr die Achsel.

Hinter ihr wurde Fabian vom Aufprall der Kugeln herumgewirbelt. Sein Finger spannte sich um den Abzug, aber die Pistole hatte sich bereits von ihrem Kopf entfernt, und der Schuß ging ins Leere. Dennoch, die linke Hälfte ihres Gesichts wurde von Pulver verbrannt, und die Detonation raubte ihr das Gehör. Schlimmer noch, das Aufblitzen des Schusses so dicht neben ihrem Gesicht blendete sie. Als sie sich nach rechts warf, um die Flucht zu ergreifen, rannte sie voll gegen einen Baum.

Sie prallte zurück und versuchte, die Maschinenpistole zu ziehen, aber der Hahn verfing sich im Futter ihres Parkas. Sie verlor den Boden unter den Füßen, dann traf sie ein harter Schlag ins Gesicht und warf ihren Kopf nach links. Sie sackte zu Boden, als hätten sich ihre Knochen in Luft aufgelöst. Ein schweres Gewicht landete auf ihrer Brust, und sie fühlte einen Gewehrlauf unter dem Kinn.

Durch das Klingeln in ihren Ohren hörte sie eine Stimme. »Viperteam Eins, Norden gesichert. Angriff.«

Die Worte bohrten sich in ihre Gedanken. *Fabian hat uns verraten. Die Schwarzen Kobras sind hier. Sie werden alle töten, auch Noble. Ich habe ihn nicht gewarnt. Es ist alles meine Schuld.*

Sie wollte gerade in völliger Verzweiflung versinken, als ein greller Lichtschein den Nachthimmel erleuchtete und die Silhouette des Soldaten nachzeichnete, der auf ihrer Brust kniete. Sie wußte, was geschehen war, noch bevor sie den leisen Donner der Explosion hörte. *Norden, Norden ... Das einzige Ziel nördlich von hier ist die Kobrabasis in Kaishiling! Der Tanzende*

Joker hat dort zugeschlagen statt hier. Das ist das Ende von Xu Nings dritter Machtsäule!

Cathy wollte laut lachen, aber durch das Gewicht des Mannes auf ihrer Brust konnte sie kaum atmen. Sie begnügte sich mit einem Grinsen. *Du hast es geschafft, Noble. Ich weiß, du wirst mich befreien, und dann werden wir Xu Ning gemeinsam stürzen.*

49

Loyalität ist das Mark der Ehre.

– PAUL VON HINDENBURG, *Aus meinem Leben*

Tharkad City, Tharkad
Distrikt Donegal, Lyranische Allianz

20. Dezember 3057

Katrina Steiner trug ein weißes Strickkleid unter einer eisblauen Wolljacke. Als ihr Sekretär den Besucher in ihr Büro führte, begrüße sie ihn freundlich. »Es freut mich, daß Sie eine Möglichkeit gefunden haben, nach Tharkad zu kommen.«

Der kleine, gedrungene Mann erwiderte ihr Lächeln und neigte das graumelierte Haupt. »Ihre Bereitschaft, mich zu empfangen, ist eine Ehre für mich.«

»Ich habe zugestimmt, Sie zu empfangen, falls das Geschenk Ihres Repräsentanten einen entsprechenden Eindruck bei mir hinterließ.« Katrina hob die Bronzemaske von der Schreibtischunterlage. »Die Totenmaske des Mannes, der mir Keid genommen hat, ist höchst beeindruckend, Tormano Liao.«

Der ältere Mann zuckte die Schultern. »Im Laufe der Jahre habe ich Mittel und Wege entwickelt, die denen meines Neffen und davor seiner Mutter ebenbürtig sind. Ich bedauere es, wenn ich im Zuge dessen gezwungen gewesen sein mag, Agenten auf Welten des Vereinigten Commonwealth zu senden, aber durch die Auswanderung meines Volkes in Systeme außerhalb der Konföderation Capella in den letzten drei Jahrzehnten war dies eine natürliche Expansion meiner Interessen.«

»Bitte, Mandrinn Liao, nehmen Sie Platz.« Katrina

setzte sich hinter den Schreibtisch und legte die von Roland Carpenters friedlichem Gesicht abgenommene Maske auf eine Ecke des Schreibtischs. »Ich gehe doch recht in der Annahme, daß es sich um eine *Totenmaske* handelt?«

Tormano nickte langsam. »Mr. Carpenter hatte eine große Liebe zur Macht und sträubte sich dagegen, sie abzutreten.«

»Und die Gegenrevolution?«

»Ah, das war ein ganz und gar eigenständiges Produkt. Sie wäre normalerweise bereits in der Anfangsphase entdeckt worden, aber ich hatte Agenten in Carpenters Regierung, die zufälligerweise den Bereich der Inneren Sicherheit kontrollierten. Nachdem Carpenter das Amt aufgegeben hatte, war es nicht weiter schwierig, die Herzogin an seine Stelle zu setzen.«

Der Archon stützte die Ellbogen auf die Schreibtischunterlage und legte die Fingerspitzen aneinander. »Und sie haben viele Agenten in der Mark Sarna?«

»Ich *hatte* sie, Herzogin. Wie Sie wissen, wurden meine Mittel im Verlauf der letzten achtzehn Monate erheblich reduziert.«

»Sie meinen, seit Kai Sie als Chef der Bewegung Freies Capella abgelöst hat.«

Tormano nickte steif. »Er hat viele der Funktionen übernommen, die ich in dieser Rolle ausübte, aber er hat mich nicht völlig ersetzt. Er hat mein Geheimdienstnetz aufgegeben, aber während des letzten halben Jahres hat er in seiner Wachsamkeit nachgelassen, so daß ich gewisse Kontakte neu anknüpfen konnte. Selbst so jedoch war es mir mit meinen beschränkten Ressourcen nur möglich, an ein, zwei Orten aktiv zu werden. Keid war einer, Zürich ein anderer.«

Katrina zog erstaunt die linke Braue hoch. »Der Tanzende Joker ist Ihr Agent?«

»Nein, auch wenn ich es mir wünschte. Mein Agent operiert unter dem Namen Karo-Bube. Er hat weniger

Erfolg als der Tanzende Joker, aber meine Organisation ist in einer Position, die es uns ermöglicht, jeden seiner Erfolge auszunutzen.«

»Ich verstehe.« Der Archon faltete die Hände und senkte sie auf den Schreibtisch. »Und jetzt sind Sie gekommen, um mich um Hilfe bei der Finanzierung Ihrer Operationen zu bitten?«

Tormano lächelte langsam, als säße er einem Kind gegenüber, und einen Augenblick bekam Katrina Angst. »Das wäre eines der Ergebnisse, die ich mir von diesem Gespräch erhoffe.«

»Ach ja? Dann ist es vielleicht an der Zeit, daß Sie mich über den Zweck dieses Besuches informieren.«

»Allerdings, Archon. Ich möchte nicht länger damit warten.« Tormano knöpfte sein doppelreihiges Sakko auf und rutschte in dem hohen Ledersessel auf den Rand der Sitzfläche. »Seit wir uns auf Solaris begegnet sind, Herzogin, habe ich Sie mit großem Interesse beobachtet. Ja, Ihre Schönheit hat mich beeindruckt, mehr noch hat Ihre Fähigkeit meine Aufmerksamkeit erregt, Menschen zu manipulieren. Es ist eine Fähigkeit, die jeder Politiker braucht, auch wenn viele sie nie erlernen. Ihnen ist diese Gabe angeboren. Sie können Menschen überreden, Ihren Wünschen nachzukommen, ohne sich merklich anstrengen zu müssen.« Tormanos Kopf neigte sich unmerklich. »Diese Fähigkeit würde Sie unangreifbar machen, wären da nicht …«

»Wären da nicht was?«

»Ihre Jugend, Ihre Unreife und vor allem Ihr Mangel an Weitsicht.«

Katrina wurde rot und setzte zu einer Erwiderung an, aber Tormano hob die Hand.

»Gestatten Sie mir, Archon. Meine Worte sind nicht dazu gedacht, Sie zu ärgern, sondern Ihnen zu zeigen, in welcher Weise ich hilfreich für Sie sein kann. Aufgrund Ihrer Jugend fehlt Ihnen ein umfassendes Verständnis der Traditionen und Rivalitäten, die als Hauptantriebsfeder das Geschehen in der Inneren Sphäre steuern. Victor besitzt dieses Verständnis, aber nur, weil er durch seine militärische Ausbildung ständig mit der Geschichte seiner Nation und seines Regimentes konfrontiert wurde. Und wenn ich von Unreife spreche, meine ich damit Ihre Neigung zur Impulsivität. Als Sun-Tzu Ihnen Keid und Northwind nahm, sahen Sie dies als einen gegen Sie gerichteten Angriff. Dabei war es ganz offensichtlich dazu gedacht, Thomas' Entschlossenheit, den Krieg auszuweiten, auf die Probe zu stellen. Thomas weigerte sich, den Köder zu schlucken, aber Sie haben sich bei ihm und den Kell Hounds beschwert, bevor ich Ihnen meine Dienste anbieten konnte.«

»Ich verstehe.« Katrina war wütend und kurz angebunden. »Und mein Mangel an Weitsicht?«

»Ich habe Gerüchte gehört, die darauf hinauslaufen, Sie wollten Ihrem Bruder seine Sprungschiffe *ohne* irgendeine Gegenleistung zurückgeben. Es ist sicherlich wahr, daß dies in der Öffentlichkeit den Eindruck freundlicher Neutralität von seiten der Lyranischen Allianz erwecken würde, aber Sie, Ihr Bruder und auch ich hegen keinerlei Illusionen über die Tiefe und Dauerhaftigkeit des Bruches zwischen Ihren Reichen. Wäre es nicht notwendig, eine gewisse Gemeinsamkeit zu pflegen, um den legitimen Anspruch aufrechtzuerhalten, den jeder von Ihnen auf das Reich des anderen erhebt, hätten Sie sich ganz und gar vom Vereinigten Commonwealth losgesagt. Wir haben es jetzt mit separaten Nationen zu tun, und eine Nation kann nicht gedeihen, wenn sie von anderen Nationen für ihr Handeln keinerlei Entschädigung erhält.« Tormano lächelte und breitete die Arme aus. »Die Steiners stehen traditionell im Ruf, großartige Kaufleute zu sein. Sie sollten Victor diese Schiffe *verkaufen,* und zwar langsam, so daß er nie genug besitzt, um Ihnen damit Schwierigkeiten zu machen.«

»Ich verstehe.« Katrinas Zorn hinderte sie beinahe daran, den Wert von Tormanos Worten einzuschätzen. Seine Aufzählung ihrer Fehler ärgerte sie, und sie rächte sich jetzt. »Sie, ein kleiner Adliger, dessen Besitz auf ein einziges Landgut und eine Handvoll loyaler Handlanger geschrumpft ist, der niemals auch nur eine Minute über einen Staat geherrscht hat, haben sich als mein Berater etabliert? Entweder Sie sind auf Ansinnen meines Bruders hier, um mich zu verraten, wie es Justin Allard mit Ihrem Vater getan hat, oder Sie sind noch verrückter als Ihre tote Schwester und deren Tochter zusammen.«

Tormanos Miene blieb trotz des bösartigen Angriffs ungerührt. »Ich war mir der Tatsache bewußt, daß Sie mich möglicherweise derart ungünstig einschätzen würden. Ich bitte Sie jedoch, sich das Schicksal der Staatsführer aus der Zeit Ihres Vaters vor Augen zu führen. Takashi Kurita ist tot. Janos Marik ist tot, und Thomas ist nur deshalb heute noch am Leben, weil ComStar anderthalb Jahre an seiner Auferstehung gearbeitet hat. Katrina Steiner, Ihre Namensvetterin, ist tot. Ihr Vater ist tot. Ihre Mutter ist tot, und, ja, auch mein Vater und meine Schwester Romano sind tot. Aber meine Schwester Candace herrschte bereits über St. Ives, bevor Ihre Mutter geboren wurde. Und ich, ein besitzloser Adliger, habe Jahrzehnte der Einmischung in die interne Politik der Konföderation Capella überlebt. Ich kann Ihnen versichern, daß bereits das eine beachtliche Leistung darstellt. Wenn die Liaos etwas können, dann können wir überleben, und Ihr Reich, eingezwängt zwischen den Clans und der Liga Freier Welten, muß ebenfalls ums Überleben kämpfen.«

Ob es der ruhige Klang seiner Stimme oder die offensichtliche Weisheit seiner Aussage war, irgend etwas ließ Katrinas Wut verrauchen. »Wenn ich Sie als meinen Berater akzeptiere, was würden Sie als Entschädigung verlangen?«

Tormano lächelte. »Meine Bedürfnisse sind gering. Die Mark Sarna ist zu einer Region des Alls geworden, um die sich das Vereinigte Commonwealth, die Liga Freier Welten und die Konföderation Capella streiten. Intern befindet sie sich in einem chaotischen Zustand, und ihre Welten formen eigene Bündnisse, um ihre Sicherheit zu garantieren. Es herrscht ein Zustand allgemeiner Verwirrung, aber Sie haben einen der legitimsten Ansprüche auf das gesamte Gebiet. Sie werden sich erinnern, daß diese Region der Konföderation von Ihrem Vater abgenommen wurde, der sie Ihrer Mutter als Brautgeschenk zusprach – einer Steiner. Sie sind offenkundig die Erbin der Steiner-Tradition. Was ich von Ihnen erbitte, sind die notwendigen Mittel, um Einfluß in diesem Gebiet zu behalten. Zusammen werden wir den Mahlstrom in Gang halten und die Aufmerksamkeit aller Beteiligten ablenken. Aber was Sie mir geben können, ist weit weniger von Bedeutung als das, was ich Ihnen geben kann, Archon. Ich werde loyal zu Ihnen stehen, nicht nur, weil ich es verspreche, sondern auch, weil niemand sonst etwas mit mir zu tun haben will. Ich bin Ihr Diener, solange Sie wollen. Zusammen mit meiner Loyalität erwerben Sie meine Bereitschaft, Ihnen als Gesprächspartner und Gewissen zu dienen. Ich werde Ihr Vertrauter sein und gewissenhaft die Missionen ausführen, die normalen Menschen nicht anvertraut werden können. Ich besitze sogar ausreichenden Status, um an Ihrer Statt Verhandlungen mit anderen Herrschern zu führen. Von mir werden Sie den Rat erhalten, den Sie brauchen, weil ich Sie weder fürchte noch liebe.«

Der Archon schloß halb die Augen. Tief in ihrem Innern wußte sie, daß ihre Fähigkeit, Menschen zu manipulieren und zu beeinflussen, in ihr Verachtung für die hinterließen, die sie kontrollierte. Es waren die Starken, die, denen sie ihren Willen nicht aufzwingen konnte – Morgan Kell, ihr Bruder Victor und jetzt Tormano Liao –, deren Nähe sie suchte. Morgan und Victor waren zu ihren Feinden geworden. Sie wußte nicht, ob sie Tormano jemals würde vertrauen können, aber sie konnte seine Offenheit und geradlinige Art respektieren.

Und wenn sie schon einen Berater brauchte, sollte das zumindest jemand sein, den sie respektieren konnte.

Der Archon stand auf und reichte Tormano Liao über den Schreibtisch hinweg die Hand. »Mandrinn Liao, ich bin sicher, meinem Reich steht durch diese Verbindung Großes bevor.«

Tormano ergriff ihre Hand und küßte sie. »Ohne jeden Zweifel, Archon. Großes.«

50

In Kriegszeiten schweigen die Gesetze.

– CICERO, *Pro Milone*

Daosha, Zürich
Volksrepublik Zürich, Liga-Befreiungszone

20. Dezember 3057

Der kalte Nieselregen, der wie ein leichter Vorhang zwischen Xu Ning und dem Söldner fiel, bot keinen Schutz vor Colonel Burrs Zorn. Um sie herum lag die Kaishiling Basis in Trümmern. Kleine Schutthaufen waren unregelmäßig über den Paradeplatz verteilt wie Votivkerzen für eine chaotische Gottheit. Unterstützt von Söldnermechs, versuchten Feuerwehrleute, die Brände zu löschen, die der Angriff des Tanzenden Jokers ausgelöst hatte.

Xu sah zu Burr. »Ich verstehe Ihre Wut, Colonel, aber es hätte noch weit schlimmer kommen können. Wären Ihre Leute nicht durch den Versuch, Jihuaide Chumai gegen den Tanzenden Joker zu verteidigen, weit entfernt von hier gewesen, hätte der Angriff für viele von ihnen den Tod bedeutet.«

Burr blieb stehen und starrte den Direktor an, als habe der den Verstand verloren. »Sie hören sich an, als hielten Sie diesen Angriff für einen Glücksfall. Natürlich wurden meine Leute nicht getötet. Die gesprengten Gebäude dienten nur als Ablenkungsmanöver für einen Angriff auf unsere Lagerhallen. Und der Gegner hätte jede Menge Ausrüstung erbeutet, wäre nicht schon alles für den Abflug morgen verstaut gewesen.«

»Und hätten Ihre Wachtruppen keinen Gegenangriff gestartet, um seine Leute zu verjagen.«

Burrs Nüstern blähten sich. »Ja, aber dadurch waren unsere Landungsschiffe während des Feuergefechts ohne Schutz.«

Xu blickte ihn ungläubig an. »Ohne Schutz? Die Schiffe starren vor Waffen. Sie können gar nicht ohne Schutz sein.«

»Diese Geschütze sind für den Kampf gegen Mechs ausgelegt, nicht gegen Fußtruppen.«

»Trotzdem, ich habe die Meldung Ihres Captain Haverhill gehört, derzufolge es an Bord Ihrer Schiffe keine Anzeichen von Sabotage durch Partisanen gibt.«

Richard Burr verzog das Gesicht und trat ein kleines Feuer aus. »Das Nichtvorhandensein von Beweisen für eine Sabotage ist kein Beweis für das Nichtvorhandensein einer Sabotage, Direktor.«

»Heißt das, Sie wollen Ihre Abreise verschieben?«

»Das hätten Sie gerne, was?« Burr schüttelte den Kopf. »Nein, wir beladen unsere Schiffe zu Ende und fliegen morgen mittag ab.«

Xu runzelte die Stirn. »Sie lächeln, Colonel. Ist an Ihrer Abreise irgend etwas Komisches, das mir entgangen sein könnte?«

»Ich weiß nicht, Direktor. Aber ich kann mir vorstellen, daß der Tanzende Joker überrascht und erfreut sein wird, wie schnell seine Aktion uns verjagt hat. Ich bezweifle, daß er selbst in seinen kühnsten Träumen eine Flucht gerade zwölf Stunden nach seinem Anschlag erwartet.«

Ihr seid doch nur Söldner, warum sollte er irgend etwas anderes erwarten als eure Flucht? Xu nickte leicht. »Ah, ja. Ich schätze, er wird die wenigen restlichen Tage seines Lebens äußerst beindruckt von sich sein. Aber wenn die Frau, die Ihre Leute gefangengenommen haben, erst einem Verhör unterzogen wird, wird sie ihn verraten. Ich habe den Eindruck, sie ist mit ihm romantisch liiert.«

»Kann sein. Sicher weiß ich nur, daß sie gefährlich

ist.« Burr grinste Xu unverhohlen an. »Sie hat Ihren Quisling erschossen, bevor er sie töten konnte.«

»Ah, die Bewunderung in Ihrer Stimme macht ihr Ehre.« Der Direktor verschränkte die Hände hinter dem Rücken und ging auf die Ruinen des Gebäudes zu, das Burrs Hauptquartier beherbergt hatte. »Haben Ihre Leute sie bereits an meine überstellt?«

Burr kaute auf der Unterlippe und zögerte etwas, bevor er antwortete. »Es gibt Regulationen bezüglich der Behandlung von Gefangenen, Direktor. Als Söldner habe ich mich verpflichtet, gewisse Konventionen einzuhalten.«

»Ja, ja, Colonel, das verstehe ich alles, aber diese Frau ist kein Mitglied einer legitimen militärischen Organisation. Sie und dieser Tanzende Joker haben Hunderte Menschen ermordet und sogar Sie und Ihre Leute angegriffen. Sie und ihresgleichen sind Staatsfeinde und wenig mehr als sehr geschickte, sehr gewöhnliche Verbrecher. Außerdem könnte sie, falls sich herausstellt, daß sie eine Davion-Agentin ist oder mit einem Davion-Agenten zusammenarbeitet, des Verrats gegen meine Regierung schuldig sein.«

»In Ordnung, Direktor, ich werde sie für Sie exekutieren lassen.«

Xu Ning lachte höflich. »Ein guter Witz, Colonel, aber ein gefährlicher. Sie stehen selbst auf der Grenze zum Hochverrat. Händigen Sie sie aus.«

Burr nickte steif und offensichtlich widerwillig.

»Danke.« Xu sah nach unten, als eine Lichterkette unter seinem Stiefel zerbrach. »Ah, Weihnachtsdekorationen. Sie sind Christ?«

»Ich betrachte mich als Christen, ja.«

»Dann sollte ich vielleicht eine Schale mit Wasser kommen lassen, damit Sie sich die Hände in Unschuld waschen können?«

Burr ignorierte die Bemerkung und betrachtete den

angerichteten Schaden. »Ich trauere diesem Ort nicht nach, aber eines bedauere ich doch.«

»Und das wäre?«

»Ich bedauere, nicht zusehen zu können, wie der Tanzende Joker seine Arbeit zu Ende bringt.«

»Sie verpassen nichts, Colonel.« Xu Ning schüttelte den Kopf. »Im Gegenteil, ich lade Sie ein, als mein Gast zurückzukommen, und bei einem Essen auf seinem Grab werde ich Ihnen genau erzählen, wie ich den Tanzenden Joker zur Strecke gebracht habe.«

51

> Militärische Aktion ohne politische Aktion ist wie ein Baum ohne Wurzeln.
>
> – Ho Chi Minh zugeschrieben

Sian
Kommunalität Sian, Konföderation Capella

21. Dezember 3057

Die Tatsache, daß er sich weder verraten noch verärgert fühlte, war eine angenehme Überraschung für Sun-Tzu. Hätte seine Mutter eine Allianz mit Thomas Marik abgeschlossen und dann erfahren, daß Thomas Victor Davion ein Friedensangebot gemacht hatte, hätte sie in einem Ausbruch blinder Wut die Hinrichtung eines jeden befohlen, dem in den letzten drei Generationen irgendwelche Verbindungen zur Liga Freier Welten nachgewiesen werden konnten. Die Straßen wären in Blut geschwommen, und von allen Bäumen und Laternen Sians hätten Leichen gehangen.

Glücklicherweise bin ich nicht meine Mutter. Schon als Thomas den Schwarzen Kobras den Befehl erteilt hatte, Nanking zu sichern, hatte Sun-Tzu gewußt, daß diese öffentliche Unterstützung das Vorspiel zu irgendeinem Verrat sein mußte. Und er wußte, wenn er sich bei Thomas über den vorzeitigen Abbruch der Feindseligkeiten beschwerte, würde dieser ihm mit einem Aphorismus über die Tugend der Geduld antworten. *Mag sein, daß nicht jede Perle der Weisheit, die der Menschheit bekannt ist, von Jerome Blakes Lippen stammt, doch so, wie seine Jünger ihn zitieren, würde man nie daraufkommen.*

Da er Thomas' Schritt vorhergesehen hatte, fühlte sich Sun-Tzu nicht verraten. Außerdem sah er ein, daß die Invasion entweder enden oder eskalieren mußte, was früher oder später die gesamte Innere Sphäre involvieren würde. Und so verzweifelt er auch darum bemüht war, die Welten zurückzuerobern, die Hanse Davion der Konföderation Capella gestohlen hatte, wollte Sun-Tzu doch auch keinen Ausbruch des totalen Krieges. Auch wenn andere Häuser der Inneren Sphäre zwischen ihm und den Clans standen und auch wenn er Gerüchte gehörte hatte, denen zufolge die Clans untereinander kämpften und sich gegenseitig schwächten, sie blieben eine Gefahr für sie alle, die bald genug wieder akut werden würde. Sun-Tzu wollte die Innere Sphäre nicht von innen geschwächt wissen, wenn diese Zeit kam.

Katrina Steiner hatte angeboten, ihrem Bruder Sprungschiffe zu verkaufen. Falls Victor darauf einging, würden in Kürze seine Truppen in die Mark Sarna einfallen, um Sun-Tzus Gebietsgewinne rückgängig zu machen. Thomas betrachtete die Mark offensichtlich als Puffer zwischen Victor und den Welten, die er für die Liga zurückerobert hatte. Sun-Tzu widerstrebte es, seine Systeme als Schlachtfelder für die Kriege anderer Nationen zu sehen, aber er war bereit zuzugeben, daß diese Welten auch ihm eine Pufferzone lieferten. Wäre die Marik-Liao-Invasion noch im Gange, wenn Victor seine Schiffe zurückbekam, bestand die Gefahr, daß er sich entschloß, zu vollenden, was sein Vater begonnen hatte, und die Konföderation Capella direkt angriff. Ein Waffenstillstand würde ihn zu Operationen veranlassen, deren Ziel der Rückgewinn verlorener Systeme war, nicht die Eroberung neuer.

Sun-Tzu lehnte sich in Justin Allards Sessel zurück und lächelte. Die eine feststehende Tatsache, was die Davions betraf – die Tatsache, die sein Großvater ignoriert und die seiner Mutter Alpträume bereitet hatte – war, daß die Davions an Vergeltung glaubten. Wenn man ihnen etwas wegnahm, holten sie es sich zurück. Wenn man einen der ihren tötete, töteten sie im Gegenzug ebenfalls. Also würde Victor, das Ebenbild seines Vaters in klein, erst versuchen, die Welten zurückzugewinnen, die Sun-Tzu ihm abgenommen hatte, bevor er sich neuen Eroberungen zuwandte.

Einen Augenblick fragte sich Sun-Tzu, ob er nicht möglicherweise basierend auf dem, was er über Victors toten Vater wußte, dessen bevorstehende Aktionen völlig falsch einschätzte. Als er zusammen mit Victor auf Outreach gewesen war, hatte er den Eindruck gewonnen, der Sohn sei gefährlicher als der Vater, allein schon durch seine Entschlossenheit, aus dem Schatten Hanse Davions zu treten. Aber seit Hanses Tod hatte Victor eine Kette von Fehlern begangen, die ihn bereits sein halbes Reich gekostet hatten. Es schien fast, als sei Hanse ein Anker für seinen Sohn gewesen, und jetzt, wo er tot war, fehlte diesem jeder Orientierungspunkt.

Als Davion, von Davion-Geschichte durchdrungen, fiel er auf den typischen Charakter seiner Familie zurück. Victors scheinbar emotionslose Reaktion auf den Tod seiner Mutter entsprach exakt dem, was man von Hanse hätte erwarten können. Auch der Einsatz eines Doppelgängers für Joshua Marik war die Art Trick, die zu Hanse Davion gepaßt hätte. In seinem ziellosen Umherstolpern war Victor in die Fußstapfen seines Vaters getreten, und wahrscheinlich war er sich dessen nicht einmal bewußt.

Genau das mußte Sun-Tzu vermeiden. Er durfte auf keinen Fall in die Extreme verfallen, die das Haus Liao bereits während des gesamten Jahrhunderts geplagt hatten. Gleichzeitig war ihm klar, daß Untätigkeit seinen Untergang bedeuten würde. Er konnte annehmen, daß Victor die Neigung hatte, sich so zu verhalten, wie es sein Vater getan hätte, aber er mußte diese Vermutung auf die Probe stellen. Er mußte alle seine Vermutungen auf die Probe stellen. Sein Handeln darauf zu stützen, was er *glaubte,* statt darauf, was er *wußte,* lud zu Angriffen gegen ihn geradezu ein. *Und es gibt eine Menge Richtungen, aus denen sie kommen könnten. Tormano, Candace, Kai – selbst meine Schwester Kali könnte sich gegen mich erheben. Und ich darf nicht vergessen, daß auch Isis Marik gegen mich benutzt werden könnte. Wenn wir heiraten und ich komme um, könnte Thomas Anspruch auf die Konföderation Capella erheben und sie in die Liga Freier Welten eingliedern. Das wäre immer noch besser als Kali auf dem Thron zu sehen, doch ich könnte den Gedanken nicht ertragen, daß meine Nation von einem Nicht-Liao regiert wird.*

»Und außerdem muß ich dafür sorgen, daß man mich weiter unterschätzt.« Sun-Tzu grinste breit und legte die Fingerspitzen aneinander. »Wenn Thomas mir mitteilt, daß er mit Victor Davion Frieden geschlossen hat, werde ich mich bei ihm bedanken. Ich werde ihn sogar fragen, ob er seine Tochter wieder bei sich auf Atreus haben möchte. Das sollte ihn veranlassen, sich über mich und meine Pläne Gedanken zu machen. Währenddessen kann ich mich darauf konzentrieren, die eroberten Welten zu konsolidieren und mich auf die nächste Gelegenheit vorzubereiten, meinem Reich wiederzubeschaffen, was von Rechts wegen mein ist.«

52

Wilde Tiere töten nicht zum Zeitvertreib. Nur der Mensch findet Schmerzen und Tod seiner Mitkreaturen unterhaltsam.

– James Anthony Froude, *Oceana*

Daosha, Zürich
Volksrepublik Zürich, Liga-Befreiungszone

21. Dezember 3057

Obwohl ihr rechtes Auge fast völlig zugeschwollen und sie in blendend grelles Licht getaucht war, erkannte Cathy Hanney Xu Ning, als er in das kalte Zimmer trat. Es war nicht die Art, wie ihre Folterer bei seiner Ankunft Haltung annahmen, die ihn verriet, sondern die Manier, auf die er seine anfänglich schockierte Reaktion bei ihrem Anblick in ein beiläufiges Schulterzucken verwandelte. Hätte sie noch Speichel zur Verfügung gehabt, hätte sie ihn angespuckt.

»Miß Hanney«, begann er in öligem Tonfall. »Ihnen sollte klar sein, daß Widerstand zwecklos ist. Wir wissen, daß Sie von den Schlägen der Schwarzen Kobras erschöpft sind und Schmerzen haben. Diese ersten vier Stunden waren natürlich nur deshalb reine Befragung, weil wir es vorziehen würden, Ihnen drastischere Maßnahmen zu ersparen.«

Cathy sagte kein Wort, aber ihre Gedanken rasten. *Vier Stunden? Versuch's mal mit acht – ich habe die Uhr bei Transplantationen im Auge behalten, bei denen jede Sekunde zählte. Ich weiß, wie lange ich hier bin. Wie lange ich durchgehalten habe. Er wird kommen. Bald. Ich kann warten.*

Xu Nings kalte Fingerspitzen glitten über die Blutergüsse auf der rechten Seite ihres Gesichts. »Sie haben in Ihrer Zeit mit dem Tanzenden Joker Mut und Intelligenz bewiesen. Lassen Sie mich Ihnen erklären, was Ihnen jetzt bevorsteht. Da Sie uns nichts mitgeteilt haben, müssen wir einen Weg finden, Ihre Kooperation zu stimulieren. Dazu stehen uns zwei Alternativen zur Verfügung: körperliche Folter oder ein Drogenverhör. Letzteres ist natürlich die effektivere Möglichkeit, aber in diesem Falle ist Zeit von entscheidender Bedeutung. Wenn wir Drogen einsetzen, um Ihnen Informationen zu entreißen, müssen wir Ihnen Gelegenheit geben, sich von deren Einfluß zu erholen, bevor wir Ihnen Schmerzen zufügen, um den Wahrheitsgehalt der Antworten zu überprüfen. Wenn wir dagegen zuerst den Schmerz einsetzen, können wir die gewünschten Antworten schneller erhalten, als Sie vielleicht für möglich halten, weil wir Ihnen die Betäubung durch die Drogen als Belohnung für Ihre Mitarbeit versprechen können.«

Sie blieb stumm. *Ich sage nichts. Er wird mich hier herausholen. Er wird kommen. Er wird mich retten und euch alle vernichten.*

Xu Ning verschränkte die Arme und trat zurück, bis er nur noch eine Silhouette vor der offenen Tür war. »Ihr Widerstand basiert auf dem fälschlichen Glauben, der Tanzende Joker würde Sie retten. Das ist ein Irrtum. Wir befinden uns keineswegs mehr in Daosha, und niemand ist Ihnen gefolgt, als Sie hierhergebracht wurden. Dieser Ort ist so gut gesichert, daß er sterben würde, selbst wenn er hier auftauchen sollte.«

Er kommt. Ich weiß es. Er wird mich retten.

»Sie sind sich natürlich der vollen Tragweite Ihrer Situation gar nicht bewußt. Sie wären überhaupt nicht gefangen worden, hätte der Tanzende Joker Sie nicht betrogen. Er hat Sie mit einem Verräter auf Posten geschickt – mit einem Verräter, den er bereits im Verdacht hatte, wovon er Ihnen jedoch nichts gesagt hat. Hätte er Fabian Wilson nicht mißtraut, hätte er das Ziel der Operation nicht geändert, und die Schwarzen Kobras hätten ihn gefangen.«

Er kommt.

»Er hat Sie aufgegeben.« Xu Ning lachte. »In mancher Hinsicht bewundere ich ihn für dieses Opfer. Damit hat er garantiert, daß wir keine Änderung seiner Pläne vermuteten. Ihr Tanzender Joker ist beinahe kaltblütig genug, mit seiner Konterrevolution Erfolg zu haben.«

»Er kommt.«

»Ah. Sie kann reden. Gut.« Xu Ning wandte Cathy das Profil zu, als er sich zu seinem Hauptfolterknecht umdrehte. »Wir wollen nicht zu brutal vorgehen. Elektroschocks sollten Wirkung zeigen, denke ich. Leben Sie wohl, Miß Hanney, und für den Fall, daß ich später keine Gelegenheit mehr habe, mich mit Ihnen zu unterhalten: Vielen Dank für Ihre Hilfe.«

»Er kommt. Er holt Sie sich.«

»Ich bin sicher, daß er kommt, meine liebe junge Frau, aber bis es soweit ist, werden Sie uns bereits alles erzählt haben, was Sie über ihn wissen.« Xu Nings Gelächter trieb einen Dolch in ihr Herz. »Und mit diesem Wissen werde ich ihn vernichten.«

53

> Es gibt nur ein taktisches Prinzip, das keiner Veränderung unterliegt. Es lautet: Nutze die zur Verfügung stehenden Mittel, um dem Feind in einem Minimum von Zeit ein Maximum an Verletzungen, Tod und Vernichtung zuzufügen.
>
> – George S. Patton jr., *Krieg, wie ich ihn kannte*

Bucht der Zerschlagenen Hoffnungen, Australarktika
Morges
Tamardomäne, Lyranische Allianz

25. Dezember 3057

Phelan sah hinaus auf den jungfräulichen Schnee. In der Ferne sah er die schneebedeckte Kolonie von Landungsschiffen, in denen die Jadefalken nach Morges gekommen waren. Trotz ihrer Haube aus Schnee und Eis machte das Smaragdgrün ihrer Rümpfe sie zu einem ebensolchen Fremdkörper in Australarktika, wie die Clans es in der Inneren Sphäre waren. Der Schnee auf den Schiffen bewies, daß sie nicht startbereit waren, und das bestätigte Phelans Sorgen wegen Angeline Mattlov und ihrer Jadefalken-Streitmacht.

Sie werden nicht fliehen.

Es war lächerlich. Ihr Angriff am Carsonspalt hatte die Wölfe angeschlagen, aber er war auch für die Falken kostspielig gewesen. Als ihr Nachschub nicht eintraf, war der Angriff ins Stocken geraten. Der Wanderfalken-Horststernhaufen hatte eine Hinhalteaktion durchgeführt, damit sich die übrigen nach Zerschlagene Hoffnung zurückziehen konnten. Gleichzeitig hatten der 94. Einsatzsternhaufen und der 17. Reguläre

Falkensternhaufen den Rückzug vom Erzengelgletscher angetreten. Während dieses Rückzugs war das 2. Regiment der Kell Hounds durch den Frostleidpaß gestürmt und hatte die 17. Regulären Falken in die Mangel genommen.

Von den fünf Front-Sternhaufen, die Mattlov nach Morges gebracht hatte, waren nur noch soviel Mechs übrig, um drei auf volle Kampfstärke zu bringen. Aber selbst das funktionierte nicht, weil ihre Vorräte zur Neige gingen, so daß die meisten ihrer Mechs und beinahe ihr gesamtes Luft/Raumkontingent höchstens noch für die Hälfte ihrer Waffen Munition hatten. Die Wanderfalken-Solahmaeinheit war so schnell und leicht besiegt worden, weil ihre Nahkampfwaffen – KSR-Lafetten und schwere Autokanonen – ohne Munition geblieben waren.

Die vier Garnisonssternhaufen, die Zerschlagene Hoffnung bewachten, hatten noch keine Gefechtsverluste erlitten, aber wahrscheinlich waren sie ebenso von Munitionsmangel betroffen. Und ihre BattleMechs dürften dazu eingesetzt worden sein, andere Mechs, die beim Carsonspalt oder auf Erzengel beschädigt worden waren, zu reparieren. Die Garnisonseinheiten genossen zwar Respekt innerhalb ihres Clans, aber sie standen statusmäßig unter den Fronteinheiten und hatten keinen Einfluß auf das Schicksal ihrer Ausrüstung.

Ein Leuchtknopf am Funkgerät der Steuerkonsole blinkte auf. Er drückte ihn und sah zu seiner Überraschung das Gesicht der Jadefalken-Kommandeurin auf dem Sichtschirm auftauchen. »Galaxiscommander Angeline Mattlov. Welchem Umstand verdanke ich diesen Anruf?«

Die Frau wirkte höchst verärgert. »Ich wußte, daß du die Clans verachtest, Khan Phelan, aber ich hätte nie erwartet, daß du unser Wesen derart vollständig verwirfst. Du greifst an, ohne vorher anzufragen, mit welchen Kräften ich meine Stellung verteidige.«

»Ich habe nichts dergleichen getan, Galaxiscommander. Der Zustand deiner Landungsschiffe sagt mir, daß du nicht einmal einen Teil deiner Truppen evakuieren willst, daher nehme ich an, daß du dich mit allen Einheiten verteidigst. Hast du vergessen, daß du hier die Angreiferin bist? Eine Kette von Rückschlägen macht dich noch nicht zum Verteidiger. Ich bin nicht verpflichtet, dir irgend etwas über meine Streitmacht mitzuteilen, und du hast nichts getan, was mich veranlassen könnte, mich dir gegenüber großzügig zu zeigen. Solltest du jedoch abziehen wollen, könnte ich mich überreden lassen, den bevorstehenden Angriff abzublasen.«

Die alte Kriegerin zuckte zurück, als habe er sie geohrfeigt. »Wenn du damit andeuten willst, wir würden die Flucht ergreifen ...«

»Kaum, Galaxiscommander. Du hast über ein halbes Dutzend Sternhaufen hier. Flieg zurück zu den Clans. Deine Galaxis ist wahrscheinlich die einzige der Jadefalken, die noch eine funktionierende Befehlsstruktur besitzt. Wenn du die Clans nur halb so sehr liebst, wie du mir unterstellst, daß ich sie hasse, muß dir klar sein, daß der Rückzug deine Pflicht ist.«

»Meine Pflicht ist es, dich zu vernichten.«

»Dann ist es dein Schicksal, hier zu sterben.« Phelans grüne Augen verengten sich. »Teile deinen Leuten folgendes mit: Überlebende werden ihr Leben behalten dürfen, aber wir werden sie nicht als Leibeigene in unseren Clan aufnehmen. Wenn sie als Krieger weiterleben wollen, müssen sie Söldner werden.« Phelan drückte den Funkknopf und schnitt ihre Antwort ab. »Wolf Eins an Schwingenführer.«

»Schwingenführer hört.«

»Carew, zwei Passierflüge. Die Hounds sollen sie euch vom Leibe halten.«

»Verstanden. Schwingenführer Ende.«

Phelan warf einen letzten Blick auf die schneebedeckten Gebäude, die bis vor kurzem der einzige magere Brückenkopf der Menschheit auf dem Eiskontinent gewesen waren. »Du willst vielleicht hier sterben, Angeline Mattlov, aber ich habe kein Verlangen, mich dir anzuschließen.«

Caitlin Kell kreiste über dem Schlachtfeld und beobachtete, wie der Schwarm Wolfsclan-Jäger eine Schleife über den Ozean westlich von Zerschlagene Hoffnung flog. Die Luft/Raumjäger wendeten und kamen in ostwärtiger Richtung im Angriffsanflug auf die Falkenpositionen parallel zu den Hounds- und Wolf-Mechgefechtslinien zurück. Zu ihrer Abwehr spien die Falken-Landungsschiffe einen Schwarm Luft/Raumjäger nach dem anderen aus.

»Rabenschwarm, wir holen uns die vordersten«, hörte sie Hauptmann d'Or. »Los geht's.«

Gefolgt von ihrem Flügelmann Spider Hearst warf Caitlin ihren *Stingray* gegen den ersten Jadefalken-Schwarm. Die Clanner wußten von der Präsenz der Söldner, hatten aber keinen Versuch unternommen, sie zu verjagen. Diese Weigerung, gegen jemand anderen als andere Clanner anzutreten, erschien ihr reichlich selbstmörderisch, aber sie war schließlich keine Jadefalkin. Wenn deren Dummheit ihr die Arbeit erleichterte, um so besser.

Sie senkte das Fadenkreuz über einen Clan-*Visigoth*. Als der Computer Zielerfassung meldete, löste sie die PPK im Bug des *Stingray* und die schweren Laser in den Tragflächen aus. Der künstliche Blitzschlag der PPK durchbohrte den schlanken Rumpf des *Visigoth*, schnitt eine Bresche in die Panzerung und zerstörte einen Wärmetauscher. Die grünen Lichtskalpelle der Laser schnitten Panzerung von der rechten Tragfläche und der Triebwerksabdeckung.

Caitlin ließ die Maschine nach rechts abkippen und sah das Aufblitzen von Hearsts Waffen, als er denselben *Visigoth* unter Beschuß nahm. Zusätzliche Panzerung fiel von der rechten Tragfläche sowie Rumpf und Heck des Jägers. Caitlins Ortung meldete einen plötzlichen Hitzeausbruch, also hatte Hearst wohl einen zweiten Wärmetauscher erwischt.

Als der *Visigoth* nach links hüpfte und in einen Sturzflug überging, zog Caitlin den Steuerknüppel zurück und nach rechts, um ihren *Stingray* auf den Rücken zu drehen und dem Jadefalken nachzusetzen. Der *Visigoth* verfügte über ein stärkeres Triebwerk und mehr Schubkraft, aber der *Stingray* war viel beweglicher. Das Manöver des Clanpiloten hätte die meisten Jäger abschütteln können, aber Caitlin klebte an seinem Heck und holte die angeschlagene Maschine wieder ins Visier, als sie aus dem Sturzflug kam.

Ihre PPK und einer der schweren Laser sprengten bis auf eine dünne Restschicht die gesamte Panzerung vom Rumpf des Luft/Raumjägers, machten einem dritten Wärmetauscher den Garaus und zerstörten eine Steuerklappe. Der andere Laser kappte die Spitze der rechten Tragfläche, was den *Visigoth* in Verbindung mit dem Klappenproblem in Vibration versetzte.

Noch eine Salve, und er ist Geschichte.

»Caitlin, nach links!«

Reflexartig rammte sie den Knüppel nach links und warf den *Stingray* in eine enge Rolle. Ein Tornado aus grünen Laserimpulsen schoß an ihrer rechten Flügelspitze vorbei. Eine Sekunde später donnerte ein zweiter Clan-*Visigoth* vorüber, dicht gefolgt von Hearst.

Caitlin trat die Kontrollpedale durch, kippte nach rechts ab und stürzte hinter Hearst her. *Er hat mich gedeckt, jetzt bin ich an der Reihe, ihn zu decken.*

Am Boden konnte Phelan nur zusehen, wie über ihm die Luft/Raumjäger tanzten. Er wußte, seine Schwester war da oben, aber obwohl die nach vorn gerichteten Tragflächen des *Stingray* der Maschine eine unverwechselbare Silhouette bescherten, lief der Luftkampf viel zu schnell ab, um sie identifizieren zu können. *Gute Jagd, Cait. Laß dir nicht einmal den Lack ankratzen.*

Während die Jäger der Kell Hounds die zwei Dutzend Maschinen der Jadefalken in alle Winde zerstreuten, stürzten sich die Luft/Raumjäger der Wölfe auf Zerschlagene Hoffnung. Die Falken-Landungsschiffe erhellten mit roten, grünen und blauen Strahlbahnen den Himmel, aber die Wolf-Jäger glitten zwischen den Energiestrahlen hindurch und griffen die kleine Siedlung mit ihren Raketen und Energiewaffen an. Eine Jägerwelle nach der anderen stieß hinab, verwandelte Falkenmechs in schwarzverbrannte Metallskelette und übersäte Zerschlagene Hoffnung mit ungezählten Explosionen.

»Das dürfte der heißeste Abend sein, den die Stadt je gesehen hat«, kommentierte ein anonymer Krieger das Geschehen über Funk.

Bevor Phelan ihn anherrschen konnte, still zu sein, hörte er die Stimme seines Vaters. »Ruhe! Was mit den Jadefalken geschieht, ist weder komisch noch gut. Es ist eine tragische Notwendigkeit, um zu verhindern, daß noch mehr von uns sterben müssen. Bevor ihr der Versuchung erliegt, euch daran zu weiden, solltet ihr euch besser an eure eigenen Freunde und Kameraden erinnern, die wir hier verloren haben.«

Phelan schaltete sein Mikro ein. »Danke, Oberst. Aufgepaßt, Leute. Die Wölfe setzen zum zweiten Angriff an. Sobald sie durch sind, greifen wir an.«

Spider hatte seinen *Visigoth* endlich erledigt. Als er auf das Packeis der Bucht schlug, explodierte der Clanjäger, und seine Bruchstücke wurden über Hunderte von Metern verstreut. Spider drehte nach rechts ab und blieb knapp über dem Boden, während Caitlin in eine weite Kehre ging, den Knüppel zurückzog und die Nachbrenner einschaltete. Der *Stingray* stieg wie eine Rakete gen Himmel und kam unter einer Jadefalken-*Sulla* hoch, die zum Angriff auf die zum zweiten Bombardement anfliegenden Wölfe in Position ging.

Caitlin feuerte noch im Steigflug auf das Heck der *Sulla*. Einer der schweren Laser spie grünes Feuer in die Triebwerkshülle, während die PPK und der zweite S-Laser tonnenweise Alufibritpanzerung von der linken Tragfläche der schlanken Jagdmaschine sprengten. Keiner ihrer Treffer konnte die Panzerung durchschlagen, aber Caitlins Hilfsmonitor zeigte eine Reduktion des Panzerschutzes der linken Tragfläche um achtundfünfzig Prozent. *Noch ein oder zwei Treffer, und der Flügel bricht.*

Der Clan-Pilot stellte seinen Jäger augenblicklich auf die linke Tragfläche und kippte zur Seite. Caitlin ahnte sein nächstes Manöver voraus und legte ihren *Stingray* auf den Rücken. Als die *Sulla* eine Rolle vollführte und in westlicher Richtung weiterflog, drückte Caitlin den Bug nach unten, riß die Maschine nach rechts und kam direkt hinter dem Clanner wieder hoch.

Ihre PPK schnitt erneut in die linke Tragfläche und reduzierte deren gesamte Panzerung bis auf einen kläglichen Rest zu Metalldampf. Die schweren Laser bohrten sich in Heck und Rumpf. Eine Explosion und gelbe Dampfwolken kündeten vom Ende eines Wärmetauschers. Das war ganz nützlich, aber viel machte es nicht aus. Dazu würde dieser Luftkampf nicht lange genug dauern.

Dann ging der Clanpilot in den Sturzflug über.

Caitlin folgte ihm nach unten und durch eine Wende zurück nach Norden. Als er wieder in den Horizontalflug überging, lächelte sie. *Zerschlagene Hoffnung wird dir keine Deckung bieten.* Dann warf sie einen Blick über die Steuerbordtragfläche und sah die Jägerschwärme der Wölfe auf sich zukommen. *Oh, Dreck!* Um die Lage noch zu verschlimmern, steuerte die *Sulla* auf zwei der

Falken-Landungsschiffe zu, was sie auch noch zu einem Ziel für deren Geschütze machte.

Ihr Kurs lag fest. Sie zog das Fadenkreuz über die *Sulla* und feuerte alle Waffen des *Stingray* ab. *Das wird heiß, aber Hitze ist momentan noch mein geringstes Problem.*

Die PPK schleuderte einen künstlichen Blitzschlag in die rechte Tragfläche der *Sulla* und peitschte die Panzerung schichtenweise ab. Einer der beiden mittelschweren Laser verfehlte sein Ziel, aber der andere kochte zusammen mit den beiden schweren Lasern Panzerung vom Rumpf der Maschine. Zwei weitere Wärmetauscher hauchten in gelben Dampfschwaden ihr Leben aus. Eine Explosion an der Backbordseite des Jägers warf Trümmer in die Luft, aber Caitlin konnte die Art des Schadens zunächst nicht erkennen.

Sie zog den *Stingray* hoch und nach rechts. Das brachte sie zwar näher an die heranbrausenden Wolf-Jäger, aber auch weg von den Landungsschiffen. Die *Sulla* würde sich nach rechts legen müssen, um durch die Lücke zwischen den beiden Raumschiffen zu passen. Caitlins Kurs entfernte sie von ihrem Gegner, aber sie würde ihn auf der anderen Seite der Landungsschiffmauer wieder in Empfang nehmen.

Was, zum Teufel, treibt der da?

Die *Sulla* zitterte. Das Seitenruder klappte hart nach rechts, um die Maschine in die Wende zu treiben, aber statt dessen begann der Jäger zu bocken. Die linke Tragfläche kam hoch, und Caitlin sah, daß die Korrekturdüsen auf der linken Seite der *Sulla* zerschmolzen waren. Das erklärte die Probleme bei der Rechtswende. Unglücklicherweise faßte der linke Flügel der Maschine zuviel Luft, als er hochkam, und begann den Jäger auf den Rücken zu kippen. Gleichzeitig wurde die Maschine durch den Schwung der verzweifelten Seitenruderbewegung herumgerissen, so daß sie sich mit ihrer Unterseite voran in Flugrichtung bewegte.

Die nadelförmige *Sulla* rammte eines der Landungsschiffe der *Overlord*-Klasse. Bug und Cockpit des Jägers brachen frei. Die vordere Hälfte der *Sulla* stieß durch den Rumpf des Landungsschiffes und raste über das Brückendeck. Die Heckhälfte wirbelte durch die Luft, stieg einen Augenblick höher, dann stürzte sie ab und explodierte. Ihre Bruchteile wurden über ganz Zerschlagene Hoffnung verstreut, wo sie sich mit den übrigen Trümmern vermischten.

Caitlin zog den Knüppel ruckartig nach rechts und stellte den *Stingray* auf die rechte Flügelspitze. Sie zog den Knüppel zurück und drehte den Jäger, bis sie geradewegs Kurs auf die anfliegenden Wolf-Jäger hatte. Sie bewegte den Knüppel leicht nach vorne und blieb auf der rechten Tragflächenspitze stehen, um den Wölfen ein möglichst schmales Ziel zu bieten. Dann schoß sie unter deren Flugbahn hindurch. Als sie unter den Maschinen hindurch war, legte sie den Jäger wieder gerade und machte sich auf den langen Rückweg über die Bucht.

Als sie wieder an Höhe gewonnen hatte, schaute sie zurück zur Siedlung, aber alles, was sie sah, waren lodernde Flammen zwischen schwarzen Rauchwolken. »Spider, wo bist du?«

»Elf Uhr von Angel, Cait. Wir sind draußen.«

Draußen, ja, Gott sei Dank. Sie warf noch einen Blick auf Zerschlagene Hoffnung, dann setzte sie zum Steigflug an. *Da unten ist die Hölle los.*

Wollte man das, was die Wolf-BattleMechs erwartete, noch als Widerstand bezeichnen, mußte man den Jadefalken über alle Gebühr schmeicheln. Das Bombardement hatte verheerende Wirkung gezeigt. Nur vereinzelt schossen noch Laser oder PPKs auf die anrückenden Mechs, und in jedem Fall wurde der Beschuß von überwältigendem Gegenfeuer beantwortet. Als die Wölfe und Hounds sich der rußgeschwärzten Siedlung näherten, befahl Phelan seinen Truppen, die Verteidiger durch konstantes Feuer niederzuhalten. Rote, grüne und blaue Strahlbahnen krachten durch die Stille und hielten die Jadefalken-Mechs hinter ihren Deckungen.

Als Phelan in die Jadefalken-Stellungen vordrang, lief ihm ein kalter Schauer den Rücken hinab. Die Laser und PPKs der Luft/Raumjäger hatten Panzerung und Schnee zu einem schwarzen Nebel verdampft, der beinahe augenblicklich kondensiert war. Er hatte sich wie eine Onyxhaut über die BattleMechs gelegt, die Sensoren unbrauchbar und die Piloten blind gemacht. Schwarze Bäche waren gefroren, während sie an den Beinen der Mechs herabliefen und wirkten wie brandiger Efeu, der die toten Mechs umklammert hielt.

Er sah nicht einen Falken-Mech, dessen Panzerung keine klaffenden Löcher aufwies. Viele hatten Gliedmaßen und Waffensysteme verloren. Manche der Mechs standen mit offener Kanzel im Gelände, bedeckt von schwarzem Eis. Ein Falken-Mech war in die Hocke gegangen und benutzte seine Flammer dazu, ein kleines Gebäude in Brand zu halten. Zwischen seinen Beinen drängten sich niedergeschlagene Jadefalken auf der Suche nach Wärme und Schutz.

Phelan hielt den *Wolfshund* an und schaltete die Außenlautsprecher ein. »Wo ist Galaxiscommander Angeline Mattlov?«

Die meisten Piloten schüttelten den Kopf, aber ein oder zwei deuteten tiefer in die Siedlung.

Phelan marschierte weiter. Der Rest seines Sternhaufens bewegte sich ringsum mit, um jeden Versuch der Jadefalken abzublocken, ihre Niederlage doch noch in einen Sieg zu verwandeln, indem sie ihn ausschalteten. Phelan wußte so gut wie die Angreifer und sämtliche Verteidiger, daß die Schlacht längst vorbei war, aber er wußte auch, daß die Falken versuchen würden, ihn umzubringen, wenn er ihnen eine Lücke in seiner Deckung bot. Schließlich waren sie Clanner, und das war das Wesen der Clans.

Auf Tukayyid und anderen Welten hatte Phelan schon schlimmere Vernichtung gesehen, aber kein anderer Ort war ihm so trostlos und grausam erschienen. Als der Wind auffrischte, trieb er den Rauch davon. Schwarze Eiskörner wurden über den Boden getrieben und bildeten schwarze Schneewehen über gestürzten Mechs. Schon bald würde Neuschnee alle Spuren dieser Schlacht überdecken und sie in dieser sterilen Einöde leblos und zerborsten für alle Zeiten konservieren.

Er fand Angeline Mattlov am Ufer der Bucht. Ihr *Höhlenwolf* zog das rechte Bein nach. Es hing nur noch an den Myomerfasern. Der metallene Knochen war vom Feuer der Jäger weggeschmolzen worden. Der Rest der Mechpanzerung war in kaum besserem Zustand. Mattlovs gebückt wirkender OmniMech wirkte wie ein verwundetes Wild, dem eine Horde Raubtiere zugesetzt hatte.

Aus dem Cockpit seines Mechs blickte Phelan auf Angeline Mattlov herab. An den Spuren in Eis und Schnee konnte er sehen, daß sie ihre Maschine irgendwie zweihundert Meter in Richtung der Landungsschiffe geschleppt hatte. Er öffnete eine Funkfrequenz. »Es ist vorbei, Galaxiscommander.«

»Niemals, Freigeburt.« Mattlovs Mech hebelte sich auf den rechten Ellbogen hoch und stieß den rechten Arm in seine Richtung.

Phelan trat einen Schritt beiseite und ließ die Strahlbahnen der beiden PPKs und Impulslaser an seiner Maschine vorbeizucken. Er senkte das Fadenkreuz über die linke Schulter des *Höhlenwolf* und feuerte mit allen Waffen. Sein schwerer Laser zerschmolz die dicken Myomermuskelbündel, die den Mecharm bewegten. Die drei Impulslaser im Torso des *Wolfshund* schleuderten eine Wolke aus rubinroten Laserblitzen in das Gelenk, wo die Titanstahlknochen ihre Farbe von stumpfem Silber in grelles Weiß veränderten, bevor sie verdampften. Der Arm fiel herab und prallte vom linken Oberschenkel des Mechs ab in den Schnee.

»Als nächstes ist das Bein dran, dann der andere Arm.«

»Wenn du einen Funken Ehre im Leib hättest, würdest du dich mir im Zweikampf stellen.«

»Wir haben die ganze Zeit im Zweikampf gestanden, Angeline. Du und deine Kräfte gegen mich und die meinen.« Phelans *Wolfshund* breitete die Arme zu den Wölfen und Hounds aus, die um sie herumstanden. »Du hast in jeder denkbaren Hinsicht verloren. Das einzige, was ein direkter Zweikampf jetzt noch bringen könnte, wäre dein Tod, und ich bin nicht geneigt, dir diese Erlösung zu gewähren.«

»Dann bist du ein Feigling.« Ihre Worte waren zornerfüllt. »Du hast alles verraten, wofür die Clans stehen, aber was konnte man von einer Freigeburt aus der Inneren Sphäre schon anderes erwarten? Die Clans existieren, um die besten Krieger zu produzieren, und du schwächst uns. Du bist ein ebenso großer Verräter wie Stefan Amaris.«

Phelans Kiefermuskeln spannten sich. »Ich habe die Clans nicht verraten, Angeline, das haben die Kreuzritter getan. Du behauptest, die Clans existieren, um die besten Krieger zu produzieren, aber ist das nicht nur Mittel zum Zweck? Als er die Clans gründete, hat Nicholas Kerensky uns auf diesen Weg gebracht, damit wir eines Tages stark genug sein konnten, die Innere Sphäre zu beschützen. Unsere Vorfahren haben die Innere Sphäre verlassen, um den Machtkämpfen zu entkommen, die zum Zusammenbruch des Sternenbunds führten, und Nicholas hat uns die Pflicht auferlegt, die Innere Sphäre gegen Bedrohungen von außen zu beschützen. Die Kreuzritter sind diese Bedrohung,

Angeline. Die Kreuzritter haben entschieden, die Innere Sphäre sei so verkommen, daß sie unseren Schutz nicht mehr verdient habe. Die Kreuzritter würden in die Innere Sphäre einfallen und den Menschen dort ihre Freiheit nehmen – die Freiheit, zu deren Schutz und Erhaltung die Clans gegründet wurden.«

»Du bist ein Narr, Phelan, und wenn du denkst, ich würde glauben, du verstehst, was es heißt, ein Clansmann zu sein, mußt du mich für eine noch größere Närrin halten. Wir sind, was wir sind. Wir sind Krieger. Wir sind für den Krieg gezüchtet, und in drei Jahrhunderten der Zucht ist ein Volk entstanden, das nicht nur würdig ist, den Sternenbund wieder aufzurichten, sondern auch fähig dazu.«

»Und doch war ich, der ich in der Inneren Sphäre geboren wurde, fähig, an die Spitze des stärksten aller Clans zu steigen.«

»Nur, weil Ulric Kerensky dich beschützt hat.«

Phelan konnte ein Lachen nicht zurückhalten. »Typisch, Angeline. Noch mehr Beweise für dein Versagen. Selbst in der Niederlage bist du nicht fähig zuzugeben, daß ich mehr geleistet habe, und das besser und schneller als du oder irgendein anderes Produkt des Clan-Zuchtprogramms.«

»Du bist ein Wolf und ein Bewahrer. Das macht dich kaum zu einem Clanner.«

»Du könntest recht haben, Angeline, aber wenn dem so ist, ist es der Verlust der Clans.« Phelan schüttelte langsam den Kopf. »Du glaubst, es sei der Sinn des Krieges, neue Gipfel der Vernichtung zu erklimmen. Nur die Sieger, die herausragendsten Kämpfer, sollen das Recht bekommen, sich fortpflanzen zu dürfen. Du würdest ihn zu einer martialischen Form des Darwinismus machen, zu einem Teil der menschlichen Evolution. Aber der Krieg ist kein Wert an sich. Es gibt einen Grund, Krieg zu führen, und nur einen einzigen. Es ist der Grund, aus dem wir hier gekämpft haben. Es ist der Grund, aus dem Natascha und Ulric und all die anderen in eurer Besatzungszone gegen euch Jadefalken gekämpft haben. Es ist der Grund, aus dem die Innere Sphäre gegen die Clans gekämpft hat. Dieser Grund ist die Freiheit. Seltsamerweise ist genau das auch der Grund, aus dem ihr euch uns widersetzt habt. Ihr habt Ulric als ein Hindernis gesehen, das euch Kreuzrittern die Freiheit nahm, euch fortzupflanzen und stärker zu werden, aber ihr habt nicht erkannt, daß es das Wesen der Clans ist, das euch diese Freiheit verweigert. Ihr hättet euch auch ohne Krieg fortpflanzen und verbessern können, aber nur durch den Krieg, durch den Kampf gegen euch, konnten die Menschen der Inneren Sphäre ihre Freiheit verteidigen, ihr Leben selbst zu bestimmen. Nicholas Kerensky hat die Clans erschaffen, um zu verhindern, daß irgend jemand oder irgend etwas der Inneren Sphäre diese Freiheit nimmt.«

»Du kannst nicht wissen, was in Nicholas Kerenskys Gedanken vor sich gegangen ist, Freigeburt!«

»Nein? Warum nicht? Nicholas Kerensky war eine Freigeburt, frapos?«

Angeline Mattlovs wütendes Zischen krachte durch die Sprecher in Phelans Neurohelm. »Wie kannst du es wagen, ihn mit diesem Wort zu besudeln!«

»Die Wahrheit besudelt niemanden, Angeline, außer die, die ihr nicht ins Gesicht sehen.« Phelan hob den rechten Arm des *Wolfshund* und deutete auf eines der Landungsschiffe. »Sammel deine Leute und verschwinde. Geh zurück zu deinen Herren, geh zurück zu den Clans und laß sie wissen, daß ich noch lebe. Laß sie wissen, daß ich das Genmaterial der Wölfe mitgenommen habe. Sag ihnen, daß wir hier in der Lyranischen Allianz eine Heimat gefunden haben. Wir sind entschlossen, Nicholas Kerenskys Traum einer Freien Inneren Sphäre treu zu bleiben. Ob nächsten Monat, nächstes Jahr oder in zehn Jahren, wann die

Clans sich auch entschließen, ihren Kreuzzug fortzusetzen, werden sich die Wölfe, die sie für vernichtet halten, ihnen entgegenstellen. Und wenn sie sich über den Ausgang der bevorstehenden Schlachten Gedanken machen wollen, erinnere sie an Morges und warne sie, ihre Aktionen gut zu überdenken.«

54

> Der widerwillige Gehorsam ferner Provinzen kostet in aller Regel mehr, als er wert ist.
>
> – Thomas Babington Macaulay

Avalon City, New Avalon
Mark Crucis, Vereinigtes Commonwealth

25. Dezember 3057

Victor schreckte mit vor Schweiß brennenden Augen auf. Er sah auf seine zu Krallen verkrampften Hände hinab und stellte überrascht fest, daß sie nicht bluteten. Ohne die wahre Bedeutung dieser Tatsache zu verstehen, riß er sich die Bettdecke vom Leib und sprang in die Ecke des Schlafzimmers, wo er nackt vor dem bodenlangen Spiegel stehenblieb. Er zog und zerrte an seinen Wangen und starrte auf sein Spiegelbild, während langsam die Wirklichkeit seine Träume verdrängte.

Es ist mein Gesicht im Spiegel, nicht das meines Vaters. Es ist meines, wirklich meines. Er zitterte, hauptsächlich vor Erleichterung, aber auch wegen der kalten Luft. Er strich sich das nasse Haar aus dem Gesicht – und starrte in den Spiegel, um sich zu überzeugen, daß es weißblond war, nicht rot wie das seines Vaters. *Was für ein Alptraum.*

Victor stolperte zurück zum Bett und rutschte weiter in die Mitte, wo die Laken noch trocken waren. Ihre Kälte war unbequem, aber er klammerte sich daran fest und verdrängte das letzte Unbehagen, das sein Traum in ihm hinterlassen hatte. Er schloß einen Moment die Augen, wußte aber bereits, daß er nicht würde schlafen können. Also zog er ein paar Kissen hinter seinen Rücken und setzte sich auf.

Der Traum – *der Alptraum* – war aus dem Widerspruch zwischen Thomas' Friedensangebot und der Victor angemessen erscheinenden Antwort entstanden.

Sein Vater hätte das Angebot rundweg ausgeschlagen. Durch dieses Friedensangebot hatte Thomas gezeigt, daß er nicht Manns genug war, den Konflikt auszufechten. Schlimmer noch, Thomas hatte seine Erfolge überhaupt nur erringen können, weil er Katherine gegen Victor ausgespielt hatte. Ohne die Schiffe, die Katherine ihm jetzt zum *Kauf* angeboten hatte – unter Hanse hätte das Tormano den *Kopf* gekostet! –, hatte Victor kaum eine Möglichkeit gehabt, gegen die Liga Freier Welten vorzugehen.

Nicht, daß das Hanse Davion aufgehalten hätte. Er hätte jedes Frachtschiff des Vereinigten Commonwealth requiriert und in einen Truppentransporter verwandelt. Er hätte mehr als genug Truppen eingeschifft, um Thomas' Söldner zu bloßen Erinnerungen zu zerblasen und Sun-Tzus Truppen zu schwabbligem Protoplasma. Hatten nicht Thomas und Sun-Tzu durch die Art und Stärke ihrer Angriffe bewiesen, daß sie die Kunst der Kriegsführung durch das Studium der Methoden Hanse Davions gelernt hatten? Hanse hätte ihnen die wahren Schrecken des Krieges gezeigt und sie für ihr kleines Spielchen teuer bezahlen lassen …

Genau das hätte sein Vater getan. Victor wußte es. Er war sogar so weit gegangen, die alten Unterlagen seines Vaters durchzusehen, um festzustellen, wie er im Vierten Nachfolgekrieg den Transport seiner Truppen organisiert hatte. Obwohl seit dem Ende dieses Konfliktes fünfundzwanzig Jahre vergangen waren, waren die Strategien noch immer solide und die Mittel verfügbar. Es hätte Entbehrungen für das Volk des Vereinigten Commonwealth bedeutet, wäre er erneut in die Mark Sarna eingefallen, wie es sein Vater damals getan hatte, aber nur Opfer wie dieses konnten das Reich intakt halten.

Obwohl Victor bereit war, so zu handeln, hielt ihn jedesmal etwas zurück, wenn er sich dieser Entscheidung näherte. In seinem Traum hatte er Thomas gesehen, der ihm einen Olivenzweig anbot, aber Victor hatte ihm den Zweig aus der Hand geschlagen. Daraufhin hatten sich die Augen des Generalhauptmanns in Spiegel verwandelt, in denen Victor das Gesicht seines Vaters reflektiert gesehen hatte. Als er Thomas einen Hieb ins Gesicht versetzt hatte, war die Maske, die Thomas getragen hatte, zerbrochen, und darunter war Hanses Gesicht zum Vorschein gekommen. Dann hatte sich Hanse in eine Kristallstatue verwandelt, die unter Victors Schlägen zerborsten war, und jedes ihrer Bruchstücke hatte in seinem Innern ein Hologramm des kompletten Hanse-Standbilds erhalten. Aber auf dem Sockel hatte der Name ›Victor‹ gestanden.

»Ich bin *nicht* mein Vater.« Victor schlug mit der Faust in seine offene Hand. »Ich habe nie versucht, mein Vater zu sein. Ich habe mir nie *gewünscht*, mein Vater zu sein!«

Aber es waren seine Methoden, die dich hierher gebracht haben. Willst du sie jetzt aufgeben? fragte eine leise Stimme in seinen Gedanken.

Victor schauderte. *Habe ich wirklich nachgeäfft, was mein Vater getan hätte?*

Die Stimme antwortete nicht, aber Victor gab ihr auch kaum eine Chance dazu. Seine Gedanken rasten, analysierten seine Maßnahmen, schätzten ihre Effektivität ab, suchten nach ihren Wurzeln. *Ich muß wissen, was ich falsch gemacht habe, und warum.*

Der erste Punkt, der ihn stocken ließ, war die Entscheidung, ein Double an die Stelle Joshuas zu setzen. Diese Lösung des Problems hatte ihm nie zugesagt. Er war bereit gewesen, Joshua mit Hilfe von Maschinen am Leben zu halten, während der Doppelgänger eingeführt wurde, weil er die Entscheidung noch hatte widerrufen können, solange Joshua nicht tot war. Er wußte, daß er die Entscheidung letztendlich getroffen hatte, um sich Zeit zu erkaufen. Zeit, um mit Katherine fertig zu werden, Zeit, um mit Sun-Tzu fertig zu werden, und Zeit, um Thomas die Nachricht beizubringen.

Persönlich hätte er dazu geneigt, Thomas vom Tod seines Sohnes zu informieren, aber die bloße Existenz Projekt Geminis hatte in ihm irgendwie den Eindruck erweckt, Thomas gegenüber ehrlich zu sein, wäre politisch naiv. Angesichts der Bedrohungen aus dem Inneren seiner eigenen Familie wie von außen, konnte er sich nicht gestatten, auch nur die kleinste Schwäche zu zeigen.

Projekt Gemini war der Plan seines Vaters gewesen. Er war vorbereitet worden, um Thomas' Kooperationsbereitschaft sicherzustellen, während die Clans durch die Innere Sphäre stürmten. Mit dem von ComStar erkämpften Waffenstillstand hatte Projekt Gemini seinen Wert verloren, aber Hanse Davion war gestorben, bevor er das Projekt auflösen konnte.

Und ich habe es weiterlaufen lassen, weil ich damit einen Teil meines Vaters am Leben gelassen habe.

Victor wußte augenblicklich, daß diese Vorstellung falsch war – ebenso falsch wie die Entscheidung, Joshuas Doppelgänger einzusetzen. Er hatte nur getan, was sein Vater getan hätte, und darin erkannte er das Problem. *Wenn ich nicht mein Vater bin, warum agiere ich dann genauso wie er?*

Noch während er sich diese Frage stellte, fand er tausend Antworten. Die Konflikte mit Katherine und Peter hatten ihn gezwungen, seine Kontrolle über die Familie zu etablieren, und sein Vater war das einzige Vorbild, das ihm dafür zur Verfügung stand. Außerdem hatten ihn der Respekt, den er für seinen Vater empfand, und die Verehrung, die Hanse von der Bevölkerung des Vereinigten Commonwealth entgegengebracht wurde, zu Handlungsweisen gedrängt, die es ihm gestattet hatten, dieses Image und diese Gefühle zu nutzen. Aber jetzt wurde Victor klar, daß Aktionen, die man seinem Vater als ›schlau‹ und ›des Fuchses würdig‹ durchgehen ließ, ihm als Größenwahnsinn oder kleinliche Grausamkeit ausgelegt wurden.

Diese Erkenntnis führte Victor zurück zu Thomas' Olivenzweig. Sein Vater hätte ihn abgelehnt und die verlorenen Systeme zurückerobert – daran hatte Victor keinen Zweifel. Es stimmte zwar, daß Hanse angesichts der Clanbedrohung Frieden mit dem Draconis-Kombinat geschlossen hatte, aber dabei hatte er nur den Vorrang der größeren Bedrohung berücksichtigt. Das Draconis-Kombinat war nicht der Aggressor im Krieg von 3039 gewesen und hatte sich erbittert gegen das Vereinigte Commonwealth verteidigt. Theodore Kurita hatte sich Hanses Respekt erkämpft, eine Tatsache, die viel dazu beigetragen hatte, daß Hanse bereit gewesen war, einen Waffenstillstand zwischen ihren Reichen hinzunehmen.

Angesichts unverhohlener Aggression hätte Hanse jedoch zurückgeschlagen – nur konnte Victor keinen Vorteil darin sehen, gegen die Liga Freier Welten oder die Konföderation Capella zurückzuschlagen. Bisher war der Krieg relativ verlustlos abgelaufen. Der Krieg mochte eine Esse sein, in der aus Menschen Helden geschmiedet wurden – was insbesondere für die Woodstock-Reserve und den Tanzenden Joker galt, wer auch immer er sein mochte –, aber er war auch ein unersättlicher Moloch, der Menschen und Material in ungeheuren Mengen verschlang.

Sicher, von den verlorenen Welten konnte er keine Steuereinnahmen mehr erwarten, aber diese Summen waren ohne Bedeutung, verglichen mit den wirtschaftlichen Vorteilen, die Thomas' Friedensangebot dem Vereinigten Commonwealth bot. Und auch wenn Sarna und Styk eigene kleine Nationen ähnlich dem

St. Ives-Pakt gegründet hatten, stellten ihre finanziellen und wirtschaftlichen Bindungen an das Vereinigte Commonwealth sicher, daß Victor keine von seinen Mechfabriken in der Mark Sarna einbüßte.

Vorausgesetzt – ermahnte er sich – *die Reservisten besiegen die China-Banditen.*

Die meisten planetaren Bevölkerungen würde der Wechsel in der Regierung nicht wesentlich berühren. Ja, sie würden den Text einer neuen Nationalhymne lernen müssen, aber die Mark Sarna war noch keine Generation lang Teil des Vereinigten Commonwealth gewesen. Der einzige Nachteil für die meisten Bürger würde darin bestehen, daß sie ihre Terminplanung umstellen müßten, weil sich die Feiertage änderten.

Für die Reservisten und den Tanzenden Joker, Leute, die aktiv gegen die Einverleibung der Mark Sarna durch die Konföderation Capella gekämpft hatten, sah die Sache anders aus. Wenn die Reservisten Erfolg hatten, würde Nanking im Commonwealth verbleiben. Wenn nicht, würden sie repatriiert werden müssen. Eine solche Rückführung würde auch für den Tanzenden Joker und seine Leute sowie für all die kleinen Funktionäre und Verwaltungsbeamten überlebenswichtig sein, die den Treueeid auf das Vereinigte Commonwealth abgelegt hatten. Sie würden zum Ziel von Vergeltungsmaßnahmen werden, und Victor würde sie niemals einer solchen Gefahr aussetzen.

»Thomas wird einer Repatriierung meiner Leute zustimmen, wenn ich vorschlage, das Programm von ComStar handhaben zu lassen. Das hält die Sache neutral.«

Nachdem er dieses Problem gelöst hatte, wußte Victor, daß er die Wahl treffen würde, die für seinen Vater undenkbar gewesen wäre. »Die Zeiten haben sich geändert, Vater. Ich kann es mir nicht leisten, für den Kampf um wertlose Welten meine Wirtschaft zu ruinieren. Zu deiner Zeit war die Einigung der Inneren

Sphäre ein nobles Ziel, für das es sich zu kämpfen lohnte. Aber wir heute können uns das nicht mehr leisten. Solche Kriege würden uns zur leichten Beute für die Clans machen, wenn sie wieder zuschlagen. Wir haben noch zehn Jahre, bis der ComStar-Waffenstillstand ausläuft – *wenn* er so lange hält –, und ich sehe mein Volk lieber auf den Krieg vorbereitet als in einen verstrickt.«

Aus den Tiefen von Victors Erinnerung trat das Bild seines sterbenden Vaters vor seine Augen. Er sah noch einmal das kurze Aufflackern in Hanses stechend blauen Augen. Sie hatten Victor fixiert. Dann hatte Hanse die Schulter seines Sohnes gepackt, dessen Namen geflüstert und gelächelt.

»Du schienst zufrieden zu sterben, Vater, in dem Wissen, daß ich da war, um deine Stelle einzunehmen. War es, weil du dachtest, ich sei wie du, oder weil du darauf vertraut hast, daß ich tun werde, was immer nötig ist, um dein Reich intakt zu halten? Ich hoffe sehr, es war letzteres, denn ich bin nicht wie du und werde es auch nie sein. Ich habe versucht, so zu handeln wie du, und dabei beinahe alles ruiniert. Nie wieder.« Victor schüttelte den Kopf und blickte in den Spiegel am anderen Ende des Zimmers. »Ich bin Victor Ian Steiner-Davion, Erster Prinz des Vereinigten Commonwealth. Von jetzt an werde ich meine eigenen Fehler begehen, und die Erfahrung, die ich sammle, wenn ich sie korrigiere, wird mich in die Zukunft leiten.«

55

Der das Kainsmal trägt, wird über die Erde herrschen.

– George Bernard Shaw, *Zurück zu Methusalem*

Daosha, Zürich
Zürich, Liga-Befreiungszone

27. Dezember 3057

Xu Ning drückte die Taste für die nächste Seite, aber der Computer fiepte, um ihm mitzuteilen, daß er das Ende der Datei erreicht hatte. Er warf einen Blick auf die Zeitanzeige in der oberen rechten Ecke des Flachbildschirms und stellte fest, daß es nach Mitternacht war. Er fand es ironisch und sogar komisch, daß er so lange gelesen hatte. In seiner Zeit als Akademiker hätte er die Art eskapistischen Thriller wie diesen Versuch eines Romans aus der Feder des Tanzenden Jokers niemals angefaßt. Allein schon, weil er offenbar als erster Band einer Serie angelegt war! Und jetzt hatte ihn etwas, das er als weit unter seiner Würde betrachtet hatte, sehr viel länger wachgehalten, als er je geglaubt hätte.

Nicht, daß es sich um große Literatur handelte. Er hatte Zweifel, ob man im Zusammenhang damit überhaupt von Literatur sprechen konnte. Der Text war überhäuft mit Klischees, aber die Geschichte war gut strukturiert. Die einzige Figur mit Tiefgang war allerdings der Held, Charlie Moore. Der Roman war offensichtlich autobiographisch, und Charlie Moore war Noble Thayers Alter Ego.

Es war das Bedürfnis gewesen, die Gedankengänge Charlie Moores – und damit die Noble Thayers –

kennenzulernen, was Xu veranlaßt hatte, sich durch das Buch zu arbeiten. Cathy Hanneys Verhör hatte genügend Informationen geliefert, unter anderem die Adresse der letzten Wohnung des Tanzenden Jokers. Sie hatten jedoch nur eine Reihe persönlicher Gegenstände gefunden, darunter einen kleinen Sicherheitskomitee-Compblock und die Disketten, auf denen Thayer sein Buch geschrieben hatte. Das Sicherheitskomitee hatte hart gearbeitet, um ein Profil Thayers zu erstellen, aber es war nicht annähernd so aufschlußreich geworden wie dieser Roman.

Schon der Titel, *Die Scharaden des Jägers*, sagten mehr über Noble Thayer aus als alles, was Xus Leute gesammelt hatten. Die Kette der dem Tanzenden Joker zugeschriebenen Aktionen machte es überdeutlich, daß Thayer kein Chemielehrer war. Seine Führungsqualitäten und Fähigkeiten, seine Spur zu verwischen, bewiesen, daß er eine Ausbildung als Davion-Agent absolviert haben mußte – genau wie Charlie Moore. Wie Thayer war Moore nach Zürich gekommen, um eine feindliche revolutionäre Organisation zu infiltrieren. Als die Revolution stattgefunden hatte, begann Moore mit dem Aufbau einer Widerstandsbewegung gegen die Regierung des bösartigen Chao Shaw – eine phonetische Mixtur aus Italienisch und Farsi, die mit ›Lebewohl König‹ übersetzt werden konnte.

Der Direktor hatte seine Darstellung im Text nicht gerade als schmeichelhaft empfunden, aber die Punkte, die Thayer als Ansatzpunkt für seine Kritik gewählt hatte, lieferten ihm Einblick in dessen Denkprozesse. Thayer hatte Shaw als eitlen Egoisten dargestellt, dem beim jahrelangen Versteckspiel in abgelegenen Partisanencamps der Blick für die Wirklichkeit abhanden gekommen war. Er benutzte Shaws Leidenschaft für ein Spektrum ausgefallener Sexualpraktiken als Allegorie für den inhärenten Widerspruch eines Mannes, der sich über alle anderen erhebt, um eine

Gesellschaft schaffen zu können, in der es keine Klassenunterschiede gibt. Es war diese Allegorie, die Xu Ning am stärksten traf.

In seinen Roman hatte Thayer auch Deirdre Lear eingebaut und als Dr. Dolores Larson auf Zürich agieren lassen. Sie verkörperte Moores Liebesbeziehung und wurde von Shaw und dessen verbrecherischer Söldnertruppe, den Weißen Vipern, gegen Schluß des Romans gefangengenommen. Das Manuskript endete damit, daß Moore, als König des Todes, einen Frontalangriff zur Befreiung seiner Geliebten aus den Klauen des Diktators plante, der ihn zur direkten Konfrontation mit Shaw führen mußte.

Xu löschte den Schirm. »Ich frage mich, wie du das Buch abgeschlossen hättest? Hättest du Shaw Larson töten lassen, so wie ich Miß Hanney getötet habe? Hättest du Shaw seine Anlage in Erwartung deines Angriffs in eine Festung verwandeln lassen? Und hätte sich deine Planung geändert, wenn deine Geliebte, im Gegensatz zum Text deines Romans, im Verhör zusammengebrochen wäre und all deine Geheimnisse ausgeplaudert hätte?« Die Fragen wanderten durch Xu Nings Gedanken, und er wußte, er würde in dieser Nacht nicht ruhig schlafen können. Er drückte einen Knopf auf der Sprechanlage neben dem Computer. »Tsin, bring mir ein Glas warme Milch mit einem Schuß Cognac Napoleon.«

»Sofort, Direktor.«

Während er sich auszog, um zu Bett zu gehen, machte Xu Ning sich klar, daß er sich glücklich schätzen konnte. Thayers Roman hatte sehr detailliert geschildert, wie das Bombenattentat auf das Arsenal in die Wege geleitet und auch wie der Angriff auf Kaishiling organisiert worden war. Hätte Thayer seine Fähigkeiten darauf verwandt, ihn umzubringen, hätte er damit sicher ebenfalls Erfolg gehabt, daran bestand für Xu inzwischen kein Zweifel. Natürlich hätte das am

Ergebnis der Revolution nichts geändert, weil ein anderer seinen Platz eingenommen hätte. Statt dessen hatte Thayer das Fundament der Revolutionsgesellschaft angegriffen und war gefährlich nahe daran gekommen, seine Regierung zu stürzen.

Xu Ning zog seinen seidenen Hausmantel an und band den violetten Gürtel um die Taille. Der Tanzende Joker hatte nicht mit der Gefangennahme und dem Zusammenbruch Cathy Hanneys gerechnet. Ihre Informationen hatten ihn von seiner Operationsbasis abgeschnitten und zur Flucht gezwungen. Das war ein enormer Rückschlag und wahrscheinlich das einzige, was Xus Revolution vor dem Untergang bewahrt hatte.

Ein nagender Zweifel machte es Xu unmöglich, mit diesem Ende zufrieden zu sein. Xu Ning konzentrierte sich und erkannte schnell, welches Paradox ihm Probleme bereitete. Er war zu dem Schluß gekommen, der Tanzende Joker habe Cathy Hanneys Gefangennahme nicht vorhergesehen, aber im Roman hatte der Held Vorkehrungen getroffen, auf die Gefangennahme seiner Geliebten zu reagieren. In der Wirklichkeit jedoch hatte Cathy Hanneys Gefangennahme den Tanzenden Joker in den Untergrund getrieben, so daß er keine Chance gehabt hatte, darüber zu schreiben, wie er mit einer solchen Situation fertig wurde. Außerdem konnte er den Überfall auf Kaishiling nur durchführen, indem er Cathy Hanney bewußt opferte. Natürlich war Dr. Larson im Roman während des Überfalls gefangengenommen worden, also bestand die Möglichkeit, daß Thayer seine Pläne geändert hatte, um das Problem zu vermeiden, das er in seinem Roman hatte.

Andererseits war der Auslöser für die Larson/Hanney-Gefangennahme im Roman ebenso wie in der Realität ein für Shaw/Xu arbeitender Verräter gewesen. Die Argumentation drehte sich im Kreis. Das

Leben imitierte die Kunst und umgekehrt. Xu verzog das Gesicht und kehrte an seinen Schreibtisch zurück, um in einer Schublade nach Schmerztabletten zu suchen. *Das Ganze ergibt nur dann einen Sinn, wenn der Tanzende Joker mir seine Geliebte absichtlich in die Hände gespielt hat. Aber* das *ergibt keinen Sinn.*

Xu hörte ein leises Klopfen an der Tür. »Herein.« Das dampfende Glas Milch auf dem Tablett ließ Xu einen Augenblick übersehen, daß der geduckt ins Zimmer tretende Mann kaukasischer Abstammung war, kein Asiate wie sein Hausdiener. Bevor er den Eindringling auffordern konnte, sich zu identifizieren, sah er die mit einem Schalldämpfer ausgerüstete Pistole in dessen anderer Hand.

»Noble Thayer, nehme ich an?«

»Nennen Sie mich, wie immer es Ihnen gefällt. Ich bin der Tanzende Joker.« Der Mann richtete sich zu voller Größe auf und stellte das Tablett auf einem Tisch in der Nähe der Tür ab. Der Lauf der Pistole bewegte sich keinen Millimeter, als der Mann die Tür hinter sich schloß. »Hat sie Ihnen meinen Namen verraten, oder haben Sie ihn aus dem Buch?«

Xu fühlte, wie sein Blut gefror. »Sie hat uns Ihren Namen und Aufenthaltsort verraten, auch wenn sie lange durchgehalten hat. Nachdem ich das Buch und die über Sie angelegte Datei gelesen habe, weiß ich, daß Noble Thayer wahrscheinlich nicht Ihr echter Name ist.«

Sein dunkelhaariges Gegenüber schüttelte den Kopf. »Glauben Sie, was Sie wollen.«

»Ah, dann werde ich annehmen, daß gewisse Details des Buches korrekt sind. Darf ich Sie Charlie nennen?«

»Wie immer es Ihnen gefällt. Ist Cathy tot?«

»Seit zwei Tagen. Sie war stark, aber doch nicht so stark.« Xu Ning versuchte, einen beiläufigen Tonfall aufrechtzuerhalten, und fragte sich, wie groß seine

Chance war, den Alarmknopf am anderen Ende des Schreibtischs zu erreichen. »Falls es einen Trost darstellt: Sie hat Fabian Wilson erschossen.«

»Brauche ich ihn nicht zu suchen.«

»Schade, daß er nicht mehr lebt. Es wäre interessant gewesen, zu sehen, wer das Rennen gewonnen hätte – Sie auf der Suche nach ihm oder wir auf der Suche nach Ihnen, den Foxes, den Bradfords und Miss Thompson.«

Der Tanzende Joker lächelte. »Ich hätte gewonnen.«

»Natürlich hätten Sie das.« Xu Ning drehte sich nach rechts, was ihn einen halben Schritt näher an den Knopf brachte, und deutete auf den Computer. »In Ihrem Beruf brauchen Sie ein gesundes Selbstvertrauen, nicht wahr, Charlie? Ich habe es in Ihrem Roman gesehen – dort zerstört der König des Todes sogar die Weißen Vipern. Schade, daß das Leben die Kunst nicht imitiert.«

»O doch, das tut es. Einer der Punkte, die ich für ein späteres Kapitel geplant hatte, war, wie das Sicherheitskomitee selbst einen Virus in sein Computersystem einschleust, indem es eine Diskette mit dem persönlichen Tagebuch des Königs des Todes hastig kopiert und analysiert.« Er deutete mit der Pistole auf den Computer. »Das haben Sie schon für mich erledigt, nicht wahr?«

Xu stützte sich auf dem Schreibtischrand ab. Ein Schweißtropfen rollte von seiner Oberlippe. Er schmeckte das Salz auf der Zunge. »Sehr geschickt. Ich hätte es mir denken können.« Seine rechte Hand schob sich entlang der Schreibtischplatte vor und drückte den unter ihr eingelassenen Knopf. »Das wird höchst unangenehm werden.«

»Mindestens so unangenehm wie die Tatsache, daß ich, wie ich in meinem Buch ausführen wollte, alle Ihre Wachen getötet habe, so daß es überhaupt keinen Sinn hat, diesen Knopf zu betätigen.«

Xu Nings Knie zitterten. »Sie haben das alles geplant, nicht wahr? Aber Sie haben eine Frau betrogen, die nach Ihnen geschrien hat, als sie gefoltert wurde. Sie starb in dem Glauben, Sie würden sie retten, aber Sie hatten nie vor, sie hier herauszuholen.« Er sah zu dem Bewaffneten hinüber. »Wie konnten Sie uns die Frau vorwerfen, die Sie lieben?«

»Noble hat sie geliebt, nicht ich.« Der Tanzende Joker zuckte die Achseln. »Indem Sie sich auf sie und das, was sie Ihnen erzählen konnte, konzentriert haben, haben Sie mir die Gelegenheit gegeben, meine Leute ins All zu schleusen. Sie sind fort, und Sie werden nie Gelegenheit bekommen, sie zu fangen. Sie werden auf Bell ankommen und auf ein Rendezvous mit mir warten, das nie zustande kommt. Wenn ich nicht erscheine, werden sie meine Aktionen Davions Geheimdienstsekretariat melden.«

»Ich dachte, Sie wären Teil des Geheimdienstsekretariats.«

»Ein Teil davon, nein.« Der Tanzende Joker lachte leise. »Aber ich werde von ihm gesucht.«

»Was?« Xu war sichtbar verwirrt. »Wovon reden Sie?«

»Nach einem Jahr auf der Flucht bin ich aus demselben Grund hier gelandet wie Sie: Die planetare Polizei hier war wertlos. Hier konnte ich mich verstecken.« Sein Grinsen wurde breiter. »Nach den Attentaten auf Melissa Steiner-Davion und Herzog Ryan Steiner mußte ich in der Wahl meines Unterschlupfes sehr wählerisch sein.«

Der Finger des Tanzenden Jokers spannte sich um den Abzugshahn. Die Kugel schlug durch Xus Brustbein, bohrte sich durch sein Herz und zerfetzte sein Rückgrat. Schmerz explodierte durch Xus Körper und schien ihm die Schädeldecke absprengen zu wollen. Dann sah er Sterne, als sein Kopf auf den Boden schlug. Er sah nach unten. Seine Beine hatten sich im Stuhl verfangen. Er fühlte sie nicht mehr.

Der Tanzende Joker kam herüber und blieb über ihm stehen. »Betrachten Sie Ihre Revolution bitte nicht als völligen Fehlschlag, Direktor. Ursprünglich kam ich hierher, um unterzutauchen und mich zur Ruhe zu setzen, aber Sie haben mich daran erinnert, wie sehr mir meine Arbeit immer noch gefällt. Wenn ich Sie jetzt umbringe, hat das keine persönlichen Beweggründe – es ist nur so, daß sich der Sturz einer kompletten planetaren Regierung in meinem Lebenslauf sehr gut machen wird.«

56

> Wir haben diesen Krieg noch nicht verloren, aber unser Konto auf der Bank der Wunder ist überzogen.
>
> – W. J. Brown

Kallontown
Nanking, Liga-Befreiungszone

31. Dezember 3057

Wenn ich Silvester als Zielscheibe hätte verbringen wollen, wäre ich auf Solaris geblieben und hätte am Ishiyama Open teilgenommen! Das wird besser bezahlt, und die Chancen stehen auch verflucht besser. Larry Acuff warf einen Blick auf den Sekundärschirm seines *Kriegshammer*. Er sah vier Landungsschiffe der *Overlord*-Klasse, die sich in Rautenformation der Planetenoberfläche näherten. *Overlords* konnten je drei Dutzend BattleMechs aufnehmen. Der weitaus größte Teil der Reserve hätte in zwei Schiffen dieser Klasse Platz gehabt. Ein volles Regiment, und laut Smithsons China-Banditen war das die Stärke ihrer Entsatztruppen, verfügte über 125 Mechs, eine Streitmacht, die keine Probleme damit haben würde, die Reserve auszulöschen.

Der Entfernungsmesser verzeichnete eine Flughöhe von fünf Kilometern, die sich schnell verringerte.

Für eine Mission, die sich auf Wunder verlassen mußte, war bis jetzt alles bemerkenswert glatt gegangen. Durch eine Kombination von patriotischen Appellen, kaum verhohlenen Drohungen und Versprechen kommerzieller Förderung und neuer Marketingchancen hatte die Woodstock-Reservemiliz die Konzerne ihres Heimatplaneten dazu gebracht, ihre Einheit auszurüsten und nach Nanking zu verschiffen. Einmal angekommen, hatten sie eine Kompanie leichter Banditen-Mechs in einen Hinterhalt locken können und so die Stärke der Söldner mit einem Schlag um ein Drittel reduziert.

Anschließend war es ihnen gelungen, die Söldner im Fabrikgelände von Kallon Industries einzuschließen und so eine Pattsituation herbeizuführen. Als Victor versprochen hatte, in Kürze Verstärkungen zu schicken, waren die Reservisten äußerst zufrieden gewesen.

Unglücklicherweise schien die Verstärkung, die jetzt im Anflug war, für die andere Seite gemeint zu sein.

Als die Landungsschiffe vor vier Tagen vom Freie-Welten-Sprungschiff abkoppelten, hatten Larry und Phoebe die Anflugvektoren und Treibstoffaktoren durch die Computer gejagt, um zu sehen, ob sie leer oder beladen waren. Die Leistungsdaten deuteten auf eine Ladung hin, aber natürlich hatte ihnen das noch nicht gesagt, was die Schiffe beförderten. Eine Tonne Altmetall besaß dieselbe Masse wie eine Tonne Mech.

Zwei Tage vor der Ankunft der Schiffe hatten sie Funksprüche an die China-Banditen aufgefangen. Es war ihnen gelungen, sie weit genug zu entschlüsseln, um Colonel Richard Burr zu identifizieren, aber weder Phoebe noch Larry vertrauten dieser Information. ComStar hatte bereits die Nachricht verbreitet, daß Xu Ning auf Zürich einem Attentat zum Opfer gefallen war und eine Gegenrevolte den Planeten ins Chaos gestürzt hatte. Es war schwer zu glauben, daß Thomas Marik oder Sun-Tzu Liao den Schwarzen Kobras gestattet haben sollten, Zürich in einer solchen Krisensituation zu verlassen.

Sie mußten von der Möglichkeit ausgehen, daß es sich bei der abgefangenen Botschaft um eine Aufzeichnung handelte, die sie nur glauben machen sollte, die Schwarzen Kobras wären im Anflug. Natürlich konnten sie auch nicht völlig ausschließen, daß der Funkspruch korrekt gewesen war. Daher hatten sie die Reserve in Alarmzustand versetzt und in Verteidigungsstellungen außerhalb des Kallon-Werks positioniert.

Die Anzeige des Entfernungsmessers sank auf dreitausendfünfhundert Meter. Larry öffnete einen Funkkanal. »Empress, wenn sie echt sind, werden sie in einem Klick Höhe die Luken öffnen und abwerfen.«

»Roger, King Crow.« Larry hörte Angst in Phoebes Stimme. »Immer an Alesia denken, richtig?«

»Roger, Empress. Ende.«

Kip Cooper, ein Oberschullehrer, der in Phoebes BefehlsLanze Dienst tat, hatte bemerkt, daß Cäsar bei Alesia in einer ähnlichen Position die Gallier zurückgeschlagen hatte. Manche Mitglieder der Einheit fanden darin Trost. Larry gehörte nicht dazu. Die Römer waren besser bewaffnet gewesen als die Gallier, und es hatte sich um eine reguläre Armee-Einheit mit überragender Disziplin gehandelt. So stolz er auch auf die Reservisten war, er neigte nicht dazu, ihre Chancen für die unmittelbare Zukunft sonderlich optimistisch zu beurteilen.

Als sich die Landungsschiffe auf einer Höhe von zwei Kilometern befanden, waren sie ein Stück südlich von seiner Position nicht mehr zu übersehen. Larry schaltete das Funkgerät auf die Frequenz um, über die der Funkspruch von den Schiffen an die Banditen gegangen war. »Colonel, das ist Ihre letzte Chance, sich zu ergeben. Wenn dieser Bluff erst fehlgeschlagen ist, werden wir weit ungnädiger sein.«

»Passen Sie gut auf, und beten Sie, Acuff.«

Die Schwarzen Kobras hatten ihre *Overlords* schon vor langer Zeit auf die für Schiffe dieser Klasse als effizienteste akzeptierte Konfiguration umgebaut. Die Mittelsektion der eiförmigen Schiffe war in einen riesigen Mechhangar verwandelt worden. Die BattleMechs waren in Kokons an der inneren Rumpfwand untergebracht, wo sie zwischen den Rumpfverstrebungen hingen. Zwischen den Mechs und dem zentralen Aufzugsschacht lagerte die gesamte Ausrüstung, von den Kobras vor ihrem hastigen Aufbruch von Zürich eiligst verladen.

Über dem Mittelhangar und durch den Aufzugsschacht erreichbar lagen die Mannschaftsquartiere. In der Spitze des Rumpfes befand sich die Brücke. Unter dem Boden des Hangardecks begann der Maschinenraum mit den Fusionstriebwerken, die das Schiff mit Energie und Schubleistung versorgten. Sämtliche Besatzungsmitglieder waren auf Gefechtsstation und hatten die wie Warzen über den Schiffsrumpf verteilten Bordgeschütze bemannt.

Als die Schiffe auf Gefechtsreichweite an das Ziel herangekommen waren, ließen ihre Kapitäne den Hangar vom Rest des Schiffes abriegeln. Anschließend wurden die Hangarluken geöffnet. Die Segeltuchplanen, mit denen die Vorratsbehälter abgedeckt waren, flatterten heftig im plötzlichen Wind, als die Luft durch die Lukenöffnungen ins Freie strömte und der Luftdruck im Hangarinnern sich den außerhalb des Schiffes herrschenden Bedingungen anpaßte. Druckausgleich wurde bei 0,8598639 Atmosphären erreicht. Auf einem einfachen Barometer hätte das einer Quecksilbersäulenanzeige von 65,36 cm entsprochen.

Tatsächlich zeigten auch gut ein Dutzend einfache elektronische Barometer diesen Wert an. Der Tanzende Joker hatte sie an Sprengladungen gekoppelt und in den Infanteriemunitions- und Sprengstoffbehältern versteckt, um die seine Leute in Kaishiling gekämpft hatten. Da die Rebellen einen Teil der Behälter aufgebrochen und wegzuschleppen versucht hatten, bevor sie in die Flucht geschlagen worden waren, hatten die Schwarzen Kobras irrtümlicherweise angenommen, die ungeöffneten Behälter wären unberührt geblieben.

Die Sprengladungen wurden automatisch bei einem Luftdruck unter dem für 800 bis 1000 Meter über

Meeresspiegel zu erwartenden Wert scharf. Wenn der Druck anschließend wieder auf 67,36 cm Quecksilber stieg, löste das Barometer einen Stromstoß an zwei Sprengkapseln aus, die mit Zündschnur an einer Ladung Plastiksprengstoff – gestohlen aus den Vorräten der Schwarzen Kobra – befestigt waren.

Dem Tanzenden Joker war es letztendlich ziemlich gleichgültig gewesen, *wann* die Ladungen explodierten. Ein Tiefdruckgebiet über Daosha beim Beladen der Schiffe hätte ausgereicht, sie scharf zu machen, und dann hätten die Schwarzen Kobras ihre Schiffe für den Start versiegelt und unter Druck gesetzt. Das Ergebnis wäre ihm ebenso recht gewesen wie jedes andere. Dem Joker war es darum gegangen, die Schwarzen Kobras auszuschalten. Wie das genau geschah, interessierte ihn nicht weiter.

Drei Viertel der Sprengladungen funktionierte wie geplant und führte zu mindestens einer Explosion in jedem Schiff, das auf einen Kilometer Höhe über der Abwurfzone sank. Auf einem Schiff, der *Boomslang*, hatten zwei Bomben des Tanzenden Jokers unentdeckt in Behältern mit Plastit gelegen. Die Detonation zerriß das Schiff in zwei Hälften. Die Mechs wurden davongeschleudert wie Süssigkeiten aus einer zerborstenen Piñata.

An Bord der *Seeschlange* explodierte nur eine Bombe. Die Wucht der Explosion durchschlug den Decksboden und vernichtete die primären Stromkopplungen, die die Elektrizität im Schiff verteilten. Das Hilfssystem schaltete sich augenblicklich ein und explodierte prompt in einem gewaltigen Funkenregen. Schiffe der *Overlord*-Klasse waren nicht umsonst berüchtigt für Probleme mit den Strom- und Hydrauliksystemen. Ohne Stromversorgung fielen die Triebwerke aus, und das Schiff stürzte ab.

Die Backbordseite der *Mamba* wurde von einer Explosion erschüttert, die zwei gepanzerte Truppentransporter durch die Außenhülle schleuderte. Die Triebwerke des Schiffes begannen zu stottern, aber es gelang der Besatzung, Schub auf die Korrekturdüsen zu geben. Die *Mamba* schlug hart auf der Planetenoberfläche auf, die geschwächten Stützstreben verformten sich, und der Rumpf sackte nach Backbord ab.

Die Explosionen an Bord der *Sidewinder* pulverisierten eine der Schubdüsen des Fusionstriebwerks völlig. Als der silberhelle Ionenstrom durch den Steuerbordrumpf schlug, riß er das Schiff scharf nach rechts und rammte es in die obere Hälfte der *Boomslang*. Beide Schiffe schienen ineinander zu verschmelzen, als bestünden sie aus Quecksilber, bevor sie von unzähligen Detonationen zerfetzt wurden und in einem brennenden Metallregen auf Kallontown stürzten.

Larry starrte durch das Kanzeldach des *Kriegshammer* gen Himmel. Die vier Landungsschiffe zuckten und stotterten wie eine Filmaufnahme einer unruhig gehaltenen Kamera. Er wußte es nicht so recht einzustufen, was er sah, bis die *Seeschlange* wie ein silbernes Ei abstürzte, eine schwarze Rauchspur hinter sich herziehend. Als sie aufschlug, erzitterte der Boden unter den Füßen seines Mechs.

Im einen Moment sind da vier Schiffe, im nächsten nur noch ein Metallregen. Erst beim zweiten Versuch gelang es Larry, Phoebes Funkfrequenz einzustellen. »Empress, was ist geschehen?«

»Unbekannte Fehlfunktionen. Allmächtiger Gott, vier *Overlords,* weg!«

»Wenn die Banditen geblufft haben, ist es damit jetzt vorbei.«

»Und wenn nicht?«

»Dann hat jemand entweder die Kobras gehaßt oder uns geliebt, und mir ist ehrlich gesagt gleichgültig, was von beiden zutrifft.« Larry sah ein Meldelämpchen auf seiner Konsole blinken. »Ich empfange eine

Nachricht von den Banditen. Du kannst mithören. Hier spricht Hauptmann Acuff. Sprechen Sie, China-Bandit.«

Auch über Funk war das Zittern in der Stimme des Söldnerkommandeurs nicht zu überhören. »Was haben Sie mit den Kobras gemacht?«

»Wir haben keine Ahnung, was mit ihnen geschehen ist, Colonel, aber Ihnen werden sie keine große Hilfe mehr sein.« Larry betrachtete die schwarze Rauchsäule über einer der Absturzstellen. »Die Frage ist, wollen Sie sich selbst helfen?«

»Standardbedingungen für eine Kapitulation? Wir werden mit unserer Ausrüstung repatriiert?«

Phoebe gab ihr Antwort. »Standardbedingungen, sofern Sie uns keine Schwierigkeiten machen und die Fabrik nicht beschädigt wurde.«

»Okay, wir ergeben uns. Jetzt. China-Banditen Ende.«

Larry schaltete die Banditenfrequenz ab. »Was meinst du, Phoebe?«

»Ich freue mich, daß Nanking im neuen Jahr Teil des Vereinigten Commonwealth bleibt.« Er hörte Erleichterung in ihrer Stimme. »Und du?«

»Ich hoffe, die Friedensgerüchte erweisen sich als wahr.«

»Wieso? Wir haben alle unsere Kämpfe gewonnen.«

»Genau deswegen, Phoebe.« Larry lachte. »Überleg mal. Wir haben hier eine unmögliche Aufgabe erfolgreich erledigt. Wenn der Krieg weitergeht, wage ich nicht daran zu denken, was sich Victor noch für uns ausdenkt. Ich will nur wieder zurück an einen sicheren Ort wie Solaris und wieder eine Weile ein nettes, ruhiges und normales Leben führen.«

57

Die Menschen fragen nach dem Ausgang eines Krieges, nicht nach seiner Ursache.

– Seneca, *Hercules Furens*

Rio de Cañada, Morges
Arc-Royal-Defensivkordon, Lyranische Allianz

31. Dezember 3057

Als Phelan über die Bühne zum Rednerpult ging, nahm der Lärm im überfüllten Saal langsam bis auf vereinzeltes Husten und Murmeln ab. Seine zeremonielle graue Lederkleidung knarrte bei jeder Bewegung, und der Wolfsfellumhang lag schwer auf seinen Schultern, aber er hielt den Kopf erhoben und starrte hinaus auf die versammelten Clanner.

»Ich bin der Eidmeister! Alle sollen gebunden sein durch dieses Konklave, bis sie Staub sind und Legende, und darüber hinaus, bis zu aller Dinge Ende.«

»Seyla.« Der von allen Wölfen feierlich intonierte Schwur hallte durch seinen Körper und gab ihm Kraft.

»Sterncolonel Marco Hall hat Nachrichten mitgebracht. Sie betreffen uns alle – diejenigen von uns, die mit Ulric und mit Natascha gekämpft haben, und diejenigen, die noch aus der Besatzungszone zu uns stoßen. Es sind keine angenehmen Nachrichten, und sie könnten zu einem Riß in unseren Reihen führen. Aber selbst wenn dies geschieht, wird keiner Entscheidung, die wir als Reaktion darauf fällen, eine Verpflichtung anhängen.« Phelan schluckte schwer. »Nachdem Ulric Kerensky auf Wotan getötet wurde, hat Khan Vandervahn Chistu erklärt, *unser* Widerspruchstest sei in Wirklichkeit ein Jadefalken-Absorptionstest gewesen.«

Der Saal explodierte in wütendem Unglauben. Phelan hatte gewußt, daß diese Nachricht die Wölfe schocken und in Wut versetzen würde, aber trotzdem war es in vielerlei Hinsicht die harmloseste Nachricht, die er an diesem Tag für sie hatte. Chistu hatte skrupellos nach der Macht gegriffen, weil ein Absorptionstest eine komplizierte Angelegenheit gewesen wäre, die das Bieten gegen andere Clans um die Ehre, die Wölfe zu erobern und zu absorbieren, beinhaltet hätte. *Und wäre dies ein echter Absorptionstest gewesen, wäre meine Streitmacht ebenfalls auf Wotan gewesen, und die Jadefalken hätten die Schlacht um den Planeten niemals gewonnen.*

Phelan hob die Arme. Dann senkte er sie, um die Menge zu beruhigen. »Chistu beanspruchte unsere Clanmitglieder, unsere Welten und unsere Krieger. Er initiierte ein Abschwörungsritual, das die Namen aller Wölfe, die Wotan überlebten oder mir hierher folgten, aus unseren Clanrollen gestrichen hat. Durch die Aktion eines Jadefalken-Khans sind wir aus unserem Clan verbannt.«

Diese Information löste keinen Aufschrei aus, aber das Murmeln, das durch die Zuhörerschaft ging, hing offensichtlich mit einem ganz bestimmten Punkt zusammen. *Wären* die Wölfe von den Jadefalken absorbiert worden, hätte die Abschwörung sie aus ihrem Clan verbannt. Da die Absorption jedoch weder ausgesprochen noch vom Clankonklave ratifiziert worden war, konnte die Abschwörung ignoriert werden. *Und jeder hier wird sie ignorieren.*

»Khan Chistu machte diese Verlautbarungen am Abend seines Sieges über unsere Einheiten auf Wotan. Drei Tage später fanden Arbeiter bei den Aufräumarbeiten Vlad vom Hause Ward lebend, aber im Innern seines *Waldwolf* gefangen. Als sie ihn befreiten und ihm mitteilten, was geschehen war, forderte er Khan Chistu zu einem Widerspruchstest über die Absorption heraus. Chistu mußte die Herausforderung annehmen und wurde in diesem Kampf getötet.«

Phelan gestattete den Wölfen ihren Jubel. Selbst er mußte lächeln. Obwohl er Vlad von ihrer ersten Begegnung an – seiner Gefangennahme durch Vlad – gehaßt hatte, respektierte er seine kämpferischen Fähigkeiten. Es gab keinen Wolf auf Morges, der sich nicht an Vlads Stelle gewünscht hätte, als er Chistu tötete. Kreuzritter oder nicht, Vlad hatte sich als echter Wolf erwiesen.

»Khan Crichell akzeptierte Vlads Sieg, aber er hat die Abschwörung nicht widerrufen. Die in die Jadefalken eingegliederten Wölfe wurden wieder ausgegliedert, bilden jetzt aber den Clan Jadewolf.«

Bei dieser Nachricht hatte Phelan sofort erkannt, warum Crichell sich zur Gründung dieses Hybridclans entschieden hatte. Die überlebenden Wölfe waren in der Mehrzahl Kreuzritter, auf deren Unterstützung er zählen konnte. Indem er die Wölfe am Leben erhielt, konnte Crichell auf die Stimmen ihrer Khane im Großen Konklave bauen. Da Ulrics Widerspruchstest gegen die Anklage des Völkermords auf Wotan gescheitert war, hätte ein wiedererstandener Wolfsclan mit Ausrottung rechnen müssen. Durch die Scharade der Gründung eines neuen Clans hatte Crichell einen Weg gefunden, Vlad für die Eliminierung eines Rivalen zu belohnen und die Position der Jadefalken im Großen Konklave zu stärken.

»Das Haus Ward von den Jadewölfen hat im Anschluß daran ein Blutrecht abgehalten. Es nahm nur eine Person daran teil, und als Belohnung für den Sieg über Khan Chistu erhebt Vlad jetzt Anspruch auf den Namen Ward.« Phelan ließ seinen Blick langsam über die Versammlung schweifen. Er wußte, alle anwesenden Wölfe gönnten Vlad den Blutnamen. »Das Blutrecht, das ihm auf Grund der Abschwörung zuerkannt wurde, war das *meine*.« Phelan hob die Hand, um Kommentaren zuvorzukommen. »Ich stehe vor euch, meines Blutnamens entkleidet. Ich kam als Phelan Ward Kell zu euch und wurde später als Phelan Wolf adoptiert. Ich habe mir den Blutnamen Ward erkämpft und wurde von euch in das Amt des Khans gewählt. Jetzt bin ich wieder nur Phelan, aber deshalb nicht weniger stolz. Die Jadefalken haben uns enteignet. Die Jadewölfe haben uns nicht angenommen, aber Anspruch auf unser Eigentum erhoben. Ich habe mich entschieden, das Handeln der Jadefalken zu ignorieren und die Jadewölfe zu bedauern. In meinem Geist und in meinem *Herzen* weiß ich, wir bleiben die Wölfe. Wir werden auf ewig die Wölfe bleiben, und als Wölfe werden wir der Vision derer treu bleiben, die als Urväter der Clans in die Geschichte eingingen.« Phelan kniff die Augen zusammen. »Es wird erwartet, daß das Clankonklave der Jadewölfe Vladimir Ward zu seinem ersten Khan wählt. Ebenso wird erwartet, daß das Große Konklave Khan Crichell von den Jadefalken zum neuen ilKhan bestimmt. Auf Grund der schweren Verluste, die sie in unserem Widerspruchstest erlitten haben, wissen wir, daß die Jadefalken keinen Versuch unternehmen können, den Krieg gegen die Innere Sphäre sofort wiederaufzunehmen. Das ist gut, denn es gibt uns Zeit zu Vorbereitungen. Die Schiffe und Garnisonssternhaufen, die uns nach Morges begleitet haben und anschließend tiefer in die Lyranische Allianz gesprungen sind, waren auf dem Weg nach Arc-Royal – zur Heimatwelt meiner Familie. Dort befindet sich auch das Hauptquartier der Kell Hounds. Auf Arc-Royal werden wir unsere eigene Gemeinschaft gründen und die Traditionen fortführen, die uns bis hierher geleitet haben. Mein Vater hat Anspruch auf einen großen Teil der Jadefalken-Grenze erhoben und die Kell Hounds zu dessen Verteidigung verpflichtet.

Ich würde unsere Stärke ebenfalls zu seiner Verteidigung versprechen, aber diese Entscheidung werden eure Khane zu treffen haben. Ich glaube, daß Ulric Kerensky dies von Anfang an wollte und auch Nicholas Kerensky es so gewollt hätte.«

Phelan runzelte die Stirn und wendete für einen Augenblick den Kopf ab, dann drehte er sich wieder zu der schweigenden Versammlung um. »Es mögen unter euch solche sein, in deren Augen ich mich im Irrtum befinde und die eine Versöhnung mit den Jadewölfen wünschen. Das ist euer Recht, und ich respektiere es. Alle unter euch, die uns verlassen und zurück zu den Kreuzritterclans fliegen wollen, können dies ohne Behinderung oder Anklage tun. Ich bitte euch nur, auch denjenigen unter uns Respekt zu erweisen, die den Wunsch verspüren, wahre Wölfe zu bleiben, und uns euer Bestes zu geben, wenn der Tag kommt, an dem wir einander im Kampf gegenübertreten müssen.« Phelan schluckte schwer, als seine Gefühle die Oberhand zu gewinnen drohten. »Dies sind meine Wünsche und Träume für uns, aber es wird anderen zufallen, sie in die Wirklichkeit umzusetzen. Ein anderer erhebt jetzt Anspruch auf meinen Blutnamen. Wäre ich ein echter Clanner – ein geborener Clansmann, wie ihr alle es seid –, würde ich die Abschwörung ignorieren und ebenso Vlads Usurpation des Blutnamens, den ich im Kampf gegen ihn gewonnen habe. Aber hier und jetzt, wo ich wieder im Reich meiner Geburt stehe, ist mir klar, daß ich noch immer der Inneren Sphäre gehöre. Ich hänge noch immer an den Traditionen, mit denen ich aufgewachsen bin. Ich werde immer der Sohn meines Vaters bleiben, und ich bin stolz, ein Kell zu sein. Ich bin ebenso stolz, ein Wolf zu sein, aber jetzt muß ich das, was gut für die Innere Sphäre ist, mit dem Besten für die Wölfe verbinden. Ich, der ich hier geboren und aufgewachsen bin, werde mich leichter anpassen können. Die Wölfe sind hier willkommen – und sie werden dringend gebraucht –, aber die Entscheidungen darüber, wie ihr euch an das Leben in der Inneren Sphäre anpaßt, müssen von den Wölfen kommen, nicht von mir.« Phelan zuckte leicht die Achseln. »Die Sache ist ohnehin entschieden. Ich besitze keinen Blutnamen mehr. Ich bin nicht berechtigt, das Amt eines Khans auszufüllen.«

Aus dem hinteren Teil des Saales erklang eine Stimme, die ohne Anstrengung durch die geschockte Stille schnitt, eine Stimme, die Phelan gespenstisch vertraut war. »Wenn ich darf, Khan Phelan, bitte ich um das Gehör dieses Konklaves.« Der Sprecher, ein hochaufgeschossener Mann mit einer schlohweißen Mähne, schritt langsam durch den Mittelgang zur Bühne. Er trug eine einfache weiße Robe mit dem goldenen Sternenemblem ComStars. Seine militärische Haltung wies ihn nicht als gewöhnlichen ComStar-Funktionär aus, und die Augenklappe kündete von einer durch bittere Lektionen erworbenen Weisheit.

Überrascht nickte Phelan. »Ich erkenne dich, Anastasius Focht, und erteile dir das Wort.« Als er vom Rednerpult zurücktrat, fühlte Phelan einen kalten Schauer über seinen Rücken laufen. *Was macht der Präzentor Martialum hier? Und warum wußte ich nichts von seinem Eintreffen auf Morges?*

Der Präzentor Martialum nickte Phelan zu. »Danke, Khan Phelan. Ich bin gekommen, um eine Nachricht zu überbringen, die mir von Ulric Kerensky anvertraut wurde.« Er nickte in Richtung der Saalrückwand. »Sie wurde auf Holodisk aufgezeichnet und bis zu diesem Augenblick von niemandem abgespielt.«

Hinter dem Präzentor Martialum senkte sich eine Leinwand herab, und nach einem kurzen statischen Rauschen erschien das Bild Ulric Kerenskys.

»Vergebt mir, meine Freunde«, begann Ulric. »Diese Botschaft ist kurz und hastig formuliert, aber ich zeichne sie am Vorabend meiner Verhandlung vor dem

Großen Konklave auf. Ich bin des Verrates angeklagt und kenne schon jetzt den Ausgang des Verfahrens und das Wesen des großen Unternehmens, das die Wölfe dadurch werden auf sich nehmen müssen. Nein, ich beanspruche nicht, hellsehen zu können, aber lange Erfahrung bringt mich dazu, mir gewisser Ergebnisse sicher zu sein. Eines davon ist dieses: Wenn ihr diese Botschaft seht, bin ich tot von der Hand der Jadefalken.«

Phelan fröstelte. *Ulric wußte, wie es ausgehen würde, und doch hat er nicht davor zurückgeschreckt, zu tun, was getan werden mußte.*

»Ein anderes ist, daß Phelan Ward euch erfolgreich in die Innere Sphäre geführt hat. Er weiß noch nicht, daß er dazu gezwungen sein wird. Es wird ihm natürlich nicht gefallen, aber weder Natascha noch ich könnten tun, was er tun wird, um unseren Clan zu erhalten. Ich beneide keinen Jadefalken, der in die Innere Sphäre geschickt wird, um euch zu verfolgen – weder jetzt noch in Zukunft. Und um die Zukunft geht es in dieser Botschaft. Es ist das Recht des ilKhans, den erfolgreichen Abschluß einer Mission zu belohnen. Die höchste Belohnung, die wir zu vergeben haben – die Belohnung, die Jaime Wolf und den anderen angeboten wurde, die vor einem halben Jahrhundert in die Innere Sphäre aufbrachen – ist die Stiftung eines Blutnamens. In diesem Sinne habe ich, ilKhan Ulric Kerensky, den Blutnamen Kell gestiftet, zu Ehren des Phelan Ward Kell. Er wird der erste Träger dieses Blutnamens sein, eines Namens, der unter denen, die ihr hinter euch gelassen habt, ebenso respektiert wie gefürchtet sein wird.«

Ulric machte eine Pause, und von den versammelten Wölfen stieg Beifall auf. Phelan starrte mit offenem Mund auf den Schirm und dann auf das Konklave. Gerade erst hatte er den Wölfen erklärt, daß er nicht wirklich einer von ihnen war, aber die Erregung, die ihn bei dieser Ehrung durch Ulric durchfuhr, und die Bestätigung durch die versammelten Wölfe machten ihm klar, daß er sich geirrt hatte. Er erkannte, daß er sich nicht entscheiden mußte, entweder ein Mensch der Inneren Sphäre *oder* ein Wolf zu sein, nein, er konnte beides miteinander verbinden. Und wenn er es konnte, konnten andere es auch.

Das Bild des ilKhans nickte wie in Bestätigung von Phelans Gedanken. »Ihr brecht zu einer gewaltigen Mission auf, die bestimmend sein wird für die Zukunft unseres Clans, der freien Inneren Sphäre und der Menschheit. Vergeßt nicht, daß ihr Wölfe seid. Bleibt euren Traditionen treu, aber werdet keine Reaktionäre. Gebt niemals auf, was die Wölfe stark macht, aber nehmt an, was uns noch stärker machen kann! Die Clans waren von Beginn an als die größten aller Krieger vorgesehen, und wir haben der Wissenschaft vertraut, daß sie überragende Soldaten produziert. Aber die Ereignisse der letzten Jahre haben uns eines gelehrt. Im Krieg ist wie in der Natur Anpassung ebenso wichtig wie Selektion. Wir haben in Phelan Ward die Größe eines Kriegers gesehen, der in der freien Inneren Sphäre geboren und aufgewachsen ist, und das lehrt uns, daß es nicht genügt, für den Krieg gezüchtet zu werden. Wir haben Augen zu sehen, Hirne zu denken. Wir haben Phantasie, von der Brillanz zu träumen, die aus einer Synthese beider Kriegertraditionen erwachsen könnte. Eure Mission ist es nun, die freie Innere Sphäre vor der Bedrohung durch die Clans zu schützen. Wer könnte dies besser tun als ihr? Ihr müßt zueinander stehen, um zu verhindern, daß der Krieg ein Volk vernichtet, das weder die Mittel hat, ihn zu verstehen, noch ihm zu widerstehen. Ihr habt Khan Phelan Kell, euch zu leiten, und den Mut ihm zu folgen, meine Wölfe.« Ulrics Gesicht gefror in einem stolzen Lächeln, aber seine Stimme hallte weiter durch den Saal. »Dies ist eure Bestimmung als Wölfe, und von diesem Weg sollt ihr keinen Fußbreit weichen.«

Langes Schweigen folgte den letzten Worten Ulric Kerenskys, Khans der Khane und Anführer des Wolfsclans, des stärksten aller Clans, der seine Herkunft nicht nur bis zu Nicholas Kerensky zurückverfolgen konnte, sondern noch weiter, bis zu General Aleksandr Kerensky, der als erster seine Streitmacht ins Exil geführt hatte, aus der Inneren Sphäre in die gefährlichen Weiten des unerforschten Weltalls. Ein Exodus ins Unbekannte, um etwas Neues zu begründen, etwas noch nie Dagewesenes.

»Seyla«, sprachen die Wölfe mit einer Stimme. Ein einziges Wort, dessen Bedeutung im Nebel der Geschichte verlorengegangen war, aber dessen Kraft Phelans Herz mit Stolz erfüllte. Dies war sein Volk. Es hatte den Auftrag des ilKhans angenommen und damit den Menschen auf Welten wie Morges den Schimmer einer Hoffnung in der trostlosen Dunkelheit geschenkt, die bis zu diesem Zeitpunkt ihre Zukunft dargestellt hatte.

58

Der Urheber eines Krieges gibt alles Gift der Hölle frei und öffnet einen Aderlaß, der eine Nation verbluten läßt.

– THOMAS PAINE, *Die amerikanische Krise*

Avalon City, New Avalon
Mark Crucis, Vereinigtes Commonwealth

1. Januar 3058

Müde von den Neujahrsfeiern, zu deren Besuch er verpflichtet gewesen war, saß Victor Davion allein in seinem Büro. Die Uniformjacke halb aufgeknöpft, lehnte er sich in seinem Sessel zurück und legte die gestiefelten Füße auf eine Ecke des Schreibtischs. In einer Hand hielt er einen Cognacschwenker, und eigentlich fehlte ihm noch eine Zigarre in der anderen. Er lächelte, als er sich an die seltenen Gelegenheiten erinnerte, bei denen er seinen Vater in diesem Zustand gesehen hatte.

Aber jetzt hättest du dich nicht entspannen können, oder, Vater? Victors Entscheidung, Thomas' Friedensangebot anzunehmen, hatte den Krieg beendet und seinem Volk einen echten Grund zum Feiern gegeben. Gleichzeitig bejubelten sie den Sieg von Nanking und den Tod des Tyrannen von Zürich. Beide Welten waren in das Vereinigte Commonwealth zurückgekehrt und hatten ihm einen kleinen Ausläufer seines Einflußbereiches in das Gebiet gewährt, das er in letzter Zeit immer häufiger als die Chaos-Marken bezeichnete. Einerseits freute er sich, diese beiden Systeme behalten zu haben, aber andererseits fragte er sich auch, ob sie nicht so verlockend für

Sun-Tzu waren, daß der einen erneuten Vorstoß wagen würde.

Zu jedem anderen Zeitpunkt wäre das genug gewesen, ihm Sorgen zu machen, aber andere Nachrichten hatten Sun-Tzus Potential, Unruhe zu stiften, zu einer unbedeutenden Irritation schrumpfen lassen. Am Silvestermorgen hatte er eine Botschaft Morgan Kells erhalten, in der dieser die Gründung des Arc-Royal-Defensivkordons bekanntgegeben hatte, eines Bereiches, der die Systeme von Kookens Freudental bis Koniz umfaßte. Obwohl dies den größten Teil der lyranischen Grenze zu den Clans abdeckte, blieben deutliche Lücken, die Katherine sichern mußte, wenn sie keinen Clan-Durchbruch ober- oder unterhalb des Kordons riskieren wollte.

Daß der Großherzog von Arc-Royal einen so großen Sektor der Lyranischen Allianz unter seine Oberhoheit gestellt hatte, selbst wenn es der Verteidigung des Reiches diente, war eine deutliche Herausforderung des Herrscherhauses. Hätte Victor auf dem Thron Tharkads gesessen, hätte er Morgan entweder eine Lektion erteilt oder einen persönlichen Treueschwur von ihm gefordert. Katherine jedoch konnte ersteres nicht zustande bringen und letzteres nicht durchsetzen. Was der Cousin ihrer Mutter damit effektiv getan hatte, war, aus der Mitte der Allianz einen souveränen eigenen Staat herauszuschneiden, was Katherine erheblich schwächte, ohne die Verteidigung gegen die Clans zu beeinträchtigen.

Noch ein Punkt, mit dem sie rechnen muß. Das ist gut. Wenn sie – oder Tormano – freie Zeit findet, macht sie mir zu viele Scherereien. Victor brauchte mehr Zeit, um die volle Bedeutung der neuen Stellung Tormano Liaos als Katherines Berater zu analysieren, aber der Verkauf von Sprungschiffen zurück an das Vereinigte Commonwealth war schon mal ein sehr bedenkliches Zeichen. Trotzdem, Victor ging davon aus, daß Tormano immer ein Auge auf die Konföderation Capella gerichtet halten würde.

Der Prinz der Vereinigten Sonnen nahm einen Schluck Brandy und genoß das Gefühl, als der Alkohol sich den Weg durch seine Kehle brannte. Wenn er auf das vergangene Jahr zurückblickte, so hatte sein größter Fehler darin bestanden, daß er Thomas Marik unterschätzt hatte. Durch Joshuas Anwesenheit auf New Avalon war Thomas in seinen Möglichkeiten stark eingeschränkt gewesen, und das hatte Victor und seinen Geheimdienstapparat dazu verleitet, die Liga Freier Welten als unfähig und ihren Generalhauptmann als eine Nebenfigur in der Politik der Inneren Sphäre zu sehen. Nichts an Thomas' Hintergrund hatte darauf hingedeutet, daß er eine derart geschickte Operation zur Wiedererlangung seiner Planeten hätte organisieren können.

Offenbar sind seine Begeisterung für Technologie und sein Idealismus nur die sichtbaren Züge einer vielschichtigen Persönlichkeit. Victor würde Thomas nie wieder übersehen, und er zog aus dieser Erfahrung eine Lehre, die er auf jeden in seiner Umgebung anwenden mußte. *Niemals etwas nur vermuten – sorge dafür, daß du es weißt!*

Ein leises Klopfen an der Tür ließ Victor den Kopf wenden. »Herein.«

Ein aschfahler Galen Cox trat ins Büro und zog die Türe hinter sich zu. »Gut, Sie sitzen – und Sie haben einen Drink zur Hand.«

Victor nahm die Füße vom Schreibtisch und beugte sich vor. »Du siehst aus, als hättest du einen Geist gesehen, Jerry. Was ist los?« Tausend mögliche Szenarien rasten durch seinen Schädel, aber nur ein Wiederausbruch des Clankriegs erschien ihm ernst genug als Anlaß für Galens Zustand, Galen so mitzunehmen. »Du siehst aus, als bräuchtest du den Drink. Nimm dir einen, und dann erzähl mir, was geschehen ist.«

»Später, Mylord. Ich will nichts durcheinanderbringen.« Galen hielt zwei Finger hoch. »Zwei Sachen, eine kleinere und eine größere. Die kleinere zuerst, denn sie liefert eine Perspektive für die größere.«

»Ich höre.«

»Sie erinnern sich natürlich an die drei Liao-Agenten, die ins Krankenhaus eindrangen und bei dem Versuch, zu Joshua vorzudringen, getötet wurden?«

»Ja.«

»Der Krieg hat zu einer gewissen Verschiebung bei unseren Geheimdiensttätigkeiten geführt, die Ligacodes in der Kryptographie Vorrangstellung einräumten. Erst nachdem sich die Lage stabilisiert hatte, konnten wir abarbeiten, was in der Zwischenzeit aufgelaufen war. Ein Teil davon befaßte sich mit der Verarbeitung der an die Liao-Agenten ergangenen Befehle. Als das geschehen war, stellten wir fest, daß die Nachricht in einem Code verschlüsselt war, den wir in der Abteilung als 5707 führten. Das bedeutet, diese Codesequenz wurde im Juli des letzten Jahres benutzt.«

Victor nickte. »Ich verstehe. Weiter.«

»Die Sache ist nun die. Wir hatten 5707 im Computer, weil wir den Schlüssel abgefangen hatten, als die Maskirovka ihn an ihre Schläfer zu übermitteln versuchte, und wir haben verhindert, daß sie ihn empfangen. Ich bin ziemlich sicher, daß die Maskirovka von unserer Entdeckung wußte, denn sie hat einen neuen Code übermittelt – den wir nicht haben –, und durch *diese* Übermittlung haben wir ihr Reservesystem für die Codeübermittlung entdeckt. Unsere Anstrengungen mit Code 5707 hätten die Agenten daran hindern müssen, die ihnen übermittelten Befehle zu entschlüsseln. Das Problem ist aber, daß der 5707-Code allem Anschein nach noch einmal an Stelle des 5709-Codes an die Agenten hier auf New Avalon übermittelt wurde. Die Botschaft, die im September bei den Liao-Agenten eintraf, war mit dem Julicode verschlüsselt, einem Code, von dem die Maskirovka wußte, daß wir ihn geknackt hatten. Das heißt, kurz gesagt, der Julicode wurde *ein zweites Mal* hierher übermittelt, und darauf folgte die mit diesem Code verschlüsselte Nachricht. Der 5707 wurde auf keiner anderen Welt wiederholt. Im Gegenteil, wir haben mehrere 5709-Codes aufgefangen.«

Victor runzelte die Stirn. »Du willst sagen, daß jemand einen alten Code geschickt hat, was impliziert, daß auch die Nachricht an die Schläfer alt war. Das würde auf ComStar oder Blakes Wort hinweisen, wahrscheinlich die letztere Gruppe, da unsere Beziehungen zu ComStar momentan durchaus freundschaftlich sind. Das hieße weiter, daß Blakes Wort die Nachricht mit der bewußten Absicht an Sun-Tzus Agenten übermittelt hat, einen Kriegsanlaß zu produzieren. Ein Anschlag auf Joshuas Leben hätte eine Aufdeckung des Austauschs notwendig machen können.«

Galen nickte. »Ich denke, wir müssen dabei auch die Tatsache berücksichtigen, daß Thomas bereits wußte, daß wir einen Doppelgänger an die Stelle seines Sohnes gesetzt hatten. Er hat die Vorarbeit für den Krieg geleistet und ihn dann durchgezogen.«

»Und indem er Liao-Agenten dazu benutzte, hat er seine Leute nicht in Gefahr gebracht, mir Sun-Tzu als Gegner angedient und sogar noch eine Entschuldigung dafür fabriziert, um gegen Sun-Tzu vorgehen zu können, sollte dieser ihm später Schwierigkeiten machen. Er hat aus einer einfachen Aktion, von der er wußte, daß sie seinen Sohn nicht gefährden konnte, eine ganze Reihe von Vorteilen gezogen.« Victor stieß einen leisen Pfiff aus. »Ich bin extrem beeindruckt.«

»Warten Sie, das war noch nicht alles.« Galen atmete tief durch. »Sie erinnern sich, daß Sie bei Kriegsbeginn eine Wiederholung der genetischen Tests wollten, von denen Thomas behauptete, sie bewiesen, daß das Double nicht sein Sohn war?«

»Ja. Und du hast mir eine Woche später die Testergebnisse ausgehändigt.«

Galen schüttelte den Kopf. »Nein. Ich habe Ihnen *einen Teil* der Testergebnisse ausgehändigt. Die entscheidenden, die der Vater-Sohn-Abgleichung. Aber Labortechs, nun ja, das sind Leute, die in ihrer eigenen kleinen Welt leben. Soweit es sie betrifft, ist anal-fixiert nicht nur mit Bindestrich, sondern in Großbuchstaben zu schreiben, und zwar fett und kursiv.«

»Unsere Laborcrews sind obsessiv?«

»Noch stärker als Sie, Sir.«

Victor machte ein skeptisches Gesicht. »Geht das?«

»Ja, aber nur, weil sie kein Leben außerhalb des Labors haben und dadurch auch keine Vorstellung von der möglichen Bedeutung einer Information bereiten. Um 19:00 Uhr heute abend, gerade als ich mich für den Empfang umgezogen habe, reichte mir der Chef der Genetischen Informationsabteilung einen Stapel Dateien mit einer Bemerkung nach, daß er gedacht habe, er hätte sie schon geschickt, aber gerade bemerkt habe, daß das ein Irrtum gewesen sei. Es waren die Ergebnisse der übrigen Bluttests. Als Joshua ursprünglich eingeliefert wurde, und auch während der Zeit danach, hat uns seine Familie Blutkonserven geschickt, für den Fall, daß eine Transfusion notwendig wurde. Die Labortechs haben dieses Blut für die Genuntersuchungen benutzt. Sie haben nicht nur den Doppelgänger mit Joshuas Familie verglichen, sondern dasselbe auch für den *echten* Joshua getan. Wie erwartet erzielten sie beim echten Joshua eine Übereinstimmung mit seiner Mutter und seinem Vater, aber es gab keinerlei Übereinstimmung mit Isis.«

»Natürlich nicht, sie ist nur seine Halbschwester.«

»Hoheit, *keine* Übereinstimmung bedeutet *keine* Verwandtschaft. Sie sind keine Geschwister, jedenfalls nicht blutsverwandt.«

Victors Kopf ruckte hoch. »Du meinst, Isis' Mutter

wurde von jemand anderem geschwängert und hat anschließend nur behauptet, Thomas sei der Vater? Wenn ich mich richtig entsinne, wurde sie etwa einen Monat nach dem Bombenanschlag auf Thomas geboren. Sie wurde zu seiner Tochter erklärt, während ComStar ihn unter Verschluß in einem der Krankenhäuser des Ordens hielt.«

»Das ist korrekt, aber Sie übersehen den entscheidenden Punkt. Zur Zeit von Isis' Geburt galt Thomas als tot. Um die Vaterschaft zu beweisen, wurde für Isis eine DNS-Überprüfung durchgeführt, bei der ihr Blut mit einer Blutprobe von Thomas verglichen wurde, die für medizinische Notfälle eingelagert worden war.«

»Ich weiß, ich weiß. Ich habe selbst schon literweise Blut abgezapft bekommen, für den Fall, daß ich irgendwann verletzt werde. Sie wollen damit sagen, weil keine Übereinstimmung zwischen Isis und Joshua besteht, war Joshua nicht wirklich Thomas' Sohn?« Noch während er die Frage formulierte, wurde ihm der Widerspruch klar. »Moment, Joshuas DNS stimmt mit der seines Vaters überein, aber zwischen den beiden gibt es keine Übereinstimmung. Das heißt, ihr Vater ist nicht sein Vater.«

Galen nickte langsam. »Was bedeutet, Thomas Marik ist nicht Thomas Marik.«

Victor trocknete der Mund aus. »Achtzehn Monate hielt alle Welt Thomas für tot, dann brachte ComStar ihn zurück und setzte ihn auf den Thron der Freien Welten. Das geschah während Myndo Waterlys Amtszeit als Prima ComStars. Mit ihrem Thomas – wer immer er in Wahrheit sein mag – auf dem Liga-Thron hätte sie aus dem Hintergrund einen Krieg orchestrieren können, der die gesamte Innere Sphäre zu einer Art Blakeschen Theokratie gemacht hätte.«

»Aber jetzt ist sie tot, und er regiert noch immer die Liga.«

»Und als ihr Agent hätte ich von ihm erwartet, daß

er Blakes Wort mit offenen Armen aufnimmt. Statt dessen scheint er es ganz zufrieden, sie sich vom Leibe zu halten.«

»Und er hat ComStar nicht völlig zurückgewiesen.«

»Was bedeutet, dieser Thomas hat seine eigenen Pläne und alle notwendigen Mittel, sie zu verfolgen.«

Galen nickte. »Exakt, Hoheit.« Er streckte die Hand aus. »Kann ich jetzt den Drink haben?«

»Sicher.« Victor kippte den Brandy und reichte Galen den Schwenker. »Für mich auch einen. Wenn das ein Omen für das Jahr von 3058 ist, können wir uns auf interessante Zeiten gefaßt machen.«

GLOSSAR

Autokanone: Eine automatische Schnellfeuerkanone. Leichte Fahrzeugkanonen haben Kaliber zwischen 30 und 90 mm, während eine schwere Mechautokanone ein Kaliber von 80 bis 120 mm oder mehr besitzen kann. Die Waffe feuert in schneller Folge panzerbrechende Hochexplosivgranaten ab.

Bataillon: Ein Bataillon ist eine militärische Organisationseinheit der Freien Inneren Sphäre, die in der Regel aus drei Kompanien besteht.

BattleMech: BattleMechs sind die gewaltigsten Kriegsmaschinen, die je von Menschen erbaut wurden. Diese riesigen humanoiden Panzerfahrzeuge wurden ursprünglich vor über 500 Jahren von terranischen Wissenschaftlern und Technikern entwickelt. Sie sind schneller und manövrierfähiger in jedem Gelände, besser gepanzert und schwerer bewaffnet als jeder Panzer des 20. Jahrhunderts. Sie ragen zehn bis zwölf Meter hoch auf und sind bestückt mit Partikelprojektorkanonen, Lasergeschützen, Schnellfeuer-Autokanonen und Raketenlafetten. Ihre Feuerkraft reicht aus, jeden Gegner mit Ausnahme eines anderen BattleMechs niederzumachen. Ein kleiner Fusionsreaktor liefert ihnen nahezu unbegrenzt Energie. BattleMechs können auf die unterschiedlichsten Umweltbedingungen, glühenden Wüsten bis zu arktischen Eiswüsten eingestellt werden.

Bluterbe: Die Geschichte der Blutnamensträger eines bestimmten Blutrechts wird Bluterbe genannt.

Blutname: Als Blutname wird einer der ursprünglich achthundert Familiennamen jener Krieger bezeichnet, die während des Exodus-Bürgerkrieges auf seiten von Nicholas Kerensky standen. (Derzeit existieren nur noch 760 dieser Namen. Vierzig Namen wurden nach dem Hochverrat eines der ursprünglich zwanzig Clans getilgt.) Diese achthundert waren die Basis des ausgedehnten Zuchtprogramms der Clans. Das Recht, einen dieser Nachnamen zu tragen, ist seit Einführung dieses Systems der Wunschtraum jedes Kriegers. Nur jeweils fünfundzwanzig Krieger dürfen gleichzeitig einen bestimmten Blutnamen tragen. Stirbt einer von ihnen, wird ein Wettbewerb abgehalten, um einen neuen Träger zu bestimmen. Ein Anwärter muß zunächst anhand seiner Abstammung sein Anrecht auf den Blutnamen nachweisen und anschließend eine Abfolge von Duellen gegen seine Mitbewerber gewinnen. Nur Blutnamensträger haben das Recht, an einem Clankonklave teilzunehmen und zum Khan oder ilKhan gewählt zu werden. Die meisten Blutnamen wurden im Laufe der Zeit einer oder zwei Kriegerklassen vorbehalten. Es gibt jedoch einzelne, besonders angesehene Blutnamen, wie zum Beispiel Kerensky, die dadurch ihren genetischen Wert bewiesen haben, daß sie von herausragenden Kriegern aller drei Klassen (MechKrieger, Jägerpiloten und Elementare) getragen wurden.

Blutnamen werden matrilinear vererbt. Da ein Krieger nur über seine Mutter erben kann, besteht nie ein Anrecht auf mehr als einen Blutnamen.

Blutrecht: Ein spezieller Blutname und die Reihe seiner Träger werden als Blutrecht bezeichnet. Jeder Blutname besitzt fünfundzwanzig Blutrechte. Ein Blutrecht ist kein Stammbaum nach unseren Begriffen, da die Krieger, die ein Blutrecht tragen, mögli-

cherweise nur durch die gemeinsame Abstammung von einem einzelnen Vorfahren verwandt sind. Wie bei Blutnamen sind auch manche Blutrechte angesehener als andere, was hauptsächlich vom Bluterbe abhängt.
Im übertragenen Sinne wird der Begriff Blutrecht auch für den Kampf um einen Blutnamen gebraucht.

Clans: Beim Zerfall des Sternenbundes führte General Aleksandr Kerensky, der Oberkommandierende der Regulären Armee des Sternenbundes, seine Truppen beim sogenannten Exodus aus der Inneren Sphäre in die Tiefen des Alls. Weit jenseits der Peripherie, mehr als 1300 Lichtjahre von Terra entfernt, ließen Kerensky und seine Leute sich auf einer Reihe wenig lebensfreundlicher Welten nahe eines Kugelsternhaufens nieder, der sie vor der Entdeckung durch die Innere Sphäre schützte. Innerhalb von fünfzehn Jahren brach unter ihnen ein Bürgerkrieg aus, der drohte, alles zu vernichten, für dessen Aufbau sie so hart gearbeitet hatten.
In einem zweiten Exodus führte Nicholas Kerensky, der Sohn Aleksandrs, seine Gefolgsleute auf eine der Welten im Innern des Kugelsternhaufens, um dem Krieg zu entfliehen. Dort, auf Strana Metschty, entwarf und organisierte Nicholas Kerensky die Gesellschaftsstruktur, aus der sich die Clans entwickeln sollten.

Clan-Militär: Die militärische Organisation der Clans unterscheidet sich ebenso radikal von der in der Freien Inneren Sphäre gebräuchlichen wie ihre Strategie und Taktik. Das Grundelement dieser Organisation ist der Strahl. Dieser besteht aus einem einzelnen Mech oder zwei Luft/Raumjägern oder fünf Infanteristen:

Strahl	1 Mech oder 5 Elementare
Stern	5 Mechs oder 25 Elementare
Binärstern	2 Sterne
Trinärstern	3 Sterne
Sternhaufen	4 Binärsterne
Galaxis	3 bis 5 Sternhaufen
Nova	1 Mechstern und 1 Elementarstern
Supernova	1 Mechbinärstern und 2 Elementarsterne

ComStar: Das interstellare Kommunikationsnetz ComStar wurde von Jerome Blake entwickelt, der in den letzten Jahren des Sternenbunds das Amt des Kommunikationsministers innehatte. Nach dem Zusammenbruch des Bundes eroberte Blake Terra und organisierte die Überreste des Sternenbund-Kommunikationsnetzes in eine Privatorganisation um, die ihre Dienste mit Profit an die fünf Häuser weiterverkaufte. Seitdem hat sich ComStar zu einem mächtigen Geheimbund entwickelt, der sich jahrhundertelang in Mystizismus und Rituale gehüllt hat, bis es nach der Entscheidungsschlacht gegen die Clans auf Tukayyid unter Prima Sharilar Mori und Präzentor Martialum Anastasius Focht zur Reformation des Ordens und Abspaltung der erzkonservativen Organisation Blakes Wort kam.

Dunstadler: Ein mittelschwerer, sprungfähiger Clan-BattleMech mit einer maximalen Sprungweite von 180 Metern. Er ist mit einem schweren und drei mittelschweren Impulslasern, drei Maschinengewehren und zwei Blitz-KS 2er-Lafetten bestückt. In der Freien Inneren Sphäre ist er unter dem Codenamen *Habicht* bekannt. Als normaler BattleMech kommt er bei den Clans normalerweise nur hinter den Linien zum Einsatz.

Eidmeister: Der Eidmeister ist der Ehrenwächter bei allen offiziellen Clanzeremonien. Die Position entspricht der eines Ordnungsbeamten in der Freien Inneren Sphäre, heischt jedoch mehr Respekt. Der Eidmeister nimmt alle Schwüre ab, während der Lehrmeister sie festhält. Die Position des Eidmeisters gebührt in der Regel dem ältesten Blutnamensträger eines Clans (sofern er diese Ehre annimmt) und ist eine der wenigen Positionen, deren Träger nicht durch einen Kampf ermittelt wird.

Elementare: Die mit Kampfanzügen ausgerüstete Eliteinfanterie der Clans. Diese Männer und Frauen sind wahre Riesen, die speziell für den Einsatz der von den Clans entwickelten Rüstungen gezüchtet werden.

frapos/franeg: Diese Clanredewendungen werden am Ende rhetorischer Fragen benutzt. Wird eine bejahende Antwort erwartet, benutzt man *frapos* (Frage positiv). Erwartet man eine verneinende Antwort, benutzt man *franeg* (Frage negativ). Die entsprechenden Antworten sind *pos* bzw. *neg*.

Freigeboren: Ein Mensch, der auf natürlichem Wege gezeugt und geboren wurde, ist freigeboren. Da die Clans so großen Wert auf ihr Zuchtprogramm legen, gelten Freigeborene von vornherein als minderwertig.

Freigeburt: Diese Verwünschung wird von wahrgeborenen Mitgliedern der Kriegerkaste benutzt und ist eine tödliche Beleidigung für einen anderen wahrgeborenen Krieger. Sie drückt im allgemeinen Widerwillen oder Frustration aus.

Incubus: Ein leichter, nicht sprungfähiger Clan-BattleMech von 30 Tonnen Gewicht. Er ist mit zwei mittelschweren Extremreichweitenlasern, einem schweren Impulslaser und fünf Maschinengewehren bestückt. In der Freien Inneren Sphäre ist er unter dem Codenamen *Füchsin* bekannt. Als normaler BattleMech wird er bei den Clans normalerweise nur hinter den Linien eingesetzt.

Innere Sphäre: Mit dem Begriff ›Innere Sphäre‹ wurden ursprünglich die Sternenreiche bezeichnet, die sich im 26. Jahrhundert zum Sternenbund zusammenschlossen. Derzeit bezeichnet er den von Menschen besiedelten Weltraum innerhalb der Peripherie. Der nicht von den Clans besetzte Teil der Inneren Sphäre wird auch als ›Freie Innere Sphäre‹ bezeichnet.

Kaste: Die Clangesellschaft ist streng in fünf Kasten unterteilt: Krieger, Wissenschaftler, Händler, Techniker und Arbeiter. Jede dieser Kasten umfaßt zahlreiche Unterkasten, die auf Spezialisierungen innerhalb eines Berufsfeldes basieren. Die Kriegerkaste pflanzt sich unter strenger Kontrolle des genetischen Erbes durch ein systematisches Eugenikprogramm fort, bei dem das Genmaterial angesehener und erfolgreicher lebender und toter Krieger verwendet wird. Andere Kasten sorgen durch strategische Heiraten innerhalb der Kaste für einen hochwertigen Genfundus.

Khan: Jeder Clan wählt zwei Khane. Einer der beiden fungiert als höchster militärischer Kommandeur und Verwaltungschef des Clans. Die Position des zweiten Khans ist weniger klar umrissen. Er ist der Stellvertreter des ersten Khans und führt dessen Aufträge aus. In Zeiten großer innerer oder äußerer Bedrohung oder wenn eine gemeinsame Anstrengung aller Clans notwendig wird, wird ein ilKhan als oberster Herrscher aller Clans gewählt.

Kompanie: Eine Kompanie ist eine militärische Organisationseinheit der Freien Inneren Sphäre, die aus drei BattleMech-Lanzen oder bei Infanteriekompanien aus drei Zügen mit insgesamt 50 bis 100 Mann besteht.

KSR: Abkürzung für ›Kurzstreckenrakete‹. Es handelt sich um ungelenkte Raketen mit hochexplosiven oder panzerbrechenden Sprengköpfen.

Landungsschiffe: Da Sprungschiffe die inneren Bereiche eines Sonnensystems generell meiden müssen und sich dadurch in erheblicher Entfernung von den bewohnten Planeten einer Sonne aufhalten, werden für interplanetare Flüge Landungsschiffe eingesetzt. Diese werden während des Sprungs an die Antriebsspindel des Sprungschiffes angekoppelt. Landungsschiffe besitzen selbst keinen Überlichtantrieb, sind jedoch sehr beweglich, gut bewaffnet und aerodynamisch genug, um auf Planeten mit einer Atmosphäre landen bzw. von dort aus starten zu können. Die Reise vom Sprungpunkt zu den bewohnten Planeten eines Systems dauert je nach Spektralklasse der Sonne mehrere Tage oder Wochen.

Lanze: Eine Lanze ist eine militärische Organisationseinheit der Freien Inneren Sphäre, die in der Regel aus vier BattleMechs besteht.

Laser: Ein Akronym für ›Light Amplification through Stimulated Emission of Radiation‹ oder Lichtverstärkung durch stimulierte Strahlungsemission. Als

Waffe funktioniert ein Laser, indem er extreme Hitze auf einen minimalen Bereich konzentriert. BattleMechlaser gibt es in drei Größenklassen: leicht, mittelschwer und schwer. Laser sind auch als tragbare Infanteriewaffen verfügbar, die über einen als Tornister getragenen Energiespeicher betrieben werden. Manche Entfernungsmeßgeräte und Zielerfassungssensoren bedienen sich ebenfalls schwacher Laserstrahlen.

Leibeigener: Ein gefangener Krieger wird als Leibeigener bezeichnet und als Mitglied der Arbeiterkaste angesehen, bis der Clan, von dem er gefangen wurde, ihn entläßt oder wieder in die Kriegerkaste erhebt. Ein Leibeigener wird nicht durch Fesseln gebunden, sondern durch seine Ehre. Die Tradition verlangt, daß selbst Blutnamensträger, die im Kampf gefangen werden, eine Weile als Leibeigene dienen müssen. Alle Leibeigenen tragen eine Leibeigenenkordel. Dabei handelt es sich um einen geflochtenen Armreif, dessen Grundfarbe die Clanzugehörigkeit und dessen Streifen die Einheit kennzeichnen, die ihn gefangen hat.

LSR: Abkürzung für ›Langstreckenrakete‹, zum indirekten Beschuß entwickelte Raketen mit hochexplosiven Gefechtsköpfen.

Magicker: Ein mittelschwerer, sprungfähiger Clan-BattleMech von 55 Tonnen Gewicht und einer maximalen Sprungweite von 180 Metern. Er ist mit zwei mittelschweren Extremreichweiten-Lasern, einem schweren Impulslaser und zwei Blitz-KSR 2er-Lafetten ausgestattet. In der Freien Inneren Sphäre ist er unter dem Codenamen *Höllenhund* bekannt. Als normaler BattleMech kommt er bei den Clans normalerweise nur hinter den Linien zum Einsatz.

Nachfolgerstaaten: Nach dem Zerfall des Sternenbunds wurden die Reiche der Mitglieder des Hohen Rats, die sämtlich Anspruch auf die Nachfolge des Ersten Lords erhoben, unter dem Namen Nachfolgerstaaten bekannt. Die Nachfolgerstaaten bestehen aus ursprünglich fünf und derzeit noch vier Herrscherhäusern: Haus Kurita (Draconis-Kombinat), Haus Liao (Konföderation Capella), Haus Steiner-Davion (Vereinigtes Commonwealth) und Haus Marik (Liga Freier Welten). Die Clan-Invasion hat die Jahrhunderte des Krieges seit 2786 – die Nachfolgekriege – einstweilen unterbrochen. Schauplatz dieser Kriege war die riesige Innere Sphäre, bestehend aus allen einst von den Mitgliedsstaaten des Sternenbundes beherrschten Systemen. Die Nachfolgerfürsten haben ihre Streitigkeiten ausgesetzt, um der Bedrohung durch den gemeinsamen Feind, die Clans, zu begegnen.

Omnimech: Die militärischen Erfolge der Clans gegen die Innere Sphäre beruhen vor allem auf dem OmniMech. Die auf – von General Kerenskys Truppen beim Exodus mitgenommener – modernster Sternenbundtechnologie beruhenden OmniMechs sind BattleMechs, deren Bestückung durch modulare Bauweise leicht entsprechend der jeweiligen Mission verändert werden kann. Diese Neuerung verschaffte den Clans eine ungeheure Flexibilität auf dem Schlachtfeld. In Verbindung mit ihren weit leistungsstärkeren Kühl- und Ortungssystemen und ihrer größeren Feuerkraft haben die OmniMechs die Clans praktisch unbesiegbar gemacht. Seit der Begegnung mit den Clans versuchen auch Wissenschaftler der Freien Inneren Sphäre, Clantechnologie in Mechkonstruktionen der Nachfolgerstaaten zu integrieren.

OmniMech-Namen: Im Verlauf der Clan-Invasion haben die Streitkräfte der Freien Inneren Sphäre den verschiedenen OmniMech-Typen der Clans, denen sie begegnet sind, Codenamen zugeteilt. Die folgende Liste führt die bei den Clans gebräuchlichen Namen für diese Mechtypen auf.

Codename	*Clanname*	*Codename*	*Clanname*
Daishi	Höhlenwolf	Loki	Höllenbote
Fenris	Eismarder	Masakari	Kriegsfalke
Galeere	Gargoyle	Puma	Natter
Geier	Bluthund	Ryoken	Sturmkrähe
Gladiator	Henker	Schwarzfalke	Nova
Katamaran	Waldwolf	Sprinter	Feuervogel
Koshi	Grauluchs	Thor	Nemesis
Libelle	Viper	Uller	Rotfuchs

Peripherie: Jenseits der Grenzen der Inneren Sphäre liegt die Peripherie, das weite Reich bekannter und unbekannter Systeme, das sich bis in die interstellare Nacht erstreckt. Die einstigen terranischen Kolonien in der Peripherie wurden durch den Zerfall des Sternenbundes technologisch, wirtschaftlich und politisch verwüstet. Derzeit ist die Peripherie größtenteils Zufluchtsort für Banditenkönige, Raumpiraten und Ausgestoßene.

PPK: Abkürzung für ›Partikelprojektorkanone‹, einen magnetischen Teilchenbeschleuniger in Waffenform, der hochenergiegeladene Protonen- oder Ionenblitze verschießt, die durch Aufschlagskraft und hohe Temperatur Schaden anrichten. PPKs gehören zu den effektivsten Waffen eines BattleMechs.

Regiment: Ein Regiment ist eine militärische Organisationseinheit der Freien Inneren Sphäre und besteht aus zwei bis vier Bataillonen von jeweils drei oder vier Kompanien.

Seyla: Dieses Wort ist ungefähr gleichbedeutend mit ›Einheit‹. Es handelt sich um eine rituelle Antwort, die bei bestimmten Zeremonien gefordert wird. Ursprung und exakte Bedeutung des Wortes sind unbekannt, aber es wird nur mit äußerstem Respekt und Ehrfurcht verwendet.

Sprungschiffe: Interstellare Reisen erfolgen mittels sogenannter Sprungschiffe, deren Antrieb im 22. Jahrhundert entwickelt wurde. Der Name dieser Schiffe rührt von ihrer Fähigkeit her, ohne Zeitverlust in ein weit entferntes Sonnensystem zu ›springen‹. Es handelt sich um ziemlich unbewegliche Raumfahrzeuge mit einer langen, schlanken Antriebsspindel und einem enormen Solarsegel, das an einen gigantischen Sonnenschirm erinnert. Das gewaltige Segel besteht aus einem Spezialmaterial, das gewaltige Mengen elektromagnetischer Energie aus dem Sonnenwind des jeweiligen Zentralgestirns zieht und langsam an den Antriebskern abgibt, der daraus ein Kraftfeld aufbaut, durch das ein Riß im Raum-Zeit-Gefüge entsteht. Nach einem Sprung kann das Schiff erst weiterreisen, wenn es durch Aufnahme von Sonnenenergie seinen Antrieb wieder aufgeladen hat.
Sprungschiffe reisen mit Hilfe ihres Kearny-Fuchida-Antriebs in Nullzeit über riesige interstellare Entfernungen. Das K-F-Triebwerk baut ein Raum-Zeit-Feld um das Sprungschiff auf und öffnet ein Loch in den Hyperraum. Einen Sekundenbruchteil später materialisiert das Schiff am Zielsprungpunkt, der bis zu 30 Lichtjahre weit entfernt sein kann.
Sprungschiffe landen niemals auf einem Planeten und reisen nur sehr selten in die inneren Bereiche

eines Systems. Interplanetarische Flüge werden von Landungsschiffen ausgeführt, Raumschiffen, die bis zum Erreichen des Zielpunktes an das Sprungschiff gekoppelt bleiben.

Sternenbund: Im Jahre 2571 wurde der Sternenbund gegründet, um die wichtigsten nach dem Aufbruch ins All von Menschen besiedelten Systeme zu vereinen. Der Sternenbund existierte annähernd 200 Jahre, bis 2751 ein Bürgerkrieg ausbrach. Als das Regierungsgremium des Sternenbunds, der Hohe Rat, sich in einem Machtkampf auflöste, bedeutete dies das Ende des Bundes. Jeder der Hausfürsten rief sich zum neuen Ersten Lord des Sternenbunds aus, und innerhalb weniger Monate war die gesamte Innere Sphäre im Kriegszustand. Dieser Konflikt hält bis zum heutigen Tage, knapp drei Jahrhunderte später, an. Die Jahrhunderte nahtlos ineinander übergehender Kriege werden in toto als die ›Nachfolgekriege‹ bezeichnet.

Uhu: Ein leichter, sprungfähiger Clan-BattleMech von 35 Tonnen Gewicht und einer maximalen Sprungweite von 180 Metern. Der *Uhu* ist mit einem schweren und zwei mittelschweren Impulslasern bewaffnet. In der Freien Inneren Sphäre ist er unter dem Codenamen *Frostfalke* bekannt. Als normaler BattleMech kommt er bei den Clans normalerweise nur hinter den Linien zum Einsatz.

Waffenstillstand von Tukayyid: Der Waffenstillstand von Tukayyid hat eine fünfzehnjährige Waffenruhe zwischen den Clans und der Freien Inneren Sphäre begründet. Khan Ulric Kerensky, ilKhan der Clans, vereinbarte mit dem Präzentor Martialum ComStars, Anastasius Focht, auf dem Planeten Tukayyid eine Entscheidungsschlacht. Bei einem Sieg der

Clans verpflichtete sich ComStar, ihnen Terra zu übergeben, bei einem Sieg ComStars verpflichteten sich die Clans zu einem fünfzehnjährigen Waffenstillstand. Der nach einem überwältigenden Sieg der ComGuards auf Tukayyid unterzeichnete Vertrag etablierte eine Grenzlinie, die durch den Planeten Tukayyid verläuft. Die Clans dürfen diese Grenzlinie bis zum Ablauf des Waffenstillstands nicht überschreiten.

Wahrgeboren/Wahrgeburt: Ein wahrgeborener Krieger ist aus dem Zuchtprogramm der Clan-Kriegerkaste hervorgegangen.

Widerspruchstest: Die Konklaven der einzelnen Clans und der versammelten Clans stimmen über Fragen und Gesetze ab, die die Gemeinschaft betreffen. Im Gegensatz zur Gesetzgebung in der Freien Inneren Sphäre kann jedoch jede dieser Entscheidungen angefochten und durch einen Widerspruchstest in ihr Gegenteil verkehrt werden. Dieser Test gestattet der Verliererseite den Versuch, ihre Position auf dem Schlachtfeld durchzusetzen.
Die bei einem Widerspruchstest eingesetzten Kräfte stehen im Verhältnis zur angefochtenen Entscheidung. Wurde diese also beispielsweise mit einem Stimmenverhältnis von drei zu eins angenommen, kann die diese Entscheidung verteidigende Seite eine dreimal stärkere Einheit in den Kampf schicken als der Herausforderer. Durch das Bieten wird dieses Übergewicht jedoch häufig reduziert.

Zug: Ein Zug ist eine militärische Organisationseinheit der Freien Inneren Sphäre, die typischerweise aus etwa achtundzwanzig Mann besteht. Ein Zug kann in zwei Abteilungen aufgeteilt werden.

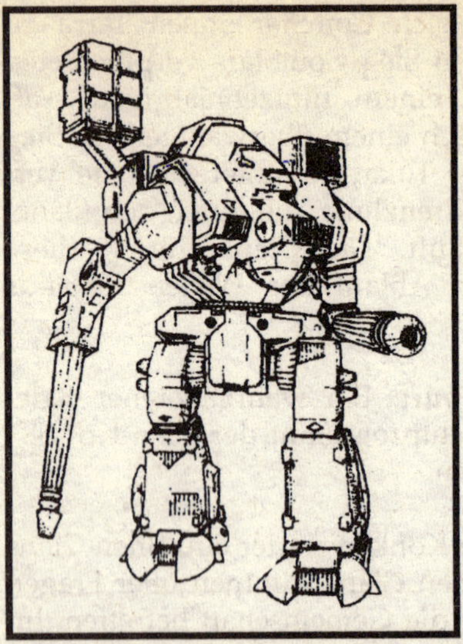

KRIEGSHAMMER
70 Tonnen

SCHWERE MECHS

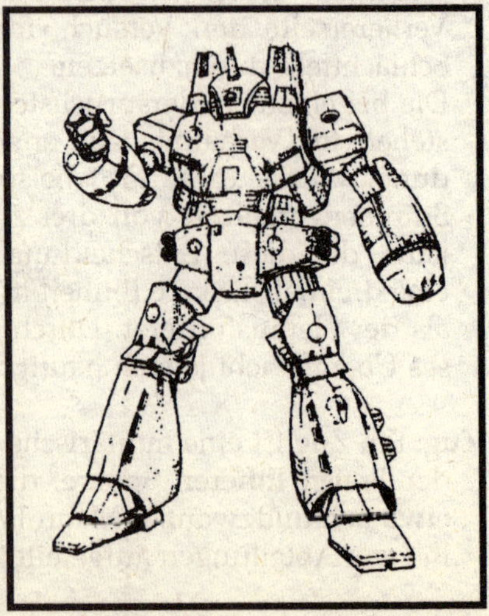

KREUZRITTER
65 Tonnen

KAMPFTITAN
85 Tonnen

ÜBERSCHWERE MECHS

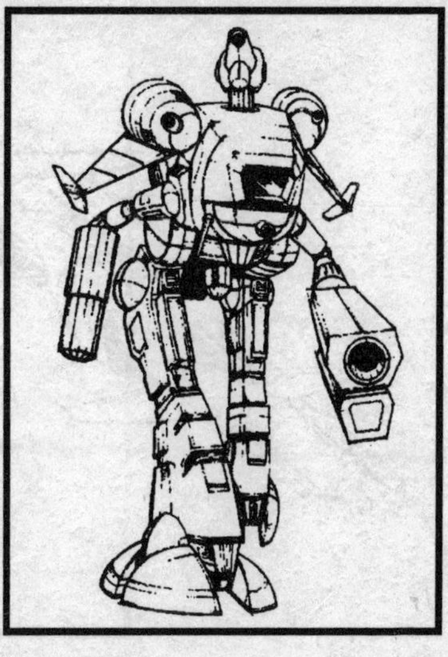

MARODEUR II
100 Tonnen

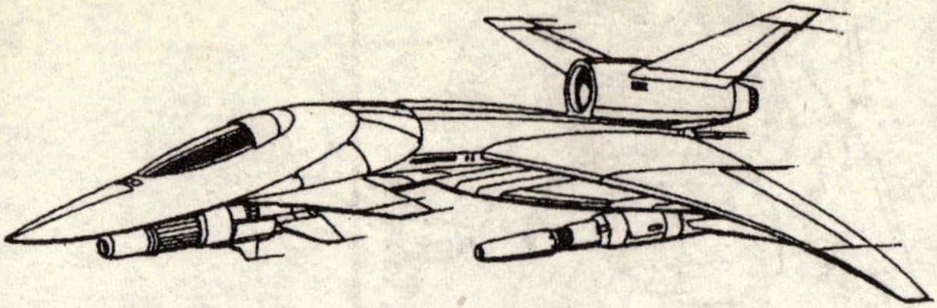

SULLA

CLAN-LUFT/RAUMJÄGER

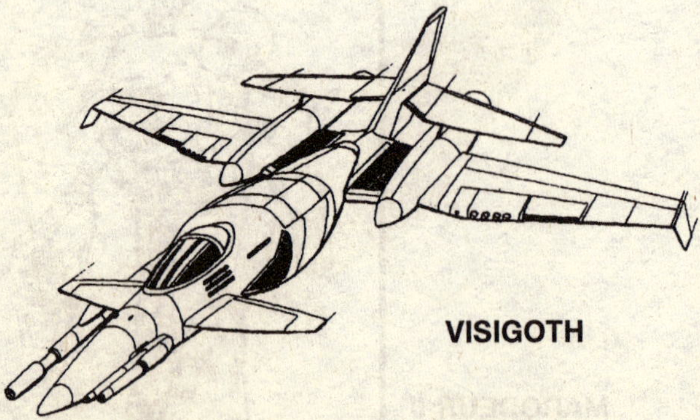

VISIGOTH

LANDUNGS-SCHIFF

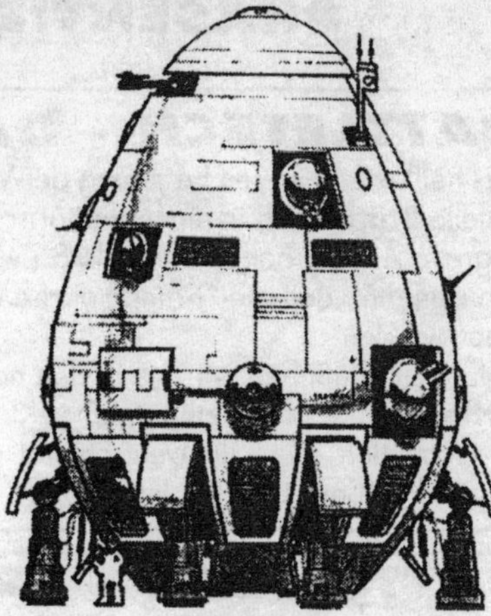

OVERLORD

LUFT/RAUMJÄGER

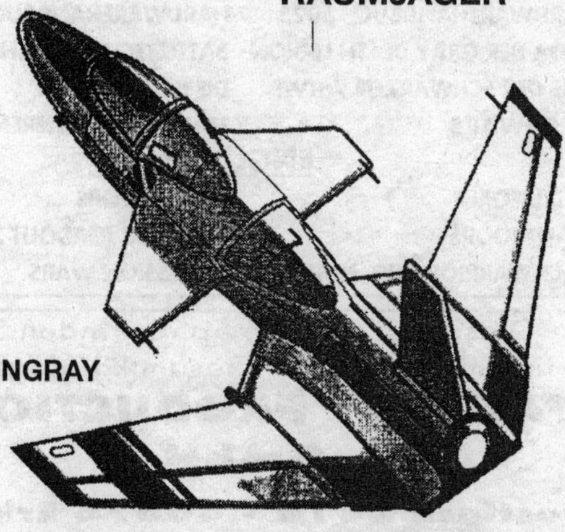

STINGRAY

Terry Pratchett

Kultig, witzig, geistreich – »Terry Pratchett ist der Douglas Adams der Fantasy.«

The Guardian

Der Zauberhut
Die Farben der Magie
Zwei Scheibenweltromane
23/117

Trucker/Wühler/Flügel
Die Nomen-Trilogie – ungekürzt!
23/129

Das Licht der Phantasie
06/4583

Das Erbe des Zauberers
06/4584

Die dunkle Seite der Sonne
06/4639

Gevatter Tod
06/4706

Der Zauberhut
06/4715

Pyramiden
06/4764

Wachen! Wachen!
06/4805

Macbest
06/4863

Die Farben der Magie
06/4912

Eric
06/4953

Trucker
06/4970

Wühler
06/4971

Flügel
06/4972

Die Scheibenwelt
2 Romane in einem Band
06/5123

Die Teppichvölker
06/5124